Orhan Pamuk

Kafamda Bir Tuhaflık

文
景
———
Horizon

我脑袋里的怪东西

[土耳其] 奥尔罕·帕慕克 著

陈竹冰 译

上海人民出版社

这是一个讲述钵扎小贩麦夫鲁特的人生、冒险、幻想和他的朋友们的故事，同时也是一幅通过众人视角描绘的1969—2012年间伊斯坦布尔生活的画卷。

献给阿斯勒

我脑袋里的怪东西，

内心里也有。

一种我既不属于那个时间也不属于

那个空间的感觉。

      ——威廉·华兹华斯《序曲》

谁第一个把一块地圈起来并想到说"这是我的"，

而且找到一些头脑十分简单的人居然相信了他的话，

谁就是文明社会的真正奠基者。

      ——让-雅克·卢梭《论人类不平等的

          起源和基础》

我们的公民个人观点和官方观点之间的深刻差异，

便是我们国家力量的佐证。

      ——杰拉尔·萨利克《文章》

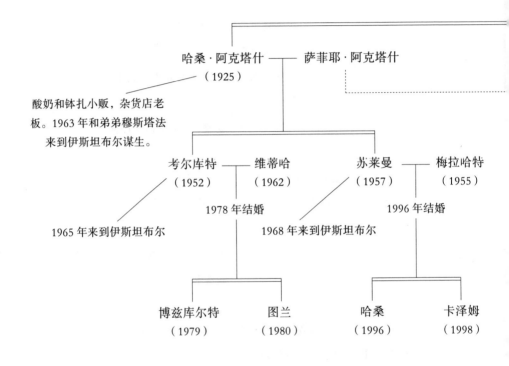

哈桑·阿克塔什 —— 萨菲耶·阿克塔什
（1925）

酸奶和钵扎小贩，杂货店老
板。1963年和弟弟穆斯塔法
来到伊斯坦布尔谋生。

考尔库特 —— 维蒂哈   苏莱曼 —— 梅拉哈特
（1952）   （1962）   （1957）   （1955）

1965年来到伊斯坦布尔   1978年结婚   1968年来到伊斯坦布尔   1996年结婚

博兹库尔特   图兰   哈桑   卡泽姆
（1979）   （1980）   （1996）   （1998）

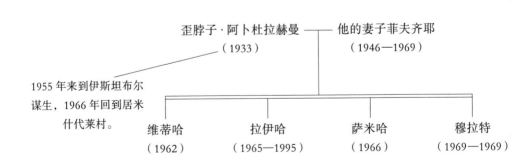

歪脖子·阿卜杜拉赫曼 —— 他的妻子菲夫齐耶
（1933）   （1946—1969）

1955年来到伊斯坦布尔
谋生，1966年回到居米
什代莱村。

维蒂哈   拉伊哈   萨米哈   穆拉特
（1962） （1965—1995） （1966） （1969—1969）

酸奶与钵扎小贩哈桑·阿克塔什和穆斯塔法·卡拉塔什两兄弟的家庭
（他们娶了萨菲耶和阿提耶两姐妹）

阿提耶·卡拉塔什 —— 穆斯塔法·卡拉塔什
（1927—1981）

钵扎和酸奶小贩。1963 年与哥哥
哈桑来到伊斯坦布尔谋生。

大姐　　　　　二姐　　　　　麦夫鲁特 —— 拉伊哈
　　　　　　　　　　　　　　（1957）　　（1965—1995）

1969 年，我们的主人公麦夫鲁特·卡
拉塔什，离乡来到伊斯坦布尔，
开始了一边上学读书，一边在街头
卖酸奶和钵扎的营生。

1982 年结婚

法特玛 —— 布尔罕　　　　　菲夫齐耶 —— 埃尔汗
（1983）　　　　　　　　　（1984）

2001 年结婚　　　　　　　　　2001 年结婚

目 录

第一章

（1982 年 6 月 17 日，星期四）

大的待字闺中，小的嫁为人妇，不合习俗。

——希纳斯《诗人结婚》

要说的谎，不会停止在嘴上；要流的血，不会停滞在血管；要私奔的女子，不会停留在家里。

——贝伊谢希尔民间俗语（伊姆然莱尔地区）

麦夫鲁特和拉伊哈

私奔不易

　　这个故事讲述麦夫鲁特·卡拉塔什的人生和梦想。故事的主人公麦夫鲁特，一个叫卖酸奶和钵扎的街头小贩，1957年出生于亚洲最西端的安纳托利亚中部的一个小村庄，那里可以远望迷雾湖畔，却一贫如洗。十二岁那年，他来到世界之都伊斯坦布尔，便一直生活在这里。二十五岁那年，他从邻村抢了一个女孩，虽然其中发生了一些怪异的事情，但此举决定了他后来的一生。回到伊斯坦布尔，他结婚并有了两个女儿。他不停地劳作，做过各种营生，类似叫卖酸奶、冰激凌、米饭的小贩，餐馆服务员，但夜晚从未放弃在伊斯坦布尔的大街小巷叫卖钵扎，也从未放弃构筑他怪异的梦想。

　　我们的主人公麦夫鲁特，高高的个子、健壮、谦和、英俊。他有一张激唤女人怜爱的孩子气脸庞，一头棕色的头发和专注、聪慧的眼神。不仅在年轻时，甚至在四十岁之后，他的脸上依然保留着稚气，依然是女人们心目中的俊男。记住麦夫鲁特的这两个基本特点，有助于对故事的理解，所以我会不时地提醒我的读者。至于麦夫鲁特的乐观和善良——某些人认为是单纯——就无需我提醒了，你们自会发现。如果我的读者也能像我这样结识麦夫鲁特，那么他们也会对那些认为他英俊和孩子气的女人表示赞同，相信我没有因为想给故事添彩而夸大其词。因此，我要说的是，在这本完全依据真实事件写就的书里，我不会采用任何夸张的叙述手法，对于那些怪异的事件，我仅以有助于更好地跟随和理解故事的形式，将它们一一呈现给读者。

为了更好地讲述主人公的人生和梦想，叙述将从故事的中间开始。首先说的是，1982 年 6 月他和邻村一个女孩私奔的故事。邻村的名字叫居米什代莱，隶属于科尼亚市的贝伊谢希尔县。麦夫鲁特第一次见到那个自愿和他私奔的女孩，是在伊斯坦布尔的一个婚礼上，也就是他伯父的大儿子考尔库特于 1978 年在梅吉迪耶柯伊举行的婚礼。麦夫鲁特根本无法相信，他在伊斯坦布尔婚礼上见到的女孩也会喜欢自己，她很漂亮，还是个孩子（十三岁）。女孩是堂兄考尔库特的妻妹，因为姐姐的婚礼，她人生第一次来到伊斯坦布尔。麦夫鲁特给她写了三年情书，尽管他从未收到过女孩的回信，可是为他送信的考尔库特的弟弟苏莱曼，一直在给他希望，并让他继续写信。

即便在此刻抢亲时，苏莱曼依然在帮助叔叔的儿子麦夫鲁特。苏莱曼开着自己的福特小卡车，和麦夫鲁特从伊斯坦布尔回到了他们度过童年的村庄。两个朋友背着所有人，制订了抢亲计划。按照计划，苏莱曼将在离居米什代莱村一小时路程的地方，等待麦夫鲁特和他抢来的姑娘，当所有人认为两个恋人去了贝伊谢希尔方向时，他将载着他们朝北行驶，穿过群山，送他们去阿克谢希尔火车站。

麦夫鲁特仔细地把计划琢磨了四五次，冷冽的水池、涓细的小溪、丛林密布的山头、女孩家的后花园，诸如这些重要的地方，他都已偷偷地去察看了两回。半小时前，他从苏莱曼开的小卡车上下来，走进路边的村庄墓地，看着墓碑祈祷，祈求真主保佑他一切顺利。他不信任苏莱曼，这点他对自己都不敢承认。他想，如果苏莱曼没开车去水池边，那个他们约好的地方，怎么办？因为会搞乱脑子，他禁止自己去想这个可怕的问题。

麦夫鲁特身穿一件蓝色衬衫和一条新的布裤子，那还是早在他和父亲一起卖酸奶的中学年代留下的，是在贝伊奥卢的一家商店里买的，脚上的鞋还是当兵前从苏美尔银行开的商店里买来的。

天黑后不久，麦夫鲁特摸近了残缺的院墙。姑娘们的父亲是歪脖子·阿卜杜拉赫曼，他们住的白房子的后窗一片漆黑。来早了十分钟，他无法控制自己，不断朝那扇漆黑的窗户张望，他想起了过去抢亲时陷入血仇陷阱而被打死的人、黑夜奔跑时迷路而被抓的人、因为女孩最后一刻放弃私奔而尽失颜面的人。他迫不及待地站起来，告诉自己真主会保佑他的。

狗叫了，窗户亮了一下又黑了。麦夫鲁特的心狂跳起来。他走向房子，在树间听到了一声响动，女孩悄声喊着他的名字：

"麦夫——鲁特！"

这是一种充满爱怜的声音，来自一个读了他当兵时写的情书、信任他的人。他想起了那上百封蘸满爱情和渴望的情书，为了说服美丽的姑娘而愿意付出一切的承诺和美好的梦想，最终他成功地感动了姑娘。他什么也看不见，在这神秘的黑夜，他梦游般径直朝发出喊声的地方走去。

在黑暗中他们找到了彼此，自然地牵起手奔跑起来。但刚跑了十几步，狗就狂吠起来，麦夫鲁特慌乱中迷失了方向。凭着本能，他努力向前跑，但脑子一片混乱。夜色中树木忽隐忽现，犹如一堵堵水泥墙擦身而过，仿佛就在梦里。

就像计划中的那样，跑完羊肠小道，一段陡坡出现在麦夫鲁特的面前。岩石间蜿蜒而上的窄道越发陡峭，仿佛直指乌云密布的漆黑夜空。攀爬了近半小时后，他们继续在坡顶手牵手不停地奔走。在这里，可以看见居米什代莱的灯光，还有后面的杰奈特普纳尔，他出生长大的村庄。如果有人追来，为了不被抓回村子，甚至为了应对苏莱曼的另外一个秘密计划，麦夫鲁特凭着本能朝相反方向走去。

狗还在狂吠。麦夫鲁特明白，对于村庄，他已是一个陌生人，没有一只狗认识他。没过多久，从居米什代莱村方向传来了一声枪响。他们努力保持镇静，没有改变奔走的速度。当狗消停一阵后重新咆哮起来时，他们就从坡上往下奔跑。树叶和树枝划过他们的脸颊，荆棘刺透了他们的裤管。黑暗中，麦夫鲁特什么也看不见，只感觉他们随时会被石头绊倒，但这并没有发生。他惧怕那些狗，但他知道真主在保佑自己和拉伊哈，他们会在伊斯坦布尔过上幸福生活。

当他们气喘吁吁地跑到通往阿克谢希尔的路上时，麦夫鲁特确信他们没有迟到。如果苏莱曼也开着小卡车来了，那就谁也不能从他手上把拉伊哈抢走。麦夫鲁特每次开始写信时，都会想一想女孩美丽的脸庞和那双无法忘怀的眼睛，都会在信头上，激动、仔细地写下她美丽的名字，拉伊哈。想到这些，他兴奋地加快了脚步。

现在，尽管在黑暗中他无法看清自己抢来的女孩，但他很想抚摸她、亲吻她，但拉伊哈用随身携带的包袱轻轻地推开了他。麦夫鲁特喜欢这样。他决定，结婚前不去碰这个将和他共度一生的人。

他们手牵手跨过萨尔普小溪上的小桥。拉伊哈的手就像小鸟那样轻巧纤细。从潺潺流淌的小溪，一阵浸润了百里香和月桂花香的凉爽拂面而来。

夜空闪过一束紫色的电光，随后传来了雷声。麦夫鲁特害怕在漫长的火车旅行前被雨淋湿，但他并没加快脚步。

十分钟后，他们远远看见了苏莱曼的车尾灯，卡车停在发出咳喘声的水池旁。麦夫鲁特幸福得快要窒息了。他为怀疑苏莱曼感到内疚。开始下雨了，他们开心地跑起来，但两人都累了，福特小卡车的尾灯比他们以为的还要远。跑到车旁时，他们已经被阵雨淋湿了。

拉伊哈拿着包袱，钻进了昏暗的小卡车后面。这是麦夫鲁特和苏莱曼之前计划好的：一来如果拉伊哈私奔的事被知道了，可能会遇到宪兵在路上搜车；二来拉伊哈不会看见和认出苏莱曼。

坐上前座，麦夫鲁特说："苏莱曼，你的兄弟情谊，我一辈子也不会忘记！"他情不自禁地用力拥抱了堂兄弟。

苏莱曼却没能表现出同样的兴奋，麦夫鲁特认为是自己的质疑伤了他的心。

苏莱曼说："你发誓，不告诉任何人我帮了你。"

麦夫鲁特发了誓。

"女孩没把后门关上。"苏莱曼说。麦夫鲁特下车，在黑暗中朝小卡车的后面走去。当他面对着年轻女孩关下后门时，一道闪电划过，整个天空、山峦、岩石、树木，所有的东西瞬间如同遥远的记忆被照亮。麦夫鲁特第一次近距离看清了这个将成为他的妻子，并要和他共度一生的姑娘的面容。

他将在一生中，时常想起这一瞬间，这种怪异的感觉。

车开动后，苏莱曼从手套厢里取出一块抹布递给麦夫鲁特说："拿这个擦擦。"麦夫鲁特闻了闻，确信不脏后，从卡车门框的小洞里把抹布递给了后面的女孩。

过了很久，苏莱曼说："你还湿着，也没别的抹布了。"

雨点打在车顶发出噼啪的声响，雨刷则发出一种怪异的呻吟声，但麦夫鲁特知道，他们正在一种深邃的静默中前行。昏暗的橘黄色车灯前，树林黝黑阴森。麦夫鲁特听说过很多关于狼、豺、熊和地下幽灵半夜聚会的故事，也在夜晚的伊斯坦布尔街道上，遇见过很多传说中的怪物和魔鬼的影子。这种黑暗，如同尖尾魔鬼、大脚巨人、犄角独眼兽，抓住迷路的笨蛋和绝望的罪人后，将其投入地下世界。

"怎么变哑巴了。"苏莱曼调侃道。

麦夫鲁特明白，他沉浸其中的奇怪静默将持续很多很多年。

他试图搞清楚，自己是如何误入人生设下的这个陷阱的，"因为狗叫了，我迷了路，所以就这样了。"他为自己寻找类似的理由，尽管他非常清楚这些理由是错误的，但因为可以从中得到安慰，他也就不情愿地相信了。

"有啥问题吗？"苏莱曼问道。

“没有。”

卡车在泥泞、狭窄的弯道处放慢了速度，车灯下，岩石、树木的幽灵、模糊的影子和神秘的物体一一跃入眼帘，麦夫鲁特全神贯注地盯着所有这些奇观，他清楚地知道，这一切他将终生难忘。他们和狭窄的小路一起，一会儿蜿蜒向上，一会儿又盘旋而下，像小偷那样，悄悄地穿越一个消失在泥土里的黑暗村庄。村里的狗叫了起来，随后依然是深邃的静默，麦夫鲁特搞不清楚，这种怪异的感觉存在于他的脑海里，还是世界里。黑暗中，他看见了传说中的鸟影，看见了由奇怪的线条组成的字母，看见了几百年前经过这穷乡僻壤的魔鬼军队的遗迹，也看见了因为作孽而被石化的人影。

“千万别后悔。”苏莱曼说，“没什么可怕的。也没人追咱们。除了歪脖子爸爸，很有可能他们本来就知道女孩打算私奔。千万别跟任何人说起我，那时说服歪脖子·阿卜杜拉赫曼就容易了。过不了一两个月，他就会原谅你们俩。夏天结束之前，你和嫂子一起回去亲他的手，事情就过去了。”

在一个陡峭的坡上急转弯时，卡车的后轮开始在泥里打滑。那一刻，麦夫鲁特幻想到，一切都结束了，拉伊哈平淡无奇地回到了她的村庄，自己也平淡无奇地回到了伊斯坦布尔的家里。

然而，卡车继续前进了。

一小时后，车灯照亮了一两处农家，阿克谢希尔镇上的小街道。火车站在镇的另一头，在镇外。

“你们俩千万别走散。”苏莱曼把他们送到阿克谢希尔火车站时说。黑暗中，他朝拿着包袱等在那里的女孩看了一眼。“别让她看见我，我就不下车了。这下我也和这事脱不了干系了。麦夫鲁特，你一定要让拉伊哈幸福，好吗？她是你的妻子了，开弓没有回头箭。你们在伊斯坦布尔稍微躲一下。”

麦夫鲁特和拉伊哈目送着苏莱曼驾驶的卡车，直到红色的尾灯在黑暗中消失。他们走进阿克谢希尔火车站的旧楼里，没有手拉手。

荧光灯把里面照得通亮。麦夫鲁特第二次看他抢来的姑娘，这回他近距离、屏气凝神地看了一眼。他确信了关后车门时看到的、无论如何也无法相信的事情，他移开了视线。

这不是他在堂兄考尔库特婚礼上看到的姑娘，而是她身旁的姐姐。他们在婚礼上让他看见了美丽的姑娘，现在却送来了她的姐姐。麦夫鲁特明白自己被骗了，他感到羞辱，他无法再去看这个连名字是不是拉伊哈都无法确认的女孩的脸。

是谁，跟他玩了这个游戏？走向售票处时，他听到自己脚步声的回音仿佛是别人的，那么遥远。老旧的火车站，将会在他一生，唤起他对那几分钟的记忆。

他买了两张去伊斯坦布尔的火车票，犹如他在梦中看到的一个人买了票。

"火车马上就来。"工作人员说。但火车没来。小候车室里满是篮子、大包、行李箱和疲惫的人们，当他们在一张长椅边上坐下时，彼此都没有开口说一个字。

麦夫鲁特想起，拉伊哈有一个姐姐，抑或是被他称为"拉伊哈"的美丽姑娘。因为这个女孩的名字确实叫拉伊哈，刚才苏莱曼是这么说起她的。麦夫鲁特也叫她拉伊哈，给她写情书，但在他的脑海里是另外一个人，至少是另外一张脸。麦夫鲁特也想到，他并不知道脑海里那个美丽女孩的名字。他不太明白自己是怎么被骗的，甚至想不起来了。而这，又把他脑海里的怪异感觉，变成了他深陷其中的那个陷阱的一部分。

坐在长椅上，拉伊哈一直盯着自己的手看。刚才他满怀爱恋地牵过这只手，他也曾在情书里写过想要牵到这只手，这是一只漂亮、柔滑的手。现在这只手乖乖地待在拉伊哈的怀里，时而仔细地把包袱或者裙子边整理一下。

麦夫鲁特起身，走去车站广场的小卖部买了两个面包圈。回来时，他又远远地仔细看了一眼拉伊哈戴着头巾的头和她的脸。当年他不听已故父亲的话执意去了考尔库特的婚礼，而眼前却不是他在婚礼上看见的那张美丽脸庞。麦夫鲁特再次确信，他以前从未见过这个真的叫做拉伊哈的女孩。可是怎么会这样呢？拉伊哈知道麦夫鲁特是想着她的妹妹写下那些情书的吗？

"你要吃面包圈吗？"

拉伊哈伸手接过了面包圈。麦夫鲁特在姑娘脸上看见的是一种感激之情，而不是私奔恋人们该有的激动神情。

拉伊哈做坏事似的怯生生地开始吃面包圈，麦夫鲁特在她身旁坐下，用余光瞄着她的一举一动。因为不知道该做什么，麦夫鲁特只好吃了那个不很新鲜的面包圈，尽管他并不想吃。

他们就这么坐着一句话也不说。麦夫鲁特感觉时间过得好慢，就像一个等待放学的孩子那样。他的脑子不由自主地不断琢磨，到底自己犯了什么错才导致了现在的糟糕局面。

他总是想起让他看见那个美丽姑娘的婚礼。去世的父亲穆斯塔法完全不愿意他去参加那场婚礼，但麦夫鲁特还是偷偷跑去了伊斯坦布尔。难道这就是他犯错的结果吗？麦夫鲁特内敛的眼神，就像苏莱曼的车灯那样，在他二十五年人生的灰暗记忆和影子里，探寻一种可以诠释现在这种情况的答案。

火车还是没来。麦夫鲁特起身又去了一趟小卖部，可小卖部关门了。两辆载客进城的马车在路边等着，一个车夫在抽烟。广场上一片寂静。他看见紧挨着车站边有一棵巨大的枫树，他走了过去。

树下立着一块木牌，车站灰暗的灯光照在木牌上。

我们的共和国缔造者
穆斯塔法·凯末尔·阿塔图尔克
1922 年来阿克谢希尔时
曾在这棵百年枫树下喝咖啡

学校的历史书上出现过几次阿克谢希尔的名字，麦夫鲁特也清楚这座邻镇在土耳其历史上的重要性，但这些书本上的知识，现在他一点也想不起来了。他为自己的无能而愧疚。上学时，他也没能尽力成为一个老师希望的好学生。可能这就是他的缺憾。今年他才二十五岁，他乐观地认为自己能够弥补缺憾。

他走回去，重新坐到拉伊哈身旁时又看了她一眼。不，他不记得四年前在婚礼上看见过她，哪怕只是远远的一瞥。

火车误点四个小时。他们在锈迹斑斑、发出悲鸣笛声的火车上找到了一个空车厢。尽管车厢里没有别人，麦夫鲁特还是坐在了拉伊哈的身旁，而不是她的对面。开往伊斯坦布尔的火车，经过道岔和铁轨的磨损处时都会不停地摇晃，那时麦夫鲁特的胳膊和肩膀，会不时碰到拉伊哈的胳膊和肩膀。对此麦夫鲁特也觉得怪怪的。

麦夫鲁特走去车厢的厕所，就像儿时那样，听到从金属蹲便器排污口传来的嗒克嗒克声。他回去时，姑娘竟然睡着了。出逃的夜晚她怎么可以如此安心入睡？麦夫鲁特在她耳边叫道："拉伊哈，拉伊哈。"姑娘被叫醒，用一种真的名叫拉伊哈的人才有的落落大方，甜美地笑了笑。麦夫鲁特默默地坐到她身旁。

他们就像一对结婚多年后无话可说的夫妻那样，一起向窗外张望。偶尔他们看见一个小镇的路灯、行驶在僻径上的车灯、红绿两色的铁路信号灯，但多数时候窗外是漆黑的，车窗的玻璃上也只有他俩的影子。

两小时后天亮了，麦夫鲁特看见拉伊哈在默默落泪。火车在悬崖间一片紫色背景里呼啸着向前奔跑，车厢里只有他俩。

"你想回家吗？"麦夫鲁特问，"你后悔了吗？"

拉伊哈哭得更凶了。麦夫鲁特笨拙地把手放到她的肩上，但觉得别扭，又缩了回来。拉伊哈伤心地哭了很久，麦夫鲁特感到自责和后悔。

过了很久，拉伊哈说："你不爱我。"

"什么？"

"你的信里全是情话，你骗了我。那些信真的是你写的吗？"

拉伊哈说完又继续哭起来。

一小时后，火车到了阿菲永卡拉希萨尔，麦夫鲁特跑下车，在小卖部买了一个面包、两块三角包装的奶酪和一包饼干。火车沿着阿克苏河前行时，他们从一个提着托盘卖茶的孩子那里买了茶，两人喝着茶吃了早饭。他们看到窗外的城市、杨树、拖拉机、马车、踢球的孩子、铁桥下流淌的河水，麦夫鲁特满意地注视着拉伊哈看着它们的目光。整个世界，一切都那么有趣。

火车开到阿拉尤尔特和乌鲁柯伊之间时，拉伊哈睡着了，她的头靠在了麦夫鲁特的肩上。麦夫鲁特从中感到了责任也感到了幸福。两个宪兵和一个老人上车坐了下来。麦夫鲁特把电线杆、柏油路上的卡车和新建的水泥桥，看作是国家日益富裕和发展的象征，但他不喜欢写在工厂、贫穷街区墙壁上的政治口号。

麦夫鲁特也睡着了，尽管他对自己的睡意感到惊讶。

火车到达埃斯基谢希尔时，他俩都醒了，看见宪兵的刹那间惊慌了一下，反应过来后马上放松下来，相视一笑。

拉伊哈的微笑是发自内心的，这种微笑使人无法相信她隐藏或者偷偷地做了什么。她的脸庞端庄富有光彩。麦夫鲁特逻辑上认为她和那些欺骗自己的人是同谋，可是看着她的脸，他又不得不觉得她是无辜的。

火车快到伊斯坦布尔时，他们开始聊天，聊路边的一排排大工厂、从伊兹密特的炼油厂那高高的烟囱里喷吐出来的火焰、货轮到底有多大、它们将去往世界的哪个角落。拉伊哈与她的姐姐和妹妹一样读完了小学，所以她可以轻松地说出那些遥远的沿海国家的名字。麦夫鲁特为她感到骄傲。

尽管拉伊哈四年前因为姐姐的婚礼去过一次伊斯坦布尔，但她还是谦逊地问道："这里是伊斯坦布尔吗？"

"这里是卡尔塔尔，算是伊斯坦布尔了，"麦夫鲁特自信地说，"但还差一点。"他指着对面的岛屿给拉伊哈看。他想，终有一天他们会去那些岛上游玩。

但在拉伊哈短暂的一生中，他们竟一次也没去过。

第二章

（1994 年 3 月 30 日，星期三）

亚洲人……在他们的婚礼上，先吃饭，喝钵扎……然后打架。

——莱蒙托夫《当代英雄》

二十五年里麦夫鲁特在每个冬天的夜晚

放开卖钵扎的人

和拉伊哈私奔到伊斯坦布尔十二年后，1994年3月的一个漆黑夜晚，麦夫鲁特叫卖钵扎时，眼前突然出现了一个从上面悄无声息快速垂挂下来的篮子。

"卖钵扎的，卖钵扎的，两杯钵扎。"一个孩子的声音。

黑暗中篮子就像一个天使从天而降。麦夫鲁特如此惊讶，大概是因为一个早已被遗忘的习惯，伊斯坦布尔人会把系着绳子的篮子从窗口放下，从街头小贩那里买东西。麦夫鲁特一下子想起了二十五年前，他还是一个中学生，跟爸爸一起卖酸奶和钵扎的日子。他往草篮里的搪瓷罐内倒了差不多一公斤钵扎，而不是楼上孩子要的两杯。他很得意，仿佛自己跟一个天使做了交流。最近几年，麦夫鲁特有时会思考或幻想一些宗教问题。

为了让读者准确地理解这个故事，不因为故事充满了怪异事件而使读者误以为故事本身也完全怪异，还是让我先来告诉世界各国和下一代土耳其读者，什么是钵扎，因为我估计二三十年后，他们可能会遗憾地忘记它。钵扎是一种由小米发酵制成的传统亚洲饮料，这种浓稠的饮料气味香郁、呈深黄色、微含酒精。

　　钵扎在温暖的环境里会快速泛酸变质，因此在奥斯曼帝国时期的伊斯坦布尔，店家只在冬季出售钵扎。1923 年共和国成立之时，伊斯坦布尔的钵扎店受到德国啤酒店的冲击全都关门歇业了。但这种传统饮料，由于有像麦夫鲁特这样的小贩，便从未在街头消失。20 世纪 50 年代后，冬天的夜晚，在那些铺着鹅卵石的贫穷、破败的街道上，钵扎仅成了一路叫卖"钵扎"的小贩们的营生。他们的叫卖声，唤醒了我们对过去几个世纪、那些消逝的美好日子的记忆。

　　麦夫鲁特感到了趴在五楼窗口那些孩子的急切，他把草篮里的纸币放进兜里，把该找的零钱放在搪瓷罐旁，像儿时跟爸爸一起在街上叫卖那样，他轻轻地往下拽了一下篮子并放开，示意楼上的人可以收绳了。

　　草篮随即开始上升，篮子在寒风中来回摇摆，轻轻刮碰到楼下几层的窗台和雨水管，难为了楼上拽绳的孩子们。到达五楼时，草篮就像一只幸福的鸽子遇到了合适风速，在空中悬停了一瞬，随后宛如一个神秘、禁忌的物体，突然消失在黑暗里。麦夫鲁特继续往前走去。

　　他对着面前昏暗的街道喊道："钵——扎"……"最好的钵——扎……"

　　用篮子购物是属于旧时的一种方式，那时公寓楼里还没有电梯和电动门控，伊斯坦布尔也没有许多高于五六层的建筑。在麦夫鲁特刚开始跟着父亲当街头小贩的日子里，也就是 1969 年的光景，不单单是晚上买钵扎、白天买酸奶，就连那些不愿意下楼、让杂货店伙计帮忙买东西的家庭主妇，都会以这种方式购物。他们把一个小铃铛拴在草篮的下面，这既可以让杂货店知道那些还没有电话的人家需要买东西，也可以让街头小贩发现楼上的顾客。当酸奶和钵扎被稳妥地放进草篮后，小贩便摇响草篮下的铃铛。麦夫鲁特总是享受地看着草篮被拽着渐渐升高。有时，篮子会在风中来回摇摆，刮碰到窗户、树杈、电线、电话线、楼间的晾衣绳，篮子下面就发出和谐悦耳的铃铛声。一些老顾客，会在草篮里放上赊账本，麦夫鲁特就在拉绳示意之前，在本子上记下那天赊了几公斤酸奶。文盲的父亲在儿子还没来帮他之前，会在本子上画线条来记账（一根竖线代表一公斤，半根竖线则半公斤），麦夫鲁特的父亲很骄傲地看着儿子在账本上写数字，或者为一些顾客做记录（带奶油的，星期一——星期五）。

但这些都是久远的记忆了。在这二十五年里伊斯坦布尔发生了太多的变化，以至于这些最初的记忆，对于现在的麦夫鲁特来说仿佛神话一般。他刚来伊斯坦布尔时，城里几乎所有街道都是鹅卵石路面，而现在已全是柏油路了。那时城里绝大多数的房子都是带花园的三层洋房，而现在它们的大部分已被拆除，取而代之的是高层公寓楼，住在顶层的人们也已无法听见小贩的沿街叫卖了。收音机也被电视机取代了，钵扎小贩的叫卖声也被淹没在彻夜不休的电视噪音里。街上穿着灰蒙蒙衣服的沉默和沮丧的人们离开了，取而代之的是一群聒噪、活跃、自负的人。每天都经历着其中的一点点变化，因此麦夫鲁特没有明显地发现这些巨变的程度，也没像某些人那样因为伊斯坦布尔的变化而感到一丝悲哀。但他一直想去适应这些巨变，总是选择去那些自己受欢迎、被喜爱的街区。

比如，离他家最近、最热闹的贝伊奥卢！十五年前，20世纪70年代末，当贝伊奥卢的后街上那些破旧的娱乐场所、夜总会、半地下的妓院还开张时，麦夫鲁特可以在那些地方叫卖到半夜。即便是在深夜，很多人还会从麦夫鲁特那里买钵扎。他们有的是来自用煤炉取暖的地下室和夜总会的歌女兼吧女，还有这些女人的崇拜者，有的是从安纳托利亚过来购物后带着疲惫在夜总会请吧女喝酒的中年小胡子男人，或是热衷于接近夜总会女人的最后一拨伊斯坦布尔的可怜虫，以及阿拉伯和巴基斯坦的游客、招待员、保安、看门人。然而在最近十年里，就像这座城市里总在发生的那样，在变化魔鬼的神奇触摸下，所有这些生活模式全都消失了，人也都走掉了，那些唱奥斯曼和欧洲合璧的土风—欧风歌曲的娱乐场所也关闭了，取而代之的是吃炭烤羊肉串—阿达纳烤肉丸、喝拉克酒的喧闹场所。自娱自乐跳肚皮舞的年轻人对钵扎不感兴趣，所以麦夫鲁特再也不去独立大街一带了。

二十五年里的每个冬季，每晚八点半左右，电视里的晚间新闻结束时，他开始在位于塔尔拉巴什的出租屋里做出发前的准备。他穿上妻子为他织的咖啡色毛衣，戴上羊毛帽子，围上打动顾客的蓝色围裙，罐子里已装满妻子或女儿们加了糖和特殊香料调好味的钵扎，他拿起罐子掂一下（有时会说，"你们放少了，今晚很冷。"），穿上黑色外衣和家人告别。以前他会对两个年幼的女儿说，"别等我，你们先睡。"现在，见她们在看电视，有时他只说一句，"我不会太晚回来。"

出门后的第一件事，就是把两个装满钵扎的塑料罐连同挂钩一起绑到扁担的两头，把那根用了二十五年的橡木扁担放到肩膀靠脖后的位置，像一个战士上战场之前最后看一眼是否带了子弹那样，检查一下腰带和外衣内袋里是否放好了装着鹰嘴豆和肉桂粉的小袋子（有时他妻子、有时他的两个着急的女儿、有时是麦夫鲁特自己往手指大小的塑料袋里放鹰嘴豆和肉桂粉），然后开始他那永无止境的沿街叫卖。

"最好的钵扎……"

他很快就到了上面的街区，在塔克西姆转弯后，他一旦决定当天去哪里，就马上加快脚步朝那个方向走去。除了在一家咖啡店抽烟休息的半个小时，他一直在不停地叫卖。

购物篮像天使一样降落在他面前时是九点半，麦夫鲁特当时在潘尬尔特。十点半的光景，他来到居米什苏尤的后街，走到一条通向小清真寺的黑暗小街上，他发现了一群野狗，它们在几星期前也引起过他的注意。野狗们一般不骚扰街头小贩，所以麦夫鲁特在此前并不惧怕它们。然而此刻一种怪异的紧张让他的心跳加速，他慌乱了。他知道，一旦有人害怕，野狗就会立刻嗅到并袭击那个人。他要求自己去想别的事情。

他努力地去想一些美好的事情，比如和女儿们边看电视边说笑、墓地里的柏树、过一会儿回家后和妻子聊天、先生阁下的"你们要保持内心纯净"的教诲、前些天梦见的天使。但这些都没能让他从心里赶走对野狗的恐惧。

"汪汪汪汪"一只狗号叫着向他逼近。

它身后的第二只狗也在慢慢地靠拢过来。黑暗中很难看清它们，因为它们全身土褐色。麦夫鲁特看见远处还有一只黑狗。

所有的狗，连同他没看清的第四只狗同时开始狂吠。麦夫鲁特陷入了儿时的一种恐惧，这种恐惧只在他儿时的小贩生涯里出现过一两次。他也想不起来那些防狗用的经文和祷词，只好一动不动地站在原地。但是狗群在继续冲他狂吠。

麦夫鲁特现在用眼睛寻找一扇可以逃遁的大门，一个可以藏身的门洞。他想到，卸下肩上的扁担是否可以当作棍子来用？

一扇窗户打开了。"走开！"一个人喊道，"嘿，放开卖钵扎的人……走开……走开……"

群狗瞬间往后退缩，随后停止狂吠静静地离开了。

麦夫鲁特很感激三楼窗户里的男人。

"卖钵扎的，不要怕。"站在窗口的男人说，"这些狗很卑鄙，谁怕了，它们马上就知道。明白吗？"

"谢谢。"麦夫鲁特说完准备继续上路。

"上来，让我们也从你这儿买点钵扎。"尽管麦夫鲁特不喜欢那人高高在上的样子，但他还是走到了门口。

公寓楼的门吱吱地被楼上的电动门控打开了。楼里满是煤气、油烟和油画颜料的气味。麦夫鲁特不急不慢地爬上三楼。他们没让他站在门口，而像旧时的好心人那样：

"进来卖钵扎的，你大概冻坏了吧。"

门口放着好几排鞋子。弯腰脱鞋时他想起，老朋友费尔哈特有一次说过，"伊斯坦布尔的公寓楼分三类"：1. 你要在门口脱鞋，那是教徒的人家，他们会在家里做礼拜。2. 你可以穿鞋进去，那是欧派富裕人家。3. 两者皆有的混住的新建高层公寓楼。

这栋公寓楼位于富人区，在这里没人会把鞋脱下放在单元门口。但不知为什么，麦夫鲁特感觉自己好像就在一栋各类人家混住的又大又新的公寓楼里一样。不管是在中产阶级还是富裕人家，麦夫鲁特总会在单元门前恭敬地脱下鞋子，从不听从"卖钵扎的，你不用脱鞋"的劝告。

麦夫鲁特走进的单元房里有一股浓重的拉克酒味。他听到了一群人欢快的叽叽喳喳声，夜生活还没结束，他们就都已喝得酩酊大醉了。一张几乎占据了整个小客厅的餐桌旁，男男女女坐着六七个人，他们像所有人家一样把声音开的很响，一边看着电视，一边喝酒、嬉笑、聊天。

当他们发现麦夫鲁特走进厨房时，里面的人一下子安静了下来。

一个醉醺醺的男人在厨房说："卖钵扎的，给我们来点钵扎。"这不是麦夫鲁特在窗口看见的男人。"你有鹰嘴豆和肉桂粉吗？"

"有！"

麦夫鲁特知道，这样一来就没法问要几公斤了。

"你们几个人？"

"我们是几个人？"男人在厨房对着客厅讥笑着问道。桌上的人嬉笑着、争论着、开着玩笑，半天才把他们自己数清楚。

"卖钵扎的，如果很酸，我就不要了。"麦夫鲁特没看见的一个女人在里面喊道。

"我的钵扎是甜的。"麦夫鲁特大声回答道。

"那，我就不要了。"这是一个男人的声音。"好的钵扎应该是酸的。"

他们之间开始了争论。

"来，卖钵扎的，你过来。"这是另外一个醉鬼的声音。

麦夫鲁特从厨房走到客厅，他感到了差异和贫穷。客厅顷刻间平静下来。餐桌上的每个人都面带微笑好奇地看着他。这同时也是人们看见一样旧时留下、早已过时的东西时所表现出来的好奇。麦夫鲁特最近几年里见过很多这样的眼神。

"卖钵扎的，哪种钵扎更受欢迎，酸的还是甜的？"一个小胡子男人问道。

三个女人的头发都染成了金色。麦夫鲁特看见刚才打开窗帮自己赶走狗群的男人坐在桌边，面对着两个金发女人。"钵扎无论酸甜都受欢迎。"他答道。这是他二十五年来的一个烂熟于心的回答。

"卖钵扎的，你能挣钱吗？"

"挣钱。感谢真主。"

"也就是说这个行当里有钱挣……你卖了几年钵扎？"

"我卖了二十五年钵扎，以前上午我还卖过酸奶。"

"卖了二十五年，也挣钱，你一定发财了，是吗？"

"很可惜，我们还不富裕。"麦夫鲁特说。

"为什么？"

"我们村过来的亲戚现在全都是富人了，可我没有那么好的运气。"

"为什么你的运气不好？"

"因为我诚实。"麦夫鲁特说，"我不会因为想要一个房子，为我的女儿办一场体面的婚礼而说谎；我不卖变质的东西；我也不吃宗教禁止的食物……"

"你是教徒吗？"

麦夫鲁特知道这个问题在富人家里已被赋予了政治内涵。三天前举行的市政府选举中，由于很多穷人的选票，一个宗教党派获胜了。麦夫鲁特也为这个出人预料当选为伊斯坦布尔市长的候选人投了票，既因为他是一个教徒，也因为他曾经在自己女儿读书的学校上过学。那是皮亚莱帕夏小学，位于卡瑟姆帕夏。

"我是一个小贩，"麦夫鲁特狡猾地说，"一个小贩怎么可能是教徒呢？"

"为啥不能？"

"我一直忙于谋生。如果从早到晚你都在街上，怎么去做五次礼拜……"

"上午你做什么？"

"我啥都干过……卖过鹰嘴豆米饭，做过餐馆招待员，卖过冰激凌，还当过经理……我啥活都能干。"

"什么经理？"

"宾博快餐店经理。在贝伊奥卢，但关门了。你们听说过吗？"

"现在你上午做什么？"刚才开窗的男人问。

"这段时间我闲着。"

"你没有老婆孩子吗？"一个可爱的金发女人问道。

"有。感谢真主，我们有两个天使般漂亮的女儿。"

"你会让她们上学，是吗？……等她们长大了，你会让她们戴头巾把头包上吗？"

"我们是从农村来的穷乡下人，"麦夫鲁特说，"我们遵守我们的习俗。"

"你也是因为这个卖钵扎的吗？"

"我们那里大多数人来了伊斯坦布尔就卖酸奶和钵扎。但说实话，我们在村里时既不知道钵扎，也不知道酸奶。"

"也就是说，你是在城里见到钵扎的？"

"是的。"

"你是怎么学会像卖钵扎的人一样叫卖的？"

"叫得真好，你有一副像宣礼人那样的好嗓子。"

"那是卖钵扎的人忧郁的声音。"麦夫鲁特说。

"卖钵扎的，夜里走在黑暗的街道上你不害怕吗？……不厌烦吗？……"

"真主帮助我们这些可怜的卖钵扎人，我总会想些美好的事情。"

"夜晚在黑暗僻静的小街上，看见墓地、野狗、魔鬼、精灵也不怕吗？"

麦夫鲁特沉默了。

"你叫什么名字？"

"麦夫鲁特·卡拉塔什。"

"麦夫鲁特，快来给我们演示一下你是怎么叫卖钵扎的。"

麦夫鲁特见过很多像这样的一桌醉鬼。在他刚开始当小贩的那些年里，他听到很多醉醺醺的人问："你们村里通电了吗？"（他刚来伊斯坦布尔的时候还没有，可现在，1994年有了。）"你上过学吗？"他们还会接着问，"你第一次坐电梯是啥感觉，你第一次去看电影是啥时候？"那些年，麦夫鲁特为了取悦请自己去客厅的顾客，会给出让他们发笑的回答，他不怕让自己显得更单纯、更没有城市生活经验、更愚钝。对于那些友好的老顾客，也无需他们太执意坚持，他就会模仿自己在街上的叫卖。

但那是在以前。现在麦夫鲁特感到了一种莫名的愤怒。如果不是对帮自己赶走狗群的人心存感激，他会立刻停止交谈，卖了钵扎就走人。

"几个人要钵扎？"他问。

"啊，你还没把钵扎放到厨房啊？我们以为已经在厨房准备好了呢。"

"你在哪里买的这个钵扎？"

"我自己做的。"

"什么呀……所有卖钵扎的人都是去维法钵扎店买来的。"

"最近五年，埃斯基谢希尔也有钵扎作坊了。"麦夫鲁特说，"但我从最老、最好的维法钵扎店买来原酿，然后自己加工，配上我自己的调料让它更好喝。"

"也就是说，你在家里往里面加糖了？"

"钵扎无论酸甜都是天然的。"

"什么呀，不可能！钵扎是酸的。它的酸味来自发酵，就像葡萄酒一样，带酒精的。"

"钵扎含酒精吗？"一个女人挑起眉毛问道。

"姑娘，你也真是什么都不知道！"一个男人说，"钵扎，是禁酒精、禁葡萄酒的奥斯曼帝国时期的一种饮料。穆拉特四世夜晚微服私访，不仅下令关掉了葡萄酒馆和咖啡馆，还关掉了钵扎店。"

"他为什么取缔咖啡馆？"

一群醉鬼开始争论起来。在以前的酗酒聚会上、酒吧里，麦夫鲁特见过很多次这样的争论。他们一下子就把他给忘了。

"卖钵扎的，你来说，钵扎含酒精吗？"

"钵扎不含酒精。"麦夫鲁特说，他明明知道这是错误的。在这个问题上，他爸爸也是这么说的。

"怎么可能没有呢，卖钵扎的……钵扎含酒精，但很少。奥斯曼帝国时期，那些想喝酒的教徒故意说'钵扎不含酒精'，这样他们就可以心安理得地喝上十杯，直到酩酊大醉。但共和国时期，阿塔图尔克解除了对拉克酒和葡萄酒的禁令，于是不再有任何意义的钵扎业也就在七十年前结束了。"

"也许伊斯兰教禁酒，钵扎就又回来了……"一个醉醺醺，长着细长鼻子的男人说着用挑衅的眼神看了麦夫鲁特一眼。"你怎么看选举结果？"

"不，钵扎不含酒精。如果有，我是不会卖的。"麦夫鲁特继续接着前面的话题说。

"看见了吧，人家不像你，人家忠于他的宗教。"一个男人对另一个男人说。

"你只管说自己的观点。我既忠于我的宗教，也喝我的拉克酒。"那个细长鼻子的人说，"卖钵扎的，你是不是因为害怕才说钵扎不含酒精啊？"

"除了真主，我谁也不怕。"麦夫鲁特答道。

"哈！这就是给你的回答。"

"你不怕夜晚街上的野狗和强盗吗？"

"谁也不会来骚扰一个卖钵扎的穷人。"麦夫鲁特微笑地说。这也是他经常给出的一个回答。"土匪、强盗、小偷也不会骚扰卖钵扎的人。我干这行二十五年了，从来没被打过劫。人人都尊重卖钵扎的人。"

"为什么？"

"因为钵扎是很久以前我们的祖先留下的一样东西。今夜，在伊斯坦布尔的大街小巷里不会有超过四十个卖钵扎的人。很少有人像你们这样买钵扎。大多数人，他们听到叫卖声，会幻想一下旧时光，从中得到安慰。这也正是让卖钵扎的人得以生存、感到幸福的事情。"

"你是教徒吗？……"

"是的，我敬畏真主。"麦夫鲁特说，他知道自己的这句话会吓到他们。

"你也热爱阿塔图尔克吗？"

"元帅加齐·穆斯塔法·凯末尔·阿塔图尔克殿下在1922年去过我们那里，阿克谢希尔，"麦夫鲁特告诉他们说，"后来他在安卡拉建立了共和国，最后有一天，他来到伊斯坦布尔，住在塔克西姆的帕尔克酒店……有一天，他走到房间的阳台上，发现伊斯坦布尔的欢乐和喧闹里缺少一样东西。他询问助手，助手们说：'加齐殿下，因为欧洲没有，担心您会生气，所以我们禁止街头小贩进城。'阿塔图尔克其实对此很生气。他说：'街头小贩是街道的鹦鹉，是伊斯坦布尔的欢乐和生命。你们绝对不能禁止他们进城。'从那天起，街头小贩这个行当在伊斯坦布尔就自由了。"

"阿塔图尔克万岁。"一个女人喊道。

桌上的一些人也重复道"阿塔图尔克万岁"，麦夫鲁特也加入了其中。

"如果虔诚的教徒们上台执政，土耳其不会变成像伊朗那样吗？"

"这你就别操心了，军队不会答应的。军队会发动军事政变，关闭他们的政党，把他们全投入监狱。卖钵扎的，是不是这样啊？"

"我就是一个卖钵扎的，"麦夫鲁特说，"我不关心高深的政治。政治是你们这些大人物的事情。"

尽管他们都喝醉了，但还是听出了他的言外之意。

"卖钵扎的，我完全跟你一样。我只怕真主，还有就是我的丈母娘。"

"卖钵扎的，你有丈母娘吗？"

"很可惜，我没能认识她。"麦夫鲁特说。

"你是怎么结婚的？"

"我们彼此相爱，私奔了。不是所有人都能这样的。"

"你们是怎么认识的？"

"在亲戚的婚礼上，我们远远地对视了一眼就爱上了。我给她写了三年情书。"

“干得好卖钵扎的，你一点也不差啊。”

“现在你的妻子做什么？”

“她在家做手工活。她做的手工活也不是人人会做的。”

“卖钵扎的，如果我们喝钵扎，会不会醉得更厉害啊？”

“我的钵扎不会让人醉的。”麦夫鲁特说，“你们是八个人，我给你们两公斤。”

他回到厨房，但是倒出钵扎、加上鹰嘴豆和肉桂粉，再拿上钱，用了很长时间。想到顾客们都在等候他，他必须不停地赶路，麦夫鲁特怀着一种旧时留下的坚定决心，穿上了鞋。

“卖钵扎的，外面乱七八糟的，小心点。”里面的几个人喊道，“别让小偷盯上你，别让野狗来咬你！”

“卖钵扎的，再来啊！”一个女人说。

麦夫鲁特很清楚，其实他们不会再买钵扎了。他们不是因为钵扎，而是因为听到了他的叫卖声，作为一种醉酒后的消遣，才喊他上楼的。外面的寒冷让他感觉神清气爽。

“钵——扎。”

二十五年来，他见过太多像这样的房子、人和家庭，这样的问题他也听过上千次，早已习惯。20 世纪 70 年代末，在贝伊奥卢、道拉普代莱的那些阴暗的后街上，他遇到过很多类似的围坐一桌的醉鬼，诸如经营夜总会的人、赌徒、无赖、皮条客和妓女。麦夫鲁特知道不去在意醉鬼的言行，用“不引起任何人注意”的办法来对付他们，这样才能不耽误时间继续上路，这是他服兵役时那些机灵鬼说的话。

多年来，他很少被叫去家里。而在二十五年前，几乎所有人都会让他进单元房，很多人会在厨房里问他，“你冷不冷？上午你去上学吗？要喝杯茶吗？”一些人还会请他进客厅，甚至让他坐在他们的桌旁。在那些美好的年代里，他有太多的活儿，要赶着去给老顾客送货，所以总是没能好好地享受这些款待和关爱就匆忙离开了。麦夫鲁特明白，因为很长时间里第一次感到有人对自己如此关心，所以他心软了；另外也因为那是一群奇怪的人。以前，在有厨房、有家庭的宅子里，一群男女聚在一起喝拉克酒、醉醺醺聊天的情况是不多见的。他想起他的朋友费尔哈特总是半开玩笑、半认真地对他说："现在大家都在家里喝泰凯尔的45度拉克酒，谁还会喝你的3度钵扎。这生意没戏了，麦夫鲁特，看在真主的分上，放弃吧。人们不用靠你的钵扎来买醉。"

他走进通向芬德克勒的岔道，给一个老顾客快速送去了半公斤钵扎。走出楼房时，他在一座公寓楼门口看见两个可疑的人影。麦夫鲁特知道，如果他去关注自己认为的"可疑之人"，那么可疑之人就会明白（就像在一个梦里见到的那样）他是怎么想他们的，从而可能做出对他不利的事情。但是他始终无法摆脱这两个人影。

凭着一种本能，当他转身去看身后是否有狗跟着时，他瞬即确信，那两个人影正跟着自己，只是他还是无法完全相信。他用劲儿摇了两下手里的铃铛，又轻轻却慌乱地摇了两下，"钵——扎"他叫喊道。他决定不上塔克西姆，而是快速下台阶走到谷底，然后再爬台阶到吉汗吉尔，抄近路回家。

走下台阶时跟在他身后的其中一个人影叫道："卖钵扎的，卖钵扎的，等等我们啊。"

麦夫鲁特装作没听见，他肩挑扁担，小心翼翼地快步下了几个台阶。但是在路灯没能照亮的一个角落里，他不得不放慢了脚步。

"卖钵扎的，我们说了让你停下，我们是敌人吗，我们要买钵扎。"

麦夫鲁特停了下来，为自己的胆怯而害羞。一棵无花果树挡住了路灯的光线，这个面向台阶的平台愈发显得黑暗了。这个地方是他去抢拉伊哈的那个夏天卖冰激凌时，夜晚停放三轮小货车的地方。

"你的钵扎怎么卖啊？"走下台阶的一个人用一种无赖的语气问道。

现在他们三个人全站在黑暗的无花果树下。想喝钵扎的人会来询问价钱，但他们会咽着口水、轻声、礼貌地问，而不是用挑衅的口气。麦夫鲁特感到不妙，说了平时一半的价钱。

"还挺贵啊。"其中一个大块头说，"给我们来两杯看看。你一定挣了不少钱吧。"

麦夫鲁特放下钵扎罐，从围裙的兜里拿出一个大塑料杯。他往杯里倒满了钵扎，递给个头更矮小也更年轻的男人。

"您请喝。"

"谢谢。"

当他往第二个杯里倒钵扎时，空气里弥漫着的怪异静默，差点让他感到内疚。大块头男人也感觉到了这点。

"卖钵扎的，你一路奔跑，生意很好吗？"

"不好。"麦夫鲁特说，"生意不好做，钵扎卖不动了，没以前那么好了，没人买钵扎。其实今天我是不准备出来的，但是家里有病人，他们在等着买一碗汤的钱。"

"你一天挣多少？"

"不是说女人的年纪、男人的薪水不能问吗？"麦夫鲁特说，"但是既然您问了，我就告诉您。"他给大块头的人影也递上了一杯钵扎。"如果有销量，那么那天我们就能吃饱肚子。像今天这样没销量的话，我们就得饿着肚子回家了。"

"看你也不像是一个饿肚子的人。你是哪里人？"

"我是贝伊谢希尔人。"

"贝伊谢希尔？在哪里？"

麦夫鲁特没有回答。

"你当伊斯坦布尔人几年了？"

"已经二十五年了。"

"你在这里待了二十五年，还说自己是贝伊谢希尔人吗？"

"不……这不是因为您问了吗。"

"那么长时间你在这里一定挣了不少。"

"走了很多路……这不半夜了我还没歇着。你们是哪里人？"

两人没回答，麦夫鲁特害怕了。"你们要肉桂粉吗？"他问道。

"给点儿，肉桂粉怎么卖？"

麦夫鲁特从围兜里掏出黄铜的肉桂粉瓶。往杯子里撒肉桂粉时他说："不要钱，肉桂粉和鹰嘴豆是我们招待顾客的。"他从口袋里摸出两个鹰嘴豆袋子。他没有像往常那样把鹰嘴豆袋放到顾客的手里，而是把它们打开，像一个认真的招待员那样，把鹰嘴豆撒到了黑暗中的两个男人的杯子里。

"钵扎最好要跟鹰嘴豆一起吃。"他说。

两个男人互相望了一眼，把钵扎全喝了。

年纪更大的大块头喝完钵扎后说："在这个糟糕的日子里，你就为我们干一天吧。"

麦夫鲁特知道这句话意味着什么，他没让那人继续说下去。

"我的老乡，如果你们没钱，我下次再收。在这么大的城市里，咱们这些可怜人在困难时候只能互相帮助。算我请客，如您所愿。"为了继续上路，他把扁担放到了肩上。

"等一下卖钵扎的。"大块头男人说，"我们不是说了嘛，今天你为我们干一天……把你身上的钱交出来。"

"我的老乡，我身上没钱啊。"麦夫鲁特说，"我就从一两个顾客那里挣了两份钵扎的钱，那也是家里病人的药钱，其他的也……"

小个子男人从口袋里瞬间掏出一把弹簧刀，他按下按钮，刀片嗒的一声弹了出来。他把刀尖顶在麦夫鲁特的肚子上。大块头男人同时跑到麦夫鲁特的身后，紧紧地抓住了他的胳膊。麦夫鲁特沉默了。

小个子男人一面用刀顶着麦夫鲁特的肚子，一面用另一只手快速、仔细地搜了围兜的几个小口袋和外衣的每个角落。他迅速把找到的小额纸币和零钱放进自己的兜里。麦夫鲁特看见他很年轻但很丑。

当他直视着那个孩子的脸时，"看你的脚下，卖钵扎的。"身后又高

31

又壮的男人说道，"你看，真不赖，你还真有不少钱呢。怪不得你要逃跑。"

"够了。"麦夫鲁特挣脱地说道。

"够了吗？"身后的人说，"不！还不够。你二十五年前就来这里打劫城市，现在轮到我们了，你就说够了，感谢真主。我们来迟了，我们有什么错？"

"没有，谁都没有错。"麦夫鲁特说，"别介意。"

"你在伊斯坦布尔有什么？家？房子？"

"我发誓，我们连一棵树都没有，"麦夫鲁特说谎道，"我什么也没有。"

"为什么？你是大笨蛋吗？"

"我运气不好。"

"二十五年前来伊斯坦布尔的所有人都给自己盖了一夜屋，现在那些地皮上都在造公寓楼。"

麦夫鲁特恼怒地扭动了一下身子，但这么做的结果是不仅让刀子狠狠地戳了一下他的肚子（"妈呀！"麦夫鲁特叫道），还让他们把全身又仔细地搜了一遍。

"你说，你是大笨蛋，还是在这里装傻充愣？"

麦夫鲁特沉默着。身后的男人老练地把他的左胳膊和手扭到了身后，"嘿，真不赖看看这儿，我的贝伊谢希尔兄弟，你没把钱花在买房置地上，你用来买手表了。现在明白了。"

十二年前作为婚礼礼物被戴在麦夫鲁特手腕上的瑞士名牌手表瞬时被摘了下来。

"有抢劫卖钵扎的吗？"麦夫鲁特说。

"任何事都会有第一次。"抓着他胳膊的人说，"别出声，也别朝后面看。"

一老一少两个劫匪离去时，麦夫鲁特一声没吱，只是默默地看着他们的背影。同时，他明白了这是一对父子。在后面拧着他胳膊的一定是父亲，用刀顶着他肚子的是儿子。他自己和父亲从来没能建立起这样一种默契。去世的父亲不是他的同伙，却总是个指责他的人。他默默地走下台阶，来到一条通向卡赞吉·尤库舒的岔道上，四周寂无一人。回家后跟拉伊哈怎么说？他能不和任何人提及此事吗？

一个念头闪过他的脑海，抢劫只是一场梦，一切照旧。他不会告诉拉伊哈自己被抢了，因为他没有被抢劫。哪怕能够相信这个错觉几秒钟，都帮他减轻了不少痛苦。他摇响了手中的铃铛。

"钵——扎。"他习惯地叫道，但与此同时，就像在梦里一样，他感到喉咙里没有发出一丝声响。

在以前的那些美好时光里，每当他在街上因为一件事难过、受辱、伤心，回到家里拉伊哈总会很好地宽慰他。

在二十五年卖钵扎的生涯里，麦夫鲁特第一次在罐里的钵扎还没卖完之前，没有一路喊着"钵——扎"，而是紧走慢赶地回了家。

踏进只有一个房间的家，从屋里的寂静中，他知道两个上小学的女儿已经睡了。

拉伊哈坐在床沿，她每晚都那样一边做手工活，一边瞄两眼声音调得很低的电视，等着麦夫鲁特回家。

"我不卖钵扎了。"麦夫鲁特说。

"怎么了？"拉伊哈问，"你不会放弃卖钵扎的。可是你说的也有道理，但你得做别的事情，光靠我做手工活是不够的。"

"我说我不卖钵扎了。"

"据说费尔哈特在供电局可以挣不少钱。"拉伊哈说，"你去让他帮你找份差事。"

"我死也不会去找费尔哈特。"麦夫鲁特说。

第三章

（1968 年 9 月—1982 年 6 月）

从我小时起，我的父亲就恨我。

——司汤达《红与黑》

1

麦夫鲁特在村里时

这个世界要是说话，会说些什么？

为了理解麦夫鲁特的决定、他对拉伊哈的依赖以及他对狗的恐惧，现在让我们回到他的童年时代。麦夫鲁特1957年出生在科尼亚省的贝伊谢希尔镇杰奈特普纳尔村，十二岁之前，他从未离开过这个村庄。1968年秋天小学顺利毕业后，他以为就像和自己同样情况的其他孩子一样，他也会去伊斯坦布尔，在爸爸身边读书，跟爸爸一起谋生。可爸爸不要他去，他只好留在村里做起了羊倌。麦夫鲁特一生都在想，那年爸爸为什么执意让他留在村里，但他始终没能找到一个令自己满意的答案。他的两个朋友，伯父的儿子考尔库特和苏莱曼去了伊斯坦布尔，因此麦夫鲁特度过了一个孤独、忧伤的冬季。他做羊倌，赶着八九只羊沿着溪流溜达，看着远处无聊的天空、路上的大巴、卡车、飞鸟和杨树，就这样度过一天又一天。

有时，他聚精会神地看着杨树叶在风中颤抖，感觉那是杨树在给自己传递某种信息。有些树叶把深色的一面、有些则把泛黄的一面呈现在麦夫鲁特的眼前。就在那时，似有似无的一阵微风拂过，把深绿色叶子变黄的一面和泛黄叶子深绿色的一面呈现出来。

他最大的乐趣就是把干树枝一根根收集起来，等里面的水分完全蒸发后，把树枝堆成一堆点燃。当树枝完全燃烧起来时，他那只名叫卡米尔的狗就会高兴地围着火堆跑两圈；麦夫鲁特坐下烤手时，狗也在不远处趴下，像麦夫鲁特那样，一动不动、久久地看着火苗。

村里所有的狗都认识麦夫鲁特，即便他在最寂静、最黑暗的夜晚出村，也不会有一只狗冲他号叫，麦夫鲁特也因此认为自己属于这个村庄。村里的狗只会对村外来的危险和陌生的人狂吠。如果一只狗冲着村里的一个人叫，比如麦夫鲁特最好的朋友，他伯父的儿子苏莱曼，其他人就会调侃道："苏莱曼，魔鬼附身了，你在想坏事！"

苏莱曼：村里的狗其实从来没冲我叫过。现在我们举家迁去了伊斯坦布尔，我很伤心，因为麦夫鲁特被留在村里，我很想念他……但是村里的狗对我的态度，和它们对麦夫鲁特的态度是完全一样的，这点我要申明一下。

有时麦夫鲁特和他的狗卡米尔让羊留在山下吃草，他们则爬上山坡。当麦夫鲁特从高处俯瞰坡下一览无余的风景时，心中的一些美好愿望便会慢慢苏醒，比如生活、幸福、在这世上拥有一席之地。有时他幻想爸爸坐着大巴从伊斯坦布尔回来把他带走。山下羊儿吃草的平川，在溪流转弯处被高耸的岩石阻断。有时，他还会在平川的另一头看见袅袅烟雾。他知道，烧火的是邻村居米什代莱的孩子，他们和自己一样是一群没能去伊斯坦布尔读书的小羊倌。风和日丽的日子里，特别是在上午，麦夫鲁特和卡米尔爬上山坡，能够看见居米什代莱村的小房子、可爱的白色清真寺和尖细的宣礼塔。

阿卜杜拉赫曼：因为我就住在那个村，也就是居米什代莱村，所以我找到了马上进入话题的勇气。20世纪50年代，我们这些生活在居米什代莱、杰奈特普纳尔和周边其他三个村庄里的人大多一贫如洗。我们冬天在杂货店赊账，艰难度日熬到春天。开春后，我们村里的一些男人会去伊斯坦布尔的建筑工地干活。我们当中有些人没钱，瞎子杂货店的老板还帮我们购买去伊斯坦布尔的大巴车票，然后在账本的最上面记下我们欠他的车票钱。

1954 年，从我们村去伊斯坦布尔的高个宽肩的巨人尤瑟夫先做了建筑工人，后来碰巧成了一个卖酸奶的人，他沿街叫卖酸奶挣了很多钱。他先招呼了他的兄弟、堂兄弟们去伊斯坦布尔，和他一起住单身汉房、一起干活。一直到那时，我们这些居米什代莱的人对酸奶都一无所知。但是我们大多数人去了伊斯坦布尔就卖酸奶。我第一次去伊斯坦布尔是在二十二岁服完兵役后。（因为违纪、逃跑、被抓、挨巴掌、蹲监狱，我的兵役服了四年。但别误会，我比任何人都更爱我们的军队和尊敬的长官。）也就是在那个时候，我们的军人把阿德南·曼德列斯总理绞死的。他呢，之前开着他的凯迪拉克轿车不分早晚在伊斯坦布尔满街转悠，下令拆除了所有挡住他去路的旧房子和老宅邸，开辟了宽阔的马路。

穿梭在城市废墟间的小贩们其实有很多生意可做，但我没能胜任小贩这个营生。我们那里的人个个都健壮有力、骨骼坚固、肩膀宽厚。可我呢，又瘦又弱，但愿有一天我们能够相遇，你们就可以亲眼看到我了。

不分早晚地挑着两头挂了二三十公斤酸奶罐子的扁担满街跑，我被压弯了。另外就像很多卖酸奶的一样，为了再多挣一点，我还在晚上出去卖钵扎。不管你一个新手挑什么，扁担都会在卖酸奶人的肩上、颈背上留下老茧。我身上没有老茧，因为我的皮肤像天鹅绒一般光滑，起初我还沾沾自喜，可后来我发现该死的扁担给我造成了更坏的后果，我的脊柱被压弯了。我去了医院，排队等了一个月后才看上医生，医生让我立刻放弃挑扁担。当然了，为了挣钱，我放弃了医生，而不是扁担。这样我的脖子就歪了，我的名字也被朋友们从"姑娘·阿卜杜希"改成了"歪脖子·阿卜杜拉赫曼"，这也让我很伤心。在伊斯坦布尔，我远离我们村的人，但我时常看见麦夫鲁特那脾气暴躁的父亲穆斯塔法和他的伯父哈桑，他们在街上叫卖酸奶。为了忘记脖子上的疼痛，我开始喝拉克酒，从此一发不可收拾。过了一段时间之后，我完全放弃了在伊斯坦布尔拥有一套房子、一座一夜屋、财产、存钱的梦想，稍稍玩乐了一番。我用在伊斯坦布尔挣的钱回村买了一些地皮，娶了村里最贫困，最无依无靠的姑娘。我从伊斯坦布尔得出的教训是，一个人如果想在那里立脚，他一定要有至少三个儿子，能够像士兵那样带在身边，像工人那样使唤干活。我想过，如果我有三个像狮子一样的儿子，我就和他们一起去伊斯坦布尔，在城外的第一个山头上造起我自己的房子，攻克城市。但在村里出生的不是三个儿子，而是三个女儿。我在两年前彻底回到了村里，我很爱我的女儿们。让我马上把她们介绍给你们：

> **维蒂哈。**我希望第一个儿子像狮子一样威严、勤劳，我给他取名叫维迪。很可惜，她是个女儿。我就叫她维蒂哈了。
> **拉伊哈。**她很喜欢爬到爸爸的怀里，她身上的气味很好闻。
> **萨米哈。**她很机灵，不停地抱怨啼哭，不到三岁就在家里蹒跚走路了。

在杰奈特普纳尔村的家里，麦夫鲁特有时晚上和妈妈阿提耶和两个十分爱他的姐姐一起坐着，给在伊斯坦布尔的爸爸写信，让他从伊斯坦布尔带回类似鞋子、电池、塑料夹子、肥皂等东西。爸爸是文盲，很少给麦夫鲁特回信，他们要的东西大多也带不回来，他总是说："村里的瞎子·杂货店里有更便宜的。"对此麦夫鲁特的妈妈有时会在家里埋怨说："穆斯塔法，我们要那些东西不是因为瞎子·杂货店里没有，而是因为我们家里没有！"给爸爸写的那些信，让写信去问某人要一样东西的想法，深深印刻在了麦夫鲁特的心灵里。**写信问远处的某人要一样东西分三种情况：**

1. 人们真的想要一样东西，只是自己并不知道那是什么。

40

2. 人们正式用语言表达的东西，表达的时候人们其实有一点明白他们想要什么。

3. 信件，是一种由 1 和 2 的灵魂培育出来，然而又具有完全不同含义的神奇文本。

穆斯塔法：5 月底我从伊斯坦布尔回来时，给女儿们带回了做裙子的印有紫色和绿色花朵的布料，给他们的妈妈带回了麦夫鲁特在信里写的圆头拖鞋和 Pe-Re-Ja 古龙水，给麦夫鲁特的是他要的玩具。麦夫鲁特看见玩具后不情愿地说了一声谢谢，让我很生气。他妈妈在一旁说："他要的是水枪，是村长儿子玩的那种……"他妈妈说这话时，他的两个姐姐在一旁偷笑。第二天，我和麦夫鲁特去了瞎子·杂货店，我俩把赊账本上的每一笔都捋了一遍。我不时恼火地埋怨道："这恰姆勒加口香糖哪来的？"因为是他自己赊的账，所以麦夫鲁特低下了头。我对瞎子·杂货店老板说："下次别给他口香糖！"可是自作聪明的瞎子却回答道："明年冬天让麦夫鲁特去伊斯坦布尔上学吧！他的脑袋瓜擅长算账做算数，让咱们村也出一个上大学的人。"

麦夫鲁特的爸爸去年冬天在伊斯坦布尔和哈桑伯父之间产生不和的消息很快在村里传开了……哈桑和他的两个儿子考尔库特和苏莱曼，在去年 12 月最冷的日子里，离开了他们和麦夫鲁特爸爸合住在库尔泰佩的房子，搬去了他们在对面山头杜特泰佩一起建成的房子，留下他爸爸一人。随后，哈桑伯父的妻子萨菲耶，也从村里来到这个新家照顾他们，她既是麦夫鲁特的姨妈，也是他的伯母。所有这些变化意味着，穆斯塔法为了不孤单，可能会在秋天把麦夫鲁特带去伊斯坦布尔。

苏莱曼：尽管我的爸爸和穆斯塔法叔叔是亲兄弟，但我们两家用不同的姓氏。依照阿塔图尔克的指令，在所有人开始为自己选择姓氏的那些日子里，从贝伊谢希尔来了一个牵着毛驴的人口登记员，他用毛驴驮来了很多大本子，把每个人一一选出的姓氏在最后一天登记到大本子上。轮到我们的爷爷时，他想了很久后说，就用"阿克塔什"[1]吧。爷爷是一个虔诚的信徒，也是一个受尊敬的人，一生没离开过贝伊谢希尔。他的两个儿子，和往常一样正在他身旁打架。"请您把我的姓写成卡拉塔什[2]。"穆斯塔法叔叔固执地说道。当时他还是一个小孩子，当然，无论是爷爷还是登记员都没搭理他。固执且叛逆的穆斯塔法叔叔在多年以后，在让麦夫鲁特去伊斯坦布尔上中学之前，去了一趟贝伊谢希尔，让法官把他们的姓氏改成了卡拉塔什。这样一来，我们的姓氏还是阿克塔什，麦夫鲁特他们的就变成了卡拉塔什。我叔叔的儿子麦夫鲁特·卡拉塔什非常渴望这个秋天能来伊斯坦布尔上学。但是，无论是在我们村还是周围的村庄，那些以读书的名义被带去伊斯坦布尔的孩子里，至今还没有一个能够高中毕业。在我们那将近一百个村县里，只有一个孩子考进了大学。后来这个戴眼镜的"老鼠"去了美国，之后就杳无音讯了。很多年以后，他们在一份报纸上看到了他的照片，但因为他改了名字，所以他们也没法确认他是不是那个戴眼镜的"老鼠"。依我看，这个混蛋早就变成基督徒了。

夏末的一个傍晚，麦夫鲁特的爸爸拿出一把生锈的锯子，这把锯子麦夫鲁特从小就认识。他把儿子拉到老橡树下，他们一起慢慢地、耐心地锯下了手腕粗细的一段树枝，长长的树枝稍微有点弯曲。他爸爸先用面包刀，随后又用小刀把树枝上的小叉枝一根根削干净。

"这将是你当小贩用的扁担！"他说。他从厨房拿来火柴，让麦夫鲁特点起了火。他在火上用烟慢慢地熏烤节疤，让扁担弯曲变干。"一次不行，一直到夏末，你都要让它晒太阳，还要在火上慢慢转动着把它烤弯烤干。这样，它就能够像石头一样坚硬，还像天鹅绒那么光滑。来看看，跟

---

[1] 阿克塔什（Aktaş），白石。——中译注，下同
[2] 卡拉塔什（Karataş），黑石。

你的肩膀是不是服帖？"

　　麦夫鲁特把扁担放到肩上，他恐惧地在后颈和肩上感到了扁担的坚硬和火烫。

　　夏末，去伊斯坦布尔时，他们随身带了一小麻袋塔尔哈纳[1]和干红辣椒，好几袋碾碎的干小麦和薄煎饼，好几篮子核桃。碾碎的干小麦和核桃是他爸爸准备拿去送给一些公寓楼看门人的，为的是让他们对自己友好一点，允许他乘坐电梯。他们还带了要拿去伊斯坦布尔修理的手电筒、他爸爸爱用的带回村里的茶壶、准备铺在家里泥土地面上的草垫，还有另外好些零零碎碎的东西。那些被塞得满满的塑料袋、篮子，在一天半的火车旅途中从堆挤的角落里散落出来。麦夫鲁特沉浸在眼前车窗外的世界里，想念着他的母亲和姐姐，可他还得不时在车厢里追赶捡拾那些从袋子里滚落的鸡蛋。

　　在窗外的世界里，麦夫鲁特看见了无数倍于自己在十二年生命里看到过的人、麦田、杨树、公牛、桥梁、毛驴、房子、山脉、清真寺、拖拉机、文字、字母、星星和电线杆。不断扑面而来的电线杆有时让麦夫鲁特头晕目眩，他把头靠在爸爸的肩膀上睡去。醒来时，他发现窗外的金色麦田、阳光下的麦垛消失了，一切全都被包围在紫色的岩石之间。在他之后的梦里，他看见的伊斯坦布尔就是一座由这些紫色岩石组成的城市。

　　就在那时，他看见了一条绿色的溪流和好些绿树，他感觉自己灵魂的颜色也随之改变了。他想，这个世界要是说话，会说些什么？有时火车仿佛没有一丝移动，窗外的整个世界在麦夫鲁特看来，犹如列队行进中的画面一闪而过。每次看见一个站名，他都兴奋地大声念给爸爸听，"哈马姆……伊赫萨尼耶……多埃尔……"当他被车厢里浓重的蓝色香烟烟雾熏出眼泪时，就像醉鬼那样摇摇晃晃地走去厕所，艰难地打开锁扣，透过金属蹲便器的排污口注视铁轨和石子。从排污口传来车轮有力的塔克

---

[1] 塔尔哈纳(Tarhana)，一种传统的土耳其谷物食品，由面粉、酸奶和蔬菜经发酵干燥后制成，便于储存，加水煮开后便成了塔尔哈纳汤。

嗒克嗒克声。回去的时候，他一直走到最后一节车厢，麦夫鲁特喜欢看车厢里熟睡的女人、啼哭的孩子、玩纸牌的人、让整个车厢充满蒜味的吃蒜肠的人、做礼拜的人、拥挤的人群。

"怎么去了这么长时间，你在厕所里干啥了？"爸爸问道，"厕所里有水吗？"

"没有。"

经停某些车站时，年少的小贩上车来卖东西。他们从一个城市上车然后在下一个车站下车。他们叫卖葡萄干、鹰嘴豆、饼干、面包、奶酪、杏仁和口香糖，麦夫鲁特盯着他们看，随后吃妈妈仔细放进包里的烙饼。有时他发现，从很远处看见火车的小羊倌和他们的狗从山坡上跑下来，还听到小羊倌们为了用走私的烟草卷烟而大喊"报纸"。火车从他们身边疾驶而过，让麦夫鲁特感到一种奇怪的自豪。就在那时，开往伊斯坦布尔的火车在草原上临时停车，麦夫鲁特想，世界其实是一个多么寂静的地方。在仿佛没有尽头的等待中，他看见窗外一些在自家小院里采摘西红柿的女人、顺着轨道踱步的母鸡、在抽水机旁互相蹭痒的两头毛驴、不远处躺在草地上睡觉的一个大胡子男人。

"咱们什么时候才能走啊？"在其中一次漫长的临时停车期间他问道。

"耐心点我的儿子，伊斯坦布尔不会跑掉的。"

"啊，咱们走了。"

"不是咱们，是旁边的火车。"爸爸笑着说。

为了搞清楚他们在地图上的什么位置，一路上，麦夫鲁特都在努力地激活脑子里那张带有国旗和阿塔图尔克头像的土耳其地图。在他上小学的五年时间里，那张地图一直被老师挂在他身后的墙壁上。火车还没到伊兹密特，他就睡着了，直到进了海达尔帕夏火车站，他都一直没醒。

由于他们随身携带了太多东西，包括那些沉甸甸的袋子和篮子，他们花了一个小时才走下海达尔帕夏火车站的台阶，坐上开往卡拉柯伊的渡轮。麦夫鲁特有生以来第一次在那里看见了大海。在暮色里，大海如梦境般幽暗，如睡眠般深沉。凉爽的晚风裹挟着芳香的海藻味迎面拂来。对岸，城市的欧洲部分灯火阑珊。不是大海，是这第一次看见的灯火，让麦夫鲁特永生难忘。

到了对岸，因为他们携带的大包小包，市政府的公交车不让这对父子上车，于是他们花了整整四个小时，才走到金吉尔利库尤后面的家里。

2

家
城市尽头的山头

　　家是一间一夜屋。爸爸对这个地方的原始和贫困表达愤怒时会用这个词。如果不愤怒——这种情况很少见——他会以一种麦夫鲁特也能感受的慈爱，更多地称这里为"家"。这种慈爱让麦夫鲁特产生了一种错觉，仿佛有一天，在这里、在这个世界上，他们将拥有属于一个永恒之家的东西。可要相信这个错觉也不容易。一夜屋是一个大开间，紧挨着一个中间有个便坑的茅厕。透过茅厕没有玻璃的小窗洞，夜晚可以听见远处街区里狗的对咬和号叫。

　　第一夜，他们在黑暗中走进家门时，里面有一个男人和一个女人，麦夫鲁特以为这是别人的家。后来他才明白，那对夫妻是爸爸夏天收纳的房客。爸爸先是和他们争吵了一番，随后在一个黑暗的角落里搭起另外一张床，父子俩睡在上面过了一夜。

　　第二天快到中午时麦夫鲁特才醒来，发现家里只有他一个人。在这个家里，爸爸、伯父，还有去年过来的堂兄弟曾经一起住过。麦夫鲁特想起了夏天考尔库特和苏莱曼跟他讲的故事，试图想象他们住在这里时的情景，但现在这里仿佛就是一个被遗弃的幽灵之屋。房间里有一张旧桌子、四把椅子、一张弹簧床、两张普通床、两个柜子，外加一个炉子。这就是爸爸在这个城市里谋生所拥有的全部家当，他在这里已经度过了六个冬季。去年伯父和他的两个儿子与爸爸发生争吵后搬去了另外一个家，他们带走了自己的床、家具和所有东西。麦夫鲁特没能在家里找到一件他们的东西。他在柜子里看见爸爸从村里带来的几件东西，妈妈给爸爸织的毛袜子和长内裤、一把在姐姐们手上见过的剪刀，即便现在生锈了，还是让他很高兴。

家的地面是泥土。麦夫鲁特看见，爸爸上午出门前，已经在地上铺好了从村里带来的草垫。他想，伯父和堂兄弟们去年搬家时一定拿走了旧的草垫。

爸爸上午出门前在桌上放了一个新鲜面包，桌子是木板和压缩板制成的，没有油漆而且很破旧。

为了不让桌子摇晃，麦夫鲁特在那条短的桌腿下面垫上空火柴盒或小木块，但桌子还会不时摇晃，桌上的汤和茶水就洒到他身上，那时爸爸就会发火。爸爸会对很多事发火。自从1969年，父子俩已在这个家里度过了很多年，其间尽管爸爸多次说"让我来把桌子修一下"，可他一直也没修。

麦夫鲁特因为和爸爸一起坐在桌旁吃晚饭而感到幸福，特别是在他刚来伊斯坦布尔的头几年里，哪怕晚饭吃得很仓促。但是由于晚饭后爸爸一个人或者父子俩要出去卖钵扎，这些晚饭不像他在村里和妈妈、姐姐们在地桌上边笑边玩边吃那样有趣。麦夫鲁特在爸爸的言行里总看到一种要尽早出去叫卖的匆忙。穆斯塔法把最后一口面包塞进嘴里就马上点燃一支烟，可还没抽到一半就说"快点"。

晚上放学回家，一起出去卖钵扎前，麦夫鲁特很喜欢在烧柴的炉子上煮汤，如果炉子还没点着就用煤气罐。他先往锅中烧开的水里放进一勺萨那牌人造黄油，然后看柜子里还剩下些什么，胡萝卜、芹菜根、土豆，把它们全切碎了扔进锅里，再往里面撒上两把从村里带来的干辣椒和干小麦碎，随后听着咕嘟咕嘟的声音，看着锅里的汤炼狱般地沸腾。土豆和胡萝卜块，犹如被地狱之火烧炙的怪物在汤里疯狂翻滚，似乎能从锅里听到它们垂死的哀号，有时意料之外的沸腾犹如火山喷发，胡萝卜和芹菜根块一跃而起直扑麦夫鲁特的鼻尖。麦夫鲁特喜欢观察土豆越煮越黄的样子、胡萝卜将自己的颜色融入汤里的过程、气泡咕嘟声里的变化。他注意到，锅里食物的翻滚，和他在阿塔图尔克男子高中的地理课上学到的行星运行一模一样。随后他想到，自己在这个世界上也和这些小块食物一样不停地翻滚着。用锅里冒出的香喷喷的热气取暖倒也很美。

"真棒，汤很好喝，安拉保佑你的手！"爸爸每次都这么说，"是不是该让你去学厨啊？"如果晚上留在家里做功课不跟爸爸出去卖钵扎，麦夫鲁特就立刻把桌子收拾干净，开始背诵地理书上所有城市和国家的名称，看着埃菲尔铁塔和中国的佛教寺庙，开始他睡意蒙眬的幻想。如果下午放学后和爸爸一起挑着沉重的酸奶罐出去叫卖了，那么回家吃点东西后，他就会一头栽倒在床上睡着。爸爸出门时再叫醒他。

"儿子，穿好睡衣钻进被窝里睡，要不一会儿炉子灭了，你就冻僵了。"

"我也去，别走爸爸。"麦夫鲁特说道，但就像是在梦呓，他继续睡去。

夜晚一个人待在家里时，无论他怎么强迫自己专心去看地理书，都无法忽视窗外的各种异响。窗外的风声、老鼠或者魔鬼无休止的吱吱喳喳声、脚步声和狗吠声都让他心神不宁。城里的狗比村里的狗更惊慌更恐怖。遇到经常停电的时候，麦夫鲁特就没法做功课了，黑暗中炉膛里的火苗愈发显眼，柴火的噼啪声也愈发清晰，那个时候，他确信角落的阴影里有一只眼睛正在盯着自己。麦夫鲁特觉得，如果他让自己的目光移开地理书，那么那只眼睛的主人就会发现自己暴露了而立刻向他扑来，因此有时他都不敢起身去床上睡觉，而是趴在桌上慢慢睡去。

"我的孩子，你为什么不灭了炉火去床上睡啊？"爸爸半夜疲惫地回到家里生气地问道。

在街上挨了冻的爸爸看见家里烧得暖暖的还是挺满意的，只是他不愿意到了那个钟点还要消耗柴火。这话又不好明说，因此他最多说，"如果你睡觉，就熄灭炉火。"

他们用的柴火，有时是爸爸从哈桑伯父的小杂货店里买来现成劈好的，有时是爸爸用邻居的斧子自己劈出来的。入冬前，爸爸就告诉麦夫鲁特，怎么用小枯枝和报纸把炉子点燃，在附近的山坡上哪里可以找到枯树枝、旧报纸和废纸片。

刚到城里的头几个月里，爸爸卖完酸奶回家后会带着麦夫鲁特去爬他们住的库尔泰佩山。他们的家在城市的尽头，在一座半秃土山的山腰下，山上长着许多桑树和零星几棵无花果树。山脚下流淌着一条从其他山间蜿蜒而过的涓涓溪流，小溪经奥尔塔柯伊进入海峡。20 世纪 50 年代中期，这些山坡上迁徙来了第一批家庭，他们来自奥尔杜、居米什哈内、卡斯塔莫努和埃尔津詹省的贫穷村庄。就像他们在村里时那样，这些人家的女人沿着溪流种上玉米，在溪水里洗衣服。孩子们夏天在浅溪中戏水玩闹。那时小溪还沿用着奥斯曼帝国时期留下的名字冰河，但是十五年里，从安纳托利亚迁徙到周围山坡上的人口超过了八万，外加各类大小工厂的污染，这个名字在短期里变成了臭水河。等到麦夫鲁特来到伊斯坦布尔的时候，无论是冰河，还是臭水河，都已无人记得了，因为穿城入海的小溪从它的源头到入海口全都被混凝土覆盖了，小溪也被人们遗忘了。

爸爸带着麦夫鲁特爬到的山顶上，有一个老旧的垃圾焚烧站遗址，还有赋予这个山头名字的灰烬。从这里可以看见被一夜屋迅速覆盖的其他山头（杜特泰佩、库什泰佩、埃森泰佩、居尔泰佩、哈尔曼泰佩、塞伊兰泰佩、奥克泰佩……）、城里最大的墓地（金吉尔利库尤公墓）、大大小小的工厂、汽车修理厂、作坊、仓库、药厂、灯泡厂、远处城市幽灵般的影子、高高的楼房和宣礼塔。城市的本身却在很远处，他和爸爸早上卖酸奶、晚上卖钵扎，还有自己上学的那些街区，都远远的仿佛是一个个神秘的阴影。

更远处是城市亚洲部分的蓝色山峦。遗憾的是，海峡位于这些山峦之间而无法看见。但是麦夫鲁特刚来的头几个月里，每当他爬上库尔泰佩的山顶，他都觉得在那些蓝色山峦之间，有那么一瞬间自己看见了蓝色的海洋。山坡直通大海，每个山头上都竖立着巨大的铁塔，它们肩负着向城市输电的任务。风遇到这些巨大的铁塔发出怪异的声响，在潮湿的日子里，电线则会发出让麦夫鲁特和他的小伙伴们惊恐的嘶嘶声。缠绕在铁塔上的带刺铁丝网上挂着一块木牌，上面写着"死亡危险"，还画了一个骷髅头，木牌上布满了弹孔。头几年里，每当麦夫鲁特上来捡拾枯枝废纸、俯瞰山下风景时，他都认为死亡的危险来自城市本身而非触电。尽管大家都说靠近铁塔是违法和不吉利的，但大多数住在这里的人都会老练地从主线上接出盗电支线。

穆斯塔法： 为了让麦夫鲁特知道我们这里的生活有多艰辛，我告诉他除了库尔泰佩和对面的杜特泰佩，其他山头上至今还未正式供电。我说，六年前我和他伯父刚来这里时，没有一个地方供电、供水，或有下水道设施。我指着山下的一些地方给他看，希望他不要被伊斯坦布尔多姿多彩的生活所蒙骗而以为生活很容易。山下有奥斯曼皇帝打猎和士兵练习射击的开阔地、阿尔巴尼亚族人种植草莓和鲜花的温室、生活在卡厄特哈内的人们经营的乳品店、用石灰掩埋着1912年巴尔干战争期间死于伤寒的将士们的白色墓地。为了不破坏他的情绪，不让他败兴而归，我还指给他看了另外一些地方：他将要去上学的阿塔图尔克男子高中、为杜特泰佩足球队开辟的球场、今年夏天将要在桑树丛中开业的射灯昏暗的戴尔雅电影院、面包坊老板和建筑商哈吉·哈米特·乌拉尔及他的手下人共同出资建了四年还没完工的杜特泰佩清真寺。哈吉·哈米特是里泽人，里泽人个个面貌相似，全都有大大的下巴。我还指给他看了哈桑伯父一家去年入住的房子，那个房子在清真寺右边的山脊下面，四年前我和他伯父用沾了石灰的石头圈起那块地，去年他们在那里盖起的房子完工了。"我和你伯父六年前来这里时，这些山头全都是空的！"我说。我还告诉他，对于那些从远处迁徙来这里定居的可怜人来说，最大的烦恼就是在城里找到工作和生活，为了早上比别人更早进城，大家都在距离道路最近的地方，也就是山脚下造房子，如此一来，整个山坡很快就自下而上被一座座一夜屋覆盖了。

3

在一块空地上盖房子的有魄力的人

啊呀，我的孩子，你被伊斯坦布尔吓着了

　　麦夫鲁特在伊斯坦布尔度过的头几个月里，夜晚躺床上时特别在意远处传来的城市喧嚣。有时，他从噩梦中醒来，寂静里传来远处的狗吠，他知道爸爸还没回家，就把头藏进被窝里努力再睡着。那段时间的夜里，麦夫鲁特对狗极为恐惧，于是爸爸带他去了一个教长家。教长住在卡瑟姆帕夏一栋木房子里，给他念了经又吹了吹。麦夫鲁特多年后都还一直记得这件事。

　　一天，他在夜梦里看到，阿塔图尔克男子高中副校长"骨骸"的脸，就像电塔上面表示"死亡"的骷髅头。爸爸拿着他的小学毕业证去学校注册时，麦夫鲁特认识了"骨骸"。麦夫鲁特夜晚一人在家做功课时，不敢把头从数学课本上抬起来，因为他绝不愿意和魔鬼的目光对视，他感到魔鬼正透过黑暗的窗户监视着自己。因此有时他甚至都不敢走去床上睡觉。

　　在苏莱曼的帮助下，麦夫鲁特认识了库尔泰佩、杜特泰佩以及其他山头上的一些街区，苏莱曼在一年时间里已经对这些地方了如指掌。他看见一些房子刚刚开工，一些房子的墙壁已经砌到一半，甚至还有许多一夜屋已经完工。多数完工的房子里只住着男人。最近五年里，从科尼亚、

卡斯塔莫努、居米什哈内迁徙到库尔泰佩和杜特泰佩的大多数人，要么像麦夫鲁特的爸爸那样把老婆孩子留在村里；要么就是还没在村里结婚，没钱没工作的单身汉。在一些只有一个大开间的房子里住着六七个单身汉，当麦夫鲁透过敞开的房门，看见他们像死人一样躺在床上休息时，就能感到四周那些好斗的野狗的存在，因为他觉得，野狗一定能嗅到从这些房子里散发出的浓重的呼吸、汗水和睡眠的气味。多数单身汉让麦夫鲁特感到惧怕，因为他们好斗、愠怒而且冷酷。

在山下的杜特泰佩市场里，就是日后成为公交车终点站的主街上，有一家被爸爸称为"骗子"的杂货店；一个出售水泥袋、破门、旧瓦、炉管、白口铁和塑料罩布的店家；一家让那些早上没在城里找到工作的男人来此打瞌睡消磨一天时间的昏暗咖啡馆。哈桑伯父也在通往山上的路半腰开了一家小杂货店。麦夫鲁特空闲时就去那里，和堂兄弟考尔库特和苏莱曼一起用旧报纸折纸袋。

苏莱曼：由于穆斯塔法叔叔的喜怒无常，麦夫鲁特在村里白白地耗费了一年时间，这样一来，在阿塔图尔克男子高中他就比我低一年级。看见麦夫鲁特课间一人在操场，我就去找他，跟我这个对伊斯坦布尔人生地不熟的堂兄弟做伴。我们很爱麦夫鲁特，对他有别于对他爸爸。开学前的一天晚上，他和穆斯塔法叔叔一起来到我们家，麦夫鲁特一看见我妈妈，就带着对他妈妈和姐姐的思念拥抱了她。

"啊呀，我的孩子，你被伊斯坦布尔吓着了！"我妈妈搂着他说，"别怕，你看，我们一直在这里。"就像他妈妈那样，她亲吻了他的头发。"你说说看，在伊斯坦布尔，现在我是你的萨菲耶伯母，还是萨菲耶姨妈？"

我的妈妈既是麦夫鲁特伯父的妻子，也就是伯母；同时也是他妈妈的姐姐，也就是姨妈。夏天，在村里因为他爸爸和我爸爸之间没完没了的争吵，麦夫鲁特叫她"伯母"，但是冬天穆斯塔法叔叔在伊斯坦布尔时，带着对自己妈妈和姐姐的思念，麦夫鲁特叫她"姨妈"。

"你一直都是我的姨妈。"麦夫鲁特真诚地对我妈妈说。

"你爸不会生气吧！"我妈妈说。

"萨菲耶，你就给他点母爱吧。"穆斯塔法叔叔说，"他在这里没有妈，夜里老是哭。"

麦夫鲁特害羞了。

"我们去学校注册了。"穆斯塔法叔叔接着说道，"可是，书本要很多钱，还要一件校服。"

"你的学号是多少？"我哥考尔库特问。

"1019。"

我哥去了隔壁房间，从箱底找出我俩的旧校服。他拍了拍衣服上的灰尘，撑了撑上面的褶子，像一个裁缝那样仔细地给麦夫鲁特穿上。

"这衣服很适合你1019号。"考尔库特说。

"就是，真棒，不需要买新校服了。"穆斯塔法叔叔说。

"有点大，但这样更好。"考尔库特哥哥说，"衣服小，打架不方便。"

"不，麦夫鲁特不是为了打架去上学的。"穆斯塔法叔叔说。

"当然如果他不打架还待得住的话，"考尔库特说，"有时驴脸疯子老师实在太气人，谁都没法控制自己。"

考尔库特：我对穆斯塔法叔叔说的"麦夫鲁特不会跟人打架"的话起了疑心，我觉得他在贬损我。三年前，我弃学了，那时我们住在穆斯塔法叔叔和我爸爸一起圈地盖起的房子里（现在麦夫鲁特他们住的地方）。为了让我自己断了重回学校的念头，离开学校前几天，我当着全班人的面，给了那个驴脸、自命不凡的化学老师费夫兹两耳光、三拳头，我给了他应得的教训。去年，他问我 $Pb_2(SO_4)$ 是什么，我回答说是"鞋子"，他当着全班人的面嘲笑侮辱了我，还让我不及格，所以他早就该挨揍了。对于一个你能在课堂上打老师的学校——无论它的名字里是否带着阿塔图尔克——我对它的敬意都荡然无存。

苏莱曼："校服左边口袋的内衬里有一个洞，但千万别把它缝上。"我对麦夫鲁特说，"考试的时候你可以把抄了答案的纸藏在里面。但这校服的优点，倒不是在学校里，而是在我们晚上卖钵扎时才体现出来。半夜三更的，看见在寒冷的街上穿着校服叫卖的孩子，谁都会于心不忍。他们一边问'孩子，你在上学吗？'一边往你的口袋里塞巧克力、毛袜子和钱。回家后你把校服翻转过来，拿出里面的东西。你千万不能说我弃学了，你要说将来我要当医生。"

"麦夫鲁特当然不会弃学！"他爸爸说，"麦夫鲁特将来真的要当医生，对吧？"

麦夫鲁特也知道他们的关爱里夹杂着同情，所以高兴不起来。他发现，伯父他们住的房子比他和爸爸住的一夜屋更加整洁亮堂。去年他们搬去的在杜特泰佩的房子，是在他爸爸的帮助下盖起来的。在村里坐在地桌上吃饭的伯父和伯母，现在用上了铺着印花尼龙桌布的餐桌；地面砌上了石块，不再是泥土；家里飘溢着古龙水的香味；熨烫过的窗帘一尘不染。这一切给了麦夫鲁特一种想要属于那里的愿望。伯父家现在就有三个房间，他们卖掉了村里的所有东西，包括牛、小院子和家，举家从农村迁徙过来。麦夫鲁特清楚地看到，阿克塔什一家人将在这里过上幸福的生活。而他父亲还没能成功做到这点，也没表现出这种意愿，麦夫鲁特由此感到气恼和羞愧。

穆斯塔法：我时常警告麦夫鲁特说，我知道你偷偷去你的伯父家，去他的杂货店里折纸袋，坐在他们的餐桌上吃饭，和苏莱曼一起玩耍。但不要忘记，他们亏欠了我们。儿子不和他爸爸，而和那些骗了他爸并想抢走他手里面包的骗子站在一边，这让人多痛心啊！你也别因为他们给了你那件校服而抬不起头，那是你应得的！你别忘记，他们明目张胆地从你爸爸的手里抢走了他们一起圈下的地皮，如果你还和这样的人这么亲热，

55

他们就自然不会尊重你。麦夫鲁特，你明白吗？

六年前，也就是 1960 年 5 月 27 日的军事政变后三年，麦夫鲁特还在村里上小学时，他的爸爸和哈桑伯父为了挣钱谋生去了伊斯坦布尔。一开始，他们在杜特泰佩租了一个房子。他们在那里住了两年，房租涨价后他们就从那里搬了出去，在对面的库尔泰佩，用他们自己的双手运来煤渣砖、水泥和白口铁，盖起了现在麦夫鲁特和他爸爸住的这个房子。兄弟俩刚来伊斯坦布尔的时候非常和睦，他们一起学会了叫卖酸奶的诀窍，一开始两个大男人——就像后来他们笑着讲述的那样——一起上街叫卖酸奶。后来，为了扩大销路，他俩分头去不同的街区，但是为了避免彼此间因挣钱的多少而产生嫉妒，他们就把每天的收入合在一起。这种天然的亲近还有另外一个原因，就是兄弟俩在村里娶了一对亲姐妹。麦夫鲁特总是记得，妈妈和姨妈在村里拿到汇款单时开心的样子。那些年，他爸爸和哈桑伯父周日一起在伊斯坦布尔的公园、海边、茶馆坐着打瞌睡消磨时光，每周两个早上用同一把剃须刀刮胡子，夏初他们回家时给老婆孩子带回同样的礼物。

兄弟俩 1965 年搬进了他们在库尔泰佩盖起的一夜屋。随后，哈桑伯父的大儿子考尔库特也去了伊斯坦布尔，他们三人在库尔泰佩和杜特泰佩又各圈下了一块地皮。借助于 1965 年大选之前的宽容氛围和"大选后正义党将颁布建筑赦免令"的传闻，他们准备在杜特泰佩的那块地皮上再建一所房子。

那时，就像在库尔泰佩一样，在杜特泰佩也没人持有地契。在一块空地上盖房子的有魄力的人，在家的四周种上几棵杨树和柳树，再在划分边界的院墙上放上几块石头，然后去区长那里给点钱，就可以拿回一张纸，纸上写着那块地皮上的房子是他们造的、树是他们种的。就像地契地籍局颁发的真地契那样，纸上还有区长用尺子亲手绘制的原始草图。区长还会在草图上用幼稚的笔迹做一些标注，诸如旁边是谁家的地皮，下面是谁家的房子、饮水池、院墙（很多时候院墙的地方只有一两块石头）、杨树。如果你再给他多塞一点钱，那么区长还会加上一些夸大地皮虚幻边界的词语，然后在纸的下角盖上他的图章。

然而，地皮是属于国库或者森林管理局的，因此从区长那里拿来的那张纸是没有法律保障的，国家可以随时拆除没有地契的房子。一些住在自己亲手盖起的房子里的人，头几夜常常会做房子被拆的噩梦。但是区长给的那张纸会在每十年的某一天彰显出它的重要性，因为每十年的大选期间，国家是依照区长写的那张纸给一夜屋颁发地契的。另外，从区长那里拿到纸的人还可以出卖那块地皮。在大量无业又无家的人纷纷从安纳托利亚涌向城市的时期，区长写的那些纸的身价陡涨，越来越贵的地皮被快速分割后细分。伴随着移民潮，区长的政治势力也日益扩大。

然而所有这些运作都不敌随心所欲的国家力量。一旦认为符合当时的政治需求，他们就可能和宪兵一起将一夜屋的所有者送上法庭，并拆除他的房屋。因此对于一夜屋的拥有者来说，最重要的是尽早盖完房子入住，因为要拆除已经入住的房屋必须要有法院的判决，而这将是一件旷日持久的事。谁想要在一个山头上圈下一块地并声称"这是我的"，如果聪明的话，就一定要在第一时间里，在家人和朋友的帮助下，干一个通宵砌起四面墙，立刻入住并开始生活，这样隔天拆房子的人就奈何不了他了。一些人住进了尚未封顶甚至连墙壁和窗户都还没完工的房子，他们在伊斯坦布尔这样的家里，度过了星星当棉被、夜空作屋顶的第一夜，麦夫鲁特喜欢听有这种经历的母亲和孩子们的故事。传说，第一个使用"一夜屋"这个单词的人，是一个埃尔津詹的泥瓦匠，他在一夜里砌起了十二间房屋的墙壁，泥瓦匠寿终正寝后，成百上千的人拜谒了他在杜特泰佩的墓地。

麦夫鲁特的父亲和伯父趁着大选前夕的宽容氛围开工的房子，也因同样氛围带来的建材和废品价格的飙升而夭折了。由于大选后将颁布建筑赦免令的传闻，在国库和森林土地管理局的土地上出现了一场密集的非法建筑活动。甚至那些从未想要盖一夜屋的人也纷纷跑去城市边缘的山头，从监管这些地方的区长手里，或者和区长们沆瀣一气的拿着棍棒、武器的团伙，抑或是政治团伙那里要下一块地皮，在交通最不便利、最偏远、最意想不到的地方造起了房子。位于市中心的大多数公寓楼也开始私自加盖楼层。伊斯坦布尔向四周辐射的空地则变成了一个巨大的建筑工地。拥有房产的中产阶级的报纸抱怨无规划的城市化建设，而私搭乱建的喜悦则在城市里热闹上演。那些生产用于一夜屋的劣质煤渣砖的小工厂以及销售水泥和建材的商店通宵达旦地开着，满载着砖块、水泥、沙子、木材、钢筋、玻璃的马车，小卡车和小巴，欢快地摇着铃铛或鸣着喇叭，在尘土飞扬的路上，在无路的山坡上，一个街区接着一个街区地转悠。"为了建造你哈桑伯父的家，我抡着锤子不知干了多少天。"节日里他们父子去杜特泰佩串门时，麦夫鲁特的爸爸说，"我说这些只是为了让你知道而已。当然了，你也不必和你的伯父、堂兄弟们为敌。"

苏莱曼：不是这样的：麦夫鲁特知道，房子盖到一半被迫停工，是因为穆斯塔法叔叔没把挣来的钱留在伊斯坦布尔而是拿回了村里。至于去年呢，这次我和哥哥很希望穆斯塔法叔叔来和我们一起盖房子，可由于叔叔的喜怒无常，他三天两头挑起事端跟我们怄气，也由于他对我们——他的亲侄子都不友好，所以我爸爸有理由厌烦他。

当他爸爸针对伯父和堂兄弟说"他们总有一天会卖了你！"的时候，麦夫鲁特感到最为不安。因此在节日或特殊的日子里，比如杜特泰佩足球队踢第一场比赛时，乌拉尔他们为了建造清真寺召集所有人开会时，他不会因为和爸爸一起去阿克塔什家而开心。而事实上，麦夫鲁特是非常想去他们家的，因为萨菲耶姨妈递到他手上的松饼，因为可以见到苏莱曼和远远地看一眼考尔库特，还因为可以享受一个干净整齐的家带来的舒适和乐趣。然而由于爸爸和哈桑伯父之间的那些尖刻对话，给他一种孤独和灾难的感觉，于是他又不愿意去他们家。

头几次去哈桑伯父家时，为了让麦夫鲁特永远不要忘记他们以前的权利，他爸盯着那三间房的窗户或者大门看上一会儿，然后用大家都能听见的嗓音说一些类似"这里应该漆上绿色，侧墙上应该抹上灰泥"的话。他这么做是想让大家知道，穆斯塔法和他儿子麦夫鲁特在这个家里也有一份权益。

之后，麦夫鲁特听见爸爸对哈桑伯父说："只要一有钱，你就立刻把钱投到一块亏本的地皮上！""亏本吗？"哈桑伯父说，"现在就有人出了一倍半的价钱，但我不卖。"很多时候，争论非但不会友好地停止反而愈演愈烈。甚至还没等麦夫鲁特饭后吃上水果羹或橙子，他爸爸就起身拉着儿子的手说："起来儿子，咱们走！"走进夜晚的黑暗中，他又说："我一开始就跟你说别来这里，咱们再也不来了。"

从哈桑伯父家走回自家的路上，麦夫鲁特发现了远处城市的璀璨灯火、天鹅绒般的夜空和伊斯坦布尔的霓虹灯。有时，藏蓝色星空中的一颗星星会引起他的注意，父亲在不停地唠叨，用大手牵着他，他则幻想着他们正在朝着那颗星星走去。有时，远处的城市一点也看不见，然而从周围山坡上成千上万的窗户里折射出的暗橙色灯光，给麦夫鲁特展现出一个远比他认识的更为耀眼的世界。有时，附近山坡上的灯光也淹没在浓雾中，麦夫鲁特就会在愈发浓厚的雾气里听到狗叫声。

4

麦夫鲁特开始小贩生涯

你没资格摆架子

"我的孩子,为庆祝你开始谋生,我刮胡子。"一天早上,爸爸对刚醒来的麦夫鲁特说,"第一课:如果你卖酸奶,尤其是卖钵扎,你一定要干干净净的。有的顾客会看你的手和指甲,有的会看你的衬衫、裤子和鞋子。如果你走进人家家里,要立刻脱鞋,你的袜子不能破也不能有味儿。但我的儿子跟狮子一样,有天使般的灵魂,本来就是香香的,是不是?"

麦夫鲁特生疏地学着爸爸的样子,把酸奶罐绑在扁担两端并让它们保持平衡,他像爸爸那样在罐口中间放上木板条,最后在上面盖上木盖。这一切,麦夫鲁特很快就学会了。

一开始他并没发现酸奶担子的沉重,尽管爸爸已经为他减少了一些分量,然而走上连接库尔泰佩和城市之间的土路时,他领教了卖酸奶其实就是一种脚夫的营生。尘土飞扬的路上满是卡车、马车、公共汽车,他俩在尘土里走了半个小时。走到柏油马路上时,他边走边看广告、杂货店橱窗里的报纸、贴在电线杆上的割礼和私人教学机构的布告。进城后,他们看见还没烧毁的木结构大宅邸、奥斯曼帝国时期留下的军营、涂着方格图案却已经东瘟西翘的小公共、鸣着欢快的喇叭扬尘而去的客运小巴、列队走过的军人、在鹅卵石小巷里踢球的孩子、推着婴儿车走过的母亲、塞满五颜六色鞋子和靴子的橱窗、戴着大白手套愤怒地吹哨指挥交通的交警。

有些汽车，由于硕大溜圆的前大灯（道奇，1956款），好似双目圆睁的老人；有些车，因为车头的散热隔板造型（普利茅斯，1957款），就像厚厚的上唇上面留着小胡子的男人；还有些车，宛如坏笑时嘴巴瞬间被石化而露出无数小牙的粗暴女人（欧宝Rekord，1961款）。麦夫鲁特把长鼻子卡车比作大狼狗，把呼哧呼哧奔跑的斯柯达市府公交车比作四条腿走路的狗熊。

六七层的高大公寓楼上悬挂着巨幅广告布（塔梅克番茄酱，绿克斯香皂），上面的女人很漂亮还不戴头巾，就像书本上画的那样。麦夫鲁特看见广告上的女人朝自己微笑时，爸爸已经拐进了广场右边的一条背阴小巷，"卖酸奶喽！"他叫道。麦夫鲁特感到窄巷里所有人都在看他们。爸爸丝毫没放慢脚步，摇着铃铛又大声地叫卖了一次（尽管爸爸没有回头看他，但麦夫鲁特从爸爸脸上那坚定的表情里感到，爸爸正在想着自己）。不一会儿，楼上的一扇窗户打开了。"卖酸奶的，上来一下。"一个男人或是一个戴头巾的阿姨叫道。父子俩走进楼里，爬上充满油烟味的楼梯，来到一扇门前。

在他的小贩生涯里，麦夫鲁特成千上万次走入伊斯坦布尔人家的厨房。那些家里的主妇、阿姨、孩子、奶奶、爷爷、退休的人、用人、被领养的人、没有父亲的人，他们会这么说：

"欢迎你来，穆斯塔法，往那个盘子里称半公斤。""啊呀，穆斯塔法，我们都盼你很久了，今年夏天你没从村里回来。""卖酸奶的，听我说，不酸，你的酸奶不酸是吗？往那盘子里放一点。你的秤没鬼吧？""穆斯塔法，这个漂亮的小孩是谁啊，难道是你的儿子吗？真棒！""啊呀，卖酸奶的，他们让你白跑了一趟，他们在杂货店买了，冰箱里还有满满一大碗呢！""家里什么人也没有，把我们的赊账记在本子上吧。""穆斯塔法，我们的孩子们不喜欢，不要带奶油的。""穆斯塔法大哥，等我的小女儿长大了，让她嫁给你儿子吧。""卖酸奶的，你去哪儿了呀，怎么半小时也没爬上两层楼？""卖酸奶的，你是放这罐里呢，还是我给你这个盘子呢？""卖酸奶的，上次一公斤酸奶更便宜……""卖酸奶的，楼长禁止小贩坐电梯，你明白吗？""你的酸奶哪儿来的？""穆斯塔法，出门的时候把大门好好地拉上再走，我们的看门人跑了。""穆斯塔法，你别让这个孩子走街穿巷像个脚夫那样跟着你跑，你去给他注册，让他去上中学，要不我就不买你的酸奶了。""卖酸奶的，两天一次半公斤，你让孩子上来就可以了。""我的孩子，别怕，别怕，狗不咬人，它只闻闻，你看它喜欢上你了。""坐一会儿穆斯塔法大哥，我老婆孩子都不在家，有西红柿米饭，我热一下，您吃吗？""卖酸奶的，开着收音机，勉强能听见你的声音，下次路过的时候再叫响点好吗？""这鞋子我儿子穿小了，你穿穿看孩子。""穆斯塔法，别让孩子没有妈，让他妈妈过来照顾你们。"

穆斯塔法："夫人，愿真主保佑您。"出门的时候我鞠着躬说。"婶婶，愿真主把你手上的东西全变成金子。"我说。我这么做，是为了让麦夫鲁特从他爸爸身上学到，如何为了从狮子嘴里夺食而迁就，要让他学会为了富有而妥协。"谢谢先生。"我夸张地弯腰致谢道，"麦夫鲁特整个冬天都会戴这副手套，愿真主保佑您。去亲一下先生的手……"可是麦夫鲁特盯着脚尖不去亲。走到街上，"我的儿子，"我说，"不要那么傲慢，不要看不上一碗汤、一双袜子，这是他们对咱们服务的一种回报。咱们把世上最好的酸奶送到他们面前，他们也回报一下，仅此而已。"过了一个月，有天晚上一位夫人给了他一顶毛帽子，他先对夫人板着脸，后来因为怕我说他，他想去亲那夫人的手，结果还是没做到。"听我说，你没资格摆架子。"我说，"我让你去亲手，你就去亲顾客的手。再说，她不仅是一个顾客，还是一个好心的阿姨，谁都像她那样吗？明明知道要搬家，还要赊账，随后跑得无影无踪的卑鄙小人在这个城市里多的是。如果你傲慢无礼地对待那些对你表示怜爱的人，那么你永远不可能富起来。你看，你伯父他们是怎么讨好哈吉·哈米特·乌拉尔的。千万别在比你富的人面前觉得害羞。你所说的那些富人只不过比咱们早来伊斯坦布尔、早挣上钱，就这么点差别。"

麦夫鲁特周一至周五每天八点过五分到下午一点半之间在阿塔图尔克男子高中上学。放学铃响后，他跑着穿过拥堵在校门口的小贩，穿过那些在班里没法算账、跑到校外脱了校服打架的学生，去和卖酸奶的爸爸会合。会合的地点是一家餐馆。麦夫鲁特在费丹餐馆放下装满书本的书包后，就和爸爸一起卖酸奶，直到天黑。

在城市的不同街区里，像费丹餐馆一样，他爸爸有一些每周去送两三次酸奶的固定餐馆主顾。因为他们讨价还价，他经常和这些餐馆的老板发生争吵，有时会放弃他们，再找一些新的餐馆。尽管费九牛二虎之力却只赚得一点蝇头小利，但他还是无法放弃这些固定的顾客，因为他可以把那些餐馆的厨房、大冰箱、阳台或者院子，当作暂时存放酸奶和钵扎罐的仓库来使用。这是些给工匠们提供家常饭菜、转烤肉、水果羹一类食物的无酒精餐馆，他们的老板、领班都是他爸爸的朋友。有时，他们请父子俩坐到餐馆后面的一张桌上，端来一盘带肉的什锦蔬菜，或是鹰嘴豆米饭，四分之一面包和酸奶，一边看他们吃一边和他们聊天。

麦夫鲁特喜欢吃饭时的那些聊天。有时，还会有别的人和他们坐在一起，比如一个卖万宝路香烟的通博拉摸彩人、一个对贝伊奥卢街道上发生的一切了如指掌的退休警察，或者是旁边照相馆里的一个小伙计。他们谈论不停上涨的物价、体育彩票、对贩卖走私香烟和洋酒的人进行的突查、安卡拉的最新政治动向、伊斯坦布尔街道上警察和市政府的监管。当麦夫鲁特听着这些全都抽烟并留着小胡子的男人讲故事时，感觉自己已经洞察了伊斯坦布尔的街道生活。比如，阿勒省的一个库尔德部落分支，慢慢住进了塔尔拉巴什后面的木匠街区里；因为塔克西姆广场四周的移动书摊和左派组织有关联，所以市政府要驱赶他们；下面街道上的一个收停车费的团伙和塔尔拉巴什街区的黑海人团伙，为了街道的控制权，发生了一场舞棒弄棍的激战。

当他们遇到类似街头打斗、交通事故、偷窃或者骚扰妇女的情况，当尖叫声响起、威胁来临、咒骂声不绝于耳、横刀相向时，他爸爸都会立刻离开事发地点。

穆斯塔法：作家们赶快来做个证。我的真主啊，当心！我对麦夫鲁特说。一旦被国家记录在册，你就完蛋了。如果你还说出了住址，那就更糟了。法院会立刻发来传票，如果你不去，那么警察就会去你家。到你家来的警察不单单问你为什么没去法院，还会问你一生中都做了些什么、缴了多少税、籍贯在哪里、靠什么维生、是左派还是右派。

有些事情麦夫鲁特还没弄明白，比如：爸爸为什么突然拐进了旁边的一条街道；当他竭尽全力喊"卖酸奶！"的时候，为什么又突然长时间默不作声了；对一个顾客打开窗户叫道"卖酸奶的，卖酸奶的，我在叫你呢！"的行为，他为什么充耳不闻；被他拥抱亲吻的埃尔祖鲁姆人，为什么之后又称他们为"糟糕的人"；卖给一个顾客两公斤酸奶，为什么只收他一半的钱。有时，当还有许多顾客需要去招呼，还有许多人家在等他们的时候，爸爸在他们路过的一家咖啡馆门口撂下扁担、酸奶罐，走进去，在一张桌旁像死人一样坐下、要茶，然后一动不动地待着。麦夫鲁特明白这是为什么。

穆斯塔法：卖酸奶的人在行走中度过一天。无论是市政府的还是私人的公交车，都不让挑着酸奶罐的人上车。至于出租车，卖酸奶的人坐不起。每天挑着四五十公斤的担子走三十公里路，我们多数时候做的是脚夫的营生。

麦夫鲁特的爸爸每周有两三次从杜特泰佩走到艾米诺努，走一趟需要两小时。从色雷斯一个乳牛场开来的一辆满载酸奶的小卡车，停在锡尔凯吉火车站附近的一块空地上。卡车卸货，等在那里的酸奶小贩和餐馆经营者之间推搡、付钱，在堆满橄榄和奶酪罐（麦夫鲁特非常喜欢它们的味道）的附近仓库里退还空铝罐、结账。所有这一切，仿佛加拉塔大桥上那永不停歇的喧嚣、夹杂着轮船和火车的汽笛声、公交车的轰鸣声，在一阵忙乱中瞬间结束。爸爸要求麦夫鲁特在这喧嚣中做进货记录。这是一件极为简单的事情，麦夫鲁特认为，文盲的爸爸之所以带他去那里是为了让自己开始谋生、让别人认识自己。

进货一结束，他爸爸就带着一种特有的坚定，挑上近六十公斤重的酸奶，大汗淋漓地一口气走上四十分钟，把一部分酸奶放到贝伊奥卢后街上的一家餐馆，剩下的放到潘尬尔特的另外一家餐馆。随后，他重新回到锡尔凯吉，挑上同样重量的酸奶，再送到同一家餐馆或者第三家餐馆。之后，他从这些餐馆出发去不同的街区，穿街走巷，把这些酸奶"配送"到各个家庭。10月初，天气突然转冷时，穆斯塔法开始每周两天的时间用同样的方法运送钵扎。他把在维法钵扎店装满钵扎原酿的钵扎罐绑到扁担上，在一个合适的时候把罐子寄放到朋友的餐馆，然后从那些地方把钵扎挑回家，用糖和别的香料加工调味，每晚七点再次上街叫卖。有时，为了省时间，在麦夫鲁特的帮助下，他就在那些朋友餐馆的厨房或后院里加糖和香料粉。他在不同的地方留下空的、半空的或是满的酸奶罐和钵扎罐，不仅能够记住它们的位置，还能感觉并找到走最少路却卖最多货的配送逻辑。麦夫鲁特对爸爸的这一才能钦佩不已。

穆斯塔法能够记住很多顾客的名字，记住他们每个人对酸奶的偏好（带奶油的、不带奶油的）、对钵扎的讲究（酸的、新鲜的）。麦夫鲁特对爸爸的一些行为很是惊讶，比如，下雨时，他们随便走进一家充满霉味的茶馆，爸爸不仅认识茶馆的老板，还认识老板的儿子；若有所思地走在街上时，爸爸会和驾着马车的收废品人亲吻拥抱；爸爸能够当面和城管亲密相处，但随后又骂他们是"无耻小人"。麦夫鲁特对一些事则十分好奇，比如，他们走进的街道、公寓楼、每家的大门、门铃、院门、奇怪旋转的楼梯、电梯，爸爸是怎么知道如何使用、开关它们的，怎么记住在哪里按按钮、在哪里拉门闩的。穆斯塔法不断地给儿子传授知识。"这里是犹太人的墓地，经过的时候别出声。""这个银行的看门人是从居米什代莱村来的，是个好人，记住。""不要在这里穿马路，在护栏尽头那个地方穿马路的话，车更少、更安全，也不用等更久！"

"现在咱们来看看这里有什么？"他爸爸说，在一处满是霉味的昏暗的公寓楼楼梯平台上，他们几乎在摸索着走路。"来，现在把这个盖子打开。"麦夫鲁特在一扇昏暗的单元门旁，看见一个绑着铁丝的柜门，就像打开阿拉丁神灯的盖子那样，他小心翼翼地打开了柜门，看见里面黑黢黢的阴影里放着一个碗，碗的边上有一张纸。"读读看，纸上写了啥？"麦夫鲁特把那张从作业本上撕下的纸，拿到昏暗的楼梯灯下，就像拿着一张藏宝图那样，小声念道："半公斤，带奶油的！"

每当看到儿子迫不及待地想知道城市的秘密，感到在儿子眼里自己仿佛是一个用特殊语言和城市交谈的智者时，他爸爸都会感到自豪并加快脚步。"慢慢地你也将学会这一切……你既要看见一切，又要做一个隐形人；你既要听见一切，又要装作什么也没听见……每天你要走十个小时的路，但你要感觉自己一步路也没走。儿子，你累了吗？坐下歇一会儿吗？"

"坐一会儿吧。"

进城不到两个月，天气转冷了，晚上还要出去卖钵扎，麦夫鲁特开始觉得吃不消了。上午上学，下午放学后和爸爸一起去卖四个小时酸奶，走上十五公里路，麦夫鲁特一回家就睡着了。有时在餐馆、茶馆坐下休息时，他也会趴在桌上打瞌睡，但是因为店老板们不喜欢这种不合时宜的情形，于是他爸爸会把麦夫鲁特弄醒。

晚上出去卖钵扎之前爸爸会叫醒麦夫鲁特。（"爸爸，明天有历史考试，我要复习功课。"麦夫鲁特说。）有一两天早上麦夫鲁特实在爬不起来了，就对爸爸说："爸爸，今天我不去上学了。"这样儿子当天就可以和他一起去卖酸奶、挣更多的钱，爸爸挺高兴。有时，他爸爸实在不忍心叫醒儿子，就挑上钵扎罐，轻轻关上门，一人出去叫卖。随后，独自在家里醒来的麦夫鲁特，依旧听见黑窗外传来的吱吱喳喳声，他感到懊悔，不仅仅是因为害怕，还因为他想念爸爸的陪伴，想念把手放在爸爸手里时的感觉。那种时候，他就责备自己睡不醒。想到所有这一切，他就没法专心看书，为此他又感到更多的自责。

5

阿塔图尔克男子高中
良好的教育可以消除贫富差距

　　杜特泰佩阿塔图尔克男子高中，建在杜特泰佩和后面其他山头通往伊斯坦布尔的道路起点上。学校坐落在一片低洼的平地上，因此无论在沿着臭水河建起的新街区，还是在迅速被一夜屋覆盖的其他山头上，那些在院子里晾晒衣服的母亲、用擀面杖擀面的阿姨、坐在茶馆里玩麻将和纸牌的无业男人，都能够远远地看见橘红色的学校大楼、阿塔图尔克的半身塑像、在体育兼宗教老师瞎子·凯利姆的监督下在操场上不停做操的学生们（他们身穿衬衫和裤子，脚穿胶鞋）。他们眼中的学生都是一个个活动的彩色小圆点。每隔四十五分钟，远处山头上听不见的一阵铃声响起，上百个学生刹那间蜂拥而出，随后又是一阵听不见的铃声响起，所有人全都瞬间消失。但是每周一上午，聚拢在阿塔图尔克半身塑像周围的一千两百名学生齐声合唱《独立进行曲》[1] 时，歌声在山头间回荡，周围上千户人家都能听到。

　　合唱《独立进行曲》之前，校长法泽尔先生总站在大楼入口处的楼

---

[1]《独立进行曲》(İstiklâl Marşı)，土耳其共和国国歌。

梯上训话。他说起阿塔图尔克、爱国、民族和难忘的军事胜利（他喜欢像莫哈奇之战[1]那样血腥和征服的胜利），希望学生们成为阿塔图尔克那样的人。学校里那些高年级的捣蛋鬼会在人群中说一些冷言冷语，麦夫鲁特头几年还听不明白；某些肆无忌惮的学生还发出奇怪甚至丑陋的声音。因此站在校长身边的副校长"骨骸"就像警察一样，严密监视着所有学生。也因为这种过度的管控，一年半后，也就是在十四岁的时候，麦夫鲁特开始对学校的现有秩序表示怀疑，也终于结识了那个在学校大会上无所顾忌放屁的反对派灵魂学生，这个学生同时得到了右派教徒学生和左派民族主义学生（右派学生全是教徒，左派学生全是民族主义者）的尊敬和崇拜。

在关于学校和土耳其未来的问题上，最让校长伤心的是，一千两百名学生做不到同时齐唱《独立进行曲》。每个人在各自的角落用各自的方式独自唱《独立进行曲》，甚至一些"堕落的人"根本不唱，这让校长极为恼火。有时候，一个角落里的学生已经唱完，而另一些角落里的学生还没唱到一半。遇到这种情况，校长就要求大家像"一个拳头"那样齐声高唱，不管下雨下雪，他让一千两百名学生一遍一遍地重唱。有些调皮学生故意破坏和声，又会引起哄笑，或者在怕冷的爱国学生和玩世不恭、绝望的捣蛋鬼之间引发争吵。

麦夫鲁特远远地看着他们争吵，被放肆无礼的学生讲的笑话逗乐时，为了不被"骨骸"逮到，他咬住脸颊里面的肉。然而稍后当星月旗在旗杆上慢慢升起时，他会带着自责满含热泪发自内心地唱国歌。一生中无论在哪里——甚至在电影院里——每当看见徐徐升起的土耳其国旗，麦夫鲁特都会热泪盈眶。

麦夫鲁特很想像校长希望的那样，成为一个像"阿塔图尔克那样一切为了祖国的人"。为此，他要读完三年初中和三年高中。这是一个迄今

---

[1] 莫哈奇之战（Mohaç Savaşı），1526、1687年，匈牙利军队和神圣同盟军队分别同奥斯曼土耳其侵略军在莫哈奇附近进行的两次交战。

为止无论在家族还是在村里都无人实现的目标。这个目标，还在刚开学时，就跟国旗、祖国、阿塔图尔克一样，作为一个美好却难以实现的神圣使命，留在了麦夫鲁特的脑海里。来自一夜屋的大多数学生，要么在当小贩的爸爸身边，要么在某个工匠手下干活。他们都知道，稍微长大些就会弃学。很多人都翘首期待成为一个面包师、或钣金维修师、或电焊师的徒弟。

校长法泽尔先生最大的烦恼是，如何在出身好、坐在前排的学生和贫困学生之间建立和谐和秩序，在学校加强纪律建设。为此，他发明了一个在升旗仪式上由他简要阐述的哲学理论："良好的教育，可以消除贫富差距！"麦夫鲁特不明白，法泽尔先生这么说，是想告诉穷学生，"好好读书，如果毕业了，你们也会富起来。"还是想说，"如果你们把书读好了，谁也不知道你们有多穷。"

为了向全土耳其证明阿塔图尔克男子高中的优质教学，校长希望高中代表队在伊斯坦布尔广播电台举办的高中知识竞赛中获得名次。代表队由住在上面街区出身好的孩子们组成（校队被懒惰和不满的学生称为"书呆子"）。为了实现这个目标，校长花费自己的大部分时间，让代表队背记奥斯曼帝国皇帝的出生和死亡日期。升旗仪式上，校长说起那些弃学去给修理工和电焊工当学徒的学生，犹如诅咒懦弱的背叛光明和科学的人；他责骂麦夫鲁特那样的放学后去卖酸奶的学生；为了把那些一心只想挣钱的学生拉回正道，他喊道，"拯救土耳其的是科学，不是卖米饭的人、小贩或卖转烤肉的人！"他还说，爱因斯坦也很贫穷，甚至因为物理课留级，但他绝没有为了挣三五毛钱而弃学，最终的赢家是他，以及他的民族。

"骨骸"：建立我们的杜特泰佩阿塔图尔克男子高中，目的是为了让公务员、律师和医生的孩子们得到良好的民族教育，他们生活在梅吉迪耶柯伊和周围上面街区的现代欧式集资房里。然而遗憾的是，最近十年里，学校被一群来自一夜屋街区的安纳托利亚穷孩子占领了，他们都住在后面空山头上非法搭建的一夜屋里。至此管理好这所美好的学校就几乎成了天方夜谭。尽管很多学生为了做小贩而逃学，一旦找到工作就放弃学籍，或因为偷窃、斗殴、威胁和骚扰老师而被开除，可我们的教室还是被塞得满满当当的。为三十个学生设计的现代化教室里，不幸挤着五十个学生上课，两人一排的座位要塞进三个人。课间休息时，奔跑、走路和玩耍的学生，就像撞车那样，不停地碰撞。铃声响起、出现争吵，或紧张忙乱时，蜂拥到走廊和楼梯上的学生有被挤伤的，有被踩倒昏厥的，老师们只好在办公室里给他们抹古龙水。在一个如此拥挤不堪的环境里，更有效的教学方式不是讲课而是让学生们死记硬背，因为背诵，不但可以开发孩子们的记忆力，还可以让他们学会尊重长者。

初一至初二的上半学期，也就是一年半的时间里，麦夫鲁特为坐在教室的哪个地方而犹豫不决。在他为解决这个难题努力时，就像以前那些寻找人生目标答案的哲学家一样，他变得很抑郁。开学的第一个月里，就像校长说的那样，要想成为一个"阿塔图尔克为之骄傲的科学家"，他知道自己应该和那些有良好家庭背景的孩子交朋友，他们的书本、领带和家庭作业都很齐整。麦夫鲁特还没遇见一个像自己一样住在一夜屋（三分之二的学生）却成绩出色的学生。他在校园里偶尔碰见了几个和自己一样生活在一夜屋街区却认真上学的学生，因为别人说，"这孩子特聪明，让他去念书。"这些孩子在其他班级上课，被讥讽为"奶牛"[1]。但在学校摩肩接踵的人群里，他没能和这些孤独的灵魂交往，其中的一个原因是，"奶牛"们完全因为麦夫鲁特跟他们一样生活在一夜屋而用怀疑的眼光看他。

和一些来自良好家庭、坐在前排、按时完成作业的孩子交朋友，坐在他们的身边，会让麦夫鲁特感觉更好。要想去前排，就必须在课上一直

---

[1] 土耳其人称呼刻苦用功的学生为"奶牛"，即"书呆子"。

盯着老师的眼睛，领会并大声说出老师开了头却不能用一种教学逻辑说完的句子。当老师提问时，即便不知道答案，麦夫鲁特也像知道那样，带着乐观的态度不断地举手。

但是他试图融入的、住在上面街区公寓房里的孩子们也很怪异，他们可能随时让人伤心。上初一的时候，麦夫鲁特很荣幸地成了前排"新郎官"的同桌。在一个雪天的课间操上，有一刻新郎官差点被一群踢球（一个用揉在一起的旧报纸和绳子捆绑起来的球，因为学校禁止学生自带足球）、疯跑、叫喊、争吵、推搡捶打和赌博（用球员的图片、小笔和截成三段的香烟）的学生踩扁。顷刻间怒不可遏的新郎官对麦夫鲁特说："这个学校里全是乡下人，我爸爸要让我转学，我要去别的学校。"

"新郎官"：我爸爸是妇科大夫，我特别在意领带和校服的品位，有些早上我会抹很多爸爸的须后水去上学，因此开学的第一个月里他们就给我起了这个"新郎官"的外号。香水在满是泥土、呼吸和汗味的教室里，让所有人神清气爽。在我没用香水的日子里，他们会问，"'新郎官'，今天没有婚礼吗？"我并不像有些人认为的那样是个娘娘腔的人。有一次，一个傻瓜借口要好好地闻一闻香水味，竟然嘲弄着把鼻子凑到我脖子上，好像我是一个同性恋，我冲着他的下巴重重地打了一拳，把他打翻在地。由此，我也赢得了坐在后排的混混们的尊重。我那抠门的爸爸不愿意出私立学校的学费，所以我才待在这里。

有一天上课时，我和麦夫鲁特正在为这些事互相诉苦，突然听到生物老师大块头·梅拉哈特说："1019，麦夫鲁特·卡拉塔什，你不停地讲话，坐到后面去！"

"老师，我们没说话！"我说。倒不像麦夫鲁特以为的那样我有骑士精神，而是因为我知道，梅拉哈特绝不会把我这个有良好家庭背景的孩子流放到后排去。

然而，麦夫鲁特没有因为被扔到后排而过度烦恼。之前他也被扔到后排去过，但由于他那乖巧、单纯和幼稚的容貌和不断举手，他总是可以找到一个办法挤进前排。有时一个老师，为对付课堂上的嘈杂，就让整个班级调换座位。那种时候，一副可爱模样的麦夫鲁特就会用一种渴望和顺从的眼神看着老师的眼睛，于是成功地坐到最前排。但随后的厄运又把他重新扔回到后排。

另外一次，乳房丰满的生物老师梅拉哈特又要把麦夫鲁特发配去后排，"新郎官"勇敢地提出了反对。"老师，就让他坐在前面吧。有什么呀，他特别喜欢您上的课。"

"你看不见啊，他的个子像根扁担。"无情的梅拉哈特说道，"后面的人因为他看不到黑板了。"

小学毕业后，爸爸让他在村里白白地耗费了一年时光，所以麦夫鲁特大于班里的平均年龄。从前排回到后排时，他感到害羞，在脑子里为自己刚刚开始的手淫习惯和庞大的身躯之间建立某种怪异的联系。后排学生则用掌声和"欢迎麦夫鲁特回家！"的口号欢迎他的回归。

后排的座位是那些调皮、懒惰、愚笨、不断留级而绝望的大块头混混、年龄大、近期将被学校开除的学生的地盘。很多一旦找到工作就弃学的人也来自被流放到后排的学生，但是有些学生也没在外面找到任何工作，却在后排慢慢变老了。有些则是知道他们有错、愚笨、年龄大或者块头大，一开学就自觉跑后排坐下了。像麦夫鲁特那样的另外一些人，无论如何都不能接受后排对于他们来说就是厄运的事实，就像一些穷人直到生命结束才明白他们永远不会富有一样，历经长期努力和失望之后才看清痛苦的真相。包括历史老师拉美西斯[1]（他也真像木乃伊）在内的很多老师，都凭着经验知道，试图教会后排学生任何东西都是徒劳。其他老师（比如，年轻、羞怯的英语老师娜兹勒女士。麦夫鲁特坐在前排时，因为和她

---

[1] 拉美西斯（Ramses），埃及法老，以拉美西斯二世最为有名。

目光对视而无比幸福并在不知不觉中爱上了她），由于害怕和后排学生发生冲突，害怕和任何一个学生发生争执，甚至几乎不朝那个方向看。

没有一个老师，哪怕有时能够同时唬住一千两百名男生的校长，愿意和后排学生发生直接冲突，因为这种紧张局面有可能快速演变成血仇，从而不单单是后排的学生，乃至整个班级都可能对那个老师发起攻击。会导致整个班级恼怒的敏感问题，就是老师把来自一夜屋街区学生的口音、模样、无知、他们脸上每天像绣球花一样绽放的通红粉刺，当作嘲讽的话题。有些学生在课堂上讲一些比老师讲的内容还要有趣的故事，不停地逗乐，老师就会用尺子敲打、辱骂他们，让他们丢脸、闭嘴。有段时期，人人都恼恨的年轻化学老师卖弄·费夫兹每次转身去黑板写氧化铅分子式时，都会成为像子弹一样射出的米粒的攻击目标。学生们用掏空的圆珠笔芯做吹管吹射米粒，因为他取笑了一个他希望同化的东部学生（那个时候，谁都不用库尔德这个词）的口音和服装。

后排的混混们有时完全只为了吓唬他们觉得胆怯的老师，有时则仅仅因为他们想那么干而打断老师的讲课：

"够了老师，你这节课太啰唆了，我们听烦了，跟我们聊聊你们的欧洲之行吧！"

"老师，你真的一个人坐火车去了西班牙吗？"

后排的学生，就像夏天在露天影院不断议论银幕上的电影情节一样，在课堂上不停地大声说话、讲故事、哈哈大笑，以至于在讲台上提问的老师有时竟听不清第一排学生回答问题。每当麦夫鲁特被发配到后排，他都要费九牛二虎之力才能跟上老师的讲课。但是别误解，对于麦夫鲁特来说，最完美的上学体验就是，既能对后排学生讲的笑话发笑，又能听娜兹勒老师讲课。

6

初中和政治

明天不上学

穆斯塔法： 第二年秋天，麦夫鲁特上初二，他还羞于在街上喊"卖酸奶"，但已经习惯用扁担挑酸奶和钵扎罐了。下午，像我关照的那样，他独自一人从一个地方去另外一个地方，比如挑着空罐从贝伊奥卢后街上的一家餐馆去锡尔凯吉的仓库，在仓库装满酸奶，或者在维法买好钵扎，挑回贝伊奥卢那家满是油烟和洋葱味的拉希姆餐馆，然后回到库尔泰佩。晚上我回到家，如果发现麦夫鲁特还在做功课，我就说："真棒！照这样下去，你将是咱们村的第一个教授。"如果已做好功课，他会说："爸爸，我现在背给你听。"他两眼看着天花板开始背诵课文。遇到卡壳时，他把目光转向我。我说："孩子，别指望你的文盲爸爸来帮你，你背诵的课文没写在我脸上。"初二时，他对学校和小贩这个营生都还满怀热情，有的晚上他说："我和你一起去卖钵扎，明天不上学！"我不吭声。有些日子他说："明天有课，放学后我直接回家。"

 就像阿塔图尔克男子高中的多数学生那样，麦夫鲁特对他的校外生活也守口如瓶，甚至和自己一样当小贩的同学也不分享放学后所做的一切。有时，看见一个同学在街上和他爸爸一起卖酸奶，他会视而不见，第二天在班上碰到也装作若无其事。但他会仔细观察那个孩子是怎么上课的，是否可以在课堂上看出他是个小贩。他还会问自己，那孩子日后将成为怎样一个人，会做什么。班里有个来自霍裕克地区的同学，跟爸爸驾着马车挨家挨户收购旧报纸、空瓶子和空锡罐。麦夫鲁特年末在塔尔拉巴什和他不期而遇，于是对他也产生了兴趣。有一天，麦夫鲁特发现，那个神情恍惚、上课总看着窗外的孩子，初二开学四个月后就消失了，再也没来过学校。而对于他和他的消失，甚至一次都没有人说起。与此同时，麦夫鲁特知道，就像所有那些在初中找到工作或去当学徒而离开学校的同学一样，那个孩子也将很快被自己永远忘记。

年轻的英语老师娜兹勒，皮肤白净，有一双大大的绿眼睛，穿一件印有绿叶图案的校服。麦夫鲁特知道她来自另一个世界，为了接近她，他想当班长。课堂上，当老师说话不管用，又因惧怕反击而不敢用手或者尺子打学生时，班长就可以拳打脚踢胁迫那些混混听话。像娜兹勒老师那样对无纪律和嘈杂束手无策的女老师，迫切需要这项服务，而提供这项服务的人选则多来自后排的学生。有些人以帮助女老师为由，上课时自己站起来，用打后颈、拽耳朵的方式，把破坏课堂安宁的同学拉回正道。这些志愿者为了让娜兹勒老师注意到他们的义举，在往调皮同学的后背施以重拳之前，先高声嚷道，"你倒是好好听课啊！"或者"我让你不尊重老师！"如果麦夫鲁特发现，娜兹勒老师对此类服务颇为满意，即便她没朝后排看一眼，他也会愤怒和嫉妒。他想，如果自己被娜兹勒老师选为班长，为了让调皮同学安静，他都无需使用武力，仅仅因为他是个来自一夜屋街区的穷孩子，那些懒虫和混混也会听话的。遗憾的是，校外的政局，让麦夫鲁特的这些校内政治梦想破灭了。

1971年3月发生了军事政变，时任总理德米雷尔被迫辞职。革命组织抢劫银行、劫持绑架外交官，国家也三天两头宣布实施戒严和宵禁，军人和警察不断地挨家挨户搜查，城市的墙壁上贴满了通缉犯和嫌疑犯的照片，人行道上的书摊也被取缔了。这些对于街头小贩来说都不是好消息。麦夫鲁特的爸爸诅咒那些"导致这种无政府状态的人"。然而成千上万的人被扔进监狱备受折磨之后，对于小贩和毫无顾忌做生意的人来说，情况并未有所改善。

军人们把伊斯坦布尔的所有人行道、他们认为脏乱无序的每个地方（其实整个城市都是那样的）、高大的枫树树干、奥斯曼帝国时期留下的墙壁，全都用石灰水涂成了白色，俨然把城市变成了一座军营。私人小公共随便停车载客被禁止了，小贩们也被禁止进入大广场和大街、有水池的体面公园、轮船和火车。警察带着记者突击搜查由著名恶霸把持的半地下赌场、妓院，以及贩卖欧洲烟酒的走私贩仓库。

军事政变后，"骨骸"免去了左派教师的行政职务。这样，娜兹勒老师也就没可能选麦夫鲁特当班长了。有时她也不来上课，据说她的丈夫被通缉了。所有人都被广播和电视里关于秩序、纪律和整洁的词句感染了。校园墙壁上、厕所门上、写在隐蔽处的政治口号以及淫秽的俗语，关于老师的形形色色下流故事和淫秽图画（"骨骸"和梅拉哈特在一幅画上交配），全被涂上颜料遮盖了。跟老师造反、调皮捣蛋、动不动就喊政治口号，或者让每节课都沦为政治辩论和宣传的激进学生都变老实了。校长和"骨骸"为了在升旗仪式上让所有人齐唱《独立进行曲》，在阿塔图尔克塑像的两旁，各安放了一个用于宣礼塔的扩音器。然而，扩音器除了给不和谐的大合唱增添一种新的金属声音，没有产生任何别的效果。而且，扩音器的尖啸淹没了所有声音，于是唱国歌的人便更少了。历史老师拉美西斯在课堂上，也更多地谈到血腥的胜利、国旗的红色来自鲜血、土耳其人的血液有别于其他民族。

莫希尼：我的真名叫阿里·亚尔讷兹。"莫希尼"是印度总理潘迪特·尼赫鲁 1950 年送给土耳其小朋友的那头漂亮大象的名字。在伊斯坦布尔的高中里，想得到莫希尼这个外号，仅仅像大象那样高大魁梧、天生老态龙钟，像我一样摇摇摆摆、慢慢悠悠地走路，还是不够的，还需要贫穷和敏感。就像先知易卜拉欣也降示的一样，大象是极其敏感的动物。1971年军事政变带给我们学校最严重的一个政治后果就是，我们的长头发被剪掉了。为了保护长头发，我们曾经和"骨骸"以及其他老师英勇抗争过。这是一场导致很多人流泪的悲剧，这些人当中不仅有喜爱流行音乐的医生和公务员的孩子们，还有生活在一夜屋街区、长着一头美发的高中生。校长和"骨骸"在周一的升旗仪式上常常威胁说，受欧洲堕落歌手的影响，男孩子像女人一样留长发很不协调。但是剪掉长发，是在政变军人进入学校后才得逞的。一些人认为，从军用吉普车上下来的上尉，是为了组织援助东部的地震灾民才来学校的。但是机会主义分子"骨骸"，立刻请来了杜特泰佩最能干的理发师。很遗憾，我也是一看见军人就吓懵了，被人剪了头发。头发一剪短，我看上去更丑了。怀着对军人的恐惧，我立刻向权威屈服了，自己跑去理发店重新把头发理了一遍，为此我更加憎恨自己。

"骨骸"觉察到了麦夫鲁特想当班长的梦想。军事政变后，他给了这个乖巧的学生在长课间操时协助莫希尼的任务。这是一个上课时能够去走廊的与众不同的机会，麦夫鲁特很开心。每天十一点十分的长课间操之前，麦夫鲁特和莫希尼便走出教室，经过昏暗潮湿的走廊和楼梯走到地下室。下去后，莫希尼先去煤库旁边的高中生厕所。那个麦夫鲁特连门都不敢看的地方，是一个被浓重的蓝色香烟烟雾笼罩的臭烘烘的场所。莫希尼在那里乞讨寻找一节香烟，如果有人可怜他给他一支，他就点燃抽完，然后老成地对耐心等在门口的麦夫鲁特说："我吃了安抚神经的药。"在厨房排长队等待后，莫希尼背起一个差不多和他一样大的罐子，爬上楼梯，小心地把罐子放到教室的煤炉上。

粗糙的大罐里装着在恶臭的厨房里煮开的牛奶，奶粉则是联合国儿童基金会向贫穷国家的学校免费配送的。课间操时，莫希尼像家庭主妇

78

那样，小心翼翼地将牛奶倒进同学们从家里带来的五颜六色、各式各样的塑料杯里。值勤老师则像发珠宝那样，仔细地给每个学生发鱼肝油。老师从一个蓝盒里拿出的、所有人都厌恶的鱼肝油，也是联合国儿童基金会免费提供的。为了确认学生们吞下了这个难闻的东西，老师像警察那样在课桌间转悠。多数学生要么把胶囊扔到楼下那个学生聚赌的垃圾角落，要么带着让教室难闻的乐趣，把胶囊扔地上踩扁。有的学生用掏空的圆珠笔管，把鱼肝油胶囊吹到黑板上。杜特泰佩阿塔图尔克男子高中的黑板上，全都留有一种无数鱼肝油炸弹留下的滑腻，还有一种让陌生人感到不安的鱼腥臭。有一次，楼上 9-C 班的阿塔图尔克画像不幸被鱼肝油击中，"骨骸"为此惊慌失措。他想让伊斯坦布尔警察局和教育局派检察官来开展调查。但经验丰富、和蔼可亲的教育局长，告诉负责戒严的军官们说，无人有意亵渎共和国缔造者或者任何一个国家领导人，从而化解了事端。尽管试图将奶粉和鱼肝油仪式政治化的努力在那些年遭到了失败，但是若干年后，无论是伊斯兰教主义者，还是民族主义者，或是左派，全都抱怨国家迫于西方势力让他们在童年吞食有毒、难闻胶囊的事情，甚至还就这个问题写了书和回忆录。

文学课上，读到雅哈亚·凯末尔描写奥斯曼骑兵挥剑攻克巴尔干时的喜悦心情的诗句，会让麦夫鲁特感到幸福。自习课上，为了打发时间，当全班一起唱歌时，就连最后排最调皮捣蛋的学生有时也会流露出一种天使般的单纯。外面下雨时（麦夫鲁特会瞬间想到卖酸奶的爸爸），麦夫鲁特想到，他可以在温暖的教室里唱着歌永远坐下去，尽管远离妈妈和两个姐姐，但城市生活远远好于乡村生活。

军事政变后几周，戒严和宵禁以及搜家导致成千上万人被扔进了监狱。不久以后，禁令像往常一样开始放松，小贩们开始更轻松地走进伊斯坦布尔的大街小巷，卖鹰嘴豆和瓜子、面包圈、黏糖、棉花糖的小贩们，也开始沿着阿塔图尔克男子高中的院墙排列开来。对禁令表示尊重的麦夫鲁特，在一个和煦春日里，从打破购物禁令的人群中发现了一个自己想效仿的同龄人。麦夫鲁特感觉那是一张熟悉的面孔，那孩子拿着一个用大大的字母写着"运气"的硬纸盒。麦夫鲁特看见盒子里有许多诱人的奖品和一个大塑料足球，奖品里有塑料军人、口香糖、梳子、足球球员的画片、小镜子和弹子球。

"禁止从小贩那里买东西，你不知道吗？"麦夫鲁特说，尽量让自己看上去很坚定，"你卖的那是什么？"

"相对于其他人来说，真主更爱某些人，最终他们富有了。而被真主更少爱的人则依然贫穷。你用针尖去刮其中的一个彩色洞眼，下面写着你中了什么奖，你是否有运气。"

"这个游戏是你发明的吗？"麦夫鲁特问道，"你是从哪里买来这些奖品的？"

"他们和奖品一起成套出售这个游戏。全套给你 32 个里拉。你在街上转悠，刮一个洞眼 60 库鲁什[1] 的话，一百个洞眼就是 60 里拉。周末在公园里可以挣不少钱。你想成为一个富人，还是一个让人看不起的穷人，你想马上知道吗？刮一个就知道结果了。免费让你刮。"

"我不会穷的，你看着吧。"麦夫鲁特毫不犹豫地伸出手，接过小贩孩子熟练地递过来的大头针。硬纸板上还有好多没被刮过的小圆点，他认真地选了一个，刮了一下。

"运气不好！什么也没有。"小贩孩子说。

"让我看看。"麦夫鲁特气恼地说。被他刮开的彩色铝点下面既没有一个字也没有一个奖品。"那现在怎么样呢？"

"没中奖的我们给这个。"小贩孩子说。他递给麦夫鲁特火柴盒大小的一块华夫饼。"是的，你的运气不好，但是赌场失意的人情场得意，实质就是失去的同时也会得到。你明白了吗？"

"明白了。"麦夫鲁特说，"你叫什么名字？学号是多少？"

---

[1] 库鲁什（kuruş），与里拉同为土耳其货币单位，1 里拉 = 100 库鲁什。

"375费尔哈特·耶尔马兹。你要去'骨骸'那里告发我吗?"

麦夫鲁特做了一个手势,表示"怎么会呢",费尔哈特也是一副"怎么会呢"的表情,他们立刻明白彼此将成为非常要好的朋友。

尽管同龄,但费尔哈特对街道语言、城里商店的位置和人们秘密的通晓,最先触动了麦夫鲁特。费尔哈特说,学校整个就是一个骗子窝,历史老师拉美西斯是一个笨蛋,多数老师是一帮只想着平安无事走出课堂拿工资的烂人。

"骨骸"花了很长时间精心组织了一支小军队,这支军队由学校的看门人、清洁工、厨房里煮奶粉的人和看煤库的人组成。在一个寒冷的日子里,"骨骸"带着这支小军队袭击了学校院墙外的小贩。麦夫鲁特站在墙根和其他同学一起目睹了这场战争。尽管所有人都站在小贩一边,但国家和学校更强大。一个卖鹰嘴豆和瓜子的小贩和看管煤库的阿卜杜瓦哈普拳脚相加扭打起来。"骨骸"威胁说,要叫警察来,要给戒严指挥部打电话。所有这些,国家和学校当局对小贩群体的总体态度,构成了一幅无法忘怀的画面,深深地留在了麦夫鲁特的记忆里。

得知娜兹勒老师离开学校的消息,麦夫鲁特崩溃了。他感觉自己的心被掏空了,他发现自己一直在想她,他连着三天没去学校,有人问起就说是他爸爸病了。麦夫鲁特喜欢费尔哈特开的玩笑,喜欢他的机敏应答和乐观态度。麦夫鲁特和他一起上街卖"运气",一起逃课去贝西克塔什和马奇卡公园。麦夫鲁特从费尔哈特那里学到了许多带有"意愿"和"运气"的诙谐语言、玩笑和格言,他对喜欢自己的顾客们说这些话。他也开始在晚上对自己的钵扎顾客说"如果不说出你的意愿,你将无法知道自己的运气"一类的话。

他崇拜费尔哈特的另外一个成功之处,就是他能够和欧洲女孩通信。女孩们都是真实的,费尔哈特的口袋里甚至还有她们的照片。她们的地址,则是费尔哈特从"新郎官"带来的《嘿》青年杂志上得到的,《国民报》出版的这本杂志上有"希望通信的年轻人"版面。自诩为土耳其第一份青年杂志的《嘿》，为了不激怒保守家庭，只发布欧洲女孩的地址，而不是土耳其女孩的。费尔哈特让别人帮他写信，但他不说那人是谁，对女孩们也隐瞒自己的小贩身份。麦夫鲁特想，如果自己给欧洲女孩写信会写些什么，他想了很久，不得其解。在课堂上看欧洲女孩照片的一些人爱上了她们，有些人则试图证明她们不是真的，另外一些嫉妒的人则在照片上涂画，抹上墨水把照片毁掉。

在那些日子里，麦夫鲁特在学校图书馆里看到的一本杂志，对他的小贩生涯产生了深远影响。在阿塔图尔克男子高中，老师没来的自习课上，为了不让学生们调皮捣蛋，他们会被带去图书馆。图书馆女馆长·阿伊塞会给学生们看旧杂志，杂志全是上面街区那些退休的医生和律师捐给学校的。

麦夫鲁特最后一次造访图书馆时，阿伊塞仔细地给每两个学生发了一本二三十年前发行的陈旧发黄的杂志，诸如《美好的阿塔图尔克》《考古和艺术》《灵魂和物质》《我们的土耳其》《医学世界》《知识宝库》。确认每两个学生都分到了一本杂志后，女馆长简短发表了关于读书的著名训话，麦夫鲁特听得很认真。

看书时绝对不说话，这是女馆长讲的第一句话，这句名言常常被嘲笑者们模仿。"你们看书的时候不能出声，要在心里默读，否则你们将无法从书中受益；读完一页不要马上翻页，要等到确认你的同伴也读完后再翻；翻页的时候不要往你们手指上吐口水，不要把书页弄皱；不要在书上乱写乱涂，不要在图片上添加小胡子、眼镜和络腮胡一类的东西；不要光看杂志上的图片，文章也一定要读；每翻一页，先看文章，再看图片。如果把整本杂志都看完了，静静地举手，我会看见，过来给你们换。但是，你们根本没时间把杂志看完。"女馆长·阿伊塞沉默了片刻，试图从学生的脸上看到他们对这些话的反应。她把手插到自己缝制的校服口袋里，宛如一个向蓄势待发的士兵发出攻城略地命令的奥斯曼帕夏，说了最后一句话：

"现在你们可以看了。"

图书馆里响起一阵窸窸窣窣的响动，带着忙乱和好奇翻动的黄色书页发出嚓嚓的声响。分给麦夫鲁特和身旁莫希尼的是一本《灵魂和物质》，那是土耳其的第一本灵学杂志，二十年前的一期（1952 年 6 月）。他们用没蘸口水的手指小心翼翼地翻动着页面，当面前出现一幅狗的图片时，他们停了下来。

文章的题目是，"狗能够读懂人的心思吗？"读第一遍时，麦夫鲁特并没明白很多内容，然而他的心跳加快了。随后，征得莫希尼的同意，他把文章重读了一遍。多年以后，麦夫鲁特记得更清晰的不是文章里的观点和概念，而是他在读这篇文章时的感受。他感到世上万物都是彼此关联的。夜晚，野狗们会在墓地和空地上更多地注视自己，比他以为的还要多，这一点也是他读文章时明白的。页面上狗的图片也不是文雅的欧洲哈巴狗，像这种杂志上常出现的那样，而是伊斯坦布尔街道上的一只土褐色野狗，也许这也是深深触动他的一个原因。

6 月第一周，发放成绩单时，麦夫鲁特看见自己的英语需要补考。

"别告诉你爸，他会杀了你。"费尔哈特说。

麦夫鲁特也是这么想的，但他也知道，爸爸是要亲眼看见他的初中毕业证书的。

他听说，娜兹勒老师去了另外一所学校，她可能作为"监考老师"来参加补考。为了初中毕业，麦夫鲁特整个夏天都在村里复习英语。杰奈特普纳尔村小学里既没有英—土字典，村里也没有任何人能够帮他。7 月，一个德国籍土耳其人回到了旁边的居米什代莱村。那人开着福特金牛座轿车，还带回了电视机，麦夫鲁特就开始跟这人的儿子上课。这个孩子在德国上初中，说一口带着德语口音的土耳其语和英语。为了能和这个孩子手捧课本在树下坐一个小时，麦夫鲁特每次都必须来回走三个小时。

阿卜杜拉赫曼：因为我们幸运的孩子麦夫鲁特跟德国籍土耳其人的儿子学

英语的故事，依然发生在我们卑微的居米什代莱村，所以请允许我来讲讲厄运带给我们的一些事情。第一次荣幸地和你们在一起是1968年，那时我和三个漂亮的女儿还有她们的妈妈是多么幸福啊，我的真主！她们的妈妈安静、有天使般的灵魂。有了第三个漂亮女儿萨米哈之后，我中了邪，依然幻想要一个男孩，所以我们没有对第四个孩子说不。事实上，我有了一个男孩，一出生我就给他取名叫穆拉特。然而，至高无上的真主，在他出生后一小时，即刻召唤了他和他产后大出血的母亲，我的儿子穆拉特和妻子顷刻间就去了天堂。我成了鳏夫，我那年幼的女儿们也成了没娘的孤儿。一开始，我的三个女儿晚上躺在我的身边，就是她们母亲睡觉的地方，闻着她们过世母亲的气息，哭到天亮。所以从儿时起，我就把她们当成中国皇帝的公主百般宠爱，我从贝伊谢希尔和伊斯坦布尔给她们买来裙子。我要对那些说我喝酒浪费钱的吝啬鬼说，像我这样因为挑着扁担穿街走巷卖酸奶而把脖子压歪的人，他未来的最大保障，就是每个都比宝藏还要珍贵的三个漂亮女儿。好了，让我的宝贝天使们自己说吧，她们比我说得更好。老大维蒂哈十岁，老三萨米哈六岁。

维蒂哈：老师上课时，为什么更多地看着我？为什么我不能跟人说我想去伊斯坦布尔看大海和轮船？为什么收拾饭桌、整理床铺、伺候爸爸的事情都得先由我来做？为什么我一看见两个妹妹在一起说笑就生气？

拉伊哈：我还从没见过大海。有些云朵像其他一些东西。我想尽快长到我妈妈的年纪并结婚。我不喜欢吃菊芋。我幻想着过世的小弟弟穆拉特和妈妈在注视着我们。我喜欢哭着哭着睡去。为什么大家都说着"我聪明的女孩"而爱我？两个哥哥在枫树下看书，我和萨米哈在远处看他们。

萨米哈：枫树下有两个男人。我的手被拉伊哈牵着，我一直没松手。后来我们回家了。

麦夫鲁特和爸爸为了赶上 8 月底的补考，比以往都早地回到了伊斯坦布尔。夏末，库尔泰佩的家，就像麦夫鲁特三年前第一次踏进那里时一样，充满潮湿的土腥味。

三天后，麦夫鲁特在阿塔图尔克男子高中最大的教室里参加了补考，娜兹勒老师没来监考，麦夫鲁特的心碎了。然而，他还是成功地交出了答卷。两周后，高中开学的日子里，为了拿初中毕业证书，他去了"骨骸"的办公室。

"干得好，1019，你的初中毕业证书！""骨骸"说。

麦夫鲁特不停地从书包里拿出毕业证书欣赏了一整天。到了晚上，他拿出毕业证书给爸爸看。

"你可以当警察或者保安了。"他爸爸说。

麦夫鲁特一生都在怀念初中的那几年生活。初中时，他懂得了做一个土耳其人是世上最美好的事情，还有城市生活远远好于乡村生活。有时，他笑着想起全班一起唱歌时的情景，在所有争吵和威胁之后，唱歌时就连最调皮捣蛋的学生脸上都会露出天使般的表情。

埃雅扎尔电影院

生死攸关的一件事

1972年11月一个周日的早上，父子俩在讨论那周的酸奶派送路线时，麦夫鲁特意识到，他将不再跟爸爸一起上街卖酸奶。日益扩大的酸奶生产企业，已经能够用小卡车把酸奶罐直接送到塔克西姆和希什利的小贩脚边。酸奶小贩的技能也不再像脚夫那样肩挑五六十公斤的酸奶，从艾米诺努去贝伊奥卢和希什利，而是从小卡车卸货的地方买来酸奶，然后快速分送到顾客的家里。他们发现，如果父子俩选择不同的路线，他们的总收入将会有所增加。每周两次，父子俩的一个把钵扎挑回家，在家里加糖调味，但晚上他们各自去不同的街道叫卖。

这个新情况给了麦夫鲁特一种自由的感觉，但不久他就明白了，那是一种错觉。跟餐馆老板、日益苛刻的家庭主妇、看门人、受托保管酸奶罐和钵扎罐的人打交道，需要花费很多时间，这大大超出了他的想象，于是他也更少去学校了。

以前跟爸爸一起卖酸奶，麦夫鲁特负责记账和往秤上放秤砣，那时候他认识了托鲁尔人·塔希尔叔叔，现在麦夫鲁特依然叫他叔叔，但和他为每公斤酸奶讨价还价，麦夫鲁特觉得十分有趣，他感觉仿佛比那个化学课上看着黑板却听不太懂的自己重要多了。从邻村伊姆然莱尔过来的能干、强壮的混凝土兄弟，开始把贝伊奥卢和塔克西姆周围的所有餐馆和快餐店，作为一个市场占领了。麦夫鲁特从爸爸那里接手了费里柯伊和哈尔比耶两个街区。为了不失去那里的老顾客，他开始降价，并缔结新的友情。比如，在杜特泰佩和初中结识的一个埃尔津詹孩子，开始在潘尬尔特的一家消费很多酸奶的肉丸餐馆打工；费尔哈特还认识餐馆旁边的杂货店老板，他是马拉什的阿拉维派库尔德人。麦夫鲁特感觉自己在城市里长大了。

在学校里，他也升级到抽烟学生去的地下室厕所了。为了尽快让那里的同学接纳自己，他开始随身携带巴夫拉香烟。大家知道他在挣钱，也因为他刚开始抽烟，于是都期待他买烟来招待蹭烟的人。麦夫鲁特高一时发现，初中的时候自己高估了厕所里的那些人，他们是一群除了上学不干其他事还会留级、没在外面挣钱、不断搬弄是非、吹牛的人。由此他得出一个结论，街上的世界远比学校的更大也更真实。

他依然从口袋里"如数"地掏出挣来的钱交给爸爸。但他也花钱买烟、看电影、买体育彩票和国家彩票。由于对爸爸隐瞒了这些花销，他感到羞愧，他更为自己去埃雅扎尔电影院而自责。

埃雅扎尔电影院，位于加拉塔萨雷和杜乃尔之间的一条主街上，影院楼是在1909年阿卜杜勒·哈米德二世被废黜后的自由环境里，为亚美尼亚族人的一个话剧团建造的（当时的名字是奥黛欧）；共和国之后，它变成了一座主要是希腊族人和土耳其上层社会家庭光顾的影院（改名为马捷斯提克）；再后来影院的名字就变成埃雅扎尔了。最近两年，像所有贝伊奥卢的影院一样，埃雅扎尔也开始放映色情电影。麦夫鲁特在黑暗中走进影院，努力不被来自下面街区的无业游民、年老悲哀的男人和绝望的孤独者们看见，他远离众人，在一个靠边的座位上（放映大厅里有一股奇怪的呼吸和橡胶的气味），弓背屈腰缩成一团地坐着，努力去理解无关紧要的电影主题。

因为给本国电影"加料"，会使生活在周围的小有名气的演员陷入困境，因此埃雅扎尔影院不放映土耳其男演员（有些演员所有人都认识）穿着内裤出演的第一批土耳其色情片。多数电影是进口的，有土耳其语配音。麦夫鲁特不喜欢意大利电影里女色情狂表现出的单纯和愚蠢。而他认真期待的德国电影里的"色情场景"，却好像搞笑的事情一样，不断地被主人公们揶揄，让他感到不安。法国电影里的那些女人则不找任何借口就上床，对此他惊讶，甚至气恼。电影里的所有女人，还有追求她们的男人，都用同样的土耳其语配音说话，以至于麦夫鲁特有时觉得自己仿佛在看同一部电影。而吸引观众来影院的那些场景却总是姗姗来迟。十五岁的麦夫鲁特就这样明白了，性爱是一个奇迹，只有在等待和期盼中才能实现。

　　在入口处吸烟等待的一帮男人，也会在色情场景开始之前喧哗着走进放映大厅。当电影里的重要场景快要出现时，引导员也会说"开始了！"提醒在门外急切等待的人们。让麦夫鲁特惊讶的是，这些男人并不因为彼此目光对视而害臊。而麦夫鲁特，检票后穿过人群时，总不断低头看自己的鞋子（"我的鞋带系好了吗？"）。

　　当不雅的画面出现在银幕时，整个影院变得鸦雀无声。麦夫鲁特发现自己心跳加速、头晕目眩、呼呼冒汗，他努力控制自己。这些不雅的场景是从别的电影里剪辑下来随意粘贴上去的，因此他也知道，自己看见的那些令人震惊的东西和他之前试图理解其主题的电影之间没有任何关系。但他依然会在色情场景和有主题的电影之间建立某种关联。瞬间他想到，袒胸露臀、张着嘴做下流事情的女人和主题电影里的全是同样的女人，这更刺激了麦夫鲁特，也更让他为裤子前面的凸起而羞愧，他就弓起背。尽管麦夫鲁特高中时独自一人去过埃雅扎尔电影院数十次，但他一次也没像别人那样，把手伸进裤兜里把玩阴茎。据说，看电影时解开裤扣手淫的人，黑暗中会遭到完全出于这个目的去影院的老年同性恋的攻击。他也确实遇到过试图接近自己的大叔，他们说，"孩子，你几岁了？"，

"你还是个孩子。"但是麦夫鲁特装聋作哑不搭理他们。在埃雅扎尔电影院，买张票可以在里面坐上一整天，多次看重复放映的两部电影，因此麦夫鲁特不会轻易离开影院。

费尔哈特：春天，当游乐园和花园夜总会开放，海峡边的茶馆、儿童乐园、桥梁、人行道变得熙熙攘攘时，麦夫鲁特也和我一起开始在周末兜售"运气"了。这个营生我们认真地做了两年，挣了不少钱。我们一起去马赫穆特帕夏买游戏盒，刚从坡上下来，我们就从跟着父母出去购物的孩子那里挣到了钱，有时等我们经过埃及市场、艾米努诺广场和大桥，来到卡拉柯伊时，我们就欣喜地看到盒子里的圆点近一半都被刮完了。

麦夫鲁特会远远地从眼神里识别出一个坐在茶馆里的好奇顾客，无论老少，他都乐观地走过去，每次还都能说出一句令人吃惊的新开场白。"你知道为什么一定要试试运气吗？因为你的袜子和我们奖品里的梳子是同一个颜色。"他对并不知道自己袜子是什么颜色的困惑的孩子说。"你看，费尔哈特纸板上的27号刮出了一面镜子，我的27号还没被刮过。"他对一个知道这个游戏却还在犹豫不决、戴眼镜的鬼灵精怪的小男孩说。春天的一些日子里，我们在码头、轮船和公园里的生意非常好，等盒子上的圆点全被刮完，我们就回库尔泰佩。海峡大桥1973年建成了，当时还没有因为众多的跳海自杀事件而对行人关闭，阳光明媚的三个下午，我们在桥上做了很多生意。随后因为"禁止小贩上桥"，就再也没让我们上去。我们还在不同的地方被多次赶出来过，比如，大胡子男人说"这不是运气游戏是赌博"，把我们从清真寺的天井里轰了出来；电影院的工作人员说"你们的年纪还太小"，把我们赶出了电影院的大门。其实，我们不但进去过还在里面舒舒服服地看过下流电影。酒馆和夜总会，也因为"禁止小贩进入"，让我们无法靠近。

6月的第一周发成绩单时，麦夫鲁特看见自己在高一被直接留级了。黄色硬纸板上成绩"评估"一栏里写着"直接留级"，麦夫鲁特把这几个字看了十遍。他没有上够课时，很多考试也没参加，他甚至忽略了去讨好会可怜自己而给及格分数的老师，因为他是一个"可怜、贫穷"的卖酸奶的孩子。由于三门功课没有通过，暑假他也不必用功了。而费尔哈特甚至没有补考就通过了，麦夫鲁特为此很悲哀，但是幻想着暑假可以留在伊斯坦布尔做很多事，他也就没太伤心。晚上，爸爸得知这个消息后说："烟你也抽上了，是吧？"

"没有爸爸，我没抽烟。"麦夫鲁特说。口袋里还装着巴夫拉香烟。

"你不但不停地抽烟，还像当兵的一样不断地手淫，还要对你爸爸说谎。"

"我没说谎。"

"该死的东西。"爸爸说着扇了麦夫鲁特一记耳光，随后撞上门走了。

麦夫鲁特一头扑到床上。

他伤心欲绝，在床上躺了很久，但并没有哭。让他难以承受的，既不是留级，也不是爸爸的耳光……真正让他感到心碎的，是爸爸竟然能够如此轻松地说到他的手淫，这个大秘密，还有不相信他、像一个陌生人那样对待他。麦夫鲁特以为谁都不知道他做了这件事。这种心碎导致的巨大愤怒，让麦夫鲁特立刻明白，夏天他将可能再也不回村里了。他也因此知道，他的人生只有自己可以给它定型。总有一天他会做大事，他的爸爸和所有人都将看到，麦夫鲁特是一个比他们所认为的还要特别的人。

7月初爸爸回村之前，麦夫鲁特再次告诉爸爸，他不想失去费里柯伊和潘尬尔特的老顾客。他继续把挣来的钱交给爸爸，穆斯塔法则会说他攒钱是为了回村盖房子。以前，麦夫鲁特会简单地告诉爸爸他交的钱是哪天挣的，而现在他也不再给爸爸这样的交代了，只是定期像缴税那样交钱，而他爸爸也不再说拿这钱回村盖房子了。麦夫鲁特看见爸爸已经接受了一个事实，那就是自己将不回农村，而像考尔库特和苏莱曼一样，在伊斯坦布尔度过余生。在感觉自己最孤独的时候，麦夫鲁特怨恨爸爸，因为爸爸无论怎样都没能在城市里富裕起来，也没能从内心里放弃重回农村的念头。爸爸会察觉到他的这些心思吗？

1973年的夏天，成为麦夫鲁特那段人生中最幸福的一个夏天。下午到晚上，他和费尔哈特一起在城市的街道上兜售"运气"，挣了不少钱。费尔哈特带他去了一家位于哈尔比耶的金器店，麦夫鲁特在那里把一部分钱换了一些20马克的纸币，回家后他把钱藏到了床垫下面的脚跟处。这是他第一次背着爸爸藏钱。

多数时候，上午他都不离开杜特泰佩，窝在独自一人居住的家里手淫，很多次他都想这是最后一次。因为独自在家和自己玩，他感到自责，但是他没有女朋友，没有可以做爱的妻子，因此这种情形在今后也不会转化成一种痛苦和能力不足的感觉。谁也不会因为一个十六岁的高中生没有情人做爱而鄙视他。更何况，即便马上结婚，麦夫鲁特也不完全知道该和女孩做什么。

苏莱曼：7月初很热的一天，我说顺道去看看麦夫鲁特。我敲门，可门敲不开。他不可能早上十点就出去卖酸奶！我敲窗户，在房子四周转了一圈。我拿起地上的一块石头敲了窗户玻璃。满是尘土的院子疏于打理，房子也破旧不堪。

门终于开了，我跑过去。"怎么了？半天不开门？"

"我睡着了！"麦夫鲁特说。但他看上去疲惫不堪就像一夜没睡。

一刹那，我以为里面还有一个人，我感到一种奇怪的嫉妒。我走进屋，单开间里闷热难耐、充满汗味。这里怎么这么小啊，同样的桌子，同样的床，三五件家什……

"麦夫鲁特，我爸叫咱们去他店里。"我说，"他说有一件事情，你去把麦夫鲁特也喊来。"

"什么事情啊？"

"简单的一件事情，别担心，快点咱们走吧。"

但麦夫鲁特站在原地没动。可能因为留级了，他有点内向。知道他不会去，我生气了，"别老是手淫，你的眼睛会坏掉的，记忆力也会减退，知道吗？"我说。

麦夫鲁特转身进屋撞上了门。他很长时间没去杜特泰佩了，在我妈妈的坚持下，最后只好我去找他。在杜特泰佩男子高中里，坐在后排的一些无赖，经常羞辱、恐吓一些小孩，甚至还会打上一两记耳光，他们说，"你看看，你的眼睛下面又是青紫青紫的；你看看，你的手在哆嗦，脸上的青春痘倒是少了，你手淫了吧，不信安拉的家伙。"哈吉·哈米特·乌拉尔给他的工人和手下住的一夜屋里，一些单身汉因为手淫导致体虚衰弱无法继续工作，被送回了农村。这是一件生死攸关的事情，麦夫鲁特知道吗？难道他的朋友费尔哈特没有告诉他，甚至在阿拉维派手淫也是禁止的吗？对于马利基派来说，在任何情况下，手淫都是不允许的。对于我们哈乃斐派来说，只有在面临一个更大的罪过，也就是面临通奸危险时才允许手淫。伊斯兰教不是惩罚，而是基于宽容和逻辑的宗教。在我们的宗教里，如果你将饿死，吃猪肉也是允许的。但如果为了快活而手淫，那是令人作呕的。但我没跟麦夫鲁特说这个，因为我确信，他会嘲笑我说："苏莱曼，做这事不就是为了快活吗？"然后再次作孽。你们觉得，像麦夫鲁特这样一个容易失控的人，能够在伊斯坦布尔成功吗？

8

杜特泰佩清真寺的高度

难道那里有人生活吗？

相对于在阿克塔什家坐在苏莱曼身边，麦夫鲁特更喜欢和费尔哈特在街上兜售"运气"，因为那时他感觉更好。他可以对费尔哈特畅所欲言，费尔哈特也会说些类似的话，他们一起嬉笑。夏天的夜晚，因为害怕孤独，麦夫鲁特去阿克塔什家吃晚饭，他知道自己说的每句话，都会遭到苏莱曼或者考尔库特的讽刺挖苦，因此他不愿意开口。萨菲耶姨妈经常说："你们这两个豺狼，别跟我亲爱的麦夫鲁特过不去，放过他吧。"麦夫鲁特始终牢记着，要想在城市里站住脚，他就必须跟哈桑伯父、苏莱曼还有考尔库特友好相处。在伊斯坦布尔度过四年之后，麦夫鲁特幻想着自己创业，不给亲戚和任何人带来负担。他将和费尔哈特来完成这个心愿。一天下午，费尔哈特正数着他们口袋里的钱，麦夫鲁特说："如果没有你，我根本不会想到来这些地方。"他们从锡尔凯吉坐火车，（在车厢里他们也躲过乘务员做起了生意，）去了维利埃凡提赛马场。对赛马好奇的赌徒们也热衷于游戏，于是他们手上的盒子在两个小时里就全被刮完了。由此，他们想到去足球场、足球队的开赛仪式、夏季锦标赛、体育和会展宫的篮球赛。每当因为一个新点子挣到钱，他们就一起幻想日后的创业。他们的理想就是，有一天在贝伊奥卢开一家餐馆，实在不行就开一家快餐店。一旦麦夫鲁特想出新的挣钱点子，费尔哈特就会说："你也有很强的资本家意识啊！"麦夫鲁特不觉得这是一句好话，但他会因此自豪。

1973年夏天，第二家露天影院在杜特泰佩开放了，影院的银幕是一座两层楼一夜屋的侧墙。有些晚上，带着"运气"盒子去看电影的麦夫鲁特，也会在那里看见苏莱曼或者费尔哈特，他们全都会找到不买票混进去的办法。刚开始，麦夫鲁特买票带着"运气"盒子进去，这样既看了图尔坎·绍拉伊的电影，又挣了钱。可后来他对那里冷淡了，因为街区里所有人都认识他。听到麦夫鲁特说到命运、运气时，谁也不再把它当回事。

11月，杜特泰佩清真寺打开大门、铺上机织地毯后，因为老人们说"运气"游戏是"赌博"，麦夫鲁特就不再拿着盒子去那里转悠了。杜特泰佩和库尔泰佩那些热衷礼拜的退休人员和老人，纷纷走出家门和一夜屋里改建的单间小祈祷室，一天五次满腔热情地去新的清真寺做礼拜。主麻日的聚礼拜上，更是聚集了密密麻麻渴望的人群。

1974年初的古尔邦节早上，杜特泰佩清真寺举行了一个正式的开放仪式。麦夫鲁特前一天晚上洗了澡、准备好干净衣服、熨平了学校的白衬衫，一大早就和爸爸起床了。可清真寺和前廊里半小时前就挤满了从周围山头上过来的上千男人，要想进去很困难。但是麦夫鲁特的爸爸想去前面见证这个历史性的日子，"别介意我的老乡，有一个通告。"他边说边拨开人群往前挤，最终他们成功地在前排找到了落脚处。

穆斯塔法： 我们在前排做礼拜时，清真寺的建造者哈吉·哈米特·乌拉尔就在我们的前面两排。尽管他和他从村里带来的人有各种强盗行为，但那天早上我还是感谢了这个人，我说愿真主保佑你。清真寺里人群的嘈杂声、人们轻声低语的热情，瞬间让我感到了幸福。我们一起做礼拜的热情，沉静稳重地走出黑暗的穆斯林大军，让我感觉好极了，仿佛诵读了几个星期的《古兰经》。我满怀谦恭、用不同的韵律念颂了两遍"真主至大"。

阿訇念诵宣教辞时说："我的真主，保佑这个民族，保佑这个群体，保佑现在不顾严寒、不分昼夜辛勤劳作的人们。"听到这话我难过了。他说："我的真主，保佑为了面包从遥远的安纳托利亚乡村来到这里当小贩的人们，让他们生意兴隆，宽恕他们的罪过。"那一刻我热泪盈眶。阿訇最后说道："我的真主，赋予我们的国家以力量，赋予我们的军队以强大，赋予我们的警察以耐心。"我也激动地和大家一起说了"阿门！"。宣教辞结束后，人们开始说笑着拥抱亲吻互祝节日，我往清真寺建造协会的盒子里扔了10里拉。我抓着麦夫鲁特的胳膊，带他去亲吻哈吉·哈米特·乌拉尔的手。他的哈桑伯父、考尔库特还有苏莱曼也在等待吻手的队伍里。麦夫鲁特先和堂兄弟们亲吻了脸颊，随后亲吻了他哈桑伯父的手，得到了50里拉的节日赏钱。哈吉·哈米特·乌拉尔被他手下的人和等待亲吻他手的人团团围住，等了半小时才轮到我们。这样一来，在杜特泰佩家里做了馅饼的萨菲耶嫂子也等了我们很久。那是一顿美好的节日午餐。我情不自禁地说了一次："在这个家里，不仅有我，还有麦夫鲁特的一份权利。"但是哈桑假装没听见。吃完馅饼的孩子们以为他们的爸爸和叔叔又要为财产吵架了，全都逃去了花园。但在那个节日里，我们没有吵架。

哈吉·哈米特·乌拉尔：清真寺最终让所有人都开心了。杜特泰佩和库尔泰佩的所有孤独无助的可怜人（如果阿拉维派的人也来了，那就更好了），在这个神圣的日子里全都排着队亲吻了我的手。我给每个人派发了一张崭新的100里拉纸币，为了过节，我们从银行取来了一沓沓的新钞票。因为真主让我也看到了今天，我满含热泪感激了真主。20世纪30年代，我过世的父亲在里泽山区，牵着毛驴做小贩，往返于各个村庄，兜售他从城里买来的各种小玩意。正当我要接父亲的班，第二次世界大战爆发了，我应征入伍。我们被派去了恰纳卡莱，尽管我们没有直接参战，但我们在恰纳卡莱，据守了四年海峡和阵地。我的军需官是一个萨姆松人，他对我说："哈米特，你很聪明，别回农村，那样太可惜了。你来伊斯坦布尔，我帮你找工作。"军需官已去世了，让他安息吧。战后，在他的帮助下，我在费里柯伊的一家杂货店里当起了伙计。那时既没有杂货店伙计，也没有送货上门服务，我从面包坊买来面包，用毛驴驮着草筐挨家挨户送面包。后来我一看，我们也可以做这事，于是就在卡瑟姆帕夏的皮亚莱帕夏小学附近开了一家杂货店，随后我们在便宜的空地上建造并出售房屋，我还在卡厄特哈内开了一家小面包坊。那个时候，尽管城里有很多劳动力，但都是些不懂规矩的人。陌生的乡下人原本也无法让人信任。

我开始从村里带人去伊斯坦布尔，首先是亲戚。那个时候，杜特泰佩有棚舍，我让年轻人全都住进了棚舍，他们都亲我的手，尊敬我。我们圈了新的地皮，感谢真主，我们的生意越来越好。这么多单身汉，他们怎么做礼拜，怎么感谢真主才能让他们状态良好地干活。第一次去朝觐的时候，我既向真主和先知做了祈祷，也思考了这个问题。我说，让我来做这件事。我拿出一部分从面包坊和建筑上挣来的钱，买了钢筋和水泥。我们去找省长要了地皮，去找富人们要了钱。一些人给了钱，真主保佑他们；一些人则说，杜特泰佩吗？难道那里有人生活吗？那时我就对自己说，我要在杜特泰佩的山头上建起一座清真寺，你站在尼相塔什的省长宅邸，塔克西姆的公寓房楼顶，就会看见、明白是否有人生活在杜特泰佩、库尔泰佩、居尔泰佩和哈尔曼泰佩。

清真寺奠基，上面盖了一点东西后，每逢主麻日礼拜，我就拿着盒子站在人家门口收钱。穷人说，"让富人掏钱！"富人说"他在自家店里买水泥"，不给钱。我就自掏腰包。碰到工地上有空闲的工人，我就派他们去清真寺干活，如果哪个工地上有多余的钢筋，我就让人送去清真寺。一些嫉妒的人说："哎，哈吉·哈米特，你的穹顶太大了，太招摇了，木头框架拆掉时，真主会让它塌在你头上，那时你就明白自己有多骄傲了。"拆框架时，我就站在穹顶的下面，穹顶没塌。我感谢真主，爬到穹顶上，泣不成声。随即我感到头晕目眩，就像足球上面的一只蚂蚁，站在穹顶上你先看到一个圆弧，随后会发现下面的整个世界。在穹顶上，如果你看不见穹顶下面的部分，那就仿佛死亡和人世间的分界线被抹去一样，你会感到恐惧。经过城市的伪君子们依然说："在哪里？我们看不见你的穹顶。"于是，我加高了宣礼塔。三年后，他们说："你是皇帝吗？你建三层宣礼塔？"沿着宣礼塔狭窄的楼梯，我和工匠们每次都会去更高的地方，爬到顶部时我会头晕，眼前发黑。他们说："杜特泰佩就是农村，村里的清真寺怎么可以有两个三层的宣礼塔？"

我说："如果杜特泰佩是农村，那么杜特泰佩的哈吉·哈米特·乌拉尔清真寺就是土耳其最大的乡村清真寺。"他们无话可说了。又过了一年，这次他们说："杜特泰佩不是农村，是伊斯坦布尔，我们让你们成立了区政府，现在把你的选票投给我们。"选举前，所有人都跑来，喝着我的咖啡说："清真寺真不赖。"他们开始祈求选票，说："哈吉·哈米特，跟你手下的人说，让他们把选票投给我们。"我就对他们说："是的，他们是我的人，一点不错，因此他们根本不信任你们，他们只会把选票投给我信任的人……"

9

奈丽曼

让城市成为城市的东西

1974年3月的一个傍晚，麦夫鲁特把酸奶罐和扁担存放在一个朋友的楼梯下面后，径直从潘尬尔特朝希什利走去。走到希泰电影院门口，他遇见了一个有点面熟的可爱女人，便不假思索地转身跟上了她。麦夫鲁特知道，作为年轻人的一种玩乐，有些同学和杜特泰佩的同龄人会远远地跟着他们在街上碰到的陌生女人。至于这些尾随者后来讲述的故事，一些他觉得丑恶而不予赞成；另外一些（"女人好像说跟着吧，转身看着我。"）他觉得过分吹牛而不会当真。但他把他们尾随时的感受当真了，因为他喜欢自己的所作所为，恐惧地觉得自己可能还会那么做。

女人走进了奥斯曼贝伊后街的一栋公寓楼。麦夫鲁特记得，自己在这栋楼里卖过几次酸奶，大概就是那时见过她，但那里并没有他的老顾客。他没有试图去了解女人住在几层几单元。但一有机会，他就去他们初次相遇的地方。另外一个中午，正好酸奶罐比较轻，他远远地看见了那个女人，这次他挑着扁担跟着她，直到看见她走进埃尔玛达的英国航空公司办公室。

原来这女人在那里工作。麦夫鲁特给她取名叫奈丽曼。奈丽曼是他在电视上看过的一部电影里的人物，是一个为了贞洁献出生命的烈女。

奈丽曼当然不是英国人，但她从土耳其为英国航空公司输送乘客。有时，她坐在办公室下层的一张桌后，把机票卖给进去的人。麦夫鲁特喜欢她对工作的认真态度。有时，她不在那里。没在办公室里看见她，麦夫鲁特会伤心，却不会在那里等待。有时，他感觉自己仿佛和奈丽曼之间有一种特殊的罪孽，一个秘密。他很快发现，是罪恶感把自己和她连在了一起。

奈丽曼个头高挑，即便在很远处，在人头攒动的人群中，纵然只是一个斑点，麦夫鲁特都能立刻发现她的栗色头发。奈丽曼走得不太快，却像个高中生那样坚定而充满活力。麦夫鲁特估摸她比自己大十岁。即便她远离自己，麦夫鲁特依然能够猜到她在想什么。他对自己说，现在她要往右拐，奈丽曼真的往右拐进了奥斯曼贝伊后街的家里。知道她的一些事情，给了麦夫鲁特一种奇特的力量，比如，她的家在哪里，她做什么工作，她在一个小卖部买了打火机（也就是说她抽烟），她其实不是每天都穿脚上的那双黑鞋，每当经过阿斯电影院，她都放慢脚步去看电影海报和剧照。

在他们第一次偶遇三个月后，麦夫鲁特开始希望奈丽曼知道，他在尾随她，并且对她的很多事情有所了解。在这三个月里，麦夫鲁特只尾随了七次。尽管次数不多，但是如果奈丽曼知道了，肯定不会高兴，甚至还可能认为他变态。麦夫鲁特一开始也接受这样的合理反应。如果有人在村里像自己那样尾随姐姐，麦夫鲁特一定会去揍那个畜生。

但是，伊斯坦布尔不是乡村。在城里尾随一个陌生女人的人，其实是一个有思想、日后也可能成大事的人，就像麦夫鲁特一样。身处城市熙熙攘攘的人群中，也可能感到孤独，但是让城市成为城市的东西，也恰恰是这种能够在人群中隐藏自己头脑里的怪念头的可能。

奈丽曼在人群里行走时，麦夫鲁特有时故意放慢脚步。有两个原因让他喜欢拉开彼此的距离。

1. 在城市拥挤的人群里，无论他们之间相距多远，麦夫鲁特都能够知道那个小小的栗色斑点就是奈丽曼，知道她将做什么。而这个距离，让他内心产生一种感觉，仿佛他们之间存在某种特殊的精神上的亲近。

2. 他们之间的所有楼房、商店、橱窗、人群、广告、电影海报，对于麦夫鲁特来说，宛如他和奈丽曼分享的一段生活。随着他们之间距离的增大，似乎他们的共同记忆也在增加。

有时，他幻想有人戏弄她、小偷试图抢她的藏蓝色手包，或者她手上的手绢掉在了地上，那他就会立刻赶过去解救奈丽曼，或者捡起地上的手绢小心翼翼地还给她。奈丽曼感谢他时，周围的人会说这个小伙子好绅士，奈丽曼也将发现他在关注自己。

有一次，一个在街上向路人兜售美国香烟的年轻人（他们多数是阿达纳人），过分地纠缠了奈丽曼，奈丽曼也转身对他说了些什么（麦夫鲁特幻想她说了"别跟着我！"），但是纠缠不休的年轻人继续跟着她。与此同时，麦夫鲁特也加快了脚步。突然奈丽曼转过身，瞬间把手里的一张纸币塞给了年轻人，随后以同样的速度，拿起一包红色的万宝路塞进了口袋。

当麦夫鲁特走到卖走私烟的年轻人身边时，他幻想着像奈丽曼的守护者那样对年轻人说，"下次小心点，知道吗？"但这对于这样无耻的人一点也不值得。更何况，他也不喜欢奈丽曼在街上买走私香烟。

夏初，终于要结束高一的日子里，在尾随奈丽曼时经历的另外一件事，让麦夫鲁特好几个月都无法忘记。在奥斯曼贝伊的人行道上，两个男人先是对奈丽曼进行了语言骚扰，奈丽曼装作没听见继续往前走，他们又从后面跟上了她。正当麦夫鲁特跑过去时……奈丽曼停下脚步，转过身，认出他们笑了起来，随后她带着见到老友的激动，挥舞着手臂，兴奋地和他们交谈起来。当那两个男人离开奈丽曼说笑着从他身边走过时，麦夫鲁特伸长耳朵去偷听他们的对话，但没听到什么关于奈丽曼的坏话。

麦夫鲁特只听见他们说"第二阶段会更困难"一类的话，但是他既不能确信自己没听错，也不能确信他们是在谈论奈丽曼。这两个男人是谁？经过他俩身边时，麦夫鲁特很想对他们说："先生们，我比你们更了解那位女士。"

有时，也因为很久没遇见，麦夫鲁特会生奈丽曼的气，他便在路人中寻找别的奈丽曼。肩上没挑担时，有几次他找到了这样的人选，他一路跟到她们家。有一次，他在奥马尔·哈亚姆站跳上公交车一直坐到了拉雷利。他喜欢这些新的女人把自己带到别的街区，喜欢把知道她们的一些事情用来幻想，但他没能把自己和她们联系起来。其实，他的幻想，也不过是尾随女人的其他同学和无业游民讲述的一类东西。麦夫鲁特一次也没有想着奈丽曼手淫。他对奈丽曼的纯洁情感，也正是他对她依恋和尊重的基础。

那年他很少去学校。如果不恐吓侵犯老师或与老师为敌，任何一个老师都不愿意给一个留级生不及格的分数，因为那样学生就要被学校开除。就是因为相信了这一点，麦夫鲁特才安排人帮他在签到纸上签名，然后就对学校不管不顾了。学期结束升级后，他决定夏天和费尔哈特一起卖"运气"。爸爸回村后独自一人留在家里，更让麦夫鲁特开心不已。更何况，他和费尔哈特可以挣不少钱。

一天早上，苏莱曼来敲门，这次麦夫鲁特马上开了门。"打仗了。"堂兄弟说，"我们攻占了塞浦路斯。"麦夫鲁特和他一起去了杜特泰佩的伯父家。大家都在看电视。电视里放着军人进行曲，画面是坦克和飞机，考尔库特立刻说出了它们的型号"C-160，M47"。随后电视里重播了埃杰维特同样的画面和讲话："愿真主给我们的民族、全体塞浦路斯人民和全人类带来好运。"说埃杰维特是共产党的考尔库特原谅了他。屏幕上出现马卡里奥斯或者希腊将军时，他们一起大骂，一起哄笑。他们走去杜特泰佩公交站，去咖啡馆看了看。咖啡馆里坐满了欣喜若狂的人们，大家都在看一些同样的电视画面，飞翔的喷气式飞机、坦克和红旗、阿塔图尔克和帕夏。电视里每隔一段时间还发布公告，要求逃避兵役的人立刻去报到，考尔库特每次看见都说："我原本就准备去。"

像往常一样，全国都在实行戒严令。现在伊斯坦布尔又宣布了夜间禁灯令。因为惧怕巡夜人和惩罚，麦夫鲁特和苏莱曼帮着哈桑伯父弄暗店里的灯。他们从一张便宜、粗糙的蓝纸上剪下一块，弄成杯子大小的帽子形状，然后仔细地套在光溜溜的灯泡上。"外面看得见吗？""拉上窗帘。""希腊飞机看不见它，但是巡夜的人看得见。"他们说笑着。那夜，麦夫鲁特感觉自己是课本上说的来自中亚的突厥人。

但是，一回到库尔泰佩自己家里，麦夫鲁特便立刻进入了另外一种精神状态。"比土耳其小很多的希腊不会来袭击我们，即便来袭击，也不会轰炸库尔泰佩。"他推理并思考自己在世界上的方位。家里没有开灯，就像他刚来的那些日子，他看不见生活在其他山头上的人们，但在黑暗中可以感觉到他们。五年前这些一半还是光秃秃的山头，现在全都是房子，甚至在更远处的空旷山头上，都伫立着电线杆和宣礼塔。现在，所有这些地方和伊斯坦布尔都沉浸在黑暗里，因此麦夫鲁特能够看见7月夜空里的星星。他躺在地上，久久地凝望星空、冥想奈丽曼，她也像麦夫鲁特一样把家里的灯全关掉了吗？麦夫鲁特觉得，他的两条腿将更多地把自己带去奈丽曼行走的街道。

10

在清真寺墙上张贴共产党海报的后果

神灵保佑突厥人

麦夫鲁特目睹了杜特泰佩和库尔泰佩之间不断升级的紧张局势，见证了转变成血仇的争斗，但他并没能预料到一场像电影里那样的血腥战争正在朝两个山头逼近，因为遥遥相望地生活在两个山头上的人们之间，乍一看，并没有能够引发一场深刻、血腥冲突的差异：

- 两个山头上的第一批一夜屋，都是在 20 世纪 50 年代中期，用煤渣砖、烂泥、白口铁混建起来的。住在里面的人，全都来自贫穷的安纳托利亚乡村。

- 夜里睡觉时，两个山头上的男人，一半穿蓝条子睡衣（即便条子的粗细有所不同），另外一半从不穿睡衣，而是根据季节的变化，凑合着穿一件有袖或没袖的旧背心，再加一件衬衫、坎肩或者毛衣。

- 生活在两个山头上百分之九十七的女人，就像她们的母亲在村里时那样，上街时都戴上头巾。她们全都出生在乡村，但是现在她们发现，在城里被称作"街道"的，是截然不同的一样东西。因此，即便在夏天，她们上街时，都会穿上一件褪色的藏蓝色，或者褪色的深棕色宽松风衣。

- 住在两个山头上的大多数人，并没有把他们的家当作永久住所，而是衣锦还乡前寄居的避难所，或是为了等待必要时机搬进城里公寓楼之前的暂住地。
- 无论生活在库尔泰佩，还是杜特泰佩，他们都会定期地梦见极为相似的人：

男孩：小学里的女老师

女孩：阿塔图尔克

成年男人：先知穆罕默德

成年女人：西方电影里不知姓名的、高个子男明星

老年男人：一个吃奶的天使

老年女人：带来好消息的年轻邮递员

做了这些梦之后，他们因得到了神的旨意而自豪，并且认为自己不同寻常，但他们极少和别人分享梦境。

- 无论是库尔泰佩，还是杜特泰佩，都在 1966 年通了电，1970 年通了自来水，1973 年铺上了柏油路。因此两个山头之间没有因为时间差异而产生嫉妒。
- 无论是库尔泰佩，还是杜特泰佩，都在 20 世纪 70 年代中期，每两户人家中的一家拥有了一台图像不很清晰的黑白电视机。（爸爸或儿子，每两天就要忙活着调试他们自制的天线。）播放足球赛、欧洲歌曲大奖赛、土耳其电影一类重要节目的时候，没有电视的人就去有电视的人家做客。在两个山头的人家里，都是女人为客人们端茶送水。
- 两个山头的人都从哈吉·哈米特·乌拉尔开的面包坊买面包。
- 两个山头的人家里消费最多的五种食物依次是：1. 分量不足的面包，2. 西红柿（夏天和秋天），3. 土豆，4. 洋葱，5. 橙子。

然而，有些人认为，这个统计就跟哈吉·哈米特的面包分量一样具有误导性。因为确定社会生活的重要指标，来自人们之间的差异，而不是相似之处。二十年来，杜特泰佩和库尔泰佩之间也出现了一些基本的差异。

- 杜特泰佩最显眼的地方是哈吉·哈米特·乌拉尔盖起的清真寺。夏季炎炎烈日里，当阳光从上面的窗户倾泻而下时，清真寺里面凉爽宜人。人们想要感谢真主，因为它创造了这个世界，他们也就这样控制了内心里的反叛情绪。库尔泰佩景色最美的地方，则仁立着麦夫鲁特刚来伊斯坦布尔时看见的锈迹斑斑的巨大输电塔和画在上面的骷髅头。

- 百分之九十九的杜特泰佩人和库尔泰佩人，都在斋月里形式上把斋。然而，在库尔泰佩，斋月里真正把斋的人不超过百分之七十。因为在库尔泰佩还生活着 20 世纪 60 年代末从宾格尔、通杰利、锡瓦斯、埃尔津詹周围过来的阿拉维派穆斯林。库尔泰佩的阿拉维派穆斯林也不去杜特泰佩的清真寺做礼拜。

- 相对于杜特泰佩来说，库尔泰佩有很多库尔德人。然而包括库尔德人在内，谁都不喜欢在大庭广众之下使用库尔德这个词，因此，这个信息，在两个山头上，作为人们的个人观点，暂时窝藏在他们脑海的某个角落里打盹，犹如仅仅在家里讲的一种语言。

- 杜特泰佩入口处有一家名叫"家乡"的咖啡馆，一些自称为民族主义者——理想主义者的年轻人，坐在咖啡馆后排的一张桌上。他们的理想是，让在共产党控制下的中亚突厥人（撒马尔罕、塔什干、布哈拉等地）获得自由。为此，他们准备不惜一切，甚至去杀人。

库尔泰佩的入口处有一家叫"家园"的咖啡馆，一些自称为左派——社会主义者的年轻人，坐在咖啡馆后排的一张桌上。他们的理想是，创造一个像在苏联或者中国那样的自由社会。为此，他们准备不惜一切，甚至去死。

麦夫鲁特的高二，也是在留级一年后艰难通过的，因此他完全放弃了上课，甚至连考试的日子也不去学校。他爸爸对此也心知肚明，麦夫鲁特也甚至不再说"明天有考试！"做出复习功课的样子。

一天晚上，他想抽烟，便立刻去了费尔哈特家。后院里，他看见费尔哈特身旁的一个年轻人正在往一个桶里倒什么东西搅拌着。"这是烧碱。"费尔哈特说，"往里面倒一点面粉就变黏了。我们去贴海报，要不你也跟我们去。"他转身对那年轻人说，"麦夫鲁特是个好孩子，跟我们是一心的。阿里，他是麦夫鲁特。"

麦夫鲁特和个子高挑的阿里握了手。阿里给麦夫鲁特递了支香烟，是巴夫拉香烟。麦夫鲁特加入了他们。他相信自己是因为仗义才去做这件危险事情的。

在昏暗的小路上，他们慢慢地往前走，没被任何人发现。看见一处合适的地方，费尔哈特立刻停下来，放下手里的桶，用刷子把碱性的糨糊整齐地刷到一面墙上。与此同时，阿里从腋下抽出一张海报，熟练地快速打开并贴到粘湿的墙面上。阿里往墙上贴海报时，费尔哈特手里的刷子则快速地在海报的背面，特别是边角上划拉一下。

麦夫鲁特负责放哨。杜特泰佩下面街区里一对去别人家看完电视说笑着回家的夫妻，还有一个嚷嚷"我不要睡觉"的小男孩，（他们差点就撞到贴海报的人了，但没看见他们。）经过他们身边时，他们全都屏住了呼吸。

贴海报，类似晚上出去当小贩，都是在家里像巫师那样把一些液体和粉末搅拌在一起，然后走进黑暗的街道。只是小贩会发出噪音，摇铃叫卖，而贴海报的人则必须像夜晚一样静默。

为了不经过下面的咖啡馆、市场和哈吉·哈米特的面包坊，他们绕道而行。到达杜特泰佩后，费尔哈特开始轻声说话，麦夫鲁特则感觉自己是一个潜入敌人阵地的游击队员。这次费尔哈特放哨，麦夫鲁特提着水桶用刷子往墙上刷糨糊。开始下雨了，街道变得安静下来，麦夫鲁特闻到了一种怪异的死亡气息。

远处的一声枪响，回荡在山头间。三人停下脚步面面相觑。麦夫鲁特第一次仔细揣摩着念了海报上的字：**杀害侯赛因·阿尔坎的凶手将得到清算 TMLKHP-MLC**。下面有镰刀铁锤和红旗组成的某种边饰。麦夫鲁特不知道侯赛因·阿尔坎是谁，但他知道，侯赛因、费尔哈特和阿里一样都是阿拉维派，他们愿意被称作左派。麦夫鲁特因为自己不是阿拉维派，既内疚，又有一种优越感。

雨越下越大，街道也愈加安静，狗吠也停止了。当他们在一个篷子下面避雨时，费尔哈特轻声告诉麦夫鲁特，两周前侯赛因·阿尔坎从咖啡馆回家时，被杜特泰佩的理想主义分子开枪打死了。

他们走进了麦夫鲁特伯父家的街道。这个家，自从来到伊斯坦布尔，麦夫鲁特已经去过上百次。在这个家里，他和苏莱曼、考尔库特还有姨妈度过了许多幸福的时光。然而，此时用一个贴海报的愤怒左派的眼光看这个家时，他认同了爸爸的愤怒。他们一起盖起的这个房子，被伯父和他的两个儿子，也就是阿克塔什一家人，堂而皇之地从他们的手上抢走了。

四周寂无一人。麦夫鲁特在房子后墙最显眼的地方，刷上很多糨糊，阿里贴上了两张海报。院里的狗熟悉麦夫鲁特的气味，摇摇尾巴，一声没响。他们在房子的后墙和侧墙上也都贴上了海报。

"够了，他们要看见了。"费尔哈特小声说道。他对麦夫鲁特的愤怒感到恐惧。做一件违禁的事情所获得的自由感，让麦夫鲁特忘乎所以。浓烈的烧碱灼烧着他的指尖和手背，他已被雨淋湿，但毫不在意。他们在空旷的街道上一路张贴海报，爬上了山腰。

哈吉·哈米特·乌拉尔清真寺面向广场的墙上，写着大大的"禁止张贴海报"，而字的上面却张贴着肥皂和洗衣粉的广告、民族主义者和理想主义者协会的"神灵保佑突厥人"的海报，以及《古兰经》培训课的通告。麦夫鲁特兴致勃勃地在所有这些纸张上面刷了糨糊，没过多久，他们就用自己的海报把整面墙壁装饰一新了。天井里也空无一人，他们在天井的内墙上也贴上了海报。

他们听到一声巨响，那是门被风吹撞后发出的声响，但一开始他们以为是枪声，撒腿就跑。麦夫鲁特感到桶里晃出的糨糊溅到了身上，但他依然不停地奔跑。他们跑离了杜特泰佩，带着对恐惧的羞愧去了别的山头，一直干到把手上所有的海报贴完。大功告成时他们发现，手上某些地方被强碱烧得火辣辣的疼，已经开始渗血了。

苏莱曼：就像我哥说的那样，该死的阿拉维派在清真寺的墙上贴满了共产党的海报。其实阿拉维派是一些与人无害、安静、勤奋的人，但是库尔泰佩的一些冒险家，用共产党的钱来挑拨我们之间的关系。这些马克思—列宁主义者首先想到的是争取乌拉尔他们从里泽带来的单身汉，想让他们加入共产主义和工会事业。当然，里泽的单身汉们来伊斯坦布尔是为了挣钱，而不是像他们那样做蠢事。他们无意成为西伯利亚劳动营里的俘虏。因此警觉的里泽人挫败了这些阿拉维派共产党的企图。乌拉尔他们向警察通报了库尔泰佩的共产党——阿拉维派人。便衣警察和土耳其国家情报局的人，开始来咖啡馆抽烟（像所有公务员那样，他们也抽新哈尔曼牌香烟），看电视。事情的背后则是，乌拉尔他们认为，阿拉维派库尔德人很多年前在杜特泰佩圈下的地皮是他们的，并且盖上了房子。杜特泰佩的那些老地皮、他们在库尔泰佩盖了房子的地皮，全都是他们的！是这样吗？我的兄弟，如果你没有地契，那就是区长说了算，明白吗？区长里泽人·日扎也站在我们这一边。原本如果占理，你的内心就是坦荡的，如果内心坦荡，你就不会半夜跑来我们的街上张贴共产党的宣传海报、在清真寺的墙上张贴无神论告示。

考尔库特：十二年前，我从村里来到爸爸身边时，杜特泰佩的一半以及其他山头几乎还全都是空的。那时，不仅像我们这些在伊斯坦布尔连睡觉地方都没有的人，就连在市中心有职业的人也跑来掠夺了我们这些山头上的地皮。主路上的那些药厂和灯泡厂，与日俱增的新厂房，需要免费的地皮给他们廉价使用的工人建造住处。因此，对于私自占有国家空地的行为，没人吱声。于是，圈下地皮就归你的消息立刻传开了，很多精明的人，包括市中心的公务员、教师，甚至店主，都跑来我们的山头圈地，指望有一天可以变现。没有官方的地契，怎么能拥有个人的地皮呢？你或者在国家视而不见的一个夜晚，在地皮上盖起房子住进去，或者持枪在那里守着，或是出钱雇人持枪守在那里。这还不够，你还要和他们交朋友，跟他们分享你的吃喝，让他们心甘情愿地为你看守地皮，不至于等到发放地契的那一天，有人说："官员先生，其实这是我的地皮，我有证人。"这事做的最好的是我们的长者里泽人哈吉·哈米特·乌拉尔。他让自己从村里带来的单身汉在他的工地和面包坊里干活，给他们面包（其实面包也是他们烤的），还让他们像士兵那样守卫他的地皮和工地。其实，在城里把来自里泽农村的这些人立刻当成士兵使唤并非易事。为了培训这些来自农村的朋友，我们马上免费让他们成为协会和阿尔泰空手道和跆拳道馆的会员，让他们知道泛突厥主义的含义是什么、中亚在哪里、李小龙是谁、蓝带的意思是什么。为了不让这些在面包坊和工地上累得精疲力尽的孩子，成为贝伊奥卢夜总会的妓女和左派协会里莫斯科派的诱捕对象，我们带他们去梅吉迪耶柯伊的协会，让他们看适宜的家庭电影。对我们的事业坚信不疑、素质优良的这些年轻人，看到墙上被奴役的突厥人生活的中亚地图，都会热泪盈眶，我把他们吸收为我们的会员。通过这些努力，我们在梅吉迪耶柯伊的理想主义者组织和民族主义者军队，不仅从军事上，也在心智上壮大了起来，并开始向别的山头扩张。共产党很晚才反应过来，他们失去了对我们山头的控制。第一个明白过来的人，是狡猾的费尔哈特的爸爸，麦夫鲁特喜欢和他交朋友。这个野心勃勃、贪得无厌的家伙，为了能够占有圈下的地皮，立刻在那里盖起了一座房子，并举家从卡拉柯伊搬了过来。随后，为了保住他们在库尔泰佩圈下的地皮，他从宾格尔农村喊来了其他的库尔德阿拉维派同志。被杀的侯赛因·阿尔坎是他们村的人，但是谁杀了他，我不知道。惹是生非的一个共产党被杀后，他的朋友们首先游行、喊口号、贴海报，葬礼结束后则四处攻击、打砸。（因为满足了他们肆意破坏的需求，所以他们其实非常喜欢葬礼。）但是，随后当他们明白也会轮到自己时，就马上理智起来，要么逃离，要么放弃共产主义信仰。而我们的思想却这样慢慢地传播开来了。

费尔哈特：我们的烈士侯赛因大哥是一个非常好的人。我爸爸把他从村里带来，让他住进了我们盖的一处房子。毫无疑问，是乌拉尔他们豢养的人半夜开枪击中了他的后颈。然而，警察调查到最后却指责我们。我知道，在乌拉尔他们的支持下，法西斯们近期会来袭击库尔泰佩，把我们一个个清除掉。但是我既不能跟麦夫鲁特透露（担心他很单纯地去告诉乌拉尔他们），也不能跟我们的人说。左翼阿拉维派年轻人当中的一半是莫斯科派，另一半是毛派。由于观点不同，他们经常相互打斗，因此即便我告诉他们将失去库尔泰佩也于事无补。很遗憾，对于我们的事业，我并不相信，尽管我应该相信。我的想法是日后经商创业，另外，我也渴望考上大学。但是，像多数阿拉维派那样，我是一个世俗的左派，我也非常厌恶杀害我们的理想主义分子和反左派组织。我们的人被杀害后，即便明明知道最终我们会失败，我还是会去参加葬礼，高喊口号挥舞拳头。我爸爸也意识到了这些危险，因此说："要不我们卖了房子离开库尔泰佩吧？"然而所有人都是他带来的，故而他实际上也离不开这里。

考尔库特：我家的墙上被贴上了那么多海报，我知道干这事的不是一个组织，而是一个认识我们的人。两天后，穆斯塔法叔叔来我家，他说麦夫鲁特根本在家待不住，特别是一到晚上就消失，学校也不正经去。听他这么说，我就更加怀疑他了。穆斯塔法叔叔试探苏莱曼的口风，怀疑是否他们在一起不务正业。但我感觉，是那个叫费尔哈特的混蛋把麦夫鲁特引向了邪路。我叫苏莱曼两天后去把麦夫鲁特骗来我家吃晚饭，过来吃鸡。

萨菲耶姨妈：我的两个儿子，特别是苏莱曼，又想跟麦夫鲁特交朋友，又不停地欺负他。麦夫鲁特的爸爸，既没能正经地攒下钱去把村里的房子修好，也没能把库尔泰佩的那个单开间扩大。有时，我说我去一趟库尔泰佩，把他父子俩生活了多年的像个牲口棚的家整理一下，但我又怕去了会心碎。他爸爸执意把一家人留在村里，我可怜的孩子麦夫鲁特，小学毕业后就只能像个没娘的孩子那样独自在伊斯坦布尔度过一生。刚来伊斯坦布尔的那些年里，每当他想妈妈的时候就来找我。我把他搂在怀里，抚摸他亲吻他，说你真聪明。考尔库特和苏莱曼会吃醋，但我不在意。现在，他脸上的表情同样纯真，我还是想抱他亲他，我知道他也想这样，可他的个头跟骡子似的，满脸青春痘，当着考尔库特和苏莱曼的面他也害羞。我也不再问他的功课，因为看他那样子，我知道他一脑袋糨糊。他一到，我就把他拉进厨房，背着考尔库特和苏莱曼，亲了他的脸颊。"真好，长这么高了，不要因为个子高害羞，把背挺起来。"我说。"姨妈，不是因为我的个子，是因为挑酸奶，这个年纪我就驼背了，我也不想干了……"他说。吃饭的时候，他狼吞虎咽地吃鸡，我的心碎了。考尔库特说，共产党想用甜言蜜语拉拢一些善良、单纯的人。一听这话，麦夫鲁特就不出声了。"听我说豺狼们，你们为什么要去吓唬没娘的可怜孩子。"我在厨房里对考尔库特和苏莱曼说。

"妈妈，我们怀疑他，你别管！"考尔库特说。

"去你们的，你们找了一个无辜的人……麦夫鲁特哪里值得怀疑。他跟那些坏蛋一点关系也没有。"

"为了向我们证明你没和毛派的人搞到一起，麦夫鲁特今晚和我们一起出去写标语。"考尔库特回到餐桌时说，"是不是啊，麦夫鲁特？"

还是三个人，还是其中一人拎着一个大桶，不过桶里装的不是糨糊，而是墨水。每当他们来到一个合适的地点，考尔库特就开始用手里的刷子在他选好的地方写上一句标语。麦夫鲁特一边举着水桶给他送墨水，一边试图去猜测写到墙上的是什么标语。**神灵保佑突厥人**，这也是麦夫鲁特最喜欢，也是立刻学会的一个祈愿。他在城里的许多地方也看见过。他喜欢这句话，因为它既是一个美好的祈愿，也让麦夫鲁特想起了历史课上学到的东西，提醒自己是世上突厥人大家庭的一员。而其他一些标语则带有一种威胁的口吻。当考尔库特写下**杜特泰佩将是共产党的坟墓**时，麦夫鲁特觉得这里所指的是费尔哈特和他的朋友们，他希望这些表述只停留在恐吓层面。

从放哨的苏莱曼的一句话里，（"家伙在我哥那里。"）麦夫鲁特还明白了他们带着枪。如果墙上的地方足够大，考尔库特有时还会在共产党前面加上**不信真主的**。很多时候，由于没调整好单词和字母的数量，有的字母被他写的又小又歪，而最让麦夫鲁特心烦的正是这种凌乱。（麦夫鲁特相信，在手推车的橱窗或是面包圈的盒子上，用歪斜的字母书写所售物品名称的小贩，日后不会有任何出息。）有一次，麦夫鲁特忍无可忍地提醒考尔库特说，一个 K 字母写得太大了。"你来写给我们看看！"考尔库特说着把刷子塞到了麦夫鲁特的手里。夜更深了，麦夫鲁特在割礼广告上、写有"倒垃圾的是驴子"的墙上、四天前他们张贴的毛派海报上，写上了**"神灵保佑突厥人！"**

仿佛进入一片黑暗、茂密的树林，他们穿梭在一夜屋、墙壁、院子、商店和狐疑的狗之间。每每写下一句"神灵保佑突厥人"，麦夫鲁特既感到夜的深沉，也感到文字其实是降落在无垠黑夜里的一个暗示、一个标志，而这个标志改变了整个街区。那个夜晚，不仅在杜特泰佩，在库尔泰佩和其他山头上，他发现了之前和费尔哈特、苏莱曼夜晚闲逛时，自己忽略的许多东西：标语和海报覆盖了街区饮水池的每个角落；在咖啡馆门前抽烟守候的人其实是持枪的警员；夜晚所有人都逃离了街道，仿佛他们都躲进了自己的内心世界；在这犹如古老神话般纯净无际的夜晚，做突厥人比做穷人感觉更好。

11

杜特泰佩和库尔泰佩之间的战争

我们是中立的

4月底的一个夜晚，一辆出租车驶近库尔泰佩入口处的家园咖啡馆，车上的人用机枪扫射了里面玩纸牌、看电视的人。五百米之外，山头的另一面，麦夫鲁特正在家里和爸爸一起，在一种难得的友好气氛里喝着小豆汤。他们面面相觑，等待决绝的机关枪声停息。麦夫鲁特走向窗前，只听到爸爸大喊一声"退后！"。过了一会儿，他们听到铿锵的机关枪声从更远处传来，父子俩继续喝汤。

"你看见了吧？"爸爸带着一种见多识广的口吻说，好似验证了他说过的某句话。

库尔泰佩和奥克泰佩的左派和阿拉维派人常去的两家咖啡馆，均遭到了机枪扫射。库尔泰佩有两人死亡，奥克泰佩的咖啡馆里一人死亡、近二十人受伤。第二天，自诩为武装先锋的马克思主义者队伍和阿拉维派的死者家属奋起反抗。麦夫鲁特也和费尔哈特一起在人群中，不时喊一声口号，即便没有走在最前排，他们也加入了街区里的游行示威。他没能像众人那样激愤地挥舞拳头，也没能唱出不知道完整歌词的进行曲，但他是愤怒的……四周既没有便衣警察，也没有哈吉·哈米特·乌拉尔的人。

于是，不仅是库尔泰佩，连同杜特泰佩的街道和所有墙壁，都在两天里被马克思主义和毛泽东主义的标语覆盖了。群情激愤下，城里也出现了很多新印制的海报和表达抵抗的新口号。

第三天，从蓝色大巴上走下来一支手持黑棍的小胡子警察部队。摄影记者也越来越多，孩子们一边冲他们喊着"给我也拍一张！"，一边做出各种搞怪的动作。棺木被抬到杜特泰佩之后，一部分人群就像预料中的那样，连同年轻人和愤怒的人们一起开始了游行。

这次麦夫鲁特没有加入他们。他和哈桑伯父、考尔库特、苏莱曼，还有乌拉尔他们的年轻人一起，站在面向清真寺广场的窗前，一边抽烟，一边看着下面的人群。尽管麦夫鲁特不避讳他们，也不怕被他们惩罚或排斥，但是当他们这么远远地看着时，他觉得握拳喊口号不仅怪异而且做作。政治上的过激，总带有一种做作的成分。

游行队伍在清真寺对面遭到警察阻拦，发生了一些推搡。人群中的一些年轻人向一家张贴着理想主义海报的商店扔石块砸了橱窗。转眼间，哈吉·哈米特家族掌管的法提赫房产中介所、旁边的一个建筑承包商小办公室被打砸了。掌控杜特泰佩的理想主义年轻人看电视、抽烟、打发时间的这些地方，除了桌子、打字机和电视机，并没有其他值钱的物件。然而，袭击引发的理想主义者—马克思主义者之间，或者右派—左派之间，抑或是科尼亚人—宾格尔人之间的冲突，激烈地在整个街区民众的眼前上演了。

第一场激烈、血腥的冲突持续了三天以上，麦夫鲁特和好奇的人一起，远远地观望了这场冲突。他看见头戴钢盔的警察挥舞警棍，像土耳其新军那样，喊着"真主真主！"冲向人群。他还看见类似坦克的装甲车用高压水枪喷射人群。其间，他还进城到希什利、费里柯伊给一些友好的老顾客送酸奶，晚上还出去卖钵扎。一天晚上，他看见警察在杜特泰佩和库尔泰佩之间建起了安全墙，但他隐瞒了自己高中生的身份。警察从衣着上看出他是一个可怜的小贩，甚至都没盘问他。

带着一种愤怒和声援的情绪，他去上课了。短短三天里，学校里的气氛变得异常政治化。左派学生举手粗暴地打断上课，发表政治演讲。麦夫鲁特喜欢这种自由的感觉，但他自己一声不出。

　　课堂上，举手发表演讲的学生以前总喜欢讲奥斯曼帝国的攻城略地和阿塔图尔克的革命史，现在则以"昨天我的一个朋友被枪杀了"作开场白，发表反对资本主义和美帝国主义的演说。尽管"骨骸"要求所有老师让这些学生闭嘴、记下他们的学号，但老师们不想给自己惹事，也不过多干预。就连最泼辣的生物老师大块头·梅拉哈特，也不跟这些学生计较。学生们打断她的讲课，抱怨"剥削制度"，指责她讲着小蝌蚪，其实是在为隐瞒阶级事实服务。梅拉哈特老师说，她也很不容易，已经工作了三十二年，正在等着退休。麦夫鲁特伤心地听着，默默地希望那些造反的学生放过她。后排一些人高马大的年长学生把政治危机当作恃强凌弱的机会；前排那些自作聪明、彬彬有礼的马屁精书呆子老实了；右派和民族主义者学生变得沉默了，有些人则更少去学校了。有时，从学生所在的街区传来新的有关冲突、警察突袭和酷刑的消息，激进的学生就立刻喊着口号（"打倒法西斯""独立的土耳其""自由教育"），跑遍阿塔图尔克男子高中的每个楼层、每条走廊，然后从班长手上抢过签到纸用香烟点燃，他们或者去加入杜特泰佩与库尔泰佩之间的争斗；兜里有钱或认识检票人的，就去看电影。

　　然而，所有这些自由和反抗的氛围只持续了一周。两个月前，不受学生爱戴的物理老师·费赫米，在包括麦夫鲁特在内的同学们悲愤的目光注视下，模仿并嘲笑了一个迪亚巴克尔学生讲的奇怪的土耳其语。于是学生们突袭教室要求老师道歉，一些学生则像大学里那样宣布抵制上课。"骨骸"和校长叫来了警察，身着蓝色制服的警察和新来的便衣警察，守在学校上面和下面的大门边，就像大学里那样，在门口检查身份证。麦夫鲁特由此感到了灾难的氛围，就像经历了一场大火或者地震之后的日子。他喜欢这样的氛围，对此他骗不了自己。他去参加班会，要是遇到争吵、动手的情形，他就躲在一边；宣布抵制上课后，他就卖酸奶去了。

警察进驻学校一周后，住在阿克塔什家街上的一名高三学生，拦住麦夫鲁特说，今晚考尔库特在家等他。夜色里，麦夫鲁特向各类右派、左派政治团体的警戒人员和警察出示身份证，让他们搜了身。来到伯父家，他看见两个月前他吃烤鸡的那张桌旁坐着一个新来学校的"便衣"学生，正在吃着干扁豆烧肉。他的名字叫塔勒克。麦夫鲁特立刻明白，尽管萨菲耶姨妈不喜欢这个人，但考尔库特信任、重视他。考尔库特让麦夫鲁特远离费尔哈特和"其他的共产党人"。他还说，像往常一样，希望进入温暖海洋的苏联人，为了削弱阻止他们帝国主义野心的土耳其，意图制造逊尼派和什叶派、土耳其人和库尔德人、富人和穷人之间的冲突。为此，他们煽动甚至连家都没有的库尔德和阿拉维派同胞。因此，从这个角度来看，让宾格尔和通杰利的库尔德人和阿拉维派人远离库尔泰佩和所有山头，具有重要的战略意义。

"向穆斯塔法叔叔问好。"考尔库特的口吻，就像发出总攻命令前检查地图的阿塔图尔克。"周四千万不要离开家。很遗憾，城门失火，会殃及池鱼的。"看见麦夫鲁特疑惑的眼神，苏莱曼带着先知先觉的自豪说道"要有行动"。

那夜，麦夫鲁特在枪声中艰难入睡。

第二天，他知道流言传开了。中学生们，甚至连莫希尼都知道周四将发生可怕的事情。前天晚上，库尔泰佩和阿拉维派聚居的山头上的咖啡馆再次遭到了袭击，两人被打死。多数咖啡馆和商店都歇业了，有一些则一直闭门谢客。麦夫鲁特还听说，行动中将遭突袭的阿拉维派人家的墙上，夜里将被标上 X 记号。他想远离是非，去看电影，或者独自待着手淫，却同时又想见证事件的发生。

周三，葬礼中，左派组织喊着口号，袭击了乌拉尔的面包坊。警察没作任何干预，因此面包坊里的里泽工人拿着柴火和面包铲稍微抵抗一阵后，就扔下香气扑鼻的新鲜面包从后门夺路而逃了。麦夫鲁特还听说，晚上阿拉维派的人袭击了清真寺，梅吉迪耶柯伊的理想协会被炸，还有人在清真寺里喝酒，但他觉得离谱并没信以为真。

"今晚咱们出去，去城里卖钵扎，"麦夫鲁特的爸爸说，"没人会来骚扰一对可怜的卖钵扎的父子。咱们是中立的。"他们拿起扁担和钵扎罐，走出家门，可是街区被警察包围了，谁也出不去。看见远处闪着蓝灯的警车、救护车和消防车，麦夫鲁特的心跳加快了。像街区里所有人一样，他觉得自己很重要而油然自豪起来。要是在五年前，即便街区里的天塌了，也不会来一个记者、警察或消防员。回家后，他们徒劳地看电视，自然一条与他们有关的新闻也没有。电视里播放的是一场关于攻克伊斯坦布尔的研讨会。他们终于不惜代价地买了一台黑白电视机。他爸爸像以往那样，不分左派右派，咒骂惹是生非、"从可怜的小贩手上抢夺面包的"无政府主义分子。

半夜，父子俩被街上奔跑的人发出的叫喊声和口号声惊醒了。他们不知道什么人在奔跑。爸爸检查了门闩，还把麦夫鲁特晚上复习功课用的瘸腿桌子抵在了门后。他们看见库尔泰佩的另一侧山腰上燃起一处火焰，火光直冲低矮、黑暗的云层，在夜空中形成一处奇怪的光亮；这边映照到街上的灯光，宛如风中摇曳的火焰，不时颤抖一下，与此同时，伴随着阴影，仿佛整个世界也在战栗。他们听到了枪声。麦夫鲁特又发现第二处起火的地方。"别靠窗户那么近。"爸爸说。

"爸爸，据说要被突袭的房子上做了标记，咱们出去看看吗？"麦夫鲁特问。

"咱们又不是阿拉维派！"

"也可能他们会标错。"麦夫鲁特说。他想到，人们经常看见自己和费尔哈特还有其他左派在一起。但他对爸爸隐瞒了自己的担忧。

在街道回归平静、叫喊声消失的一个间隙，他们开门出去看了一眼，没有标记。麦夫鲁特还想去四周的墙壁看看确认一下。"进来！"爸爸嚷道。他们在其中度过了很多年的这座白色一夜屋，半夜里看似一座橙色的幽灵之屋。父子俩关上门，直到凌晨枪声停止才入睡。

考尔库特：坦白地说，我也不相信阿拉维派的人会往清真寺里放炸弹，可是谣言很快传开了。然而，杜特泰佩那些容忍、静默和虔诚的教徒，由于"亲眼"目睹了张贴在清真寺墙壁和最偏远街区的共产党海报，他们满怀强烈的愤怒。你一边住在卡拉柯伊，甚至都不在伊斯坦布尔，而是在锡瓦斯和宾格尔，一边却要占有生活在杜特泰佩的人们的地皮！昨晚，谁是真正的房东，谁真正住在家里就一清二楚了。要阻止年轻的民族主义者是很困难的，更何况他们的宗教被咒骂了。很多房子被烧毁了，可上面街区的一处火是他们自己放的，目的是为了扩大事态，好让报纸写"民族主义分子残杀阿拉维派人"，好让 POL-DER 协会的左派警察来干预。他们把土耳其警察也分成了两派，就像对老师那样。这些人烧自己的房子，甚至像之前在监狱里那样自焚，以便找借口来指责我们的国家。

费尔哈特：警察未作任何干预，如果干预就是助纣为虐。他们用围巾遮住脸，成群结队地过来对阿拉维派的住家和商店进行打砸抢。三个住家、四个商店、通杰利人的杂货店全被烧毁了。我们的人夜里爬到房顶开枪时，他们才撤退。但是我们认为，等天亮了，他们还会过来。

"快点，咱们进城去。"早上爸爸对麦夫鲁特说。

"我要留在家里。"麦夫鲁特回答道。

"我的孩子，这些人的争斗是没完没了的，他们不会停止互相残杀的，政治只是一个借口……咱们去卖咱们的酸奶和钵扎。你别去掺和，你要远离阿拉维派、左派和库尔德人，还有那个费尔哈特。他们从这里被赶走时，咱们的家不要受到连累。"

麦夫鲁特发誓不迈出家门一步。他本该留下来看家，但爸爸走后他一刻也没待住。他往口袋里装了南瓜子，随身带了一把厨房的小刀，像个跑去看电影的孩子一样，好奇地跑去了上面的街区。

街上人来人往，他看见一些人拿着棍棒，还看见年轻女孩从杂货店里买了面包、嚼着口香糖往家走，还有女人在院子里搓洗衣服，就像什么事都没发生一样。从科尼亚、吉雷松和托卡特过来的信徒们既不跟阿拉维派站在一边，也不跟他们发生冲突。

"大哥，别过去，"一个小孩对若有所思的麦夫鲁特说，"他们从杜特泰佩开枪可以打到这里。"小孩的朋友说。

麦夫鲁特像逃避想象中的雨水那样，计算出子弹落下的空间，一个箭步蹿到了街的另一边。小孩们一边认真地看着他，一边笑了起来。

"你们没去上学吗？"麦夫鲁特问道。

"学校放假！"孩子们开心地叫道。

他看见被烧毁的一处房屋门前有个女人在哭泣，她从屋里拿出一个类似他家里那样的草筐和一个湿漉漉的床垫。在一处陡坡上，他被一个瘦高个和一个滚圆的胖子拦住了，但另外一个人说他是库尔泰佩的人，于是他们给他放行了。

库尔泰佩的上半部分变成了阵地，由水泥块、铁门、装满泥土的白口铁花盆、石块、砖头和煤渣砖构成的带射击孔的掩体墙，遇到房子后，从房子另一边分叉延伸下去。在库尔泰佩最先盖起的老房墙壁是不足以抵御子弹的。但麦夫鲁特看见竟然有人在那样的房子里向对面山头开枪。

子弹很贵，所以不常开枪，经常会出现长时间的寂静。在这样停火的间隙，麦夫鲁特也像别人那样从山头的一个地方跑去另一个地方。快到中午时，他在电塔旁边一处新建的混凝土房子的房顶上找到了费尔哈特。

"近期他们会和警察一起过来。"费尔哈特说，"我们没有获胜的可能。法西斯和警察不仅比我们的武装好，还比我们人多，媒体也站在他们一边。"

这是费尔哈特的"个人"观点。可当着别人的面，他说，"我们决不会让这些杂种孩子过来的！"他的行为犹如尽管没枪，也要立刻开枪一般。

"明天的报纸上不会说库尔泰佩发生了针对阿拉维派的屠杀。"费尔哈特说，"他们会写，有组织的造反被镇压了。共产党人自焚了。"

"既然结局那么糟糕，那我们为什么还要抵抗呢？"

"难道我们啥也不做就屈服投降吗？"

麦夫鲁特的脑子混乱了。他看见杜特泰佩的山脊和库尔泰佩都已经被住房、街道和墙壁填满。他在伊斯坦布尔度过的八年时间里，很多一夜屋都加盖了楼层，原先用泥土建造的一些房屋被拆除，盖起了煤渣砖房甚至混凝土房，房子和商店的外墙都粉刷过，院子变绿树木长高，两座山头的山脊上都覆盖着香烟、可口可乐和肥皂的巨幅广告。有些广告晚上还用灯光照亮。

"让左派和右派的首领去下面的广场，在乌拉尔的面包坊那里勇敢地决斗。"麦夫鲁特半开玩笑半认真地说，"取胜的那一方，也就赢得了这场战争。"

遥遥相望的两个山头上，类似阵地工事的防御墙和勇士们的守卫，仿佛有出自古老神话的一面。

"如果有那样一场决斗，麦夫鲁特，你希望谁赢？"

"我支持社会主义者。"麦夫鲁特说，"我反对资本主义。"

"可是，日后咱们不是也要开店变成资本家吗？"费尔哈特笑着说。

"其实，我喜欢共产党对穷人的保护。"麦夫鲁特说，"但是他们为什么不信真主呢？"

上午十点，当盘旋在库尔泰佩和杜特泰佩上空的黄色直升机再次出现时，两个山头上互为敌对的人群变得安静下来，部署在山头的所有人都能看见直升机透明机舱里戴着耳机的士兵。直升机一来，像两个山头上所有人一样，费尔哈特和麦夫鲁特也都感到了自豪。库尔泰佩的鸟瞰景象、山头上红黄色的镰刀铁锤旗帜、悬挂在房子之间的布质横幅、用围巾遮住脸冲着直升机喊口号的年轻人，完全就像报上那些反映恐怖和反抗的照片上的画面。

双方的枪战持续了一整天，没有人死，有几个人受伤，仅此而已。

天黑之前，警察透过尖啸的扩音器宣布，两个山头实行宵禁。随后，又宣布要在库尔泰佩搜查枪支。手持武器的一些英雄留在了阵地，准备抵抗警察，但是手无寸铁的麦夫鲁特和费尔哈特回家了。

当爸爸卖了一整天酸奶，晚上平安回到家时，麦夫鲁特很是惊讶。父子俩坐在桌旁，聊着天喝小豆汤。

夜深时，库尔泰佩停电了。亮着大灯的装甲车犹如不怀好意的螃蟹在黑暗中笨拙地爬进了街区。装甲车的后面跟着手持警棍的武装警察，他们就像跟着战车的土耳其新军，一路小跑爬上坡，散入街区。随后传来一阵密集的枪声，之后便是一片恼人的静谧。更晚一些时候，麦夫鲁特在伸手不见五指的黑暗中朝窗外望去，他看见了几个戴着面具的告密者，正在向便衣警察和士兵指出要突袭的人家。

早上响起了敲门声。两个长着土豆鼻子的士兵来搜查武器。麦夫鲁特的爸爸告诉他们说，这里是一个酸奶小贩的家，他们不关心政治，他满怀敬意地弯腰请他们进去，让他们坐在桌旁，给他们递上茶。尽管两个士兵都长着土豆样的鼻子，但并不是亲戚，一个是开塞利人，另一个是托卡特人。他们坐了半个小时，说到在这类悲哀的事件里，难免殃及无辜，开塞利体育足球俱乐部今年可能晋级甲级联赛。穆斯塔法还询问他们还有几个月退伍，他们的长官好不好，是不是有事没事就打他们。

他们喝茶时，库尔泰佩山头上的所有武器、左派书籍、海报、横幅全被收缴了。大多数大学生和参与事件的愤怒者被拘捕了。多数彻夜未眠的这群人，在大巴上就开始遭到殴打，随后又被更加认真地施以打脚板刑罚和电刑。等伤口长好，他们被剃光头发，和武器、海报、书籍摆在一起拍照，印在了报纸上。要求判处某些人死刑、某些人终身监禁的官司则持续了多年。某些人被监禁了十年，某些人五年，一两个人越狱，某些人被无罪释放。一些人则因为在监狱里参与造反和绝食，结果变成了瞎子或落下残疾。

阿塔图尔克男子高中也关闭了。5月1日塔克西姆广场上三十五名左派的死亡使得政治气氛变得愈发紧张，在伊斯坦布尔的每个角落都有政治谋杀发生，所有这一切导致学校延迟开学，于是麦夫鲁特离课堂更远了。他在贴满政治标语的街上叫卖酸奶，晚上把大部分收入交给爸爸。学校开学后，他还是无心上学。他不仅是班级，也是后排年龄最大的学生了。

1977 年 6 月发成绩单时，麦夫鲁特发现自己没能高中毕业。整个夏天他都是在忐忑和孤独的恐惧中度过的，因为费尔哈特和他家人要和一些阿拉维派家庭一起离开库尔泰佩。年初冬天的时候，政治事件发生之前，他们曾经幻想过从 7 月开始一起做点小贩生意。然而忙着做搬迁准备的费尔哈特，回到了阿拉维派的亲戚中，没了热情。7 月中，麦夫鲁特回到村里。他和妈妈一起度过了很长一段时间，但他对妈妈说的"我让你结婚吧"充耳不闻。他还没有服兵役，也没有钱；结婚就意味着回乡。

夏末开学前，麦夫鲁特去了学校。炎热的 9 月早上，老旧的校舍昏暗、阴凉。他对"骨骸"说要求保留一年学籍。

"骨骸"对这个认识了八年的学生还是尊重的。"为什么要延后呢，咬紧牙关度过一年，你就可以毕业了。"他带着一种令人惊讶的慈爱说，"所有人都会帮你的，你是我们高中年龄最大的学生……"

"明年，我要去上大学预备班的补习课。"麦夫鲁特说，"今年我要打工凑学费，后年我再来把高中读完。"他在回伊斯坦布尔的列车上逐字思忖了这个剧本。"这是可能的。"

"可能是有的，但那时你就二十二岁了。"没心没肺的官僚"骨骸"说，"这所高中的历史上还没有谁是二十二岁毕业的。"他看见了麦夫鲁特脸上的表情，"好吧……我给你保留一年学籍，只是你需要去区卫生局拿一份报告回来。"

麦夫鲁特甚至没问是什么报告。刚走到操场，他就彻底明白了，这将是自己最后一次来到这个八年前他第一次走进的高中楼。而他的理智则在告诫自己，不要对学校的气息心存半点留恋。这其中有联合国儿童基金会发放的奶粉气味；废弃的储煤仓库气味；初中时看见那扇门都害怕、高中时却和一帮人在里面讨烟抽的地下室厕所气味。他甚至没有转身朝老师办公室和图书馆的门瞅一眼就下了楼。"我本来就毕不了业，为什么还要来！"最后几次来学校时每次他都这么想过。最后一次经过阿塔图尔克塑像时，"如果真想，我是可以毕业的。"他自言自语道。

他对爸爸隐瞒了没去上学的事，这点他对自己也隐瞒。为了能够相信继续学业的可能，他应该去卫生局拿一份报告，他却连这件事都没做，因此就连他那关于学校的个人观点，也正在转变成他对自己说的一种官方观点。有时，他还真能发自内心地相信，他已经在为明年的大学预备补习课攒钱了。

有时，他给日益减少的老顾客送去酸奶后，把扁担、秤、酸奶罐存放在一个熟人那里，在城市的街道里任凭双腿将自己带去任何地方。

他喜爱城市，因为城市是一个让很多有趣事物在同一时间上演的地方，而且一个比一个值得观看。希什利、哈尔比耶、塔克西姆和贝伊奥卢周围，则是这些事物出现最多的地方。早上，他跳上一辆公交车，在逃票却不被抓到的情况下，随车进入这些街区，能走多远走多远。随后，他毫无负重、自由自在地走进挑着扁担则无法进入的街道。他十分喜欢自己消失在城市的喧嚣里，一路看着橱窗。他喜欢看橱窗里的模特，喜欢欣赏展示套装的布置，模特是身着长裙的母亲和幸福孩子。遇到袜子店的橱窗，他就细细地端详那一截截脚模。就在那时，他会陷入脑子里那个时刻杜撰的一个虚构情节，跟着对面人行道上的棕发女人走上十分钟，然后突然决定走进面前的一家餐馆，随便想起一个高中同学的名字，问道："他在这里吗？"有时，还没等麦夫鲁特开口，他们就以粗暴的声音打断他说，"我们不招洗碗工！"重新回到街上时，他唰地想起了奈丽曼，但却按照脑海里闪现的一个新幻想，朝她走来的相反方向走去，比如杜乃尔的后街，或者想着费尔哈特的远房亲戚可能会在门口检票，他走去如梦电影院，在影院狭窄的大厅里看海报和剧照打发时间。

生活所给予的安宁和美好，只有在幻想远离生活的其他世界时才会出现。买了票看电影时，就像幻想时那样，他感到了灵魂深处的内疚在隐隐作痛。因为白白浪费了时间、没看清字幕、只注意和电影无关的奇怪细节和迷人的女人，他感到自责。看电影时，有时因为可以理解的原因，有时则没任何原因，他的阴茎翘起，那时他就在座椅上弓起背，做起晚上回家手淫的打算，他想如果晚上比爸爸早回去两小时，那么就可以踏实舒服地做这件事。

有时，他也不去电影院，去找在塔尔拉巴什的一家理发店做学徒的莫希尼；或者去一家阿拉维派和左派司机常去的咖啡馆，在那里和费尔哈特介绍认识的一个小伙计聊会儿天，看看旁边桌上的人玩麻将，同时用余光瞄几眼电视。他知道自己在虚度光阴，因为没能继续念高中，他的人生也不在一条正道上，这个事实让他感到万分痛心，于是他用别的幻想来慰藉自己。比如，他可以和费尔哈特一起合作开始一个新的营生，他首先幻想的是一种不同风格的街头小贩（一辆可以把酸奶罐放在上面推着走、铃铛随着运动响起的带轮子的小车）；或者，像他刚才看见的那家空店铺一样，他们可以在某个地方开一家小烟草店；抑或是，在那家毫无生意的衬衫—衬衫上浆店的地方，开一家杂货店……日后，他将挣到很多钱足以让所有人为之惊讶。

事实上，他也亲眼看见，在街头叫卖酸奶挣钱变得日益艰难，人们很快就习惯了从杂货店里买来玻璃罐装的酸奶放到自己的餐桌上。

一个好心的奶奶说："麦夫鲁特，我的孩子，我发誓，只是为了看见你，我才买你的乡村酸奶。"没人再问麦夫鲁特何时能把高中读完。

穆斯塔法：如果只停留在20世纪60年代出现的玻璃碗就好了。类似窑土罐的那些最先出现的酸奶碗又厚又重，押金也很贵，一不小心碗边就会被磕破或者裂开，那样杂货店是不会退还押金的。家庭主妇们还会把空碗用在各种地方：猫食盆、烟灰缸、存放用过的油、浴室的舀水碗或是肥皂盒。不知道哪一天，人们拿着这些曾被当作肮脏厨卫用具的酸奶碗，去杂货店赎还押金。于是，这些曾经的垃圾盒、留有口水的狗食盆，在卡厄特哈内的一家作坊里，用水管里的水随便冲洗一下，便成为最干净、卫生的新酸奶碗，被摆到伊斯坦布尔另外一个人家的美好、幸福的餐桌上。有时，看见顾客不像往常那样拿出一个干净的空盘子，而是这样一个酸奶碗放到我的秤上时，我就会忍不住说："大姐，如果为自己这么说我就不是男人，但是在恰帕的诊所里有人用这些碗当尿壶，在海逸白利岛的疗养院里有人用它们给结核病人当痰盂……"

之后，他们又弄出了更轻更便宜的玻璃罐。他们说这些无需押金的罐子洗干净后可以当杯子用，是送给家庭主妇的礼物。当然，他们把玻璃罐的钱加进了酸奶里。凭借着我的肩膀，还有真正的锡利夫里酸奶，我们也还可以和它竞争。可这次，公司在玻璃罐上贴了一张印有一头奶牛的花哨标签，还用大大的字母写上酸奶的牌子，开始在电视上做广告。再后来，车身上印有同样奶牛的福特酸奶卡车，驶入蜿蜒、狭窄的街道，穿梭在杂货店之间，开始从我们的手里抢夺面包。幸亏我们晚上还卖钵扎，才得以维持生计。如果麦夫鲁特不游手好闲多干一些，把挣来的钱全都交给他爸爸，我们就可以带些钱回村过冬。

12

从村里娶姑娘

我的女儿不出售

考尔库特：去年的战争和大火之后，多数阿拉维派人在半年里离弃了街区。有些人去了远处的其他山头，比如奥克泰佩，另外一些人去了城外的加齐街区。祝他们好运！但愿他们在那里不会麻烦我们国家的警察和宪兵。如果一条国际先进的六车道高速公路，以八十公里的时速向你的鸡窝和无地契的一夜屋展开，再说"革命是唯一出路！"，你就只能骗骗自己了。

散漫的左派团体撤离后，区长开具的地皮纸的价格便立刻上涨。随之出现意图圈下新地皮的精明之人和武装团伙。年迈的哈吉·哈米特说要给清真寺买地毯时，"他赶走了宾格尔和埃拉泽的阿拉维派人，侵吞了他们的地皮，让他自己出钱。"这样背后说闲话的人以及那些一毛不拔的人，便马上根据新的建筑规划，收集了地皮和地皮纸。哈米特先生也在库尔泰佩开始了新的建筑工程。他在哈尔曼泰佩又新开了一家面包坊，还不惜工本地为他从村里带来的单身工人，建造一栋带电视、祈祷室和空手道馆的宿舍楼。服完兵役，我当上了这个宿舍楼施工队的队长和建材商店的供给组长。每逢周六，哈吉·哈米特先生就在宿舍楼的食堂，和民族主义者单身汉们一起吃饭，他们喝阿伊兰 [1]，吃肉、米饭和沙拉。我成亲也得到了哈米特先生的慷慨资助，在此我向他表示感谢。

阿卜杜拉赫曼： 我的大女儿维蒂哈十六岁了，为了给她找一个如意郎君，我费尽了心思。当然，说亲这种事最适合女人们在洗衣服、洗澡、购物、做客时来做，但我那没娘的孩子们既没有妈妈，也没有姨妈和姑妈，只好由我来给她们说亲了。得知我专门为此事坐大巴去伊斯坦布尔的人，立刻开始说，我要为漂亮的维蒂哈找一个有钱的丈夫，说我会把礼金装进口袋里买酒喝。我听到这些闲话了。他们说闲话、嫉妒像我这样一个残疾人的原因是，尽管脖子歪，但我是一个能够和女儿们幸福生活、懂得享受人生、知道喝点小酒的幸运之人。只有骗子才说我喝醉了就打老婆；不看看自己的歪脖子，为了和贝伊奥卢的女人们吃饭去伊斯坦布尔。到了伊斯坦布尔，我去了上午卖酸奶的人常去的咖啡馆，见到了依然还在上午卖酸奶、晚上卖钵扎的老朋友。自然我也不能立刻说，"我是来为女儿找丈夫的！"先要嘘寒问暖一番，继而建立起一些友情，如果晚上一起去酒馆，那么推杯换盏中也就顺理成章地说开了。我们在阿克谢希尔水晶照相馆拍的一张维蒂哈的照片，可能是聊天时，我从口袋里掏出来炫耀着给他们看了。

哈桑伯父： 我不时从口袋里拿出居米什代莱女孩的照片看一眼，是个漂亮的女孩。有一天我在厨房给萨菲耶看了照片。"萨菲耶，你觉得怎么样？"我问她，"这个女孩嫁给考尔库特合适吗？她是那个歪脖子·阿卜杜拉赫曼的女儿。她爸爸来了伊斯坦布尔，去我的杂货店坐了一会儿。以前他也是个勤快人，只是体质虚弱，被酸奶的扁担压弯了脖子，回了村里。显然，他现在没钱了。阿卜杜拉赫曼是个非常狡猾的人。"

---

[1] 阿伊兰（ayran），一种用酸奶加水稀释充分搅拌后再加盐制成的土耳其饮料。

萨菲耶姨妈：我的孩子考尔库特，建筑工地、宿舍楼、汽车、司机、空手道，忙得焦头烂额。我们很想让他结婚，可他是个非常强硬、高傲的人。如果我说，你二十六岁了，我回村里去给你说亲，他一定会说，不，我自己在城里找。如果我说，好吧，你自己在伊斯坦布尔找个姑娘结婚，他又会说，我要一个干净、听话的女孩，这样的女孩在城里是找不到的。于是，我把歪脖子·阿卜杜拉赫曼漂亮女儿的照片，塞到了收音机旁的角落里。考尔库特回到家，累得只看电视，广播他只听赛马消息。

考尔库特：包括我妈妈，谁都不知道我也在玩赛马。我玩赛马是乐趣，不是赌博。四年前，我们在一夜屋又加盖了一个房间。我一个人住在那里，听电台实况转播的赛马节目。这次，我看天花板时，仿佛有道光落在了收音机边上，我觉得照片上的那个姑娘在看我，那个眼神会在人生中一直给予我安慰。我满心欢喜。

后来，在谈话间我问道："妈妈，收音机边上的女孩是谁？""她是我们那里的，居米什代莱村的！"她说，"像个天使，是吧？你娶她如何？""我不要农村的女孩，"我说，"尤其是这种四处散发照片的女孩，我可不要。""才不是呢。"妈妈说，"她那个歪脖子爸爸从来不给人看照片，他嫉妒自己的女儿，把追求者全赶出了家门。你爸爸知道这个害羞的女孩漂亮，所以从他手里抢来了照片。"

我相信了这个谎言。也许你们完全知道这是谎言，笑话我那么容易就上当了。那么，我要对你们说：嘲笑一切的人既不能真正地爱上谁，也不能真正地信仰真主，因为他们是傲慢的人。而爱上一个人，则跟爱真主一样，是一种神圣的情感，除了那个他爱的女孩，不会再对任何人痴迷。

据说她的名字叫维蒂哈。一周后，我对妈妈说："我无法忘记这个女孩，我回村一趟，见她之前先偷偷地跟她爸爸谈一谈。"

阿卜杜拉赫曼：女婿人选是一个脾气暴躁的孩子。他带我去了酒馆。我没说她是我的女儿，我最亲密的人，他不懂这些。他在伊斯坦布尔挣了点钱，被宠坏了。依附着里泽人哈吉·哈米特先生，又开着福特车，他就以为一个手上有点钱、练过空手道的暴发户，可以用钱得到我的女儿，这让我的尊严蒙羞。我说了好几遍，**我的女儿不出售**。旁边桌上的人也听见了，皱起眉头看我们，随后好像听到笑话一样笑起来。

维蒂哈：我十六岁，不再是个小孩了。像所有人一样，我也知道爸爸想让我嫁人，但我装作不知道。有时我梦见一个坏男人不怀好意地跟着我……三年前我在居米什代莱读完了小学。如果我去了伊斯坦布尔，今年就该读完初中了，但我们村里还没有女孩读完初中。

萨米哈：我十二岁，小学最后一年。有时维蒂哈姐姐来学校接我。有一天，回家的路上，有个男人跟着我们。我们没说话一直往前走，我也像姐姐那样没有回头看。我们没有直接回家，而是径直去了杂货店，但我们没进去。我们穿过昏暗的街道、经过瞎子家前面冻得瑟瑟发抖的枫树，从后面的街区绕回了家里。那男人也一直跟着我们。我姐姐一脸严肃。"一个蠢货！"进家门时我生气地说，"男人全都是蠢货。"

拉伊哈：我十三岁。去年念完了小学。维蒂哈有很多追求者，据说这次这个来自伊斯坦布尔，其实他是一个杰奈特普纳尔村卖酸奶人的孩子。维蒂哈就想去伊斯坦布尔，可我压根不愿意她喜欢上那个男人结婚走掉。因为维蒂哈一结婚，下一个就该轮到我了。我还有三年时间，但是等我到了维蒂哈的年龄，他们可别来追求我，如果追求我怎么办，我一个也不要。他们总对我说："拉伊哈，你好聪明。"我和歪脖子爸爸在窗口看着维蒂哈和萨米哈从学校回来。

考尔库特：我满心谦恭地一路看着我爱的人和她的妹妹放学回家。这是我第一次看见她，和照片相比，这次相见让我内心充满了更加深切的爱恋。她的身材、长长的胳膊都很漂亮。我感谢真主。我知道，如果不娶她，我就不会幸福。一想到狡猾的歪脖子要拿我的爱情讨价还价，我就生气。

阿卜杜拉赫曼：在女婿人选的一再坚持下，我们在贝伊谢希尔又见了一面。我没说，如果你真爱上了，就不会讨价还价。维蒂哈和另外两个女儿的命运和姻缘全都掌握在我的手里，所以我两腿发抖地去了餐馆、坐下，喝第一杯酒之前，我又说了一遍："对不起小伙子，我非常理解你，但是**我的漂亮女儿绝不出售**。"

考尔库特：固执的阿卜杜拉赫曼还没喝完第一杯酒就一一历数了他的要求。不光是我，我爸爸、苏莱曼，即便我们一起努力，即便借债、卖掉杜特泰佩的房子和我们在库尔泰佩圈的地皮，我们都娶不起他的女儿。

苏莱曼：我们认定，在伊斯坦布尔，只有哈吉·哈米特先生的财力和实力才能够解决我哥的爱情难题。于是，我们在他第一次参观宿舍楼时，为他安排了一个空手道表演。穿着统一服装、剃了胡子、干干净净的工人们也好好地表现了一番。吃饭的时候，哈米特先生让我和哥哥坐在他的两旁。哈米特先生去麦加朝觐过两次，拥有那么多地皮、财产和手下人，还建造了我们的清真寺。看着眼前这位令人尊敬的老者须髯雪白，可以如此这般靠近他，我感觉自己很幸运。他则把我们当成了自己的孩子。他问起了我们的爸爸（"哈桑为什么没在？"他问，他记得爸爸的名字），还关心了我们家的情况，我们最后盖的房间、加盖的那半层楼和楼外的楼梯，甚至还问到了我爸爸和穆斯塔法叔叔一起圈下、一起从区长那里拿到纸的那块空地的位置。其实，这些地皮的位置，每块地皮的旁边、对面是谁的地皮，在那里建好的和建到一半的房子，哪些合伙人之间有争斗，谁在一年里盖起了哪些楼、哪些店铺，再到它们的墙壁和烟囱，他都在关注。

电线铺到了哪里、水通到了哪个山头的哪条街道、环城公路从哪里经过，他全都一清二楚。

哈吉·哈米特·乌拉尔："小伙子，你很痴情啊，很痛苦是吗？"我问道。他害羞地不敢看我。他害羞，不是因为他痴迷地爱上了一个人，而是因为他的朋友得知了他的恋情，而他又不能独自搞定这件事。我扭身对他那个肥胖的弟弟说："但愿我们能够解决你哥的心事，但是他犯了一个错，你不要犯。你叫什么名字？苏莱曼，我的孩子，你要像你哥哥那样，用整个灵魂去爱一个姑娘……结婚后你去爱。好吧，你着急，那就在订婚后，要不定亲后……至少要在确定了礼金之后。但是在这之前，像你哥哥那样，先爱上然后去和女孩的爸爸坐下来为礼金讨价还价，那么狡猾的爸爸就会问你要整个世界。在我们的世界里有两种爱情。第一种，你对她一无所知而爱上她。多数夫妻，如果结婚前有些认识，他们是绝对不会爱上彼此的。先知穆罕默德因此认为，结婚之前的亲近是不合适的。另外一种就是结婚之后，有人因为他们在一起度过了一生而爱上了彼此，而这也是不认识就结婚的一个结果。"

苏莱曼："先生，我本来就不会爱上我不认识的女孩。"我说。"你说的是你认识的女孩，还是不认识的女孩？"容光焕发的哈吉·哈米特先生问道，"其实最美的爱情，还不是认识，而是对一个从未谋面的人怀有的爱恋。比如盲人可以是很好的恋人。"哈米特先生哈哈大笑起来。他的工人们也不知所云地跟着笑起来。离开时，我和哥哥一起满怀敬意地吻了哈吉·哈米特先生有福气的手。就剩下我俩时，哥哥在我的肩上重重地打了一拳，他说："我们倒要看看你在城里会认识什么样的女孩跟她结婚……"

13

麦夫鲁特的小胡子

无契地皮的主人

考尔库特要迎娶一个邻村居米什代莱女孩的消息，麦夫鲁特很晚才获悉，他是1978年5月在大姐写给爸爸的一封信上看到这个消息的。他的大姐几乎在十五年里，定期或不定期地给她在伊斯坦布尔的爸爸写信。麦夫鲁特用给爸爸念报时的认真劲头，给爸爸念了信。得知考尔库特回村是为了居米什代莱的一个女孩，父子俩都感到一种怪异的嫉妒，甚至恼怒。考尔库特为什么没跟他们透露任何信息？两天后，父子俩去杜特泰佩，从阿克塔什他们那里听到了故事的另外一些部分。麦夫鲁特暗自思忖，如果自己也有一个像哈吉·哈米特·乌拉尔那样强大的老板和保护人，那么自己在伊斯坦布尔的生活也将变得更加容易。

穆斯塔法：在阿克塔什家，我们得知了考尔库特在哈吉·哈米特的资助下将要结婚的消息。两周后，我的哥哥哈桑在杂货店里东扯西拉闲聊时，突然变得严肃起来，连珠炮似的告诉我说，新的环城公路将穿过库尔泰佩，地籍勘查人员没有去山头的另一边，即便去，无论你给他们多少贿赂，他们依然会无奈地把那些地皮写成公路用地，也就是说，在山头的那一边谁都没有地契，也不会有，因此国家铺设双向六车道柏油公路时，将不会向任何人支付一分钱的土地征用费。

"我一看，咱们在库尔泰佩的那块地皮要白费了。"他说，"我就把地皮卖给了正在收集那边地皮纸的哈吉·哈米特·乌拉尔。感谢真主，他是个慷慨的人，给了一个好价钱！"

"什么！你没问我一声就把我的地皮卖掉了？"

"那不是你的地皮，穆斯塔法，是咱俩的地皮。我圈地，你帮了我。区长也做得对，他在往咱们的纸上写日期和姓名时，写上了咱俩的名字，就像另外那些纸一样。他把纸给了**我**，对此你也没吱声。但是用不了一年，那张纸就会一钱不值。就像你知道的那样，因为担心被拆，所以山的那一边，不再有人去放一块石头，更别说去盖新的一夜屋了，就连一颗钉子也不会去敲。"

"你卖了多少钱？"

"你稍微平静一点，不要跟你哥哥嚷嚷……"正说到这里，一个女人走进杂货店要买米。哈桑把塑料铲子插进米袋，舀出米来装进纸袋。我气坏了，抬腿就走，回到家里。人气急了可是会杀人的。在这世上，除了那块地皮的一半和这个一夜屋，我别无所有！我没跟任何人说这事，甚至麦夫鲁特。第二天，我又去了杂货店，哈桑在用旧报纸叠纸袋。"你卖了多少钱？"他还是没告诉我。夜里，我无法入睡。一周后的一个早上，杂货店里没人，他突然脱口说出了卖地的价钱。什么？他说要给我一半。价钱如此之低，以至于我只能说：**我不能接受这个数目。**"本来我也没那么多钱。"我的哈桑哥哥说，"我们还要让考尔库特成亲呢！""什么？也就是说，你用我的地皮钱给你的儿子成亲！""可怜的考尔库特爱得很痴迷，咱们不是讲过了嘛！"他说，"别生气，也会轮到你儿子的，歪脖子的女儿还有两个妹妹，咱们让其中的一个跟麦夫鲁特成亲。麦夫鲁特的情况会怎样？""你别管麦夫鲁特。"我说，"他还要念完高中，然后去服兵役。即便有合适的姑娘，你也会立刻让苏莱曼去娶的。"

麦夫鲁特从苏莱曼那里得知，爸爸和伯父十三年前在库尔泰佩圈下的无契地皮被卖掉了。苏莱曼认为，原本也没有"无契地皮的主人"一说。没人在那块地皮上拥有一座房子，甚至一棵树，因此用那么多年前从区长那里拿来的一张纸，去阻止国家建设六车道的公路是不可能的。两周后麦夫鲁特听爸爸说起这件事时，装作刚知道的样子。他赞同爸爸的愤怒，对阿克塔什他们不打招呼就把共同的地皮纸卖掉而生气。再加上他们在伊斯坦布尔更加成功和富有，他感到自己受到了一种不公平待遇而愤怒。但他也知道，自己不可能对伯父和他的两个儿子置之不理，没有他们，他在城里也将举目无亲。

"听我说，如果没有我的允许，你再去你伯父家，去见苏莱曼和考尔库特，我就死给你看。"爸爸说，"记住了吗？"

"记住了。"麦夫鲁特说，"我发誓。"

远离伯父家和苏莱曼的友情，剩下独自一人，没过多久麦夫鲁特就对自己的誓言后悔了。去年念完高中和家人一起离弃库尔泰佩的费尔哈特也不在了。爸爸回村后，6月，他拿着"运气"盒子在茶馆和有小孩的家庭常去的公园，独自转悠了一阵子，但他挣的钱刚够每天的花销，那些钱还不及和费尔哈特一起兜售时挣到的四分之一。

1978年7月初，麦夫鲁特坐大巴回到村里。刚回去的时候，他和妈妈、姐姐、爸爸一起过得很幸福。但是整个村子都在为考尔库特的婚礼作准备，这也让他不安。他和日渐老去的狗朋友卡米尔一起爬上山顶，想起了阳光下晒干的野草、橡树和流动在岩石间冷冽的溪水的气息。然而，他又无法从心底里摆脱将会错失良机的感觉，他要去见证伊斯坦布尔发生的一切，他要挣钱变得富有。

一天下午，他从院里枫树下的一个角落里，拿出了藏在里面的两张纸币。他对妈妈说要回伊斯坦布尔。"别让你爸爸生气！"他对这话也不在意，"有好多事情要做呢！"他说。下午，他没和爸爸打照面，成功地坐上了从贝伊谢希尔开来的小公共。在镇子里等待开往伊斯坦布尔的大巴时，他在埃希来甫奥鲁清真寺对面的施济所里吃了肉末茄子。夜晚，在开往伊斯坦布尔的大巴上，他感觉自己才是人生和命运的唯一主人，他是一个独立的男人，他兴奋地憧憬着未来人生中的无限可能。

回到伊斯坦布尔，他发现在过去的一个月里，失去了一些顾客。以前不会这样的。是的，一些家庭拉起窗帘消失了，一些则去了别墅。（有卖酸奶的人跟着顾客去别墅街区叫卖的，比如王子群岛、埃然柯伊、苏阿迪耶。）但是因为快餐店需要购买酸奶用来做阿伊兰，因此其实夏天的销量并不那么少。1978年夏天，麦夫鲁特开始明白，街头酸奶小贩的营生也就将剩下几年光景。他在街上越来越少地看到他爸爸那一代、系着围裙的勤劳小贩，或者他们的下一代、像自己这样有野心、寻找其他营生的年轻卖酸奶人。

然而，酸奶小贩营生的日趋艰难，并没有把麦夫鲁特变成一个像他爸爸那样愤怒与好斗的人。即便在悲观、孤独的日子里，他的脸上也一直保持着让顾客开心的笑容。门口写着"小贩免进"的新建高层公寓楼入口处的阿姨、看门人的老婆、喜欢说"禁止小贩乘坐电梯"的老刁妇，一看见麦夫鲁特的脸，就喜欢仔仔细细地告诉他，电梯门怎么开、按钮怎么按。他在厨房门口、楼梯平台、公寓楼入口处，看见很多用崇拜的目光注视自己的年轻女佣和看门人的女儿。但他甚至不知道该如何跟她们说话。带着"要有教养"的愿望，他对自己也隐瞒了这种无知。他在外国电影里看见那些能够和同龄女孩轻松交谈的年轻男子，希望自己也能像他们那样。但他又不太喜欢分不清谁是好人、谁是坏人的外国电影。手淫时，他更多幻想的是在外国电影和本国杂志里看见的外国女人。当早上的阳光把床铺和他半裸的身躯烤热时，他喜欢一边幻想、一边比较冷静地手淫。

他喜欢独自一人待在家里，因为他是自己的主人，即便这种状态只能维持到爸爸回来之前。他给那个一条腿有点短而不停摇晃的桌子换了个地方，站上椅子从短帷幔那里整理好掉落的窗帘一角，把不用的锅碗瓢盆和厨房用具放进柜子里，比跟爸爸一起住的时候更勤快地打扫了屋子。但他还是觉得，这个单开间比任何时候都更难闻、更凌乱。他喜欢自己的孤独，自己的气味——臭味。他从自己的血液里，也体会到了把爸爸推入孤独和喜怒无常深渊的东西。他已经二十一岁了。

他去了库尔泰佩和杜特泰佩的咖啡馆。因为想跟着街区里熟悉的同龄人、在咖啡馆里看电视消磨时光的年轻人，有几个上午，他去了附近的劳力市场。每天早上八点，劳力市场就设在梅吉迪耶柯伊入口处的一块空地上。来这里找活的是一些没有技能的劳工，他们进城后就立刻找一家作坊工作一段时间，随后因为雇主不愿意为他们买保险而被开除；另外就是那些随便什么活都干的人，他们寄居在某个山头的亲戚家里。早上，无所事事羞愧度日的年轻人、无法在一个地方规律工作的喜怒无常又笨手笨脚的人来到这里，抽着烟等待从城市各处开着小卡车过来的雇主。在咖啡馆打发时间的年轻人当中，也有为一天的差事跑去城市偏远角落挣钱的人，他们炫耀自己的收入，而麦夫鲁特卖半天酸奶就可以挣到将近他们一天的所得。

感到自己孤独绝望的一天，他把酸奶罐、扁担、材料寄放在一家餐馆，去找了费尔哈特。他挤上一辆红色的、人挤人、满是汗味的伊斯坦布尔市府公交车，两小时后来到城边的加齐奥斯曼帕夏。他好奇地看着杂货店门口当作橱窗摆放的冰柜，发现这些地方也都被酸奶公司占领了。后街上，在一个冰柜的橱窗里，摆放着按公斤出售的罐装酸奶。

乘小公共来到城外的加齐街区时，天开始黑了。街区建在一个大陡坡上，他一直走到街区尽头的清真寺。山后的森林，是伊斯坦布尔尽头的天然绿色边界。然而很显然，尽管有铁丝网，迁入城市的人们还是从边边角角窃取了森林土地。麦夫鲁特觉得，墙上贴满了革命标语和镰刀铁锤、红星图画的街区，远比库尔泰佩和杜特泰佩还要贫穷。他希望遇上一个被赶出库尔泰佩的阿拉维派熟人，怀着对某种未知的东西的恐惧，像醉鬼一样在街上游逛，去了最拥挤的咖啡馆。然而，尽管他一路说着名字打听，也没有得到任何关于费尔哈特的消息，也没遇见一个熟人。四周完全变黑后，连路灯都没有的加齐街区，远比一个偏远的安纳托利亚小镇，更让他的内心充满沮丧。

回到家他一直手淫到早上。弄完一次，射精放松后，他就羞愧和自责地想不要再有下一次了，为此他还对自己发誓。过一阵后，他又害怕因为失信而造孽。而确信是否造孽的最好办法就是立刻再手淫一次，并且永远忘记这个坏习惯。于是，两小时后，他又最后手淫了一次。

有时他的脑子，会让他去想一些其实他压根不愿意想的事情。比如，质问真主的存在；或者脑海里闪现出一些最无耻的词汇；抑或是，像电影里那样，眼前出现整个世界轰然爆裂成碎块的景象。这些都是他自己想的吗？

因为不去上学，他每周只剃一次胡子。他感觉，内心的阴暗在寻找所有暴露的机会。他连续两周没剃胡子。当他胡子拉碴的样子开始吓到那些喜欢带奶油的酸奶和在乎卫生的顾客时，他决定剃胡子了。尽管房子不像以前那么昏暗（他也不记得以前房子里为什么那么昏暗），他还是像爸爸那样把剃胡用的镜子拿去了外面。剃掉络腮胡后，他接受了一个从一开始就占据脑海一角的想法。他擦掉脸上、脖子上的剃须泡沫，看了一眼镜子：现在他蓄起了一撮小胡子。

麦夫鲁特不喜欢自己蓄小胡子的样子，不觉得自己"帅气"。那个人见人爱的婴儿脸没有了，取而代之的是他在街上见过的上百万男人中的一个。觉得他友善的顾客、问他有没有念书的阿姨、含情脉脉地看着他眼睛的戴头巾的年轻女佣，会喜欢他这个样子吗？尽管他没用剃刀去剃，但是他那小胡子的形状已经跟众人的一样了。他不再是那个被姨妈抱在怀里亲吻的孩子了，这让他伤心。他知道自己进入了一个不可逆转的阶段，他同时也感到，这个新模样赋予了自己力量。

手淫时，他间接想到的、其实一直以来禁止自己去想的事情，可惜现在却时常清晰地出现在他脑海里：他二十一岁了，还从未和女人上过床。

他想娶的漂亮、戴头巾、正派的女孩，婚前是不会和自己上床的。反正他自己也不愿意娶一个婚前就和他上床的女孩。

然而，首要问题不是婚姻，而是拥抱一个好女人、亲吻她、能够和她做爱。麦夫鲁特把这种欲望和婚姻分开看待，可是没有婚姻，他就得不到性爱。他可以和一个对自己感兴趣的女孩认真交往（可以去公园、电影院，可以在某个地方喝汽水），给她留下将要结婚的印象（这一定是最难的部分），然后跟她上床。但是，只有心眼坏、自私的男人才会做出这样不负责任的事情，麦夫鲁特不会。更何况，眼泪汪汪的女孩的哥哥和爸爸之后可能会来揍他。在不制造麻烦、不被家人知晓的情况下，男人只能和不戴头巾的女孩上床。而麦夫鲁特知道，任何一个在城里出生长大的女孩，（不管小胡子让麦夫鲁特变得多英俊，）决不会对自己感兴趣。最后的出路就是去卡拉柯伊的妓院，麦夫鲁特从没去过那里。

快到夏末时，头一天他从哈桑伯父杂货店的门口经过，第二天夜里，有人敲门。见是苏莱曼，麦夫鲁特的内心充满了幸福，他真诚地拥抱堂兄弟时，发现苏莱曼也留起了小胡子。

苏莱曼："你是我的兄弟。"麦夫鲁特对我说，他那样真诚地拥抱我，让我的眼睛也湿润了。看见我俩不约而同地留起了小胡子，我们都笑了。

"但是你的胡子是左派的样子！"我说。

"怎么会？"

"别装了，左派的人才留边角剃成三角的胡子。你仿效费尔哈特了？"

"我没仿效任何人。我没有刻意去剃，随手就剃成这样了……这么说来，你也剃成理想主义者那样的了。"

我们把镜子从架子上拿下来，看了一下彼此的胡子。

"你别去村里的婚礼。"我说，"但你去考尔库特两周后在梅吉迪耶柯伊的夏希卡婚礼礼堂举办的婚礼。你别学穆斯塔法叔叔的样，不要喜怒无常地和我们吵架，别把一家人弄散。你看，库尔德人、阿拉维派人多团结。他们先一起为一个人盖房子，然后为另外一个人，然后再为另外一个人。一个人一旦在一个地方找到工作，就马上把村里、部落里剩下的人叫到身边。"

"我们从村里也是这么过来的，有什么呀！"麦夫鲁特说，"你们阿克塔什一家人是赚到了，可我和爸爸不管怎么努力，还没能分享到伊斯坦布尔的好处。我们的地皮也消失了。"

"麦夫鲁特，我们没有忘记地皮有你的份。哈吉·哈米特·乌拉尔是个非常公正、乐于助人的人，如果没有他，我哥哥考尔库特也不可能凑到结婚的钱。歪脖子·阿卜杜拉赫曼还有两个漂亮女儿，咱们让大的那个跟你结婚，据说她很漂亮。谁让你成亲，谁庇护你、保护你，人在城里是无法忍受孤独的。"

"我自己找一个姑娘成亲，不需要任何人帮助。"麦夫鲁特固执地说。

14

麦夫鲁特坠入爱河

这样的不期而遇只会是天意

麦夫鲁特参加了考尔库特和维蒂哈8月底举行的婚礼，他很难跟自己解释怎么就改变了主意。婚礼的早上，他穿上了从爸爸认识的裁缝那里打折买来的西服，还系上了一条爸爸的褪色的藏蓝色领带，爸爸在过节和去国家机关时系这条领带。他用自己存的钱在希什利的一家金店换了二十马克。

夏希卡婚礼礼堂，位于杜特泰佩和梅吉迪耶柯伊之间的坡地上。和费尔哈特一起当小贩的几个夏天里，在区政府和工会举办的割礼、老板资助的工头和工人的婚礼快结束时，麦夫鲁特曾经和他的朋友偷偷溜进过这个礼堂两三次，喝过免费的柠檬水，吃过饼干。但他对这个经过了很多次的礼堂，并没什么印象。走下楼梯，进入人满为患的地下礼堂，里面已经闷热难耐，加上小乐队还在一旁制造噪音，他一下子觉得透不过气来。

苏莱曼：在婚礼上见到麦夫鲁特，我、我哥、我们全家都很高兴。我哥穿了一套乳白色西服和一件紫色衬衫。我哥对麦夫鲁特很友好，把他介绍给了所有人，带他来到我们这儿全是小伙子的桌上。"先生们，别看这孩子长了一张婴儿脸，"我哥说，"他可是我们家里最结实的人。"

"亲爱的麦夫鲁特，鉴于你留了小胡子，因此光喝柠檬水就不合适了。"我说。我指给他看桌下的酒瓶，拿起他的杯子，往里面加了伏特加。"你喝过真正的苏联——共产党的伏特加吗？""我连土耳其的伏特加都没喝过。"麦夫鲁特说。"如果这酒比拉克酒还厉害，我不会喝晕吧？""不会的，相反会让你放松，说不定还能让你找到勇气抬起头稍微看看四周。""我在看呢！"麦夫鲁特说，但他并没在看。他刚让舌头碰到带伏特加的柠檬水，就像吃了辣椒一样龇牙咧嘴，但他马上恢复了常态。"苏莱曼，我准备给考尔库特二十马克，但怕他嫌少。""你从哪里买的马克，别让警察抓到把你扔进监狱。"我吓唬麦夫鲁特说。"不会的，大家都在买。如果你存土耳其里拉，你就是傻瓜，每天都在贬值，一半的钱就没了。"他说。我转身对桌上的人说："别看麦夫鲁特长着一张单纯的脸，他可是世上最精明、最抠门的小贩。像你这样一个小气鬼给二十马克……大手笔了……麦夫鲁特，别再卖酸奶了。我们的爸爸都是卖酸奶的，但从现在起我们都有了自己的工作。""你们别操心，有一天我也会自己创业的。到那时，你们会非常惊讶地说，我们怎么没想到这个。""你要做什么，说来听听，麦夫鲁特。""麦夫鲁特，你来跟我一起干吧！"拳击手·希达耶特说。（不仅因为他长着一个拳击手那样的鼻子，还因为被学校开除学籍之前，他像我哥那样把化学老师卖弄·费夫兹一拳打翻在地，所以得了这个外号。）"我没像这些人那样开杂货店或转烤肉店，我有一家正经的建材店。"希达耶特说。"不是你的，那店是你姨父的。"我说。"不就是家建材店嘛，我们也有。""先生们，姑娘们在看呢。""在哪里？""新娘那桌上的人。""喂，你们别一起看。"我说，"她们现在是我的家人了。""我们本来也没在看。"拳击手·希达耶特一边继续看着一边说。"唉，这些女孩还很小，我们没有恋童癖。""先生们注意，哈吉·哈米特来了。""唉，要我们做什么？""让我们站起来唱《独立进行曲》吗？""把酒瓶藏起来，也别去喝柠檬水杯里的东西，他很警觉，立刻就会发现。他对这样的事情很生气，会马上开罚单。"

哈吉·哈米特·乌拉尔和手下人一起进来时，麦夫鲁特正在看远处和新娘同桌的女孩们。大家全都扭头去看哈吉·哈米特，他一进门，马上就被亲他手的手下人团团围住了。

麦夫鲁特也希望像考尔库特那样在二十五岁时，娶一个像维蒂哈那么漂亮的女孩。而这，当然只有挣钱，得到像哈吉·哈米特那样的人庇护才能实现。因此他也明白，自己必须服完兵役，不停地劳作，放弃卖酸奶，成为一个有职业的人、一个店主。

终于，他开始直视新娘那桌。除了酒精，人群的嘈杂声和礼堂里逐渐活跃的气氛，也给了他勇气。他同时也觉得，真主会保佑自己，他是幸运的。

即便多年以后，麦夫鲁特依然记得那个犹如电影般的场景，还有那桌漂亮女孩们的动静。由于人头攒动，有时他很费劲才能看到。但，这是一部任何时候声音和图像都不清晰的电影：

"其实女孩们也没那么小。"桌上的一个人说，"她们全都到了结婚的年龄。"

"戴蓝头巾的也到了吗？""先生们，请你们不要这样直勾勾地看。"苏莱曼说，"这些女孩一半要回村，一半要留在城里。""大哥，她们在城里住哪儿？……""有住库尔泰佩的，也有住库什泰佩的。""你带我们去那里吧……""你想给哪个女孩写信？""一个也没有。"麦夫鲁特不认识的一个诚实的年轻人说，"她们离得太远了，我甚至都看不清她们。""要是远，你就写信啊。"

"我们的新娘子维蒂哈的身份证上写着十六岁，其实是十七岁。"苏莱曼说，"她的两个妹妹也其实是十五岁和十六岁。歪脖子·阿卜杜拉赫曼把女儿的年龄写小，是为了让她们待在家里伺候自己。"

"她们当中最小的那个叫什么名字？"

"她最漂亮，没错。"

"她姐没戏。"

"一个叫萨米哈，另一个叫拉伊哈。"苏莱曼说。

麦夫鲁特惊讶地发现自己的心跳加快了，他激动了。

"另外三个女孩也是她们村的……""戴蓝色头巾的也不错……""这些女孩没有一个小于十四岁。""她们都还是孩子。"拳击手说，"如果我是她们的爸爸，我还不会让她们戴头巾。"

"在我们村，小学一毕业就要戴头巾。"麦夫鲁特说，依然很激动。

"最小的那几个今年也小学毕业了。"

"哪个？戴白头巾的那个吗？"麦夫鲁特问。

"漂亮的那个，小的那个。"

"说老实话，我不会娶农村的女孩。"拳击手·希达耶特说。

"城里的女孩也不会嫁给你。"

"为什么？"希达耶特生气地说。

"你认识很多城里的女孩吗？"

"很多。"

"去你店里的顾客不能算是你认识的女孩，你就别骗自己了。"

麦夫鲁特就着甜饼干，又喝了一杯闻着像樟脑丸的伏特加柠檬水。到了给新娘新郎送礼物、戴首饰的环节，他得以久久地欣赏了考尔库特迎娶的维蒂哈嫂子那惊人的美貌。她那个坐在女孩桌上的小妹妹拉伊哈，也和大姐一样漂亮。麦夫鲁特越直勾勾地看着那张拥挤的年轻女孩们的桌子，看着拉伊哈，越在心里感到一种求生般的强烈欲望，也越害羞，甚至越害怕人生中的失败。

麦夫鲁特用苏莱曼给的别针往考尔库特的西服领子上别二十马克时，没去看他嫂子漂亮的脸蛋，他为自己的害羞感到羞愧。

往回走时，他做了一件原本并未打算做的事情：他要过去向和居米什代莱村民坐一桌的阿卜杜拉赫曼表示祝贺。尽管离女孩们的桌子很近，他也没往那里看一眼。阿卜杜拉赫曼很精神，穿着一件遮住歪脖子的高领衬衫，外套一件雅致的西服。小贩和卖酸奶的年轻男子被女儿们迷的神思恍惚，做出一些奇怪举动，对此他也见怪不怪了。他像一个地主老财那样伸出手，麦夫鲁特就亲了一下。他那个漂亮的女儿看见了吗？

麦夫鲁特瞬间不由自主地朝女孩们的桌上瞥了一眼。他的心脏疯了似的狂跳起来，他感到恐惧，又感到喜悦，同时还感到了失望，因为桌边有一两张椅子是空的。其实，麦夫鲁特远远地没有看清桌上的任何一个女孩，因此为了弄清楚到底缺了谁，他看着桌子走了过去……

他们差点就撞上了。这是姑娘里那个最漂亮的，大概也是年龄最小的，她的模样像个小孩。

刹那间，他们对视了一眼。她的眼神十分诚实、真挚，她有一双天真无邪、乌黑的大眼睛。她朝着爸爸的桌子径直走去了。

麦夫鲁特神魂颠倒，但他立刻意识到这是他人生的缘分。他想到，这样的一种不期而遇只会是天意。他艰难地让自己恢复理智，为了再次看见这个女孩，他径直朝她歪脖子爸爸的桌上望去，但是人太多，没看见。现在他离那里很远。然而，即便看不见她的脸庞，他依然能够在灵魂里感知到远处那个姑娘的举动，蓝色头巾如影子般的晃动。他想告诉所有人，那个漂亮的女孩、那难以置信的相遇以及和她那双黑眼睛的对视。

婚礼结束前的一个间隙，"阿卜杜拉赫曼和他的女儿萨米哈和拉伊哈回村之前要在我们家住一个星期。"苏莱曼说。

在以后的几天里，麦夫鲁特不断地想起那个黑眼睛、小孩脸的女孩，还有苏莱曼的那句话。苏莱曼为什么之前没跟自己说？如果像以前那样，不需要任何理由抬腿就去阿克塔什家会怎样？他还能再见到那女孩一次吗？她发现麦夫鲁特了吗？但是现在他必须找到一个合适的理由才能去，否则苏莱曼会立刻明白他是为了看那个漂亮女孩才去的，说不定还会让她避开麦夫鲁特。也可能取笑他，甚至说"她还是个孩子"来坏他的事。

如果麦夫鲁特说自己喜欢上了这个女孩，苏莱曼很可能会说自己也爱上了她，甚至会说是自己先爱上她的，不让麦夫鲁特靠近女孩。麦夫鲁特整个星期都去卖了酸奶，他一直在寻找一个去阿克塔什家的可信理由，但没找到。

白鹳归去，8月结束。9月的头两周也过去了，麦夫鲁特既没去学校，也没有像他一年前幻想的那样，拿出藏在床垫下的马克去换成里拉，报名参加大学预备补习班。去年为了保留学籍而被"骨骸"要的报告，他也没去区卫生局取。所有这一切意味着，事实上两年前就已结束的学生生涯，即便作为一个幻想也无法继续了。近期，招募新兵中心的宪兵可能会去村里。

麦夫鲁特想，爸爸不会为了让他们推迟应征而对宪兵说谎，他会说，"让他去当兵，然后结婚！"而且，说这话的爸爸还没有钱来供他结婚。而麦夫鲁特却想尽早和那个姑娘结婚。维蒂哈的名字和她两个妹妹的是押韵的。他犯了个错，懦弱了，竟然没能编出一个理由去阿克塔什家。每当他在这件事上感到懊悔时，他便找个理由来安慰自己：如果他去了阿克塔什家，见到了拉伊哈，也许姑娘根本不搭理他，自己可能会大失所望。而在街上挑着酸奶罐行走时，只要一想到拉伊哈就足以让他感到肩上的担子不那么重了。

苏莱曼：三个月前，我哥把我也拉进了哈吉·哈米特·乌拉尔的建材公司。公司的福特小卡车现在由我开。昨天上午十点左右，我在梅吉迪耶柯伊的马拉蒂亚人开的杂货店买了香烟（因为爸爸不愿意我抽烟，所以我不在我们的杂货店里买），正准备走时，有人敲右边的车窗，是麦夫鲁特！我可怜的兄弟挑着担子正要进城卖酸奶。"上来！"我说。他把扁担、酸奶罐放到车后，随后上了车。我递给他一支烟，用打火机为他点燃。麦夫鲁特第一次看见我坐在驾驶座上，觉得难以置信。在他挑着三十公斤酸奶每小时步行四公里的坑洼路上，我们用六十公里的时速——麦夫鲁特也在看仪表盘——滑行般往前开。我们东拉西扯地聊天，可是他结结巴巴的，脑子里想着别的事情，最终他问起了阿卜杜拉赫曼，还有他的两个女儿。

"他们当然已经回村里了。"我说。

"维蒂哈的妹妹们叫什么名字？"

"你为什么要问？"

"没什么，随便问问……"

"麦夫鲁特，你别生气，维蒂哈已经成了我的嫂子。姑娘们则是我哥的小姨子……她们现在算我的家人了……"

"我不是你的家人吗？"

"当然是……所以你要把一切告诉我。"

"我当然会说……但你也要发誓不告诉任何人。"

"我将保守你的秘密，我对我的真主、我的民族、我的旗帜发誓。"

"我爱上了拉伊哈。"麦夫鲁特说，"黑眼睛的，最小的那个是拉伊哈吧？去他爸爸那桌时，我们碰上了。你也看见了吗，我们差点就撞上了。我盯着她的眼睛看了。开始我以为自己会忘记，后来发现我无法忘记她。"

"你无法忘记什么？"

"她的眼睛……她看我时的眼神……你在婚礼上看见我遇上她了吗？"

"看见了。"

"你认为这是一个巧合吗？"

"你是爱上拉伊哈了，伙计。还是让我装作不知道吧。"

"她是个很漂亮的女孩，不是吗？……如果我给她写信，你会转给她吗？"

"他们又不在杜特泰佩。我不是说了嘛，他们回村里去了……"

麦夫鲁特一下子变得很伤心。"让我来为你做件事吧。"我说，"只是如果我们被逮到怎么办？"他祈求的眼神深深地打动了我。"好吧，伙计，咱们想办法。"我说。

　　到了哈尔比耶军营对面，他拿上扁担和酸奶罐，开心地下了车。请相信我，在我们家族里依然还有一个人在沿街叫卖酸奶，让我觉得痛心。

15

麦夫鲁特离家出走

要是明天在街上看见，你能认出她来吗？

穆斯塔法：得知麦夫鲁特在伊斯坦布尔去了考尔库特的婚礼，我简直无法相信，就像从头到脚被浇了开水。现在我在去伊斯坦布尔的路上，随着大巴的摇晃，我的头不时撞到冰冷的车窗上：我在想，要是我从未去过伊斯坦布尔，要是我一步也没迈出过村子就好了。

1978年10月初，天气尚未转冷、钵扎开季前的一个晚上，麦夫鲁特走进家门，发现爸爸在黑暗里坐着。那时很多家都亮着灯，所以一开始他以为家里没人，随后便感到了害怕，以为家里进了小偷，但快速跳动的心脏提醒他，害怕是因为爸爸知道了他去婚礼的事情。出席婚礼的所有人——其实是整个村子——彼此都是亲戚，因此对爸爸隐瞒这样一件事也是不可能的。十之八九，因为爸爸现在知道麦夫鲁特明白这第二种情形——也就是说，他明明知道爸爸会有所耳闻却还是去了婚礼——所以更加恼怒。

他们有两个月没有见面了。自从麦夫鲁特九年前来到伊斯坦布尔，父子俩还没分开过这么长时间。尽管爸爸总是喜怒无常，尽管父子之间的矛盾没完没了——或者完全由于这个原因——麦夫鲁特知道他们是朋友和同志，但他也发现自己厌倦了爸爸那惩罚性的沉默和愤怒的危机。

"你过来！"

麦夫鲁特走了过去。但爸爸没有像麦夫鲁特预料的那样扇他耳光，却指了指桌上。麦夫鲁特在昏暗中勉强看见了一沓二十马克的钞票。爸爸是怎么从床垫下面找到它们的？

"这些钱是谁给你的？"

"我挣的。"

"你怎么挣了这么多钱？"爸爸把攒下的钱存去银行，通货膨胀百分之八十的时候，银行却只给百分之三十三的利息，因此他的钱贬值了，但他固执地不接受贬值，也不愿意知道如何兑换外汇。

"钱不很多。"麦夫鲁特说，"一千六百八十马克。也有去年的钱，我卖酸奶攒的。"

"你还背着我藏钱？你在跟我撒谎吗？你干过非法的事吗？"

"我发誓……"

"你不也发誓说，'我不会去参加婚礼，否则就亲吻你的遗体'吗？"

麦夫鲁特低下头，他感觉爸爸会给他一巴掌。"您别再打我了，我已经二十一岁了。"

"那又怎么样？"爸爸说着挥手朝麦夫鲁特打去。

麦夫鲁特抬起手肘护着脸，巴掌落到了他的胳膊和手肘上，而不是脸上。爸爸的手被打痛了，也被激怒了，他朝着麦夫鲁特的肩膀狠狠地打了两记重拳。"从我家里滚出去，没良心的！"他嚷道。

因为第二记重拳和由此感到的惊恐，麦夫鲁特往后趔趄了两步，仰面倒在了床上。像儿时那样，他在床上蜷缩成一团，背对爸爸，轻轻地颤抖着。爸爸以为他哭了，麦夫鲁特则继续保持着这个姿势。

麦夫鲁特想立刻拿起自己的衣物远走高飞，（他这么想象时，也盘算着爸爸会后悔地拉住他，）可又害怕自己走上一条不归路。即便要离家出走，也必须等到早上冷静地走，而不是现在满怀愤怒地离开。现在唯一给他希望的就是拉伊哈。他必须独自一人待着，必须思考如何给她写信。

麦夫鲁特一动不动地躺在床上。他估摸着，如果爬起来，可能会跟爸爸再次发生冲突。这样的一种冲突不是不可能，只是如果再挨耳光和拳头，那就不可能留在家里了。

他在床上听见，爸爸在单开间里来回走着，给自己倒了一杯水，又倒了一杯拉克酒，点燃了一支烟。他在这个家里度过的九年时间里——特别是上初中的时候——半梦半醒之间，听着爸爸在家里弄出来的这些声响，他的自言自语、他的呼吸、卖钵扎的冬日里无休止的咳嗽，甚至夜晚的呼噜，都让麦夫鲁特感到依靠和安宁。而现在，对于爸爸，他不再怀有同样的情愫。

他和衣睡着了。儿时，当爸爸把他打骂，或者上街叫卖疲惫不堪却还要做功课的时候，他喜欢在床上和衣而睡。

早上醒来时，他发现爸爸不在家里。他拿出回村时用的小行李箱，装了袜子、衬衫、剃须刀和剃须泡沫、睡衣、坎肩和拖鞋。他惊讶地发现，装完他要带走的所有东西后箱子还是半空的。他用旧报纸包起桌上的那沓马克，装进一个上面写着人生的塑料袋，塞进了箱子。走出家门时，他的心里没有恐惧和内疚，只有获得自由的感觉。

他直接去了加齐街区找费尔哈特。一年前的一个傍晚，与第一次去时相反，他打听了一两个人就轻易地找到了费尔哈特的家。费尔哈特和他的父母，在阿拉维派大屠杀几个月后，没怎么被敲竹杠就成功地把他们的房子卖给了哈吉·哈米特·乌拉尔的一个手下，搬去了加齐街区，那是阿拉维派和库尔德人从伊斯坦布尔和全国各地迁徙过来聚居的一个街区。

费尔哈特：麦夫鲁特没能毕业，而我最终念完了高中。高考我没能考出好分数。来到这里以后，我在一家巧克力糖厂的停车场干了一段时间，我们家人在厂里的会计部门上班，但那里的一个奥尔杜流氓对我很不友好。我和街区里的朋友们在一个组织混了一段时间。我为什么要叫它"组织"，就像为了避嫌做广告而不写政党名称的报纸一样，它的名字叫TMLKHP–MLC。但那些人不适合我。尽管我明白他们不适合我，可出于对他们的敬重和恐惧，我仍然和他们混在一起，为此我感到内疚。麦夫鲁特带来一笔钱太好了。我俩都明白，就像库尔泰佩一样，加齐街区对我们来说也不是一个好地方。1978年12月，卡赫拉曼马拉什的阿拉维派街区被焚烧、抢劫，还有针对他们的屠杀，让加齐街区活跃起来，也带来了新的力量和政治化。我们觉得，如果服兵役之前在市中心，也就是卡拉柯伊和塔克西姆附近找个地方住下，那我们就可以打更多工、挣更多钱，我们的时间也可以用来从街上的人群中挣钱，而不用花费在路上和公交车上。

卡尔勒奥瓦餐馆，位于贝伊奥卢的塔尔拉巴什方向，是奈维扎代路后面的一家老旧的希腊人小酒馆。1964年的一个夜晚，店主和被总理伊斯梅特帕夏从伊斯坦布尔赶走的其他希腊人一起离开了城市，一个名叫卡德里·卡尔勒奥瓦人的宾格尔招待员接手了小酒馆。十五年来，他中午为附近的裁缝和金器店里的人、贝伊奥卢的小手艺人提供烧煮食物，晚上给来喝酒的人和去看电影的中产阶级酒鬼提供拉克酒和开胃小吃，只不过餐馆濒临倒闭。导致关门危机的原因，不仅是影院里放映的让中产阶级人群远离贝伊奥卢的色情电影，以及街上的政治恐怖；还有就是，脾气暴躁、吝啬的老板，认定一个未成年的洗碗工从厨房偷了东西，一个中年招待员为了维护那个孩子提高了嗓门，因此老板决定开除他们俩。随后，对工作不满的四个员工为表示声援也结账离开了餐馆。从麦夫鲁特爸爸那里买酸奶的这个阿拉维派库尔德人老板，同时也是费尔哈特家的熟人。因此两个小伙伴决定，服兵役之前帮助衰老疲惫的老板重振餐馆。这对他们来说也可能是一个好机会。

他们搬进了餐馆老板给未成年洗碗工、传菜员和年轻服务员居住的一个老旧单元房。由于员工的离开，那套房子几乎全都搬空了。位于塔尔拉巴什的这栋三层小楼的希腊建筑，八十年前其实是为一家人居住设计的。但在1955年9月6—7日发生的"九六七事件"中，由于周围的东正教教堂被焚，犹太人、希腊人和亚美尼亚人的商店遭洗劫，这栋小楼也和整个街区一起掉了身价，楼内被石膏墙分割成了几个小单元房。持有房契的真正房东在雅典生活，也难以轻易来伊斯坦布尔，于是房租就由一个叙尔梅内人代收，而麦夫鲁特一次也没见过这个人。

单元房带双层床的一个房间里，住着两个念完小学的马尔丁小孩，一个十四岁，另一个十六岁，都是餐馆里的洗碗工。麦夫鲁特和费尔哈特搬出其他房间里的双层床，用他们从四周找到的东西，按照自己的喜好各自布置了一个房间。这是麦夫鲁特离家出走后，也是他将独自生活的第一个房间。他从楚库尔主麻的一家旧货店里买了一个破旧的茶几，经得老板同意从餐馆搬来了一把椅子。餐馆夜里十二点关门之后，有时他们和洗碗工一起弄些下酒菜（奶酪、可乐、鹰嘴豆、冰块，还有很多香烟），说笑着喝上两三个小时。他们从洗碗工那里得知，之前餐馆里的那场风波并不是因为洗碗工的偷窃行为而起，而是老板和洗碗工小孩之间关系的败露，引发了单元房里睡双层床的服务员们的愤怒和反对。他们让洗碗工把这个故事又重新讲了一两遍，这为他们偷偷嫉恨年老的宾格尔老板提供了一个良好开端。

两个马尔丁孩子的梦想则是卖贻贝塞饭。在伊斯坦布尔乃至整个土耳其，所有做贻贝塞饭的都是马尔丁人。他们不断重复地说，尽管马尔丁不靠海，但马尔丁人攫取了贻贝塞饭的营生，而这得益于他们的精明和智慧。

当费尔哈特对那两个孩子的马尔丁民族主义情结感到厌烦时，他说："那有什么伙计，伊斯坦布尔卖面包圈的全是托卡特人，但我还没听到有人说，这足以证明托卡特人的精明！""贻贝塞饭和面包圈不是一回事。"孩子们反驳道，"所有开面包坊的都是里泽人，他们也为此炫耀。"麦夫鲁特举了另外一个例子。这两个念完小学就来伊斯坦布尔打工的孩子比麦夫鲁特小七八岁，他们嬉闹、活泼的样子，他们津津乐道讲述的关于老板和其他服务员的离奇故事和传闻，影响了麦夫鲁特，很多时候，他发自内心地相信从他们那里听来的关于街道、伊斯坦布尔和土耳其的事情。

记者杰拉尔·萨利克之所以可以如此强烈地抨击国家，其背后是美苏之争，以及《国民报》的老板是犹太人。阿迦清真寺的角落里，向孩子们卖肥皂泡的肥胖男人，当然是便衣警察，全伊斯坦布尔人都知道他发明的"飞舞的气球"一说，然而他真正的任务是，为对面街道角落里的两名便衣警察做掩护，他们一个擦皮鞋，另一个卖阿尔巴尼亚炸羊肝。皇宫电影院旁边的苏丹牛奶布丁店里，顾客吃剩的鸡汤和鸡肉盖浇饭，被服务员收回厨房后不会扔掉，而是放在铝盆里再煮开和用热水浸烫清洗，随后又被烧成汤，做成盖浇饭的浇头或者鸡胸肉泥牛奶布丁，端给顾客。叙尔梅内人团伙掌控着逃往雅典的希腊人的老房子，他们把多数房子租给经营妓院的人，而这背后则是，妓院老板和贝伊奥卢警察局之间的良好关系。为了镇压这些日子开始的民众反抗，美国中央情报局即将用专机把阿亚图拉·霍梅尼送回德黑兰。近期将会发生军事政变，第一军司令塔亚尔帕夏将被宣布为总统。

"你们就吹牛吧。"有一次费尔哈特说。

"没有吹牛，大哥，第一军司令去色拉塞尔维莱尔大街 66 号的妓院时，正好我们的一个马尔丁同乡也在那里，所以我才知道的。"

"我们那大名鼎鼎的塔亚尔帕夏是伊斯坦布尔驻军司令，他为什么还要去妓院？皮条客会把他要的最好的那类女人送上门的。"

"大哥，那一定是帕夏怕老婆，我们马尔丁的朋友在 66 号亲眼看见了帕夏……你不信，你看不起马尔丁人，但是如果你去了马尔丁，呼吸了那里的空气，喝了那里的水，成了我们的客人，你就再也不愿意离开马尔丁了。"

"既然马尔丁是个那么好的地方，你们为什么还要大老远地跑来伊斯坦布尔？"有时费尔哈特会生气地问道，两个洗碗工则像听笑话一样笑起来。

"其实我们跟你是同村的。我们根本没去马尔丁直接来到了伊斯坦布尔。"那天晚上其中一个洗碗工严肃地说，"在伊斯坦布尔，除了马尔丁人，没有人帮我们……我们就用这种方式表示感激。"

有时费尔哈特会责备这两个可爱的洗碗工，"你们既是库尔德人，又没有任何社会意识，快走，回你们的屋睡觉去。"两个孩子便乖乖地离开。

费尔哈特：如果你们在认真地看这个故事，就会明白人们不会轻易地跟麦夫鲁特生气，但我对他生气了。有一天，他爸爸来了餐馆，麦夫鲁特正好不在。我询问后，穆斯塔法说麦夫鲁特去了考尔库特的婚礼。乌拉尔他们的手上沾了那么多年轻人的血，而麦夫鲁特依然还去接近他们，得知这个消息后，我以为自己不会轻易消气。我不想在餐馆当着服务员和顾客的面跟他吵架，所以不等他来我就跑回了家。到家后，一看见麦夫鲁特满脸单纯的表情，我的气就消了一半。"听说你在婚礼上往考尔库特身上别了钱。"我说。

"我明白了，我爸去餐馆了。"麦夫鲁特抬起头说，他正在加工晚上要去叫卖的钵扎。"我们的老人家看起来伤心吗？你觉得他为什么要告诉你我去了婚礼？"

"因为他独自一人，想让你回家。"

"他想让我跟你吵架，让我像他那样在伊斯坦布尔孤独，没有一个朋友。你要我走吗？"

"你别走。"

"但凡牵涉到政治，最终都是我错。"麦夫鲁特说，"现在我没工夫管这些。我爱上了一个人。我在不停地想她。"

"谁？"

麦夫鲁特先沉默了一下，随后说"晚上我告诉你"。

但是，麦夫鲁特夜间在宿舍和费尔哈特、洗碗工坐在一起喝酒聊天之前，必须干完一整天的活。1979年冬天，一个平常的日子里，麦夫鲁特先要去泰佩巴什，买来维法钵扎店的钵扎原酿，两年来他们用小卡车把钵扎原酿运到钵扎小贩所在的街区。回到家他一边想着怎么给拉伊哈写信，一边加糖和香料调制晚上出去叫卖的钵扎。中午十二点到下午三点间他在卡尔勒奥瓦餐馆当服务员，三点到六点间他去给老顾客和跟卡尔勒奥瓦类似的三家餐馆送带奶油的酸奶。然后回到家，一边想着要给拉伊哈写的信，一边稍微睡一会儿。晚上七点再去卡尔勒奥瓦餐馆当服务员。

在餐馆干三个小时后，也就是当喝醉的人、愤怒的人、不耐烦的人、喜怒无常的人之间的争吵即将开始时，他脱下制服，走进寒冷黑暗的街道去叫卖钵扎。因为喜爱钵扎的顾客在等待自己，因为他喜欢独自一人行走在夜晚的街道上，因为卖钵扎挣的钱超过当服务员和卖酸奶所得的总和，故而他从不抱怨每天夜晚的这份辛劳。

更重要的是，跟日益衰落的酸奶小贩营生相反，夜晚从街头小贩那里买钵扎的时尚却流行起来，这其中有街上民族主义者和共产党之间的武装冲突的影响。周六也不敢上街的家庭，更喜欢站在窗口张望人行道上的钵扎小贩，也更喜欢在期待他、听着他动人的叫卖、喝着钵扎的时候，想象过去的美好时光。尽管酸奶小贩的营生变得日益艰难，老的贝伊谢希尔小贩依然还能靠卖钵扎挣不少钱。麦夫鲁特从维法钵扎店那里听说，过去钵扎小贩很少经过的像巴拉特、卡瑟姆帕夏、加齐奥斯曼帕夏那样的街区，现在也有很多小贩光顾了。夜晚把城市留给了贴海报的持枪团伙、野狗、把翻垃圾桶当作职业的收藏者和钵扎小贩。离开餐馆的嘈杂和贝伊奥卢的喧嚣，当麦夫鲁特沿着费里柯伊后面的一个黑暗、寂静的陡坡往下走时，他感觉自己在家里、在他自己的世界里。有时尽管没有一丝风，可光秃秃的树枝依然摇曳。一个大理石破裂、水龙头破损的干枯饮水池上写着的政治标语，让麦夫鲁特感到又熟悉，又犹如在清真寺后面的小墓地里哀鸣的猫头鹰那般让他毛骨悚然。那时，麦夫鲁特就对着无限的旧时光喊道"钵——扎"。有时，他不经意地朝一个小房子敞开的窗户望进去，他会想象日后自己也将和拉伊哈生活在这样的一个家里，他幻想着未来的美好时光。

费尔哈特："女孩，她的名字是不是叫拉伊哈？如果像你所说真的只有十四岁，那还太小了。"我说。

"我们又不会马上结婚。"麦夫鲁特说，"我先要去服兵役……等我服完兵役回来，她就到结婚年龄了。"

"一个你一点儿也不认识、又非常漂亮的女孩为什么会等你服完兵役？"

"这个问题我想过，有两个答案。"麦夫鲁特说，"第一，我不认为在婚礼上我们的四目相对仅仅只是缘分。她也一定有意愿，否则她为什么要在我正好在那里的时候去她爸爸那桌？即便这是一次巧合，我认为她也像我一样觉得我们的相遇和对视有一种特殊的含义。"

"你们是怎么对视的？"

"就是你和一个人四目相对并感觉自己将和她度过一生那样……"

"那你就把这种感觉写下来。"我说，"她是怎么看你的？"

"她没像所有女孩那样看见男人就害羞地低下头……而是直直地盯着我的眼睛，骄傲地看了一眼。"

"你是怎么看她的？学给我看看。"

麦夫鲁特用一种深情、真诚的眼神看了我一眼，仿佛站在他对面的不是我，而是拉伊哈。我被深深地打动了。

"费尔哈特，你来替我写信更好。欧洲女孩们都被你的信打动了。"

"好吧，但你必须先告诉我，你为什么喜欢这个女孩，你爱她什么？"

"别说这个女孩，是拉伊哈。我爱她的一切。"

157

"好吧，你就说一样吧……"

"她的黑眼睛……我们非常近地看到了彼此的眼睛。"

"这个我可以写……别的呢……你还知道她别的什么吗？"

"别的我不知道，因为我们还没有结婚……"麦夫鲁特笑着回答道。

"要是明天在街上看见，你能认出她来吗？"

"远远的我认不出，但只要看见她的眼睛我就能立刻认出她来。反正大家都知道她有多漂亮。"

"如果大家都知道这个女孩这么漂亮，（我想说，那他们不会给你留下的，但我仅仅说，）那你就难了。"

"为了她我可以付出一切。"

"但信由我来写。"

"你帮我写这信吗？"

"我写。但你也知道，只写一封信是不够的。"

"我去给你拿信纸和笔吧？"

"等会儿，咱们先来聊聊，想想写什么。"

刚聊了一会儿，两个马尔丁洗碗工孩子回来了，我们的谈话便中断了。

16

如何写情书

从你眼睛里射出的魔力之箭

他们给拉伊哈写第一封信用了很长时间。1979年2月，他们开始写信时，《国民报》著名专栏作家杰拉尔·萨利克在尼相塔什的街上被枪杀了；伊朗国王弃国出走时，阿亚图拉·霍梅尼乘飞机回到了德黑兰。由于马尔丁人洗碗工小孩早于事发就提出了这些猜测，于是带着未卜先知赋予的勇气，他们也加入了麦夫鲁特和费尔哈特的夜聊，并为如何写情书出谋划策。

麦夫鲁特永无穷尽的旷达乐观态度，使得所有人可以为他献计献策。当他们拿他的爱情开玩笑时，他从不介意，一笑了之。他们冷嘲热讽地说"你给她买苹果糖葫芦当礼物吧"，或者"你别写我是服务员，就写我在餐饮业工作"，抑或是"把你伯父霸占了你们地皮的事也写上"。这些话从未让麦夫鲁特动摇，他发自内心地付之一笑，继续认真地投入讨论。

经过几个月的讨论，他们最终决定，情书必须依据他们对拉伊哈的认识来写，而不是麦夫鲁特对女人们的幻想。因为麦夫鲁特对拉伊哈的唯一了解就是她的眼睛，那么在信里写这个话题是最合乎逻辑的。

"夜晚我走在黑暗的街道上，那双眼睛突然闪现在我的面前。"一天夜里麦夫鲁特说。特别喜欢这句话的费尔哈特在草稿上修改为"你的眼睛"。费尔哈特说，夜晚走在街道上会让人想到钵扎小贩，其实不该这么写，但麦夫鲁特没听他的，因为总有一天拉伊哈一定会知道麦夫鲁特就是一个钵扎小贩。

"从你眼睛里射出的魔力之箭击中了我的心，将我俘获。"费尔哈特在没完没了的犹豫不决之后写下了这第二句话。尽管魔力是一个过分书面的词汇，但一个马尔丁人小孩说"我们那里的人都用这个词"，从而赋予了它合理性。敲定这两句话花了他们两个星期时间。麦夫鲁特夜晚卖钵扎时，自言自语地重复着这两句话，迫不及待地思考着第三句话。

"我成了你的俘虏，自从你的眼神俘获了我的心，我满脑子想的全是你。"这是麦夫鲁特和费尔哈特立刻赞同的一个句子，因为拉伊哈必须明白，四目相对是如何俘获麦夫鲁特的。

他们写下这第三句话的一个夜晚，那个更加自在和乐观的马尔丁人孩子问道："大哥，你真的一整天都在想这个女孩吗？"看见麦夫鲁特瞬间沉默下来，他道歉似的解释了自己的疑问："毕竟，你只看见了女孩一眼，你想她什么呢？"

"我们不就在写这个嘛，蠢货！……"费尔哈特带着一种夸张的恼怒维护着麦夫鲁特说，"他这不是在想她的眼睛嘛……"

"不是的大哥，别误会，我赞同也尊重麦夫鲁特大哥的爱情。但是有一种可能，别介意我说出这个观点，在我看来，如果认识一个女孩，似乎会更加爱她。"

"怎么说？"费尔哈特问道。

"我们有一个马尔丁的朋友，在上面的埃吉扎吉巴什的药厂打工。每天他都在包装部看见一个同龄女孩，女孩和包装部的其他女孩一样穿着蓝色制服。我们的马尔丁朋友每天和女孩面对面坐着包装药品，同时也因为工作需要跟她说话。我们的朋友起先感到了一些异样的情绪，变得容易激动，去了厂里的医务室。也就是说，一开始他并不知道自己爱上了这个女孩，他甚至无法接受，因为这个女孩其实哪儿都不漂亮，包括她的眼睛。但完全因为每天看见她并和她交朋友，他就深深地爱上了她，这可能吗？"

"后来呢？"麦夫鲁特问。

"他们把女孩许配给了别人，我们的朋友回到马尔丁就自杀了。"

麦夫鲁特瞬间为可能遭遇同样的结局感到不寒而栗。和自己四目相对，拉伊哈到底有多少意愿？没喝拉克酒的夜晚，麦夫鲁特用现实主义的态度承认，他们的相遇确实有巧合的一面。然而，当他深切地感到心中的爱恋时，他又会说，这种崇高的情感只可能是天意。而费尔哈特非常希望麦夫鲁特说，瞬间的对视中拉伊哈也是有意愿的。于是，他们写下了这样一句话，"我想了又想，若不是你残忍地怀有某种意图，就不会用你那意味深长的眼神拦下我，像个盗贼那样偷去我的心。"

句子当中对拉伊哈称你很简单，但是在信的开头，麦夫鲁特该如何称呼她，他们始终无法定夺。一天夜里，费尔哈特带回来一本书，书名是《最美情书实例》。为了认真对待他从书上选取的称呼，费尔哈特逐一将它们大声念出来，但每次都遭到了麦夫鲁特的反对。不能称呼拉伊哈"女士"，"尊敬的女士"和"小女士"也同样奇怪。（"小"这个词还算合适。）"我心爱的人"、"我的美人"、"我的朋友"、"我的天使"、"我的唯一"，此类的表述，麦夫鲁特都觉得鲁莽。（书里充斥着第一封信不能鲁莽的警告。）麦夫鲁特那天晚上从费尔哈特那里拿来书，认真地阅读起来。"迷人的眼神"、"魅惑的眼神"、"神秘的眼神"，这一类开头，麦夫鲁特倒是挺喜欢的，但又害怕这样的表述可能引起误解。直到几周以后，在他们写下十九句话完成这封信时，才决定"娇羞的眼神"是一个好称呼。

费尔哈特看到他拿来的书给了麦夫鲁特灵感，便去寻找其他书。他去了巴比阿里的旧书店，这里的书店向偏远地区发送一些主题受欢迎的图书，诸如《民间诗歌》《橄榄油摔跤手的故事》《伊斯兰教和性》《洞房花烛夜我们该做什么》《蕾依拉与麦吉努》《伊斯兰解梦》。费尔哈特在书店布满灰尘的仓库里又找到六本情书写作指南，带给了他的朋友。麦夫鲁特久久地看着纸质封面上的照片，指甲嘴唇涂得鲜红的蓝眼栗发、肤若凝脂的女人和系领带的男人，摆出类似美国电影里的姿势。他小心翼翼地用餐刀裁下满是书香味的黄色书页，在空闲的时候，也就是早上出去卖酸奶之前，或者晚上卖完钵扎之后，如果能够独自待着，就认真地阅读情书的例子和作者对恋人们的忠告。

这些雷同的书都有一个共同的结构，那就是情书按照恋人们将要经历的情形依次排列：第一次邂逅、对视、相遇、约会、幸福、思念、争吵。麦夫鲁特为了在这些书上找到自己可用的表述和范例，翻看到最后几页时，他懂得了每个爱情故事都必须经过不同阶段。自己和拉伊哈才刚刚开始。有些书上，除了男人写的情书，还附有女孩写的回信。经历了爱情的痛苦、撒娇的乐趣和失望的各类人，活灵活现地出现在麦夫鲁特的幻想里，仿佛读一本小说，在发现别人的人生时，他也将自己的境遇与这些人物的人性进行对照。

另外一个让他感兴趣的话题则是，以失败和分手告终的爱情。麦夫鲁特从这些书上还懂得了，在"没能喜结良缘的爱情冒险"结束后，双方可能会索回他们写给对方的情书。

"真主保佑，如果事与愿违，拉伊哈想要回写给我的信，我就还给她。"一天晚上，麦夫鲁特喝下第二杯拉克酒后说，"但我绝不会要回我写给她的信，它们可以永远留在拉伊哈那里。"

其中一本书的封面上，印着一对出自电影画面的欧洲情侣，他们正在进行一场激烈而伤感的爱情争吵，他们面前的桌上摆着一沓用粉红丝带扎着的书信。麦夫鲁特决心也要给拉伊哈写那么厚的几沓信，至少一百五十、两百封。他明白，也要用信纸、香味、信封，当然还有他们将要随信寄出的礼物来赢得拉伊哈的芳心。他们一直争论这些问题到天亮。比如，信纸上喷上他们从哪里买来的哪种香水会更好。在整个伤感的秋天，他们通宵达旦地研究这个问题，还去试用了某些廉价的香水。

他们还一致决定，随信寄出一个完全就是眼睛形状的邪恶之眼护身符将是最有意义的礼物。就在他们做出这个决定的日子里，另外一封信让麦夫鲁特陷入了恐慌。那封信装在粗糙的牛皮纸公文信封里，很多人都知道其中内容的这封信，几经转手，最后在一天傍晚由苏莱曼交到了麦夫鲁特的手上。和阿塔图尔克高中脱离了关系的麦夫鲁特该去服兵役了，国家开始在村里寻找他。

在麦夫鲁特和费尔哈特一起去苏丹哈马姆、大巴扎为拉伊哈挑选邪恶之眼护身符和手绢的日子里，贝伊奥卢警察局的两名便衣去餐馆找了麦夫鲁特。尽管毫无防备，餐馆的工作人员在这种情况下还是像伊斯坦布尔的所有人那样，答道："啊，他啊？他回村里去了！"

"现在他们会派宪兵去村里找你，等到他们发现你也没在那里，大概需要两个月。"库尔德人·卡德里说，"你这个年纪逃避服兵役的有两种人，一种是吃不了苦的彬彬有礼的富家子弟，另一种就是二十来岁，刚开始耍花招挣钱舍不得放手的人。麦夫鲁特，你多大了？"

"二十二。"

"你壮得像头骡子，当兵去吧。这个餐馆撑不下去了，你们也挣不到什么钱。难道你害怕当兵、挨打吗？别怕，你得挨点打，但军队是公平的。如果你听话，像你这样一个白白净净的孩子，他们不会很过分地打你。"

麦夫鲁特于是立刻决定去服兵役。他去了位于多尔玛巴赫切宫的贝伊奥卢征兵办公室，当他把信出示给那里的一个军官时，另外一个他搞不清军衔的军官，因为他站错了地方，稍微责备了他几句。麦夫鲁特害怕了，但还不至于惶恐。走上大街时，他感到服完兵役后将重回正常的生活。

他想，爸爸会欣然接受自己的这个决定。他回到库尔泰佩见了爸爸。他们互相亲吻了对方，父子和解了。他觉得，空荡荡的家变得更加阴暗悲凉了。麦夫鲁特恍然明白，现在自己有多爱这个度过了人生中十个年头的房间。他打开橱柜，隔板上的破盆烂锅、生锈的烛台、粗钝的刀叉让他伤感。面朝杜特泰佩的窗户上干裂的腻子，在阴湿的夜晚散发出的气味，仿佛一个久远的记忆。但他害怕在那里和爸爸一起过夜。

"你去你伯父家吗？"爸爸问道。

"不，我一直没见他们。"麦夫鲁特说，他明知爸爸知道这不是真话。要是在从前，在如此敏感的话题上，他不会马上这么草率地说谎，而会寻找一个不让爸爸太伤心但也并非谎言的回答。出门前，他做了一件只在节日里做的事情：满怀敬意地亲吻了爸爸的手。

"在军队里你该学会做人了！"送别时爸爸说。

爸爸为什么要在最后一刻说这么一句轻蔑的话让他伤心？从库尔泰佩一路往下走去公交站时，麦夫鲁特的双眼噙满了泪水，因为爸爸的这句话，也因为褐煤的烟雾。

三周后，他去贝希克塔什的征兵处报到时得知，他将在布尔杜尔省参加入伍训练。刹那间他忘记了布尔杜尔在哪里，惊慌失措。

"大哥，一点也不用担心，每天晚上有四趟大巴从哈莱姆出发去布尔杜尔，"晚上那个更加腼腆的马尔丁孩子说，他还说了大巴公司的名称，"最好的是加赞费尔·比尔盖公司。"随后他又接着说道，"这多好啊，你去服兵役，可心里装着心爱姑娘的名字，脑子里想着她的眼睛。大哥，如果你有一个心爱的人可以给她写信，那么兵役就会很快服完的……我是怎么知道的吗？从我们的一个马尔丁朋友那里……"

17

麦夫鲁特服兵役的日子

这里是你的家吗？

在服兵役的近两年时间里，麦夫鲁特受益匪浅。他学会了在边陲城市、军队、男人和人群里不引人注意地求得生存，以至于他赞同了不当兵不成"人"的说法，甚至开始用自创的另外一种形式来说这句话，"不去当兵成不了男人"。因为，其实在军队里他发现最多的，是自己的身体和男子汉气概的存在和脆弱。

以前，也就是没成人之前，麦夫鲁特无以区分身体、灵魂和思想，对它们统称为"我"。然而在军队里，还在第一次体检时他就知道了，他将无法完全拥有自己的身体，甚至假如把身体交给军官，至少他将能够解救自己的灵魂，并在此基础上拥有自己的思想和幻想。不知道自己已经患病的可怜之人（患有肺结核的小贩、近视眼的工人、耳聋的做棉被的人），以及其实没病却贿赂医生逃避兵役的富家子弟，都会在著名的首次体检时被免除兵役。体检开始前，一个老医生看到麦夫鲁特害羞的样子，便说："把衣服脱了，我的孩子，这里是军队，咱们都是男人。"

麦夫鲁特相信了这个说话温和的医生，脱掉衣服，以为马上就体检，但他们被要求排成一队，队伍里其他那些懒散的穷男人跟他一样，也都只穿了一条内裤。据说会被偷，因此也不允许任何人把背心、裤子放到一边。排队等候的人，就像进入清真寺的穆斯林一样，捧着鞋底相对的鞋子，鞋子上面放着一件件叠好的衣裤，最上面是医生将要盖章签字的体检报告。

在阴冷的走廊里一动不动地等了两个小时后，麦夫鲁特才得知体检的房间里并没有医生，也不清楚要做什么检查。有人说查视力，精通模仿近视眼的人可以逃避兵役，有些人则带着威胁的口吻说："待会儿医生不看咱们的眼睛，是看咱们的屁眼，同性恋者在服兵役之前就会被清理出来。"让别人注视甚至触摸身体上最隐私的地方，或者因为同性恋被撇到一边的可能，让麦夫鲁特毛骨悚然（这第二种恐惧在他整个服役期间时常反复出现），以至于他忘记了赤裸的羞怯，开始和队伍中其他赤裸的男人聊起天来。他得知，多数人和自己一样来自农村，居住在一夜屋街区。所有人，即便是最可怜最愚蠢的人，都有一个引以自豪的"靠山"。他也想起了哈吉·哈米特先生，尽管他对自己来当兵一无所知，但他依然炫耀地说自己有一个非常可靠的靠山，可以保证自己在军队里轻松度日。

于是，还在第一天，他就领悟到，不断地说自己有靠山，可以保护自己免受其他士兵的侵犯和鄙视。他对队伍里一个和自己一样留着小胡子的人说（麦夫鲁特想到，幸亏我留了小胡子），所有人都认识哈吉·哈米特·乌拉尔，他是一个非常公正、乐善好施的人。正说着，一个军官对他们嚷道："安静！"所有人都心惊肉跳地闭上了嘴。"别跟澡堂里的娘儿们似的说说笑笑。严肃点，这里是军队。别像小姑娘那样咯咯地傻笑。"

在开往布尔杜尔的大巴上，半梦半醒之间，麦夫鲁特总想起医院里的那一幕。一些人一看见军官，就用衣服和鞋子挡住他们半裸的身体，其他一些人则做出真的非常惧怕的样子，可等军官一走他们就笑得更欢了。麦夫鲁特知道，自己和这两类人都可以友好相处，只是害怕，如果所有人都这样，那么在军队里他会感觉自己很另类很孤独。

然而，从结束入伍训练到宣誓，他都没有时间去感受自己的另类和孤独。每天他和连队一起唱着民歌跑步两三个小时，跨越障碍，做类似瞎子·凯利姆在高中时让他们做的体操动作，对着真实的，或是假想中的士兵练习做上百次敬礼动作。

服兵役之前他幻想过无数次挨军官打的画面，进入驻地三天后，在麦夫鲁特的眼前，就变成了时常重现的家常便饭。在军士长的一再提醒下，一个傻瓜还是错误地手托军帽，挨了一耳光；另外一个没脑子的人敬礼时手指弯着，挨了一巴掌；还有一个在训练时，第一千次分不清左右，不仅遭到军官的辱骂，罚做一百个仰卧起坐，又被全班嘲笑。

晚上一起喝茶时，"兄弟，要是听别人说，我是不会相信的，可这里怎么会有这么愚蠢和无知的人呢。"安塔利亚人埃姆雷·夏希马兹说。他有一家出售汽车零配件的店铺，麦夫鲁特尊敬他，因为他是一个严肃的人。"我还是不明白，为什么有些人会这么笨，挨打对他们也无济于事。"

"兄弟，这些人是因为太笨才挨了这么多耳光，还是因为挨了这么多耳光才变得这么笨，其实这才正是我们需要讨论的问题。"安卡拉人·阿赫迈特武断地说道。他有一家服装店。麦夫鲁特明白了，至少必须是一个店主，才能给笨蛋以完整的判断。其实，他并不喜欢碰巧分在同一个班里的这些自命不凡的佼佼者。四连古怪的军官，不断折磨他讨厌的一个迪亚巴克尔士兵（军队里禁止使用"库尔德"和"阿拉维"这两个词），以至于这个可怜的士兵在被关禁闭时，用皮带上吊自杀了。小店主们对这起自杀事件没像自己那么伤心，甚至还维护军官，说自杀的士兵"愚蠢"，麦夫鲁特由此对他们怒不可遏。像多数士兵一样，他也不时想到自杀，而随后又像所有人那样，开个玩笑就能够忘记一切。就在那些日子里的一天中午，两个小店主埃姆雷和阿赫迈特说笑着走出食堂时，碰上一个正在发火的少校，因为没有正确地手托军帽，他们那光溜溜的脸上各挨了少校的两记耳光。麦夫鲁特在远处幸灾乐祸、静静地看着这一切。

"服完兵役后，我要找到那个同性恋的少校，把他赶回他妈生他的地方去。"晚上一起喝茶时安卡拉人·阿赫迈特说。

"兄弟，我完全无所谓，军队里难道有道理可讲吗。"安塔利亚人·埃姆雷说。

转眼就忘记了耳光的安塔利亚人所表现出的政治灵活和老练，使麦夫鲁特对他刮目相看。然而"军队里没道理可讲"的观点不是他的，是军官们的口号。当他们发出的指令遭到质疑时，军官们会发怒地叫嚣道："必要时，不需要任何理由和道理，我会在两个周末处罚你们，让你们所有人去泥里打滚，废了你们。"他们说到做到。

几天后，麦夫鲁特挨了第一记耳光。他随即断定，其实挨打并没有想象中的那么可怕。因为无事可做，他所在的班被派去打扫防区，他们清扫了周围所有的火柴棍、香烟头和枯树叶。正当所有人分散在各个角落抽烟时，"嘿，干吗呢！"一个巨人般的军官出现在他们面前。（麦夫鲁特还不会从领章的横杠上来识别军衔。）军官让他们排好队，抡起大手给了十个士兵每人一记耳光。尽管麦夫鲁特的脸被打得生疼，但因为如此惧怕的事情——第一记耳光——就这么无伤大雅地熬过来了，他颇为满意。站在排头的大个子纳济利人·纳兹米，差点被打飞，他恼羞成怒。麦夫鲁特想去安慰他，"算了，兄弟。"他说，"你看我在乎吗，都过去了。"

"因为他打你没像打我那么用劲。"纳济利人生气地说，"因为你有一张娘儿们似的漂亮脸蛋。"

麦夫鲁特想，他也许是对的。

"漂亮、丑陋、帅气、寒碜，在军队里都没区别，所有人都被打得规规矩矩。"另外一人说。

"先生们，东部的深肤色黑眼珠的人会挨更多的巴掌，你们就别骗自己了。"

麦夫鲁特没加入关于挨耳光的争论。因为不是自己的过错，因此他让自己相信，挨耳光并不是件耻辱的事。

然而两天后，当他敞着领口，"无纪律"地一路沉思冥想往前走时，（不知道苏莱曼把信交给拉伊哈有多久了？）一个少尉叫住了他，用手心和手背甩了他两记耳光，还骂了一句"蠢货"。"这里是你的家吗，你是几连的？"没等麦夫鲁特回答，少尉就走开了。

在服兵役的二十个月里，尽管挨了很多耳光和拳头，而最让麦夫鲁特伤心的是这次，因为他认为少尉在理。是的，当时他正想着拉伊哈，因此既没注意军帽，也忘了敬礼，更忽略了步伐。

那天夜里，麦夫鲁特最先上了床，用被子蒙住头，悲哀地思考自己的人生。现在他当然想待在塔尔拉巴什的家里和费尔哈特还有马尔丁的孩子们在一起，可是那里其实也不是他的家。少尉说"这里是你的家吗"，似乎就是这个意思。说到家，他唯一想到的是库尔泰佩的一夜屋，他想象着爸爸现在独自一人看着电视打瞌睡，而那里至今连一张地契也没有。

每天早上，他随手翻开一本藏在柜子底部毛衣下面的书信指南，躲在柜门后面，花一两分钟看上一页，这一页内容足以让他动一天脑筋。在无聊的训练和没完没了的跑步时间里，他用记下的一些内容去构想将要写给拉伊哈的情书。就像狱中没有纸笔写诗的政治犯那样，他背下自己想出来的精彩句子，等到周末放假时，仔细地写下来寄去杜特泰佩。

他不去所有士兵都去的咖啡馆和电影院，直奔城际大巴客运站，找个角落的桌子坐下给拉伊哈写信，这对于麦夫鲁特来说是一件极为幸福的事情，有时他感觉自己像一个诗人。

四个月的入伍训练结束时，麦夫鲁特学会了使用 G3 步枪、（比所有人稍微好一点地）喊报告、敬礼、不引人注意、服从命令（跟所有人一样）、设法对付、需要时说谎当两面派（比所有人稍微少一点）。

他无法确定，一些事情他做不好是因为笨拙，还是自己道德上的困扰。"听我说，我现在离开一下，半小时后回来，连队要不停地继续训练。"军官说，"明白了吗？"

"遵命我的长官！"整个连队齐声应到。

但是，军官在黄色指挥大楼的角落一消失，连里的一半人，立刻就地躺下吞云吐雾地抽烟闲聊。剩下的四分之一，在确信军官不会突然回来之前继续训练，另外的四分之一则装模作样地继续着。（麦夫鲁特属于最后这一类。）老老实实继续训练的人遭到了嘲笑，甚至有人推搡阻止道："你疯了吗？"于是最终谁都没有执行军官的命令。所有这些有什么必要呢？

服兵役的第三个月里，晚上一起喝茶时，麦夫鲁特鼓足勇气向小店主们提出了这个关于哲学和道德的问题。

"你真的很单纯，麦夫鲁特。"安塔利亚人说。

"或者是一个假装过分单纯的骗子。"安卡拉人说。

"假如我也像他们那样有一家店铺，即便是小店，我就一定会念完高中和大学，作为一名军官来服兵役。"麦夫鲁特暗自思忖道。他也看到，假如自己离开这两个他已不再敬重的小店主，在他新找的朋友当中，自己的角色将依然还是那个"被派去端茶的面善的傻小子"，依然还要像所有人那样，用他的帽子来托住把手断掉的茶壶。

抽签时，他抽到了卡尔斯省的坦克旅。也有抽到西部，甚至是伊斯坦布尔的幸运儿。据说这抽签也有作弊的，但麦夫鲁特既没感到嫉妒和愤怒，也没因为自己将在土耳其与苏联交界的最冷最穷的城市里度过十六个月而烦恼。

他甚至没有回一趟伊斯坦布尔，就直接在安卡拉换乘大巴，一天就到了卡尔斯。1980 年 7 月，卡尔斯是一个拥有五万人口、极为贫困的城市。麦夫鲁特拿着行李箱，从客运站向市中心的卫戍区走去时，看见大街上贴满了左派的政治标语，他记得有些标语下面的署名在库尔泰佩的墙上见过。

卫戍区让麦夫鲁特感到宁静。除了国家情报局里的人，城里的军人都置身于政治纷争之外。有时为了抓捕左派的武装分子，宪兵会突袭从事畜牧业的村庄、从事奶酪业的奶牛场，但那些宪兵连队驻扎在远处。

进城第一个月的早集合，回答军官的一个提问时，麦夫鲁特说自己之前做过餐馆服务员。于是他被派去军人之家的餐厅工作。这份工作，让他远离了严寒中的站岗，躲开了脾气暴躁的军官们那些随意和荒唐的指令。现在没人看见时，他有时间在宿舍的小桌上或军人之家餐厅厨房的桌子上，给拉伊哈写信了。他一边听着收音机里的安纳托利亚民歌，埃罗·萨扬谱曲、艾美尔·萨因演唱的"难忘那镌刻在心上的第一个眼神"，一边将一页页信纸写满。以"书记员"、"油漆工"、"修理工"一类差事留在指挥部和宿舍的士兵，他们看似在干活，可多数人的一个私密口袋里，都装着一个便携式小晶体管收音机。随着那年音乐品位的提升，麦夫鲁特得以从安纳托利亚民歌中得到启示，给心爱的人写了很多情书，比如"撒娇的眼神"、"羚羊般的眼睛"、"娇羞的目光"、"乌黑的眼睛"、"睡眼惺忪"、"挑逗的眼神"、"犀利的眼神"、"魔力的眼睛"。

他越写越觉得，似乎自己从小就认识拉伊哈，在灵魂上他们拥有一个共同的过去。仿佛在每封信里，字字句句都在构建他和拉伊哈之间的亲近，他还觉得日后他们将共同经历所有这些梦想。

夏末，一盘冷掉的茄子什锦蔬菜惹恼了一个上尉，他正在厨房为这盘菜和厨师争吵时，有个人拽了拽他的胳膊。这人像个巨人，麦夫鲁特吓了一跳。

"我的妈啊，你是莫希尼。"随后他惊叹道。

两个老朋友拥抱亲吻。

"人家当兵都变瘦，变得骨瘦如柴，你反而长胖了。"

"我在军人之家当服务员。"麦夫鲁特说，"像肉铺里的猫，我在厨房养肥了。"

"我也在军人之家，在发廊里。"

莫希尼两周前就到了卡尔斯。他没能高中毕业，他爸爸就把他送去一家女士发廊当了学徒，于是顺理成章就成了理发师。当然在军人之家把军官老婆们的头发染成金色是件轻松的工作。可等到周末放假和麦夫鲁特一起上街，当他们在亚洲酒店对面的茶馆里看足球比赛时，莫希尼就开始抱怨了。

莫希尼：其实我在军人之家发廊里的工作并不难。我唯一的烦恼是，要根据每个顾客丈夫的军衔来给予她们不同的关注。比如，我们卫戍区司令图尔古特帕夏的矮个子老婆，要为她做最好的头发，说最甜的话；比这差一点的，给排在他后面的帕夏稍微有点瘦的老婆；对那些少校的老婆可以花更少的时间和功夫，少校们也是论资排辈的，这点也要注意。所有这些快把我变成神经病了。有一天，我就随口夸了一下一个年轻军官漂亮老婆的褐色头发，随即遭到了包括图尔古特帕夏老婆在内所有人的不屑和鄙视。这些我都告诉了麦夫鲁特。

"'你给图尔古特帕夏的夫人染了什么颜色，我的别更浅。'我们少校谨慎的夫人说。谁在哪里玩拉米纸牌，谁在哪天请客，她们在哪里一起看哪部连续剧，将在哪家面包坊买哪种甜饼，我全都知道。一些军官孩子过生日，我给他们唱歌、变戏法，帮那些不愿意走出卫戍区大院的夫人们去商店买东西，还帮一个军官的女儿做数学作业。"

"莫希尼，数学你懂什么啊！"麦夫鲁特粗暴地打断我说，"难道你睡了帕夏的女儿？"

"你太无耻了麦夫鲁特……在军队里你的嘴巴和灵魂都变脏了。出了指挥部在军人之家找到一份轻松工作、在帕夏家做用人时遭到辱骂的所有士兵，为了挽回面子，晚上回到连队都会说，'我睡了帕夏的女儿。'你相信这些鬼话吗？……何况，图尔古特帕夏是一个正直的军人，他不该被这样的脏话辱骂。对于他老婆的恶毒和无礼，也都是他在维护我。明白了吗？"

 这是服役期间他从一个士兵嘴里听到的最诚恳的话，麦夫鲁特羞愧难当。"帕夏其实也是个好人。"他说，"别介意。来，让我亲你一下，别生气了。"

这句话一说出口，麦夫鲁特立刻明白了一件甚至对自己都隐瞒的事情：高中最后一次见面到现在，莫希尼沾上了脂粉气，隐约显现出一种同性恋的迹象。对此，莫希尼有所察觉吗？麦夫鲁特是否该表现出觉察了这一点呢？瞬间，他们一动不动、静静地看了彼此一眼。

图尔古特帕夏很快得知，他妻子的理发师和餐厅的服务员在伊斯坦布尔是同窗好友。于是，麦夫鲁特也开始为一些私事去帕夏家里。有时他去漆橱柜，有时和孩子们玩马车和车夫游戏。(在卡尔斯出租车就是马车。)连队军官和军人之家的负责人被告知，为了准备帕夏的家宴，麦夫鲁特有些日子要去他家里干活。而这，让麦夫鲁特在短时间里蹿升成为众人眼中级别最高的"开帕夏后门的人"。麦夫鲁特发现，有关自己荣耀新地位的闲话迅速在连队乃至整个卫戍区传开，他暗自窃喜。看见他就说"你好吗，娃娃脸"的人，动不动就调戏他、让他陷入同性恋者窘境的人，首先停止了他们的揶揄。少尉们开始善待他，就像对待一个被误派到卡尔斯的富家子弟。一些人还请求他去帕夏夫人那里打听，将在苏联边境举行的军演的秘密日期。他们甚至没再动麦夫鲁特一根手指头。

18

军事政变

工业园区墓地

　　人们希望知道机密日期的军演，由于 9 月 12 日晚发生的又一次军事政变而未能举行。军区院墙外的街道空无一人，这让麦夫鲁特明白，这是一件非同寻常的事情。军队宣布整个土耳其实施军事管制和宵禁。麦夫鲁特一整天都在看电视里播放的埃夫伦帕夏的告民众书。原本满是农民、手艺人、无业游民、胆怯民众、便衣警察的街道，现在变得空空荡荡，让他觉得，仿佛是自己脑海里的一种怪异感觉。晚上，图尔古特帕夏集合了整个卫戍区的人，他说迷恋利益和选票、玩忽职守的政客们将国家带到了悬崖边，但坏日子结束了，武装力量作为国家唯一和真正的主人，决不允许土耳其沦陷，所有恐怖分子和主张分裂的政客都将得到惩处。他长篇大论地谈到了国旗、赋予国旗颜色的烈士鲜血和阿塔图尔克。

　　一周后，图尔古特帕夏被宣布为卡尔斯市长，这个公告也在电视里通报了，于是，麦夫鲁特和莫希尼也开始跟着帕夏去离卫戍区十分钟路程的市府大楼。帕夏上午留在卫戍区，根据线人和国家情报局提供的情报，指挥针对共产党的行动。午饭前他坐吉普车去设在一栋苏联建筑里的市政府，有时他和保镖一起走着过去，一路上兴高采烈地听着人们的感激话语，店主们说军事政变深得人心，他伸出手让想要亲吻的人亲手，接受信件，一回到指挥部就亲自阅读这些信件。作为市长、地方军管和卫戍区司令，帕夏的一个重要任务，就是对举报腐败和贿赂的信件稍作调查后，将嫌疑人移交给军事检察官。因为检察官也和帕夏一样，用"如果无罪，他们就会被判无罪释放"的逻辑行事，因此轻易就起诉，并且立刻将他们起诉的所有人抓进去并以此恐吓其他人。

军人不会过于粗暴地对待搞腐败的有钱人。而为了惩治政治犯以及多数时候被称作"恐怖分子"的共产党，则会动用打脚板的刑罚。警察突袭一夜屋抓来的年轻人在严刑审讯时发出的惨叫声，随风传到卫戍区，默默走向军人之家的麦夫鲁特因此愧疚地低下头。

新年后的一个早集合上，新来的少尉点了麦夫鲁特的名字。

"麦夫鲁特·卡拉塔什，科尼亚人。请命令，我的长官。"麦夫鲁特起身应到，并敬礼立正站好。

"科尼亚人，到我身边来。"少尉说。

"这人大概没听说帕夏是我的靠山。"麦夫鲁特暗自思忖。尽管他从未去过科尼亚，但因为贝伊谢希尔行政上隶属于科尼亚，因此每天都被人说科尼亚人长，科尼亚人短，麦夫鲁特对此很厌恶，但他并不怒形于色。

"科尼亚人，节哀顺变，你的父亲在伊斯坦布尔去世了。"新来的少尉说，"你去连队，让上尉准你的假。"

他们给了麦夫鲁特一周的丧假。在客运站等候去伊斯坦布尔的大巴时，他喝了一杯拉克酒。在颤抖摇晃的大巴上，因为一种奇异的沉重，他的眼皮不由自主地耷拉下来，睡着了。梦里他听到爸爸的斥责，因为没能赶上葬礼，还因为人生中一些别的过失。

爸爸是在夜里睡觉时自然死亡的。邻居们两天后才发现。空荡荡的床凌乱不堪，仿佛爸爸急急忙忙地出了家门。在麦夫鲁特这个军人的眼里，家显得杂乱和可怜。但他闻到了在其他任何地方都闻不到的那些独特的气味：这是爸爸和麦夫鲁特的身体和呼吸的气味，还有灰尘、炉灶、二十年来煮的汤、脏衣服、旧物件以及他们生活的气味。麦夫鲁特本以为自己会在屋里待上几个小时，怀念爸爸而哭泣，但他无法承受如此沉重的悲伤，拔腿跑了出去。

麦夫鲁特赶回库尔泰佩两小时后的晡礼上，在杜特泰佩哈吉·哈米特·乌拉尔清真寺里，为穆斯塔法举行了葬礼。尽管麦夫鲁特带回了便装，但他没穿。为了表达安慰，人们的眼神里流露出悲哀，但他们看见穿着军装的麦夫鲁特时，都报以了微笑。麦夫鲁特肩扛棺木一直走到墓穴。他往爸爸的遗体上一铲一铲地撒土。在他以为自己会哭出来的瞬间，脚下一滑，差点掉进墓穴。大概有三十五或四十人来送葬。苏莱曼拥抱了麦夫鲁特，他们一起坐在了另外一个坟头上。麦夫鲁特从墓碑上发现，工业园区墓地是一个异乡人的归宿。当他心不在焉地念着碑文时发现，周围山头上所有去世的人都埋在这里，因此迅速扩大的墓地里竟然没有一个出生在伊斯坦布尔的人。埋在这里的大多数人出生在锡瓦斯、埃尔津詹、埃尔祖鲁姆和居米什哈内。

出口处，他没跟墓碑雕刻师讨价还价就订下了一块中等大小的碑石。他用从刚才念到的碑文中获得的灵感，在一张纸上写下这样一段文字交给了雕刻师：穆斯塔法·卡拉塔什（1927—1981）。杰奈特普纳尔，贝伊谢希尔。酸奶和钵扎小贩。为他的灵魂念《古兰经》开端章。

他意识到，军装不仅让他显得可爱，还为他赢得了尊重。回到街区，他们去了杜特泰佩市场里的咖啡馆和商店。麦夫鲁特感到，自己和库尔泰佩、杜特泰佩，所有这些拥抱自己的人是那么紧密相连。但同时他也惊讶地发现，他的内心深处对这些人，甚至伯父和堂兄弟们，怀有一种近乎仇恨的愤怒。像在军队里的所有人一样，为了不动辄就对他们骂娘，他努力克制着自己。

吃晚饭时，姨妈对餐桌上的人说，军装很适合麦夫鲁特，只可惜，他的妈妈没能看到他儿子的这个模样。麦夫鲁特和苏莱曼单独在厨房里待了三五分钟，尽管他十分好奇，但他没问起拉伊哈。他默默地吃了土豆烤鸡，和大家一起看电视。

他幻想晚上回家后在瘸腿桌上给拉伊哈写封信。但回到库尔泰佩，一走进家门，那个爸爸将不再踏入的破败的地方让他感觉异常凄凉，他扑到床上痛哭起来。他哭了很久，不知道是为了爸爸的离世，还是为了自己的孤独。他穿着军装睡着了。

早上，他脱掉军装，穿上差不多一年前放进行李箱的便装，去了贝伊奥卢和卡尔勒奥瓦餐馆，而那里的气氛并不友好。费尔哈特在他之后也去服兵役了；多数服务员换掉了；老的服务员忙于招待吃午饭的客人。于是，麦夫鲁特在站岗和打发时间时构想的"回归卡尔勒奥瓦"的梦想，也就这样泡汤了。

他去了离餐馆十分钟路程的埃雅扎尔电影院。进去时，这次他竟然一点也没有因为大厅里的男人们而感到害羞。他昂起头，直视着他们多数人的眼睛，穿过了人群。

入座后，他感觉很满意，因为逃脱了旁人的目光，黑暗中他将和银幕上那些不知廉耻的女人单独待在一起，将只剩下他自己窥探的眼睛。他立刻感到，军队里男人们的满嘴脏话以及他们匮乏的灵魂，改变了他对银幕上的女人们的看法。现在他发现自己更加粗鲁，却也更加正常了。当有人大声说着一个有关电影的无耻玩笑时，或者对一个演员的问话做出一个双关语的回答时，他也可以跟着大家一起开怀大笑了。两场电影之间灯光亮起时，麦夫鲁特看了一眼坐在四周的男人，他明白了之前也见过很多的那些头发短短的人，都是和自己一样放假出来的士兵。他把影院里的三部电影从头到尾看了一遍。当他从中间看起的德国电影里吃葡萄做爱的画面重新开始时，他离开了影院。回到家他一直手淫到晚上。

晚上，因为内疚和孤独他感到疲惫不堪，去了杜特泰佩的伯父家。

"别担心，一切顺利。"当他俩单独在一起时苏莱曼说，"拉伊哈读你的信很激动。你是怎么学会写这么好的情书的？等到有一天，你也可以帮我写吗？"

177

“拉伊哈会给我写回信吗？”

“她想写，但写不了……她爸对这种事很生气。最近一次他们来的时候——军事政变之前——我看到了姑娘们有多爱她们的爸爸。他们住在我们新盖的这个房间里。”

苏莱曼拧开歪脖子·阿卜杜拉赫曼和两个女儿住过一周的房门，打开灯，像个博物馆解说员那样展示了房间。麦夫鲁特看见屋里放着两张床。

苏莱曼明白麦夫鲁特对什么好奇了。“她们的爸爸睡这张床，两个姑娘第一晚睡在了那张床上，但没挤下。所以晚上我们就给拉伊哈打地铺。”

麦夫鲁特害羞地飞速朝拉伊哈睡觉的地方看了一眼。苏莱曼家的地上铺着石块和地毯。

得知维蒂哈也知道写信的事，麦夫鲁特很高兴。尽管维蒂哈没告诉麦夫鲁特，她不仅知道此事而且还在为他们当信使，但每次看见他都会甜甜地微笑。麦夫鲁特由此得出维蒂哈和自己站在一边的结论，为此他欣喜若狂。

再者，维蒂哈嫂子确实很漂亮。麦夫鲁特在卡尔勒奥瓦餐馆打工时，维蒂哈生了第一个儿子博兹库尔特，在他服兵役时又生了第二个儿子图兰，麦夫鲁特和这两个孩子稍微玩了一会儿。维蒂哈生完第二个儿子后更加漂亮了，她变得成熟妩媚。麦夫鲁特也被她的母爱所感动，他觉得她也给予了自己类似的一种怜爱，至少是一种姐姐般的关爱，他享受其中。而且，他想到，拉伊哈至少和维蒂哈一样漂亮，甚至更漂亮。

他在伊斯坦布尔的多数时间，也是在给拉伊哈写信中度过的。一年时间，他对城市陌生了。军事政变后伊斯坦布尔变了样，墙上所有的政治标语被擦拭清理了，游动小贩被赶出了大街和广场，贝伊奥卢的妓院被关闭了，兜售走私威士忌和美国香烟的骗子被清出了街道，交通也变得更加顺畅，人们不再能够随意停车。麦夫鲁特喜欢其中的一些改进，但奇怪的是，在城市里他感觉自己是个陌生人。他想，也许是因为自己没事可做。

"我想问你要一样东西，但别误会。"第二天晚上他对苏莱曼说。爸爸不在了，每晚他从容自在地去伯父家。

"我从来没误解过你，麦夫鲁特。"苏莱曼说，"但你总误解我对你的正确了解。"

"你能给我找一张她的照片吗？"

"拉伊哈的吗？不行。"

"为什么？"

"她是我嫂子的妹妹。"

"如果有照片，我可以给她写更好的信。"

"相信我吧麦夫鲁特，没人能比你写的更好。"

在苏莱曼的帮助下，他把库尔泰佩的房子租给了乌拉尔的一个亲戚。由于苏莱曼说"我们认识那人，你就不用交税了！"，他便放弃了签合同。原本连地契都没有的房子继承人也不单单是自己，还有村里的母亲和两个姐姐。他不想为这些问题伤脑筋。

房子出租前，他把爸爸的衣服、衬衫装进了一个手提箱，他闻到了爸爸的气味。他蜷缩着在床上躺下，但没哭。他对世界怀有一种怨恨、一种愤怒。同时他也知道，服完兵役后他不会再回到库尔泰佩和这个家。然而回卡尔斯的日子临近时，一种发自内心的烦躁让他产生了叛逆心理。他既不想穿上军装，也不想去服完兵役。他憎恨他的那些长官和所有的无赖。他惊恐地发现为什么有人要当逃兵。他穿上军装出发了。

在卡尔斯度过的最后几个月里，他给拉伊哈写了四十七封信，因为他的时间很宽裕：他入选了帕夏带去市政府的士兵小组。他一边管着市政府的食堂和小茶室，一边在市政府做图尔古特帕夏的私人勤务员。出于猜疑和谨慎，帕夏不在市政府吃饭，因此麦夫鲁特的活儿也就轻松了：他亲手为帕夏烧茶；亲自煮咖啡，咖啡要煮沸两次，加一块糖；亲手为帕夏倒白开水和汽水。帕夏有一次把从面包坊里买来的一块松饼，还有一次把市政府送来的一块甜饼先放到了麦夫鲁特面前，教他该注意些什么。

"你先尝尝这个……别叫这些东西让我们在市政府里中毒。"

他想写信告诉拉伊哈在军队里的经历，但他每次都害怕写，于是他写了更多充满诗意的句子，比如犀利的眼神、魔力的眼睛。兵役怎么也熬不到头，麦夫鲁特就一直写信，直到兵役熬到了头却怎么也过不去的最后一天。

19

麦夫鲁特和拉伊哈

私奔殊非易事

1982 年 3 月 17 日，服完兵役的麦夫鲁特坐上头班大巴离开卡尔斯回到了伊斯坦布尔。他在塔尔拉巴什，距离卡尔勒奥瓦餐馆宿舍两条街的地方，租下了一栋老旧希腊人房子的二楼，并开始在一家毫无特色的餐馆当起了服务员。他在楚库尔主麻的跳蚤市场买了一张桌子（不摇晃的）；从挨家挨户收旧货的旧货店里买了四把椅子，其中两把是一样的；又精心挑选了一张木质床头的大床，破旧的床头上还雕刻有小鸟和树叶。他幻想着有一天和拉伊哈一起生活的幸福小窝，开始往地上铺油毡、布置房间。

4 月初的一个晚上，麦夫鲁特在伯父家看见了阿卜杜拉赫曼。他戴着围裙，坐在餐桌一头，一边喝拉克酒，一边幸福地逗两个外孙博兹库尔特和图兰玩乐。麦夫鲁特知道他是一个人过来的。哈桑伯父依然不在家，最近几年，他每晚以做礼拜为由出门，随后从清真寺去杂货店，独自一人看电视等候顾客。麦夫鲁特满怀敬意地向未来的丈人问了好，阿卜杜拉赫曼也回了礼，可他甚至没发现那就是麦夫鲁特。

考尔库特和阿卜杜拉赫曼开始热烈地谈论起银行家来。麦夫鲁特听到了类似银行家·哈吉、银行家·伊鲍等很多名字。在通货膨胀率百分之一百的情况下，如果不想让你的钱变成废纸，你就该把钱从利息很低的银行里取出来，存到这些刚从农村过来、类似杂货店老板的银行家那里去。他们全都给高额利息，但他们有多可信？

阿卜杜拉赫曼已经喝下三杯拉克酒。他说，自己的女儿个个都是绝色美女，他在村里让她们接受了良好的教育。"爸爸，够了。"维蒂哈带儿子们去睡觉时说，阿卜杜拉赫曼也跟着他们离开了餐桌。

餐桌上就剩下他俩时，苏莱曼说："你先走，去咖啡馆等我。"

"你们又在捣什么鬼？"萨菲耶姨妈说，"你们别去沾染政治，别的想做啥都可以。应该让你俩都结婚才好。"

麦夫鲁特从咖啡馆的电视上获悉，阿根廷和英国打起来了。正当他羡慕地看着英国的航空母舰和军舰时，苏莱曼来了。

"阿卜杜拉赫曼来伊斯坦布尔，为的是把他的钱从一个银行家那里取出来，存到另外一个更糟糕的银行家那里去……他有钱吗，做得对吗，我们不清楚。另外他说'还有一件好事'！"

"什么好事？"

"有个人想娶拉伊哈。"苏莱曼说，"他是一个农民银行家，之前是卖茶的。事情很严重，因为见钱眼开的歪脖子想把女儿嫁给银行家，他又不听劝。麦夫鲁特，你必须和拉伊哈私奔。"

"真的吗？苏莱曼，帮帮我吧，让我和拉伊哈私奔。"

"你以为私奔那么容易吗？"苏莱曼说，"假如你做错一个细节，就会有人被打死，成为血仇，两家人长年累月愚蠢地互相残杀，另外还要为了颜面炫耀。你能承担这个责任吗？"

"我是迫不得已。"

"是的，你是迫不得已。"苏莱曼说，"但也别让人觉得你小气。那么多有钱人想要给她财富，而你除了手绢还能给她什么？"

五天后，他们又在老地方见了面。当苏莱曼从电视上看见英国人夺取了马尔维纳斯群岛时，麦夫鲁特从口袋里掏出一张纸，放到桌上。

"拿去看看。"麦夫鲁特自豪地说，"你的了。"

"这是什么？"苏莱曼问，"啊，区长给的你们家房子那张纸，给我看看。其实上面也有我爸的名字，地是他们一起圈的。你拿它来做什么？你别为了显摆拿这张纸玩，兄弟。如果有一天他们给库尔泰佩那半边地发地契，你要凭这张纸去换的。"

"把这给歪脖子·阿卜杜拉赫曼……"麦夫鲁特说，"告诉他，谁都不会比我更爱他的女儿。"

"我会说的，但你把它收起来。"苏莱曼说。

"我不是为了显摆，真的准备给。"麦夫鲁特说。

第二天，麦夫鲁特酒醒后做的第一件事就是翻看口袋。看见爸爸和哈桑伯父十五年前从区长那里拿来的纸还在口袋里，他也不知道，应该高兴，还是悲哀。

"你要感谢你维蒂哈嫂子还有我们，明白吗？"十天后苏莱曼说，"她为你回村里去了。让我们来看看是否一切可以如你所愿。来，给我要一杯拉克酒。"

维蒂哈带着两个儿子，三岁的博兹库尔特和两岁的图兰一起回了村。麦夫鲁特以为，孩子们很快就会厌倦他们第一次去的农村，会马上回来，因为那里动不动就停电，也没有自来水，到处都是泥土。但恰恰相反。麦夫鲁特一周两次跑去杜特泰佩看维蒂哈嫂子是否已经回来，可是那里除了一个幽暗、寂静的家和萨菲耶姨妈，他谁也没找到。

"原来这个家的快乐是儿媳，而我们却不知道。"萨菲耶姨妈有一次对很晚去她家的麦夫鲁特说，"维蒂哈一走，考尔库特有些晚上就不回来了。苏莱曼也不在家。有小豆汤，我去给你热一下好吗？咱们一起看电视。你看，卡斯特尔人跑了，所有银行家也都破产了。你有钱存在哪个银行家那里吗？"

"我哪有什么钱，萨菲耶姨妈。"

"别伤心……活着别为钱烦恼，不管怎么样，总有一天你会挣到你想要的钱。幸福是用钱买不来的。你看，考尔库特挣那么多，但每天和维蒂哈吵架……我可怜的博兹库尔特和图兰，天天看吵架。不说这些了……但愿你的事能成。"

"什么事？"正在看电视的麦夫鲁特扭头问道，他的心狂跳起来，但萨菲耶姨妈什么也没说。

三天后。"我有几个好消息。"苏莱曼说，"维蒂哈嫂子回来了。亲爱的麦夫鲁特，拉伊哈也很爱你，因为你的那些情书。她根本不愿意嫁给那个她爸爸看好的银行家。据说，银行家名义上破产了，但他用顾客的钱买了美元和黄金，找了个地方埋起来。等这次风波停息，报纸遗忘了这件事，他就把钱从花园里挖出来。存钱给他的贪婪傻瓜们在法院忙活时，他和拉伊哈将过上国王般的生活。他用巨款向歪脖子求婚了。如果她爸爸同意，他们就立即举行正式婚礼，他们准备去德国生活一段时间等待风波平息。这个以前卖茶的、卑鄙、破产的银行家，现在在他藏身的地方学德语，他也要拉伊哈学德语，学到可以在德国不卖猪肉的肉铺购物的程度。"

"卑鄙、可耻的家伙。"麦夫鲁特说，"如果不能和拉伊哈私奔，我就宰了他。"

"你不需要去杀任何人。我开上小卡车，咱们去村里把拉伊哈抢来。"苏莱曼说，"我会为你安排好一切的。"

麦夫鲁特拥抱亲吻了堂兄弟，他兴奋得彻夜未眠。

再次见面时，苏莱曼已经安排好了一切：周四晚上唤礼声后，拉伊哈将带着包袱在她家后院里等着。

"那咱们马上出发吧。"麦夫鲁特说。

"坐下兄弟。开着咱们的小卡车一天就够了。"

"可能会下雨，洪水季节……再说，咱们还要在贝伊谢希尔做点准备。"

"不需要准备。天一黑，你就会在她歪脖子爸爸家的后院里找到她，就像你亲手放的那样。我开车送你们去阿克谢希尔火车站。为了不让她爸怀疑我，你和拉伊哈坐火车，我自己开车回来。"

苏莱曼说"你和拉伊哈"，就足以让麦夫鲁特欣喜若狂。之前他已向打工的餐馆请了假，随后他又"因为一件家事"要求延长一周。当他想要请第三周假时，老板不乐意了。麦夫鲁特便说："那就给我结账吧！"

他随时能在这样的一家普通餐馆里找到工作。另外他还有卖冰激凌的打算。他认识了一个想从斋月开始出租三轮小贩车和冰激凌设备的小贩。

他把家收拾整齐，试着用拉伊哈的目光来打量，进门后会看见怎样一个家、会注意哪些东西。是否要去买一个床罩，还是该留着让拉伊哈来决定？每次在家里想起拉伊哈，他都会想到自己将在她面前穿着内裤、衬衫和背心，他又想要这种亲近，又为此感到害羞。

苏莱曼：我安排好了我哥、维蒂哈、我妈和所有人，我还跟他们说，我要开着小卡车消失一两天。最后那天的傍晚，我把我们那个幸福得飞起来的新郎先生拉到了一边。

"亲爱的麦夫鲁特，现在我要作为女方代表来跟你谈谈，而不是你最好的朋友和堂兄弟。好好听着。拉伊哈还不满十八岁，假如她爸爸非常生气，扬言'我不会原谅抢我女儿的人'，让宪兵去追你，那么在她十八岁之前，你们要躲起来，而且不能办婚礼。但是最终、迟早，你要和拉伊哈办正式的婚礼结婚，对此你现在对我发誓。"

"我发誓。"麦夫鲁特说，"我还要和她办宗教婚礼。"

早上，坐上小卡车出发时，麦夫鲁特异常兴奋，他开着玩笑，好奇地看着沿途的工厂和桥梁。"踩油门，再快点。"他说。他不停地说啊说，可没过多久，他沉默了。

"怎么了兄弟，因为要去抢亲你害怕了吗？咱们快到阿菲永了。如果咱们在车上过夜，警察会怀疑，把咱们带去警察局，怎么办吗？我在那里看见了一家便宜的客栈，我出钱，明白了吗？"我说。

奈扎哈特客栈的下面有一家可以喝酒的餐馆。夜晚，我们坐在那里，快喝完第二杯酒时，我看见麦夫鲁特还在抱怨军队里的虐待，就再也忍不住了。

"兄弟，我是土耳其人，不允许你对我们的军队说三道四，明白吗？"我说，"是的，虐待、耳光、把十万人扔进监狱兴许有点过分，但我对军事政变很满意。你看，不仅伊斯坦布尔，现在整个国家都风平浪静，墙壁干干净净，左右两派的官司、谋杀也都消停了。因为军人的整治，伊斯坦布尔的交通顺畅了，妓院被关掉了，妓女、共产党、卖万宝路的人、从事黑市交易的人、黑手党、走私贩、皮条客、小贩都被清理出了街道。现在你别感情用事，接受现实，街头小贩在这个国家是没有前途的，亲爱的麦夫鲁特。人家租下城里最好最贵的地方，好好地开了一家果蔬店。可你呢，站在他门前的人行道上，兜售从村里带来的土豆和西红柿……这公平吗？军人整治了这些。如果阿塔图尔克还活着，土耳其帽、圆顶帽之后，他将从伊斯坦布尔开始在整个土耳其禁止街头小贩。这在欧洲是没有的。"

"恰恰相反。"麦夫鲁特说，"阿塔图尔克有一次从安卡拉来伊斯坦布尔，发现伊斯坦布尔的街道太安静了，于是……"

"再说，假如我们的军队放下你背后的棍棒，老百姓要么被共产党欺骗，要么投奔宗教徒，还有想要分裂的库尔德人。你的那个费尔哈特在干什么，你和他见面吗？"

"我不知道。"

"那个费尔哈特是个卑鄙小人。"

"他是我的朋友。"

"好啊，那样的话，亲爱的麦夫鲁特，我也不带你去贝伊谢希尔了，看看你怎么去抢亲。"

"别这样苏莱曼。"麦夫鲁特说着反悔了。

"我的兄弟，你看，你啥事也没做，我们就给你安排好了一个玫瑰般美丽的姑娘。她拿着包袱，如你所愿地在院子里等着你。这还不够，为了你抢亲，我们还像你的仆人那样，开专车七百公里一直把你送到女孩的村里，汽油钱也归我们。夜里你住客栈、喝酒也是我们掏钱。而你呢，哪怕是做个样子，竟然一次也没说'你说的有道理苏莱曼，费尔哈特是个坏蛋'，你也从来没说'你是对的，苏莱曼'。既然你这么聪明，像我们小时候那样比我优秀，那你为什么还要跑来求我们帮忙呢？"

"苏莱曼，原谅我。"麦夫鲁特说。

"再说一遍我听听。"

"苏莱曼，原谅我。"

"我可以原谅你，但我要听听你的理由。"

"我的理由就是我害怕，苏莱曼。"

"我的兄弟，没什么可怕的。你和拉伊哈私奔时……他们自然会朝咱们村的方向追，你们则往山上跑。他们可能会掩人耳目地开几枪，但别怕，我会坐在车上在山的另一边等你们。拉伊哈坐后面，别让她看见、认出我来。她在伊斯坦布尔坐过一次这辆车，但她是女孩，分辨不清汽车的。当然绝对别提到我。其实你真正该想该害怕的是，逃出来回到伊斯坦布尔后，你和女孩单独待在一个房间里做什么。麦夫鲁特，你还从来没和女人睡过觉吧？"

"没有，苏莱曼。我害怕的不是这些，而是女孩放弃不来了。"

第二天早上，我们先去阿克谢希尔火车站看了一下。随后在泥泞的山路上开了三个小时，到了我们村。尽管麦夫鲁特想去看他妈妈一眼，但又不想引起注意，他非常害怕事情败露，所以我们甚至都没顺路去一趟。我们开进了居米什代莱村，一直开到歪脖子·阿卜杜拉赫曼家那残破的院墙外。然后我掉转车头，往回开了一阵，在路边停下了车。

"马上就该做昏礼了，天也快黑了。"我说，"没什么可怕的。祝你一切顺利，麦夫鲁特。"

"苏莱曼，愿真主保佑你。"他说，"为我祈祷吧。"

我和他一起下了车，拥抱了一下……差点我的眼睛就湿润了。当麦夫鲁特沿着土路径直走向村里时，我满怀爱意地看着他的背影，希望他一生幸福。当然，不久他会发现自己的缘分是另外一个人，看看他会做何反应。我一边想一边把车开往我们说好的碰头地点。假如我不希望麦夫鲁特好，像你们中的一些人以为的那样，欺骗了他，那么在伊斯坦布尔晚上喝醉时，他为了让我安排拉伊哈而给我的库尔泰佩的房纸，我就不会还给他，不是吗？那个家是麦夫鲁特的全部财产，房客也是我找来的。我没把他的母亲和两个姐姐算上，其实她们也是我那过世的穆斯塔法叔叔的遗产继承人，但我不管闲事。

初中时，每次重要的考试前，麦夫鲁特都会觉得心脏像一团火在额头和脸上跳动。现在当他向居米什代莱村走去时，他觉得这种感觉变得愈发强烈，并且弥漫在他整个身体里。

迎面他看见村口山头上的墓地，他走进墓地，坐在一处墓穴旁，看着一块布满青苔却华丽神秘的墓碑，思考起自己的人生。"我的真主，让拉伊哈来吧，请让她来吧！"他重复道。他想念祷文祈求，可他知道的祷文却一个也想不起来。"如果拉伊哈来，我将把《古兰经》通篇背下来，成为哈菲兹 [1]。我将流利地背出所有祷文。"他自言自语道。他感觉自己仿佛是真主的一个弱小可怜的仆人，他执着坚定地祈祷。他听说，祈求并执着于自己的祈祷会有好处。

天黑后不久，麦夫鲁特摸近了残破的院墙。阿卜杜拉赫曼的白房子的后窗一片漆黑。他早到了十分钟。等待作为暗号的灯光亮起时，就像十三年前他和爸爸第一次到伊斯坦布尔时那样，他感觉自己仿佛站在人生的起点上。

随后，狗叫了起来，窗户亮了一下忽又暗了。

---

[1] 哈菲兹（hafiz），伊斯兰教对能背诵全部《古兰经》信徒的荣誉尊称。

第四章

（1982 年 6 月—1994 年 3 月）

他一直以为自己头脑里才有的粗俗和病态，却震惊地在外面世界里找到了它们的踪影。

——詹姆斯·乔伊斯《一个青年艺术家的画像》

1

麦夫鲁特和拉伊哈结婚

只有死亡才能将我们分开

苏莱曼：麦夫鲁特抢来的女孩，并不是在我哥的婚礼上和他四目相对的漂亮的萨米哈，而是她并不漂亮的姐姐拉伊哈。你们觉得他是什么时候发现的？是在村里，在黑漆漆的院子里一看见拉伊哈的时候？还是在他们一起跋山涉水逃跑中看见她脸的时候？上车坐我身边时他明白了吗？在车上为了搞清楚这个问题，我问他，"有啥问题吗？"，"怎么变哑巴了？"可麦夫鲁特没露一点声色。

下了火车随着人群在海达尔帕夏坐上渡船去卡拉柯伊时，麦夫鲁特想的不是婚姻和婚礼，而是最终他将和拉伊哈在同一个房间里独处。他觉得拉伊哈去注意加拉塔大桥上面的热闹和轮船冒出的白色气雾很幼稚，他无法不去想，等一会儿他们可要走进同一个家，在那里独处。

他拿出像珠宝一样藏在口袋里的钥匙，打开在塔尔拉巴什的单元房门。麦夫鲁特感觉在他往返村里的三天时间里，家变成了另外一个地方：6月初的早上还算凉爽的单元房，眼下在烈日炎炎中变得异常闷热，地上的旧油毡在阳光的烘烤下散发出一种混合着廉价塑料、蜂蜡和绳子的气味。窗外，传来麦夫鲁特一向喜欢的贝伊奥卢和塔尔拉巴什的人车嘈杂。

拉伊哈："咱们的家很漂亮，"我说，"但是需要开窗稍微透透气。"我扭动窗闩，却没能把窗打开，麦夫鲁特马上跑过来给我演示怎么打开长插销。我立刻意识到，如果用肥皂水彻底清洗一下，清理掉蜘蛛网，便可以把失望、恐惧和麦夫鲁特幻想中的魔鬼从这个家里清扫出去。为了买肥皂、塑料桶和拖把布，我们一起走出了家门。摆脱了在家里独处的紧张，我们便都轻松了。中午，我们欣赏着橱窗、走进商店看着货架、买着东西，从塔尔拉巴什的后街一直走到了鱼市场。我们为厨房买了海绵、钢丝球、刷子和洗涤剂，一回到家就开始了一场大扫除。我们那么专注地干活，以至于忘记了在家独处的羞怯。

傍晚，我汗流浃背。麦夫鲁特给我演示怎么用火柴点燃热水器，怎么打开煤气罐、哪个水龙头能出热水。为了把点燃的火柴插进热水器的小黑洞里，我们一起爬上了椅子。麦夫鲁特还关照我洗澡时要稍微打开一点儿面向公寓楼小天井的磨砂玻璃小窗。

"如果你打开这么多，既可以让毒气出去，又不会让别人看见你……"他轻声说，"我出去一个小时。"

拉伊哈还穿着从村里出逃时穿的衣服。麦夫鲁特知道，要是自己在家，她是不可能脱衣洗澡的。他来到独立大街，走进一家咖啡馆。冬日的晚上，这里会坐满看门人、卖彩票的人、司机和疲惫的小贩，而现在却空无一人。麦夫鲁特看着放在面前的茶，琢磨正在洗澡的拉伊哈。他是怎么知道她肤色白皙的？是在看拉伊哈脖子的时候！为什么出门时要说"一个小时"？时间过得太慢了。麦夫鲁特在杯底看见了一小撮孤零零的茶叶末。

因为不想没到时间就回家，他喝了一杯啤酒，在塔尔拉巴什的后街上绕着道往家走：街上孩子们说着脏话踢球玩，母亲们坐在三层窄楼的门口，抱着托盘从米里挑石子。住在街上的人们彼此认识，作为这街道的一分子，麦夫鲁特感到称心满意。

在一块空地上支起的一个黑布罩凉棚下，他和卖西瓜的小贩讨起价来，他拿起西瓜一个个地敲，想要明白瓜有多熟。一只西瓜上爬着一只蚂蚁，麦夫鲁特拿起瓜在手上转了一下，蚂蚁就被转到了下面，但并没掉落，而是加速跑起来，依然爬到了瓜的上面。连同那只执着的蚂蚁，麦夫鲁特让卖瓜人称了西瓜。他悄悄走进家门，把西瓜放进了厨房。

拉伊哈：我洗完澡，换上干净的新衣服，背对着门，散着头发躺在床上，睡着了。

麦夫鲁特蹑手蹑脚地走过去，久久地看着床上的拉伊哈，他明白这一刻将永生难忘。她穿着衣服的身体和双脚优雅漂亮，她的肩膀和胳膊随着呼吸轻微起伏。有一瞬间，麦夫鲁特觉得她在装睡，他一声不响、小心翼翼地和衣躺在了双人床的另一侧。

他的心怦怦狂跳起来。假如现在他们开始做爱——该怎么做他也不确定——那他就将辜负了拉伊哈对他的信任。

拉伊哈信任麦夫鲁特，将整个一生交给了他，在尚未结婚，甚至还没有做爱的情况下就解开头巾，向他展示那一头美丽的长发。看着她那长长的鬈发，麦夫鲁特觉得，仅仅出于这份信任和托付，他将和拉伊哈相依为命，全心去爱她，在这世上他不再孤独。听着拉伊哈均匀的呼吸声，他幸福满怀。更何况，拉伊哈看了并喜欢他写的情书。

他们和衣而睡。半夜黑暗中，他们拥抱了彼此，但没有做爱。麦夫鲁特明白性行为在夜晚的黑暗中会变得更加容易，但第一次他要和拉伊哈在日光下、看着她的眼睛做爱。早上醒来，他俩四目相对，全都害羞了，于是他们又去忙别的事情。

拉伊哈：第二天早上，我还是让麦夫鲁特上街买东西了。我为桌子选了一块类似油毡布的塑料桌布、一床蓝色花朵的被罩、一个仿草编的塑料面包筐，还有一个塑料的柠檬榨汁器。我又好奇地去看了拖鞋、咖啡杯、玻璃罐和盐罐，啥也不买只为乐趣的闲逛让麦夫鲁特走累了。我们回到家，坐到床沿上。

"谁也不知道咱们在这里，对吧？"我问道。

听到这话，麦夫鲁特转过他的娃娃脸，那样地看了我一眼。"炉灶上有午饭。"说着我逃去了厨房。下午的阳光把小单元房晒热时，我觉得累了便上床躺下了。

麦夫鲁特也在她身边躺下，他们第一次相拥着接吻。当麦夫鲁特在聪明的拉伊哈脸上看到犯错小孩的表情时，他愈加想得到她。但欲望一旦膨胀喷涌，他俩就都害羞地不知所措了。麦夫鲁特把手伸进她的衣服，刹那间握住了拉伊哈的左乳房，他感到一阵晕眩。

拉伊哈推开了他。麦夫鲁特生气地从床上爬起来。

"别担心，我没生气！"他说着坚定地走出了街门，"我一会儿就回来。"

阿迦清真寺的一条后街上，有一个库尔德人金属废料经销商，他毕业于安拉卡宗教学校。此人为一些年轻人主持宗教婚礼而谋取一点小钱。比如：有的人以正式婚礼结了婚，但为了以防万一还想举行一个宗教婚礼；有的人尽管在村里有一个老婆，却在伊斯坦布尔爱上了别人而茫然不知所措；还有瞒着父母兄长偷偷约会、把持不住做了不该做的事而羞愧难当的保守年轻人。由于唯独哈乃斐学派允许未经家长同意的年轻人结婚，因此他也称自己出自哈乃斐学派。

在堆满废旧暖气片、煤炉盖、生锈马达零件的昏暗的旧货店后面，麦夫鲁特找到了那个库尔德人，他正在打瞌睡，头埋在手上的《晚报》里。

"霍加[1]，我想根据我们的宗教教规结婚。"

"我知道了，但干吗这么着急啊？"霍加问道，"要娶第二个老婆，你还太穷也太年轻。"

"我和女孩私奔了！"麦夫鲁特答道。

"当然女孩是同意的？……"

"我们彼此相爱。"

"有很多卑鄙的强奸犯，以爱情的名义强抢女孩。强迫女孩就范的这些卑鄙小人，也会说服女孩不幸的家人，最后和女孩结婚……"

"不是这样的。"麦夫鲁特说，"我们是自愿的，但愿我们将为爱情而结婚。"

"爱情是一种病。"霍加说，"救急的药嘛，你说的有道理，是婚姻。然而就像伤寒退烧后一生都要吃奎宁那样，人们因为总是要吃那一剂乏味的药而随即后悔。"

"我不会后悔。"麦夫鲁特说。

"那你急什么？难道你还没和女孩入洞房吗？"

"按规矩结婚之后。"麦夫鲁特说。

"要么女孩不漂亮，要么你是一个太单纯的人。你叫什么名字？你是个漂亮的孩子，来喝杯茶。"

一个脸色苍白、长着一双大大的绿眼睛的小伙计端来茶，麦夫鲁特喝了茶，想长话短说，可霍加说起世风日下，借此讨价还价。他说，因为接吻、触摸而以宗教仪式结婚的年轻人，晚上分别回到各自的家里，却在餐桌上向父母隐瞒早上已经结婚的事实。遗憾的是，这样的年轻人越来越少。

"我没有很多钱！"麦夫鲁特说。

"所以你才去抢亲？一些无赖，也跟你一样漂亮，一旦欲望得到满足

---

[1] 霍加（Hoca），伊斯兰教宗教人士的尊号。

就说'你很轻浮'，而抛弃女孩。我知道好些玫瑰花般漂亮却愚蠢的女孩，因为像你这样的人而自杀，或者沦落到了妓院。"

"等她到十八岁，我们还要办正式的婚礼。"麦夫鲁特愧疚地说。

"好吧，明天我为你们主持婚礼。让我去哪里？"

"不带女孩过来在这里办婚礼不行吗？"麦夫鲁特看了一眼布满灰尘的旧货店问道。

"我不收伊玛目[1]的费用，但要收婚礼场地费。"旧货商说。

拉伊哈：麦夫鲁特走后，我也出了门，碰巧遇到一个街头小贩，从他那里买了两公斤有点变软但便宜的草莓，又在杂货店里买了白糖。麦夫鲁特回来之前，我择草莓，煮了草莓酱。麦夫鲁特回到家，高兴地闻了闻甜甜的草莓蒸汽味，但他并没有试图来靠近我。

傍晚，麦夫鲁特带我去了一次放映两部国产电影的郁金香电影院。放映大厅几乎被潮湿的空气浸透了。在胡尔雅·考齐伊伊特和图尔坎·绍拉伊主演的两部电影之间，他说我们明天就结婚，听到这话我哭了一会儿。但是第二部电影我也认真看了。我太高兴了。

"得到你爸爸允许之前，或者你十八岁之前，至少让咱们马上办一个宗教婚礼，别让谁来拆散咱俩……"电影结束时麦夫鲁特说，"我认识一个旧货商，咱们在他的店里办婚礼。我问了，你完全不用去……只要说委派了一个人就可以了。"

"不，我要去参加婚礼。"我皱着眉头说。为了不吓到麦夫鲁特，我对他笑了笑。

麦夫鲁特和拉伊哈回到家后，像两个在边陲城市里不得不分享客栈同一个房间的陌生人那样，避开对方脱下衣服，换上了睡裙和

---

[1] 伊玛目，阿拉伯语 Imam 的汉语音译。对穆斯林祈祷主持人的尊称，又称领拜师。

睡衣。他们没看对方就关了灯，并排躺到床上，小心翼翼地在两人之间留出一块空当，拉伊哈依然背对着麦夫鲁特。麦夫鲁特的内心充满着一种介于开心和恐惧之间的心绪。他想自己可能会兴奋得彻夜难眠，可没过多久他就睡着了。

半夜醒来，他淹没在拉伊哈皮肤里散发出来的浓郁的草莓蒸汽味，以及来自她脖颈的儿童饼干的甜香气味里。他们都热得冒汗，成了贪婪的蚊子的饵料。他们的身体自然而然地抱在了一起。麦夫鲁特看着窗外藏蓝色的夜空和霓虹灯，瞬间以为他们飞翔在地球以外的某个地方，在一个没有地心引力的失重环境里回到了他们的童年时代。

"咱们还没结婚呢。"拉伊哈说着推开了麦夫鲁特。

麦夫鲁特从卡尔勒奥瓦餐馆的一个老服务员那里听说，费尔哈特服完兵役回来了。早上，在一个马尔丁小洗碗工的帮助下，麦夫鲁特在塔尔拉巴什的一个贫寒的单身宿舍里找到了费尔哈特。他在那里和比自己小十岁的小服务员和上中学的洗碗工住在一起，他们多数是库尔德人和阿拉维派人，来自通杰利和宾格尔。麦夫鲁特觉得这个气味难闻而且闷热的房子委屈了费尔哈特，为他难过，但得知费尔哈特也回父母家，心里便舒坦了。麦夫鲁特还察觉到，费尔哈特在那里扮演着宿舍兄长的角色。而事情的背后，则是军事政变后变得愈发困难的香烟走私生意，他们称之为"草"的大麻生意，还有一点政治愤怒和团结。但麦夫鲁特没有多问。服兵役时看见和经历的事情，以及落入迪亚巴克尔监狱的熟人遭受折磨的故事，深深地影响了费尔哈特，因此他变得政治化了。

"你应该结婚。"麦夫鲁特说。

"我必须在城里结识和追求一个女孩。"费尔哈特说，"或者从农村抢一个女孩。我没有结婚的钱。"

"我就抢了一个。"麦夫鲁特说，"你也去抢一个。然后咱们一起创业，让咱们成为店主、有钱人。"

麦夫鲁特夸大其词地编造了他和拉伊哈私奔的故事。故事里既没有苏莱曼，也没有小卡车。麦夫鲁特说，女孩的爸爸追赶他们时，他和心爱的人手牵手在泥泞的山路上奔走了一整天，一直走到阿克谢希尔火车站。

"拉伊哈像咱们信上写得那样漂亮吗？"费尔哈特激动地问道。

"比那更漂亮还聪明。"麦夫鲁特说，"但是女孩家人、乌拉尔他们、考尔库特和苏莱曼，甚至还在伊斯坦布尔找我们。"

"卑鄙的法西斯。"费尔哈特说着，立即表示同意做婚礼的证人。

拉伊哈：我穿上了印花长连衣裙和干净的牛仔裤，戴上了我在贝伊奥卢后街买的紫色头巾。我们在独立大街的黑海快餐店跟费尔哈特见了面。他宽宽的额头，高高的个子，是个有礼貌的人。他递给我们每人一杯酸樱桃汁。"祝贺你，嫂子，你选择了一个对的丈夫。"他说，"他是个怪人，但有一颗金子般的心。"

我们在旧货店集合后，旧货商从隔壁杂货店里又找来一个证人。他从抽屉里拿出一个写满老式文字的破旧本子，打开本子，挨个问了每人的姓名、爸爸的名字，慢条斯理地一一写了下来。我们知道他写的东西没有一点官方价值，但都被他认真书写阿拉伯字母的样子打动了。

"礼金你给了什么？如果分手你给什么？"旧货商问道。

"什么礼金？……"费尔哈特问，"他不是抢亲嘛。"

"离婚的话你给她什么？"

"只有死亡才能将我们分开。"麦夫鲁特答道。

"一个你写十个雷沙德金币 [1]，另一个写七个共和国金币 [2]。"另外一个证人说。

"这也太多了。"费尔哈特说。

"看来我没法依据伊斯兰教法来主持婚礼了。"旧货商说着走到了商

---

[1] 雷沙德金币（Reşat altını），奥斯曼帝国时期，1909 年以穆罕默德五世·雷沙德的名义印制的 7.2 克重金币。

[2] 共和国金币（Cumhuriyet altını），上面印有阿塔图尔克头像的金币。

店入口处的磅秤旁，"没办符合宗教教规的婚礼，任何亲近行为都属于通奸，况且女孩的年龄也很小。"

"我不小了，十七岁！"说着我展示了从爸爸的柜子里偷出来的身份证。

费尔哈特把旧货商拉到一边，往他的口袋里塞了钞票。

"你们跟着我念。"旧货商说。

麦夫鲁特和我凝视着彼此的眼睛，跟着念了一大串阿拉伯单词。

"我的真主！佑助这桩婚姻！"仪式结束时旧货商说，"真主，佑助你这两个可怜的仆人亲密、相扶、恩爱，佑助他们的婚姻长久，保佑麦夫鲁特和拉伊哈远离仇恨、冲突和分离！"

2

麦夫鲁特的冰激凌生意

他一生中最幸福的时光

　　一回到家他们就上床做爱了。他们非常渴望、好奇，却始终没能做的这件事，现在，婚后，则成了他们被期待的一项任务，因而两人都从容了。看见彼此裸露的地方（不是所有的地方），触摸胳膊、乳房和像火一样燃烧的地方，他们还很害羞，但这无法躲闪的激情冲淡了他们的羞怯。"是的，让人很害羞，"他们仿佛在用眼神告诉对方，"但很遗憾，我们必须做。"

拉伊哈：房间要是暗的就好了！我讨厌四目相对时那种害羞的感觉。灰白的窗帘根本遮不住夏日午后强烈的阳光。麦夫鲁特有时候表现得过于饥渴和粗鲁，我推开了他一两次；可是另一方面，我又喜欢他那坚决的样子，我也放任自己了。麦夫鲁特的那个东西，我看见过两次，有点害怕。就像搂着一个婴儿那样，我搂着我漂亮纯真的麦夫鲁特的脖子，不让我的眼睛看见下面那个大家伙。

无论是麦夫鲁特还是拉伊哈，作为他们在村里接受的宗教教育的一部分，和他们从朋友那里听来的相反，他们知道夫妻间不存在任何羞耻的东西，但当他们四目相对时还是会害羞。没过多久他们就明白了，这种羞怯会慢慢褪去，他们要把做爱当成一件人性的事情来接受，甚至要把它当作成熟的体现。

"我渴死了。"麦夫鲁特说，有一阵他仿佛快要窒息了。

仿佛整个家、墙壁、窗户、房顶都在流汗。

"水罐旁边有杯子。"拉伊哈躲在被单下面说。

麦夫鲁特觉得，从拉伊哈的眼神来看，仿佛她不是从自身内部，而是从外部在看这个世界。而他自己往桌上的杯里倒水时，也感觉自己只是一个灵魂，是他的灵魂出窍了。给妻子递水时他想到，犹如做爱是一件非常放肆无耻的事情一般，它也可能有非常宗教和精神的一面。以喝水为借口，甚至带着一种归顺的感受，他们端详彼此赤裸的身体，又害羞，又对人生感到惊讶。

麦夫鲁特看见，拉伊哈雪白的肌肤宛如一束光在房间里散射开来。他猜想，她身上的一些粉红色和浅紫色斑痕可能是他自己不小心弄出来的。重新钻进被单时，带着知道一切顺利的轻松，他们又搂在了一起。麦夫鲁特的嘴里不由自主地冒出了之前他毫无准备的甜言蜜语。

"亲爱的，"他对拉伊哈说，"我的唯一，你太可爱了……"

儿时妈妈和姐姐们大声对他说的这些话，现在犹如透露一个秘密，他发自内心地呢喃着。他叫着拉伊哈，好似一个在森林里害怕迷路、惊慌失措的人。关了灯，他们睡去又醒来，在黑暗中爬起来喝水，一直做爱到天亮。结婚最棒的一面，就是能够随心所欲地尽情做爱。

早上，当麦夫鲁特和拉伊哈在床单上看见樱桃色的血渍时，他们又害羞，又都暗自高兴，这是拉伊哈作为处女的一个期待中的标识。尽管他们从没说起这个话题，但是麦夫鲁特和拉伊哈早上一起准备晚上去卖的樱桃冰激凌时，总会联想起和这颜色相似的东西。

拉伊哈: 麦夫鲁特从小学毕业留在村里的那年起,而我则在更小的时候,十岁起,就开始在每个斋月里把斋了。小时候有一次,当我和萨米哈打着瞌睡等待开斋时,我姐姐维蒂哈因为饥饿眼前发黑,和手上的托盘一起,像地震时的宣礼塔一样倒在了地上。打那以后我们就知道了,一旦眼前发黑就要立刻蹲坐在地上。有时,为了玩闹,即便眼前没发黑,我们也会好似天旋地转一般摇晃一下,然后倒在地上一起开怀大笑。把斋的每个人,即便是孩子都知道,夫妻们全天都不应该接近彼此。可是结婚三天后斋月就开始了,我和麦夫鲁特开始怀疑起这条我们熟知的规矩。

霍加,亲吻手会破斋吗?不会!亲吻肩膀呢?大概也不会。亲吻妻子的脖子呢?脸颊呢?假如你不再进一步,宗教宽容一个有礼貌的亲吻。为我们主持宗教婚礼的旧货商说过,假如没接触到唾液,即便是嘴对嘴的亲吻也不会破斋。最信任霍加的麦夫鲁特说,因为是他让我们结婚的,所以只有他才是最权威的。在我们的宗教里,还有一条为一切辩解的出路。炎热漫长的夏日里,消失在森林和河床里、不知羞耻地自娱自乐的那些把斋孩子争辩道:"伊玛目先生说,不要亲近你们的配偶,但没说不要亲近你们自己啊……"这是维蒂哈告诉我的。也许书上也根本没有斋月禁止做爱的条款。

现在你们大概已经明白了:我和麦夫鲁特在漫长炎热的斋月里,没能控制我们的情欲,继续做爱了。如果算罪孽,我接受,我也很爱我漂亮的麦夫鲁特。我们对任何人无害!我想问那些说我们有罪的人这样一个问题:你们认为,斋月前急急忙忙让他们结婚、人生中第一次做爱的成千上万的年轻人,在昏昏沉沉的把斋时间里,会在家里做什么?

斋月里,麦夫鲁特从回到锡瓦斯农村的赫泽尔那里,租来了冰激凌小贩三轮车、长柄勺子和木桶。像许多经常回村却不想失去老顾客的街头小贩那样,赫泽尔也会在每年夏天安排另外一个小贩,把车和顾客托付给他。

出于对麦夫鲁特的诚实和仔细的信任，赫泽尔问他要了很少的租金。他还邀请麦夫鲁特去他家里。他的家在道拉普代莱后面的一条僻静小街上，拉伊哈和他那矮小圆胖的居米什哈内人妻子随即成了朋友。夫妻俩一起告诉麦夫鲁特和拉伊哈，他们是怎么做冰激凌的：为了调到合适的浓稠度，应该如何以一种自然的节奏来不停地转动木桶；怎样才能往柠檬水里加一点柠檬酸；怎样才能往樱桃水里加一点色素。赫泽尔认为，孩子和还以为自己是孩子的成年人喜爱冰激凌。而兜售的诀窍在于，小贩的快乐和玩笑，和冰激凌的味道一样重要。赫泽尔告诉麦夫鲁特要去哪几条街、哪些钟点哪些角落人会多、什么时候在什么地方会卖得好。为此赫泽尔还坐在桌前，仔细地画了一张地图并作了标记。每天晚上，当麦夫鲁特推着小车从塔尔拉巴什的上面径直往独立大街和色拉塞尔维莱尔大街走去时，他的眼前总会闪现出这张烂熟于心的地图。

他在漆成白色的冰激凌小推车上，用同样的红色字母写下

赫泽尔冰激凌
草莓　樱桃　柠檬　巧克力　奶油

有时候，麦夫鲁特在夜晚特别思念拉伊哈的时候，其中一种口味的冰激凌就卖光了。他对一个顾客说："没有樱桃味的。"顾客耍嘴皮问道："那你为什么要写樱桃？"麦夫鲁特也不说"卖完了"，他想说"又不是我写的"，但因为想着拉伊哈很开心，所以他甚至干脆不作回答。他把爸爸留下的旧铃铛放在家里，用赫泽尔给他的更加欢快清脆的铃铛。就像赫泽尔教他的那样，犹如挂在晾衣绳上遇到风暴的手绢，他快速摇动铃铛，用赫泽尔教他的音调高声叫卖，"奶油冰激凌！"可是一听到铃声就跟着他跑的孩子们，则大声叫道："卖冰激凌的，你又不是赫泽尔。"

他对孩子们说："我是他的弟弟，赫泽尔回村参加婚礼了。"这些孩子会像魔鬼一样从街角、窗户、树木、捉迷藏的清真寺天井、黑暗中突然冒

出来。

推着车，麦夫鲁特不方便去顾客的家里和厨房，而多数想买冰激凌的人家会派一个人下楼来。人口多的大家庭要么派一个用人托着大银盘或镶嵌贝壳的托盘，要么用绳子放下一个里面放着托盘的篮子。托盘上放着十个左右的细腰空茶杯，旁边的纸上逐一写着冰激凌的各种混合口味。麦夫鲁特很快发现，在昏暗的路灯下，以药剂师配药的认真劲头来一一准备这些冰激凌，是一件多么细致和艰难的事情。有时，一个订单还没弄完，街上又出现一两个新顾客；而犹如黏在果酱盘上的苍蝇，围在他周围叽叽喳喳的孩子们也会变得迫不及待、烦躁不安。有时，就像在泰拉维罕拜 [1] 的时间里，不仅在冰激凌车周围，整条街道都空无一人。而派用人端着托盘下去的大家庭里的所有孩子、看电视足球比赛的大叔、兴高采烈的客人、嚼舌的大妈、娇惯的小女孩，乃至害羞急躁的男孩，一起在五楼用一种连麦夫鲁特都大吃一惊的肆无忌惮，叫喊着向全世界宣布，他们要多少樱桃味、多少奶油味的冰激凌，圆筒的最下面放什么口味、最上面放什么口味。有时，他被执意叫上楼，去见证大家庭里在餐桌周围、凌乱富足的厨房门口、地毯上翻筋斗的孩子们的快乐。有些人家一听到麦夫鲁特的铃铛声就立刻断定楼下的人是赫泽尔，阿姨叔叔们在二楼上看着麦夫鲁特的眼睛，开始和他聊天，"赫泽尔，你好吗，你看上去很好啊，真棒。"麦夫鲁特也不露声色，挑些讨喜的话回答道，"感谢真主，我们刚从村里参加婚礼回来……这个斋月很富足。"可说完这些他就会瞬时感到愧疚。

斋月里让他感到真正愧疚的，当然是听从了魔鬼的旨意，在斋戒时间里和拉伊哈做爱。他和拉伊哈一样聪明，足以意识到自己正在经历人生中最幸福的时光，同时这种幸福如此强大，任何良心谴责都显得微不足道。于是直觉告诉他，这种幸福具有更深层的根源：他感觉自己犹如一

---

[1] 泰拉维罕拜（Teravih namazı），是属于夜间拜的一种，斋月里集体礼的夜间拜被叫做"泰拉维罕拜（间歇拜）"。

个尽管不配，却被误送进天堂的人。

　　还不到十点半，赫泽尔在地图上标出的路还没走到一半，他就开始强烈地想念拉伊哈。她在家里做什么？斋月两周后的下午，在做完冰激凌和做爱后剩下的时间里，他们去了两次贝伊奥卢后街的电影院，影院连续放映三部凯末尔·苏纳尔和法特玛·吉利克主演的喜剧片，票价是一个大冰激凌的价钱。麦夫鲁特想，如果买一台二手电视机，拉伊哈在家里等自己的时候就不会无聊了。

　　每晚最后，他都来到一个台阶的平台上。平台朝向伊斯坦布尔成千上万扇亮灯的窗户。就像此书的开头讲的那样，这里也是十二年后他遭遇一对父子打劫的地方。麦夫鲁特在那里看见黑暗中驶过海峡的油轮和宣礼塔之间的屋脊时，他觉得自己很幸运，因为他在伊斯坦布尔有个家，家里有个拉伊哈那样可爱的女孩在等待自己。孩子们就像饥饿的海鸥追随渔船，总是成群地跟在他的身后，为了卖完桶里最后一点冰激凌，他从孩子中目测选出一个最精明的问道："拿出来我看看，你口袋里有多少钱？"那样的几个孩子即便没有足够的零钱，他也会收下，并往他们每人手里塞上一个大大的冰激凌，然后回家。有的孩子一分钱也没有，却哀求道："赫泽尔叔叔，就给我一个空蛋筒吧！"还有模仿和嘲笑哀求孩子的小孩，对于这些孩子，麦夫鲁特是不会妥协的。他知道，一旦他免费送出一个冰激凌，那么第二天他将一个也卖不出去。

拉伊哈：听到麦夫鲁特把车推进后花园，我就知道他回来了，立刻跑下楼去。他用链条把车的前轮拴到杏树上时，我就把冰激凌桶、（每次我都说"太棒了，全空了！"）要洗的抹布和冰激凌勺子拿上楼去。麦夫鲁特一进家门，就快速解下围裙往地上一扔。有些人对于他们挣来的钱毕恭毕敬，犹如对待上面写着先知名字的纸张；他们把钱放到一处高高的地方，犹如对待掉落到地上的一块面包。而麦夫鲁特却将口袋里装满钱的围裙往地上一扔，迫不及待地要重回家庭的幸福，这让我很开心，我便去亲吻他。

夏日的早上，麦夫鲁特准备出门去阿尔巴尼亚人果蔬店或者鱼市场，采买草莓、樱桃、哈密瓜和做冰激凌的材料时，我也去穿鞋、戴头巾。"你也跟我去吧！"麦夫鲁特说，好似让我上街只是他自己的主意。斋月过后，麦夫鲁特开始下午也卖冰激凌了。

假如我看见麦夫鲁特在街上害羞或烦我了，当他在理发店、木匠作坊门口、汽车车身修理店前面遇到朋友和他们闲聊时，我就站在后面。有时他说："你在这里耐心等一会儿。"然后走进一个店家，让我在那里等着。我从塑料盆厂敞开的大门望进去，看着里面的工人，自得其乐。离家越远，麦夫鲁特就显得越轻松，他指给我看后街上放映色情电影的坏影院，和费尔哈特一起打工的另外一家餐馆。可是，到了塔克西姆和加拉塔萨雷，他在人群中一遇到熟人，就马上不安起来。难道因为我们是抢女孩的坏男人和被他欺骗的傻女孩吗？"咱们回去吧。"麦夫鲁特气恼地说。他自顾自地走在前面，而我则跟在他身后，试图去明白为什么他会突然为这么一点小事就生那么大的气。（我的一生就是在试图明白麦夫鲁特为什么会突然发火中度过的。）但是当我们开始一起清理、清洗和碾碎水果时，麦夫鲁特又立刻变得温柔起来，他亲吻我的脖颈和脸颊，还说最甜美的樱桃和草莓在别的地方，这既让我害羞，又会把我逗乐。尽管我们用力拉上了窗帘，可房间还是亮堂堂的，我们开始做爱，似乎房间变暗了，我们也看不清彼此。

3

麦夫鲁特和拉伊哈的婚礼

卖酸奶人当中的可怜人是卖钵扎的

阿卜杜拉赫曼：做私奔女孩的父亲可不是件容易的事情：你要立刻叫喊着朝夜空开枪，这样才能不让嚼舌的人说，"其实她爸爸知道"。四年前，三个持枪的土匪光天化日之下在普纳尔巴什村，抢了一个在田里干活的漂亮姑娘。姑娘的父亲去找检察长，让检察长向宪兵发出了搜寻和追踪令。想到女儿无法想象的遭遇，这个父亲终日以泪洗面，却依然没能摆脱"其实她的爸爸知道"的诽谤。我问了萨米哈很多次是谁抢走了拉伊哈，我也说了别让我发火，否则我揍你。当然我甚至没动过她们一根手指头，她自然不信，我也就没能得到一个答案。

为了不让村里人嚼舌，我去了贝伊谢希尔找到检察长。"你这个人真是的，连女儿的身份证都没有。"检察长说，"很显然，她是自己跑走的。只是她还未满十八岁，如果你愿意，我就起诉，让宪兵去追他们。但只怕你随后又心软了，为了让他们结婚，想原谅你的女婿，可那时已经起诉了。最好你现在去咖啡馆坐坐，好好想一下，如果你决定要起诉就再来找我。"

去咖啡馆的路上，我走进了克勒克·开普切施济所，喝了一份小豆汤。我听旁桌人说，动物爱好者协会举办的斗鸡比赛马上就要开始了，我就跟着他们去了。就这样，那天我没做出决定就回了村。过了一个月，斋月刚过，维蒂哈捎来消息说：拉伊哈在伊斯坦布尔，她很好，怀孕了，她是和维蒂哈的丈夫考尔库特的堂弟麦夫鲁特私奔的。那个愚蠢的麦夫鲁特穷得叮当响，维蒂哈见过他。"我绝不会原谅他。"尽管我这么说，维蒂哈当时就明白了我会原谅他的。

维蒂哈：开斋节后的一天下午，拉伊哈没跟麦夫鲁特打招呼就来了我们在杜特泰佩的家。她说和麦夫鲁特过得很幸福，她怀孕了。她搂着我哭了。她说自己很孤独，很害怕，她不想在一个巴掌大的破旧单元房里生活，想生活在一个带院子的家里，跟我们在杜特泰佩的房子一样，像在村里时那样，和姐妹们、一家人在一起，有树木有鸡群。而我知道，我亲爱的拉伊哈真正想要的是，我们的爸爸原谅她，别说"私奔的女儿不能办婚礼"；同意她正式结婚，办婚礼。在她肚里的孩子没长太大之前，我是否能一边说服考尔库特和我的公公哈桑，一边又能不让爸爸伤心，把一切安排妥当呢？"走着瞧吧。"我说，"但是你任何时候也不能告诉爸爸或者其他任何人，麦夫鲁特的信是我和苏莱曼带给你的，请你再发一次誓。"乐观的拉伊哈立刻发了誓。"其实我私奔结婚，所有人都高兴。"她说，"因为现在该轮到萨米哈了。"

考尔库特：我去了居米什代莱，稍作一番讨价还价后，我的歪脖子老丈人开始哭起来，我说服他"原谅"拉伊哈。看老丈人的反应，好像我插手了拉伊哈的私奔，一开始我很生气，（但随后，从歪脖子的这些反应里，我得出了妻子维蒂哈和弟弟苏莱曼参与了此事的结论。）其实我的老丈人对拉伊哈的婚事是满意的，他只不过是因为被麦夫鲁特白捡了女儿而生气。为了言归于好，我答应资助他修理破损的院墙，当然还有让麦夫鲁特和拉伊哈回村去亲吻他的手以求得宽恕。随后我让维蒂哈捎给他两千里拉。

得知歪脖子·阿卜杜拉赫曼原谅拉伊哈和自己的条件是回村亲他的手，麦夫鲁特立刻焦虑不安起来。因为他知道，那时他一定会和为她写情书的漂亮的萨米哈四目相对，会满脸通红，无地自容。在开往贝伊谢希尔的大巴上，麦夫鲁特一直都在思忖这即将来临的窘境，以至于十四个小时的路程中他连眼皮都没合一下，而拉伊哈却像个孩子似的香甜地睡着了。让他感到更棘手的是，向拉伊哈隐瞒自己的不安，而拉伊哈却欣喜若狂，因为一切都已摆平，即将见到爸爸和妹妹。他害怕即便自己只是想到这个问题，都会让拉伊哈知道真相。而问题恰恰因此在他的脑海里越变越大，如同对狗的恐惧。拉伊哈早就发现了丈夫的不安。半夜，大巴停靠在达阿巴什加油站休息区，喝茶时，拉伊哈最终问了她的丈夫，"你怎么了，看在真主的分上告诉我！""我的脑子里有种奇怪的感觉。"麦夫鲁特说，"无论做什么，我都觉得自己在这世上孤苦伶仃。""我在你身边时，你绝不会再有这种感觉的。"拉伊哈带着一种母性的口吻说。麦夫鲁特在茶馆的玻璃窗上，看见拉伊哈的影子满怀怜爱地靠近自己，他意识到这一刻他将永生难忘。

　　他们先去了杰奈特普纳尔，麦夫鲁特的村庄，在那里待了两天。妈妈为拉伊哈铺了最好看的床，还拿出麦夫鲁特最爱吃的核桃仁蜜肠。妈妈不时亲吻儿媳，抓住她的手和胳膊，甚至有一次捏着她的耳朵，一边让麦夫鲁特看，一边说，"多漂亮啊，是吧？"自从十二岁去了伊斯坦布尔，麦夫鲁特再也没能好好享受这种母爱。为此他又欢喜，又感到了一种莫名的愤怒，甚至不屑。

拉伊哈：五十天了，我竟然那么想念我的村庄、我的家和我们的院子，甚至想念老旧的小学、树木和我的老母鸡，我怎么一下子就从那里消失了。麦夫鲁特像个可爱的孩子，在我和他私奔的那晚我开灯关灯发信号的房间里，他向我爸爸道了歉。他亲吻了我亲爱的爸爸的手，我高兴极了，我永远不会忘记那一幕。随后，我端着托盘走进去，像个对前来提亲的客人热情微笑的老姑娘那样，向他们敬献了咖啡。由于紧张，麦夫鲁特还没把滚烫的咖啡吹凉，就像喝柠檬水那样喝了一大口，眼里立刻涌出了泪水。闲聊中，麦夫鲁特得知，婚礼前我将在村里和爸爸还有萨米哈住在一起，随后我将和他们一起去伊斯坦布尔参加婚礼，像个真正的新娘一样。为此他难过了。

对于拉伊哈直到那时才说明要留在村里，麦夫鲁特很是不满。当他出于本能尽快结束拜访，气鼓鼓地径直朝着自己的村庄走去时，其实他是非常满意的，因为他在家里根本没看见萨米哈。暂时摆脱了羞愧，他既高兴，又悲哀，因为问题并没有解决，只不过是拖到了伊斯坦布尔的婚礼上。没能在家里见到她，是否意味着萨米哈也在逃避羞愧，并且想忘记这个问题？拉伊哈提到了她妹妹的名字，但是不知为什么她并没有出现。

第二天回伊斯坦布尔的路上，在黑暗中犹如一艘破旧的太空飞船颠簸前行的大巴上，麦夫鲁特呼呼大睡起来。大巴停靠在达阿巴什休息区时，他醒了。回到去程时他们一起喝茶的餐馆，在同一张桌旁坐下时，他意识到自己有多么深爱拉伊哈。一天的孤独，足以让麦夫鲁特明白，在过去的五十天里，他深深地爱上了拉伊哈，这种深切的爱是他在任何一部电影里不曾看见过，也在任何一个神话故事里不曾听说过的。

萨米哈：我的姐姐拉伊哈找到了一个爱她、孩子般漂亮、诚实的丈夫，让我们都很高兴。为了参加婚礼，我和爸爸还有拉伊哈来到了伊斯坦布尔。这是我第二次来伊斯坦布尔，也是住在我维蒂哈姐姐家。海娜花之夜 [1]，和其他女人们一起，我们三姐妹尽情玩闹，都笑出了眼泪：拉伊哈模仿爸爸责备人的样子；维蒂哈模仿考尔库特开车遇到堵车时的破口大骂；我模

---

[1] 海娜花之夜（kına gecesi），婚礼前夜举行的、多数时候只有女人参加的一个娱乐活动。一方面庆祝年轻女孩即将成为新娘，另一方面因为女孩即将离娘家为她送行。

仿了那些为我上门提亲的人，他们在贝伊谢希尔的埃希雷夫奥鲁清真寺对面的干货商阿凡那里，买了一盒糖和一瓶古龙香水，可不知道往哪里放。拉伊哈之后，现在该轮到我结婚了，这让我的生活变得艰难起来：我讨厌爸爸像个看守那样整天盯着我；讨厌十来双好奇的眼睛从门缝里看我们，我们在房间里过海娜花之夜，房门每开一次，都能看见那些好奇的眼神。那些新郎候选人，远远地含情脉脉地看着我，好像他们会终生爱我似的，（有些人一边看，一边用指尖去摸他们的小胡子。）然后又装出一副根本没看我的样子，这让我挺开心的，但是对于那些去影响我爸爸，想走捷径的人，我很反感。

拉伊哈：我坐在椅子上，被一群叽叽喳喳的女人围在当中。我身上穿着我和麦夫鲁特在阿克谢希尔买来的粉色连衣裙，麦夫鲁特的两个姐姐还在裙子上绣上了花朵和花边，头上戴着维蒂哈为我罩上的红盖头。尽管我的眼前遮着半透明的盖头，我还是可以透过盖头的网眼，看见姑娘们欢快地唱歌跳舞。涂抹海娜花汁后，她们托着里面放着零钱和燃烧的蜡烛的盘子在我头上转圈，这时所有女孩和女人都异口同声地说道："唉，可怜的拉伊哈，你要离开娘家去一个陌生的地方，就要从一个小女孩一下子变成大女人了。唉，好可怜啊。"可无论她们怎么努力想让我悲伤，我就是一点也哭不出来。维蒂哈和萨米哈不时过来掀开我的盖头，看我的眼里是否有眼泪，我总是觉得自己会情不自禁地笑出来。她们越是说"她不哭"，围在我周围的其他女人就越是含沙射影地说："真了不起，没有一点后顾之忧，很想结婚。"为此我担心更嫉妒的人会说到我隆起的肚子，我努力试着去哭，我想起了去世的妈妈，想到了我们去扫墓，可我就是哭不出来。

费尔哈特：麦夫鲁特叫我去婚礼时，我说："算了，我不去！"为此麦夫鲁特伤心了。但我又想再去看一眼夏希卡婚礼礼堂，在那个地下的宽敞空间里，我参加过很多次左派的会议。社会主义政党和协会的代表大会及全会，每每唱着民歌和国际歌开场，却总是在打斗和椅子大战中结束。造成这些打斗的，不是手拿棍棒来突袭会场的民族主义分子，而是左派协会里亲苏或亲华的各个派别，他们总是不停地相互痛打。1977 年的广场之战后，库尔泰佩的左派遭到失败，所有这些地方都落入了获得国家支持的右派手中，我们也就没再去过。

麦夫鲁特没有告诉费尔哈特，夏希卡婚礼礼堂是乌拉尔的一个亲戚经营的，婚礼也是在他们的帮助下才得以举办的。

"你跟左右两派的人都混得不错啊。"费尔哈特依然含沙射影地对他说，"就凭这个本事你也可以成为一个很好的商人。"

"我想成为一个好店主。"麦夫鲁特说。他在费尔哈特身边坐了一会儿，从桌下往费尔哈特的柠檬水里加了酒，之后又单独倒了酒。他拥抱亲吻着他的朋友说："总有一天，咱们要开一家土耳其最好的店铺。"

麦夫鲁特对主持正式婚礼的市府公务员说"我愿意"时，他觉得自己能够放心地将一生交到拉伊哈的手上，同时他也信任拉伊哈的智慧。他知道，在婚礼上什么也不用操心，只管跟着妻子跑——他们的整个婚姻生活也将如此——既可以让自己的人生变得轻松起来，又可以让他内心里的孩子（不是拉伊哈肚子里的孩子，是麦夫鲁特骨子里的孩子）感到幸福。半小时后，犹如一个和所有人亲吻后跟保镖坐到一起的政客，哈吉·哈米特·乌拉尔和手下人入座后，他去亲吻了同一张桌上所有男人（一共有八个人）的手。

礼堂正中摆放着两张为新人准备的沙发椅。麦夫鲁特和拉伊哈在银色边框的红色天鹅绒沙发椅上坐下后，从占据多半人群的男人当中，他看到了很多熟悉的面孔：多数是他爸爸那一辈的卖酸奶的人。由于挑扁担，他们的肩膀都被压塌了，也都驼背了。因为卖酸奶的营生无以为继，他们中最贫穷、最失败的人，上午就改做别的营生，夜晚和麦夫鲁特一样卖钵扎。某些人之前在城里的偏远街区盖了一夜屋（有时他们会拆掉旧的，盖新的），现在这些地皮值钱了，他们的日子也就好过了，便让自己退休或者回到农村。一些人除了在农村有面向远处贝伊谢希尔湖的房子，还在老的一夜屋街区有房子。这些人抽着万宝路香烟，被报上的广告、实业银行的储钱罐、小学里灌输的知识所蒙骗，把日积月累攒下的钱，成年累月一分分地存进银行，可他们的钱却在最近的通货膨胀中瞬间化为乌有，担心贬值而存到银行家那里的钱也都蒸发了。一些人的儿子就跟麦夫鲁特一样，还在当小贩。麦夫鲁特在（像他爸爸那样的）男人群里发现，很多人做了四分之一世纪的小贩，直到年迈也没能攒下任何钱，甚至在村里都未能拥有一座房子、一个院子。和他妈妈坐一桌的，都是这些生活在农村的年老疲惫的小贩的老婆，麦夫鲁特不忍心看那里。

锣鼓唢呐声响起时，麦夫鲁特加入了在礼堂当中跳舞的男人群里。他一边蹦跳，一边用余光瞄着拉伊哈的紫色头巾。拉伊哈在女人那边的桌子之间，逐个和戴着头巾的女孩、姑嫂、阿姨们亲吻。也就是在瞄着拉伊哈的同时，他发现了从军队赶来参加婚礼的莫希尼。送礼仪式开始前，活跃的人群里出现了躁动，因为柠檬水、嘈杂声和礼堂里的潮湿闷热，人们犹如醉酒般，失去了原有的秩序。"要不是不时地看着乌拉尔他们那桌喝上一口酒，我是无法忍受那么多法西斯的。"费尔哈特说着从桌下递了一杯伏特加柠檬水给麦夫鲁特，他接过来一饮而尽。瞬间，他以为找不到拉伊哈了，随后又看见了她，向她跑去。从通向厕所的门口，拉伊哈正和两个戴着同样颜色头巾的女孩一起走出来。

"麦夫鲁特大哥，看见拉伊哈这么幸福，我真为你俩高兴……"其中一个女孩说，"别介意，在村里时，我没能祝贺你们。"

"那是我妹妹萨米哈，你没认出来吗？"他们坐回到沙发椅上，拉伊哈说，"其实她就漂亮在她的眼睛上。现在她在伊斯坦布尔很快乐。很多人追求她，很多人给她写信，维蒂哈和我爸爸都不知道该怎么办了。"

苏莱曼：一开始我以为麦夫鲁特很老练地装出了一副镇定的样子。不！麦夫鲁特竟然没认出自己给她写了那么多情书的漂亮萨米哈。

莫希尼：麦夫鲁特和拉伊哈要我在送礼仪式上当书记员兼主持人。我拿着麦克风宣布："我们的里泽承包商和商人、杜特泰佩清真寺的建造者、乐善好施的哈吉·哈米特·乌拉尔先生阁下，为新郎官戴上一块瑞士手表（其实是中国制造的）！"每当我宣布完一个来宾送的礼物，那些嘴上叼着烟、手里端着柠檬水、无聊至极的人就鼓掌，于是人群中就掀起一阵波澜，人们开始嚼舌嬉笑，而那些妄想给一点钱就能够脱身的吝啬鬼，也知道那样会出丑，只好准备一张更大的钞票。

苏莱曼：在人群里看见费尔哈特，我简直无法相信自己的眼睛。五年前，这个家伙用莫斯科的钱，和黑帮朋友一起把我哥他们逼入绝境，还试图清除他们。如果我们知道麦夫鲁特因为"他是我的朋友，他变温和了！"而把这个家伙请来，我们还会帮他传信、安排这桩婚事、举办婚礼吗？

看上去费尔哈特同志的锋芒削弱了很多。他不再像以前那样，摆出一副刚出狱的共产党人的架势，像钥匙串那样飞快地转着手上的念珠，盯着别人的眼睛，口出狂言地说自己无所不知。两年前的军事政变后，这些共产党同志的大多数，要么被关进了监狱，要么因为酷刑落下了残疾。不愿受折磨的精明之人则逃去了欧洲。我们那只懂库尔德语的费尔哈特同志，向人权主义者们卑躬屈膝，可因为无法在欧洲立足，只好软化自己的信念，留在了这里。就像我哥说的那样：共产党人当中的聪明人只要一结婚，就会忘记他们的信念而忙着挣钱；愚蠢的人则由于这个荒唐的信念，一点钱也挣不到，就找到像麦夫鲁特这样身无分文的人，像费尔哈特那样，把给他们出主意当成自己的职业。

此外我还在想这个问题。我们男人看不起这样一个人：爱上了一个美丽的姑娘而登门去提亲的一个有钱人，刚进门就看见了这个姑娘更漂亮更年轻的妹妹，于是立刻就向姑娘们的爸爸提亲，要那个在一边玩耍的妹妹。我们说这个有钱人是个无赖，但至少我们能够理解这个家伙。那么，长年累月满含热泪写了情书之后，夜晚黑暗中发现自己抢来的女孩不是心爱的漂亮姑娘，而是她的姐姐，却像麦夫鲁特那样一声不吭的人，又让我们如何理解？

让麦夫鲁特感到幸福的另外一样东西，就是拉伊哈纯粹和天真的快乐。对于被别在身上的钞票，拉伊哈发自内心地高兴，不像麦夫鲁特在别的婚礼上看到的新娘那样，矫揉造作地表示惊讶。莫希尼试图更有趣地宣布为新人别上的每一笔钱、每一块金币和首饰的时候，（"卖酸奶的爷爷中最年轻的，随礼五十美元！"）人群中的一部分人就会鼓掌，就像婚礼上常见的那样，一半带着嘲笑、一半出于礼貌。

有一阵，当所有人看着别处时，麦夫鲁特用余光瞄了拉伊哈一眼。他觉得不仅仅她的手、胳膊、耳朵，她的鼻子、嘴巴和脸庞也很漂亮。拉伊哈现在唯一的不足，就是太累了，但随和的样子与她很相称。拉伊哈没有把装满礼物、信封和包装袋的塑料袋交给任何人，而是放在了她坐的沙发椅旁边。现在她那双柔嫩纤细的小手在她的怀里歇着。麦夫鲁特想起了他牵着这双手在山上奔跑的情形，在阿克谢希尔火车站第一次仔细看她的样子。对于现在的麦夫鲁特来说，抢亲恍如很多年前的事情。三个月里，他们无数次做爱、说了无数话、笑了无数次，变得如此亲近。麦夫鲁特惊奇地发现，他对拉伊哈的了解，超过了他对其他任何人。他觉得跳舞时向女孩们做出炫耀动作的男人，是一些对人生一无所知的孩子。除了感觉仿佛早就认识拉伊哈，麦夫鲁特还不时发自内心地感到，其实他的信就是写给像她那样的一个人的，甚至就是写给她的。

4

鹰嘴豆饭

不干不净的食物更好吃

回到家里，麦夫鲁特和拉伊哈发现，婚礼上很多做样子扔进贺礼袋里的信封是空的，他们并没有惊讶。对银行和银行家都无法信任的麦夫鲁特，用大部分礼金给拉伊哈买了金手镯。另外，为了不让拉伊哈晚上在家等自己时感到无聊，他在道拉普代莱买了一台二手的黑白电视机。夫妻俩有时手拉手一起看电视。周六晚上播放《小房子》、周日播放《家族风云》的时段，街上原本也没人买冰激凌，麦夫鲁特便早早回家。

10 月初，赫泽尔从村里回来要回了冰激凌小车，麦夫鲁特有段时间就闲着了。婚礼后费尔哈特便消失了，偶尔在塔尔拉巴什的咖啡馆遇见，他也不再像以前那样，向麦夫鲁特通报一个无人知晓却"能挣很多钱"的新生意的喜讯。为了找工作，麦夫鲁特去了他先前打工的贝伊奥卢餐馆，找了领班和餐馆老板，下午他们或拿着纸笔算账，或坐在角落里看报、填写体育彩票。但他没能找到一份工钱好的新工作。

城里开了很多新的高档餐馆，但不招收像麦夫鲁特那样来自农村、边干边学，还说什么活都愿意干的人，而需要在旅游学校上过学、能分清 yes 和 no 之间差别的懂英语的人。11 月初，麦夫鲁特在一家餐馆工作了一两周之后，便辞职离开了。原因是一个戴领带的顾客嫌辣番茄泥不够辣而向他发难，麦夫鲁特没好气地争辩了一番，随即后悔莫及地脱下了制服。但这个举动并非不幸又不满的麦夫鲁特感情用事，而是因为他正在经历人生中最幸福的时光，不久他将拥有一个儿子，他的脑子里装着一个新的投资计划，那就是用婚礼上收来的金首饰去做鹰嘴豆饭小贩生意，这将为儿子的未来提供一个保障。

一个餐馆的服务员介绍麦夫鲁特认识了一个卖鹰嘴豆饭的穆什人，这个人卖了很多年鹰嘴豆饭后瘫痪了。病恹恹的穆什人，想把小贩车和他自称的"销售权"一起卖给麦夫鲁特。他的所谓销售权，就是在卡拉巴什汽车轮渡码头的后面，停下来兜售鹰嘴豆饭。麦夫鲁特凭经验知道，转让车的小贩所宣称的停车权全都是虚夸的。凡是哀求并送点东西给城管，便能够在一个角落停几天车卖东西的每个小贩，都由衷地认为，那些角落不是属于人民或者国家的，而是属于自己的有地契的财产。尽管如此，麦夫鲁特挑着扁担走街串巷做了多年小贩之后，就像一个店主那样，沉浸于在城里拥有一个特定地盘的幻想之中，他也由衷地相信自己的营生会有一个不错的未来。尽管他知道自己有点被敲竹杠了，但他没过多地和年老体衰的穆什人讨价还价。他和拉伊哈去了他家两次，学会了怎么做鹰嘴豆饭。穆什人住在奥尔塔柯伊后面的一间出租的一夜屋里，和蟑螂、老鼠、高压锅和口吃的儿子生活在一起。有一天，麦夫鲁特把车推回了家。他从锡尔凯吉的一个大批发商那里买来了一麻袋大米和一麻袋鹰嘴豆，堆放在厨房和电视机之间。

拉伊哈：晚上临睡前，我把鹰嘴豆泡上，凌晨三点闹钟闹醒，我起来把泡软的鹰嘴豆放进锅里开小火煮上，然后关掉火，安心地听着高压锅冷却下来时发出的呲呲声，和麦夫鲁特搂在一起接着再睡。早上，按照穆什人教的方法，我先把米放在油里炒一下，然后用文火煮。麦夫鲁特早上出去采买时，我把小鸡先放在开水里焯一下，然后放在油里煎炸。我仔细地用指甲和指尖把其中一些鸡肉的骨头和鸡皮择出来，凭感觉放上点百里香和辣椒，有时凭着灵感再放一两瓣大蒜炸一下，剩下的鸡肉就分成四块放在米饭旁。

麦夫鲁特早上买完东西拎着水果和西红柿网兜回到家时，会深吸几口气，闻着拉伊哈准备的鹰嘴豆饭和炸鸡的香味，抚摸一下妻子的胳膊、后背和渐渐隆起的肚子。麦夫鲁特的那些顾客，在芬德克勒的银行和其他职场工作的戴领带或穿裙子的职员、附近学校和大学里叽叽喳喳的学生、周围工地上的工人、等待渡船和汽车轮渡时打发时间的司机和乘客，从不抱怨拉伊哈炸的鸡肉。麦夫鲁特努力去和那些短时间内结交的常客攀谈，比如，在阿克银行门口当保安、身体像保险柜一般壮实、戴墨镜的大哥；穿着白色制服在码头卖船票的内迪姆先生；总嘲讽般微笑看着自己的保险公司的男女职员们。攀谈的内容都是热点话题的最新动态，比如，最新一场比赛中没有判给费内巴切的点球；昨天电视里知识竞赛上答出所有问题的盲人参赛女孩。他免费送出的装了很多鸡肉的鹰嘴豆饭，以及他说的一堆好话，也让区府的城管接纳了自己。

作为一个经验丰富的小贩，麦夫鲁特知道，和顾客攀谈也是生意的一部分，但他从不涉及政治话题。就像卖酸奶和钵扎时也总感到的那样，比挣钱更让他高兴的是，某个顾客为了吃几天前吃过的鸡肉饭而再次光顾（这种情况很难得），并且善意地将此表达了出来。（这就更稀罕了。）

顾客中的绝大部分人，让麦夫鲁特觉得，他们是因为便宜和就近才过来的，一些人则说破了这个缘由。不时，会有一个顾客完全出于好心地说："卖饭的，真棒，你的米饭很好吃。"如果听到这样的夸赞，麦夫鲁特就喜出望外，以至于可以在几天里忘记去质疑一个他努力向拉伊哈和自己隐瞒的事实，那就是卖鹰嘴豆饭其实一点都不赚钱。他凭直觉知道，卖饭没有盈利，穆什人在同一地点站了八年时间，随后在疾病和穷困潦倒中死去，还真不是因为他的无能。

拉伊哈：很多时候，麦夫鲁特晚上回家时，带回一半我早上做的鹰嘴豆、鸡腿和米饭。我把这些会使油变色的苍白的鸡翅、半拉小鸡、鸡皮，连同我为第二天准备的鸡肉一起重新炸一遍，米饭也重新焖一下。用小火焖了第二遍的米饭变得更好吃了。麦夫鲁特不说我做的事情是"回锅"，而是像监狱里的狱头和有钱的犯人那样，管它叫"调味"，也就是他们让人用私藏的优质橄榄油、香料和辣椒，把监狱厨房送来的难吃的饭菜重新烹调一下。这个说法是他从一个进过监狱、现在经营停车场的有钱的吉兹雷库尔德人那里学来的。吃街头小贩的食物来填饱肚子的伊斯坦布尔人之间，流传着一个人人皆知的事实，那就是不干不净的食物更好吃，麦夫鲁特喜欢看我在厨房里做饭时说这句话。而我对此很生气，我说："剩下的食物回锅一下，并不意味就是不干不净的食物。"据说，相对于新鲜和干净的鸡块，顾客们更喜欢吃来回炸了两三次的鸡皮、煮了很多次变软糯的鹰嘴豆，甚至在油里煎炸了几次的鸡内脏，倒上点芥末和番茄酱，他们就一扫而光。

从 10 月份开始，麦夫鲁特每晚还叫卖钵扎。夜晚卖钵扎时不停地走路，因此他的眼前总会闪现出美好的画面和奇怪的想法：那些日子里他发现，在一些街区里，尽管夜晚没有一片树叶在动，可是树的影子却在摆动；路灯破碎或不亮的街区里，成群的野狗更加嚣张和霸道；张贴在电线杆和门上的割礼和私人教育机构的布告，最后一个音节都是押韵的。倾听城市夜晚对他的诉说，解读大街小巷的语言，让麦夫鲁特感到自豪。而上午站在手推车后面、两手插在口袋里、一动不动地在寒冷中等待时，他的想象力就会减弱，他就觉得世界空洞虚无、毫无意义。他惧怕内心里膨胀起来的深切孤独，想立刻跑回家去找拉伊哈。也许现在拉伊哈正在家里忍受早产的阵痛。但麦夫鲁特对自己说，"让我再忍耐一会儿，"可他又控制不住自己，围着手推车的大轮子和玻璃罩不停地转圈，然后停下来左脚换右脚地交替支撑着身体，不时看一眼手腕上的瑞士手表。

拉伊哈：每当看到麦夫鲁特又在琢磨哈吉·哈米特·乌拉尔的礼物时，我就说："他给你戴上那块表，是为了顺风行船。当然，他要你，还有你的伯父和堂兄弟们都觉得欠了他的。"麦夫鲁特下午回家后，我为他煮菩提花茶，那是我从亚美尼亚人教堂院子里的树上收集来的。看见我已经把钵扎全都准备好了，他就立刻打开电视，一边喝着放了很多糖的菩提花茶，一边看电视里唯一的高中几何课节目，然后不断咳着睡到晚饭前。在他卖饭的七年时间里，鹰嘴豆和米饭都是我煮的；鸡是我买来、焯好、择好、炸好的；晚上卖的钵扎也是我加糖调制的；器具、勺子、罐子、盘子，所有的东西都是我一整天不停地洗出来的。另外，我还关注肚里孩子的动静，提防着不要因为炸鸡的难闻气味而呕吐到米饭里。我很喜欢自己为孩子准备的摆放摇篮和枕头的角落。麦夫鲁特从一个旧货商那里找来一本名叫《为您的孩子挑选伊斯兰名字》的旧书。晚饭前、电视广告之间，他翻着书大声念着像努鲁拉赫、阿卜杜拉赫、萨杜拉赫、法兹拉拉赫一类的名字，不时看我一眼以得到认可。而我不想让他伤心，怎么也开不了口告诉他，我们的孩子是个女孩。

维蒂哈、萨米哈和我，我们仨是从希什利儿童医院得知我们的孩子是个女孩的。走出医院时，萨米哈见我忧心忡忡，"别在意，看在真主的分上，"她说，"这个城市的街道上男人已经够多的了。"

5

麦夫鲁特当爸爸了

千万别下车

萨米哈：我和爸爸是为拉伊哈的婚礼来伊斯坦布尔的，但我们没回去。我们还住在维蒂哈姐姐家的同一个房间里。每天清晨醒来，我就看着桌上的水罐和古龙水瓶的影子琢磨：爸爸觉得，既然村里有那么多人追求我，那我们留在伊斯坦布尔，我就会找到一份更好的姻缘……但到目前为止，在伊斯坦布尔，除了苏莱曼我没见到别的任何人……我不知道爸爸从苏莱曼和考尔库特那里拿了什么，答应了什么，但爸爸的假牙是他们付的钱。爸爸临睡前把假牙放进一个杯子，等待他醒来的时候，我恨不能打开窗把假牙扔出去。上午，我帮维蒂哈做家务，织冬天穿的毛活；下午等电视播放节目了，我们就看电视。爸爸上午跟博兹库尔特和图兰玩耍，可因为外孙们拽他的胡子和头发，他和孩子之间会发生争吵。维蒂哈、爸爸、苏莱曼和我一起去过一次海峡，还去贝伊奥卢的电影院看过一次电影，吃了牛奶布丁。

今天早上，苏莱曼像玩念珠那样玩着福特小卡车的钥匙，出现在我面前。他说中午要去对面的于斯屈达尔买钢筋和六包水泥，要经过海峡大桥，我也可以跟着一起去。我问我姐维蒂哈。"你自己看着办。"她说，

"小心点啊！"她说这话是什么意思？在皇宫电影院看电影时，苏莱曼直接挨着我坐下了，爸爸和维蒂哈都没吱声，电影看到一半，苏莱曼的手像一只谨慎的螃蟹，挪到了我的腿边，他是故意的，还是一个巧合？我注意了一下，没能找到答案。但现在，在寒冬正午犹如冰块般晶光耀眼的阳光下，我们经过海峡大桥时，苏莱曼对我不仅彬彬有礼还很友善。"萨米哈，我把车开到右车道上去，这样你可以更好地看下面。"他说。他的福特小卡车擦着大桥的最右边开着，瞬间我觉得，我们会掉到正从桥下驶过的一艘红烟囱的苏联船上。

过了海峡大桥，车行驶在于斯屈达尔后面坑坑洼洼的一条破路上，眼前既没了美景，也没了观光的好地方：映入我眼帘的是，围在带刺铁丝网当中的水泥厂；窗户破碎的生产厂房；比村里的房子还要丑陋破败的房屋；成千上万只生锈的铁桶，让人不禁想问难道它们是从天上掉下来的吗。

我们的车停下了，那块一眼望不到边的平地上满眼都是一夜屋。这里的一切和杜特泰佩既无比相似（也就是贫穷），又看似更新却更丑陋。"这里是我们和乌拉尔他们合建的阿克塔什建筑公司的一个分部。"苏莱曼说。他下了车，正当他要走进一栋丑陋的房子时，他转过身威胁般地对我喊道："千万别下车！"而这当然在我的内心唤起了一种强烈的下车欲望。可周围一个女人也没有，我只好一动不动地坐在卡车副驾驶座上等着。

回去的路上堵车，我们错过了饭点，苏莱曼也没能把我送回家。车刚开到杜特泰佩路口，他就看见了几个朋友，于是嘎的一声把车停下。"咱们到了，你就慢慢地爬坡走上去吧。"他说，"拿这钱去面包坊给我妈买面包！"

拿着面包，慢慢地朝阿克塔什家那看似水泥房的一夜屋走去时，我想：人们说，媒妁之言结婚的难处，不是女人和一个素不相识的人结婚，而是不得不去爱一个素不相识的人……但是，其实一个女孩和素不相识的人结婚应该更加容易，因为了解越多，就越难爱上男人。

拉伊哈：我肚子里那个还没有名字的女儿已经长得很大了，她甚至让我坐着都困难。一天傍晚，麦夫鲁特翻着手上的书念道："哈姆杜拉赫，赞颂真主的人；乌贝伊杜拉赫，真主的奴隶；赛义夫拉赫，真主的利剑，战士。"我打断他说："亲爱的麦夫鲁特，亲爱的，难道那本书上就没有女孩的名字吗？""啊，还真有。"麦夫鲁特说。就像一个男人第一次发现去了多年的餐馆楼上还有一个属于女人的"家庭厅"，那个男人是怎样疾速、害羞地透过门缝朝里面张望的，他也就那样往书的后面几页扫了一眼，毫无兴趣地重新翻回到男孩的部分。感谢我的姐姐维蒂哈，她从希什利的一家玩具店—书店里，又给我买了两本书：类似库尔特杰贝、阿尔帕斯兰、阿塔贝克，这些从中亚过来的民族主义者的名字，依然按照女孩和男孩的分类方式分别印在书的不同部分。而《现代姓名指南》上，男孩和女孩，就像在欧派富人的婚礼和私立高中里那样，是混坐在一起。然而，像希姆盖、苏珊、米奈、伊蕾姆那样的名字，麦夫鲁特看一眼便一笑而过，他只认真对待像托尔嘎、哈坎、科勒奇那样的男孩名字。

经过所有这些之后，4月，我们的女儿法特玛降生了。你们可别以为麦夫鲁特很沮丧，因为我没能生下男孩就对我不好。恰恰相反。有了一个孩子，让麦夫鲁特无比喜悦，他真诚地大声对所有人说，原本他就想要一个女孩。麦夫鲁特请来了夏基尔，一个在贝伊奥卢的酒吧为那些喝拉克酒和葡萄酒的醉鬼拍照的摄影师，拍完照他就急急忙忙跑回我们街上的老式暗房冲印照片。麦夫鲁特让他为露出所有牙齿大笑的宝宝和巨人般托着宝宝的自己拍了一张照片。他指着贴在卖饭小车玻璃罩上的照片，对许多顾客说，"我有女儿了！"并免费给他们分发了鹰嘴豆饭。每晚一回到家，他就抱起法特玛，拿起她的左手，像一个钟表师那样贴近自己的眼睛，久久凝视着她完美的手指。他拿自己的和我的手指跟宝宝的手指做对比，他说，"她也有指甲啊！"他难以相信真主的奇迹，满含热泪亲吻我和宝宝。

麦夫鲁特很幸福。然而，他在自己的灵魂深处还感到了一种拉伊哈没有察觉的怪异。他没有告诉那些看见法特玛的照片、赞叹"宝宝好漂亮"的顾客，那是一个女孩。贴在车子玻璃罩上的照片慢慢被水蒸气熏软了。过了很长时间，他才能够承认导致他不安的真正原因是对宝宝的嫉妒。一开始，他觉得自己的无名火来自夜里不断地被吵醒，因为拉伊哈半夜要起来好几次给法特玛哺乳。整个夏天，他们没能阻止蚊子钻进蚊帐咬宝宝，为此他和拉伊哈发生了很多口角。后来，当拉伊哈把丰满的乳房抵在宝宝的嘴上，一边哺乳一边对宝宝轻声慢语时，麦夫鲁特意识到自己陷入了一种怪异的情感。拉伊哈用怜爱，甚至崇拜的眼神看着宝宝的样子，让麦夫鲁特感到了不安，因为他希望拉伊哈只用这样的眼神看自己。这种情感无法诉说，转而他又恼恨拉伊哈。拉伊哈和宝宝成为一体，她让麦夫鲁特变得无足轻重了。

而事实上，麦夫鲁特需要在家里不断听妻子说自己是何等重要。自从法特玛降生后，拉伊哈再也没说过，"麦夫鲁特你真棒，今天销路很好啊。""麦夫鲁特，你怎么想到把剩下的葡萄糖蜜当糖放到钵扎里的？""麦夫鲁特，你把区政府的工作人员搞定了，做得好！"斋月里，麦夫鲁特一整天都待在家里。他想上午不停地和拉伊哈做爱来淡忘自己的嫉妒，然而拉伊哈却为当着孩子的面做"一切"感到不安。"去年夏天，你因为真主会看见而害怕，今年夏天又因为孩子会看见而害怕！"有一次麦夫鲁特嚷道，"那你起来去搅拌冰激凌。"陶醉在孩子和爱情幸福中的拉伊哈，顺从地从床上爬起来，双手握住冰激凌的大长勺搅拌起来。因为使劲，她美丽的脖颈上现出了青筋，麦夫鲁特一边满心欢喜地欣赏着眼前的一切，一边不时地去摇晃一下放在床头的宝宝摇篮。

萨米哈：来伊斯坦布尔很久了，我们还住在杜特泰佩姐姐家。爸爸晚上的呼噜声吵得我无法入睡。姐姐说，如果我们还不订婚，就会有人说闲话。苏莱曼为我买了一个麻花金手镯，我接受了这个礼物。

拉伊哈：麦夫鲁特因为我给法特玛哺乳而吃醋，一开始让我很恼火，随后奶水断了。因为停止了哺乳，11月初，我又怀孕了。现在我该怎么办？除非知道我肚子里的宝宝是个男孩，否则我是绝对不会告诉麦夫鲁特的。可是，如果不是男孩呢？我没法一人在家里待着，我得去维蒂哈姐姐家一趟，也可以和萨米哈一起聊聊。我在塔克西姆邮局打了电话，听到消息后，胆战心惊地回了家。

6

萨米哈的私奔

人为什么活在世上

维蒂哈：午后，萨米哈戴着头巾，拎着行李箱，突然出现在我的房门口。她在瑟瑟发抖。"怎么了？"我问道。

"姐，我爱上了别人，我要和他私奔，出租车来了。"

"什么？你疯了吗？千万别啊！"

她开始哭泣，但很坚定。"他是谁？这人是从哪儿冒出来的？你看，苏莱曼很爱你，千万别让我和爸爸为难。"我说，"再说，坐出租车私奔算什么？"

我的妹妹满目含情，激动得不能自已。她拉着我的手，带我走到她和爸爸住的房间。她早已把苏莱曼送的手镯、紫花和羚羊图案的两条头巾，仔细地摆放在了桌上，她像哑巴一样用手指了指。

"萨米哈，爸爸回家知道这事会中风的。"我说，"你知道，爸爸为了假牙和别的一些东西，接受了苏莱曼的钱和礼物，难道你要让爸爸难堪吗？"她没吱声，低着头。"我和爸爸会一辈子生活在愧疚中的。"我说。

"拉伊哈不也是私奔的，但最后一切不都圆满解决了吗。"

"但没人对拉伊哈有意，也没人跟拉伊哈定亲。"我说，"而你和拉伊哈不一样，你很漂亮。爸爸没答应要把拉伊哈嫁给谁，也没拿过谁的钱。这要出人命的。"

"我对定亲的事一无所知。"她说，"爸爸为什么不问我就答应人家，拿人家的钱？"

楼下传来出租车的喇叭声，她向门口走去。"萨米哈，你是知道的，如果你跑了，考尔库特会连着打我好几个星期。他会把我的胳膊和腿打得青一块紫一块的，萨米哈，难道你不知道吗？"我说。

萨米哈： 我们搂在一起哭起来……我有多同情姐姐，也就有多害怕……

维蒂哈： "你和爸爸回村去吧！"我说，"然后你再私奔！眼下在这里他们会把所有的错都推到我头上，以为是我安排的。萨米哈，你是知道的，他们会杀了我。这个男人是谁？"

萨米哈： 我觉得姐姐在理。"我去把出租车打发走。"我说。但走出家门时，我还是拿了放在门口的行李箱。我径直朝院门走去，维蒂哈在窗口看见我手上的行李箱，哭着哀求道："别走，萨米哈，我亲爱的妹妹，你别走！"出了院门走向出租车时，我不知道自己要做什么，说什么。"我放弃了，我姐姐在哭。"正当我这么想时，车门开了，他们把我拉上了车。我甚至没能扭头再最后看我姐姐一眼。

维蒂哈： 他们把萨米哈强行拉进了车里，我在窗口亲眼看见的。我大喊救命。快追，他们会把错推到我头上！强盗们抢走了我妹妹，救命啊！

苏莱曼： 睡醒午觉起来，我看见一辆车停在后门那里……博兹库尔特和图兰在院子里玩耍……我听到维蒂哈在叫喊，她在往院子里跑。

维蒂哈：我穿着拖鞋能跑多快呢……把出租车拦下来，我喊道。萨米哈，下车，亲爱的，从车上下来！

苏莱曼：我跑着追出去，但没追上！气死我了。我跑回去，跳上小卡车，启动，踩下油门。等我冲下坡，经过我们家杂货店门前时，黑车已经转过弯径直驶向梅吉迪耶柯伊了。但这事还有希望。萨米哈是个有尊严的女孩，过一会儿她就会从出租车上跳下来。她还没私奔，没被劫持。她会回来的。你们千万别误会。我说，您别写，**不要写出来扩大事态**。您别去玷污一个有尊严的女孩。我远远地看到黑车驶远了，可我没能追上它。我探身到手套箱，拿出克勒克卡莱手枪，朝天开了两枪。您不要写，写她私奔是不对的，会被误解的！

萨米哈：不，他们没有误解。我私奔了，而且是我自愿的，你们听到的没错。我也难以相信，我恋爱了！是爱情让我这么做的，听到枪声我感觉很好。难道是因为开弓没有回头箭吗？我们的人也朝天开了两枪，也就是说，我们也有枪，但到了梅吉迪耶柯伊，他们把枪藏了起来。原来苏莱曼那个时间在家里，他开着小卡车追来了，尽管害怕可我也知道，在拥堵的道路上他找不到我们。现在我感觉很幸福。你们也看见了：谁都不能花钱来买我……我对他们全都很生气！

苏莱曼：道路畅通后，我猛踩油门。该死的，突然冒出一辆大卡车，我向右打方向盘，不可避免的事情发生了：我撞到了墙上！我有点晕。我这是在哪里？我一动不动试图去搞明白这一切。我的头撞到了。我在这里！萨米哈私奔了。嬉戏的孩子们立刻好奇地涌向小卡车……我的头撞到了镜子，额头在流血。我挂上倒车挡，踩下油门，继续追他们。

维蒂哈：听到枪声，孩子们兴高采烈地跑去院子，就像过节放烟火一样。

我在他们身后喊道，博兹库尔特，图兰，回家，关上门。他们根本不听话，我打了一个，拽着另外一个的胳膊把他拖回家里。我说，我来报警吧。但开枪的人是苏莱曼，把警察叫来合适吗？"你们看什么呢，找骂的孩子，快给你们的爸爸打电话啊！"我说。其实，为了不让他们玩电话，我禁止他们未经我允许去碰电话。博兹库尔特拨了电话，跟考尔库特说："爸爸，萨米哈姨妈跟别人私奔了！"

我也哭了，但我也不是没想过萨米哈是对的——你我私下说说。是的，可怜的苏莱曼非常爱萨米哈，可苏莱曼既不是世上最聪明的男人，也不是最帅的，现在就有点过胖了。他长长的弯睫毛，一些女孩会非常喜欢，可萨米哈却觉得荒唐和娘娘气。真正的问题是，尽管苏莱曼非常爱萨米哈，却非要固执地去做一些激怒萨米哈的事情。男人为什么不懂善待自己爱的女人？苏莱曼那种自以为是的大男人作风，兜里有点钱就动不动摆谱管闲事的做派，萨米哈是无法忍受的。她没把自己交给一个不爱的男人，我的妹妹做得对。但是和她私奔的男人就是一个明事理的人吗？对此我表示怀疑，因为在市中心用出租车来抢亲可不是明智之举。在伊斯坦布尔还像在农村似的开车跑到人家门口，有必要吗！

萨米哈：车行进在伊斯坦布尔的大街上，在我看来一切都是美好的：我爱这里的一切，拥挤的城市、人们在公交车之间跑着穿过马路、女孩们自由自在穿着裙子，还有马车、公园、老旧的高大公寓楼。虽然苏莱曼知道我非常喜欢坐着他的小卡车在伊斯坦布尔转悠（因为我要求了很多次），可他却很少带我出去。你们知道这是为什么吗？（这个问题我也想了很久。）因为，他既想亲近我，又看不起一个婚前和男人过于亲近的女孩。我要跟一个我爱上、将要爱上的男人结婚，明白吗？我不在乎钱多钱少，只听自己的心声，也甘愿为此承担一切后果。

苏莱曼：我的小卡车还没开到梅吉迪耶柯伊，他们就已经过了希什利。我回到家，停好车，努力让自己平静下来。我从未料想有人敢在光天化日之下从伊斯坦布尔正中央抢走我的未婚妻，因此我还是无法相信我所见到的一切。这事会闹出人命来，其实谁也不会去做这么疯狂的一件事。

萨米哈：杜特泰佩既不在伊斯坦布尔的"正中央"，如你们所知，我也没给过苏莱曼任何承诺。是的，一点也不错，结局可能会是死亡，可是所有人的结局不也是这样吗，我们也清楚这一点。所以你们看，我们在逃往很远的地方，伊斯坦布尔是没有终点的。甩掉尾巴后，我们把车停在一家快餐店旁边，喝了盒装的阿伊兰。我的恋人的小胡子被阿伊兰沾白了。你们就别瞎忙活了，我不会告诉你们他的名字，你们也别想找到我们。

苏莱曼：回到家，维蒂哈为我额头的伤贴上了棉花。随后，我走到后院，用克勒克卡莱手枪朝着桑树开了两枪。接着便是一阵怪异的寂静。我不断幻想，萨米哈就像什么事也没发生那样，拎着她的包回来了。晚上所有人都在家里，有人像是有葬礼似的关掉了电视。那时我意识到，真正让我感到痛苦的是这死寂。我哥不停地抽烟，歪脖子·阿卜杜拉赫曼喝醉了，维蒂哈在哭泣。半夜，我走到院子里，从杜特泰佩望向远处的伊斯坦布尔灯火，我向真主发誓，此仇必报。萨米哈就在那里的某个地方，在数百万的灯火之间，在某扇窗户的后面。知道她不爱我，我无比痛苦，我甚至觉得她是被强行掳走的。于是，我就想立刻杀了那些卑鄙的小人。我们的祖先在杀人之前先折磨那些罪人——人们只有在这样的时刻才能更好地理解这一传统的重要性。

阿卜杜拉赫曼：两个女儿相继私奔，做她们的爸爸是怎样一种感受？我有点羞愧，同时也感到骄傲：因为我的两个女儿没有嫁给别人为她们挑选的，而是她们勇敢地自己选择的丈夫。如果她们的妈妈还在，她们就会说出自己的烦恼，做出最合适的选择，也无需私奔……众所周知，对于结婚来说，信任才是更为重要的一种感情而并非爱情。让我感到害怕的是，等我回了村里，他们会对维蒂哈做什么。我的大女儿不显山不露水，但很聪明，兴许她可以逃过责罚。

苏莱曼：萨米哈私奔后，我更爱她了。私奔前，我爱她是因为她漂亮、聪明、所有人都喜欢她。这是正常的。而现在，我爱她却是因为她抛弃我私奔了。这当然更加正常，可我无法承受这份痛苦。上午我去店里，幻想着萨米哈回到了家里，如果现在我跑回家就可以找到她，我们将举办一场隆重的婚礼。

考尔库特：有一两次，我含沙射影地说道："如果没有家里人的协助，女孩私奔就不会那么容易。"但维蒂哈根本不予理会。她只是哭着说："我怎么会知道，这里是大城市。"有一次我和阿卜杜拉赫曼单独在一起，"有的父亲先从一个人那里拿了钱，一点点地花掉，然后等到另外一个更有钱的人出现时，就把女儿卖给那个有钱人，还假装女儿私奔了。千万别误解，阿卜杜拉赫曼，你是一个令人尊敬的人，可是萨米哈私奔时，你一点也没想过这个问题吗？"我问道。"第一个要找她算账的人是我。"他说。随后他就跟我生气，晚饭也不回家吃了。于是，我就对维蒂哈说："我不知道你们俩谁帮了她，但是在弄清楚萨米哈跟谁、跑去哪里之前，我不许你走出家门。""反正你本来就不让我走出街区，现在我不出家门就是了。"她说，"我可以去院子里吗？"

苏莱曼：一天晚上，我让阿卜杜拉赫曼上了小卡车，告诉他我们要谈一谈，然后朝海峡方向开去。我们去了萨热耶尔的塔拉陶尔鱼餐馆，坐在远离鱼缸的一个角落。"阿卜杜拉赫曼，"我对他说，"您是我的长辈，您应该知道。"没等酥炸贻贝上来，我俩就都空腹喝下了一杯拉克酒。"人为什么活在世上？"阿卜杜拉赫曼在路上就意识到这将可能是一次不愉快的谈话，于是过了很久他才找到一个最无伤大雅的回答。"为了爱，我的孩子！""还有呢？""为了友情。"他想了一下说。"还有呢？""为了幸福，我的孩子。为了真主……为了祖国和人民……"我打断他的话说道："我亲爱的爸爸，人为了尊严活着！"

阿卜杜拉赫曼：我没说，其实我是为了女儿们活着。我不跟这个愤怒的年轻人计较，因为我认为他也有一点道理，但我更多的是同情他。我们喝了太多酒，以至于被我遗忘的一些记忆，像潜水艇那样，开始在远处的鱼缸里漫游起来。最后我鼓足勇气说："苏莱曼，我的孩子，你很失望、愤怒，我都理解。我们也伤心、气愤，因为萨米哈也让我们很为难。但是这里谈不上什么尊严和洗清名誉！你的名誉没有被玷污。萨米哈既不是你的妻子，也不是你的未婚妻。是的，要是你们素不相识结婚就好了。那样的话，我确信你们会幸福。但是现在你提出尊严的问题是不对的。众所周知，类似尊严那样的词，其实是人们为了心安理得地彼此杀戮而编造出来的借口，难道你要杀了我的女儿吗？"

"对不起，亲爱的爸爸。"苏莱曼固执起来，"等到有一天我抓到那个抢走萨米哈的卑鄙小人，难道我连找他算账的权利都没有吗？那个家伙没让我丢脸吗？""你别误会，我的孩子。""我有权利没有？""冷静点，我的孩子。""在这个糟糕的城市里，对于那些一边享受我们用血汗换来的安逸，一边还跟我们要花招的农村人，要我保持冷静真的很难。""我的孩子，如果有办法，我一定拽着萨米哈的耳朵，亲自把她带回家来。她也知道做了一件错事。兴许今晚，咱们在这里喝酒时，她已经拿着包吧嗒吧嗒地跑回家了。""那还要看我和我哥会不会接受。""如果我的女儿回来了，难道你不接受吗？""我有自己的尊严。""如果谁也没碰过她呢……"

我们一直喝到半夜餐馆关门。我也不清楚是怎么回事，有一会儿，苏莱曼站起身，跟我道歉，还满怀敬意地亲了我的手，我也发誓对我们的谈话保密，我甚至说："我不会告诉萨米哈的。"有一会儿，苏莱曼稍微哭了一会儿。据说，我皱眉头的样子，我的手和胳膊的动作很像萨米哈的。"爸爸们像女儿。"我自豪地说。

"我做了很多错事，我跟她摆谱，没能跟她成为朋友。"苏莱曼说，"但她说话也太尖刻了。谁也没教过我们该怎么和女孩子说话，谁也没告诉我们这个秘密。我跟她说话就像跟一个男人说话那样，但不带半句脏话。可还是不行。"

上路之前，苏莱曼去洗了脸，回来时他真的清醒了。回去的路上，交警在伊斯廷耶检查车辆，他们赚了很多小费。

7

第二个女儿

他的人生仿佛是发生在别人身上的一件事情

麦夫鲁特很长一段时间对所发生的一切一无所知。他还没有失去对生意的热情。他是乐观的，就像"相信思考的投资者"，也就是《成功的商人》一类书上备受喜爱的主人公们。他相信，如果自己在三轮车的橱窗里放一盏更亮的灯，如果能和周围忽而聚集、忽而消失的卖阿伊兰、茶和可乐的小贩们谈妥，如果能和顾客们更热情、真诚地攀谈，那么他就可以挣到更多的钱。为了在卡巴塔什和芬德克勒周围找到稳定的顾客，麦夫鲁特费了很多心思。他不会因为那些大机构对自己的疏远而过于气恼，因为那些机构里的很多人会去他那里站着吃午饭；而对于那些问他要发票的小单位，他是极为恼怒的。他试图通过看门人、清洁工和保安，跟会计和管理者建立交情。一天晚上，拉伊哈告诉麦夫鲁特，她又怀孕了，依然是一个女孩。

"你怎么知道是女孩的？又是你们仨一起去了医院？"

"不是我们仨，萨米哈不在。她为了不嫁给苏莱曼，跟别人私奔了。"

"什么？"

拉伊哈说了她所知道的一切。

当天夜晚，当麦夫鲁特叫卖着钵扎，梦游般地走在费里柯伊时，他的两条腿不由自主地将他带进了墓地。月光下，柏树和墓碑，时而发出银色的光亮，时而又看似漆黑一片。他走进墓地中心的一条水泥路，仿佛在梦里走进一条路。然而，他觉得在墓地里行走的不是他自己，而是另一个人；他的人生，也仿佛是一件发生在别人身上的事情。

他越走，墓地越像一块从上往下卷起的地毯，麦夫鲁特正从一个越来越陡峭的坡上往下走。萨米哈跟谁私奔了？萨米哈是否有一天会对那个人说："麦夫鲁特想着我的眼睛，给我写了几年情书后却和我姐姐结婚了。"萨米哈知道这件事吗？

拉伊哈："上次你看了所有男孩的名字，结果却是一个女孩。"我说着把宗教名字的书递给麦夫鲁特。"这次如果你一个个地去看女孩的名字，说不定就会是一个男孩。有没有带安拉的女孩名字，你也看看！""不会有带安拉的女孩名字！"麦夫鲁特说。书上说，女孩最多可以取先知穆罕默德的妻子们的名字。"每天晚上吃米饭，也许有一天咱们吃着吃着就变成中国人了。"我含沙射影地对麦夫鲁特说。他和我一起笑了，抱起宝宝，亲了亲她的脸颊。他的胡子扎疼了法特玛，孩子哭起来，我提醒后他才意识到。

阿卜杜拉赫曼：菲夫齐耶，是我女儿们过世的母亲的名字。我向拉伊哈提议给他们的第二个女儿取这个名字。菲夫齐耶安息吧！你们看见她的三个女儿现在都在伊斯坦布尔，其中两个反叛离家私奔，千万别以为菲夫齐耶也经历过什么冒险：她在十五岁时就嫁给了我，也就是第一个向她提亲的男人，随后没有离开过我们的居米什代莱村半步，安宁地生活到二十三岁。现在我再一次老泪纵横地看到，自己无法在伊斯坦布尔安身，我要回村里去。坐在大巴上，我悲伤地看着窗外想到，要是我像菲夫齐耶那样，一步也没离开过村子就好了。

维蒂哈：考尔库特很少跟我说话，很少回家，对我说的一切全都不屑一顾。考尔库特和苏莱曼用沉默和暗示来吓唬爸爸，可怜的老头收拾行李回村里去了。我偷偷地哭了很多次。爸爸和萨米哈住的房间就这样在一个月里腾空了。有时，我走进房间，看着一个角落里爸爸的床，另一个角落里萨米哈的床，既感到羞愧，又不禁落泪。每当望向窗外的城市，我都会幻想萨米哈逃去了哪里，和什么人在一起。萨米哈，你做得好，幸亏你逃走了。

苏莱曼：萨米哈逃走已经五十一天了，仍然一点消息也没有。这期间我一直都在喝拉克酒。但是为了不让哥哥生气，我不在晚饭时喝酒，而是在我的房间里，像吃药那样，或是在贝伊奥卢。有时，我坐上小卡车，踩下油门，试图忘记这一切。

有时，为了给店里买钉子、油漆和石膏，我去星期四市场。小卡车一旦进入那里店主们的车流和拥挤的人群，再想出去就要花好几个小时。有时，在于斯屈达尔后面的一个山坡上，我打方向盘直接开进一条大街：经过煤渣砖盖的房子、水泥墙壁、一座清真寺、一家工厂、一个广场，我继续向前开；一家银行、一家餐馆、一个公交车站；可是没有萨米哈。然而我越来越强烈地感到，她可能就在这里的某个地方。开车时，我感觉自己仿佛是在梦里快速地转动着方向盘。

麦夫鲁特和拉伊哈的第二个女儿菲夫齐耶，于 1984 年 8 月，没花费额外的医院费用，顺利地降生了。麦夫鲁特无比幸福，在他的三轮小车上写上了**女儿们的鹰嘴豆饭**。除了女儿们夜里一起制造的哭声、睡眠不足，还有那个借口来看新生宝宝却时常对任何事情都指手画脚的维蒂哈，他别无抱怨。

"妹夫先生，别卖饭了，跟我们一起干吧，让拉伊哈也过上几天好日子。"有一次维蒂哈说。

"感谢真主，我们的生意很好。"麦夫鲁特说。他对同时跟她姐姐使眼色的拉伊哈也很生气，因为她的眼神在说"才不是这样的呢"。维蒂哈走后，"她凭什么来管我们的私事？"他说。他想禁止拉伊哈去杜特泰佩看她的姐姐、苏莱曼和考尔库特，但他知道这么做不合情理，也就没过于坚持。

8

资本主义与传统

麦夫鲁特的安乐窝

1985年2月底，麦夫鲁特的生意极为萧条的一个漫长而寒冷的冬日，正当他收拾杯盘准备从卡巴塔什回家时，苏莱曼开着小卡车来到他身边。"所有人都给你的新生女儿送了礼物，戴上了辟邪珠，只有我怠慢了。"苏莱曼说，"来，上车咱们聊聊。你的生意怎么样啊？站在外面冷不冷啊？"

一坐上小卡车的副驾驶座，麦夫鲁特就想到，一年前萨米哈还没私奔消失前，她在这个座位上坐过很多次，苏莱曼经常开着这辆车和眼睛漂亮的萨米哈一起在伊斯坦布尔兜风。

"我卖了两年饭，还从来没有坐过顾客的车。"他说，"这里的地势怎么这么高，我头晕了，还是下去吧。"

"坐好，咱们有事要谈！"苏莱曼说。他抓住麦夫鲁特伸向门把的手，看着儿时伙伴的眼睛，眼里满是失恋的愁苦和挫败。

麦夫鲁特知道，堂兄弟在用这种眼神告诉自己："咱俩扯平了！"麦夫鲁特可怜他，同时也立刻明白了两年半来他努力向自己隐瞒的一个事实：在自己以为眼睛漂亮的女孩不叫萨米哈，而叫拉伊哈的背后，自然有苏莱曼以某种方式跟自己要的一个花招。如果苏莱曼能够按计划和萨米哈结婚，那么为了不让任何人感到不安，麦夫鲁特和苏莱曼都会装作不曾有过这样一个骗局……

"亲爱的苏莱曼，真了不起，你和你哥的生意越做越好，而我们却总是毫无起色。听说乌拉尔他们新盖的公寓楼，地基还没完工就已经卖掉一半了。"

"感谢真主，我们在赚钱。"苏莱曼说，"但我们也想让你赚钱。我哥也是这么想的。"

"做什么？我在乌拉尔的办公楼里开茶室吗？"

"你想经营茶室吗？"

"来顾客了。"麦夫鲁特说完便下了车，而外面一个顾客也没有。但是麦夫鲁特还是背对着苏莱曼的小卡车，做出一副给顾客准备米饭的样子。他用勺往一个盘里舀了米饭，又用勺背轻轻地把饭堆抹平。他关掉三轮车里的煤气罐，感觉苏莱曼下了车正朝他走来，他很高兴。

"如果你不愿意，咱们就不谈，但这个礼物我要亲手送给宝宝。"苏莱曼说，"那样，也算我见过她了。"

"如果你不认识我家的路，你就跟着我走。"麦夫鲁特说着去推他的三轮车。

"咱们把三轮车抬上车吧。"苏莱曼说。

"你别小看这三轮车餐馆，它的厨房和炉灶不仅很娇贵，还都很沉。"

就像每天下午四五点后回家时那样，当他呼哧呼哧地推着三轮车从卡赞吉·尤库舒向塔克西姆走去时（每天这段路要走二十分钟），苏莱曼开车追了上来。

"麦夫鲁特，绑保险杠上，我慢慢地拖着你走。"

他是真诚和友善的，但麦夫鲁特装作没听见，继续往前走。又走了几步，他把三轮车餐馆停在了人行道边，拉住刹车。"你去塔克西姆，在塔尔拉巴什的公交站那里等我。"

苏莱曼踩下油门，冲上大坡瞬间就消失了。想到苏莱曼将看见家里的贫穷窘境，麦夫鲁特烦恼了。其实，对于苏莱曼让步的姿态，他是满意的。他同时也想到，依靠苏莱曼，自己就将能够接近乌拉尔他们，兴许那样他跟拉伊哈和孩子们就能过上更加舒适的生活。

到了后院，他把车锁在了树上。在楼梯上，他对没有赶来帮忙的拉伊哈轻声埋怨道，"你去哪儿了！"他拿着盛饭的工具，在楼上厨房里看见了拉伊哈。"苏莱曼给孩子买了礼物，他马上过来！你赶快把东西归置一下，让家里好看点！"麦夫鲁特说。

"有什么啊！"拉伊哈说，"让他看好了，是什么样就是什么样。"

"咱们的状况不错。"麦夫鲁特说，看见女儿们，他开心地笑了。"就是不想让他说什么闲话。开窗通通风，气味很大。"

"别开窗，女儿们会冻着的。"拉伊哈说，"难道我要为咱们的气味害羞吗？他们在杜特泰佩的家里不也有同样的气味吗？"

"他们家没味。在杜特泰佩带大院子的家里，水电一应俱全，他们住得可舒服了。但咱们在这里过得更幸福。钵扎你准备好了吗？要不就把这些尿布收起来。"

"对不起，带着两个孩子，准备钵扎、煮饭、炸鸡、洗碗、洗衣服，我怎么忙得过来啊。"

"考尔库特和苏莱曼想给我找份工作。"

"什么工作？"

"我们合作。一起经营乌拉尔他们的茶室。"

"我觉得根本没什么工作，苏莱曼只是想从咱们这里打探萨米哈跟谁私奔了。既然他们对你那么好，之前为什么想不到帮你找份差事？"

苏莱曼：说实话，看见麦夫鲁特在卡巴塔什，站在风里傻傻地等顾客，我还是挺伤心的。因为没能在车多的塔克西姆停车，我把车开进了旁边的小街，远远地看着麦夫鲁特推着三轮车慢慢地往坡上走——推不上去，我很难过。

我在塔尔拉巴什的街区里稍微转了一下。1980年军事政变后，我们的市长帕夏一怒之下，就把木工场、汽车车身修理厂赶去了城外。贝伊奥卢餐馆里的那些洗碗工住的单身宿舍，也被当作坏人窝关闭了。这些街道也就这样人去楼空。于是乌拉尔他们就来这里寻找可以便宜买下以备日后盖房子的地皮，但房子的地契在希腊人手里，他们在1964年一夜间被赶去了雅典，他们只好放弃了。这里的黑社会势力比杜特泰佩的强盗更强大也更无情，五年时间里，他们让那些居无定所的人住进了这些街道，从安纳托利亚来伊斯坦布尔的穷人、库尔德人、吉卜赛人、移民就这样在这里安了家，街道也因此比我们杜特泰佩十五年前的状况还要糟糕。要想好好清理这些地方，还需要一次军事政变。

到麦夫鲁特家后，我把礼物（玩具娃娃）交给了拉伊哈。单开间凌乱不堪，看得我头都晕了：尿布、盘子、凳子、衣服、鹰嘴豆麻袋、糖袋、煤气炉、奶粉盒、漂白水瓶子、锅碗瓢盆、奶瓶、塑料桶、床、被子，全都叠挤在一起，就像在洗衣机里转动的衣物，全都变成了一个颜色。

"亲爱的麦夫鲁特，我嫂子维蒂哈说过，但我不相信，现在我亲眼看见了，你和嫂子、孩子们有这样美好的家庭幸福……这是今天最让我开心的事情。"

"维蒂哈说的时候你为什么不相信？"麦夫鲁特问道。

"看见你们这么幸福，我也想尽早结婚。"

"你为什么不相信，苏莱曼？"

拉伊哈端来了茶："苏莱曼大哥，让你喜欢一个女孩也真不容易。"她影射道，"你坐啊。"

"其实是女孩们不喜欢我。"我说，但没坐下。

"我姐姐维蒂哈说，'所有漂亮的姑娘都爱上了苏莱曼，但苏莱曼一个也不喜欢。'"

"维蒂哈也真了不起，帮了一点忙，然后就这么跟你们说吗？哪个漂亮的姑娘爱上我了？"

"我姐姐维蒂哈可是一片好心。"

"我知道。那个女孩跟咱们不合适，她是费内巴切的球迷。"我脱口而出。连我都对自己的机智应答感到诧异，和他们一起笑起来。

"那还有一个高个子的呢？"

"你怎么什么事都知道啊……那个人太时尚了，拉伊哈，不适合咱们。"

"苏莱曼大哥，如果你喜欢的一个标致漂亮的姑娘不戴头巾，你就不和她结婚吗？"

麦夫鲁特在房间的另外一头喊道："拉伊哈，你是从哪儿找来的这些话题？……"他正在看钵扎的浓稠度，"从电视上吗？"

"拉伊哈，你可千万别把我归到高傲、对女孩挑三拣四的那类人里去。我差点就答应了卡斯塔莫努人卡瑟姆的做日工的女儿。"

拉伊哈皱起眉头："我也可以做日工。"她自豪地说，"人们自食其力，有错吗？"

"那要看我会不会允许？"麦夫鲁特说。

"其实我在家里既是日工，又是用人，还是三轮车餐馆的厨师和钵扎的调制师。"拉伊哈笑着说。她转身对麦夫鲁特说："给我发个公证书，不然我就罢工，有法律保障的。"

"有法律保障怎样，没法律保障又怎样。国家管不了咱家的事！"麦夫鲁特抗拒地说道。

"了不起啊，拉伊哈，你知道那么多事，那也一定知道我所好奇的事情。"我小心翼翼地说。

"苏莱曼大哥，我们对萨米哈逃到哪里，跟谁私奔一无所知。你就别白费心思试探我了。另外，考尔库特大哥认定我可怜的爸爸知情而不善待他……"

"麦夫鲁特，咱们去拐角的凉亭酒馆坐下聊聊吧。"苏莱曼说。

"但千万别让麦夫鲁特喝多了，好吗？"拉伊哈说，"只要一杯酒下肚，他就会无话不说。他可不像我。"

"我很清楚该喝多少！"麦夫鲁特说。他已经不乐意了，因为妻子和苏莱曼过于亲近，而且还没有把头发好好包起来。显然，拉伊哈去杜特泰佩的次数比他知道的还要多，她熟知那里的幸福生活。出门时麦夫鲁特用一种权威的口吻说道："今晚别泡鹰嘴豆。"

"是啊，早上我给你的饭原封不动地回来了。"拉伊哈固执地回嘴道。

走到外面，苏莱曼一开始没在他停车的地方找到车，再走两步看见后，他才两眼放光。

"别在这里停车，孩子们会偷反光镜。"麦夫鲁特说，"他们还会把福特的标志拆下来……卖给上面的零配件店，或是挂脖子上当装饰。如果是奔驰，他们就绝不会放过，立刻拆走车标。"

"大概还没有奔驰车开进过这个街区吧。"

"你可别太小看这个街区，以前这里生活着最聪明、手艺最好的希腊人、亚述人，让伊斯坦布尔生存的是手艺人。"

凉亭酒馆是一家老希腊人餐馆，在贝伊奥卢方向，离麦夫鲁特家三条街，但是麦夫鲁特和拉伊哈一次也没在那里吃过饭。时间还早，餐馆里空无一人。坐下后苏莱曼就点了两杯双份的拉克酒（他甚至没问一下麦夫鲁特）和下酒菜（白奶酪和酥炸贻贝）。他直奔主题。

"让咱们忘了爸爸们的财产之争吧。我还带来了我哥考尔库特的问候……我们想跟你认真谈谈生意上的事情。"

"什么生意？"

苏莱曼没有回答，而是举起酒杯说"干杯"。麦夫鲁特也举起酒杯，但他只喝了一口就放下了。

"那是什么意思……你不喝吗？"

"不能醉醺醺地出现在顾客面前。过一会儿我的钵扎顾客就该开始等我了。"

"还有就是你不信任我，你以为喝了酒，我就可以套你的话了，是不是？"苏莱曼说，"你看，我把你的大秘密告诉过什么人了吗？"

麦夫鲁特的心怦怦跳了起来："什么是我的大秘密？"

"亲爱的麦夫鲁特，你是那么信任我，以至于已经忘了这件事。相信我，我也忘了，也没告诉过任何人。可是为了让你信任我，我还要提醒你别的一些事情：考尔库特的婚礼上，你爱上了一个人，我有没有给你出主意帮你？"

"你当然帮了……"

"为了你和女孩私奔，我有没有从伊斯坦布尔开车去阿克谢希尔？"

"愿真主保佑你，苏莱曼。因为你的帮助，现在我很幸福。"

"你真的幸福吗？……有时，人们对这个人有意，却和那个人成了……但还依然说我很幸福。"

"不幸福的人，为什么要说自己幸福呢……"

"因为羞愧……因为接受事实会让他更加不幸福。但这些跟你无关。跟拉伊哈在一起，你对自己的生活很满意。但现在你要为了我的幸福帮我。"

"我会同样帮你的。"

"萨米哈在哪里？……你认为她会回到我身边吗？……说实话麦夫鲁特。"

"你就忘了那个女孩吧。"麦夫鲁特沉默片刻后说。

"你说忘就忘啊？恰恰相反，记得更牢。我哥和你娶了她的两个姐姐，你们踏实了。可我没追求到她们的妹妹。现在越说让我忘记，我就越想萨米哈。我满脑子全是她的眼睛、模样、美貌。我该怎么办？另外还有那个让我丢脸的人……"

"哪个人？"

"那个抢走我的萨米哈的婊子养的。他是谁？……老实告诉我麦夫鲁特。我要找那个家伙报仇。"苏莱曼举起酒杯做出干杯的样子，麦夫鲁特也就只能把杯里的酒一饮而尽。

"啊呀……真痛快。"苏莱曼说，"是不是？"

"如果今晚我不去卖钵扎，老实说，我就喝了……"麦夫鲁特说。

"麦夫鲁特，那么多年你一直说我是民族主义者、法西斯什么的，可是你看看，其实带着罪孽的恐惧，是你在害怕拉克酒。那个让你喝惯了葡萄酒的共产党朋友怎么样了？……那个库尔德人叫什么名字？……"

"苏莱曼，别再提那些旧事了，跟我说说咱们的新生意吧。"

"你想做什么生意啊？"

"根本就没有生意这回事，是吧……你来这里只是为了打探萨米哈跟谁私奔了。"

"阿尔切利克不是有机动三轮车嘛，就是那个三轮摩托车，你卖饭该用那玩意。"苏莱曼没心没肺地说，"他们分期付款销售。麦夫鲁特，如果你有钱，你打算在哪里、开个什么店？"

尽管麦夫鲁特知道他不该认真对待这个问题，可他还是情不自禁地说："我会在贝伊奥卢开一家钵扎店。"

"有那么多人对钵扎感兴趣吗？"

"我知道，如果味道好，服务好，喝过钵扎的人会再想喝的。"麦夫鲁特热切地说，"作为一个资本家我要对你说的是……钵扎有美好的未来。"

"这些资本家的想法是费尔哈特同志灌输给你的吗？"

"今天喝钵扎的人少，完全不意味着日后就没人喝钵扎。你听说过关于两个卖鞋的资本家去印度的老故事吗？一个人说：'这里的人全光着脚，他们不会买鞋。'说完就回去了。"

"那里没有资本家吗？"

"另外那个人说，'这里有五亿人光着脚，也就是说市场巨大。'他不屈不挠，坚持往印度卖鞋致富了。事实上，上午我在鹰嘴豆饭上亏损的钱，晚上在钵扎上可以更多地赚回来……"

"你已经是一个出色的资本家了。"苏莱曼说，"但让我来提醒你一下，钵扎在奥斯曼帝国时期起到了酒的作用，所以才有那么多人喝。钵扎并不是印度人没有的鞋……咱们也没必要再骗自己说钵扎不含酒精。现在可以随便喝酒。"

"不，喝钵扎绝对不是欺骗自己。大家都很喜欢。"麦夫鲁特激动地说，"如果你在一个现代、清洁的店里卖的话……你哥提议什么生意了？"

"考尔库特还没决定，到底是和他那些理想主义的老朋友一起干呢，还是成为祖国党的候选人。"苏莱曼说，"你刚才为什么跟我说'忘了萨米哈'，你告诉我。"

"她不是和人私奔了嘛……"麦夫鲁特嘟囔道，"爱情的伤痛是一种巨大的痛苦。"他真诚地接着说道。

"你不帮我，但有人帮我。你还是来看看这个吧。"苏莱曼从西服口袋里掏出一张黏湿的黑白老照片，递给了麦夫鲁特。

那是一张女人的照片。站在麦克风前唱歌的这个女人，眼睛周围涂了黑色的眼影，化了浓妆，看上去身心疲惫。她穿着保守，不漂亮。

"苏莱曼，这位女士比咱们至少大十岁！"

"没有，她只比咱们大三四岁。你要是认识的话，其实看上去最多二十五岁。她是一个非常善良而且通情达理的人。我每周见她两三次。当然，你别告诉拉伊哈和维蒂哈，自然也更不能传到考尔库特的耳朵里。在很多事情上咱俩是密友，对吧？"

"难道你不想和一个合适的姑娘结婚吗？你和维蒂哈，你们不是在寻找一个适合结婚的女孩吗？现在这个唱歌的又是怎么回事？"

"我还是单身，还没结婚。你也别嫉妒。"

"我有什么可嫉妒的？"麦夫鲁特说。他站了起来，"我该去卖钵扎了。"他已经明白了，他不会和考尔库特一起做生意，就像拉伊哈猜测的那样，苏莱曼只是为了打探萨米哈的消息。

"快坐下，至少再聊一两分钟。你认为今晚你能卖几杯钵扎？"

"今晚我要挑着两个半满的罐子出去，我确信可以全部卖完。"

"那我出钱买下一整罐钵扎。合多少杯？当然你得给我打点折。"

"你为什么要买？"

"我出钱为了让你跟我坐一会儿，好好聊聊，为了不让你上街挨冻。"

"我不需要你的施舍。"

"但我非常需要你的友情。"

"那你就付一罐钱的三分之一吧。"麦夫鲁特说完又坐下了，"我不赚你的钱，这也就是成本。你也别告诉拉伊哈我跟你喝酒了。你怎么处理钵扎？"

"我怎么处理吗？"苏莱曼想了想说，"我也不知道……送人……或者倒掉。"

"往哪里倒？"

"往哪里？我的兄弟那不是我的了吗？茅坑里。"

"你太无耻了，苏莱曼……"

"怎么了？你不是资本家吗？我就付钱给你。"

"愿你在伊斯坦布尔挣到的所有钱，都无益于你，苏莱曼。"

"好像钵扎是一样神圣的东西。"

"是的，钵扎就是一样神圣的东西。"

"去他妈的，钵扎是为了让穆斯林喝酒而发明的，是伪装的酒精饮料——谁都知道。"

"不是。"麦夫鲁特反驳道，他的心跳加快了。"钵扎不含酒精。"感到脸上出现了一种极其特别的冷静表情后，他轻松了。

"你在开玩笑吗？"

麦夫鲁特在卖钵扎的十六年里，对两种人撒了这个谎：

1. 既想喝钵扎，又想相信自己没有作孽的保守的人。他们中的聪明人其实知道钵扎是含酒精的，但是他们把麦夫鲁特卖的东西像无糖可乐一样看作是一项特殊的发明。如果含酒精，那么罪孽也该算在说谎的麦夫鲁特头上。

2. 既想喝钵扎，又想教化愚蠢的乡下小贩的世俗和西化的人。他们中的

247

聪明人其实明白，麦夫鲁特知道钵扎是含酒精的。但他们想让那些为了挣钱而说谎的笃信宗教的狡猾乡下人难堪。

"不，我没开玩笑，钵扎是神圣的。"麦夫鲁特说。

"我是穆斯林。"苏莱曼说，"神圣的东西必须符合我的宗教。"

"不仅仅是伊斯兰的东西，咱们祖先留下的古老的东西也是神圣的。"麦夫鲁特说，"有些夜晚，在半昏半暗空无一人的街上，我会遇见石块上长满青苔的一堵墙，我的内心便会充满善意和幸福。我走进墓地，尽管我不懂墓碑上的阿拉伯字母，但我感觉很好，就像祈祷了一样。"

"行了麦夫鲁特，你是害怕墓地里的野狗。"

"我不怕野狗，它们知道我是谁。你知道我爸对那些说钵扎含酒精的人说什么吗？"

"说什么？"

麦夫鲁特认真地模仿着他的爸爸："我爸爸说，'如果含酒精，我是不会卖的，先生。'"

"他们不知道含酒精。"苏莱曼说，"再说，如果钵扎像渗渗泉 [1] 水一样神圣，那么大家就会一杯接一杯地喝，你今天也就成富人了。"

"不是因为神圣，就需要所有人来喝。其实只有很少人会念诵《古兰经》，可是在偌大的伊斯坦布尔，依然在任何时候都有人会诵经，千百万人幻想着他念诵的《古兰经》，感觉自己很好。人们只要明白钵扎是祖先留下的饮品就足够了。卖钵扎人的叫卖声让他们想到了这一点，他们就会感觉良好。"

"为什么会感觉良好？"

"我不知道。"麦夫鲁特说，"但是感谢真主，他们因此而喝钵扎。"

"了不起，麦夫鲁特，你简直像一面旗帜。"

---

[1] 渗渗泉（zemzem suyu），位于麦加圣寺克尔白天房东南侧的一眼清泉。每年数以百万计的朝觐者前往朝觐时都会顺道造访渗渗泉，并饮用其泉水。

"是的，就是那样。"麦夫鲁特自豪地说。

"但你最终同意按成本价把钵扎卖给我，只是反对我倒进茅坑里。你是对的，浪费在咱们的宗教里是一种罪孽，咱们就送给穷人喝，但我不知道他们会不会喝这种含酒精的违禁品。"

"那么多年，你用民族主义教导我，却表现得像法西斯。如果你侮辱钵扎，那么苏莱曼你就走错道了……"

"是的，一旦你富有了，嫉妒的人就会立刻说你走错道了。"

"不，我不嫉妒你。苏莱曼，你明摆着就是跟一个错误的女人在一起。"

"哪个女人是对的，哪个女人是错的，或者不管哪个都没区别，你很清楚啊。"

"我结婚了。感谢真主，我很幸福。"麦夫鲁特说着站了起来，"你也去找一个像样的女孩，尽早结婚。好了，再见吧。"

"不杀了那个抢走萨米哈的混蛋，我不会结婚。"苏莱曼对着他的背影说道，"你把这话告诉那个库尔德人。"

麦夫鲁特梦游般地回到家。拉伊哈早已把钵扎罐拿到了楼下。他原本可以把钵扎罐拴上扁担就出发的，但他上楼进了屋。

拉伊哈正在给菲夫齐耶哺乳。"他让你喝酒了吗？"她小声问道，为了不吓到孩子。

麦夫鲁特感到了拉克酒在脑袋里的威力。

"我没喝。他不停地问萨米哈跟谁私奔了，跑哪去了。他说的那个库尔德人是谁？"

"你说什么了？"

"我说什么啊，我什么也不知道。"

"萨米哈和费尔哈特私奔了！"拉伊哈说。

"什么？……你为什么不告诉我？"

"苏莱曼疯了。"拉伊哈说，"你要是听到他在杜特泰佩家里说的那些话……他要杀了那个抢走萨米哈的人。"

249

"不会的……他只是说说而已。"麦夫鲁特说,"说大话的苏莱曼杀不了任何人。"

"那你干吗慌乱、气愤?"

"我既没慌乱,也没气愤。"麦夫鲁特嚷道。他摔门而去,听到身后宝宝的哭声。

麦夫鲁特非常清楚地知道,要想消化刚刚得知的这个消息,他必须在黑暗的街道上行走无数个夜晚。那天夜里,尽管明知那些地方没有顾客,但他仍然从费里柯伊的后街一直走到了卡瑟姆帕夏。有一会儿,他迷路了,下了大坡,走进两栋木屋之间的一块小墓地,坐在碑石之间抽了一支烟。一块奥斯曼时期留下的、带有巨大帽顶的墓碑,让他的内心充满了敬畏。他必须忘记萨米哈和费尔哈特。在那夜的漫长行走中,他说服自己不该为这个消息烦恼。原本,只要回到家,搂着拉伊哈入睡,他就会忘却一切烦恼。世上,他所烦恼的事情,也只不过是他头脑里的怪东西罢了。这不,墓地里的野狗也对麦夫鲁特很友善。

9

加齐街区

我们将躲藏在这里

萨米哈： 是的，没错，我和费尔哈特私奔了。为了不暴露我们的住处，我沉默了两年。其实我有很多话要说。

苏莱曼很爱我。可对于很多男人来说，爱情意味着变蠢，一点也不错。特别是在我私奔前几天，苏莱曼变得异常古怪，和我说话时他紧张得口干舌燥。即便他非常想说，可就是无论如何也说不出让我高兴的甜言蜜语。他跟我开玩笑，就像一个土匪跟他的弟弟开恶劣玩笑那样。尽管他喜欢带我出去玩，可每当我们坐上车，他都会说一些怪话，比如"别让他们看见咱们"、"费了好多汽油"。

他送的礼物，我全都留在家里了。但我爸爸做的假牙自然是没法归还的。爸爸还接受了别的礼物和赞助……因此，我私奔爸爸一定很生气。但坦白地说，我也生气，因为他们甚至没问我一声就都认定我跟苏莱曼般配。

费尔哈特第一次远远地看见我，是在麦夫鲁特和拉伊哈的婚礼上，而我甚至根本没发现他。他对我无法忘怀，有一天他这么表白了。他来到杜特泰佩，在路上拦下我，对我说他爱我，要跟我结婚。

那么多男人想跟我结婚，却连接近我的勇气都没有，而他如此勇敢的行为让我很高兴。他说他在上大学，在餐饮业工作，但没说他是服务员。不知道他从哪里找到了号码，他往杜特泰佩打电话。如果让苏莱曼和考尔库特逮到，会打断他的骨头，把他打得头破血流，但费尔哈特不在乎，依然打电话，约我见面。维蒂哈在家时，我不会接电话。"喂……喂？……喂，喂！"维蒂哈姐姐边说边看着我。"不说话……肯定是同一个家伙。萨米哈，你要当心啊，城里满是些喜欢冒险的无赖。"我默不作声。相对于迟钝肥胖的富人，我会选择喜欢冒险的无赖，这一点维蒂哈也知道，她能理解。

博兹库尔特和图兰被禁止摸电话，因此维蒂哈和我爸爸不在家时，电话由我来接。费尔哈特通常不会在电话里说很多话。阿里·萨米·延体育场后面有一个地方，他会在那里的一棵桑树下等我。那里有些旧的马厩，里面住着无家可归的人。还有一家杂货店，费尔哈特给我买一瓶福如考橙汁，我们一起看瓶盖里面的软木塞底下是否写着有礼物。我从来不问他在餐饮业工作挣多少钱，是否有积蓄，我们将住在哪里。我就是这么恋爱的。

坐上费尔哈特和他朋友的出租车后，我们没有马上去加齐街区。为了迷惑开着小卡车追来的苏莱曼，我们先在热闹的塔克西姆广场转了一圈，然后往下开到了卡巴塔什。我爱大海的蔚蓝。经过卡拉柯伊大桥时，看着轮船、乘客和汽车，我兴奋不已。一方面，离开爸爸和姐姐，去一个未知的地方，我害怕得想哭；可另一方面，我在心里明明白白地感到，整座城市都是我的，我将过上非常幸福的生活。

"费尔哈特，你会带我上街吗？咱们会一起出去玩吗？"我问他。

"我的美人儿，你想怎样就怎样。"费尔哈特说，"但现在咱们回家。"

"姐，你要相信，你做了一件非常正确的事情。"他开出租车的朋友说，"开枪时你没害怕吧？"

"她不会害怕的！"费尔哈特说。

我们经过了之前叫塔什勒塔尔拉的加齐奥斯曼帕夏。出租车爬上一条满是尘土的道路时，我感觉仿佛所有的房子、烟囱和树木都在破败。我看见还没完工就已经显出破旧的平房；哀伤荒芜的土地；煤渣砖、白口铁和木块构成的墙壁；对过往行人乱叫的狗。泥泞的道路、宽敞的院子、稀疏的房屋，这一切既像农村，又跟农村完全相反。这里的门窗，所有的一切，都是从伊斯坦布尔的旧房子上拆下来的。人们都处于忙乱中，仿佛他们来这里只是暂住一段时间，有一天将搬去在伊斯坦布尔购置的真正的家里。我看到像我一样，同时穿着褪色的藏蓝色裤子和裙子的女人，还看到紧紧裹着头巾、穿着大裆裤的老阿姨们，以及粗管子一般的宽松裤、长裙和风衣。

费尔哈特租下的四墙两窗的房子位于大坡中央。后窗可以看见他在远处用石块圈下的一块地皮。费尔哈特在石块上涂抹了石灰，满月的夏夜里，我们在睡觉的地方就可以看见那块地皮，宛如一个发光的幽灵在闪烁。"地皮在召唤我们。"费尔哈特低语道，他跟我描述等我们攒够钱将在那里盖的新房子。他问我，房子该有几个房间、厨房应该面对坡下还是坡上，我会想一想然后回答他。

私奔的第一夜，我俩和衣而睡没有做爱。我和你们读者分享这些私密的事情，是因为我希望读者可以从我的故事里吸取人性的教训。夜晚我哭泣时，我喜欢费尔哈特抚摸我的头发。一周我们都和衣而睡没有做爱。一天夜里，窗口出现了一只海鸥，因为远离大海，我从中得出了真主将宽恕我们的结论。我从费尔哈特的眼神里感到，他明白了我将把自己交付给他。

他一点也没强迫我，这让我对他的尊敬和爱恋与日俱增。但我依然对他说："等我到了十八岁，你要是不和我正式结婚，我就杀了你。"

"用枪，还是毒药？"

"我自会知道。"我说。

他像电影里那样亲吻了我。有生以来第一次和一个男人嘴对嘴地接吻，我的脑子一片混乱，无法继续说话了。

"到你十八岁，还有多长时间？"

我从行李箱里自豪地拿出身份证，告诉他还有七个月十二天。

"如果十七岁还没找到丈夫，那就意味着你是老姑娘了。"费尔哈特说，"如果我们做爱，真主会同情像你这样的女孩，不会记下你的罪过。"

"我不知道他会不会记……但是如果真主宽恕我们，那是因为咱们藏在这里，除了彼此，别无亲人。"

"不。"费尔哈特说，"在这个山头上，有我的很多亲戚和熟人。咱们并不孤独。"一听到他说"孤独"，我就哭了。

费尔哈特就像儿时爸爸对我那样，抚摸着我的头发安慰我。不知道为什么，这让我哭得更伤心了。

尽管我一点也不想那样，可我们还是羞怯地做爱了。我有点晕眩，但很快适应了我的新生活。我好奇两个姐姐和爸爸会对此说些什么。费尔哈特每天中午前出门，乘坐类似我们村里的那种满是尘土的破旧小公共到加齐奥斯曼帕夏，去可以喝酒的幸福现代餐馆当服务员。上午他在家里上电大的课程。费尔哈特看电视听课时，我也跟着看屏幕上的老师。

"我听课的时候，你别坐在我边上，我没法专心。"费尔哈特说。可要是我不坐在他身边，他又好奇我待在了单开间的哪个角落，我去了左边，还是右边，还是去外面给鸡笼里的鸡喂了面包心，反正他就是不能专心听课。

我不会告诉你们，我们是怎么做爱的，为了不在婚前怀孕我做了些什么，但进城去拉伊哈和麦夫鲁特在塔尔拉巴什的家时，我会跟拉伊哈说。费尔哈特并不知道我进城。麦夫鲁特推车出去卖饭了，因此他不会在家里。有几次，维蒂哈姐姐也去了。拉伊哈准备钵扎、炸鸡块时，我们就陪孩子们玩，看电视，听维蒂哈姐姐给我们姐妹俩的忠告。

"你们千万别相信男人。"维蒂哈姐姐每次都说这句开场白。她开始抽烟了。"萨米哈，没正式结婚前千万别怀上费尔哈特的孩子。等到你十八岁，如果他不和你办正式婚礼，你就一天也别待在费尔哈特那个畜生身边。你在杜特泰佩的房间是现成的。拉伊哈，咱们三姐妹在这里见面说笑，你也千万别告诉麦夫鲁特或是苏莱曼。你要抽烟吗？抽烟能平息你的愤怒。苏莱曼还在气头上。我们找不到一个合适的姑娘给他，他谁也不喜欢，他还是不能忘记你，还有费尔哈特——愿真主保佑——苏莱曼气哼哼地说要杀了他。"

"维蒂哈，萨米哈，你们看一下宝宝，我出去半个小时。"拉伊哈说，"我都三天没出门了。"

刚开始的时候，每次回到我们的加齐街区，我都感觉是到了另外一个地方。比如，我结识了一个跟我一样穿牛仔裤的年轻女人。她像我一样，为了不嫁给一个她不想要的男人，她跟另外一个人私奔了。她还像我一样，松松地戴着头巾。还有一个自称是马拉蒂亚人的库尔德女人，她总喜欢说警察和宪兵还在找他们。我们拎着满满的水桶从饮水池往家走时，她跟我说她肾脏里的疼痛、柴房里的蝎子和她梦里都在爬坡的梦境。

加齐街区位于一个陡坡上。这里的人来自每个城市、每个地区、每个职业（多数人无业）、每个种族、每个部落，人们操着各种语言。山头后面是一片森林，森林低处有一座水库和给城市供水的一个绿色湖泊。只要和阿拉维派、库尔德人，还有之后来的偏执的塔勒克社团友好相处，谁的房屋也不会被轻易拆除的消息很快传开了，于是这个陡坡上就生活着形形色色的男男女女，但谁也不会轻易告诉别人自己是哪里人。我也听从费尔哈特的忠告，对询问的人有时说自己是这里的人，有时说是那里的人。

费尔哈特只去加齐奥斯曼帕夏，因为惧怕苏莱曼，他从来不进城（他对我进城的事也一无所知——我们私下说说）。他说自己攒了钱，可他甚至连一个银行账户也没有。他走后，我清扫家里的泥土地面（在第一个月的月底，我发现地越扫，房顶就越高）；调整屋顶上的瓦块和白口铁的位置，因为不下雨那里都滴水；或去填墙缝，因为在一片树叶都不晃动的晴空万里的日子里，都有风从墙上破损的煤渣砖、石块和胆怯的蜥蜴之间的缝隙里吹进来。我就这样熬到晚上。有些夜晚，钻过墙缝的不是风，而是狼的哀号；屋顶流下的也不是水，而是混杂着生锈铁钉的泥浆。冬天的夜晚，海鸥落在窗外那截煤炉的烟筒上，为它橙色的爪子和屁股取暖。海鸥的鸣叫淹没了黑白电视机里美国强盗和警察的声音，而我却因为独自在家而感到害怕，想到回村的爸爸，又不禁伤感。

阿卜杜拉赫曼：我亲爱的孩子，我那漂亮的萨米哈。我远在村里的咖啡馆就感到了你对我的念叨，我正一边打瞌睡一边看电视。我知道你一切都好，你没有抱怨那个抢走你的畜生，我就放心了，我的孩子。就让钱去见鬼吧。跟你想要结婚的人结婚，我的孩子，阿拉维派的也无所谓，你和你的丈夫一起回村来亲我的手就足够了。可你在哪里啊……我不知道，你能感知我的思念和心愿吗？

费尔哈特：我在幸福现代餐馆当服务员，一直要工作到很晚，知道萨米哈独自一人在家害怕，我就同意她晚上去锡瓦斯人邻居哈伊达尔和泽丽哈家里看电视。哈伊达尔是阿拉维派人，他在加齐奥斯曼帕夏新盖的一栋公寓楼里当看门人，他的妻子每周五天去清扫公寓的楼梯，还去楼上一个开面包坊的人家帮忙做饭洗碗。哈伊达尔和泽丽哈每天早上一起出门，晚上坐同一辆公交车回家，他们一整天都可以说话做伴，这让萨米哈深有感触。一天晚上，我俩正走在我们的大陡坡上，从黑海方向吹来一阵像铅一样的刺骨寒风，萨米哈跟我说，哈伊达尔的妻子干活的公寓楼里需要另外一个做日工的女佣。

　　回到家，我武断地说："你要是去做用人，咱们还不如去挨饿！"

　　我手上拿着一根生锈的旧车轮辐条。家里的一个角落里，堆放着我准备在圈下的地皮上盖房所收集的材料，其中有旧门板、钢筋、铁丝、铅桶、砖块和周正的石块，我把手上的钢条也放了进去。

在加齐街区，所有人都先收集盖房所需的材料，比如门、烟囱、煤渣砖，随后在大家的帮助下盖起房子，这种做法是从六年前左派、阿拉维派和库尔德人统治这里后开始的。在他们之前，加齐街区是在拉兹人·纳兹米的管控之下。拉兹人·纳兹米，1972年在这个荆棘和乱石丛生的空山头入口处，跟两个里泽人同乡开了一家店铺。他把砖块、煤渣砖、水泥和其他建材高价出售给那些来自安纳托利亚的穷光蛋们，这些人想在国家的地皮上盖一夜屋。一开始，他和客人们交朋友给他们出主意，在店里请他们喝茶，（之后，他在店铺的旁边开了一家茶馆。）他的店铺也因此成了那些来自安纳托利亚每个角落的人聚会的场所，这些人当中尤其是从锡瓦斯、卡尔斯和托卡特迁徙到伊斯坦布尔的人，都想为自己盖起一座四面墙一个屋顶的一夜屋。

拉兹人·纳兹米在他的店铺和茶馆四周，展示他驾着著名的橡胶轮胎马车，从摧毁伊斯坦布尔的人们那里收集来的木门、螺旋楼梯的中柱、窗户、破损的大理石和瓷砖、阳台的铁栏杆以及古旧的瓦块。对于这些有着一百甚至一百五十年历史的锈蚀旧家什，就像他店铺里的水泥和砖块那样，拉兹人·纳兹米也会开出很高的价钱。但是，那些购买并租用他的马车搬运材料的人，他们所盖起的一夜屋，纳兹米和他手下人会帮着照看。

一些吝啬精明的人，不愿意给他圈地的钱，还说"我自己能够找到更便宜的建材"。而他们盖起的一夜屋，要么在某个夜晚四周无人时遭到破坏，要么在加齐奥斯曼帕夏警察局派来的警察协助下被拆除。拆屋人和警察离开几天后，拉兹人·纳兹米便去看望那些在一夜屋废墟上哭泣的愚钝公民，他说自己十分伤心，还说自己跟加齐奥斯曼帕夏警察局的警长是朋友，晚上他们一起在咖啡馆里玩纸牌，如果他事先知道，一定会阻止他们去拆房。

拉兹人·纳兹米通向警察和执政的民族主义者政党的重要关系网，使得来茶馆的人数与日俱增。后来，从他那里购买建材并在国家地皮上盖起一夜屋的人之间，开始了"你的地皮在哪里——我的地皮从哪里开始"的纠纷。随着纠纷增多，1978 年后，拉兹人·纳兹米在他称之为"ofis"的办公室里，就像地契局长那样，开始在一个本子上做记录。他还给那些为了圈地从他那里购买许可证的人，发放一张类似国家地契的纸。为了提高那张纸的影响力，就像国家地契那样，他在纸上贴上拥有者的照片（他还开了一家快照店），仔细写下原拥有者的名字（他自豪地在那里写下自己的名字）、地皮的面积和位置，随后拿着他在加齐奥斯曼帕夏的一家文具店里刻制的图章，蘸上红印泥，盖上章。

"有一天国家在这里颁发地契时，会看我的记录和地契文书。"纳兹米有时自豪地说。他在茶馆里对玩麻将的无业游民们高谈阔论，他说为离开锡瓦斯最贫穷的乡村来到伊斯坦布尔却连一棵树也没有的公民提供服务，让他们在瞬间成为一个拥有地皮和地契的人，自己感到无比幸福。"纳兹米大哥，什么时候通电啊？"对于这样询问的人，他回答说有关事宜正在办理中，让人感觉如果加齐街区成为一个行政区，选举时他将是执政党的候选人。

有一天，街区后面，在纳兹米还未划分出售的空地上，出现了一个高个子、眼神恍惚、脸色苍白的人。他的名字叫阿里。他不去拉兹人·纳兹米的店铺和咖啡馆，远离是非，也不去掺和街区的闲言碎语，但他在城市的尽头，慢慢地用煤渣砖、锅子、煤气灯和床铺占据了一块边远的地皮，独自生活起来。拉兹人·纳兹米手下两个怒气冲冲的小胡子男人，提醒他说这里的地皮是有主人的。

"土地的主人既不是拉兹人·纳兹米、土耳其人·哈姆迪、库尔德人·卡迪尔，也不是国家的。"阿里对他们说，"所有的一切、整个世界和这个国家的主人是真主。而我们，在这个短暂的现世里只是他终有一死的奴隶！"

拉兹人·纳兹米的手下人，一天夜晚，对着他的脑袋打了一枪，以此提醒愚蠢的阿里，他说的最后那句话是正确的。为了不给报纸提供素材，他们在离水库不远的地方，仔细地掩埋了他的尸体，这些报纸经常指责生活在一夜屋的人们，污染了给伊斯坦布尔供水的碧波荡漾的水库。可是到了冬天，与来街区觅食的群狼搏斗的坎高犬，发现了尸体。于是警察前来调查此案。可是警察没有抓走拉兹人·纳兹米手下的小胡子男人，而是拘捕了住在离水库最近的几个锡瓦斯人，还对他们动用了刑罚。街区里的人认为拉兹人·纳兹米是幕后指使，他们写匿名举报信，但警察对此置之不理，他们凭经验和习惯，继续对那些居住在水库附近的人施以刑罚，先是棒打脚掌，随后用简单的电刑工具折磨他们。

一个宾格尔的库尔德人受刑时，突发心脏病死了，街区里的人于是揭竿而起突袭了拉兹人·纳兹米的茶馆。当时，纳兹米正在里泽的村里参加一个婚礼。他的手下们慌乱中不知所措，朝天开了几枪就落荒而逃了。伊斯坦布尔各个街区和大学里年轻的左派、马克思主义者、毛泽东主义者，听闻加齐街区的事件后，纷纷赶来充当"民众自发运动"的先锋。

费尔哈特：两天时间里，拉兹人·纳兹米的办公室被占领了，大学生们没收了他的地契记录。随后，但凡去加齐街区，声称"我是穷人和左派"的任何人（民族主义分子报纸上写的是，"我是不信真主的人"），都可以成为土地拥有者的说法，在整个土耳其，特别是库尔德人和阿拉维派人当中迅速传开。我也就是在那时，在六年前，用夜晚会发出磷光的石块圈下了我的那块地皮。但是，跟所有人一样，我相信拉兹人·纳兹米有一天会在国家的支持下回来报复，收回地皮，因此那时我没去那里安家。当时我和麦夫鲁特一起做服务员的餐馆位于贝伊奥卢，远离加齐街区，坐公交车来回一趟需要半天时间。

我们对苏莱曼的愤怒，依然感到恐惧。谁也没想到要帮我们和阿克塔什他们和解。（在这个问题上，我对麦夫鲁特、拉伊哈、维蒂哈全都生气。）于是，我和萨米哈在加齐街区举办了一场寒酸的婚礼，悄无声息地结婚了。自然在我们的婚礼上，跟麦夫鲁特和拉伊哈的相反，没人往我们身上别黄金和一百美元的钞票。一方面，我因为没能邀请我最好的朋友麦夫鲁特来参加我的婚礼感到伤心；另外一方面，我又因为他和阿克塔什他们亲近、为了利益和法西斯们臭味相投而对他生气。

10

擦去城市的灰尘

我的真主，哪来的这么些脏东西啊？

萨米哈：想到别人会说什么，费尔哈特就把我们的故事里最美好的部分作为隐私轻描淡写了。我们的婚礼虽然寒酸，却很美好。我们在加齐奥斯曼帕夏的蓝色公寓楼二层的白色苏丹婚纱店里，租了一件白色的婚纱。就像整个婚礼上我没犯任何错误一样，对于那些疲惫、丑陋和嫉妒的女人的骚扰，我也没有屈服。她们要么直接说，"啊呀，我的孩子，你是个多么漂亮的姑娘啊，可惜了！"要么因为没能这么含沙射影地表达，就用眼神表示，"你这么漂亮，为什么要嫁给一个穷服务员，我们一点都不理解！"你们听我说：我不是谁的奴隶、小妾、俘虏……你们听我说：你们要明白什么是自由。费尔哈特喝着藏在桌下的拉克酒酩酊大醉，最后也是我让他清醒过来的。我仰起头，对那些嫉妒的女人和仰慕我的男人（其中也有来蹭柠檬水喝、蹭点心吃的无业游民），骄傲地扫了一眼。

两个月后，在邻居哈伊达尔和他的妻子泽丽哈一再坚持下，我开始在加齐奥斯曼帕夏的公寓楼里做用人。费尔哈特有时和哈伊达尔一起喝酒，他们夫妻俩还参加了我们的婚礼。也就是说，他们是为了我们好才希望我去打工的。作为一个丈夫，娶了抢来的女孩才两个月就让她去做用人，费尔哈特感到惭愧，因此一开始他反对我去帮佣。但是一天早上，我们和泽丽哈夫妇一起冒雨坐小公共去了加齐奥斯曼帕夏。费尔哈特也和我们一起，去了泽丽哈和亲戚们打工的吉万公寓楼看门人住的单元。比我们的单开间一夜屋还要小的这个地下单元，连一扇窗都没有。我们三个女人和三个男人在那小屋里喝了茶抽了烟，随后，泽丽哈把我带去了五单元的人家。爬楼梯时，我为将要进入一个陌生的人家而感到害羞，同时也因为要离开费尔哈特而感到害怕。私奔以来，我俩一直如胶似漆。我刚开始打工的那些日子里，费尔哈特每天早上和我一起过来，傍晚在看门人家里抽烟等我，下午四点我离开五单元下楼到憋闷的地下室，他或者把我送上小公共，或者把我托付给泽丽哈他们，确认我坐上小公共后，他才马上跑去幸福餐馆。但三周后，一开始是早上，快到冬季时，晚上我也开始独自来去了。

费尔哈特：为了不让你们对我产生误解，我要用一分钟时间插句话：我是一个知道负责任、勤劳和有尊严的男人，其实我是绝对不能容忍我的妻子出去打工的。但是萨米哈一再说自己在家无聊，想要出去工作。她没告诉你们，她为此哭过很多次。另外，我们与哈伊达尔和泽丽哈像家人一样，他们又和吉万公寓楼里的人像亲戚，甚至兄弟一般。因为萨米哈说，"我自己去，你听电大的课！"我才允许她独自去上班的。而这，在我学不进会计课，并且不能及时把作业邮寄到安卡拉的时候，让我感到更多的自责。眼下我又在担忧，自己记不住教授在数学课上写在黑板上的所有数字，从教授的大鼻子和耳朵里钻出来的白毛，在电视上都清晰可见。我之所以忍受所有这些磨难，是因为萨米哈比我还相信，如果有一天我拿到大学文凭，在一个国家机构里找到工作，那么一切都将会是另外一种情景。

萨米哈：泽丽哈介绍我认识了一个伤感易怒的女人，她住在五单元，是我的第一个"雇主"。"你俩一点也不像。"她说着用怀疑的眼神瞥了我和泽丽哈一眼。为了赢得她的信任，像我们事先说好的那样，我自称是泽丽哈父亲家的亲戚。纳兰夫人随即对我的善意表示了信任，可一开始她却无论如何也不相信我能把四周的灰尘打扫干净。直到四年前，她还自己打扫卫生，那时他们也没有太多钱。四年前，她上初中的大儿子死于癌症，纳兰夫人便不屈不挠地向灰尘和细菌宣战了。

尽管刚看见我擦了那里的灰尘，她还会问："你擦了冰箱下面和白灯里面吗？"我们害怕她的第二个儿子也因为灰尘得上癌症，因此在孩子快要放学回家的时候，我都会紧张并更加拼命地擦灰，还不时跑去窗前，带着石砸魔鬼的愤怒，向街上抖落抹布上的尘土。"做得好，做得好萨米哈！"纳兰夫人鼓励我说。她一边打电话，一边用手指着我没看见的一处灰尘，"我的真主，哪来的这么些灰尘和脏东西啊！"她绝望地说着并向我摇手指，于是我会感到自责，仿佛灰尘来自我的身上或是一夜屋街区。但我还是喜欢她的。

第二个月后，纳兰夫人信任我了，开始叫我一周去她家三次。她把我和肥皂、水桶、抹布一起留在家里，自己出去购物，或者去跟总在电话里聊天的朋友玩牌。有时，她借口忘了什么东西悄悄地回家，见我继续在勤勉地打扫卫生，就高兴地说："干得好，愿真主保佑你！"有时，她拿起放在电视机上面、小狗摆件旁边的银镜框，镜框里镶着她死去的儿子的照片，她一边用抹布久久地擦拭着镜框，一边开始哭泣，我就放下手里的抹布过去安慰她。

有一天，纳兰夫人上街后不久，泽丽哈就来看我了。见我不停地干活，"你疯了吗？"她说道，打开电视坐到对面，但我还是继续干活。之后，只要她干活的那家夫人一上街（有时她家夫人和纳兰夫人一起出去），她就跑来找我。我干活时，她跟我说电视上看到的东西，翻冰箱找吃的，告诉我橄榄油做的菠菜味道不错，就是酸奶太酸了。（杂货店里买来的玻璃罐装的酸奶。）当泽丽哈开始翻纳兰夫人的衣柜，议论内裤、胸罩、手绢，还有那些我们不明白是什么东西的物件时，我也情不自禁地跑去她身边，听她调侃，玩得很开心。纳兰夫人的一个抽屉的最里面，在丝绸头巾和围巾中间，有一个写着蚂蚁大小祷辞、念过经吹过气的护身符。在另外一个隐蔽的角落里，我们在旧身份证、缴税单和照片当中，找到了一个很好闻的雕刻木盒，但不知道那是什么盒子。在床头的一个小柜子里，泽丽哈在纳兰夫人丈夫的药盒和咳嗽药水瓶子当中，发现了一种烟草颜色的奇怪液体。那个粉色的瓶子上贴着一张画，画上是个张大嘴巴的阿拉伯女人，我俩都最喜欢这个瓶子里的香味，但是因为害怕，不会把它抹手上。一个月后，当我独自一人翻东西时（我喜欢看纳兰夫人死去的儿子照片和旧作业本），我发现那个瓶子不见了。

两周后的一天，纳兰夫人把我叫到一边说，应她丈夫的要求（其实我没明白是谁的丈夫），要辞掉泽丽哈，尽管她确信我没错，可遗憾的是在这种情况下，我也不能继续干了。我没能完全搞清楚到底是怎么一回事，但看她开始哭起来，我也跟着哭了。

"我的孩子，不哭，我们为你找了一个好人家！"她带着乐观的口吻，犹如算命的吉卜赛女人说，"我看见了一个无比光明的未来！"希什利的一个有教养的富人家想找一个像我这样勤劳又诚实可信的女佣。纳兰夫人要让我去，我该二话不说立刻过去。

费尔哈特对我去新的人家表示反对，因为路程太远。早上我更早起床，天不亮就去赶开往加齐奥斯曼帕夏的第一班小公共。半小时后我坐上开往塔克西姆的公交车。在一个多小时的这段路程上，很多时候公交车里挤满了人，为了找个座位，人们在车门口争先恐后、你推我操。我喜欢透过车窗看那些赶去上班的人、推着小车走向街区的小贩、停泊在金角湾的小船，特别是那些去上学的孩子。我仔细地去念挂在杂货店橱窗里的报纸上的大标题、墙上的布告、巨幅的广告牌。我若有所思地在脑子里重复着写在汽车和卡车车身上那些意味深长的句子，感觉城市在和自己交谈。我喜欢想费尔哈特的童年是在卡拉柯伊，也就是市中心度过的，回到家我让他讲那时的故事。晚上他很晚才回家，我们见面的时间越来越少了。

到塔克西姆换乘另外一辆公交车前，我从邮局门口的小贩那里买面包圈，要么在公交车上一边看着窗外一边吃，要么藏在我的塑料包里，等到了雇主家就着煮好的茶一起吃。有时家里的女主人说，"如果你还没吃早饭，就先吃吧。"我就从冰箱里拿出一点奶酪和咸橄榄。有时她什么也不说。中午我给夫人烤肉丸的时候，"萨米哈，给你自己也烤三个。"她说。她给自己拿五个，吃掉四个，我在厨房里吃掉剩在盘子里的一个，这样我们每人都吃了四个。

但是夫人（我不说她的名字就这么称呼她）不和我坐同一张餐桌，她吃饭时，我不能吃。"盐、胡椒在哪里；把这个拿走。"她要我待在可以听到她说话的地方，因此我就站在餐厅门口看着她吃饭，但她不跟我交谈。不时，她总问一些同样的问题，又总是忘记答案："你是哪里人？""贝伊谢希尔。"我回答道。"在哪里？我从来没去过。"于是我便说："我是科尼亚人。""啊，是的，有一天我也要去科尼亚，去拜谒莫拉维[1]。"她说。随后在希什利和尼相塔什的另外两家人家里，我说到科尼亚时，他们都问到了莫拉维，但都不愿意我做礼拜。泽丽哈告诫我，如果有人问"你做礼拜吗？"，要回答说不做。

夫人推荐我去的这些家里的人，也不愿意和我使用同一个厕所。在所有这些老房子里都有一个供用人使用的小厕所，有时我跟一只猫，有时和一只狗共用那个厕所，我的塑料手提包和大衣也放在那里。当家里只有我和猫咪时，猫咪总待在夫人怀里，还会去厨房偷食，有时我会打它，晚上回家后我就把这事告诉费尔哈特。

有段时间，夫人病了，如果我不能一直待在她身边，她就要再去找一个人，于是晚上我就在她那里，在希什利过夜了。我住在一个望向天井的小房间里，不见阳光却很干净，床上铺着的床单香气扑鼻，我喜欢那里。随后我就习惯在那里过夜了。去希什利一个来回需要花四五个小时，

---

[1] 莫拉维·贾拉鲁丁·鲁米（Mevlânâ Jalâladdin Rumi, 1207—1273），常简称鲁米，伊斯兰教苏菲派神秘主义诗人、教法学家。

因此有些夜晚我就住在夫人家里，早上起来为她准备早餐，随后去别的人家干活。但其实，我想尽早回加齐，回到费尔哈特的身边，即便只有一天，我也想念我们的家和家里的东西。我喜欢下午早收工，喜欢在上公交车或者在塔克西姆换乘公交车之前，在城里转转，可是我又害怕遇到杜特泰佩的什么人，怕他们回去告诉苏莱曼。

留我一人在家时，他们有时会说，"萨米哈，干完活你就回家，别做礼拜、别看电视浪费时间。"有时我很卖力地干活，似乎想要擦去城市里所有的灰尘，但随后我会想到一件事，让我放慢干活的速度。我在先生放衬衫和背心的衣柜最下面的抽屉最里面，看见了一本外语杂志，杂志上有很多男人和女人的无耻图片，我为自己感到害臊，只为我看见了那些图片。夫人药柜的左侧角落里，有一个散发出杏仁味的奇怪盒子，盒子里的梳子下面有一张外国钞票。我喜欢看他们的家庭影集，塞在抽屉里的婚礼、学校放假和夏季度假时的旧照片，去发现他们年轻时的模样。

在所有的人家里，都有那么一个角落，堆放着丢弃、遗忘、落满灰尘的旧报纸、空瓶子、从未打开的盒子。他们说别去动，仿佛是一件宗教、神圣的东西。每个家里都有这样不让动、不让靠近的角落，没人时我会好奇地去看一看，但他们为了试探我而放在那里的新纸币、共和国金币、气味奇特的肥皂、长了虫子的盒子，我从不去碰。夫人的儿子，在积攒小的塑料玩具士兵，他在床上、地毯上把它们一排排地部署好，然后让它们激烈厮杀。我喜欢孩子忘乎所以地沉浸在游戏里，独自一人时，我也玩打仗游戏。很多家庭买报纸只是为了礼品券，他们让我每周剪一次。有些人家每月派我去一趟角落里的报亭拿礼物，类似搪瓷煮茶壶、带图片的烹饪书、花朵图案的枕套、挤柠檬汁的工具、会唱歌的圆珠笔。为了这些东西，他们让我去排半天的队。在电话上聊天度过一整天的夫人，有一个放毛料衣服的柜子，满是樟脑丸味道的柜子里有一套电动厨房用具，却像那些免费的礼品那样，从未拿出来使用过，哪怕是为了任何一个客人。因为那是欧洲货，总被仔细地收藏着。有时，看着我在柜底找到的信

266

封里的收据、报上剪下的新闻和布告、女孩们的裙子和内衣、写在本子上的文字，就好像我找到一样寻觅已久的东西。有时，我觉得这些信件、文字都是为我而写的，照片上也仿佛有我的身影。抑或是，夫人的儿子偷了母亲的红色唇膏放进自己的抽屉，我感觉该我负责一般。对于这些向我公开隐私的人，我既感到一种依赖，又感到一种愤怒。

有时，我在正午想念费尔哈特、我们的家，以及从我们一起躺着的床上看见的发出磷光的地皮。开始做日工两年后，在越来越多留下过夜的日子里，我开始怨恨费尔哈特，因为不管怎样他都没能让我摆脱用人的生活。这期间我越来越深地融进了那些人家的生活，接触到他们残暴的男孩和娇惯的女孩，遇到觉得我漂亮就立刻跑来纠缠的杂货店伙计和看门人的孩子。每到来暖气时，睡在窄小的用人房间里，我总会大汗淋漓地醒来。

费尔哈特：从第一年开始，我就坐上了位于加齐奥斯曼帕夏的幸福餐馆的款台。我读电大在此起了作用，读电大也是萨米哈极为重视的一件事。但是晚上，当美妙的拉克酒和热汤味道飘散在餐馆、餐馆变得人声嘈杂时，老板的弟弟就坐上款台，亲自管理收银机，顺带自己的口袋……老板在阿克萨赖省还有一家餐馆（我们这里是分店），每个月老板都会向厨房里的厨师和洗碗工，还有我们服务员和传菜员重复一遍他的命令，那就是从厨房出来的每一样菜品，必须立刻在款台记录在案，否则不许端上客人的桌子。这些菜品如，炸土豆条、牧羊人沙拉、炸肉丸、盖浇鸡肉饭、单份拉克酒、小份啤酒、小豆汤、干扁豆、肉末大葱。

幸福餐馆，有四扇面向阿塔图尔克大街的窗户（每扇窗都拉着窗纱）。餐馆是一家拥有众多热情顾客（中午是一些不喝酒、吃家常菜的工匠，晚上是一些有节制喝拉克酒的男人）的成熟企业，因此要遵守老板的这个宪法规定也并非易事……我坐在款台时，也就是即便中午，都会忙得不可开交，有时我都来不及记录服务员手上的蔬菜鸡块、橄榄油芹菜根、蚕豆泥、烤鲣鱼，都送去了几号桌。那种时候，要么像老板命令的那样，服务员在我面前排起队，等着让我记录；（着急的顾客喊道"菜凉了"，）要么推迟一分钟来执行老板的命令，服务员先把菜送给顾客，等我松快时回来提醒我，"费尔哈特大哥，十七桌一份辣椒塞肉末米饭，一份春卷，十六桌两份鸡胸肉。"这个办法不能解决排队问题，只是推迟了排队，也就是说，服务员开始把他们送给顾客的菜品，挨个其实是同时报出来让我记录，"六号桌一份沙拉，八号桌两份酸奶黄瓜粒。"有的服务员端着菜边走边报，记录的人无法听清他们所说的一切，因此有时会记错，有时像我做的那样随便编一个，有时就只好忽略不计了，就像我对待电视里听不懂的课程那样。服务员们知道，如果账单上的钱数低了，他们将得到更多的小费，因此他们从不抱怨被遗忘的那些菜品。而老板，不是因为损失了钱，而是不愿和顾客纠缠，有的顾客说，"我们没要两份，只要了一份酥炸贻贝。"因此他要求实施他定的规则。

晚餐时，我做服务员不看款台，因此我知道用心不良的服务员的所有诡计，中午我看款台时会注意这些。晚上，我也会不时采用一种最方便、精明的方法多挣小费，那就是给顾客上一份半的菜品，比如六个肉丸，账单上却只写一份，我将此讨好地告知可以信任的顾客，以此赚得更多小费。幸福餐馆里所有的小费都要放进同一个盒子里，为了名义上的公平分配（老板首先要拿一份），但没有一个服务员，会把拿到的所有小费全部放进那个盒子里，他们会在裤子和白色制服的一个口袋里，藏下一部分收来的小费。但这个问题不会导致任何指责和争吵，因为被逮到的人将被开除，也因为所有人都在那么做，因此没有一个服务员会去管别人的口袋。

晚上我照看入口处的几张桌子，另外一项工作就是为坐在款台上的老板当副手。这不是领班，而是一种代表老板的总督察职务。"你去看看，四号桌要的砂锅菜好了没有，他们一直在催。"老板说。尽管四号桌的服务员是居米什哈内人·哈迪，但我走去厨房，看见厨师在烤肉的烟雾中慢条斯理地烹饪后，我回到四号桌，用可爱的表情微笑着告诉他们砂锅菜马上就好。如果我可以问一个问题，我就问要嫩一些，还是老一些，要放蒜，还是不要。没问题可问的话，我就问他们喜欢哪支球队，加入他们关于足球的聊天，我说我们的球队被算计了，裁判被收买了，周日那场球赛里没判给我们点球。

像往常一样，愚蠢的哈迪不时因为送错菜或上菜晚而让顾客造反，那时我就赶去调解，我不管下单的真正主人是谁，随手拿起厨房里的一大盘炸土豆条，或是在热油里吱吱作响的一大砂锅虾仁，作为餐馆的礼物，送到顾客面前。有时，我拿着一大份没有主人的混合烤肉，在没有点单的情况下，认真地用一种仪式（特意说"烤肉终于来了"），放到一群醉鬼的桌上，随后写进账单里。忘乎所以地聊着足球、政治和高物价的醉鬼们对此是不会有异议的。夜深后，遇到打架的，我去劝架；遇到异口同声唱歌让餐馆淹没在噪音里的，我去让他们安静下来；发生"开窗、关窗、开电视、关电视"的争吵时，我去化解矛盾；发现没把桌上烟灰缸里满满的烟头倒掉的传菜员，我责备他们；看见服务员和洗碗工躲在厨房、走廊、门口和后仓库里抽烟，我用眼神打发他们回自己的岗位。

有时，周围律师和建筑师事务所的老板们带着女人请员工们吃午饭，或者戴头巾的母亲想让她调皮捣蛋的儿子们吃肉丸、喝阿伊兰，我们就让他们坐在门边为家庭保留的几张桌上。我们的老板在墙上挂着三张阿塔图尔克的画像，阿塔图尔克全都穿着便装，一张微笑着，两张带着犀利的眼神。老板的最大野心，就是女顾客光顾幸福餐馆，特别是在喝拉克酒的晚餐时间里，一个女人能够安心地和男人们坐在一起，满意地度过一个没有评头论足和争吵的夜晚，并再次光临。这在老板的眼里是一件大事，可遗憾的是，他的这个第二个愿望，在餐馆有争议的历史上，从未实现过。但凡来了一个女顾客，第二天老板一定会恼怒地模仿餐馆里其他男人如何像"看火车的公牛"那样看她的丑态。他要求我们服务员能在这样一个女顾客再次光临时不要慌乱地一拥而上；要求我们见怪不怪，礼貌地去警告其他桌上那些脏话连篇、大声说话的男人；要求我们让女顾客远离公牛们令人厌恶的目光。最难实施的就是老板的最后这道命令。

夜深后，遇到最后一拨醉醺醺的顾客怎么也不肯离去时，老板就对我说"你快走吧，你家住得远"。回家的路上，我带着自责和思念想到萨米哈，认定让她去做女佣是一个错误的决定。有些早上我起床时，她早就出门了，我为自己同意她去打工而感到后悔和痛苦，我咒骂自己的贫穷。下午，合住一个单身宿舍的三个洗碗工和传菜员说笑着择四季豆、削土豆皮时，我坐在角落里的桌子上，打开面前的电视机，全神贯注地努力领会土耳其广播电视协会 TRT 播放的远程会计课程。有时，课是听懂了，可就是不知道该如何做随信寄来的作业。我站起身，梦游般地走出幸福餐馆，绝望并愤怒地走在塔什勒塔尔拉的街上，幻想着就像电影里那样，用武力劫持一辆出租车，不管她干活的人家在希什利的什么地方，去找到萨米哈，和她私奔到城市另外一个边远街区里的我们的新家。这个新家，在我的脑海里，总是和我幻想中想盖的房子混在一起。我幻想着用攒下的钱，在我们从后窗看见的那块发出磷光的地皮上，盖一个四扇门、十二个房间的房子。或者，下午五点钟，穿上漂亮的服务员制服，开始上班前，从洗碗工到领班，幸福餐馆的所有员工，坐在最后一排长桌上，围着摆放在桌子中央的大锅，喝着加了肉丁和土豆丁的蔬菜汤，吃着新鲜面包的时候，我不禁想到，明明可以在市中心自己创业，却偏偏要在这个偏远的地方耗费生命，我悔恨地感到这种耗费的痛苦。

萨米哈回家的那些夜晚，老板看见我迫不及待地想尽早下班，"新郎官先生，脱下你的制服，回家去吧。"他说。我感激他的善心。萨米哈来过餐馆几次，其他的服务员、传菜员、洗碗工，所有人都见证了她的美貌，他们笑着叫我新郎官时，我知道他们在嫉妒我的好运。夜晚等待总也不来的加齐公交车时（公交车开始去我们的街区了），因为觉得自己不配这份好运而悲哀，我变得更加迫不及待，想到我做了一件错事，不禁陷入恐慌。

开往加齐街区的公交车走得那么慢，靠站的时候又是那么慢条斯理，我坐在座位上不停地晃腿。到了最后几站，当一个赶车的人在黑暗中叫到"司机，司机，等一等"时，司机便点上一支烟等着，我坐不住站了起来。从最后一站到家的那个大坡，我忘却疲惫跑着往上爬。黑夜的宁静、远处一夜屋灰暗的灯光、几个烟囱里冒出的难闻的褐煤烟雾，所有的一切，全都变成了提醒我萨米哈在家等我的标记。今天是周三，她一定在家里。也许和很多时候一样，她已经累得睡着了。我便去想她睡着时的美丽模样。也许，像她有时做的那样，她为我煮好了菩提茶，开着电视，在等我。她那聪慧、友善的模样闪现在我眼前，我开始奔跑起来。好像我一奔跑，内心里就会产生一种萨米哈一定在家等我的信念。

　　如果她不在家，为了平复恼怒和痛苦，我就马上喝拉克酒，责备自己。第二天晚上，当我得以更早离开餐馆踏上回家的路途时，我会再次经历同样的迫不及待。

　　我见到她时，"对不起，"萨米哈说，"昨天夫人有客人……她一再坚持让我在她家里过夜，她给了我这个！"我把她递来的纸币放到一边，"你不要再去打工了，你不要再走出这个家门。"我激动地说，"咱俩都永远不走出这个家门。"

　　头几个月里萨米哈说，"那咱们吃什么？"后来她就笑着说，"好，我不去打工了。"当然早上她还是继续去了。

11

不见媒婆的女孩们

我们顺道拜访一下

苏莱曼：昨晚，我在于姆拉尼耶的阿瑟姆叔叔家。阿瑟姆叔叔是我爸爸的朋友，也曾经是一个卖酸奶的小贩。他很聪明，知道及时放弃卖酸奶的营生，开了一家杂货店。现在他退休了。夜晚，他带我看院子里种的杨树，二十年前他圈下这块地皮时还是小树苗，现如今已枝繁叶茂的核桃树。旁边管道工厂的噪音和灯光也传到院里，让一切显得既怪异又可爱。半夜我俩都喝醉了，婶婶在屋里睡着了。

阿瑟姆叔叔指着院子说："他们出很多钱来买地，但之后他们会出更多的钱，之前我低价卖掉了一个角落，现在很后悔。"十五年前，他开的杂货店在托普哈内，租的单元房在卡赞吉·尤库舒。他说，当初他觉得一旦颁发地契，地皮就值钱了，于是他明智地从城里跑来圈下了这块地。这话他说了三遍。同时他还说"感谢真主"，他的女儿们全都嫁人了，即便没我这么好，但他的几个女婿全都是好人。言下之意当然是，"我又没有可以嫁给你的女儿，我的孩子，今晚你大老远地从杜特泰佩突然跑来做什么？"

而这像所有事情一样，又让我想起了萨米哈。她离开我已经有两年了。总有一天，我会找到那个抢走她的家伙，那个卑鄙无耻的费尔哈特，他羞辱了我，让所有人蒙羞，这笔账我是一定要跟他清算的。这另当别论。包括现在，我时常幻想萨米哈拎着箱子，正在向我走来。但心里的另外一个声音告诉我，这是不可能的，我克制着自己。把我从这个烦恼里解救出来的人，一个是梅拉哈特，另一个是维蒂哈。感谢维蒂哈，为了让我结婚，她开始行动了。

维蒂哈：全家人都认为，让苏莱曼淡忘萨米哈而摆脱痛苦的最好办法就是让他结婚。一天晚上他在家里喝醉了。"苏莱曼，"我说，"你看，你和萨米哈，结婚之前一起出去玩了，也交了朋友，但最终却没成。也许你跟一个素不相识的人，一个你就那么看了一眼的女孩结婚，才是更正确的……先结婚，后恋爱。""对啊，有新的人选吗，谁啊？"他先开心地问，随即又拒绝道，"嫂子，我可不要娶我们村另外一个卖酸奶人的女儿。""你哥考尔库特，你的堂兄弟麦夫鲁特都娶了卖酸奶人的女儿。我们卖酸奶人的女儿有什么不好？""没有嫂子，我从没那样看你们三姐妹。""那你是怎么看的？""别误会……""我没有误会，苏莱曼。但你怎么知道我们要为你找村里的女孩？"我带着责备的口气说。苏莱曼喜欢、愿意被一个强势的女人稍微责备一下。

"对我来说，满十八岁，在伊斯坦布尔念完高中的女孩也不行。那样的女孩，我的话她一句也不爱听，不管什么都会说不是这样的，是那样的……然后同一个女孩一会儿说，让我们先一起出去玩玩，看看电影，就像我们不是媒人介绍而是自己在大学里认识的那样；一会儿又说，别让我父母看见，这样不行，那样不行……我就难办了。"

我对苏莱曼说，别担心，伊斯坦布尔有的是女孩想和他那样英俊、成功而且聪明的单身汉结婚。

"在哪里？"他真诚地问道。

"她们都在家里，苏莱曼，在她们的妈妈身边，很少上街。你要是听我的话，我就去把她们当中最可爱、最漂亮的给你找来，让你看，让你娶最喜欢、最漂亮的姑娘。"

"维蒂哈，你太好了。但其实，对于那些像羊羔那样坐在妈妈身边、听话的女孩，我一点也不会心动。"

"既然你喜欢那样的，你为什么不跟萨米哈说两句好听的话，为什么不去讨她的欢心？"

"我就是不会啊！"他诚实地回答道，"我越想那么做，萨米哈就越用尖刻的话来取笑我。"

"苏莱曼，伊斯坦布尔是一口大锅，我就是一把勺子，我去帮你找来你要的女孩。如果找到了你喜欢的女孩，这回你一定要好好待她，行吗？"

"行，但如果女孩被宠坏了怎么办？"

苏莱曼：我开着小卡车和维蒂哈一起出去见女孩。内行的人说，如果我的妈妈也一起去，会给我们的拜访增加分量，但我不要。因为妈妈的气质和服饰会更多地让人想到农村。而维蒂哈在平常穿的裙子里面穿上一条蓝色牛仔裤、一件其他时候我从没见她穿过的长长的藏蓝色风衣、戴上一块同样颜色的头巾后，人们可能会一下子以为她是一个戴着头巾的女医生或者女法官。维蒂哈极喜欢出去玩，当我踩下油门，让小卡车在伊斯坦布尔的街道上稍微那么飞跑一下，她就会忘记我们为什么出来，要去哪里。她目不暇接地看城市的每一个角落，喋喋不休，还不时把我逗乐。

准备超过公交车时我说："维蒂哈姐姐，这不是市政府的公交车，是私人的，所以一直开着车门。"公交车慢慢地开着，不时有乘客跳上车。"小心点，千万别撞上什么人，他们全是疯子。"她笑着说道。接近我们要去的街区，见我变得沉默时，"别担心，苏莱曼。"她说，"是个得体的姑娘，我看着喜欢。但如果你不喜欢，咱们就立马抬腿走人。回家的路上，再带你姐转转。"

维蒂哈用她的热情和善心与一些人建立交情，通过这种交情先找到一些女孩，随后我俩一起去见女孩。大多数女孩都和我一样，在村里念完小学来到伊斯坦布尔，或者在比农村更糟糕的一夜屋街区里念过书。她们当中既有满腔热情继续念高中的，也有刚够脱盲的。她们多数原本就还没到念完高中的年龄，到了那个年龄，也没人愿意继续跟父母住在烧煤炉取暖的狭小贫寒的家里。我爱听维蒂哈说，女孩们其实都对她们的父母不满，都想离开家。但有时我觉得，也不见得所有的女孩都这么想。

维蒂哈：亲爱的苏莱曼，得体的女孩不会桀骜不驯，桀骜不驯的女孩不会得体。如果你想找一个像萨米哈那样有个性的女孩，那就不会是个待在母亲身边在家乖乖等丈夫找上门的女孩。既要有主见，又要有个性，还要对你唯命是从——这也是不可能的，苏莱曼。既要没见过世面、彬彬有礼，又要对你粗野的要求（你们别忘了，我嫁给了这个苏莱曼的哥哥），顺从屈服，这就更不可能了，苏莱曼。这些话我是不会说出来的。你没意识到，其实你需要一个不戴头巾的女孩，苏莱曼，但当然你也不会要那样的，这话我也不会说出来。这样敏感的话题，我是不会提的。考尔库特最容易允许我上街的事由，就是出去为苏莱曼找女孩。过了一段时间以后，苏莱曼也就习惯了他的要求和现实相距甚远的状况。

准备娶儿媳嫁姑娘的人家，首先会在他们的村庄、亲戚、居住的街道和街区里寻找合适的人选。一个女孩只有在她因为众所皆知的某个缺陷没能在自己的街道上找到丈夫时，她才会说，我要在城里跟一个素不相识的人结婚。一些人空谈自由，用华丽的语言来隐藏这一点。因此，对于那些空谈自由的女孩，我会去看看她们到底有什么缺陷。当然，女孩和她的家人，也会因为同样的怀疑和原因（因为我们也在造访别的街道），来上下打量我们，试图找出我们所隐藏的缺陷。我警告苏莱曼说，没在熟人中找到丈夫的女孩，如果没有什么缺陷，那就是有很大的野心。

苏莱曼：在阿克萨赖的一条后街上，一栋新盖的公寓楼的二层，有一个上高中的女孩。她不仅穿着校服（戴着头巾），还在我们造访期间，坐到餐桌上，对着摊开的数学书和作业本做数学题。那时候，我们就像是顺道去拜访的远房亲戚，而她则是一个尽管作业很多，却不忘关照客人的彬彬有礼的女孩。

住在巴克尔柯伊后面的贝希杰，在我们短暂的拜访中，从椅子上站起来五次，拉开窗纱，久久地看着窗外那些在街上踢球的孩子。"贝希杰喜欢看窗外。"她妈妈马上像很多母亲那样，带着解释的口吻说道。仿佛她女儿的这个习性，足以证明她日后将成为一个出色的新娘。

在卡瑟姆帕夏，皮亚莱帕夏清真寺对面的一个家里，在我们短暂的拜访期间，见到两个姐妹。她们不停地咯咯发笑，更多时候为了忍住笑而咬嘴唇，看着我们窃窃私语，但她俩全都不是新娘候选人。我们要见的女孩，就像维蒂哈出门后跟我描述的那样，是那两姐妹皱着眉头的姐姐。当我们喝着茶、吃着杏仁饼干时，她从一扇门里走进来，像个幽灵那样悄无声息地从我们面前走过。别说去发现新娘候选人的美丑，我甚至都不知道她从我面前经过了。"绝对不能娶站在你面前都不能引起你注意的女孩。"当我们开着车慢慢转悠着回家时，维蒂哈说，"是我看走眼了，这个女孩跟你不合适。"

维蒂哈：为了别人的幸福做媒，作为真主的馈赠，在一些女人的血液里是与生俱来的，而我根本不是那样的人。可是爸爸拿了考尔库特和苏莱曼的钱，而萨米哈却私奔了，我害怕他们惩罚我，又同情愚蠢的苏莱曼，于是我学会了做媒。再者，我也很喜欢坐着苏莱曼的小卡车出去兜风。

我说，我的丈夫有一个弟弟，他服完了兵役，每次我都这样打开话题。我用最严肃的口吻，滔滔不绝地说苏莱曼是个非常聪明、这样英俊、那样绅士、多么勤奋的人。

苏莱曼说，"你那么说。"因此我还会说他是一个"虔诚的信徒"。这会让女孩的父亲们喜欢，但对于女孩们来说是不是一个广告，我不确信。

"他们在城里富足了，不想娶农村姑娘。"我解释道。有时我说："他们在村里有仇人。"但这会吓到一些人家。我问出现在我面前的所有人，"我要找一个姑娘，你有认识的吗？"考尔库特很少让我出门，因此也没多少人会出现在我面前。其实，所有人最终都是这样找到妻子或丈夫的，但他们中的一半人，都把媒妁之言的婚姻看作是一件非常羞耻的事情。

我听到最多的一句话就是，正好遇到一个我想找的姑娘时，她却说，绝对不愿意经媒人介绍结婚、不愿意见媒人。没过多久我们明白了，最好的招数就是，什么也不明说，而是用我们顺道拜访的理由去见女孩。我们只需要说，苏莱曼做经理的建筑公司有笔生意……或者，我们共同的朋友某某说，去了阿克萨赖，不顺道拜访是绝对不行的……

我们作为这个人家的朋友的客人，做得就像她去拜访，我们也顺道跟着一起拜访一样，可能会是一个方便的解决之道。我说的这个最后一招，也就是一个媒人帮另一个媒人的忙，类似为了租房，一个中间商帮助另外一个中间商。任何时候都满腔热情的第二个媒人，根据当时的心情，编造出我们为啥和她在一起的理由之前，总会夸大其词地告诉我们去拜访的人家，我们是什么人。在所有这些窄小陈旧的房子里，总有一群由母亲、姨妈、亲戚、姐妹、朋友和奶奶们组成的好奇的女人帮。媒人说，我们来自科尼亚显赫家族之一的阿克塔什家族，我们在建筑业非常成功，顺道来拜访一下，苏莱曼打理着很多事情。其实只打理小卡车方向盘的苏莱曼，对于这些谎言还是有点相信的。

所有人都知道那是谎言，但谁也不会戳穿我们问："既然你们顺道来拜访，那苏莱曼为什么剃了胡子，抹了香甜浓重的男人香水，穿上了过节的西服，还系上了领带？"我们也不会戳穿他们说："既然你们不知道我们要来，为什么把家里收拾得那么漂亮，拿出最贵重的招待客人的茶具，还换上了新的沙发套？"那些都是为了仪式而说的谎话。可是我们说谎，并不意味我们不真诚。对于个人的，我们表示理解；对于官方的，我们表示尊重。原本所有这些废话，都是为了即将开始的真正的仪式。过一会儿，女孩和男孩就要相遇了。让我们来看看，他们会彼此喜欢吗？更重要的是，家里的这些人，会认为他们彼此合适吗？当然，所有人都记得，在自己的人生中也经历过类似的一幕。

没过多久，女孩穿着她最好看的衣服，有的则戴着她最漂亮的头巾出现了。她试图不引起注意，羞羞答答地坐到人群边上。有时周围会有很多好奇的同龄女孩，为了不让我们认错女孩，经验丰富的母亲或者姨妈会用一种合适的方式告知我们，那个害羞的女孩进来了。

"亲爱的，你在做功课吗？你去哪儿了，你看，家里来客人了。"

伴随着四五年的犹豫不决和失望，在我们这种家庭拜访中，苏莱曼对五个念高中的女孩表示了兴趣。她们中的两人，用上学的借口拒绝了我们，（很遗憾，我们的女儿想念完高中。）因此苏莱曼讨厌人家说"做功课的女孩"。

有时，也会出现一些让母亲难堪的女孩。比如母亲说："你看，来客人了！"女孩回答道："我们知道妈妈，你不是一大早就开始做准备吗！"她们愤怒和诚实的样子，就像苏莱曼，我也喜欢。但苏莱曼不久就忘了她们，从中我意识到，他惧怕她们尖刻的言语。

因为一些女孩坚决拒绝见媒人，因此我们对她们隐瞒造访的目的。有一次，一个非常粗俗不讨喜的女孩，真把我们当成了给她爸爸（餐馆服务员）送礼物的人，她甚至都没招呼我们。对于另外一个女孩，我们竟成了她妈妈的医生的朋友。在一个春日里，我们去了埃迪尔内卡普，一栋靠近城墙的老木房子。女孩对她妈妈在家里招待媒人和女婿候选人一无所知，在街上和朋友们玩躲球游戏。女孩的姨妈为了叫她上来见我们，便在窗口向她喊道，"上来，亲爱的，我给你带来了芝麻饼！"她就立刻上来了。女孩有一种迷人的美貌，可根本不搭理我们。她看着电视，匆匆吃下两块饼就准备下楼继续去玩游戏。正当她要离开时，她母亲说："等一下，你看有客人，稍微坐一会儿。"

女孩于是不假思索地坐下，随后她朝我和戴着领带的苏莱曼看了一眼，愤怒地嚷道："又是来相亲的。妈妈难道我没跟你说过，我不见媒婆吗？"

"别这么跟你妈妈大喊大叫……"

"他们不是来相亲的吗？……这个男人是谁？"

"放尊重点……他们看见了你，喜欢上了你，专门从城里的另一头跑来跟你聊聊。你知道多堵车啊。来，坐一会儿。"

"我跟他们有什么好聊的？……难道要我跟这个胖子结婚吗？"

她摔门而去。

原本我们的拜访就越来越稀疏了，1989年春天的这一次便是此类拜访的终结。其实，苏莱曼还不时跑来对我说："嫂子，让我结婚吧。"但我们已经全都对玛希努尔·玛丽亚有所耳闻，因此我不相信他是真心的。另外，他还在说要报复萨米哈和费尔哈特，我也对他生气。

玛希努尔·玛丽亚：去夜总会和有歌手唱歌的娱乐场所的人，即便根本不记得我的名字，至少他们可能听说过我一次。我的爸爸是一个谦逊的公务员，他诚实、勤劳，但脾气暴躁。我曾经是塔克西姆女子高中的一名好学生，1973年在《国民报》举办的高中生流行音乐比赛中，我们的乐队入围决赛时，我的名字在报纸上出现过。杰拉尔·萨利克在《国民报》上曾经为我写下这样的评价："她有一副明星般天鹅绒的嗓音。"在我的音乐人生中，这是有关我的最高评价。在此我要感谢过世的杰拉尔·萨利克，还有在这本书上让我以艺名出现的人们。

我的真名叫梅拉哈特。很遗憾，尽管我十分希望，但高中后我的音乐生涯未能以同样的方式继续下去。爸爸不理解我的追求，见我没考上大学就想让我结婚，还经常打我。因此十九岁那年，我就跟人私奔结婚了。我的第一个丈夫也跟我一样喜欢音乐，他的爸爸是希什利区政府的门卫。遗憾的是，无论是我的第一次和第二次婚姻，还是之后的那些关系，都由于我对音乐的热爱、贫穷和那些不断许诺却从未兑现任何承诺的男人，而以失败告终了。如果让我来讲我认识的所有男人，那就可以写一本小说了，他们也会立刻判我侮辱土耳其特制。我跟苏莱曼也很少说。我也不来占用你们的时间。

两年前，我坚持在贝伊奥卢后街的一个鬼地方唱土耳其流行歌曲，但没人来听，我的名字也在名单的末尾。另外一家小夜总会的老板骗我说，如果改唱土耳其艺术歌曲或民间歌曲，我会非常成功，于是我换了场地，但坦白说，我还是排在最后。我就是在那里，在巴黎夜总会认识苏莱曼的，他是那些唱歌间隙想认识我的执着男人之一。来巴黎夜总会的，都是些在爱情上遭受了挫折、无法接受自己不幸遭遇、喜欢土耳其音乐的男人，尽管它的名字叫巴黎。当然一开始我对他很冷淡，但他还是每晚独自一人过来，送给我一束束鲜花，最终他的执着和单纯的模样打动了我。

现在苏莱曼为我支付房租，我住在吉汗吉尔·索尔玛吉尔街一栋公寓楼的四层。晚上，喝下两杯拉克酒后苏莱曼对我说："走，我开小卡车带你出去转转。"他不懂小卡车并不浪漫，不过我也不在意。一年前，我放弃了在小夜总会演唱艺术歌曲。如果苏莱曼支持，我想重新去唱土耳其轻音乐歌曲，但也没那么重要。

我非常喜欢夜晚坐着苏莱曼开的小卡车在城里兜风。像他那样，我也灌下两杯酒，醉意蒙眬时，我俩就成了好朋友，无话不说。远离了对哥哥的恐惧和他的家庭，苏莱曼变成了一个可爱、有趣的人。

他带我爬上延伸到海峡的陡坡，穿梭于狭窄的街道，左右扭动着小卡车。

"苏莱曼，别这样，总有一天警察会把咱们拦下来的！"我说。

"你别担心，他们全都是我们的人。"他说。

有时如他所愿，"啊呀，苏莱曼，别那样，咱们会掉下去摔死的。"我说。有段时间，我们每晚都重复这样的对话。

"你怕什么啊，梅拉哈特，难道你真的以为咱们会摔下去吗？"

"苏莱曼，听说又要建一座新的海峡大桥，你能相信吗？"

"有什么不能相信的？我们刚从农村过来的时候，他们也说，这些人一事无成，可怜的卖酸奶人。"苏莱曼说着激动起来，"现在呢，还是同样那些人，哀求说，大哥，把那块地皮卖给我们吧，还不断找熟人来问是不是有生意可做。我确信这第二座大桥也会和第一座大桥一样建好通车的，要我告诉你为什么我那么确信吗？"

"告诉我苏莱曼。"

"因为乌拉尔他们拿下库尔泰佩和杜特泰佩的所有地皮之后，现在开始买大桥环路上的地皮了……连环路的征地都还没开始。但是乌拉尔他们在于姆拉尼耶的后面、萨拉伊和恰克马克街区的那些地皮价钱现在就已经翻十倍了。现在我要在大坡上让你飞起来，别怕梅拉哈特，好吗？"

我帮助苏莱曼淡忘了他爱上的卖酸奶人的女儿。我们刚认识的时候，他一心只想着她。他和嫂子维蒂哈在一个个街区转悠，寻找准备迎娶的女孩的事情，他也大言不惭地告诉了我，我就笑着听他说。因为刚开始的时候，我的朋友们取笑他。我也想过，让他结婚，我就可以摆脱他了。而现在坦白地说，如果苏莱曼结婚，我当然会伤心的。尽管如此，我一点儿也不介意他去相亲。苏莱曼喝得酩酊大醉的一个夜晚，跟我承认，对于那些戴头巾的女孩，他不会有强烈的欲望。

"别伤心，这种情况在已婚男人那里尤其常见。"我安慰他说，"苏莱曼，这是一种日益普遍的通病，因为电视、报纸和杂志上的外国女人照片越来越多了，别把它当作一种个人的困扰夸大其词。"

而我的困扰他是不会明白的。"苏莱曼，我不喜欢你发号施令那样跟我说话。"有时我告诉他。

"我还以为你喜欢呢……"苏莱曼回答道。

"我喜欢你玩枪，但我不喜欢你跟我那么粗野、没有感情地说话。"

"梅拉哈特，我粗野、没感情吗？"

"你有感情，但是就像土耳其男人那样，你无法表达出来，苏莱曼。比如说，你说不出我最想听的话。"

"结婚吗？你同意戴头巾了吗？"

"不是，现在谈的不是那个话题。你说你说不出口的另外一句话。"

"啊，我明白了！"

"你明白了就说啊，苏莱曼……这又不是人家不知道的秘密……你看，所有人都有所耳闻了……苏莱曼，其实我也知道你很爱我。"

"你都知道了为什么还要问？"

"我啥也没问。我要你再说一遍，仅此而已……梅拉哈特，我很爱你，你为什么不能说？……你的舌头会烂掉吗？……你会欠债吗？"

"梅拉哈特，你越这么说，我就越说不出口啊。"

12

在塔尔拉巴什

世上最幸福的男人

夜晚，麦夫鲁特、拉伊哈还有两个女儿法特玛和菲夫齐耶一起睡在同一张大床上。家里很冷，但被窝里面很暖和。有时麦夫鲁特晚上出去卖钵扎前，幼小的女儿们就已经睡着了。夜里回到家，麦夫鲁特看见两个女儿还依然睡在同一个地方。拉伊哈调小了取暖的炉火，坐在床边看电视。

孩子们的小床在窗边，可只要一把她们放到那里，两个孩子就带着孤独的恐惧哭起来。麦夫鲁特很尊重她们的抗议，"这么小就害怕孤独，你看见了吧？"他对拉伊哈说。孩子们习惯了睡在大床上，一旦睡着，即便开炮，她们也不会醒来。但在她们自己的小床上，再小的动静也会让她们不安地醒来，开始啼哭，把麦夫鲁特和拉伊哈也吵醒。如果不把她们抱上大床，她们就不会安静。过了一段时间以后，麦夫鲁特和拉伊哈发现，一起睡在大床上对大家都更好。

麦夫鲁特买了一个二手的阿尔切利克煤气取暖炉。其实它能够把房间烧得像澡堂那么热，可要是烧多了，煤气费就会很多。（拉伊哈在炉子上，放上需要加热的饭菜。）拉伊哈走下三条街，从一个库尔德人的店里购买煤气。在东部战争日益激烈扩大的年头里，麦夫鲁特见证了塔尔拉巴什的一条条街道被库尔德移民一家家填满的过程。他们是一些强硬的人，不像费尔哈特那样温和。他们的村庄在战火中被撤空又摧毁了。这些新来的穷人根本不买钵扎，因此麦夫鲁特很少去那些街区。再后来，由于兜售大麻、药丸和毒品的人，以及一些嗅闻香蕉水的居无定所的孩子也渗透进了这些街道，他便远离了那里。

费尔哈特在1984年初用出租车抢走萨米哈之后，麦夫鲁特就没再见过他。作为少年和青年时期的好友，这是一种奇怪的情形。麦夫鲁特不时向拉伊哈嘟囔一些解释这一情形的话，"他们去了很远的地方。"他说。可遥远的真正原因，却是自己幻想着费尔哈特的妻子萨米哈写的那些情书，但麦夫鲁特很少那么坦率地思考。

另外，伊斯坦布尔不知停歇的扩张也是其中一个原因。坐公交车见面再回来就需要半天时间。麦夫鲁特既想念费尔哈特，又不断改变对他不满的主要原因。他问自己，费尔哈特为什么不来找我。而这自然也是费尔哈特对他怀有歉疚的一个佐证。得知新婚夫妻幸福地生活在加齐街区，甚至费尔哈特在加齐奥斯曼帕夏的一家餐馆当服务员，麦夫鲁特也心生嫉妒。

有些夜晚叫卖了两小时钵扎之后，为了能够在空无一人的街道上再多干一会儿，麦夫鲁特便幻想在家里等待自己的幸福。大床和房间的气味、两个女儿法特玛和菲夫齐耶在被窝里发出的动静、睡觉时他和拉伊哈的相互爱抚、他们的肌肤如火一般地相互碰撞。他觉得，即便只是想到这些，自己的双眼都会因为幸福而湿润。一回到家，他就想尽快换上睡衣钻进温暖的大床里。一起看电视时，他告诉拉伊哈，做了多少生意、街道的氛围、他在买钵扎的人家遇到的事情。不把一天的事情告诉拉伊哈，不把自己交付给她那怜爱和专注的眼神，他就没法结束这一天。

看电视时，"他们说糖放多了。"麦夫鲁特轻声说道，他指的是那天的钵扎味道。"唉，我有什么办法，昨天剩下的钵扎太酸了。"拉伊哈像往常那样，维护着自己加工的钵扎。或者，麦夫鲁特聊起一个让自己百思不得其解的奇怪问题：一天夜里，一个住在一栋公寓楼单元房里的老夫人把他喊去厨房，"这是你买的吗？"老夫人指着他的围裙问道。她想说什么？围裙的颜色？还是因为那是女式的？

麦夫鲁特发现，如同他在夜晚的街上看到的城市阴影，类似荒芜山岩的偏僻街道，到了夜晚的某个时候，整个世界也都变成一个由阴影构成的诡异空间：电视里彼此追逐的汽车，和黑暗的后街一样怪异；屏幕左角上那些遥远的黑色山峦在世界的哪个角落；这只狗为什么要跑，奔跑的狗为什么会出现在电视上；那个孤独女人为什么在独自哭泣？

拉伊哈：有时在半夜里，麦夫鲁特从床上爬起来，走到房间的另一头，从桌上拿起香烟、点燃、拉开窗帘、看着街道抽烟。我躺在床上，借着路灯的光亮看着他，好奇他在想什么，希望他回到床上来。如果麦夫鲁特陷入沉思不回床上，我就爬起来，喝一杯水，给女儿们盖好被子。那时，麦夫鲁特像是为自己的思虑感到惭愧一般，重新上床躺下。"没事，"他有时说，"我就是随便想想。"

夏天，因为晚上和**我们**待在一起，麦夫鲁特是满意的。但他不会说，让我来说吧：夏天我们比冬天挣的还要少。麦夫鲁特在家一整天都开着窗，他不管苍蝇、噪音（"外面更安静"他说），以及从上面拆屋修路那里飘来的尘土。他一边看电视，一边侧耳细听在后院、街上、树顶上玩耍的女孩们发出的叽叽喳喳声，如果她们之间发生了争吵，他就在楼上干预一下。有些晚上，他莫名其妙就会为什么事而生气，一旦发火他就摔门出去。（女儿们对此都习惯了，但每次都还会有点害怕。）他要么去咖啡馆玩牌，要么去楼门外的三阶台阶上坐着抽烟。有时，我也会跟着他下去，坐到他的身边。有时，我和孩子们一起下楼。她们在街上、院子里和小朋友们玩耍时，我就坐在台阶上，借助头顶上的路灯，择出米里的石子，为麦夫鲁特将在卡巴塔什卖的鹰嘴豆饭做准备。

街对面隔着两户人家，住着一个叫雷伊罕的女人，我和雷伊罕大姐的交情就是坐在台阶上建立起来的。有天晚上，雷伊罕大姐从飘窗里探出脑袋，"你那里的路灯比我们家的灯还要亮！"说完她便拿着手工活下了楼，坐到我的身边。尽管雷伊罕大姐说，"我是东部人，但不是库尔德人。"但就像她的年龄一样，她还是没说出自己到底是哪里人。她至少比我大十到十五岁。有时她羡慕地看着我择石子的手，"拉伊哈，你的手像孩子的手，连一条皱纹都没有，真棒。还那么灵巧，简直就像鸽子的翅膀……"她说，"如果做手工活，你一定挣得比我、比你那天使般的丈夫还要多。我们家那个，因为我的手工活挣的比他当警察的工资还要多，可嫉恨我呢……"

十五岁那年的一天，她爸爸没问任何人就把她卖给了一个毛毡商，她拿着包袱跟他去马拉蒂亚安了家，之后再也没见过自己的父母和其他家人。因为他们就这么把她给卖了，她很生气，她也不接受七个孩子特困家庭的托词。说起这些时她还忿忿不平，仿佛还在跟父母理论。"拉伊哈，天下怎么会有这样的爹妈，别说把女儿嫁给一个她不喜欢的男人，就算远远地也没让我见过一面。"她摇着头说，而眼睛始终没离开过手上的细活。她对她爸爸生气的另外一个原因是，把她卖给第一任丈夫时，她爸爸竟然没有要求办正式婚礼。对于和她私奔结婚的第二任丈夫，办正式婚礼的要求是她自己提出的，她成功了。"要是还想到不许打我的要求就好了。"有时她笑着说，"你要知道麦夫鲁特的好。"

有时，对于一个男人可能会像麦夫鲁特那样从不打人，雷伊罕大姐做出一副难以置信的样子，她说这其中也一定有我的因素。我是怎么找到"天使般的丈夫"的，我们在一个婚礼上是怎么远远地看见一次就喜欢上彼此的，麦夫鲁特服兵役时是怎么托人给我送信的，这些故事她让我讲了好几遍。她的第二任丈夫喝酒后会打她，因此在丈夫喝酒的夜晚，她只陪伴丈夫喝下第一杯拉克酒。当丈夫表现出一些打人的先兆时，比如警察审讯的回忆、匪夷所思的指控和辱骂，她就起身离开，拿着手工活来找我。有时我在楼上家里，听到她丈夫（奈加提先生）用一种文雅的语言说:"雷伊罕,我的玫瑰,回家吧,我发誓不喝酒了。"我就知道雷伊罕大姐坐在楼下的台阶上了。有时,我也带着两个女儿一起下楼,坐她身边。雷伊罕大姐说:"你下来太好了,咱们一起坐一会儿,过一会儿我们家那人就该睡着了。"麦夫鲁特出去卖钵扎的冬夜里,她就和我,还有两个女儿一起看电视、吃瓜子、讲故事、陪孩子们玩、逗她们笑。每次看见麦夫鲁特回来,她都会笑着对他说:"真棒,但愿你们永远这么幸福!"

麦夫鲁特有时觉得,自己正在经历人生中最幸福的岁月,但他只把这种感觉存放在脑海的一个角落里,因为他觉得,如果总想着自己幸福,就可能失去它。更何况,生活中原本就有很多恼人的事情足以让人忘记那时的幸福:他生气雷伊罕大姐不仅待到很晚,还爱管闲事;看电视的时候,他生气法特玛和菲夫齐耶先是吵闹,随后一起放声大哭;"明天晚上家里来客人,我们要八到十杯钵扎。"可是第二天晚上却悄无声息,麦夫鲁特在寒风中按响门铃,可那些卑鄙的家伙连门都不给他开,为此他很恼火;在电视上看见库尔德武装分子在哈卡里袭击军用卡车,一个屈塔希亚人孩子在袭击中不幸丧生,孩子的母亲失声痛哭,看到这样的画面,他感到愤怒;苏联切尔诺贝利核电站反应堆爆炸,据说风把致癌的云团带到了伊斯坦布尔上空,于是人们开始对在街上买饭吃和喝钵扎心有余悸了,他对这样的懦夫怒火中烧;他从电线里抽出铜丝,修好了塑料娃娃的胳膊,看见女儿们再次扯下娃娃的胳膊,他很气恼;电视天线在风中颤动,他可以容忍屏幕上出现的片片雪花,但当所有的图像都变得模糊不清时,他就火冒了;电视里正在播放民歌,整个街区突然停电,他因此恼怒;暗杀厄扎尔总理的新闻播到正当中,被警察开枪击中的凶手躺在地上抽搐扭动时(这个画面麦夫鲁特在屏幕上看到至少二十次),人生牌酸奶广告开始了,他怒不可遏地对坐在身边的拉伊哈说:"小贩的营生,就是被这些混蛋用含防腐剂的酸奶断送的。"

如果拉伊哈说:"明天早上你带女儿们上街,让我彻底搞一次卫生。"

287

这会让麦夫鲁特忘记所有这些恼人的事情，因为当他抱着菲夫齐耶、用自己满是老茧的手牵着法特玛的小手走上街时，他感觉自己犹如世上最幸福的男人。卖饭回家后，一边听着孩子们说话一边打个盹，醒来后和女儿们一起玩耍（这是谁的手，我的手在你的手上，等等），或者正想着这些趣事时，在夜晚的街道上听到一个新顾客喊道，"卖钵扎的，给我来一杯钵扎！"这些都会让麦夫鲁特感到幸福。

在不问缘由、感恩地接受人生赋予的这些幸运岁月里，犹如季节更替和树叶凋零飘落，麦夫鲁特模模糊糊地发现时光在慢慢流逝；一些树木枯萎了；一些木房子突然消失了；孩子们踢球、小贩和无业游民午睡的空地上矗立起了六七层的高楼；街道上挂起了更大的广告牌和横幅。这一切就像在最后一刻发现钵扎季节或者足球联赛又将结束一样；就像在最后一周的周日晚上才明白安塔利亚体育球队 1978 年将被降级一样；或者像1980 年军事政变后，街上逐渐建起了许多过街天桥，直到有一天他在哈拉斯卡尔加齐大街怎么也过不了街时才发现一样，因为为了引导民众走上天桥，人行道边安置了栏杆。区长打算从塔克西姆修建一条宽阔的大街到泰佩巴什，大街将在离他们住的街道五条街上面的地方穿过塔尔拉巴什，把塔克西姆和希什哈内连接起来。麦夫鲁特是从咖啡馆的闲聊和电视里的辩论中听到这个消息的，但他没当真。拉伊哈从街区里的老人和嚼舌的女人那里听来的多数消息，麦夫鲁特也都知道。他的消息则来源于街道和咖啡馆的闲聊，以及花街鱼市和英国领事馆之间那些老旧霉暗的百年公寓楼里的希腊族老妇人。

尽管没有人愿意记住或者说起，但以前的塔尔拉巴什是一个希腊族人、亚美尼亚族人、犹太族人和亚述族人居住的街区。曾经从塔克西姆后面流向金角湾的一条小河，在流经的街区有过不同的名字。（道拉普代莱、比莱吉克代莱、帕帕兹库普如、卡瑟姆帕夏代莱。）后来随着河床被混凝土覆盖，这些名字也就被遗忘了。六十年前，也就是 20 世纪 20 年代初，在河谷另一边的库尔图鲁什和费里柯伊的后背上，只有希腊族人和亚美尼亚族人在那里生活。共和国之后，对于贝伊奥卢的非穆斯林人的第一次打击是1942年实施的财产税。第二次世界大战期间，政府对德国人的影响持开放态度，向塔尔拉巴什的基督徒们征收其多数人无力支付的高额税赋，还抓捕了交不起税的亚美尼亚族、希腊族、亚述族和犹太族男人，把他们送去了阿什卡莱的劳动集中营。麦夫鲁特听过很多关于这些人的故事，他们当中有的因为交不起税将店铺托付给土耳其人伙计、自己被送去了集中营；有的是为了躲避街上的搜捕好几个月不出家门的药剂师、家具师傅、举家在此生活了上百年的希腊族人。1955年9月6—7日，希腊和塞浦路斯发生争斗期间，教堂和店铺被手持棍棒和旗帜的人群抢劫破坏，神父被追捕、妇女遭强暴，之后大多数希腊族人去了希腊，没走的人也因为1964年政府的一纸法令，被迫在二十四小时内放弃了他们的家和土耳其。

在酒馆里喝到很晚的街区老住户，或者对那些住进空房子的人有抱怨的人，会悄悄地讲起这些故事。麦夫鲁特听到有人说，"以前的希腊族人比库尔德人更好。"因为政府坐视不管，现在非洲人和穷人来到了塔尔拉巴什，不知道今后会怎样。

然而一些被赶去希腊的希腊族人，仍然是地契的所有者，因此他们到伊斯坦布尔和塔尔拉巴什来看自己的房子，但不会受到很好的礼遇。谁也不愿意告诉他们说："从安纳托利亚迁徙来的比特利斯人和阿达纳人住进了你们的房子！"因此，即便是最善意的人也会羞愧地躲避他们的老熟人。他们中有想索要房租而恼羞成怒的人；有持敌对态度的人；也有在咖啡馆里抱在一起，流着眼泪追忆过去美好时光的人。但这样动情的时刻不会持续很久。麦夫鲁特也曾见过各类流氓团伙唆使街上的孩子向来看房子的希腊族人起哄、扔石子，也正是这些人和国家以及警察联手让人悄悄地住进了希腊族人的空房子，把那些房子租给了来自安纳托利亚的穷人。遇到这种情况，麦夫鲁特首先像所有人一样想说："孩子们停下来，别这样。"但当他想到孩子们根本不会听他的话，背后的煽动者就是自己的房东时，他的脑子就乱了。"希腊人不是也抢占了塞浦路斯吗。"他想起一个自己并不完全明白的不公，带着一半愧疚，一半愤怒，离开了事发地点。

拆除旧房屋被冠以令人赏心悦目的洁净和现代字眼。在无主房里安家的流氓、库尔德人、吉卜赛人、小偷将被清除；大麻和毒品窝、走私贩仓库、妓院、单身汉宿舍、为违法勾当提供庇护的破旧茅舍将被拆除。取而代之的将是一条五分钟便可从泰佩巴什到达塔克西姆的六车道大街。

以诉讼抵制征地决定的希腊族人律师、为保护百年建筑而抗争的几个大学生，以及建筑协会的呼声，并没有引起什么反响。把媒体也招来的区长，坐到一辆推土机的驾驶座上，在掌声中，用挂着土耳其国旗的推土铲开始铲除一座法院还未做出拆除判决的老房子。拆除过程中，尘土钻进了相隔五条街的麦夫鲁特家紧闭的窗户里。推土机周围，照旧是一群由无业游民、售货员、路人和孩子们组成的好奇的人群，以及向他们兜售阿伊兰、面包圈、玉米的小贩。

麦夫鲁特想让饭车远离尘土。拆除旧房子的那些年里，他从未去过嘈杂拥挤的地方。让他最有感触的是，即将修建的六车道大街，将导致塔克西姆那里拥有六七十年历史的高大公寓楼被拆除。他刚来伊斯坦布尔时，面对塔克西姆的这些楼面巨幅广告牌上，一个有六七层楼高、肌肤白皙、棕色头发、好心的女人，用塔梅克番茄酱和绿克斯香皂来款待麦夫鲁特。麦夫鲁特喜欢这个女巨人带着一种无声却执着的怜爱对自己微笑，每次经过塔克西姆广场时，他都喜欢和她四目相对。

承载着棕色头发女人的大楼，以及楼下卖三明治的著名水晶快餐店被拆除，也让麦夫鲁特感到了悲伤。水晶快餐店是伊斯坦布尔卖阿伊兰最多的快餐店。麦夫鲁特吃过两次这家店自创的辣肉丸加番茄酱汉堡（一次是别人请客），还喝过他们的阿伊兰。做阿伊兰的酸奶是外号叫混凝土的两个人高马大的兄弟提供的，他们来自杰奈特普纳尔的邻村伊姆然莱尔村。混凝土·阿卜杜拉赫和努鲁拉赫兄弟不仅向水晶快餐店，还向塔克西姆、奥斯曼贝伊和贝伊奥卢的许多酸奶销量大的大餐馆和快餐店提供酸奶。在酸奶公司还未启用满载玻璃罐和木箱的卡车配送酸奶之前，也就是 20 世纪 70 年代中期，这两兄弟挣了不少钱，在库尔泰佩、杜特泰佩和伊斯坦布尔的亚洲部分圈了很多地皮。在随后两年时间里，他们便和酸奶小贩们一起从市场和街道上销声匿迹了。麦夫鲁特把水晶快餐店的拆除看作是对他们的一个惩罚，从中他也意识到，自己嫉妒晚上连钵扎都不用卖、比自己能干而且富有的混凝土兄弟。

麦夫鲁特在伊斯坦布尔生活了二十年。随着新路、拆迁、楼房、大广告、店铺、地下过街道和过街天桥的出现，麦夫鲁特感到伤心，因为他在二十年里熟知并习惯了的城市旧貌消失了；而与此同时，他更多地觉得城市在为自己改变，由此他又感到了一份欣喜。在他看来，城市并非自己走入其中的一个早已建好的地方，他喜欢把伊斯坦布尔幻想成一个自己在其中生活时建造起来的，未来将更加漂亮、清洁和现代的地方。他喜欢那些住在老房子里的人，他永远不会忘记那里的人们对自己的友善。当自己还在村里甚至还未出生时，这些老房子就建好了，它们拥有半个世纪的历史、暖气、电梯和高高的屋顶。但他也记得，在伊斯坦布尔的那些老房子里，自己依然还是城市的陌生人。老公寓楼里的看门人，即便不是故意的，他们也要比任何人都更加鄙视自己，因此他总是害怕自己在那里做错什么。麦夫鲁特还喜欢陈旧的东西：在边远街区卖钵扎时，他发现的墓地的氛围；布满苔藓的清真寺墙壁；黄铜水龙头、枯竭破损的饮水池上面看不懂的奥斯曼土耳其语文字。

有时他想到，当所有进城的人都变得富有、拥有房屋地产时，尽管辛勤劳作，自己却只能勉强度日，卖饭其实赚不到钱。那种时候他就觉得，不满足于真主恩赐的幸福，就将是忘恩负义。有时，这种情形不常发生，他从鹳鸟的迁徙知道季节变了，冬天结束了，他同时也感到自己在慢慢地老去。

13

苏莱曼挑起事端

到底有没有这回事？

拉伊哈： 我不会再带法特玛和菲夫齐耶坐公交车（两人买一张票）去杜特泰佩了。之前是为了让她们见维蒂哈姨妈，在街上、院子里吃桑葚奔跑玩耍才去的。最后一次去是在两个月前。苏莱曼有一会儿把我逼到一个角落，先询问了麦夫鲁特，我说他很好；随后像往常一样，他开着玩笑说起了费尔哈特和萨米哈。

"他们私奔后，我们没再见过他们，不骗你，苏莱曼大哥。"我对他撒了一贯撒的谎。

"其实我相信你没见过他们。"苏莱曼说，"麦夫鲁特也不想再见到费尔哈特和萨米哈。你知道为什么吗？"

"为什么？"

"你一定也是知道的，拉伊哈。麦夫鲁特当兵时的那些信其实是写给萨米哈的。"

"怎么会？"

"为了让维蒂哈把信传给你，我把信交给她时，随便看了几封。麦夫鲁特在信里提到的眼睛不是你的，拉伊哈。"

说这些话时，他咧嘴笑着，仿佛在用我们一贯的玩笑方式说笑。我也笑了，就像是一个玩笑。甚至真主帮忙，我给出了正确和必要的回应，我这样说道："既然麦夫鲁特的信是写给萨米哈的，你为什么把信都给了我？"

苏莱曼：其实，我不想让可怜的拉伊哈伤心。但最终知道真相不是比一切都重要吗？拉伊哈那天没再和我说话，她跟维蒂哈告别后就带着两个女儿走了。她们来我们家时，为了不让她们晚回去，不让麦夫鲁特因为家里没人而挑起争端，有时我就让她们坐上小卡车，急急忙忙把她们送去梅吉迪耶柯伊的公交车站。麦夫鲁特的两个女儿特别喜欢坐小卡车兜风。但那天拉伊哈竟然连再见都没对我说一声。我压根不认为回到家她会问麦夫鲁特，"你的那些信其实是写给萨米哈的吗？"她会先哭一会儿，但随后如果稍微想一想，她就会明白我说的没错。

拉伊哈：回家的路上，在梅吉迪耶柯伊开往塔克西姆的公交车上，菲夫齐耶坐在我怀里，法特玛坐我身旁。即便我什么都不说，在她们的妈妈伤心不安时，女儿们也会马上明白。往家走时，我皱着眉头说："别告诉爸爸咱们去了维蒂哈姨妈家，好吗？"我想到，也许是想让我远离苏莱曼的谎言，麦夫鲁特才不让我去杜特泰佩的。但在家里，一看见麦夫鲁特孩子般单纯的脸，我就明白苏莱曼在说谎。第二天早上，女儿们去院子里玩耍时，想到私奔的那天夜里，麦夫鲁特在阿克谢希尔火车站看我的眼神，顿时我就心神不宁了……那天开小卡车的人也正是苏莱曼。

但当我从藏信的角落里拿出信读起来时，我就安心了，因为我们单独在家时，我亲爱的麦夫鲁特完全就像他信上写的那样和我说话。于是我感到自责，因为听信了苏莱曼的谎言。但随后我想到，信是苏莱曼带来给我的，私奔也是他通过维蒂哈来说服我的，脑子就又乱了。"我再也不去杜特泰佩了。"我对自己说。

维蒂哈：一天中午，麦夫鲁特出门卖饭的钟点过后不久，我没跟任何人打招呼就出了门，坐上公交车，跑去了塔尔拉巴什的拉伊哈家。一见我，我的妹妹开心得落了泪。她像厨师那样包着头，一边拿着一把大叉子，在油烟里炸鸡块，一边跟把家里搞得一团糟的女儿们嚷嚷。我搂抱孩子亲吻后，拉伊哈便让她们去院子里玩了。"孩子们轮流生病，所以没去你们家。"她说，"麦夫鲁特不知道我去。"

"唉，拉伊哈，考尔库特也不让我上街，更别说是贝伊奥卢了。那咱们怎么见面呢？"

"你的两个儿子，博兹库尔特和图兰有一次欺负了我的女儿。"拉伊哈说，"就是他们把法特玛绑在树上，向她射箭，弄破她眉头那次……我们家的孩子怕你的两个儿子了。"

"别担心，拉伊哈，我狠狠地揍了他们，让他们发誓再也不碰你女儿了。本来博兹库尔特和图兰下午四点前都在学校里。说实话拉伊哈，你是因为这才不去我们家的，还是因为麦夫鲁特不让你们去？"

"没有麦夫鲁特什么事。你倒要看看那个苏莱曼是怎么惹是生非的。他号称麦夫鲁特当兵时写的那些信不是给我的，而是给萨米哈的。"

"亲爱的拉伊哈，你别去搭理苏莱曼的那些蠢话……"

拉伊哈一下子从草编的针线筐箩底下拿出一沓信，随手从变旧的信封里抽出一封打开，"我的心肝，我的唯一，眼睛漂亮的拉伊哈女士。"念完她就哭了。

苏莱曼：我最烦玛希努尔的就是，她含沙射影地说我们一家人仍然还生活在农村。好像她自己不是公务员的女儿、歌手，而是帕夏的女儿、医生。喝下两杯酒，她就对我说的一句话纠缠起来，"你在村里是羊倌吗？"她很严肃地挑起眉毛好奇似的问道。"你又喝多了。"我说。

"我吗？你比我喝得更多，一喝酒你就管不住自己的手和胳膊。你再打一下，我就用火钳打你。"

我回到家时，妈妈和维蒂哈正在看电视上戈尔巴乔夫和布什的亲吻。考尔库特不在家，正当我想再喝最后一杯酒时，维蒂哈在厨房里拦下了我。

"听我说苏莱曼。"她说，"如果因为你拉伊哈不来咱们家了，我饶不了你。可怜的拉伊哈相信了你的谎话和荒唐的玩笑，不停地哭呢。"

"好的，维蒂哈。我不会再跟拉伊哈说什么了。但首先得让咱们记住真相，然后为了不让任何人伤心而说谎。"

"苏莱曼，咱们假设麦夫鲁特**真的**看见了萨米哈，爱上了她，但误以为她叫拉伊哈，所以在信的开头写了拉伊哈。"

"对，就是这样的……"

"不，极可能是你也故意误导了他……"

"我只是帮助麦夫鲁特成了家。"

"现在你说这些对谁有好处呢？……除了让拉伊哈伤心。"

"维蒂哈，为了给我找一个合适的姑娘，你费了很多心思。现在你就接受真相吧。"

"你说的那些女孩一个也没成，"维蒂哈用一种强硬的语气说道，"我也会告诉你哥的。这个话题就此结束，明白了吗？"

正如你们发现的一样，维蒂哈一旦想吓唬我，提到她丈夫时，她不说"考尔库特"，而说"你哥"。

拉伊哈：中午的某个时候，比如我在为耳朵疼的法特玛准备热毛巾时，会突然忘记手上的事情，跑去拿出针线筐箩底下的那沓信，抽出一封，念麦夫鲁特描写我眼睛的那行字，"如卡尔斯群山般忧郁"。有些夜晚，等待麦夫鲁特回家时，我一个耳朵听着雷伊罕的闲聊，另一个耳朵听着床上女儿们带着咳喘的呼吸声，突然梦游般站起来，去念麦夫鲁特为我写的信，"我不要另外一双眼睛，另外一个太阳。"早上，在鱼市场的哈姆迪鸡店里，我和法特玛还有菲夫齐耶一起看他们杀鸡煺毛，在令人作呕的气味里烟熏鸡皮时，想到麦夫鲁特为我写的"玫瑰香、麝香，跟她的名字一样香"，我就轻松了。在西南风把整座城市淹没在阴沟和海腥味、把天空变成臭鸡蛋色的日子里，如果我的内心也阴郁了，我就念麦夫鲁特为我的眼睛写的句子，"如神秘夜晚般黑郁，如泉水般清澈。"

阿卜杜拉赫曼：女儿们出嫁后，我在村里的日子就没了滋味，我在合适的时候就去伊斯坦布尔。在如同铁罐、咔嗒咔嗒摇晃的大巴上，半梦半醒之间我痛苦地想到，我是不是在去往一个不受欢迎的地方。我住在维蒂哈那里，尽量远离脸色阴沉的考尔库特，还有他们的父亲，那个越老越像幽灵的杂货店主·哈桑。我是一个身无分文、疲惫的老人，一生从未住过旅店。我觉得为了蜷缩在一个角落里睡一夜而付钱是不合适的。

苏莱曼和考尔库特，送我礼物和钱来换取我的女儿萨米哈嫁给苏莱曼。萨米哈私奔后，他们又认定我欺骗了他们。这么做是不对的。是的，考尔库特为我付了假牙钱，但我把这种慷慨看作是大女婿的一份礼物，而不是我漂亮的小女儿的聘礼。把假牙当作像萨米哈那样一个美貌女子的聘礼，也太厚颜无耻了。

我进出阿克塔什家时，特意躲着苏莱曼，可怜的他还在对这些问题耿耿于怀，可一天晚上，我在厨房里吃东西时被他撞见了。不知为什么，我们就像父子一样拥抱亲吻了。他的爸爸早已睡着，我们在他藏酒的角落里，在土豆筐的后面高兴地找出了半瓶拉克酒。有一会儿，我不记得怎么搞的，快到晨礼时，我发现苏莱曼在不断重复着同样的一些话。"我亲爱的爸爸，你是个诚实的人，你老实告诉我，到底有没有这么回事？"他说，"其实麦夫鲁特的情书是写给萨米哈的。"

"亲爱的苏莱曼，我的孩子，重要的不是一开始谁爱上了谁。婚姻里重要的是婚后的幸福。为此，我们的先知禁止男女婚前认识、做爱，不必要地耗费他们的激情，而《古兰经》也禁止成年女性不戴头巾走出家门……"

"太对了。"苏莱曼说。在我看来，他这么说不是因为觉得我说的在理，而是因为他绝对不会反驳带有先知和《古兰经》的话语。

"再说，在我们的世界里，"我接着说道，"婚前女孩和男孩素不相识，因此情书一开始为谁写的并不重要。情书只是一种形式，真正重要的是心意。"

"也就是说，麦夫鲁特想着萨米哈写了情书，结果命运弄人娶了拉伊哈，没有区别吗？"

"没有。"

"在真主看来，奴仆的意愿是最重要的。"苏莱曼皱起眉头说，"挨饿不是他找不到面包，而是他有意愿把斋，因此真主接受这类人的斋戒。因为一个是有意愿的，另一个没有。"

"在真主的眼里，麦夫鲁特和拉伊哈都是好奴仆。你不用操心。"我说，"真主会保佑他们的。真主喜欢那些幸福、知足、有度的奴仆。真主爱他们，所以他们幸福，不是吗？如果他们幸福，就轮不到咱们说三道四，苏莱曼，我的孩子，是不是啊？"

苏莱曼：如果拉伊哈真相信那些情书是写给自己的，那她为什么不让麦夫鲁特去向她爸爸提亲？他们没必要私奔就可以马上结婚，因为没有别人提亲。对此，他们会说，歪脖子·阿卜杜拉赫曼会要很多钱……那样的话，拉伊哈就嫁不出去，他也就不能卖真正漂亮的小女儿萨米哈。就这么简单。（最后大家知道，那个最小的女儿也没给他赚来钱。但那是另外一个话题。）

阿卜杜拉赫曼：过了一段时间以后，我去了远在城市另一头的加齐街区，去找我的小女儿。苏莱曼还在耿耿于怀，因此我做出一副真要回村的样子，没说要去萨米哈和费尔哈特那里。我和维蒂哈抱头痛哭，犹如我说不定会死在村里而去到另外一个世界。我拎着包，在梅吉迪耶柯伊，坐上了去塔克西姆的公交车。交通拥堵使公交车寸步难行，车上又人满为患，赶上又遇堵停车时，挤得快要窒息的乘客为了下车纷纷叫道，"司机先生，开门。"而司机则回答道，"还没到站呢。"拒绝开门。我观望了这些不时出现的争吵。在我随后换乘的公交车上，人们还是像罐头里的鱼那样被挤扁了，到了加齐奥斯曼帕夏下车时，我被挤成了一张纸。我在那里坐上一辆蓝色小公共，天黑时才到达加齐街区。

城市的这头似乎更加阴冷黑暗，这里的云团也似乎更加低矮可怕。我快步爬上大坡，原本整个街区就是一个大坡。周围空无一人，我闻到了城市尽头的森林和湖泊的气味。幽灵般的房子之间，透出秃山的静谧。

我拥抱了为我开门的漂亮女儿，不知怎么的，我们都哭了。瞬间我意识到，我的女儿萨米哈是因为愁苦和孤独而哭泣的。就连那天晚上，她的丈夫费尔哈特也是半夜才到家的，像个死人瘫床上就睡着了。夫妻俩那么辛苦劳作，夜晚坐公交车回到这个偏僻的家里相聚时，他们早已身心俱疲。费尔哈特终于念完了电大，他给我看了安纳托利亚大学的毕业证书。但愿此后他们会幸福。但从第一夜开始我就失眠了。这个费尔哈特不能让我可怜的萨米哈，我那漂亮、聪明的女儿幸福。你们别误会，我责怪这个男人，不是因为他抢了我的女儿，而是他竟然让她去做用人。

然而，萨米哈还不承认她不幸福的原因是做日工。早上，丈夫去上班后（不管做什么都行），萨米哈做出一副对生活很满意的样子。她为我请了假，给我煎了鸡蛋，在后窗指给我看她丈夫圈下的那块发出磷光的地皮。我们走出盖在山顶上的一夜屋的小院，周围的山头全都布满了犹如一个个白盒子的一夜屋。远处，在雾气和工厂浓烟笼罩下的城市轮廓，就像一个横卧在烂泥里若隐若现的怪物，依稀可辨。"你看对面那些山头。"萨米哈说，她指着周围满眼的一夜屋，发冷似的浑身一颤，"五年前我们刚来这里时，亲爱的爸爸，所有这些山头都是光秃秃的。"萨米哈说完便哭了起来。

拉伊哈："晚上你们跟爸爸说，外公阿卜杜拉赫曼和姨妈维蒂哈来看你们了，但别说萨米哈姨妈来了，好吗？"我对女儿们说。"为什么？"法特玛用她一贯的自以为是的口吻问道。就像我失去耐心时揍她们那样，我皱起眉头稍微摇了摇头，法特玛和菲夫齐耶全都不出声了。

爸爸和萨米哈来后，她们一个爬到了外公身上，另一个坐到了姨妈的怀里。爸爸马上坐下和怀里的法特玛玩起了"女孩跑了"，"谁是猪，谁是神父？"一类的手指游戏，他拿出口袋里的镜子、怀表、打不着的打火机，开始问谜语。而萨米哈紧紧地拥抱了菲夫齐耶，还不停地亲吻她。我立刻明白，妹妹要想减轻孤独的痛苦，应该生活在一个大家庭里，生三四个孩子。她一边亲吻着我的两个女儿，一边不时说，"她的手怎么长这样，她的痣怎么长这样！"每当她这么说时，我就好奇地去看一下菲夫齐耶的手和法特玛脖子上的痣。

维蒂哈："快让萨米哈姨妈带你们去看后面那棵会说话的树、有仙女的亚述人教堂的院子。"我说。她们走了。正当我要对拉伊哈说，不用害怕苏莱曼，博兹库尔特和图兰变乖了，她可以带着女儿去我家时，爸爸却说起了一个毫不相干的话题，我们都对他很生气。

阿卜杜拉赫曼：我不知道她们为什么要对我生气。一个父亲一心只想着女儿们的幸福，不是再自然不过的吗？萨米哈带着孩子们出去后，我对拉伊哈和维蒂哈说，她们的妹妹在城市的另一头过着孤单不幸福的生活，单开间的一夜屋里只有寒冷、悲伤和幽灵。只在那里待了五天，我就再也无法忍受，决定要回村了。

"别说是我说的，但是你们的妹妹需要一个能够让她幸福的真正的丈夫。"

拉伊哈：我也不知道怎么搞的，竟然那么生气，脱口说了让亲爱的爸爸伤心的话，我自己也大吃一惊。"爸爸，别破坏她的婚姻。"我说。**我们谁也不是出售的商品**，我说。可话又说回来了，我也觉得爸爸其实没错，可怜的萨米哈甚至已经无力去隐藏她的不幸了。我还不由自主地想到了另外一件事：在我们整个童年和青年时期，萨米哈一直都是人们口中的那个"你们中最漂亮、最让人动心、世上最美丽的女孩"，而现在她却没钱、没孩子、没幸福。相反，我和麦夫鲁特现在很幸福，这难道是真主为了考验我们的信仰而设置的一场考试吗？或者这便是它在这世上的公平？

阿卜杜拉赫曼：维蒂哈竟然说了，你是什么父亲啊。"哪有父亲去毁孩子家庭的，难道你要卖了女儿换礼金吗？"这话太重了，也许最好当作没听见，但我做不到。"太不像话了！"我说，"我吃了这么多年苦，受了这么多委屈，不是为了卖了你们挣钱，而是为了找到让你们过上好日子的丈夫。问那个想娶他女儿的男人要钱的爸爸，只是想要回他养育女儿、送她上学、给她吃穿、让她成为一个好母亲所花费的开销。钱的数目，既反映了女婿人选对新娘身价的评判，其实也是社会上人们为女孩的养育拨出的唯一一笔钱。现在你们明白了吧？在这个国家，所有父亲，即便是最现代的，都为了得到一个男孩，去许愿、请教长施巫术、走遍一个个清真寺向真主祈求。而我的每个女儿降生时，和那些灵魂肮脏的男人相反，我不都是高兴得手舞足蹈的吗？我动过你们一根手指头吗？甚至对你们吼过一次、说过一次让你们伤心的难听话吗？我提高嗓音在你们玫瑰般的肌肤上留下过一块瘢痕吗？现在你们不爱爸爸了吗？那样的话还不如让我去死呢！"

拉伊哈：女儿们在院子里指给她们的萨米哈姨妈看有魔咒的垃圾箱、里面有蚯蚓火车穿越的破花盆、白口铁宫殿以及打一下就会抖两下眼泪汪汪哭着回答问题的白口铁公主。"如果我是一个把女儿关在笼子里藏起来的坏父亲，那她们怎么能够在我完全不知道的情况下，在我眼皮子底下和坏蛋通信联络呢？"爸爸说。

阿卜杜拉赫曼： 所有这些丑恶的话语对于一个像我这样有尊严的父亲来说当然是太重了。晡礼的宣礼声还未响起，我就想喝拉克酒了。我起身去开冰箱门，"亲爱的爸爸，麦夫鲁特不喝酒。"拉伊哈说着抵住了冰箱门。"要不我去给你买一瓶新拉克酒牌子的拉克酒吧。"她关上了冰箱。

"我的女儿，你的冰箱没什么见不得人的……萨米哈的冰箱更空。"

"我们冰箱里的东西主要是麦夫鲁特卖剩下的鹰嘴豆鸡肉饭。"拉伊哈说，"因为钵扎容易坏掉，所以晚上我们把钵扎也放冰箱里。"

我的脑海里仿佛闪现出一个奇怪的记忆，我眼前一黑，头昏眼花一屁股坐进了旁边的沙发里。我睡着了一会儿，梦见自己骑着白马穿过一片羊群时发现羊群其实是云朵。突然我的鼻子，就像我骑着的白马的鼻孔，开始在疼痛中变大，我惊醒过来。法特玛在拽我的鼻子。

"你们在干什么啊！"拉伊哈嚷道。

"亲爱的爸爸，走，咱俩去杂货店买一瓶拉克酒。"我亲爱的女儿维蒂哈说。

"法特玛和菲夫齐耶也跟咱们去，让她们给外公带路去杂货店。"

萨米哈： 爸爸驼着背，他的个子显得更矮小了，一手牵着一个孩子向杂货店走去，我和拉伊哈看着他们的背影。走到狭窄的街道尽头向坡上转弯时，他们忽然感到了在窗口张望的我们，便转身挥了挥手。他们走后，我和拉伊哈就像儿时那样，面对面坐下，一句话也不说，却感觉说话交流了一般。儿时，我们有时取笑维蒂哈让她生气，听到责骂后就闭上嘴用眉眼交流。但我知道，现在我们再也无法那么做了，那些时光一去不复返了。

拉伊哈： 萨米哈第一次当着我的面点燃了一支烟。她说这个习惯来自她打工的富人家里，而不是费尔哈特。"你们别担心费尔哈特。"她说，"他有大学文凭，在区政府收电费的部门里有亲戚，他已经去上班了，我们很快就可以松快起来，你们不用为我们担心。也千万别让爸爸回到那个苏莱曼的身边。我很好。就这些。"

"你知道那个疯子苏莱曼上次跟我说什么吗？"我说着从针线筐箩里拿出那沓绑着丝带的信，"这些信，就是麦夫鲁特服兵役时给我写的……他说，麦夫鲁特不是写给我的，而是写给你的，萨米哈。"

没等她开口，我就从那沓信里抽出几封，随意打开信封，拿出信纸念起来。在村里，爸爸不在家的时候，有时我也拿出这些信，念一两句给萨米哈听，然后我们一起哈哈大笑。但念了一会儿后我发现，我俩都不像是能够笑出来的样子。恰恰相反，当我念道"你的每一只乌黑的眼睛，都是一个悲伤的太阳"时，我以为自己会哭出来，而且没忍住，我立刻意识到把苏莱曼散布的谣言告诉萨米哈是个错误。

萨米哈一边说"别胡说八道，拉伊哈，怎么可能呢？"，一边用好似信以为真的眼神看着我。我念信的时候，萨米哈显得很自豪，好像麦夫鲁特就是在说她，我感觉到了这一点。我也不念了，我想念我的麦夫鲁特了。我知道，萨米哈在那个遥远的街区对我们大家，甚至对我生气了。我说麦夫鲁特过一会儿就回来，换了一个话题。

萨米哈：拉伊哈提到她的丈夫，说他过一会儿就回来……维蒂哈看了我一眼说："我们和爸爸本来现在也要走……"这些话先伤了我的心，随后让我不开心了……现在，我在开往加齐奥斯曼帕夏的公交车上，坐在窗边，黯然神伤。我用头巾的一角擦去了眼里的泪水。坦白地说，我感到他们希望我在麦夫鲁特回家前离开。就因为麦夫鲁特的那些信其实是写给我的！我为什么就成了有错的人？如果我把这些话全说出来，他们定会异口同声地说："你说什么啊！"随后带着一种发自内心的伤感说，"萨米哈，你怎么会这么想，我们全都很爱你！"他们又会自然地把我的这种敏感，和费尔哈特无论如何挣不到钱，我去做女佣，以及我们没有孩子联系起来。其实我不在意，我爱他们。我还是情不自禁地想了好几次，麦夫鲁特的那些信真有可能是写给我的。我甚至对自己说："萨米哈，别这样，别想，丢脸。"但我想了可不止几次。就像她的梦，一个女人也根本无法管控她的思维。就像趁黑潜入房里不知所措的小偷，我的思维一会儿跳到这里，一会儿又跳到那里。

夜晚，在希什利富人家窄小的用人房里，听着栖息在公寓楼黑暗小天井里的鸽子发出的一声声长叹，我想如果费尔哈特知道了会说什么。我也想到，也许亲爱的拉伊哈是为了让我感觉好一点才把这事告诉我的。一天夜晚，我坐着疲惫不堪的公交车精疲力竭地回到家，看见费尔哈特像具尸体那样坐在电视机前，我要不等他睡着马上摇醒他。

"你知道拉伊哈前些时候说什么了吗？"我说，"麦夫鲁特不是给拉伊哈写过很多信嘛……其实麦夫鲁特是想着我写的那些信。"

"从一开始吗？"费尔哈特问道，他把目光从电视转向了我。

"是的，从一开始。"

"一开始给拉伊哈的那些信不是麦夫鲁特写的，是我写的。"

"什么？"

"麦夫鲁特哪里知道怎么写情书……服兵役前他去找我，他说他爱上了一个人，我就帮他写了那些信。"

"你是写给我的吗？……"

"不是。麦夫鲁特自然是让我写给拉伊哈的，"费尔哈特说，"他不厌其详地跟我说了对她的爱恋。"

14

麦夫鲁特在另外一个角落

明天一早我就去把它要回来

　　1989 年冬，卖饭生涯的第七个年头，麦夫鲁特开始更多地发现年轻一代对自己的排斥。他有时对这些人说："如果您不喜欢我的米饭，我可以把钱退给您。"但这些年轻的职员不曾有人把钱要回去过。然而更加贫穷、粗暴的一类人，易怒的顾客，恬不知耻的孤独者，对于他们吃剩一半的米饭，则只想支付一半的饭钱，麦夫鲁特也应允他们。他把没碰过的那半边剩饭和干净的鸡块，以任何人，甚至他自己都难以察觉的速度，一下子放回玻璃柜里的米饭和鸡块里。碰过的米饭和鸡块，他就存放在一个盒子里，留给野猫吃，或者回家之前扔进垃圾桶。晚上回家他从不跟妻子说，有些盘子里的食物没吃完就还给了他。拉伊哈六年来一直以同样的认真和仔细烹饪米饭和鸡块，因此麦夫鲁特认为那不该是她的错。麦夫鲁特试图弄懂，这些年轻人为什么不像以前的人那样朵颐大嚼地吃他的鸡肉饭，他想到了很多原因。

　　很遗憾，关于街头小贩"肮脏"的错误观念，通过电视和报纸迅速在年轻一代人中传开。牛奶、酸奶、番茄酱、蒜肠、罐头公司，在广告里一而再、再而三地宣传他们的产品"不经人手"全都产自生产线，因而是"洁净卫生"的。有些晚上麦夫鲁特在家里忍不住冲着这些电视广告嚷道,"去你妈的!"而这会吓到法特玛和菲夫齐耶,因为他留给了她们一个电视机是个活物的印象。有些客人买饭前,会扫视一番盘子、杯子、刀叉是否干净。麦夫鲁特也知道,这些满腹狐疑、挑剔和有洁癖的顾客,如果和熟人、亲戚们在一起,就能够十分坦然地从同一个大盘子里拿东西吃。其实对于熟悉和亲近的人,他们并不讲究卫生。而这意味着,他们没把麦夫鲁特看作自己人,不信任他。

麦夫鲁特在最近两年里发现,站着狼吞虎咽吃米饭充当午餐,还有"看似穷"的令人反感的一面。再者,如果把鹰嘴豆饭当作正餐,而不是像面包圈、馅饼那样当点心,又不足以填饱肚子。鹰嘴豆饭,又不像放了葡萄干和肉桂粉的贻贝塞饭那样,具有奇特的味道。直到两三年前,贻贝塞饭还作为一种昂贵的食物只出现在某些特别的酒馆和熟食店里,尽管麦夫鲁特好奇却一次也没品尝过,是马尔丁人把它变成了一种人人都吃得起的廉价街头小吃。机构跟街头小贩订餐的年代也过去了。随着这些爱用一次性塑料刀叉的年轻职员的出现,街头小贩的黄金年代便一去不复返了,包括那些兜售奥斯曼时期传下来的阿尔巴尼亚炸羊肝、烤羊头、烤肉丸的小贩。以前在一个大机构门口卖肉丸的人,可能最终在同一个角落里,开起了一家供他的那些老顾客午饭时光顾的肉丸店。

每年,钵扎季节开始之前,天气开始转冷时,麦夫鲁特都去锡尔凯吉的批发市场买一大麻袋足够用上一年的干鹰嘴豆。今年他的钱不够买一大麻袋的。也许卖饭的收入并未减少,却赶不上女儿们吃穿的花销。麦夫鲁特有时带着发自内心的热情,有时则带着愧疚和无能为力的心情,为孩子们支付越来越多的花销,比如在电视里一听到它的奇怪欧派名字就恼火的提匹提普口香糖、金色巧克力、盒装超级冰激凌、花朵状糖块、剪报上赠券换来的电池玩具熊、五颜六色的发卡、玩具钟表和镜子。如果没有已故父亲留下的库尔泰佩房子的租金,没有拉伊哈为雷伊罕大姐找到的嫁妆店做手工攒下的钱,单靠麦夫鲁特夜晚卖钵扎挣来的那些钱,就连支付他们的房租和购买取暖用的液化气挨过寒冬都困难。

午饭后，卡巴塔什熙熙攘攘的人群变得稀疏了，麦夫鲁特开始为自己寻找两点到五点卖饭的另外一处落脚点。塔尔拉巴什大街开通后，他们家似乎反而离独立大街和贝伊奥卢更远了，还掉了档次。大街横穿塔尔拉巴什街区，大街上面的小巷，转眼间布满了夜总会、酒吧、唱民歌喝酒的场所，居民和穷人远离了那里。这些房地产价格也随之上涨的街巷，成了伊斯坦布尔最大的娱乐中心区的一部分。下面的街道则没能跟着沾光，恰恰相反，为了不让行人走上六车道马路，人行道边和马路中央设置的铁栅栏和混凝土隔离墩，把麦夫鲁特居住的街区，推到了更下面的卡瑟姆帕夏，也就是造船厂废址当中的贫困工人街区。

麦夫鲁特傍晚从卡巴塔什回家时推着车，既无法跨越六车道上的混凝土隔离墩和铁栅栏，也无法上下过街天桥，因此他无法穿过独立大街的人群抄近路，而只能绕到塔里姆哈内。除了报上说的"怀旧的"（麦夫鲁特不喜欢这个词）有轨电车，独立大街变成了步行街。（准备工作没完没了，街道变得坑坑洼洼。）国际品牌开设的大连锁店，也让小贩们进入这里变得更加困难。身着蓝色制服、戴着墨镜的贝伊奥卢区政府的城管们，不仅在主街上，在四周的小巷里，也不给卖面包圈、磁带、贻贝、肉丸、杏仁、热狗、三明治的小贩和修打火机的人一点儿机会。有一次，一个卖阿尔巴尼亚炸羊肝的小贩，没有隐瞒自己和贝伊奥卢警察局的关系，他告诉麦夫鲁特，任何能够在独立大街周围站住脚的小贩，要么是警察局的便衣，要么就是每天定时向警察提供情报的线人。

犹如一条连绵不绝的河流的分支，贝伊奥卢街上川流不息的人流，也时常改变路线、方向和速度，人们就像改变河床的支流，开始向别的角落和路口聚集。最先来到这些新聚集点的依然是小贩，城管驱赶他们时，三明治和烤肉快餐店开张了，随后转烤肉店、兼卖香烟的报亭也开张了，小巷里的杂货店开始在门前卖起了转烤肉和冰激凌，蔬果店开始夜间营业，一些地方则开始不停地播放本土的流行音乐。麦夫鲁特发现，由于这些大大小小的变化，街上出现了许多他之前根本没注意到的合适角落。

麦夫鲁特在塔里姆哈内的一条小巷里，一个堆放建筑木材的角落和一栋废弃的希腊老房子之间，找到了一个停放三轮车的角落。有段时间，他下午就把车推进这个角落等候顾客。对面供电局大楼门口，排队等待交费、重新开启被拉掉的电闸、申请挂电表的市民，很快就发现了卖饭的小贩。正当麦夫鲁特思忖中午不去卡巴塔什而来这里能做更多生意时，头几天作为封口费白吃饭的工地门卫说"他们的老板不乐意了"，便支走了麦夫鲁特。

麦夫鲁特朝前走了两百米，来到两年前被烧毁的荣耀剧院废墟旁的一块空地。这家荣耀剧院的剧院楼，隶属于一家亚美尼亚人基金会，是一座有百年历史的木结构建筑。剧院在1987年的一个寒冷冬夜里起火了，卖钵扎的麦夫鲁特远在塔克西姆都看到了熊熊火焰，他和全城人一样跑去看了。据说以前举办西方音乐会的这个荣耀剧院，因为上演了一出揶揄教徒的话剧而被纵火的，但这一说法一直未被证实。麦夫鲁特也是在那时第一次听到"教徒"这个词的。对于那时的麦夫鲁特来说，对伊斯兰教不敬的一出话剧，当然不该被宽容，但烧毁一栋巨大的老楼也是一种过激行为。在街上挨冻期待顾客的麦夫鲁特有时想起，楼里被活活烧死的门卫的灵魂、从这古老剧院里获得过愉悦的所有人都会早早死去的不祥预言、整个塔克西姆广场和这里以前都是亚美尼亚人墓地的传言。由此他觉得没人到这个不引人注目的隐蔽角落来吃鸡肉饭也是合情合理的。他坚持了五天，随后决定去寻找另外一个角落来停放他的白色三轮车。

在塔里姆哈内、埃尔玛达的后面、下坡到道拉普代莱的小巷、哈尔比耶周围，麦夫鲁特花了很长时间为三轮车餐馆寻找一处落脚地。这些地方夜晚依然还有买钵扎的老顾客，但白天它们在麦夫鲁特的眼里却仿佛是另一番模样。为了在汽车零配件店、杂货店、小救济所、房地产中介所、沙发修理店、电器店之间更方便地行走，他有时把小车寄放在剧院废墟旁边的理发店。在卡巴塔什的时候，他想上厕所或去周围走两步时，也会把小车托付给卖贻贝的朋友或是一个熟人，但为了不错过顾客，他会马上回来。而在这里，麦夫鲁特却像逃离般地远离他的小车。他觉得这种感觉好似出自他的梦境，仿佛自己想要忘记小车，为此他感到愧疚。

一天，他在哈尔比耶的人行道上看见了前面的奈丽曼，他的心跳还是加快了，他对此感到诧异。这是一种类似在街上偶遇自己年轻时代的令人惊讶的感觉。更何况女人突然转身看橱窗时，麦夫鲁特立刻发现她不是奈丽曼。同时，最近几天在哈尔比耶，当他走在旅行社对面时，他意识到，奈丽曼还存留在脑海里的一角。有那么一会儿，在记忆的薄雾里，他的眼前浮现出十五年前仍然幻想着拿高中文凭的那些日子：那时更加空旷的伊斯坦布尔街道；独自在家手淫时感到的愉悦；因为满心孤独而产生的深思；秋季落满栗树和枫树叶的大街；怜爱地对待麦夫鲁特这个善良的卖酸奶孩子的老顾客……现在他一点也不记得，在他经历所有这一切时，曾经在心里和胃里感到的孤独和忧伤。因此他真诚地想到，十五年前的自己是多么幸福。他感到一种莫名的懊悔，仿佛自己虚度了光阴。而事实上他和拉伊哈在一起很幸福。

回到剧院废墟时，饭车已不在那里。麦夫鲁特无法相信自己的眼睛。阴沉的冬日，天比任何时候都黑得早。他走进了早早开灯的理发店。

"城管把你的车拉走了。"理发师说，"我说他马上回来，可他们就是不听。"

小贩生涯里，麦夫鲁特头一次遇到这样的事情。

费尔哈特：麦夫鲁特的饭车在我们那里被城管没收的那些日子里，我也开始作为收费员，往来于位于塔克西姆的看似希尔顿酒店的供电局大楼，但我从未遇到过麦夫鲁特。如果我知道他把饭车停在我们那儿的小巷里，我会去找他吗？我不知道。麦夫鲁特的情书其实不是写给**他的**妻子，而是**我的**妻子的说法，即便只是作为一个推论被提出，我也立刻觉得，必须在这个问题上澄清我的个人观点和官方观点。

我知道，在考尔库特的婚礼上，麦夫鲁特只那么远远地看见过一眼阿卜杜拉赫曼的另外两个女儿，因此麦夫鲁特在情书里真正对谁有意，对我来说无关紧要。我并不知道麦夫鲁特去抢拉伊哈时，其实幻想的是萨米哈。因为麦夫鲁特羞惭地对我隐瞒了这点。也就是说，作为我的个人观点，我没什么可烦恼的。但从我们的官方观点来看，我俩要成为朋友，都勉为其难：因为麦夫鲁特给日后成为我妻子的女孩写了情书……而我因为诱惑抢走了麦夫鲁特爱上却没能得到的女孩。不管个人观点是什么，在我们国家，持有这个"官方观点"的两个男人，别说握手做朋友，就连在街上遇到不立刻打起来都很难得。

饭车被城管没收的那天，麦夫鲁特晚上还是按时回了家。拉伊哈一开始并没发现他没推车回来绑在后院的杏树上。但看见丈夫的脸色，她意识到他们遇到了大麻烦。

"没事，"麦夫鲁特说，"明天一早我就去把它要回来。"

他告诉两个说了反而不明白、不说便能洞察一切的女儿，车轮的螺钉松了，他把车放在了下面街区的一个修车朋友那里。他给她们每人一块带画片的口香糖。于是，晚饭上他们敞开肚子吃了拉伊哈为第二天准备的鸡块和新鲜米饭。

"这些就留到后天卖给顾客吧。"拉伊哈说。她仔细地将没吃的鸡块放进锅里重新放回了冰箱。

那天晚上，一个让他把钵扎送去厨房的老顾客对他说："今晚喝了酒，其实本不想买钵扎，麦夫鲁特。但是你的声音太感人、太忧伤了，我们没忍住。"

"让钵扎卖出去的正是小贩的叫卖声。"麦夫鲁特重复了这句他跟顾客们说过上千次的话。

"你好吗？哪个女儿要开始上学了？"

"感谢真主，我们都很好。大女儿今年秋天就要上学了。"

"太好了。不念完高中，你不会让她们嫁人的吧？"年迈的女顾客轻轻关上门时说道。

"我要让两个女儿全都去上大学。"麦夫鲁特对着慢慢关上的门回答道。

但无论是这美好的对话，还是碰巧那晚都对他十分友好的其他顾客，都没能让麦夫鲁特忘却丢失饭车的痛苦，哪怕只是一瞬间。他好奇饭车会在哪里，他想，如果落入了马虎粗野的人手里，车子就会被损坏，车子可能淋到雨，煤气罐可能被偷走。他无法想象，三轮车离开了自己会变成什么样。

第二天，他去了贝伊奥卢区政府的城管部门。奥斯曼时期留下的、奢华却破败的老旧木楼里，有几个小贩和他一样被没收了小车和小桌。他在塔尔拉巴什的街上遇到过一两次的一个旧货商，对麦夫鲁特的小车被没收感到惊讶。像卖米饭、肉丸、玉米和栗子、使用煤气罐或者煤球、车上装有一个宽敞玻璃柜的小贩，他们的小车、炉灶一般不会被轻易没收，因为就像麦夫鲁特那样，他们给城管送礼和免费食物，所以能够待在老地方。

那天，无论是麦夫鲁特，还是其他小贩，都没能要回被没收的小车和小桌。"大概都已经被拆毁了。"一个卖了多年土耳其披萨饼的小贩，说出了麦夫鲁特想都不愿想的可能性。

依据卫生原因制定的区政府条例，以及在通货膨胀中失去了任何意义的罚款，不足以震慑街头小贩，因此对于那些不听话的小贩，为了让他们长记性，区政府就拆毁他们被没收的售货器具，销毁他们兜售的不卫生食物。为此有时会发生争执、打斗甚至动刀，一些小贩还在区政府门前自焚、绝食，但这类事情不常发生。小贩们被没收的售货器具，只在选举前为了不丢失选票或通过私人关系，才会被归还。离开区政府时，卖土耳其披萨饼的老练小贩说，明天他就去买一个新盒子。

麦夫鲁特嫉恨那个不去找熟人、以现实主义态度立刻接受要不回盒子和货品的小贩。他没钱去买一辆新的三轮小车并在里面放上煤气罐。即便凑够了钱，他也不再相信卖饭的生意会有利润了。但不知为何他又想，如果能要回小车，他就可以继续以前的生活，就像怎么也不相信没从战场上回来的丈夫早已不在人世的不幸女人，他也怎么都无法接受白色小车已经被拆毁的可能性。恰恰相反，小车正在区政府的仓库、在用铁丝围起的一块混凝土空地上等待自己的幻觉，犹如一张照片，闪现在他眼前。

第二天他又去了贝伊奥卢区政府。"他们在哪里没收了你的小车？"一个职员问道。当他说烧毁的剧院不在贝伊奥卢而在希什利区政府辖区时，麦夫鲁特的内心顿时充满了希望。他能够在乌拉尔他们和考尔库特的帮助下，在希什利区政府里找到一个熟人。夜里他梦见了三轮小车。

15

先生阁下

我遭遇了不公

拉伊哈：过了两周，我们还是没得到三轮车的任何消息。麦夫鲁特卖钵扎直到后半夜才回家，上午他基本都在睡觉，中午起来穿着睡衣在家里和法特玛、菲夫齐耶玩捉迷藏、捉人游戏。家里不再煮鹰嘴豆饭，不再炸鸡，每晚也不再看见她们喜爱的白色三轮车锁在杏树上，六岁的法特玛和五岁的菲夫齐耶意识到发生了一件不幸的事情。她们也仿佛为了假装不知道爸爸的失业而全心投入游戏中。家里的大呼小叫声越来越响时，我对麦夫鲁特喊道：

"你就带她们去卡瑟姆帕夏公园透透气吧。"

"你给维蒂哈打个电话啊，"麦夫鲁特低声说道，"兴许有什么新消息呢。"

"让麦夫鲁特去希什利区政府，"一天晚上考尔库特说，"那里二楼有一个乌拉尔他们的里泽人，会帮他。"

麦夫鲁特那夜高兴得彻夜未眠。一早他就起床，剃胡子，穿上节日才穿的干净衣服，走去了希什利。他暗自思忖，一旦和白车团聚，他要给它重新上漆，装饰一新，绝不再离开它、离弃它。

在区政府大楼二层的里泽人，是个重要、忙碌的人物，他在训斥排队等候的市民。这人让麦夫鲁特在一边等了半小时后，做一手势招呼了他。里泽人在前，麦夫鲁特在后，他们一起走下了阴暗的楼梯。穿过散发着皂味的狭窄走廊、坐满看报的公职人员的憋闷大厅、一个让整个地下室淹没在劣质食用油和洗涤剂气味的食堂，他们来到了一个天井。

麦夫鲁特在楼房之间的一个阴暗的天井角落里，激动地看见了一堆小贩的手推车。朝那个方向走去时，他看见两个区政府的工作人员正在另外一个角落里用斧子拆解一辆小车，另外一人在堆放轮胎、木板、炉灶、玻璃柜。

"怎么样？你找到了吗？"来到他身边的里泽人问道。

"我的小车不在这里。"麦夫鲁特说。

"他们不是一个月前就收了你的车吗？收来的车第二天我们就拆解。你的车，对不起，已经被拆解了。这些车是城管昨天用卡车从街上收来的。如果每天都去收，城里就会有人造反；如果不去收，整个安纳托利亚的人都会跑来塔克西姆卖土豆，那也就没有贝伊奥卢，没有一条干净的大街了。如果把车全还给他们，第二天他们还会推车去塔克西姆……趁着还没被拆，你就从这里挑一辆喜欢的车吧……"

麦夫鲁特用买主的眼光审视了一遍那些车。有一辆像他的车，有玻璃柜，木料好，还有厚实的轮胎，但没有煤气罐，大概是被偷走了。但这辆车比他那辆更新更好。一时间他感到了羞愧。

"我要我自己的车。"

"我的老乡，你在禁止的地方无照经营，你的车被没收了，很遗憾被拆解了。现在因为你走后门，我们才白给你另外一辆。拿去做个吃饭的家什，别让你的孩子家人挨饿。"

"我不要。"麦夫鲁特说。

在玻璃柜的角落里，那辆好车的主人塞了一张土耳其国旗和阿塔图尔克的明信片，还有一张著名肚皮舞舞娘塞海尔·谢尼兹的照片。麦夫鲁特不喜欢最后那样东西。

"你确定不要吗？"里泽人问道。

"我确定。"往回走时麦夫鲁特说。

"你可真是个老古板……你是怎么认识哈吉·哈米特·乌拉尔的？"

"我们认识。"麦夫鲁特说道，试图做出一副神秘的样子。

"既然你和哈吉·哈米特那么熟，走他的后门，你就不该做小贩，去找他要份差事。在他的建筑工地当个小头头，一个月就能挣到小贩一年都挣不到的钱。"

外面，广场上依旧是平淡无奇的生活。麦夫鲁特看见轰鸣的公交车、购物的女人、给打火机灌气的人、兜售国家彩票的小贩、身着统一校服推搡说笑的学生、一个推着三轮小车叫卖热茶和三明治的小贩、警察以及系领带的先生们。他对这些人满怀愤懑，犹如一个人，在他深爱的女孩死后，他怎么也无法承受为了别人而继续平淡无奇的生活一般。那个里泽人对他也太无礼了，一副高高在上的样子。

就像高中年代那样，他在街上满腔愤怒、漫无目的地闲逛。走到库尔图鲁什一个陌生街区时，他感到了寒冷便走进一家咖啡馆，看着电视坐了三小时。他买了一包马耳泰佩香烟，不停地抽着，算起账来。他必须让拉伊哈多接手工活。

他比往常晚回到家。不仅拉伊哈，两个女儿也从麦夫鲁特的脸上明白了，小车没能要回来，甚至已经不在了，死了。麦夫鲁特一声不吭，全家沉浸在哀悼的氛围中。拉伊哈原以为麦夫鲁特明天会出去卖饭，她煮了米饭炸了鸡块，他们默默地吃了晚饭。"要是我拿了那辆白给的车就好了！"麦夫鲁特暗自想到，那辆车的主人现在也一定在城市的某个角落里冥思苦想呢。

他的灵魂在抽搐。他感到一个无法逃避的巨浪正在袭来，将把自己吞没。不等天黑，不等那个黑暗的浪头袭来，他就早早地拿起扁担和钵扎罐上街了。因为行走可以放松他的心灵，也因为疾步行走中冲着黑暗一声声叫响的"钵——扎"，可以让他感觉好些。

自从小车被没收后，不等晚间新闻开始，他就早早上街了。他从新开通的大街一路往下走到阿塔图尔克大桥。为了增加收入，他在金角湾对岸寻找新的街区。他疾步快走，时而带着忙乱，时而带着灵感，时而带着愤懑。

这些是他来伊斯坦布尔头几年，上午和爸爸一起去维法钵扎店买钵扎时走过的街道。那时，他们不进小巷，夜晚也从不会路过这些街区。这些带飘窗没漆油的两层木质楼房里，窗帘拉得严严实实的，灯也早早就熄灭，更没人喝钵扎。十点刚过，街道就成了从奥斯曼时期就逍遥在这些街区的野狗的天下。

穿过阿塔图尔克大桥，他爬上泽伊雷克，从后街快步走向法提赫、恰尔相姆巴、卡拉居姆里克。"钵——扎"，他越喊感觉越好。二十五年前的老旧木屋多数都不在了，取而代之的是像费里柯伊、卡瑟姆帕夏和道拉普代莱那里的四五层混凝土公寓楼。即便不总是那样，但这些公寓楼里的窗帘和窗户是开着的，这里的人们就像迎接一个来自过去的奇怪信使那样，欢迎麦夫鲁特。

"维法钵扎店离我们这么近，可从没去买过。但一听到你动人的声音，我们就忍不住了，卖钵扎的。一杯卖多少钱？你是哪里人？"

尽管空地被混凝土公寓楼占满，墓地无端地消失了。即便在最边远的街区，大垃圾桶也已经取代了街角堆积如山的垃圾小山头，但麦夫鲁特发现，野狗在夜晚依旧占据着这些街道。

可是麦夫鲁特不明白，在一些黑暗的小巷里，野狗为什么对他不友好，甚至怀有敌意。它们在一个角落打瞌睡或者翻垃圾，可一听到麦夫鲁特的叫卖声和脚步声，就立刻直起身，犹如进入战斗阵势的一支军队的军人那样，彼此挨近，观察着麦夫鲁特，有时还号叫着露出尖牙。麦夫鲁特认为它们的这种神经质，和从未有钵扎小贩经过这里有关。

一天晚上，他想起儿时夜晚跟着爸爸一起卖钵扎惧怕野狗时，爸爸带他去过的教长家就在这些街区的某个地方，给他念经的教长家的地上铺着油毡布。爸爸像看医生那样带他去见了年迈的教长，这个老教长应该早已过世。麦夫鲁特听从了教长的忠告，尽管教长念经吹气时他害怕了，虽然现在也想不起来那个大胡子教长的家和街区在哪里，但在他的帮助下，儿时的自己摆脱了内心对野狗的恐惧。

尽管在这些旧街区里，人们会为钵扎的价钱讨价还价，问一些钵扎是否含酒精的无聊问题，还会用看一个可疑的怪物的眼神去看他，但麦夫鲁特明白，为了能够说服这里的人家更多地买钵扎，每周他应该匀出一两个夜晚专门去金角湾对岸的这些街区。

白色三轮车的幻影经常浮现在麦夫鲁特的眼前。他的小车比他在街上看见的其他小贩车更有型，也更有个性。他无法相信那小车已经被斧头无情地拆解了。也许他们把他的小车送给了另外一个和他一样让他们可怜和有后门的小贩。这个揩油的人兴许是一个里泽人，里泽人总互相保护。

那夜，没人买钵扎，也没人招呼他。城市的这些地方仿佛只是一个记忆：木屋、弥漫着取暖炉烟雾的小巷、残垣断壁。麦夫鲁特不知道自己是怎么来到这里的，自己到底在哪里。

公寓楼三层的一扇窗打开了，窗口出现一个年轻男人。"卖钵扎的，卖钵扎的……你上来一下。"

到了楼上，他们请他进了单元房。脱鞋时，他感觉里面有一群人。房里亮着黄色的灯光，这很好。但又像国家机关：麦夫鲁特看见两张桌旁坐着六七个人。

他们正忙着写面前的字，但都表现出善意。他们扭头看了看麦夫鲁特，就像多数很久没见卖钵扎的人那样对他笑了笑。

"看见卖钵扎的兄弟，我们很高兴。"一个满头银发、面善的老者微笑着对麦夫鲁特说。

其他那些人像是他的学生，他们有礼貌、认真，但都是乐呵呵的。银发老者也和他的学生们坐在同一张桌旁。"我们七个人，"他说，"每人一杯。"

一个学生带麦夫鲁特去了厨房。麦夫鲁特仔细地倒出七杯钵扎。"有人不要肉桂粉和鹰嘴豆吗？"他冲着里面问道。

学生打开的冰箱里没有酒精饮料。麦夫鲁特也从中看出了这个家里没有女人和孩子。银发老者来到厨房，"我们该付你多少钱？"他问道，不等麦夫鲁特回答，他凝视着麦夫鲁特的眼睛说道，"卖钵扎的，你的声音很忧伤，触动了我们。"

"我遭遇了不公，"麦夫鲁特带着一种发自内心的倾诉愿望说道，"他们没收了我的卖饭小车，也许拆解了，也许送给了另外一个人。希什利区政府的一个里泽人公务员很无礼。但大晚上的别让我的烦恼来打扰您。"

"你说，你继续说。"银发老者说道。他用真诚的眼神告诉麦夫鲁特，"我为你感到伤心，我愿意倾听。"麦夫鲁特说，他那可怜的小车很悲哀，因为在城里落入了别人手中。他知道，即便不说没钱的烦恼，老者也会明白这一点。而其实他那比这更重要的烦恼则是，区府里的里泽人，那些重要人物（"讨喜的人。"银发老者嘲讽地说）对自己的鄙视和无礼。他们面对面坐在了厨房里的两把小椅子上。

"人是自然之树的最高果实。"认真听麦夫鲁特倾诉的银发老者说。他不像老教徒那样自言自语祈祷般地说话，而是既像一个老友那样直视着对方的眼睛，又像一个学者那样侃侃而谈。麦夫鲁特很受用。

"人是最高贵的生物。没有人能够毁灭你心里的珍宝。按照真主的旨意，你也会找到你的小车……但愿你会找到。"

麦夫鲁特既感到自豪，因为一个这么睿智、重要的人物愿意把时间留给自己，而让里面的学生等着，同时他又感到不安，因为他感觉这种关心也可能出于同情。

"先生，您的学生在等您呢，"他说，"我就不多占用您的时间了。"

"让他们等着。"银发老者说。他又说了几句触动麦夫鲁特灵魂的话：打不开的心结，用真主的意愿就能解开。所有的困难用它的力量就能克服。也许他还要说更多至理名言，但看见麦夫鲁特扭动身子惴惴不安的样子（麦夫鲁特立刻后悔自己做出这样神经质的动作），他站起身，把手伸进裤兜里。

"先生，我不能要您的钱。"

"不行，真主不会答应的，我也不会接受。"

在门口时，"你先走，不，你先走。"他们像绅士那样坚持给对方让路。"卖钵扎的，这次请你收下这钱。"老者说，"你下次来，我答应就不给你钱了。我们每周四晚上都在这里交谈。"

"愿真主保佑您！"麦夫鲁特边说边觉得这不是一个完全正确的回答。麦夫鲁特突发奇想地亲吻了一下容光焕发的老者那皱巴巴的大手。那只手上有很多大黑痣。

很晚回到家时，他意识到自己不能把这次偶遇告诉拉伊哈。随后的几天，他想告诉拉伊哈，老者的话一直盘旋在他的脑海里，因为老者的出现他才能够承受失去爱车的痛苦。但他克制了自己，因为拉伊哈可能说些嘲讽的话让他伤心。

麦夫鲁特一直在想他在银发老者家里见到的黄色灯光。他还看见了什么？墙上挂着漂亮的古老文字。麦夫鲁特还喜欢严肃地围坐在桌旁的学生们的彬彬有礼。

第二周，他在伊斯坦布尔的街道上，在夜晚卖钵扎时更多地看见了白色小车的幻影。有一次，在泰佩巴什的一条蜿蜒曲折的上坡路上，他发现一个里泽人正推着小车往坡上爬，他跟着跑了上去，还没到跟前，他就发现自己看错了：他的白色小车更加精巧，不像这辆那样粗糙和笨拙。

周四晚上，在法提赫后面，他喊着"钵——扎"经过恰尔相姆巴的老者家门前时，又被叫了上去。在简短的拜访中他得知：学生称呼银发老者为"老师"，来这里的其他人称呼他为"先生阁下"；学生们用芦秆笔、墨水瓶、墨水，像绘画那样在桌上用大大的字母写字；这些字母是书写《古兰经》的阿拉伯字母。房子里还有麦夫鲁特喜欢的其他一些古老、神圣的东西：一个老式的咖啡壶；墙上、桌上的写有类似字母和单词的书法牌匾；一个镶嵌贝壳的帽架；一个嘀嗒声可以超越所有轻声细语的大柜钟；镜框里的阿塔图尔克以及一些像他那样极其严肃、皱着眉头，但蓄着大胡子的重要人物的画像。

在厨房里同一张桌旁的简短交谈中，在先生阁下的询问下，麦夫鲁特告诉他，小车没能找到，还在仔细寻找，最近一段时间上午还是无事可做。（为了不让先生阁下觉得他在那里找差事、希望得到帮助，他只一提而过。）十五天来，麦夫鲁特想到很多话题和问题要问他，但只找到了说一个话题的时间。他告诉先生阁下，每夜在街上长久地行走，除了职业习惯，更多的是一种需求。如果夜晚他不上街走很久，他的脑子、幻想力、思维就会变弱。

先生阁下说，劳作也是一种做礼拜的形式。麦夫鲁特心里那个一直走到世界末日的愿望，是一种启示和结果，即人世间只有真主会帮他，他也只能去祈求真主的帮助。麦夫鲁特将把这解读为，行走时脑海里出现的怪异想法来自真主，他将为此而不安。

先生阁下伸手到口袋里准备付钵扎钱时（这个周四他有九个学生），麦夫鲁特提醒说，就像之前他们说好的那样，钵扎由他请客。

"你叫什么名字？"先生阁下带着一种赞赏的口吻问道。

"麦夫鲁特。"

"多好的一个名字！"他们正从厨房向房门走去，"您是麦夫利德罕吗？"先生阁下用他的学生也能听到的声音问道。

麦夫鲁特不知道这个单词的意思，脸上露出了一种无法回答的遗憾表情。桌旁的学生则对麦夫鲁特谦逊的诚实抱以了微笑。

先生阁下说，人尽皆知，麦夫利特，是为庆祝先知诞辰书写的长诗的统称。麦夫利德罕，则是对这些长诗的作曲者的称呼，这个美好的名字却鲜为人知。如果有一天，麦夫鲁特生了个儿子，给他取名叫麦夫利德罕，那孩子一定好运连连。另外，每周四晚上他们一定会等麦夫鲁特，他甚至不用在街上叫喊就可以直接上去。

苏莱曼：维蒂哈说，麦夫鲁特丢了小车又没利用乌拉尔的关系得到好处，他希望那个我帮着找来的、住在库尔泰佩单开间里的房客交更多的租金，至少给一部分现金。随后麦夫鲁特打来了电话。

"兄弟，"我说，"你的房客是乌拉尔他们的人，一个可怜的里泽人，也可以算是我们的人。你也知道，如果我们让他搬出去，他会一声不吭就搬走，他很怕哈米特先生。可他交的房租也不低，每月都按时交到我手上，我们让维蒂哈转交给你们，既不用交税，也不会违约。你以为还能找到比这更好的房客吗？"

"苏莱曼，这段时间我不信任里泽人，别介意，让他搬出去。"

"嘿，你这个无情的房东，那人成了家，有了孩子，难道要把他们扔到大街上去吗？"

"有谁在伊斯坦布尔可怜我吗？"麦夫鲁特说，"别误会。行，就这样吧，你也别把人家扔到大街上去。"

"就是啊。我们向来是同情你、爱你的。"我也认真地说道。

维蒂哈从苏莱曼那里拿来的一个月房租，最多够麦夫鲁特一家开销一周。麦夫鲁特和苏莱曼通话后，维蒂哈拿来了3月和提前交付的4月、5月房租，钱数高出该有的数目。麦夫鲁特对房客轻易同意涨房租——也就是阿克塔什他们，苏莱曼和考尔库特的资助——没想太多。他用这笔钱为自己买了一辆二手的冰激凌小车、冰桶、不锈钢桶、搅拌机。他决定靠卖冰激凌来度过1989年的夏天。

买冰激凌小车时，法特玛和菲夫齐耶也跟着麦夫鲁特去了下面的街区。他们推着小车蹦蹦跳跳地回了家。被他们的快乐误导的邻居雷伊罕大姐，从窗口探出身子，做出一副欣喜若狂的样子，就像他们找回了卖饭的三轮车，他们谁也没点破她。麦夫鲁特在后院和女儿们一起给小车刷上油漆并修整了一番。晚上电视里出现了北京天安门广场上抗议者的画面。麦夫鲁特对那个广场上的小贩的勇气钦佩不已。那个小贩是卖什么东西的？麦夫鲁特想，很可能跟我一样是卖饭的。但是中国人的米饭，不像拉伊哈做的那样，而是像麦夫鲁特在电视上看到的那样，不放鹰嘴豆和鸡块，而是用另外一种方法，长时间煮出来的。麦夫鲁特对抗议者们喊道"做得好！"但随后他又补充道，不该过多地和国家作对，特别是在贫穷的国家里，如果没有国家，谁也不会保护穷人和小贩。在中国，穷人和小贩的生活还是不错的，他们唯一的问题是不承认真主。

从麦夫鲁特和拉伊哈私奔结婚的那年夏天至今的七年时间里，生产牛奶、巧克力、糖果的大公司为了彼此竞争，首先向伊斯坦布尔的所有杂货店、蛋糕店、三明治快餐店免费赠送了冰柜。从5月开始，这些冰柜的主人就把它们摆到店铺门前，便没人再从街头小贩那里买冰激凌了。如果麦夫鲁特在一个角落停留五分钟，城管们就会以他占据人行道为由来没收拆毁小车，但他们却对大公司的那些摆在人行道上影响行人走路的冰柜视若无睹。电视不断播放这些公司的被冠以奇怪名字的冰激凌广告。麦夫鲁特推着小车经过后街时，孩子们问他："卖冰激凌的，有明火枪吗？有火箭吗？"

碰上高兴的时候，麦夫鲁特回答道："这个冰激凌比你们的所有火箭都飞得高。"因为这个回答，他也能够稍微多卖一点。但多数晚上他都闷闷不乐、早早地就回家。他对七年里都跑下楼来帮忙的拉伊哈埋怨道："都这个时候了，女儿们为什么还在街上疯玩？"拉伊哈去找她们时，他就撇下冰激凌小车，走上楼，沮丧地看着电视直到睡觉。在其中一次这样的沮丧时刻，他在电视里看见，出自自己黑暗幻想中的那个巨浪正在慢慢地翻滚过来。到了秋天，如果还找不到一个好营生，就将没钱给孩子买书本、衣服，给家里买食物，给取暖炉买液化气了。想到这些，他就焦虑不安。

16

宾博快餐店

千万别让人亏待你

8 月底，拉伊哈跟她丈夫说，和乌拉尔他们亲近的一个特拉布宗人餐馆老板，打算雇佣一个像麦夫鲁特那样的人。麦夫鲁特羞愧地意识到，他们的窘迫依然成了阿克塔什一家人餐桌上的话题。

拉伊哈："他们在找一个像你这样既诚实，又了解餐馆和饭菜的人，这种时候在伊斯坦布尔找这么一个人不容易。"我对麦夫鲁特说，"谈工资的时候千万别让人亏待你，你也得为女儿们着想。"我又补了一句，因为在麦夫鲁特开始当经理的日子里，法特玛也要上小学了。我和麦夫鲁特一起去参加了开学典礼。皮亚莱帕夏小学在卡瑟姆帕夏，他们安排我们站在校园的墙边上。校长说，这个学校的楼房，曾经是一个帕夏的宅邸，四百五十年前帕夏在地中海从法国和意大利人手里攻取了岛屿，帕夏单枪匹马去袭击一艘敌船时消失了，正当大家以为他被俘的时候，他却独自一人把敌船缴获了。但学生们都没在听，他们要么窃窃私语，要么因为害怕不知会发生什么事而紧靠在父母身边。法特玛和其他学生手牵手走进学校时胆怯地哭了起来。我们一直在她身后招手，直到她消失在楼里。

那是一个阴凉的日子。回去的上坡路上，我看见了麦夫鲁特眼里的泪水和铅灰色的云层。没回家，他就直接去快餐店当"经理"了。只有那天下午，我又去了一趟卡瑟姆帕夏，在校门口接法特玛回家。她的小脑瓜一直想着老师的小胡子和教室的窗户。以后的日子里，她便和街区里的其他女孩一起自己来去学校了。

拉伊哈带着怜爱和嘲讽说的"经理"一词，不是从麦夫鲁特那里，而是最先从快餐店的店主特拉布宗人塔赫辛·老板嘴里说出来的。其实，就像老板称呼小快餐店里的三个雇工（因为雇工不是一个好词）"员工"那样，他也希望员工们不要叫自己"老板"，而叫他"船长"，这样更适合一个黑海人的身份。但这个愿望的唯一结果却是，快餐店里的员工们更多地叫他"老板"。

麦夫鲁特不久便明白了，由于老板对员工的不信任，自己才有了这个工作机会。塔赫辛·老板每晚在家和家人吃完晚饭后来到店里，从他称之为"我的经理"的人那里接管收银机。最后两小时他自己看着收银机，自己关店门。和独立大街上24小时营业的拥挤、忙碌的快餐店相反，在小巷深处的宾博快餐店，一到夜里，就只有迷路、醉酒和寻找烟酒的人才会经过那里。

麦夫鲁特的任务是，每天早上十点到店里坐上收银台，照看钱账，监督店里的正常运行，直到晚上七点半或八点。尽管宾博是远离主街的一家窄小的快餐店，生意却并不差。顾客主要是些在小巷里工作的人，比如照相馆、广告公司、夜总会和便宜餐馆的员工，还有刚好路过的人。但庸人自扰的老板总是怀疑员工在以某种方式欺骗自己。

麦夫鲁特不久后觉得，老板的不安里，有比富人觉得为他们服务的穷人总在捣鬼的想法更加真实的一面。老板让麦夫鲁特注意的最为普遍的作弊方式就是，员工们用同样数量的面包、奶酪、肉馅、酸黄瓜、香肠、番茄酱，做出比区政府允许的和老板预计的还要多的三明治，并把其中的差价装入自己的腰包。塔赫辛·船长自豪地告诉麦夫鲁特，他对这种作弊行为所采取的一项措施：给宾博快餐店提供三明治和汉堡面包的泰风·面包坊的里泽人老板，每天打电话给船长，详细告诉他那天的供货数量，这样就阻止了员工偷奶酪多做三明治，或者偷肉馅多做汉堡。员工们也可能用橙汁、石榴汁、苹果汁来做手脚，而老板又没有一个可以让杯子数量固定的朋友，因此经理麦夫鲁特必须睁大眼睛盯着。

真正需要麦夫鲁特注意的是，五年前作为一大创新开始在整座城市使用的收银机。没有收银机打出的小票就不能做任何一笔生意。船长认为，不管员工们偷了多少奶酪，也不管他们在柜台下面往橙汁里加了多少糖水，最终只要在收银机上打出小票，那他就绝对不可能被欺骗。为了防止不打小票，船长不时派一个谁都不认识的朋友去店里。快餐店的秘密督察买了一点东西吃后，就像大家在伊斯坦布尔习惯的那样，说“我不要小票”而要求打折。收银台上的经理如果不给小票，那么他把钱私藏腰包的事情就会败露，于是就跟之前的经理一样，马上就会被开除。

麦夫鲁特不把他的“员工”，看作是找机会欺骗特拉布宗老板的机会主义分子。在他的眼里，大家都是同舟共济的善良雇员。他总是对他们笑脸相迎，赞不绝口。他真诚地说：“你把吐司面包烤得像石榴一样红，真棒。”或者，“真了不起，转烤肉很酥脆。”如果快餐店那天生意好，营业额高的话，晚上给老板交账时，麦夫鲁特就像一个向上尉喊报告的士兵那样由衷地感到自豪。

每晚把快餐店交给老板后，麦夫鲁特就一溜烟地跑回家，一边慢慢地喝拉伊哈放在他面前的一碗小豆汤或是酸奶蔬菜汤，一边用余光瞄着电视，他在店里一整天也是这么看电视的。员工在快餐店可以随便吃吐司和烤肉三明治，因此麦夫鲁特不会饿着肚子回家，也不会太看重家里的饭菜。他边喝汤，边兴致勃勃地看法特玛的教科书，看她用纤小漂亮的字体写在白纸（麦夫鲁特上学时，作业本的纸张是黄色的草浆纸）作业本上的字母、数字和句子。还是像往常那样，每晚新闻一结束，他就出去叫卖钵扎，直到十一点或十一点半才回家。

有了当经理的收入，他既不用强迫自己"让我再多卖一点钵扎"，也不用为了在金角湾对岸的老街区里寻找新顾客，而去野狗冲他龇牙咧嘴狂吠的偏僻小巷。夏天的一个夜晚，他曾推着冰激凌车去拜访过先生阁下和他的学生们。他从他们那里拿来一个上面放着细腰茶杯的托盘，在下面的冰激凌车上，往杯里装上冰激凌后，只要感到聊天的需求，就跑上去敲门。天冷后他又借口送钵扎继续了这样的拜访。为了强调他的拜访不是为了做生意，而是为了交谈，每三次拜访中有一次他都不收冰激凌或钵扎的钱。另外一个访客将此形容为"送给托钵僧修道院的礼物"，先生阁下的讲话被称作"交谈"。

距第一次拜访近一年后，麦夫鲁特才知道，为教学生旧体字和书法而开设私教课的先生阁下的家，同时也是一小群仰慕他的穆斯林聚集的一个托钵僧修道院。他那么晚才搞清楚的原因，一是进出单元房的人全都保守秘密，并且悄无声息；二是他自己也不想知道这些事情。他很喜欢待在那里，即便每周四先生阁下只给他五六分钟时间来倾听他的烦恼并和他交谈，他也心满意足了，因此他回避一切可能破坏这种幸福的事情。麦夫鲁特从一个访客那里得知，先生阁下和所有找上门的人交谈，他长期举办一个由二十五到三十人参加的"周二交谈"，那人邀请了麦夫鲁特，但他没去。

当他陷入招惹上一件违法事情的恐惧时，"如果他们是干坏事的坏人，怎么还会在墙上挂巨幅的阿塔图尔克画像呢！"有时他就这么想着来安慰自己。但不久后他就明白了，墙上的阿塔图尔克画像，就像高中时他和费尔哈特经常出入的共产党机关入口处的戴黑毡帽的阿塔图尔克画像一样，挂在那里，是为了哪天赶上警察突袭，能够说，"搞错了吧，我们热爱阿塔图尔克！"唯一不同的是，尽管共产党人对阿塔图尔克坚信不疑，却不停地对他说三道四（麦夫鲁特非常厌恶这些丑恶的言论）；教徒们尽管根本不相信阿塔图尔克，却从来不发表对他不利的言论。麦夫鲁特选择后者，也不被一些大学生粗野刻薄的言论所蒙骗。他们说："阿塔图尔克推行的西化文字改革，终结了我们拥有五百年历史的书法艺术。"

麦夫鲁特觉得那些大学生不够严肃，为了引起先生阁下的注意、赢得他的好感，他们溜须拍马，但一走出那个房间就开始说长道短和谈论电视节目。麦夫鲁特没在那里的任何一个房间里看见电视，他也将此看作是一个证据，证明那里在做一些国家不喜欢的危险事情，有时他感到害怕。哪天又发生军事政变，共产党人、库尔德人和教徒们被逮捕时，进出修道院的人可能也会遇到麻烦。但是，先生阁下一次也没跟他说过任何能够被看作是政治宣传或是暗示的话语。

拉伊哈：麦夫鲁特当上经理、法特玛上学后，我有更多时间做手工活了。我做手工活，不用再带着如何挨到月底的焦虑，而是因为我想做，也喜欢挣一点小钱。有时他们给我们一页杂志、一张图片，告诉我们窗帘的哪个角落要绣什么……有时他们只说，"你们自己决定。"碰到这种情况，有时我嘴里嘟囔着"我做什么，绣什么呢"，可脑子里一片空白，只能傻傻地看着窗帘的一角。有时，我的脑海里会闪现出刺绣、标记、花朵、六边形的云朵、在田野里奔跑的羚羊。那时，窗帘、枕套、被套、桌布、口布，无论我找到什么，我就在上面不停地绣。

"停一停，拉伊哈，喘口气，你又太投入了。"有时雷伊罕大姐说。

每周两三次，下午两三点，拉伊哈牵着法特玛和菲夫齐耶的手，带她们去爸爸当经理的快餐店。两个女儿，除了麦夫鲁特回家当作晚饭喝汤的一个小时，几乎一整天都见不到他。早上法特玛去上学时，麦夫鲁特还没醒，夜里十一点半或十二点他回到家时，女儿们早已睡着了。其实法特玛和菲夫齐耶都希望更多地去快餐店，但爸爸绝对禁止她们独自过去，即便妈妈带她们去，也要求她们一刻也不许松开妈妈的手。其实，麦夫鲁特也禁止拉伊哈去贝伊奥卢，特别是独立大街：在独立大街上跑着穿过马路时，不仅拉伊哈，两个女儿也都觉得，她们躲避的不仅是车流，还有贝伊奥卢街上的男人。

拉伊哈：顺便让我来说一下：麦夫鲁特当快餐店经理的五年时间里，晚上我不只给他做汤，我还经常为他做放了很多香菜和辣椒的西红柿炒鸡蛋、炸薯条、春卷、加了很多辣椒和胡萝卜的煮干芸豆。你们也知道麦夫鲁特喜欢吃烤鸡和土豆。因为他也不卖饭了，每月我就去给我们优惠的鸡店老板·哈姆迪那里，为麦夫鲁特和女儿们买一只鸡。

拉伊哈和女儿们每周两三次去宾博快餐店的真正原因是，两个女儿可以在那里吃夹奶酪和蒜肠的吐司，夹转烤肉的三明治，喝阿伊兰和橙汁。他们却很少在家里说起这些。

麦夫鲁特做经理的头几个月里，拉伊哈每次去都会说，"我们路过顺便来看看！""做得好。"有时快餐店里的一个员工说。经过头几次拜访以后，雇员也不再多问就为两个女孩加热、准备她们喜欢吃的东西，放到她们面前。拉伊哈则从来什么也不吃，对于雇员们热情地为她准备的奶酪吐司、烤肉三明治一类的东西，她总是说刚在家里吃过而婉言拒绝。麦夫鲁特为妻子的这种质朴感到自豪，却不会像员工们希望的那样说，"我唯一的爱人就是好。"

在后来的几个月里，在他发现宾博的员工耍花招欺骗特拉布宗老板塔赫辛·船长的那些日子里，女儿们免费吃的那些烤肉三明治，开始让麦夫鲁特的良心感到不安了。

17

员工们的阴谋

你什么也别管

　　尽管特拉布宗人老板采取了所有周密的防范措施，但麦夫鲁特还是在 1990 年初，发现了宾博员工依据非常简单的逻辑开发的一个精细的欺诈行为：每天员工们从他们自己的一个预算里——也就是用他们自己的钱——从另外一家面包坊买来面包，精心地往里面加入他们从另外一些店铺买来的食材，背着老板自产自销。这些打好包的汉堡和烤肉三明治，每天中午，就像运送大麻一样，被偷偷地运往周围的工作场所。钱自然不会交到麦夫鲁特看管的收银机，而是之后由瓦希特去收取，他拿着本子一家家拜访这些工作场所，并记录顾客关于食物的建议。麦夫鲁特需要特别注意，才能发现这个有条不紊运行的秘密程序，而员工们也需要经过一整个冬天才明白，麦夫鲁特尽管发现了所有这些鬼把戏，但他并没有向老板告发而是继续坐视不管。

　　头几个月里，麦夫鲁特认为，最有可能要花招的是最年轻的员工"细菌"。（这是他的外号，谁也不用他的真名。）刚服完兵役的"细菌"，负责管理快餐店的地下厨房——仓库。在这两米见方的可怕、肮脏的洞穴里，他又要准备汉堡的肉饼、番茄酱、阿伊兰和别的东西，还要炸薯条，不太仔细地清洗（说过一下水更准确）铝制餐盘和玻璃杯，还要在上面顾客多的时候赶去增援，从烤吐司到给着急的顾客送阿伊兰，他样样都干。麦夫鲁特第一次发现来自第二个面包坊的剩余面包，是在"细菌"看管的满是老鼠和蟑螂的厨房里。

麦夫鲁特不喜欢瓦希特，讨厌他总是久久地盯着看每一个长得周正的女人。但他俩之间慢慢形成了一种联系，随着时间的推移这种联系还越变越深，这让麦夫鲁特惴惴不安。空闲时候，为了打发时间，他俩都看电视，在出现动人的画面时（一天大概五六次），他们会瞬即四目相对，而这拉近了他们之间的距离。没过多久，麦夫鲁特竟然开始觉得，自己仿佛早就认识瓦希特。瓦希特是那个诈骗程序的会计，因此麦夫鲁特对这种源于电视画面的共鸣而产生的亲近感到不安。有时他觉得，骗子瓦希特不可能懂得这种细腻的情感。有时作为经理他又想到，说不定愧疚的员工就想利用这种电视共鸣来迎合自己。

在他发现欺诈行为初步线索的日子里，麦夫鲁特开始觉察到，自己瞄着瓦希特和其他员工的眼睛（奇怪的是并非两只眼睛），仿佛脱离了他自己而独立地、以它们自己的意愿，在观察自己（麦夫鲁特）。有时他感觉自己仿佛是被硬塞进这个快餐店里的多余的人。那种时候，眼睛就会监视麦夫鲁特。有时他觉得自己做作。一些宾博的顾客，看着镜子里的自己吃烤肉三明治。

卖饭时，也许他会抱怨寒冷和一整天站在那里；卖冰激凌时，也许他会抱怨卖得不够多。但他却是自由的，他能够幻想一切，能够随时对世界恼怒，他的情感似乎能够管控他的身体。而现在他好像被锁在了店里。一整天，在郁闷的时候，他将目光从电视上移开并试图展开幻想。他想着晚上将见到女儿和去卖钵扎，以此来安慰自己。还有就是卖钵扎时，每晚他喜欢看见的那些顾客、城里的所有人。麦夫鲁特早已明白，行走时出现在自己脑海里的画面，当他喊"钵——扎"时，也会在城里人的脑海里闪现，这也就是他们叫他上去买钵扎的原因。

当经理的那些年里，夜晚麦夫鲁特变成了一个更加充满激情和渴望的钵扎小贩。他感觉，当自己冲着昏暗的街道喊"钵——扎"时，他不仅是在对窗帘紧闭的窗户、没有灰泥没有油漆的墙壁、躲藏在角落里的凶恶野狗、窗户后面的人家，也在向自己头脑里的世界呼喊。因为，他觉得，当他叫喊"钵——扎"时，脑海里的彩色画面，犹如图画小说里的对话气球那样，从他的嘴里云朵般飘进疲惫的街道。因为那些单词是一些物件，而每个物件都是一幅图画。他觉察到，夜晚卖钵扎时行走的街道已经和脑海里的世界合二为一了。麦夫鲁特有时觉得，这个惊人的信息仿佛是自己发现的，或是仿佛是真主仅仅赐予了麦夫鲁特的一种特殊的悟性和灵气。头脑混乱地离开快餐店的夜晚，麦夫鲁特边走边叫卖钵扎时，会在城市的阴影里发现自己的内心世界。

在他未能决定该如何应对店里的鬼把戏的日子里，一天夜晚当他喊了一声"钵——扎"时，黑暗中一扇窗打开了，随即一片可爱的橙色灯光散射出来。一个巨大的黑影，招呼他上楼。

这里是费里柯伊后面的一栋老旧的希腊人公寓楼。麦夫鲁特记得，他刚来伊斯坦布尔时，一天下午跟着爸爸一起进过这栋名叫萨瓦诺拉的楼（像很多小贩一样，他记得公寓楼和写着楼名的牌子），给楼上的人家送过酸奶。楼里还保留着与当年一样的灰尘、潮气和油烟味。他从二楼打开的一扇门里，走进了一间宽敞、透亮的屋子：老房子现在变成了一家缝纫作坊。他看见十到十二个女孩坐在缝纫机前，她们中有几个还是孩子，但多数和拉伊哈年龄相仿。从她们头上松散绑着的头巾，到干活时她们脸上露出的全神贯注和严肃的表情，一切都让麦夫鲁特觉得可怕的熟悉。刚才出现在窗口的那个面善的男人是她们的老板。"卖钵扎的，这些勤奋的女孩都是我的孩子。为了赶出英国的订单，她们要通宵干活，直到早上小公共送她们回家。"他说，"你要给她们最好的钵扎和最新鲜的鹰嘴豆，是吧？你是哪里人？"尽管麦夫鲁特仔细地端详了那里的一切，曾经在那里生活过的希腊人家留下的石膏装饰线、镀金镜框里的一面大镜子和一个假的水晶吊灯，但多年以后，每当他想起这个房间，他都认为其实自己并没有看见水晶吊灯和镜子，是记忆欺骗了自己。因为在后来的那些年里，坐在缝纫机前干活的那些女孩，也都变成了两个女儿法特玛和菲夫齐耶的模样。

每天早上，法特玛和菲夫齐耶，姐妹俩一起穿上黑色的校服，转到彼此的身后，把像是新上浆的半化纤半棉质的白领子，系在对方校服后面的扣子上，背上麦夫鲁特从苏丹哈马姆（高中时和费尔哈特兜售"运气"时认识的）一家店铺里打折买来的书包，别上发卡。七点四十五分，麦夫鲁特穿着睡衣起床时，姐妹俩出门去上学。

女儿上学后，麦夫鲁特就和拉伊哈尽情地久久做爱。小女儿菲夫齐耶稍微长大一些后，就像结婚头一年那样，他们几乎没在一个属于他们的房间里单独待着做爱过。要想独处，女儿们就必须去像雷伊罕大姐那样的一个邻居家，或是维蒂哈或者萨米哈一早过来带孩子们出去玩。夏天，女儿们也有可能在邻居家的一个院子里和小伙伴们玩上好几个小时。春天和夏天，当这样的一个机会出现在他们面前时，他们会彼此对望一眼，麦夫鲁特问："她们在哪里？"拉伊哈回答道："她们在邻居的院子里疯玩呢。"麦夫鲁特说："说不定现在有一个就突然回来了。"于是，他们还是无法回到刚结婚时的幸福日子里。

六七年来，在他们单开间的家里，麦夫鲁特和拉伊哈能够规律做爱的唯一合适时间就是半夜，那是女儿们在房间另一头的床上睡得最沉的钟点。麦夫鲁特卖完钵扎深夜回到家，如果拉伊哈还在等自己，没看电视还对他甜言蜜语，麦夫鲁特就认为是邀请他做爱。确信女儿们真的睡着之后，他就小心翼翼地去关掉所有的灯，夫妻俩在被子里悄无声息、小心翼翼、不过多延长地——因为麦夫鲁特真的很累——做爱。有时，睡了几小时后，他们穿着睡裙和睡衣的身体会自然而然地搂抱在一起，他们就马马虎虎、静悄悄，但带着一种发自内心的深切爱恋来做爱。由于种种这些困难，他们越来越少做爱，他们将此看作是婚姻的一个自然结果。

而现在，他们有时间了，麦夫鲁特做经理也不太劳累，因此他们带着新婚时的激情来做爱。做爱时他们也更加自如轻松，因为彼此相知信任，也少了羞怯。家里的独处，让他们更加亲近，他们重新感到那种独一无二的信任，感到人生中找到彼此是多么大的幸运。

　　这种幸福，即便没有完全消除苏莱曼散布的闲言碎语在拉伊哈心里的阴影，也大大地缩小了阴影。尽管她不时还会狐疑满腹，那时她就拿出那沓信，念上一两封，她会因此舒心，因为她相信麦夫鲁特的甜言蜜语。

　　女儿们上学后夫妻俩体验的这份幸福，加上他们坐在家里唯一的一张桌旁喝茶喝咖啡的时间（麦夫鲁特会去宾博快餐店吃奶酪西红柿吐司当早餐），不会超过一个半小时，因为麦夫鲁特早上十点要赶到宾博快餐店上班。麦夫鲁特就是在这个充满幸福和友情的时刻，把店里的鬼把戏告诉了拉伊哈。

拉伊哈： "你什么也别管。" 我先说道，"你要看见一切，但却装作什么也没看见，没必要去管。""可老板不就是为了让我把看见的事情告诉他，才让我待在那里的吗？"麦夫鲁特理直气壮地争辩道，"老板也是乌拉尔他们的人……事后难道他们不会说，我连自己眼皮底下发生的盗窃都没看见吗？""你知道的，麦夫鲁特，他们都是同伙。假如你告发其中一个人，他们会异口同声地说，真正的骗子是麦夫鲁特，老板马上就会相信。这下就该开除你了。在乌拉尔他们面前你也丢脸。"每次这么说，我都注意到麦夫鲁特很害怕，我为此难过。

18

在宾博的最后日子里

两万只羊

1991年11月14日夜，在海峡最狭窄的地方，安纳托利亚堡垒前面，一艘向南行驶的黎巴嫩货船，和一艘满载玉米驶向黑海的菲律宾货船相撞沉没，五名船员溺亡。第二天，周五早上麦夫鲁特和宾博快餐店员工一起看电视时得知，沉没的黎巴嫩货船上有两万只羊。

伊斯坦布尔人在早上看见被冲上岸边的羊，才得知事故消息。海峡的各个码头，如梅利堡垒、坎迪里、库莱利军事高中、贝贝克、瓦尼柯伊、阿纳乌特柯伊的岸边全是羊。一些羊活着到达岸边，它们穿过还没被烧毁的老宅邸船库、取代渔民咖啡馆的现代餐馆码头、冬天小船停靠的宅邸花园，走上城市的街道。它们疲惫且愤怒。其中一些，变成泥土色的乳白色皮毛上沾满了墨绿色的油污，它们步履蹒跚，纤细的腿上裹着一层铁锈色、钵扎般黏稠的液体，眼睛里则满含深切的悔恨。在宾博快餐店里，麦夫鲁特有那么一瞬间入迷地看了一眼几乎占满了整个屏幕的羊眼，也在自己的灵魂深处感到了悔恨。

一些羊，被那些后半夜得知事故消息后划着小船前去救援的伊斯坦布尔人解救，便有了新的主人，而多数则没等到天亮就丧生了。海峡岸边的路上、宅邸的码头、花园、茶馆，满是淹死的羊尸体。那些淹死的羊，在麦夫鲁特和很多伊斯坦布尔人的心里，唤起了跑去救助的愿望。

麦夫鲁特听到了很多关于此事的新闻和传言，比如，进入城市街道的一些羊，荒唐地袭击了路人，站立着死去；它们闯进了清真寺天井、名人墓地和陵园；这场事故预示着将在 2000 年到来的世界末日；验证了被枪杀的已故专栏作家杰拉尔·萨利克的预言。在宾博的那些年里，麦夫鲁特看电视时经常想起那些羊的悲惨命运。渔民每天都会发现羊的尸体缠绕在渔网上，由于在海水里长时间浸泡，尸体像气球那样鼓胀变大，渔民们面对这些羊尸感到了不祥的预兆。麦夫鲁特也和渔民一样觉得，这些羊预示着一件更深刻的事件。

有人宣称，两万只羊的大多数还滞留在沉没的船体货舱里，它们都还活着，等待救援。这种说法不仅扩大了事态，还都成了全体市民的梦魇。麦夫鲁特认真关注了对潜水员的采访，但他始终无法想象在货船肚子里、那个漆黑的地方，羊如何能够生存。那里是漆黑一片，充满恶臭吗？还是一个犹如睡梦般的世界？由羊的境遇他想到了葬身鱼腹的先知尤努斯。被困在黑暗腹地的羊有罪吗？那里离天堂更近，还是离地狱更近？真主为了不让先知易卜拉辛杀死自己的儿子，送给了他一头羊。那么它送两万只羊到伊斯坦布尔是为了什么？

麦夫鲁特的家里难得有牛羊肉。他也有一阵子没吃烤肉三明治了，但这种对肉食的抵触，并没有上升到道德水平，而只是留在他心里的一个秘密。这种抵触，在宾博的酥脆转烤肉没卖完、让员工分享的一天，即被抛到了九霄云外。

他感觉，时间如流水转瞬即逝，在他努力关注宾博快餐店里的鬼把戏时，自己也在老去，慢慢变成了另外一个人。当经理的第三年，1993年冬天，麦夫鲁特已经确信，自己不可能向老板告发作弊的员工。有一两次，他试着向先生阁下倾诉在这个问题上的道德责任，却并没能得到一个缓解他不安的答案。

一些员工由于服兵役、跳槽、纷争等原因离开了，而这也搅乱了麦夫鲁特的头脑。因为其实，尽管所有这些变化，欺诈依然继续决绝地肆无忌惮地噬咬着麦夫鲁特的良知。

麦夫鲁特应该向老板告发的人是穆哈雷姆，员工们之间称呼他"胖子"，也就是骗局的组织者和实施者。"胖子"，其实是独立大街上的烤肉和三明治快餐店共同创造出来的一个英雄形象沦落进小巷后的状态，他同时也是宾博快餐店的橱窗、脸面和标志。他掌管橱窗里的小转烤机。（也就是烤好了转一下，注意不要烤焦，把烤好的肉切下来。）他拿着长长的烤肉切刀，就像卖马拉什冰激凌的人那样，做一些能够吸引路人，特别是游客的夸张动作。麦夫鲁特讨厌这些，更何况，根本就没有游客经过这条小巷。

有时麦夫鲁特觉得，胖子·穆哈雷姆为了一点蝇头小利不遗余力，是因为他需要向自己和大家隐瞒他是诈骗团伙首领的事实。然而，麦夫鲁特在小贩生涯里很少遇到欺诈后良心不安的人，因此有时他也会得出一个与此完全相反的结论，那就是胖子·穆哈雷姆神不知鬼不觉地欺骗了老板，但他未必觉得这是一种道德犯罪、一件羞耻的事情。在记者乌乌尔·穆姆居被汽车炸弹炸死、政治氛围浓厚的日子里，得知麦夫鲁特觉察了骗局后，"胖子"解释说，老板既不给足够的薪水，还没有人性地不给上保险，他们这么做就是在维护自己的利益，又不打扰老板。麦夫鲁特被这种有力的左派政治陈述打动了，并对"胖子"肃然起敬。即便是骗子，麦夫鲁特也不会向老板、警察、国家告发他。

7月，教徒们在锡瓦斯袭击了阿拉维派人，并在马德马克酒店纵火烧死了包括作家和诗人在内的三十五人。麦夫鲁特又想念起年轻时的朋友，就像高中时那样，他想和费尔哈特谈论政治、痛骂坏人。他从拉伊哈那里听说，费尔哈特进区政府做了电费收缴员，电力公司私有化后，他脱离区政府的编制，成功转变为私人公司的职员，突然开始大把挣钱。一方面他不愿意相信费尔哈特挣了很多钱；满怀嫉妒相信的时候，他又鄙视费尔哈特，因为他知道转瞬间来的大钱只能通过不齿行为（就像宾博里的那样）和欺诈才可能获得。麦夫鲁特见过很多年轻时佯装追求共产主义，而结婚后却成为资本家的人。他们中的多数人比共产党人还要自以为是。

到了秋天，瓦希特开始接近麦夫鲁特，带着半抱怨半威胁的口吻告诉了他很多事情：他没有过错，麦夫鲁特不该向老板告发他。告发的话，瓦希特也会告发麦夫鲁特。那些天电视里在不断播放波黑的莫斯塔尔古桥被炸的画面。瓦希特明确地说完最后那句话后，就像看见古桥被炸的惊心动魄画面时所做的那样，他用一个眼神告诉麦夫鲁特，"生活就是这样的！"瓦希特想结婚，因此他需要钱。而且，不仅是老板，"胖子"和其他几个人也都在剥削他，因为他在骗局里只拿到很少的份额。甚至其实老板就是"胖子"，他是一个比特拉布宗人船长更坏的人。如果他们不给瓦希特应得的份额，他就会去向老板告发"胖子"。

麦夫鲁特对这些新信息大为震惊。瓦希特其实是在麦夫鲁特的软肋上，也就是他和乌拉尔他们那层关系上威胁他。老板为了让员工感到他的新经理麦夫鲁特是一个不会被收买的人，并以此来威慑他们而做的那些夸张行为，现在适得其反，被瓦希特利用了。一些夜晚，老板接手收银台时，会对其他员工夸赞麦夫鲁特。他说，科尼亚人麦夫鲁特是一个诚实、品行端正、可敬的人，他身上有安纳托利亚人的质朴和真诚。老板好像自己是伊斯坦布尔第一个发现安纳托利亚人特质的人，夸夸其谈。他还说，这些安纳托利亚人一旦爱上你、信任你，就会为你去死。

老板说，乌拉尔他们也是非常值得尊敬的人。老板想借此来告诉员工，完全由于这个原因，也就是说麦夫鲁特是乌拉尔的人，所以决不会骗人，对于那些胆敢欺诈的人，他会和乌拉尔他们一起去严惩。从他的表述里可以看出，瓦希特相信了宾博快餐店的真正主人是黑海人乌拉尔，不仅仅是麦夫鲁特，特拉布宗人老板也是他们的工具。在小贩生涯里，麦夫鲁特发现，他在伊斯坦布尔遇到的成千上万人中的大多数，全都相信每件事、每个争斗的背后都有另外一个人，因此他也没有对这个观点感到奇怪。

2月，一个寒冷的早上，女儿们上学后，麦夫鲁特睡了个懒觉，比往常晚到了二十分钟。他看见宾博大门紧闭，门锁也换了，他甚至都没能进去。隔着两家店铺的干果店老板告诉他，昨夜店里发生了打斗，贝伊奥卢警察局的警察来了。特拉布宗老板带来的人和店里的员工打群架，进了警察局。打架的人半夜在警察的迫使下和解了。特拉布宗人不知道从哪里找来一个锁匠，换了锁，还在橱窗上贴了一张纸，上写**店铺停业改造**。

"这是他的官方观点。"麦夫鲁特想。另外他还想到因为自己今早去晚了，被罢免了经理职务。老板很有可能发现了员工们的密谋，但这也可能是一个错误的想法。他想立刻跑回家告诉拉伊哈一切，如果又失业了，他希望她分担这份痛苦，但他没那么做。

他漫无目的地闲逛了整个上午，去了从未去过的咖啡馆，坐在那里算账。他在心里既感到了危机和愧疚，也感到了一种无法对自己掩饰的欣喜。他感到了高中年代逃学时的自由和愤怒。他很久没在中午这么闲逛了，他自由自在地去了卡巴塔什，在他多年卖鹰嘴豆饭的地方，现在停放着另外一个人的卖饭车。他在古旧的大饮水池那里看见了卖饭人，但不想靠得太近。刹那间，他感觉仿佛在远远地观望着自己的人生。不知道那人能赚到钱吗？那是一个像他那样瘦高的人。

后面的公园终于完工开放了。麦夫鲁特坐到一张长椅上，感到自己境况窘迫。远处，浓雾弥漫中托帕卡帕皇宫的影子、清真寺庞大的铅灰色幻影、悄无声息滑过的铅铁色大船、不停争吵鸣叫的海鸥，让他目不暇接。他感到忧伤，犹如电视里看见的惊涛骇浪，正以一种无可阻挡的决心慢慢地向他逼近。只有拉伊哈能够抚慰他。没有拉伊哈，麦夫鲁特无法生活。

二十分钟后，他回到了塔尔拉巴什的家里。拉伊哈竟然没有问，"这个时候你回家做什么？"麦夫鲁特做出一副找个借口离开快餐店跑回家做爱的样子。（有几次他们就是这么做的。）四十分钟里，他们忘记了整个世界，甚至孩子们。

什么都没说，麦夫鲁特就明白了，拉伊哈早已从上午来家里的维蒂哈那里得到了消息："你们还没装电话。"维蒂哈抱怨后告诉拉伊哈，一个员工向老板告发了店里的欺诈行为。塔赫辛·船长随即召集了一帮特拉布宗朋友，突袭店铺，保卫了自己的财产。突袭中的一场口角让"胖子"和老板之间发生了打斗，因此他们被抓进了警察局，但最终他们和解了。告发者声称，麦夫鲁特也知道这些欺骗老板的无耻小人的骗局，但他收了封口费。特拉布宗人塔赫辛立刻相信了，随即向哈吉·哈米特·乌拉尔告了麦夫鲁特的状。

考尔库特和苏莱曼自然跟哈吉·哈米特的儿子们打圆场说，麦夫鲁特是一个决不会向这种事情妥协的诚实的人，他们拒绝了这个给家族抹黑的卑劣指控。但由于这件事可能破坏与哈吉·哈米特之间的关系，阿克塔什一家人还是对麦夫鲁特生气了。而麦夫鲁特现在则对拉伊哈生气，因为她竟然用一种觉得他们在理的口吻，责怪般、未经软化地说出了这些坏消息。

拉伊哈立刻发现了这点，"别担心，咱们能够对付。"她说，"卖窗帘和嫁妆的店铺需要很多绣工活。"

最让麦夫鲁特伤心的是，法特玛和菲夫齐耶不能再去店里吃奶酪蒜肠吐司和烤肉三明治了。员工们也很喜欢她们，对她们好言好语。"胖子"每次都拿着切烤肉的刀做模仿动作来逗她们乐。一周后，麦夫鲁特从饶舌者那里听说，"胖子"和瓦希特对自己很生气，说他是一个既分享不义之财，又向老板告发他们的机会主义分子。对于这些诽谤，麦夫鲁特保持了沉默。

有几次他发现自己在幻想和费尔哈特的友情。无论麦夫鲁特问什么，费尔哈特即便会让他伤心，也总能帮他解惑释疑。只有费尔哈特可以告诫他，如何在店里的鬼把戏里保护自己。但这也就是在友情问题上过分乐观的一个感叹而已。三十岁后，麦夫鲁特从街巷里明白了一个道理，那就是男人活着就像狼一样孤独。如果他幸运，还会有一个叫拉伊哈的母狼陪着。而医治街巷给予的孤独的良药则自然还是街巷。在宾博的五年里，由于远离了城市的街巷，麦夫鲁特变成了一个忧郁的人。

早上，送女儿们上学后，他和拉伊哈做爱，随后去各个茶馆找工作，晚上早早地出去卖钵扎。他去了两次位于恰尔相姆巴的先生阁下家。先生阁下在这五年里变老了，他更少坐在桌旁，而更多地坐在窗边的沙发上。沙发旁边有一个自动打开楼门的门禁按钮。为了让先生阁下不起身就可以看见楼门外的来人，三楼的外墙上装了一面卡车用的大个外后视镜。两次都没等麦夫鲁特喊"钵——扎"，先生阁下就在镜子里看见他，打开了楼门。家里有新的学生和访客，他们没能多谈。麦夫鲁特两次都没要钵扎钱，但谁都没发现，包括先生阁下。他也没告诉任何人自己不做经理了。

为什么有些夜晚他想走进边远街区里的墓地，坐在月光下的柏树间？一个犹如他在电视上看见的黑色巨浪为什么有时会来追赶他，而麦夫鲁特为什么很多时候都无法逃脱被巨浪吞噬的命运？不仅在黄金角对岸的街区，在库尔图鲁什、希什利、吉汗吉尔，也会有狗群，对自己龇牙咧嘴、咆哮、狂吠。麦夫鲁特为什么又开始惧怕野狗了？野狗们又为什么觉察了这点而开始对他咆哮？或者为什么野狗们首先对麦夫鲁特咆哮，麦夫鲁特因为发现咆哮声越变越响而感到害怕了？

又要选举了。城市从头到脚被各个政党的旗帜装饰一新，车队的扩音喇叭播放民歌和进行曲，噪音让大家深恶痛绝，车队则堵塞交通。在库尔泰佩时，谁承诺给街区修路、通水电和开通公交车，大家就给谁投票。至于到底是哪个政党，由哈吉·哈米特·乌拉尔来决定，他代表街区里的人去为这些事讨价还价。

传言说，"税务局的人会去为了投票而去登记的选民家里。"麦夫鲁特受此影响，一直远离选举。就像他不恨任何一个政党那样，对于所有政党他只有一个要求，那就是"必须善待街头小贩"。但是最近两次选举前，执政的军人宣布实施宵禁，挨家挨户去登记选民，并威胁不投票的人将被扔进监狱，因此拉伊哈拿着两人的身份证去登记了。

1994 年 3 月的地方选举，街区的投票点设在女儿们上学的皮亚莱帕夏小学，因此麦夫鲁特带着拉伊哈、法特玛、菲夫齐耶兴高采烈地去投了票。法特玛的教室里有一个投票箱，一群严肃的人。菲夫齐耶的教室则空无一人。他们四人走进教室，坐在座位上。他们对菲夫齐耶模仿老师的样子哈哈大笑，欣赏了她在课堂上画的画，她的画因为老师喜欢被贴在了"我们的家"专栏里。菲夫齐耶在家的红色房顶上画了两个烟囱和一面土耳其国旗，在院子里画了杏树和失踪的卖饭三轮车，画上没有把车锁在树上的链锁。

　　第二天报上的消息说，教徒们在伊斯坦布尔赢得了选举。麦夫鲁特有一两次想道："如果是教徒，他们就会取缔码放在贝伊奥卢人行道上的酒桌，那样的话不仅小贩走路方便，大家也会买钵扎。"两天后的夜晚，卖钵扎时，麦夫鲁特遇到了群狗的袭击，还被抢去了身上的钱和瑞士手表。麦夫鲁特决定放弃卖钵扎。

第五章

（1994 年 3 月—2002 年 9 月）

在天堂里，内心和口头的意愿是一致的。

—— 伊卜尼·泽尔哈尼《消失秘密的箴言》

1

连襟钵扎店

一件光荣的爱国之举

现在故事讲到了同一点，因此我建议读者回顾一下第二章。1994年3月30日，一个周三的夜晚，麦夫鲁特遭到了野狗的攻击，随即又被打劫，失去了十二年前哈吉·哈米特·乌拉尔在婚礼上送给他的手表，让他惊魂不已。第二天早上，法特玛和菲夫齐耶上学后，麦夫鲁特和拉伊哈聊天时再次觉得，放弃卖钵扎的决定是正确的。怀着对野狗的恐惧，他已经无法在黑暗的街上走夜路了。

另外，他问自己，同一个夜晚既被打劫又遭野狗攻击是一个巧合吗。如果先被劫后遇袭，他还能够找到一个逻辑，即"被劫时我害怕了，随后野狗嗅到了我的恐惧便来攻击我"。可事实上，是野狗先攻击了他，过了两小时他又被劫了。麦夫鲁特越是试图为这两件事建立一种关联，就越想起初中时在学校图书馆看过的一篇文章，那篇关于狗能够读懂人类思想的文章，刊登在一本旧的《灵魂和物质》杂志上。但麦夫鲁特随即意识到，想起那篇文章再要摆脱这个问题就太难了。

拉伊哈：麦夫鲁特因为怕狗而决定放弃卖钵扎后，我马上去杜特泰佩找了维蒂哈。

维蒂哈说："我们家那几个人因为快餐店的事对麦夫鲁特生气了，他们不会再为他找差事，不会好好对他了。"

"麦夫鲁特也对他们生气。"我说，"原本我想到的也不是你们家的人，而是费尔哈特。据说，费尔哈特在电力公司挣很多钱，他可以给麦夫鲁特找份差事。但如果他不迁就一下叫麦夫鲁特去，麦夫鲁特是绝对不会去找他的。"

"那是为什么？"

"你知道为什么……"

维蒂哈瞥了一眼，像是听明白了。

"哎呀，维蒂哈，不管是萨米哈，还是费尔哈特，最好你去跟他们打个招呼。"我说，"费尔哈特和麦夫鲁特以前是好哥们儿。既然费尔哈特那么想显摆他挣了很多钱，就让他帮帮老朋友吧。"

"以前萨米哈和你合伙对付我，"维蒂哈说，"现在却要我去为你们撮合。"

"我和萨米哈之间没有矛盾，"我说，"问题是男人们太自负。"

"他们不说自负，说尊严。"维蒂哈说，"而且他们还会立刻变坏。"

一周后，拉伊哈对丈夫说，他们受到邀请，周日要带女儿一起去萨米哈和费尔哈特的家，萨米哈为他们做贝伊谢希尔烤肉。

"你说的那个贝伊谢希尔烤肉，其实就是带核桃仁的肉末大饼。"麦夫鲁特说，"我最后一次吃是在二十年前。现在这又是为什么？"

"你最后一次见费尔哈特还是在十年前呢！"拉伊哈说。

麦夫鲁特还在闲逛：被抢劫后，他变得愤懑不平，也更加敏感了。晚上他不出去卖钵扎，上午去塔尔拉巴什和贝伊奥卢的餐馆和快餐店为自己找一份合适的差事，但都满怀愤怒懒散地干着。

阳光明媚的周日早上，他们从塔克西姆坐上空荡荡的区府公交车，车上只有三五个像他们那样去城市另一头看望老乡的乘客。拉伊哈听到麦夫鲁特在跟法特玛和菲夫齐耶说，他儿时的伙伴、她们的费尔哈特叔叔是个多么滑稽的人，她放心了。

　　麦夫鲁特十年来一直回避与萨米哈和费尔哈特重逢的时刻，因为法特玛和菲夫齐耶的存在，没有任何尴尬就过去了。两个老朋友拥抱后，费尔哈特抱起菲夫齐耶，他们一起去看了他十五年前用白石块圈下的地皮，仿佛这次拜访是专门去看一块即将动工盖房子的地皮。

　　城市尽头的森林、远处浓雾中伊斯坦布尔的幻影、母鸡咯咯叫小鸡和狗儿游逛的院子，让两个孩子欣喜不已，她们不停地来回奔跑。麦夫鲁特意识到，在塔尔拉巴什出生长大的法特玛和菲夫齐耶，从未见过散发出肥料味的农田、农舍，甚至果园。他为女儿们对周围一切的好奇感到高兴。她们惊讶地看着树木、井辘轳、浇水管，乃至一头疲惫的老驴，或是从伊斯坦布尔的老房子上拆下来又被用在院墙上的白口铁，甚至花哨的铁栅栏。

　　他也知道，令他高兴的真正原因则是，在不伤自尊的情况下能够继续和费尔哈特的友情，在不让拉伊哈扫兴的情况下能够来到这里。他也对自己气恼，因为夸大了信到底为谁写的事情，还白白伤心了那么多年。另外，他也注意不和萨米哈单独待在一起。

　　萨米哈把贝伊谢希尔烤肉端上餐桌时，麦夫鲁特挑了个离她最远的角落坐下。他感到了一份让失业和窘迫得以缓解的欣喜。费尔哈特说笑着为他斟满拉克酒，他越喝越轻松，但他依然还是谨言慎行：他害怕说错话，所以很少说话。

　　喝到微醺时他慌乱了，决定彻底闭嘴。他听着餐桌上的谈话（他们在谈论女儿们提起的电视上的竞赛节目），在心里自言自语来满足说话的需求。

　　有一会儿，他想道："是的，所有的信我都是写给萨米哈的，当然是她的眼睛打动了我！"他没朝萨米哈的那个方向看，然而，萨米哈的确很漂亮；她的眼睛也漂亮得足以证明麦夫鲁特写的所有信都无可非议。

但是，幸亏苏莱曼欺骗了自己。于是，尽管他心里想着萨米哈，却在信的开头写上了拉伊哈。因为麦夫鲁特只有和拉伊哈在一起才能幸福，真主为他们创造了彼此。他很爱她，没有拉伊哈，麦夫鲁特就会死去。像萨米哈那样漂亮的姑娘，既难相处又很苛求，她们可能由于费解的原因让人不幸福。而像拉伊哈那样的一个好女孩，即便她的丈夫没钱，她也会爱他。萨米哈做了那么多年女佣，直到费尔哈特在电力公司当收费员赚了钱，这才舒坦。

"如果我的信写给了萨米哈，而不是拉伊哈会怎么样？"麦夫鲁特暗自思忖。萨米哈会跟他私奔吗？

麦夫鲁特带着现实主义态度、嫉妒和醉意，向自己承认，萨米哈不会跟自己私奔。

"够了，别再喝了。"拉伊哈悄悄地在麦夫鲁特的耳边说道。

"我没喝。"麦夫鲁特恼怒地嘟囔道。

拉伊哈说这种没必要的话，可能会引起萨米哈和费尔哈特的误解。

"别管他，拉伊哈，随他喝。"费尔哈特说，"他终于放弃了卖钵扎，这不是在庆祝嘛……"

"街上竟然有人抢劫卖钵扎的了。"麦夫鲁特说，"其实放弃了我并不乐意。"他猜想，拉伊哈跟他们说了一点自己的情况，来这里是为了给他找差事，为此他感到了羞愧。"我情愿能够一辈子卖钵扎。"

"行，麦夫鲁特，咱们一辈子卖钵扎！"费尔哈特说，"伊玛目·阿德南街上有一家小店铺，我本打算卖转烤肉的，开钵扎店是一个更好的主意。店主还不起债，店就这么闲置着。"

"麦夫鲁特可以胜任快餐店经理，"拉伊哈说，"他有经验。"

麦夫鲁特不喜欢拉伊哈为丈夫安排工作的善于社交的样子。但在那一刻，他也无力去找碴儿让人不安，就没吱声。他觉得，拉伊哈、萨米哈和费尔哈特事先已经做出了某个决定。其实对此他是满意的，因为他将重新做经理。他明白，现在脑袋醉醺醺的也不该去问，费尔哈特是怎么挣到那么多钱可以在贝伊奥卢开一家店铺的。

费尔哈特：一拿到文凭，我就在一个阿拉维派宾格尔人亲戚的帮助下，在电力局就了职。1991年电力配送和电力公司按照新颁布的法律私有化后，勤奋又善于交际的人就转运了。我们中的一些人立刻接受退休条件，拿钱走人了。另外一些人则像老式公务员那样留下了，但随即就被开除了。像我这样乐意做事的人则开始小心行事。

国家花了很多年给伊斯坦布尔的所有地方都拉上了电线，包括最贫穷最边缘的一夜屋街区，甚至是最无耻的流氓管控下的污秽场所。市民们用了很多年电，却为了逃费耍尽各种花招。国家没能从狡猾的市民那里收来电费，因此就把电力销售私有化了，还把欠费一并转让给了我任职的私有公司。另外，为了使那些对我这样的收费员毫无惧色，甚至嘲弄我们的厚颜无耻的市民谨慎行事、清还欠债，国家还针对欠费出台了每月课以高利贷似的罚款的法律。

伊玛目·阿德南街上的那家店铺以前卖报纸、香烟和三明治，老板是个精明的萨姆松人，但他不是有天赋的骗子。店主其实是一个被赶去雅典的希腊老人。占用被遗弃店铺的萨姆松人，尽管没有地契，也没有租赁合同，却从区政府找人装上了电表。随后，他在电表外私拉一根电线，接上烤面包机和两个能把店铺加热到像澡堂一样的大功率电取暖器。我逮到他的时候，如果按照新法律的规定，用高通胀率来计算偷电罚款和累积的欠费，他就该去卖掉卡瑟姆帕夏的单元房了。为了逃避惩罚，萨姆松人留下所有东西偷偷溜走了。

 空店铺不及宾博的一半大，里面只能容纳两个人坐在桌旁喝钵扎。拉伊哈把两个孩子送去上学后，像以前那样依然在家里给钵扎加糖、清洗钵扎罐、为她倾心的店铺采购。麦夫鲁特每天上午十一点去店里开门，上午那个时候没人喝钵扎，他就精心地归置店铺，模仿维法钵扎店的样子，兴致勃勃地把买来的杯子、玻璃水壶、肉桂粉瓶，一一摆放到面对街道的茶几上。

他们决定把店铺改成钵扎店的时候，正赶上钵扎季节结束，但寒冷的天气还持续了较长一段时间，五天后他们急急忙忙开张的钵扎店引来很多关注。鉴于这第一次的商业成功，费尔哈特为店铺做了投资，更换了当橱窗使用的冰箱，让人油漆了外墙和大门（在麦夫鲁特的坚持下，漆成了钵扎的乳黄色），大门上方安装了一盏灯以便在夜晚吸引顾客，还从家里拿来了一面镜子。

他们想到还应该给钵扎店起个名字。照着麦夫鲁特的想法，就用大大的字母写上"钵扎店"就行了。然而为贝伊奥卢的现代店铺提供招牌服务的一个聪明人说，这样的一个名字从商业角度来说将是失败的。他询问了两个合伙人的经历，聊天时得知他们娶了两姐妹，于是他立刻为店铺取名为：

连襟钵扎店

时间一长，这个名字就变成了连襟店。就像他们在加齐街区喝酒的那顿午饭上谈好的那样，费尔哈特投入本金（一家在贝伊奥卢、无需交电费和租金的闲置店铺），麦夫鲁特投入运营资金（一周去买两次钵扎、糖、鹰嘴豆、肉桂粉），以及自己和拉伊哈的人力。两个老朋友平分利润。

萨米哈：做了那么多年用人后，费尔哈特现在却不让我去麦夫鲁特的店里干活。"好了就这样，去钵扎店干活不行。"有时他这么说，而这也让我伤心。但头几个月，好些晚上他挂念店铺，跑去给麦夫鲁特帮忙，很晚才回家。我也挂念，就瞒着费尔哈特去店里。但是没人愿意从两个戴着头巾的女人那里买钵扎。于是，不久我们也成了类似伊斯坦布尔上千家快餐店中的一个，男人在前面柜台上招呼顾客、收钱，女人在后面负责看管炉灶和洗涮。但是我们卖钵扎。

连襟店开张十天后，我们终于离开了加齐街区，搬进了费尔哈特在楚库尔主麻租下的一套带暖气的单元房。房子周围有旧货店、沙发修理店、医院和药房。站在窗口，我可以看见色拉塞尔维莱尔大街的一部分和来往于塔克西姆的人群。下午我在家里待烦了就去连襟店。一到五点，拉伊哈就回家，一是为了不让两个女儿天黑后单独待在家里，另外还要做晚饭，于是我也跟着离开，避免和麦夫鲁特独处。有几次，拉伊哈走后我留在了店里，但麦夫鲁特背对着我，只是不时地看一眼镜子。我也去看我们家的镜子，从不跟麦夫鲁特说话。随后知道我在店里的费尔哈特也会过来，不久他就习惯我去店里帮忙了。我很喜欢和费尔哈特单独待在店里，一起忙着招呼客人，因为那是第一次夫妻俩在一起干活。费尔哈特议论每个来喝钵扎的顾客：那个傻瓜以为钵扎是像色利普[1]那样的热饮，喝之前还吹了一下；这个人是贝利基大街上的一家鞋店的首席销售员，他们的电是费尔哈特给通上的；对于第三个顾客，只因为他喝钵扎特别津津有味，费尔哈特就又白送了一杯，然后跟那人聊天，让他回忆服兵役时的经历。

连襟店开张两个月后，他们全都发现了没有盈利，但谁也没说出来。连襟店一天卖出的钵扎最多也就是麦夫鲁特以前一夜卖出的三倍。它的利润只够一个没孩子的家庭半个月的开销。更何况，他们不用付房租，费尔哈特还动用他的关系，关上了类似区政府和财税局的勒索大门。而其实，和独立大街一街之隔的这么一个热闹地方，无论你往柜台上放什么都好卖。

---

[1] 色利普（salep），一种用兰茎粉和牛奶煮成的热饮，喝前加入肉桂粉。

麦夫鲁特一点也不气馁，因为看见招牌的很多路人会停下喝一杯，多数人还会当面跟麦夫鲁特说，开这么一家店真是太好了。从让孩子第一次品尝钵扎的母亲到醉鬼，从自以为是喜欢说教的人到怀疑一切的疯子，他喜欢和各类顾客交谈。

"卖钵扎的，钵扎要到晚上才有人喝，白天你们在这里做什么？""这是你们在家里做的吗？""你们的价格高，杯子小，应该再多给一点鹰嘴豆。"（麦夫鲁特很快发现，人们不对街头小贩提出的批评，却对店主毫不避讳。）"干得好，你们在做一件光荣且爱国的事情。""卖钵扎的，我刚喝下一小杯俱乐部拉克酒，我再喝钵扎会怎么样，不喝又会怎么样？""请教一下，我是该在饭前喝钵扎，还是在饭后当甜点喝？""卖钵扎的兄弟，你知道钵扎这个词来自英语的 booze 吗？""你们送货上门吗？""你是卖酸奶的穆斯塔法的儿子吧？那时你帮你爸爸打下手。真不错！""以前有一个卖钵扎的小贩去我们街区，可后来就不见了。""钵扎如果都在店里卖，那钵扎小贩做什么？""卖钵扎的，你喊一声'钵——扎'，让孩子们听听。"

碰上高兴的时候，麦夫鲁特不会让好奇的顾客，特别是带孩子的家庭失望，他笑着喊道"钵——扎"。多数说"你们在干一件大事"、对传统和奥斯曼帝国高谈阔论的顾客，一般不会再次光顾。要亲眼看看杯子是否洗干净的狐疑顾客、询问食材是否健康的多事者的人数之多，让麦夫鲁特很是诧异。而对于说第一次喝钵扎、喝了第一口说"咦"的人；说"太酸了"或者"太甜了"，只喝半杯的人，麦夫鲁特却一点也不惊讶。有些人不屑一顾地说，"晚上我从小贩那里买来的钵扎更地道"。一些人则说，"我以为这是热饮"，没喝完就放下了杯子。

开业一个月后，费尔哈特隔一天在傍晚去店里一趟帮忙。东部军人和库尔德游击队打仗期间，他爸爸的村庄也撤空了，他那个不懂土耳其语的奶奶来到了伊斯坦布尔。费尔哈特告诉麦夫鲁特，自己是怎么用蹩脚的库尔德语和奶奶交谈的。村庄被烧毁后，迁徙到伊斯坦布尔的库尔德人，逐渐迁入了某些街道，他们开始拉帮结派。传言新当选的教徒市长，要关闭把桌子摆放在人行道上的酒馆和饮酒场所。夏天快到时，他们还卖起了冰激凌。

拉伊哈：我们也像费尔哈特和萨米哈那样，从家里拿去了一面镜子。我发现有些下午，麦夫鲁特不看店外的街道，而看放在窗边的我们的镜子，我便起了疑心。趁麦夫鲁特不在，我走去他一直坐的地方，像他那样朝镜子里看了一眼，我看见了在我身后的萨米哈的脸和眼睛。幻想着他俩借助镜子，不让我发现，四目相对的样子，我吃醋了。

兴许是我误会了，但这个猜疑一直盘旋在我的脑海里。再者，下午我和麦夫鲁特在店里时，萨米哈也根本没必要过来。费尔哈特口袋里揣着从偷电的人那里收来的一沓沓钱到处溜达，难道他们还缺钱，需要萨米哈这么为店铺操心吗？傍晚，我赶回家去照看女儿时，萨米哈也会立刻跟着我离开，但有时她那么专心干活竟然忘记了要回家：有四次我走后她和麦夫鲁特单独留在了店里。

其实萨米哈的心思不在店里，而是他们在吉汗吉尔新租的房子。一天傍晚，我带着两个女儿顺路去了一趟，可萨米哈不在家，我没能控制住自己，和女儿们一起去了店里。麦夫鲁特在那里，可萨米哈不在。麦夫鲁特说："这个时候你来做什么？我没跟你说过别把孩子们带到这里来吗？"他说这话时不像我以前的那个天使般的麦夫鲁特，而像个坏人。我也很生气，连着三天没去店里。当然因为我不在，这下萨米哈也没能去店里，她立刻跑来家里看我。"怎么了姐姐，我担心了。"她非常真诚地说。我为自己的嫉妒感到羞愧，"我病了。"我说。"你没病，我知道。费尔哈特也不好好待我。"她说。她不是在试探我，而是因为我聪明的妹妹早就明白，像我们这样的人，烦恼全来自丈夫。要是没有这个钵扎店，像以前那样只有我和麦夫鲁特就好了。

10 月中，他们重新开始卖钵扎。麦夫鲁特说，把三明治、松饼、巧克力一类杂七杂八的东西从柜台里撤走，只卖钵扎、肉桂粉和鹰嘴豆会更好。但像往常一样，他是他们中最乐观的一个，也没人听他的话。每周两个晚上，麦夫鲁特把店铺交给费尔哈特打理，自己去给老顾客送钵扎。东部打仗的后果是，伊斯坦布尔到处发生爆炸、游行示威不断、深夜报社被炸，但贝伊奥卢依然人头攒动。

11 月底，《告诫报》刊登了一篇有关连襟店的文章，这个消息最先是对面的教徒钥匙店主告诉麦夫鲁特的。麦夫鲁特立刻跑去了独立大街上的报亭。在店里他和拉伊哈把报纸从头到尾看了一遍。

标题为"三家新店铺"的一篇专栏文章里，首先赞扬了连襟钵扎店，随后介绍了开在尼相塔什的一家卷饼店和一家位于卡拉柯伊的只卖玫瑰布丁和八宝粥的店铺。文章说，由于一味仿效西方，我们遗忘了很多过去的传统，记住这些传统，是一项犹如缅怀我们祖先的神圣使命。作为一种文明，如果我们想坚持民族个性、理想和信仰，那我们就必须先学会忠实于我们自己的饮食。

傍晚，费尔哈特一到店铺，麦夫鲁特就兴高采烈地把报纸放到他面前。他还宣称，文章登出后，来了许多新顾客。

"行了吧你，"费尔哈特说，"不会有人看了报纸来店里的，又没写我们的地址。咱们成了讨厌的教徒报纸的宣传工具。"

麦夫鲁特既没发现《告诫报》是教徒的报纸，也不知道他们在文章里做了宣传。

费尔哈特发现麦夫鲁特并没有理解自己，他恼火地一把夺过报纸，"兄弟，你看看这些标题：先知哈姆扎和伍候德战役……伊斯兰教中的意愿、运气和意志……朝觐为什么是宗教义务……"

难道这些都是有害的话题吗？先生阁下总是很好地说起这些话题，麦夫鲁特很喜欢他说的那些话。幸亏麦夫鲁特对费尔哈特隐瞒了见先生阁下的事情。说不定，费尔哈特也会说麦夫鲁特是"讨厌的教徒"。

费尔哈特继续满腔愤怒地念报上的标题，"法赫雷廷帕夏，对性变态间谍劳伦斯做了什么？……共济会、中央情报局和共产党……英国的人权主义者是犹太人！……"

幸亏麦夫鲁特没告诉先生阁下，他的生意合伙人是阿拉维派人。先生阁下以为麦夫鲁特的合伙人是一个逊尼派的土耳其人。但凡他一说起类似阿拉维派人、伊朗的什叶派、先知阿里的话题，麦夫鲁特就会立刻转换话题，为的是不让先生阁下说出关于他们的坏话。

"五色封皮《古兰经》注解，仅需三十张《告诫报》赠券。"费尔哈特念道，"兄弟，如果他们上台，第一件事就是像在伊朗那样禁止街头小贩，再绞死一两个像你这样的人。"

"不会的。"麦夫鲁特固执地说，"钵扎里有酒精，但你看他们也不否认啊？"

"那是因为钵扎的酒精并不重要。"费尔哈特说。

"是的，跟你的俱乐部拉克酒相比，钵扎没有任何价值。"麦夫鲁特说。

"怎么了，酒精刺痛你了吗？如果喝酒算罪孽，就不分度数高低，那咱们就该关掉这个店铺。"

麦夫鲁特感到了一种威胁。这家店铺是靠费尔哈特的钱开张的。

"你大概把选票投给这些教徒了吧？"

"不，我没给他们。"麦夫鲁特说了谎。

"兄弟，你爱给谁就给谁。"费尔哈特带着蔑视和老板一般的口吻说道。

他俩互相生气了。费尔哈特有一阵子晚上没去店里，麦夫鲁特也就没能去给老顾客送钵扎。

夜晚，没人的时候，他在店里心烦意乱。而他上街卖钵扎的夜晚，即便在没有一扇窗打开、没有一个人买钵扎的最空寂的街道上，麦夫鲁特也不会心烦。行走的时候，他可以幻想，清真寺的墙壁、正被拆毁的木制楼房、墓地，这些都在提醒麦夫鲁特，这个世界的里面还隐藏着另外一个世界。

《告诫报》刊登了麦夫鲁特脑海里的那个世界的一幅画。当然，这幅画是为了另外一个目的，为了修饰一篇题为"另外的世界"的连载文章而印制的。麦夫鲁特夜晚独自一人待在店里时，会打开刊有连襟店文章的报纸，去看印在另一页上的这幅画。

墓碑为什么倾斜着？为什么每块墓碑都各不相同，某些则忧伤地倾斜着？像灵光一样从上面倾泻而下的那个白色的东西是什么？柏树、老旧的东西为什么总能在麦夫鲁特的心里唤起美好的情感？

2

和两个女人待在一家小店里

别的电表别的人家

拉伊哈：萨米哈依然很漂亮。上午一些无耻的男人拿找零时，想趁机摸她的手，所以我们不把钱递给他们，而是放在柜台的玻璃上。多数时候也是我像准备钵扎那样准备阿伊兰和照看柜台，他们不来戏弄我。有些上午一个顾客也没有，有时来一个老太太，紧挨着电暖炉坐下，要茶喝。于是我们也开始卖起茶来。有一阵子，常来一个每天去贝伊奥卢购物的可爱女人，"你们是姐妹吧？"她笑着问道，"你俩很像，谁的丈夫好，谁的丈夫不好？"

有一次来了一个流氓畜生，他拿着烟，一大早就要钵扎，一连喝下三杯后，就死盯着萨米哈说："难道钵扎里有酒精，还是别的什么让我头晕了？"的确，没有男人，经营店铺很困难。但这事萨米哈没有跟费尔哈特说，我也没有告诉麦夫鲁特。

有时刚到中午，"我要走了拉伊哈。"萨米哈说，"你照看一下桌旁的女人，收拾一下空杯子。"好像她是女老板，而我是服务员……她是否意识到自己在模仿之前去帮佣的有钱人家的夫人？有时，我去他们在费如扎的家，费尔哈特总是早早就出门，"拉伊哈，我们去看电影。"萨米哈说。

355

有时我们一起看电视。有时，萨米哈坐在新买的化妆台前化妆，我就看着。"来拉伊哈，你也抹点。"她对着镜子里的我笑着说，"别担心，我不告诉麦夫鲁特。"她说这话是什么意思？难道我不在时，她和麦夫鲁特在店里聊天，甚至还聊到我吗？我不安、嫉妒、哭泣。

苏莱曼：傍晚，正当我走下伊玛目·阿德南街时，我的目光被左边的一家店铺吸引了，我简直无法相信自己的眼睛。

费尔哈特有些晚上喝完酒去店铺一趟，"兄弟，以前咱们多好，是不是？"他对麦夫鲁特说，"麦夫鲁特，咱俩贴了多少海报，打了多少架啊！"麦夫鲁特觉得这话有点夸张，他喜欢回忆兜售"运气"的日子，而不是政治争斗。但他没去纠正费尔哈特，因为在被朋友过早神化的青春记忆里占据一个重要位置，比"麦夫鲁特，你是不是把选票投给了教徒？"的指责更让人引以为豪。

他们经常闲聊好几个小时，谈论去波黑参战的教徒、女总理坦苏、马尔马拉酒店的蛋糕店里圣诞树旁爆炸的炸弹。（警察前一天指责教徒，第二天又指责库尔德人。）有时，夜晚最热闹的时候，半小时、四十分钟一个顾客也没有，他们就争论一个一无所知的荒唐话题（电视里的播音员是在背诵，还是也像放录音配口型的歌者那样作假？），或是一个猜疑（攻击塔克西姆广场上示威人群的警察，他们别在腰间的枪里有子弹吗？还是只是一个装饰？），以此来打发时间。

麦夫鲁特像贝伊奥卢的其他快餐店那样，把报上有关他们店铺的文章（还有同一份报上描绘"另外的世界"的那幅画）剪下来，装上镜框挂了起来。（他也幻想着像主街上的转烤肉快餐店那样，把游客给的外币装进镜框，挂起来装饰墙面，可遗憾的是，还从没来过一个游客。）费尔哈特看见了挂在墙上的《告诫报》上的文章。难道费尔哈特是因为生气文章被挂上墙才少来店里的吗？他知道自己把费尔哈特看作了老板，他怨恨费尔哈特以及自己的懦弱。

有时他想，费尔哈特是为了取悦自己才开这家店铺的。懦弱的时候他自言自语道，"费尔哈特因为抢走了我想娶的女孩而感到愧疚，才开了这家店。"但当他对费尔哈特气恼时，便说，"多大的恩惠！他成了资本家，有资本了。但他还不是从我这里学到，钵扎是一项有趣的投资。"

1995年1月底，风雪交加的两周里，费尔哈特一次也没去店铺。一天晚上他顺路去了一趟。他甚至没在意麦夫鲁特说"这阵子生意不错"。他说："亲爱的麦夫鲁特，你知道有些晚上我根本不来店里。别告诉你嫂子我来得少。你懂的……"

"怎么？你稍微坐一会儿嘛。"

"我没时间。最好你对拉伊哈也什么都别说……姐妹俩，不会保密的……"费尔哈特拿起收电费的包，走出了店铺。

"遵命！"麦夫鲁特在他身后叫道。费尔哈特竟然没时间坐下来和老朋友聊一聊。他也不会注意到麦夫鲁特脱口说出的"遵命"一词里的嘲讽。麦夫鲁特的爸爸只对最尊贵、富有的顾客才会说这个词。而麦夫鲁特一生都没对任何顾客说过"遵命"。麦夫鲁特不认为费尔哈特有时间去想这个细节，他忙于跟骗子和黑手党厮混，忙于沾花惹草。

回到家，看见轻声看电视的拉伊哈和熟睡中的两个女儿，麦夫鲁特明白自己最气恼费尔哈特什么了：家里有一个正派、漂亮的妻子，夜里却还要跑去不知什么地方鬼混。就像先生阁下也说过的那样，其中也一定有拉克酒、葡萄酒的作用。做提包交易的乌克兰女人、非洲移民、喝人血的形形色色怪人、恶行、贿赂，伊斯坦布尔已被它们裹挟，而政府却只袖手旁观。

于是，麦夫鲁特瞬间恍然大悟，为什么丈夫突然挣了那么多钱，而萨米哈却还那么闷闷不乐。没让萨米哈察觉，他通过镜子里的观察，发现萨米哈非常忧郁。

费尔哈特：也许《告诫报》的读者麦夫鲁特认为，家里有一个像萨米哈那样美貌、聪慧的妻子，我却还要出去沾花惹草，意味着我是个卑鄙愚蠢的家伙。但这是错误的，因为我没有去沾花惹草。

我只是爱上了一个女人，而我爱的女人失踪了，当然总有一天我会在伊斯坦布尔找到她。还是先让我来说说电力公司私有化后，收费员面临的挑战和机遇，以便大家更好地理解我的选择和爱情故事。

苏莱曼：我还是经常去贝伊奥卢，但不是为了喝酒消愁，而是为了生意。我的爱情困扰早已结束。现在我很好，早就放下了那个做女佣的姑娘。我在体会爱上一个艺术家、歌者、成熟女人的幸福。

费尔哈特：收缴电费的工作移交给私有公司和收费员后，我没对那些非法用电的穷人穷追猛打。恰恰相反，我盯上了无耻的富人。我尽量远离一夜屋街区，避开穷人生活的小街、边远和破败的地方，寒冷的冬夜里如果不偷电来取暖，他们就会冻死。看见一个失业的可怜父亲带着三个孩子和妻子以面包和水为生，发现他们盗电取暖的电热炉，我学会了视而不见。

但是对于在面对海峡的八个房间里，和用人、厨师、司机一起生活却不交电费的人，我就切断他们的供电。往富人们曾经居住的八十年老旧单元房里，像沙丁鱼那样塞进六十个贫穷女孩，让她们通宵达旦缝拉链的人若偷电，我也决不饶恕他。俯瞰整个伊斯坦布尔的豪华餐馆的烤炉、保持出口纪录的窗帘厂主的纺织机、为建造十四层大楼而沾沾自喜的农村黑海人承包商的吊车，它们竟然全都在盗电。一旦被我发现，我绝不手软，切他们的电，拿他们的钱。在耶迪泰佩电费收缴股份有限公司，有很多像我这样的年轻理想主义者，只收富人的钱，却对穷人的偷电行为视而不见。我从他们身上学到了很多东西。

苏莱曼：为了让玛希努尔的才能得以展示，我在考察严肃对待音乐的夜总会，太阳夜总会便是其中最好的一家。有时我控制不住自己，就去看一眼我那卖钵扎的兄弟的店铺。别误会，当然不是为了带着爱情的痛苦哭泣，而是为了付之一笑……

费尔哈特： 被宠坏的富人拖欠缴费，要么因为漠不关心，要么有时邮局不寄账单，或者账单彻底蒸发。随着通货膨胀增加的罚款使得欠费越变越多。让他们清醒的捷径，不是去敲门提醒，而是直接切断供电。输配电和收费归国家管理时，富人和有权势的人对于"你们的供电将被切断"的警告，毫不在乎地说一句，"啊，我忘了"。即便一千次里有一次，当一个诚实的收费员历经千辛万苦，最终成功切断他们的供电时，这些无耻之徒做的第一件事，不是去塔克西姆的大楼交费，而是立刻给熟悉的政客打电话，要求开除收费员。私有化后，这些人明白了，他们的欠费不再由国家，而是由一个像她们丈夫一样无情的资本家来收缴，便开始惧怕我们，因为我们的开塞利人老板无视被宠坏的伊斯坦布尔富人的礼数和眼泪。在这新的私有化法律出台以前，收费员连断电的权力都没有，而现在我有这个权力。让欠费的人学规矩的最简单的办法就是，周五傍晚放假前切断他们的供电。过上两天没电的日子，他们就知道什么是守法循序，学会听话。去年元旦和古尔邦节合并成了十天长假，于是我决定和他们中的一人做一清算。

下午四点，我去了位于居米什苏尤的一栋富人公寓楼的地下室。在一条狭窄、布满尘土的走廊最黑暗的角落里，十二个单元的锈迹斑斑的电表，像老旧的洗衣机那样咔咔运转着。"11单元的人在家吗？"我问看门人。

"夫人在家……"看门人说，"大哥，你要做什么，可别断他们的电啊！"

我没搭理他。对我来说，从工具包里拿出改锥、起钉器和特制钥匙，切断你们的电，用不了一百秒的时间。11号单元的电表停摆了。

"过十分钟你上楼去。"我对看门人说，"你告诉她，我还在街区里，如果她愿意，可以找到我让我回来。我在坡口的咖啡店里。"

过了十五分钟，看门人来到咖啡店，他说夫人很伤心，在家里等着我。"你告诉她，我忙着去别的人家看别的电表，抽空再过去。"我说。我问自己，要不要等到天黑，冬天天黑得早，他们能够想象，十天待在没电的黑暗里是什么滋味。有些人搬去酒店住。曾经有个吝啬的男人，固执地要找关系，在希尔顿酒店里和四个孩子还有他那个戴帽子的老婆住了好几个月。要是我讲他们的可笑故事，你们愿意听吗？

"大哥，夫人很恐慌。今晚她有客人。"

所有被切断供电的人都会恐慌。女人给她们的丈夫打电话；某些人变得具有攻击性；某些人妥协；一些人直接行贿；一些人则甚至不懂行贿。"公务员先生，"多数人说，他们不知道私有化后我们被强迫辞去了公务员身份，"如果现在我给您现金来支付罚款，您能给我们把电通上吗？"在我们国家里，即便是最愚笨的公民，最终也都学会了行贿。如果你不受贿，一些人便会加码；其他一些人则会威胁道"你知道我是谁吗！"；多数人脑子一片混乱，不知所措。11号单元夫人的罚款很高，因为随着通货膨胀翻了二十倍。家里也不会有这么多现金。如果她在这一个小时里不能说服我，那么她将和丈夫、孩子在断电的情况下度过这最寒冷的十天。

据说，在一些荒芜偏远的街区，某些女人最终会和上门断电的收费员上床。但我从未遇到过这样的事情，你们也别听信这些谎言。

穷人们会在他们尘土飞扬的街区道路上，从他带的包和走路的姿势，立刻认出收费员来。他们首先派出尾随外国人和小偷的孩子们，让他们扔石子，叫喊"走开！"吓唬收费员。紧接着，街区里的疯子跑来以死相威胁。另外一个人，一个醉鬼，恐吓道，"伙计，你来这里做什么！"如果收费员径直朝高处的私接电线走去，无赖和街区里的狗就会拦住他，逼他另辟蹊径；政治团伙则讲大道理把收费员说懵；街区的人则会步步紧逼地驯服他。最终，如果收费员能和欠费的穷困女人独处，那么无论是院门还是家门都绝不会关着，原本会将一切消息瞬间传去街区咖啡馆的孩子们也都会聚在院子里。关了房门和女人独处的收费员如能毛发无损地离开街区，那就是奇迹。

我说这些，打算听一个爱情故事的你们别产生错误的期盼。在我们这里，爱情，多数时候都是单相思。在居米什苏尤面对海峡的一套房子里生活的一个夫人，以前是不会发现收费员的。而现在如果你断了她的电，她就会发现你。

我离开咖啡馆又折了回去。装了木门的金鸟笼般的老式电梯吭哧着爬向 11 单元时，我兴奋不已。

苏莱曼：2 月底，冰冷的一天下午，我终于像一个普通顾客那样去了连襟钵扎店。

"卖钵扎的，你的钵扎是酸的，还是甜的？"

麦夫鲁特立刻认出我来。"啊呀，苏莱曼！"他叫道，"快进来！"

"加油干，姑娘们！"我轻松说道，就像一个顺路拜访的老友。萨米哈戴着一条树叶图案的粉色头巾。

"欢迎你来苏莱曼。"拉伊哈说，带着怕我滋事的不安。

"萨米哈，祝贺你，听说你结婚了，祝你好运。"

"谢谢，苏莱曼大哥。"

"兄弟，都十年了。"麦夫鲁特维护着萨米哈说道，"现在你才想起来祝贺啊？"

麦夫鲁特和两个女人待在一家小店里很幸福。"千万注意，这次你要把店看好，别让它像宾博那样破产关门。"我差点要这么说，但克制了自己，没去计较。

"十年前我们都还是小伙子。"我说，"当人还是小伙子时，会对一些事耿耿于怀。可十年后，甚至想不起来为什么、怎么耿耿于怀了。其实我是想带着礼物去祝贺的，但维蒂哈没告诉我你们的地址，她说他们住得

361

很远，在加齐街区。"

"他们已经搬去吉汗吉尔了。"愚蠢的麦夫鲁特说。我没说，兄弟，不是吉汗吉尔，那里是穷人区楚库尔主麻。要是说了，就会暴露我派人跟踪费尔哈特的事情。"真主保佑你们，你们的钵扎真的很好喝。"我喝着他们放我面前的钵扎说道，"我给朋友们也带点。"我让他们往一个大瓶里装了一公斤钵扎。我用这次拜访来告诉这些朋友，包括我那面色苍白的恋人，我已经将之前的爱情困扰抛在脑后了。而我此行的真正目的是警告麦夫鲁特。他把我送出门，我拥抱亲吻了他。"告诉他，让他小心点。"我让他捎信给他亲爱的朋友。

"小心什么？"麦夫鲁特问道。

"他知道是什么。"

3

费尔哈特的电力爱情

咱们离开这里吧

考尔库特：早在1965年和我爸爸一起在库尔泰佩圈下的那块地皮上，去世的穆斯塔法叔叔只盖起了一个单开间。即使麦夫鲁特来城里帮助他爸爸，他们也没能多做些什么，却早已筋疲力尽了。而我们在杜特泰佩的地皮上，一开始就盖起了两间房。我爸爸像在村里那样，在院子里种上了白杨树，如果你现在从希什利望去，兴许就能看见。我妈妈也搬来杜特泰佩后，1969年我们在一夜间又盖起了一间漂亮的屋子，随后又加盖了一间我住在里面听赛马消息的房间。1978年我和维蒂哈结婚时，我们又加盖了带浴室的一大间、外加客房。我们的家就这样一点一点扩大，跟皇宫一样。在我们的皇宫院子里，自己长出了两棵桑树和一棵无花果树。我们还加高了院墙，装上了铁门。

六年前，感谢真主，我们的生意一帆风顺，就像这些山头上所有人一样，我们也依仗地契（我们也有地契了），在所有房间上面又加盖了一层。为了不让我妈从早到晚牵挂维蒂哈去了哪里，孩子们回家没有，我们把楼梯建在了外面。一开始，爸妈和苏莱曼兴致勃勃地搬去了楼上，因为楼上的房间更新、视野也更好。但后来，爸妈说爬楼梯太麻烦，本来这里就太大、太空、太冷、我们太孤单，重又搬回楼下。我就在楼上，按照维蒂哈的意思，装了最新最贵的浴缸，贴了蓝色瓷砖，可还是没能摆脱维蒂哈的絮叨，她总说"咱们搬去城里吧"。无论我怎么说，"这里也是城里，这里也是伊斯坦布尔。"维蒂哈就是听不进去。在希什利的高中里，一些富人野种取笑博兹库尔特和图兰住在一夜屋里。"我爸妈不会去希什利，他们不可能舍得放下微风习习的院子、杂货店、母鸡和树木。"我说，"难道咱们要把他们孤零零地留在这里吗？"

维蒂哈不时也会抱怨我总是晚回家，有时根本不回家，出差一走就是十天。她像希什利办公室里那个染了金发的斗鸡眼女人那样，没完没了地絮叨。

是的，有时我十天半个月不回家，但不是为了工地上的事，我们去了阿塞拜疆。以前搞运动的塔勒克和其他民族主义者以及突厥主义者朋友说，"国家把这么神圣的任务交给我们，可一分钱也没有。"安卡拉说，你们去问私企要赞助。突厥主义者希望我帮忙，难道我会说不吗。尽管共产主义在苏联终结了，但阿利耶夫总统本人是克格勃出身，前苏联共产党中央政治局委员。他是所谓的突厥人，依然试图把突厥人拴在俄罗斯人的尾巴上。在巴库，我们和军阀们举行了秘密会议。埃利奇别伊赢得了多数高贵的阿塞拜疆人民（其实全都是突厥人，但混进了俄罗斯人和波斯人）的选票，当选为阿塞拜疆第一任民选总统，但却被一次克格勃方式的军事政变赶下了台，一生气回了农村老家。对于在和亚美尼亚的战争中出卖国家的叛徒、无能的人，以及发动军事政变推翻自己的俄罗斯间谍，埃利奇别伊对他们深恶痛绝。他以为我们是俄罗斯间谍，因此不愿意见我们，我们和塔勒克就在巴库的酒店和酒吧里打发时间。还没等我们去埃利奇别伊的村庄，亲吻他神圣的手，告诉他"美国也在支持我们，阿塞拜疆的未来在西方"，就传来了我们土耳其式政变计划泡汤的消息。据说安卡拉的一些人害怕了，告诉阿利耶夫我们为了发动政变去了阿塞拜疆。我们还得知，埃利奇别伊不要说来参加我们的政变，他连院门都出不去。于是我们直奔机场回到了伊斯坦布尔。

这次冒险让我明白了一些事情。那就是，整个世界都是突厥人的敌人，但突厥人最大的敌人却是他们自己。其实巴库的女孩们从她们憎恨的俄罗斯人那里学会了所有落拓不羁，但她们最终还是选择阿塞拜疆男人。那样的话，夫人[1]，我为你身陷险境便毫无意义。因为一个承诺就立刻自愿出行阿塞拜疆，已经为我在政府和政党里赢得了政治资本。苏莱曼也在恣意地利用这些资本。

萨菲耶姨妈：我和维蒂哈都没能给苏莱曼找到一个合适的姑娘，他就自己找了一个。他基本不回家。我们感到很难堪，而且还担心会发生什么不好的事情。

拉伊哈：冬天的傍晚，店铺生意忙的时候，费尔哈特也过来帮忙。我和萨米哈就带着两个女儿去他们家。女儿们狂热地喜欢她们姨妈的一切：她说的那些疯话；认识电视里的所有明星，知道谁跟谁私奔的八卦；她对衣着和电影的见解；有时对一个孩子说头发该这么梳，对另一个说发卡该那么戴；"啊，我在这人家里干过活，他的老婆总是哭。"她们在家里竟然也模仿她的语气讲话，有一次我很生气，差点儿说"别学你们姨妈的样子"。但为了不更深陷嫉妒，我克制了自己。我想问，"萨米哈和麦夫鲁特单独在店里时，他们总是四目相对，还是做出一副无意中在镜子里看见彼此的样子？"可是我怎么也问不出口。于是，什么时候嫉妒开始毒害我的灵魂，我就去念麦夫鲁特当兵时写给我的信。

昨天离开店铺时，麦夫鲁特笑得那么甜，是冲着我，还是冲着我的妹妹？当这样一个阴险的疑问开始噬咬我的灵魂时，一回家我就立刻念一封麦夫鲁特写给我的信："除了你的，没有我再想看的眼睛、对她微笑

---

[1] 夫人，这里指的是时任土耳其女总理坦苏·奇莱尔。

的脸庞、祈求打开的大门！"他这么写道。麦夫鲁特还给我写了，"你的眼神磁铁般吸引我，拉伊哈，你俘获了我，我的眼里只有你。"还有，"因为你的一个眼神，我瞬间变成你的不求解放的奴隶。"……

有时麦夫鲁特在店里像老板对伙计那样对我和萨米哈说话，"去收一下脏杯子。"如果他对我这么说，我就生气，因为他只让我干活，不让萨米哈干；如果他对萨米哈说，我也恼火，因为他首先想到她。

麦夫鲁特意识到了我的嫉妒，因此他也注意不和萨米哈单独待在店里，不对她表示任何关注。而这依然让我嫉妒，因为"他那么注意，也就是说他有什么事藏着掖着！"。有一天，萨米哈去玩具店，给女儿们买了水枪，好像她们是男孩。麦夫鲁特晚上回到家也开始和她们一起玩水枪。第二天早上，女儿们上学、麦夫鲁特去店里后，我想扔掉水枪（他们也往我身上射了很多水），但我没找到，肯定是法特玛把水枪装书包里带去了学校。夜里趁她睡着时，我拿了水枪把它藏进了一个角落。后来有一次，萨米哈拿来了一个会唱歌、睁眼闭眼的洋娃娃。我没说，法特玛都十三岁了，还会玩洋娃娃吗？孩子们不感兴趣，洋娃娃不久也消失了。

尽管明明知道不对，然而让我感觉最痛苦的，还是琢磨"萨米哈现在是不是和麦夫鲁特单独待在店里？"。这个错误的想法总是占据着我的脑海，因为熟知贝伊奥卢传言的苏莱曼告诉维蒂哈，费尔哈特夜里很晚回家，就像电影里饱受爱情之苦的男人那样还总喝得酩酊大醉。

费尔哈特：金鸟笼般带镜子的老旧电梯停了下来。一切就像在久远的过去，犹如梦境般久远，但爱情总让人感觉仿佛就发生在昨日。对于被我断电的人家，我不按门铃，更喜欢像老电影里那些夺人性命的枪手那样，咚咚地敲门。

用人开了门。她说，夫人的女儿在发烧（这是最普遍的谎言），她过一会儿就出来。我坐到用人请我坐的椅子上，看着眼前的海峡风景。我以为在灵魂里突然感到的深切幸福来自这流动、伤感的景致，而其实真正的原因是她犹如一道亮光，走进了房间：她身着一条黑色牛仔裤，一件白衬衫。

"公务员先生，看门人·埃尔江说您要见我。"她说。

"我们已经不是公务员了。"我说。

"您不是电力公司的吗？"

"夫人，电力公司早已私有化了……"

"我知道……"

"我们也不想这样的……"我艰难地说道，"但我断了您的电。您有没支付的账单。"

"真主保佑您。您别难过，这不是您的错。不管老板是国家，还是私企，你们都只是执行命令的仆人。"

对这阴毒，然而千真万确的话，我哑口无言。因为我坠入了情网，同时想到自己坠入了情网。我鼓足勇气，"很遗憾，我封了下面的电表……"我说了谎，"如果知道您女儿病了，我决不会断您的电。"

"怎么办呢，断都断了，公务员先生……"她说，就像土耳其电影里的女法官，一脸不妥协的严肃表情，"别为难，您做了该做的事情。"

瞬时我们都沉默了。坐电梯上来时，我想到了一些以为会听到的话，可她一句也没说，我也想不起任何之前准备好的回答。我看了看表。"十天的长假，将在二十分钟后正式开始。"

"公务员先生，"她执意说道，"很遗憾，我一生从没行过贿，也从不宽容行贿的人。我活着要为我的女儿做榜样。"

"但是夫人，"我说，"被你们嘲笑的公务员，也是有尊严的，你们明白这点很重要。"

我径直朝大门走去，因为知道我爱上的女人决不会说"请您等一下"，我十分恼火。

她朝我走了两步。我感觉一切都可能发生在我们之间。而事实上，就在那一刻，我明白了这是一场毫无可能的爱情。

然而让爱情存活的正是它的不可能。

"公务员先生，您看这些人，"她指着窗外的城市说，"让这一千万人聚集在伊斯坦布尔的东西是生计、利益、账单和利息，这点您比我更清楚。但只有一样东西支撑着这茫茫人海中的人们，那就是爱。"

不等我回答，她就转身走开了。在老旧的公寓楼里，禁止小贩和收费员乘坐古董电梯下楼。我一路沉思走下楼梯。

我走到憋闷的地下室，来到走廊的尽头。我伸手到被我断了电的电表，准备封印。但我能干的手指却做了完全相反的动作，它们瞬间把切断的电线紧紧地接上了。于是，11单元的电表重新开始嗒嗒地转起来。

"大哥，你给他们通了电太好了。"看门人·埃尔江说。

"为什么？"

"夫人的先生叙尔梅内人·萨米在贝伊奥卢是个很有影响的人，所有地方都有他的熟人……他们会难为你的。这些黑海人全都是黑社会的人。"

"那她当然也没有什么生病的女儿，对吧？"

"什么女儿，大哥……他们还没结婚呢……这个叙尔梅内人在村里还有一个老婆，还有比夫人年长的几个儿子。他的儿子们也知道夫人，但都不吱声。"

拉伊哈： 一天晚上，两个女儿、我，还有她们的萨米哈姨妈吃完饭看电视时，费尔哈特回来了，看见我们大家他很高兴。"真了不起，你的女儿们每个月都在明显地快速长大。法特玛，你都长成大姑娘了。"他说。当我说："啊呀，孩子们，太晚了，咱们回家吧。""等等拉伊哈，再坐一会儿。"他说："麦夫鲁特会在店里待到很晚，兴许会有一两个醉鬼去买钵扎。"

我不喜欢他当着我女儿的面调侃麦夫鲁特。"你说得对，费尔哈特，"我说，"我们的生计成了别人的娱乐。快点孩子们，咱们回家。"

我们到家晚了，麦夫鲁特很生气。"严禁孩子们去独立大街。"他说，"晚上天一黑你也不要上街。"

"女儿们在她们的姨妈家吃肉丸、羊排、烤鸡，你知道吗？"我脱口说出了这句话。其实我害怕麦夫鲁特发火，本不会说这种话的，但真主让我一吐为快。

麦夫鲁特生气了，三天没和我说话。晚上我也没和女儿们去她们的萨米哈姨妈家，待在家里。嫉妒的时候，我绣在布上的不是杂志上剪下的小鸟，而是我念信背出来的眼睛。它们是只需一眼就能俘获人心的无情的邪恶之眼，还有强盗般拦路抢劫的眼睛。眼睛就像悬挂在树上的一颗颗硕果，而嫉妒的小鸟在其间飞行。我在树枝上绣了水仙花那样向内旋转的黑眼睛。在一幅大被面上，我绣了一棵传说中的树，树上每片叶子的后面都开着上百朵花，每朵花都是一颗辟邪的眼睛。我在我的心灵绿叶之间开辟出无数道路。我设计了像太阳的眼睛：在一卷卷布匹上，我绣了像箭一样从每根睫毛射出的黑色光芒，它们摇曳着穿过无花果卷曲树枝的轨迹。但所有这一切都没能平息我的愤怒！

"萨米哈，麦夫鲁特不让我们去你们家……麦夫鲁特看店的时候，你来我们家吧。"一天晚上我说。

于是，我的妹妹晚上拿着一包包肉丸和肉末薄饼，开始来我们家了。一段时间后，这次我又开始想，萨米哈来不仅仅是要看我的两个女儿，还有麦夫鲁特。

费尔哈特：走上街，我感觉自信受到重创。二十分钟里，我不仅坠入了情网，还被人骗了。我后悔没切断夫人家的电。尽管看门人这么称呼她，但其实她并不使用账单上写着的塞尔维罕这个名字。

我经常幻想塞尔维罕落入了黑社会背景的一个流氓地痞手里。我要保护她。像苏莱曼那样的人，若要坠入情网，首先要在《周日杂志》的淫秽专栏里看见那个女人的图片，然后动用财力和她睡上一两次。像麦夫鲁特那样的人，则无需认识女孩，但需要梦幻般地看上那么一眼。而像我这样的人，若要爱上一个女人，需要觉得在和她下一盘人生的象棋。开局我草率了。但我要给塞尔维罕设个局，我将猎取她。我认识一个在会计和登记部门上班、嗜好喝酒聊天的有经验的大哥，在他的帮助下，我开始去看最新的收据、银行缴费单和档案记录。

我记得，很多夜晚，我在家里看着玫瑰般漂亮的萨米哈想道："有这样一个妻子的人，为什么还会满脑子想着一个被包养在海峡风景单元房里的女人。"一些夜晚，我俩在家喝酒时，我对萨米哈说，我俩都吃了很多苦，但最终还是如愿以偿地回到了市中心。

"现在咱们也有钱了。"我说，"咱们可以做想做的一切。咱们做什么呢？"

"咱们离开这里吧。"萨米哈说，"去一个谁也找不到咱们，谁也不认识咱们的地方。"

从她的这句话里我明白，我们在加齐街区度过的头几个月，尽管孤苦伶仃，但萨米哈是幸福的。我有一些像我们这样在城里疲于奔命的左派朋友，他们中有毛派，也有莫斯科派。如果经受长期磨难，找到一条出路也挣了三五小钱，他们就会说，"稍微再多攒点，我们就离开伊斯坦布尔去南方。"像我一样，他们也幻想在一个从未去过的地中海小县城里，拥有一个满是橄榄树、葡萄树和花园的农场。我们也幻想，如果在南方拥有一个农场，萨米哈最终会怀孕，我们也将拥有自己的孩子。

"咱们一再忍耐，终于挣钱了，再咬咬牙，把装钱的桶装满。到时候，咱们去南方买一块大农庄地皮。"早上我这么说。

"晚上我在家里待着很烦，"萨米哈说，"你找一个晚上带我去看电影。"

一天晚上，我厌倦了在店里和麦夫鲁特的闲聊，喝得烂醉，去了居米什苏尤的公寓楼。像突袭的警察一样，我首先按了看门人的门铃。

"怎么了大哥，我以为是卖钵扎的，有什么麻烦吗？"看门人·埃尔江见我在看电表问道，"啊，大哥，11 单元的人走掉了。"

11 单元的电表纹丝不动，瞬间我感觉仿佛世界也停止了转动。

我去塔克西姆找了那个爱喝酒有经验的会计。他介绍我认识了两个年老的书记员，这两人看管给伊斯坦布尔配送了八十年电的电力公司档案，都是些手写的老记录。他们拿着养老金退休了，一个七十二岁，另一个六十五岁。这两个饱富经验的职员签了特别合同，重又回到他们待了四十年的办公室。他们熟知过去八十年里，伊斯坦布尔人为了欺骗电力公司和收费员而发明的各种鬼把戏，他们采纳了将这些伎俩告诉年轻一代收费员的建议。见我是一个勤奋的年轻收费员，他们兴致勃勃地跟我讲了很多事情。他们还记得每个鬼把戏背后的形形色色的故事、街区、女人，乃至爱情传言。当然不仅是档案，我还必须去看看最新的记录。我知道，总有一天，我会在伊斯坦布尔的某个房子里，在某扇门的背后找到塞尔维罕。因为在这个城市里，每个人都有一颗心脏，外加一个电表。

拉伊哈：我又怀孕了，真不知道该怎么办。都这个年纪了，在女儿们面前我很害臊。

4

孩子是一样神圣的东西

让我去死，你和萨米哈结婚

麦夫鲁特一直记得，在他们经营连襟钵扎店的日子里，费尔哈特有天夜里讲的一个故事：

"在军事政变最严酷的日子里，迪亚巴克尔人被监狱里传来的惨叫声驯化时，从安卡拉来了一个身着巡视员制服的人。这个神秘的来客询问将自己从机场带去酒店的库尔德人出租车司机，如今迪亚巴克尔的生活怎么样。司机回答说，所有库尔德人都对新的军人政权十分满意，除了土耳其国旗，他们不相信任何别的东西，搞分裂的恐怖分子被关进监狱后，市民们欢欣鼓舞。'我是律师。'安卡拉来的人说，'我来为那些在监狱里遭受酷刑折磨的人辩护，也替那些因为说了库尔德语而被送去喂狗的人辩护。'一听此话，司机立刻转了个一百八十度大弯。他历数了对库尔德人实施的酷刑，详述了被活活扔到下水道、被惨打致死的人们的故事。安卡拉来的律师忍不住打断了司机，'但你刚才说的跟这些完全相反。'他说。迪亚巴克尔司机则回答道：'律师先生，您说的没错。一开始说的，是我的官方观点，后来说的，是我的个人观点。'"

麦夫鲁特每次想起这个故事，都像第一次听到时那样忍俊不禁，他想在和费尔哈特一起照看顾客的某天晚上，争论一下这个故事，但费尔哈特一直很忙，想着别的事情。也许费尔哈特厌恶麦夫鲁特的说教，才更少来店里的。麦夫鲁特不时不由自主地说一些有关拉克酒、葡萄酒、沾花惹草，已婚男人要有责任心的话，费尔哈特对此很反感，他说："那是什么话，这些也是《告诫报》上写的吗？"以此对麦夫鲁特含沙射影。尽管麦夫鲁特跟费尔哈特说过很多次，他根本不看那份报纸，只是因为报上登了一篇有关店铺的好文章，他才买来看看，但费尔哈特根本不听，只是轻蔑地摇摇头。有一次，费尔哈特还因为麦夫鲁特挂在墙上的那幅画取笑了他。麦夫鲁特为什么那么喜欢老人喜欢的话题、墓地和古老的东西？

麦夫鲁特发现，随着奉行宗教政策的政党赢得越来越多的选票和支持者，费尔哈特也像很多左派和阿拉维派人那样，变得惴惴不安，甚至陷入恐慌。"最终他们将首先禁止酒精，那样的话，钵扎的重要性就会突显出来。"他半玩笑半认真地推理。他不在茶馆和提起这个话题的人争论，实在被逼急了，他就说这句让忧心忡忡的凯末尔主义者恼火的话。

麦夫鲁特开始想，费尔哈特不来店铺的一个原因，可能是自己当兵时写的那些信。"如果一个人当兵时给我的妻子写了三年情书，我也不愿意每天看见他。"他自言自语道。明白费尔哈特最终不会来店铺的那些夜晚，他提醒自己，费尔哈特连自己的家都不回。因此独自在家的萨米哈才去麦夫鲁特家，和拉伊哈、孩子们做伴。

一天晚上，当麦夫鲁特明白，即便再晚，费尔哈特也还是不会来时，他恼火了，不耐烦地早早关掉店门回了家。萨米哈在麦夫鲁特回去前不久回家了。萨米哈大概开始用香水了，或者麦夫鲁特闻到的是萨米哈带给孩子们的礼物的气味。

拉伊哈晚上早早地看见麦夫鲁特，却没表现出麦夫鲁特想象中的欣喜。恰恰相反，她吃醋了。她问了丈夫两遍为什么要早回来。麦夫鲁特自己也搞不清为什么好好地就早回了家，他觉得拉伊哈吃醋毫无道理。在连襟店里，为了不让三个人不开心（也就是说还包括萨米哈），麦夫鲁特处处小心：他注意不和萨米哈单独待在店里；需要和拉伊哈说话时，他用温和、亲切的语气，而和萨米哈说话时，他像对一个宾博员工那样，用一种疏远和官方的口气。但显而易见，这些措施还有欠缺。麦夫鲁特现在发现，他们陷入了一个无法摆脱的恶性循环里：如果他做出一副没什么可被嫉妒的样子，那他就会落入有事藏着、在暗度陈仓的境地，而这会让他妻子更吃醋。如果他做出一副拉伊哈吃醋有道理的样子，那就等于麦夫鲁特承认了一个莫须有的罪名。因为孩子们还没睡，拉伊哈克制了自己，在麦夫鲁特早回家的那天夜里，没让事态扩大就息事宁人了。

拉伊哈： 一天中午，和邻居雷伊罕大姐一起做嫁妆物件订单时，即便害臊，我也跟她说了一点我吃醋的事情。她觉得我有理。她说，如果丈夫身边有一个像萨米哈那样的漂亮女人，任何女人都会吃醋，这不是我的错。当然，这话让我更吃醋了。雷伊罕大姐说，我该做的，不是把醋意埋在心里万般苦恼，而是告诉麦夫鲁特，提醒他也要注意。女儿们上学后，我本想跟麦夫鲁特说这事的，但我们吵架了。"怎么了？"麦夫鲁特说，"难道我不能随时回家吗？"

其实，我并不相信雷伊罕大姐说的每句话。当然，对于我亲爱的妹妹萨米哈，我不会去想漂亮但没孩子的女人对于全世界都是一个危险。雷伊罕大姐说，和法特玛还有菲夫齐耶一起玩耍、给她们讲故事时，其实萨米哈既在平息自己没有孩子的痛苦，又在获取**嫉妒**的痛苦和乐趣。"拉伊哈，你要惧怕不孕的女人，因为在她们沉默的背后隐藏着巨大的愤怒。"她说。她还说："她为你的女儿们买肉丸时，心里并不那么纯粹。"愤怒时，我叫嚷着把雷伊罕大姐教我的话对麦夫鲁特说了一两句。麦夫鲁特则说："你不该这么说你的妹妹。"

也就是说，萨米哈立刻偷去了我那个傻瓜麦夫鲁特的心，他也立刻站到了她的一边，不是吗？我也更大声地嚷道："**她不能生育！**如果你站在她一边，那这就是我的恶言恶语。"麦夫鲁特则做了一个类似"唉，你这人太可怕了！"的手势，紧皱眉头，好像我是一条虫。

写信给她，然后和我结婚的疯子！不，这话我没说。不知怎么了，叫嚷时，我顺手拿起一包新芽牌茶叶，像石头一样朝他的脑袋扔去，并且叫道，**让我去死，你和萨米哈结婚，行了吧**！但我不会把两个女儿留给后妈。和你们一样，我也看见那个萨米哈现在就用礼物、故事、美貌和钱财来讨好我的女儿，但如果我这么说，所有人，首先就是你们会异口同声地说："啊，拉伊哈你怎么这么想？难道孩子们不能和她们的姨妈一起说笑玩耍吗？"

麦夫鲁特试图战胜我，他说："**够了，你还是先认识一下自己吧**！"

"我知道自己是谁，所以从今往后我再也不去店里，"我说，"那里很难闻。"

"哪里？"

"连襟钵扎店……**难闻**。我在那里觉得恶心。"

"钵扎让你恶心吗？"

"我烦透了你的钵扎……"

麦夫鲁特的脸上露出了可怕的表情，我被吓到了，脱口说出，**我怀孕了**。其实这话我绝不会跟他说的，就像维蒂哈那样，我会去刮掉肚子里的东西解脱出来，但一不留神，脱口而出，我继续说道。

"麦夫鲁特，你的孩子在我肚子里，这个年纪，看见法特玛和菲夫齐耶我很害臊。你也一点不小心。"说着我责怪了他。这话一说我就后悔了，可看见麦夫鲁特一下子温柔起来，我满意了。

好个麦夫鲁特，你在店里做着小姨子的梦，无缘无故地咧嘴傻笑、装腔作势，可你看看，早上孩子们上学后，你在家里和老婆都干了些什么，这下全暴露了。大家会说，"麦夫鲁特你真厉害，一点也不闲着啊！"无论怎样也怀不上孩子的萨米哈，则会嫉妒我肚子里的第三个宝宝。

麦夫鲁特走到床边，在我身旁坐下，把手搭在我的肩上，拉我到他身边。"不知道是男孩，还是女孩？"他说，"你怀孕就别去店里了。"他的语气甜蜜、温柔，"我也不去那个店铺了。你看，因为店铺我们总吵架。拉伊哈，晚上上街叫卖钵扎更好，更挣钱。"

我们说了一阵，"不，你要去，真的你去，我不去，你别去，你会去的。"还说了一些类似"你原本就误解了我，谁都没错"的话。

"其实萨米哈做得不对。"麦夫鲁特说，"别让她再去店里了。费尔哈特和她已经跟咱们不是一路人了，你看萨米哈用的香水……"

"什么香水？"

"昨晚我回家时，家里全是她的香味，也不知道她用了什么香水。"说着他还笑了一下。

"也就是说，昨晚你是为了闻她的香味才那么早回家的！"说完我又开始哭起来。

维蒂哈：可怜的拉伊哈又怀孕了。一天早上她来了杜特泰佩。"姐，我们看见孩子们害臊，你就帮帮我，立刻带我去医院。"她说。

"拉伊哈，你们的女儿都快到了嫁人的年纪。你眼看就到三十，麦夫鲁特也快四十了，你们这是怎么了？难道你们还没学会该做什么，不该做什么吗？"

拉伊哈说了一堆至今她都觉得没必要说的私密的事情，随后她提到萨米哈，找个借口还抱怨了她。那时，我就明白了，其实这个孩子不是因为麦夫鲁特的不小心，而是拉伊哈做了手脚才怀上的。但当然这点我没跟她说破。

"我亲爱的拉伊哈，孩子是家庭的快乐源泉，女人的安慰，人生最大的幸福。不管怎么样，你就生下这个孩子吧。"我说，"有时我对博兹库尔特和图兰的无礼很生气。你看，他们对你的女儿们都做了些什么。为了让他们有点人样，这么多年来我打他们都打累了，但他们是我活着的唯一理由，是我的生命之水。真主保佑，如果他们有什么事，我就去死。现在他们开始剃胡子，折腾青春痘了，他们说我们已经成人，不让他们的妈妈再打他们一下，甚至也不让我亲他们……如果我要是再生两个，现在就可以把两个小的抱怀里，亲吻抚摸他们，我就会更幸福，也不会在意考尔库特的伤害。现在我后悔堕掉的那几胎……很多女人因为堕胎后悔变疯，但在世界的历史上还没有女人因为拥有孩子而后悔。拉伊哈，你后悔生下法特玛吗？你后悔生下菲夫齐耶吗？"

拉伊哈开始哭起来。她说，麦夫鲁特挣不到钱，做经理也不成功，现在他们整天提心吊胆，害怕钵扎店也失败。如果没有她为贝伊奥卢的嫁妆店做的手工活，他们都没法过到月底。真主让他们苟且度日，所以她坚决不会把孩子生下来。本来一家四口从早到晚挤在一间屋里就喘不过气来，决不能再多加一个人。

"亲爱的拉伊哈。"我说，"困难的时候，你的维蒂哈大姐一定会帮你。但孩子是一样神圣的东西，是有责任的。你回家再好好想想。下周我把萨米哈也喊来，咱们再一起聊聊。"

"别叫萨米哈，姐，我本来就烦她。别让她知道我怀了孩子。她不能生育，会嫉妒的。我也已经决定了，没什么可多想的。"

我告诉拉伊哈，我们的凯南·埃夫伦帕夏，在1980年的军事政变后三年，干了一件好事，赋予了单身女人在怀孕十周内去医院堕胎的权利。从中受益最多的，是那些婚前能够做爱的勇敢的城市单身男女。已婚女人则需要说服她们的丈夫签字，以证明他们同意拿掉孩子。杜特泰佩的很多女人的丈夫说，没必要，罪过，将来他们会照看我们，不同意签字。于是，女人们就和她们的丈夫不断吵架，然后生下第四个第五个孩子。另外一些女人则用她们互相学来的原始办法，打掉了她们的孩子。"拉伊哈，麦夫鲁特如果不签字，你可千万别被街区里的女人蒙骗，做那样的蠢事啊！以后你会后悔的。"我对妹妹说。

还有就是像考尔库特那样的男人，根本不为签字烦恼。他们的事我也告诉了拉伊哈。很多男人，觉得签字比避孕更轻松，因为"反正可以堕胎！"，随便就让他们的老婆怀孕。新法律颁布后，考尔库特让我白白地怀了三次孕。我在儿童医院堕了三次胎，等我们手上稍微有点钱后，我当然后悔了。因此我才知道，医院里该对医生说什么，之后该问谁要什么证明。

"拉伊哈，咱们先要去区长那里开一张你和麦夫鲁特是夫妻的证明，然后再去医院开一张显示你怀孕了、有两个医生签字的证明，外加一张空表格，然后拿去给麦夫鲁特签字。明白了吗？"

于是，麦夫鲁特和拉伊哈之间的争吵，带着同样的伤感和愤怒，只是沿着一条比嫉妒更模糊的轨迹，在拉伊哈生不生孩子的问题上继续着。既不能在店里，也不能当着女儿们的面，所以他们只能在早上，孩子们上学后，才争论这个问题。与其说是争论，不如说是用表情来表达无法调和：板脸、苦相、嗤鼻、怒视、蹙眉，比语言更有分量，因此他俩都更加注意彼此的表情。没过多久，麦夫鲁特悲哀地明白，两极之间的犹豫不决，被逐渐变得不耐烦、暴躁的拉伊哈视为了"消遣"。

另外一方面，麦夫鲁特因为孩子可能是男孩而激动、幻想。他的名字要叫麦夫利德汗。他记得，巴布尔汗因为有三个狮子灵魂的儿子才攻克了印度，成吉思汗则因为有四个忠诚的儿子才成为了世上最让人惧怕的皇帝。他跟拉伊哈说了上百遍，他爸爸刚来伊斯坦布尔时之所以失败，就是因为没有一个男孩，而麦夫鲁特从村里赶来帮他时，则已经太晚了。然而"太晚了"这个词，只在提醒拉伊哈，堕胎合法的第一个十周。

以前，女儿们上学后，他们在早上的那个钟点做爱，还十分幸福。而现在则不停地争论、吵架。只是拉伊哈一哭，麦夫鲁特便会愧疚，他拥抱妻子安慰她，"任何事情都会有办法的。"他说。脑子混乱的拉伊哈也会跟着说，也许生下孩子是最好的选择，但随后她立刻因为说了这话而后悔。

麦夫鲁特想到，拉伊哈这么坚决地要做掉孩子，其实是对他的贫穷和失败的一种反应，甚至是一种惩罚，对此他很生气。仿佛如果他说服拉伊哈生下孩子，就表明他们的人生就没有任何不足和缺憾了。甚至会让人觉得，他们比阿克塔什一家人更幸福。因为考尔库特和维蒂哈也只有两个孩子。而可怜的萨米哈一个也没有。幸福的人一定有很多孩子。不幸福的富人，就像那些让土耳其控制人口的欧洲人一样，嫉妒穷人多子。

但一天早上，麦夫鲁特无法忍受拉伊哈的坚持和眼泪，去找区长开他们的结婚证明了，可真正的职业是房地产经纪人的区长不在办公室。麦夫鲁特不想立刻空着手回家见拉伊哈，就毫无目的地在塔尔拉巴什的街道上闲逛起来。他的眼睛，因为失业时养成的一个习惯，开始搜寻出售的小贩推车、能和他一起干活的看店的朋友，或是某个可以打折的物件。塔尔拉巴什的街道上，最近十年里，充满了小贩推车，只是它们中的一半，大白天也都锁着、空着。因为晚上没出去卖钵扎，麦夫鲁特的灵魂萎缩了，也失去了一些激唤他与街道产生心灵感应的东西。

他去找了十三年前为自己和拉伊哈主持宗教结婚仪式的库尔德人旧货商，此人还就斋月里做爱的问题给过他们忠告。旧货商请他喝茶时，他们稍微谈论了一下宗教话题和新当选的市长。越来越多的酒馆在往贝伊奥卢的街上码放餐桌。他还跟旧货商提到了堕胎问题。"《古兰经》里提到了，堕胎是一大罪过。"旧货商喋喋不休，但麦夫鲁特并没太当回事。如果真有这么大的罪过，怎么还会有那么多人堕胎？

但他还是被旧货商说的一件事困扰了：出生前从娘胎里被拿掉的孩子的灵魂，在天堂里就像失去父母的小鸟，不耐烦地从一根树枝跳到另一根树枝；它们犹如白色的小麻雀，慌乱地从一个地方蹦到另外一个地方；令人不安。但他没跟拉伊哈说这事，因为他妻子可能不相信区长真的不在办公室。

四天后他第二次去时，区长说，他妻子的身份证过期了，拉伊哈如果期望得到国家提供的一项服务（麦夫鲁特没说这项服务是堕胎），那她就必须跟所有人一样去办理新的身份证。这个问题吓到了麦夫鲁特。因为远离国家纪录，是去世的爸爸给他的最大忠告。麦夫鲁特从未给国家交过税。他们还没收、拆解了他的白色手推车。

确信麦夫鲁特最终会签字同意堕胎后，拉伊哈担忧起独自看店的丈夫，4月初，她又开始去连襟店。一天下午她在店里呕吐了，试图不让麦夫鲁特知道，但失败了。麦夫鲁特清理了妻子的呕吐物，没让任何一个顾客发现。在拉伊哈生命的最后那些日子里，她没再去店里。

夫妻俩商定，下午放学后让法特玛和菲夫齐耶去一下连襟店，帮忙洗杯子、归置店铺。拉伊哈的烦恼则是，怎么跟女儿们解释自己为什么不能去店里帮忙。拉伊哈觉得，首先是两个女儿，她怀孕的事知道的人越少，她就越容易从中解放出来。

麦夫鲁特像是给战场提供后方支持的厨师和护士那样在店里给女儿们派了活。法特玛和菲夫齐耶隔天轮流去店里。麦夫鲁特让她们洗杯子，归置店铺，但带着父亲的嫉妒，他让她们远离为顾客服务，收钱，甚至与顾客交谈等任务。他和她们交朋友，询问她们在学校里做什么，喜欢电视里哪些好模仿的喜剧演员、丑角，她们在看哪部连续剧和电影，喜欢哪些场景。他们可以聊很久。

法特玛更聪明、稳重、安静。她能够思考食品、衣物、东西的价钱；店铺里卖什么；光顾连襟店的顾客；街上的状况；和角落里的乞丐一起卖走私物品的看门人；甚至是店铺的未来；家里的妈妈。对于她的爸爸，她也表现出一种关切的同情，这点麦夫鲁特也深切地感受到了。如果有一天，他有一家成功的店铺（当然如果法特玛也是男孩的话），就像麦夫鲁特在家里自豪地跟拉伊哈说的那样，他可以放心地把店铺交给十二岁的女儿。

十一岁的菲夫齐耶则还是个孩子：她不喜欢做任何麻烦的事情，比如打扫、擦拭、弄干，她喜欢逃避，做任何事情都马马虎虎、图方便。麦夫鲁特总想责骂她，但总被她气得发笑，所以他也知道自己说什么也没用。可麦夫鲁特很喜欢和菲夫齐耶谈论光顾店铺的顾客。

有时，来了一个顾客，不喜欢钵扎，喝两口就放下，说粗话还试图少给钱。麦夫鲁特可以和女儿们就这样一件小事说上两三天。有时，他们伸长耳朵去听顾客的谈话。比如，两个男人商讨如何对付给了一张空头支票的混蛋；两个在隔了两条街的赛马点赌博的朋友；因为下雨，三个朋友跑来店里议论他们看的电影。麦夫鲁特最喜欢的事，则是让女儿们读某个顾客遗忘或留在店里的一张报纸。不管在店里的是哪个女儿，他都会把报纸递给她，好像她们的爸爸（就跟她们从未见过的爷爷穆斯塔法一样）是文盲，让她随便从一处念起，而他则看着窗外静静地听着。有时，麦夫鲁特会打断女儿，"你看见了吧。"说着去关注一个重点，就着报上的话题，给女儿们一些关于人生、道德、责任的小指点。

有时，一个女儿害羞地跟爸爸述说一个烦恼（地理老师总盯着自己；想买一双新鞋，替换边上已经开胶的旧鞋；因为被取笑，所以不想再穿那件旧风衣了），一旦麦夫鲁特明白自己无法消除女儿的烦恼，"别担心，总有一天会解决的。"他便说，"如果你保持内心洁净，那么你想要的一切最终都会有的。"他用自己的格言来结束话题。一天晚上，他看见女儿们异口同声地用这句话开玩笑，但作为被嘲笑的爸爸，他非但没生气，反而带着再次见证女儿们的聪慧和戏谑的幸福，一笑了之。

每晚天黑之前，麦夫鲁特冒着让店铺空着五六分钟的风险，牵着那天来店里的女儿手，一路小跑，把她从独立大街的这头送去塔尔拉巴什的那头，"好了，你别磨蹭赶快回家去。"说完，他一直看着女儿的背影，直至她消失在自己的视野里，随后赶紧跑回店里。

送完法特玛回到店里的一个晚上，他看见费尔哈特在店里抽烟。"把这家希腊人店铺给我们的人跑到对面去了。"费尔哈特说，"这一带的地价、房租都在涨，亲爱的麦夫鲁特。袜子、转烤肉、裤头、苹果、鞋子，无论你在店里卖什么，都可以比咱们多挣十倍。"

"咱们本来也没挣什么钱……"

"就是啊。我要放弃开店。"

"什么意思？"

“咱们需要关掉店铺。”

“我留下来呢？”麦夫鲁特害羞地问道。

“租下希腊人房产的团伙总有一天会回来。到时候，他们会随心所欲地给你开个租金……如果你不给，他们就揍你……”

“那他们为什么不问你要租金？”

“因为我管着他们的用电，我给那些遗弃的房子通上电，让这些空置、老旧的地方有了价值。如果你们立刻腾空店铺，那么店里的东西还有救。你们先把所有东西从店里撤出来，卖掉，随便怎么处理。”

麦夫鲁特立刻关了店，从杂货店里买了一小瓶拉克酒，和拉伊哈还有女儿们一起吃了晚饭。多年来他们都没有一家四口围坐在一起吃晚饭了。麦夫鲁特看着电视开玩笑，就像说一个好消息那样，他高兴地通报大家，自己决定晚上重新上街去卖钵扎，他和费尔哈特关掉了店铺，今晚他放假，所以要喝酒。如果拉伊哈不说“愿真主保佑我们的结局”，谁也不会觉得是在听一个坏消息。麦夫鲁特因此埋怨了妻子。

“我喝酒时，你别说真主……”他说，“咱们这不是一切都好好的嘛。”

第二天上午，在法特玛和菲夫齐耶的帮助下，他们把店铺里的厨房用具搬回了家。楚库尔主麻的一个旧货商给柜台、桌椅开了一个很低的价格，麦夫鲁特一生气就去找了一个认识的木匠，可这些破旧物件的木头价钱更低廉。他把自家的小镜子拿回了家，让法特玛和菲夫齐耶各抬一头，把费尔哈特买的镶着银色镜框的大镜子，送去了她们的姨妈家。他把镜框里的《告诫报》上的文章，和那幅画有墓碑、柏树、灵光的画，拿回家，把它们并排挂在了电视后面的墙上。看着画上的“另外的世界”，麦夫鲁特觉得高兴。

5

麦夫鲁特当停车场管理员

又愧疚又困惑

　　麦夫鲁特知道，由于他在宾博的失败，他无法启齿再去向阿克塔什他们要一份新差事，他生费尔哈特的气。其实他能够很快忘记这份气恼，利用费尔哈特关店的愧疚，去问他要一份新差事。可是因为拉伊哈，他连这也不能做，因为拉伊哈在家里不断指责费尔哈特关掉店铺，说他是个坏人。

　　麦夫鲁特晚上叫卖钵扎，上午就沿街转悠，去熟人那里找工作。相识多年的餐馆领班和老板，邀请他去做领班、照看款台一类的事情，他却做出一副认真考虑的样子，因为他想要的不仅是一份不用太费劲（像费尔哈特那样）且挣钱容易的差事，还要能够给他留出时间和体力以便晚上出去叫卖钵扎。连襟店关张后，真心诚意为麦夫鲁特找工作的莫希尼4月中告诉他，他们的中学同学"新郎官"，在潘尬尔特的一家广告公司当老板，他在办公室等麦夫鲁特。

　　麦夫鲁特穿上节日西服，去了"新郎官"的办公室。但两个老同学没有亲吻拥抱，因为握手时，"新郎官"表现得颇为正式和疏远。但他不仅对笑眯眯看着他们的漂亮秘书（"大概是他的情人。"麦夫鲁特想）说，这是一个"很聪明、很好、很特别的人",还说是自己的好朋友。而秘书则莞尔一笑,因为一个是富有的资本家老板,一个则是貌似一事无成的穷人,这样的两人成为"好朋友",简直就跟玩笑一样。出于本能,麦夫鲁特不愿意接近"新郎官",也不愿意去伺候办公室里那些戴领带的职员,于是他当即拒绝了经营四楼楼梯下面茶室的提议。但他又以同样的果断,同意去看管"新郎官"在窗前指给他看的办公楼后院的停车场。

他的工作,就是保证大楼后院通向后街的停车场,免受随意停车和被私家车主称为"停车场黑社会"团伙的滋扰。

尤其在最近十五年里,像苍耳子那样黏附在城市里的停车场团伙,由半黑社会半流氓团伙性质的同乡狐朋狗友团伙组成,他们通常五六个人一伙,与警察暗中勾结。这些团伙,在伊斯坦布尔的中心地带,凭借蛮力、刀械、枪支,就像在他们自家地盘上那样,霸占未标明禁止停车的某条街道、某个角落、某块空地,向在那些地方停车的私车车主索取停车费。不给钱的车辆,要么后门车窗的三角玻璃被砸,要么车胎被扎;如果是欧洲进口的昂贵新车,那么它们的车门就会被划伤。很多人拒绝付钱。一些车主觉得停车费太贵;一些人说,"我在这里住了四十年,在我的家门口停车,为什么要给你钱?你是谁?从哪里冒出来的?";另外一些人则用"发票呢?小票呢?"为借口拒绝付钱。因此在当停车场管理员的六个星期里,麦夫鲁特见证了很多争执、对骂、打架。但上任伊始,他凭借老练的外交手腕和迁就的姿态,在广告公司后院和停车场团伙强占的街道之间,成功地划出了一条分界线,由此他没介入过任何争端。

尽管伊斯坦布尔的无数停车场团伙假以暴力和流氓手段,明目张胆地损坏车辆,但这些团伙也向城市里无法无天的富人提供了一项重要的服务。在严重堵车或很难找到停车位的地方,被称为"管家"的团伙成员,会去照看停放在人行道,甚至马路当中的私家车辆,如果再多给三五小钱,他们甚至会在停车期间帮你擦玻璃、洗车,把车收拾得锃亮。团伙里一些年轻的无耻之徒,把他们收了钱的车故意停放到麦夫鲁特执守的公司后院里。因为"新郎官"说"我不想看见争斗",麦夫鲁特也就不去和他们理论。从这方面来看,他的差事并不难。"新郎官"或者广告公司里有车的其他职员,早上上班、晚上下班时,麦夫鲁特都带着一个交警的自信,指挥后街上的车辆停下,冲着进出停车场的车辆,说着"走走,往左,往左,往左",认真引导。他们下车时他去给一些重要的人物开门(他给"新郎官"开门时总带着一种朋友的姿态),回答一些人的关于谁来了、谁走了的询问。走"新郎官"的后门,他在人行道和院子——停车场交汇的地方——有些人也叫那里院门,但并没有门——放了一把椅子。麦夫鲁特就坐在这把木椅上,关注着后街上来往的车辆、看着两个在楼门前注视街道的看门人、一个不时走上大街展示他伤残腿脚的乞丐、一个萨姆松人杂货店里不断进出的伙计、人行道上的行人、楼房的窗户、野猫、野狗,和停车场团伙里最年轻的成员(他们轻蔑地称他"看车人")聊天,如此度过一天的大多数时间。

看车人凯末尔是宗古尔达克人,他身上有种让人着迷的东西,那就是尽管他不是很聪明还总是唠唠叨叨,而他唠叨的所有东西,麦夫鲁特都觉得有趣。其中的奥秘则是,小伙子可以把他生活中最私密的事情,坦然地告诉出现在他面前的任何一个人。比如,从他的性习惯到昨晚吃的蒜肠鸡蛋,从他母亲在村里洗衣服或者他母亲和他父亲打架的样子,到昨晚在电视里看见爱情场景时的感受。伴随这些个人和情感故事的,则是他对于公司、国家和政治的大幻想:广告公司里的一半男职员是同性恋、女职员的一半也是同性恋;以前整个潘尬尔特都是亚美尼亚人的财产,总有一天他们会通过美国来跟我们要回去;伊斯坦布尔市长,是新近从匈牙利进口的双节公交车(老百姓叫它们"毛毛虫")公司的秘密合伙人。

年轻的看车人讲述被他称为"我们"的停车场团伙的能耐时,麦夫鲁特还感到了些许威胁的氛围:一些混蛋有钱人,把昂贵的奔驰车停放在他们看管的人行道上,却连一碗汤钱也不给可怜的看车人。对于这类富人的车,若他们愿意就可以销毁,谁也不能说什么。为了拒付区区一包万宝路价格的停车费，一些小气鬼说，"这里是你们的地盘吗？我去叫警察来！"他们是否知道，他们所付的一半钱落入了警察的手里？一些讨厌的家伙自以为是，只会教训看车人，却浑然不知，和钥匙一起交出的崭新宝马车的新电池、昂贵变速箱和空调，在三个小时里全都被更换了。一个云耶人停车场团伙，和道拉普代莱的一家半地下修车厂合伙，在半天时间里，快速无误地用一辆旧奔驰的破马达，替换了一辆1995年奔驰车的马达。到了晚上，车主说"你们把我的车洗得很干净"，还额外地给了"管家"小费。但是麦夫鲁特完全不必担心，团伙无意伤害他和停放在这里的车辆。如果广告公司的停车场里有空位，对于凯末尔从外面带几辆车来停放，麦夫鲁特也不吱声，但他会不时上楼去向"新郎官"报告这些细节。

有时，院子、停车场、人行道、空旷的街道，呈现出一种深邃的凝滞和静谧。（在伊斯坦布尔可能的程度下。）麦夫鲁特拥有拉伊哈和女儿们的亲近之后，他发现自己人生中最爱做的事情，就是看着来往的路人（就像看电视时那样），想象他所看见的事物，再与某个人谈论这些幻想。尽管"新郎官"没支付他很多钱，但他的差事靠近街道，不在办公室，因此他不该抱怨。更何况，六点公司关门，车辆离开后，他能回家（夜晚停车场就留给团伙了），晚间还有时间出去卖钵扎。

当停车场看管员一个月后的一天中午，他看见一个擦鞋匠在空荡荡的街上挨家挨户转悠，擦拭楼上人送下来的皮鞋。麦夫鲁特突然想起，拉伊哈的孕期已经超过了能够堕胎的法定十周。麦夫鲁特发自内心地认识到，他们之所以在这个问题上没有进展，一来是自己不情愿，二来拉伊哈也不知所措。再者，如果在国立医院里堕胎也是有危险的。而事实上，将要出生的孩子既是家庭的快乐源泉，也是把家人更紧密地联系在一起的纽带。拉伊哈还没把怀孕的事告诉法特玛和菲夫齐耶。如果说了，她会欣喜地看见两个成熟的女儿也会照看宝宝的。

麦夫鲁特就这样想了很久家里的妻子。他想到自己是那么依赖和深爱拉伊哈，想到这些他几乎落泪。刚下午两点，女儿们还没有放学回家。麦夫鲁特像高中时那样，感到了自由。他把停车场托付给年轻的宗古尔达克人凯末尔，大步流星地往家走。他要和拉伊哈单独待在家里，重新回到他们结婚头几年从不吵架的美好时光里。他在心里感到一种愧疚，仿佛自己遗忘了一件至关重要的事情。也许就是为此他才那么着急回家的。

一走进家门，他就明白了是真主让他急忙跑回家的。拉伊哈试图用一种原始的办法自己堕胎，发生了不测，她已经由于失血和疼痛处于半昏迷状态。

麦夫鲁特一把抱起妻子，奔跑着上了一辆出租车。做这些时，他知道自己永远不会忘记此刻的每一瞬间。他万般祈祷不要失去他们的幸福生活，不要让拉伊哈受罪。他抚摸妻子被汗水浸湿的头发，她那如纸般煞白的面容，让他惊恐万分。在赶往急救医院的五分钟路程上，他在拉伊哈的脸上，看到了他去抢她那晚看到的又愧疚又困惑的眼神。

进入医院大门时，拉伊哈已经因为失血过多撒手人寰。她才三十岁。

6

拉伊哈之后

如果你哭，谁也不能跟你生气

阿卜杜拉赫曼：我们村里的招待所里有电话了。"快跑，你女儿从伊斯坦布尔打来的！"他们说。好不容易赶到了：打电话的是维蒂哈，我亲爱的拉伊哈流产住院了。在贝伊谢希尔上大巴前，我空腹喝下了两杯拉克酒，在心里感到了一种不祥之兆，以为自己会伤心欲绝：因为同样的不幸，也发生在我那没娘的三个女儿的妈妈身上。哭泣能舒缓人的悲痛。

维蒂哈：我亲爱的天使妹妹拉伊哈，安息吧。现在我明白了，她对我和麦夫鲁特各说了一个谎。她对我说，麦夫鲁特想要拿掉宝宝，其实不是这样的。她对麦夫鲁特说，宝宝是女孩，这当然也还不能确定。可我们都陷入了巨大的悲痛中，我不认为谁还能够说些什么。

苏莱曼：我害怕麦夫鲁特看见我，他会以为我不够悲伤。恰恰相反，一看见麦夫鲁特失魂落魄的样子，我就哭了起来。我一哭，麦夫鲁特也哭了，我妈妈也跟着哭起来。随后，似乎不是因为拉伊哈去世，而是因为大家都在哭，所以我也跟着哭。儿时，考尔库特对每个哭泣的孩子说，"别哭得像个女人似的，"这下他没法说什么了。见我独自在客房看电视，考尔库特走进来："兄弟，你哭的也太多了吧。"他说，"但是你会看见，最终麦夫鲁特还会找到一条幸福的出路。"

考尔库特：我和苏莱曼一起从急救医院里领出了拉伊哈的遗体。他们说："伊斯坦布尔最好的女洗尸员，在贝希克塔什的巴尔巴罗斯清真寺的洗浴房。那里的海绵、肥皂水、裹尸布、毛巾、玫瑰水都是最好的。你们最好事先给小费。"我和苏莱曼照办了，随后在清真寺的天井里抽烟，等待拉伊哈净身。麦夫鲁特也去了工业园区墓地的行政办公室，可他忘了带身份证，我们仨又回到了塔尔拉巴什。麦夫鲁特一开始没能在家里找到身份证，他一头扑到床上哭起来，随后爬起来重新找，总算找到了。我们再返回墓地，一路上都堵车。

萨菲耶姨妈：做海尔瓦甜食时，我的眼泪掉进了锅里。我看着一滴滴眼泪消失在海尔瓦颗粒间：仿佛随着眼泪消失，我也在忘记一样东西。煤气罐会没气吗？我是不是该往蔬菜里再放一点肉？因为哭累的人走进厨房，拿起锅盖，久久地默默看着锅里。仿佛你哭久了，就被允许进厨房去看炉灶上锅里的东西。

萨米哈：可怜的法特玛和菲夫齐耶留在我家过了夜。维蒂哈也来了，"你把她们带我家去。"她说。于是，我第一次回到了十一年前为了不嫁给苏莱曼，我逃离的杜特泰佩的阿克塔什家。费尔哈特说过，"当心苏莱曼！"可他并不在周围。十一年前，大家都以为我会嫁给苏莱曼，连我自己都这么以为！我好奇地看了一眼四周：当年我和爸爸住过的房间似乎变小了，但依旧散发出一股蜂蜡的气味。他们又加盖了一层楼。我在这个家里很尴尬，但大家都在想着拉伊哈，我就又哭起来。如果你哭，谁也不能跟你生气，也不能问你话。

萨菲耶姨妈：先是麦夫鲁特的两个女儿法特玛和菲夫齐耶，随后是维蒂哈，她们哭累了全跑来厨房，就像看电视那样，久久地看着锅内和冰箱里。然后萨米哈也进来了，我一直很喜欢她，不怨恨这姑娘，尽管她先用美貌让苏莱曼动心、陶醉，随后又离他而去。

维蒂哈：感谢真主禁止女人参加葬礼，我可受不了。男人们去清真寺后，我们留在家里的女人还有麦夫鲁特的两个女儿，全都哭了。有时，房间的这个角落里有人哭，那个方向没人哭，可另外角落里还是有人在哭。我没等去参加葬礼的人回来，甚至没等天黑，就去厨房给大家拿来了海尔瓦甜食。海尔瓦甜食一到，哭声就停止了。法特玛和菲夫齐耶吃海尔瓦时，在窗前看见了后院里博兹库尔特和图兰的黑白色足球。吃完海尔瓦，大家重又哭起来，可最终都哭累了。

哈吉·哈米特·乌拉尔：阿克塔什的侄媳妇年纪轻轻就去世了。清真寺的天井里全是年老的科尼亚人酸奶小贩。他们中的多数人，把在1960—1970年间圈下的地皮卖给了我。随后所有人都后悔说，要是晚点卖多赚点钱就好了。他们全都说，哈吉·哈米特低价买走了我的地皮。没有人说，感谢哈吉·哈米特，买去了我们在荒山上圈下的国家地皮，尽管连地契也没有，他还是付给了我们很多钱。如果他们拿出那钱的百分之一，捐给清真寺保护协会，那么今天为了更新铅槽和漏水的雨水槽，更换《古兰经》培训室的大门，就不用我出钱了。但我早已习惯了这些人，我慈爱地对他们微笑，伸手给想亲吻的人亲吻。死者的丈夫失魂落魄。我问他们，这个麦夫鲁特不卖酸奶后都做了些什么，他们告诉了我，我很难过。真是五根手指不一样长啊。某些人成了富人；某些人成了智者；某些人齐享天堂之福；某些人则受尽地狱之苦。很多年前，我去参加了他们的婚礼，给"新郎官"戴上了一块手表，经他们提醒，我也想起来了。有人在通往清真寺天井的台阶边上堆满了空包装盒，"清真寺是你的仓库吗？"我说。

不过他们会拿走的。伊玛目来了，人群聚拢起来。我们的先知指示说："参加葬礼最好站在最后一排。"确实，我喜欢站在最后一排，看着前面的人先向右，再向左行礼，因此我从不错过葬礼。我向真主祈求，如果这是一个好女人，就让她去天堂；如果是罪人，就饶恕她。对了，她叫什么名字，伊玛目刚说过。已故的拉伊哈女士还真年轻、真轻，我也扛了一会儿她的棺木，就像羽毛一样。

苏莱曼：考尔库特吩咐我照看麦夫鲁特，所以我一直待在他身边。往墓穴里铲土时，他又差点掉下去，我从后面拽住了他。他已精疲力竭，几乎站不住了。我让他坐在另外一处墓穴旁。麦夫鲁特一直坐在那里，直到拉伊哈被埋葬，人群散去。

其实，麦夫鲁特想留在苏莱曼让他坐下的地方，留在墓地里。他感觉拉伊哈在等待自己的一个帮助。刚才人多杂乱怎么也想不起来的祷词，如果让他独自待着，他就能像流水一样流畅地说出来，也就能帮到拉伊哈了。麦夫鲁特知道，尸体被泥土掩埋、灵魂从墓地升起时，祈祷可以让尸体舒坦。更何况坐在墓地时，各式各样的墓碑、后面的柏树、其他的树木花草、斑驳的光影，和他在《告诫报》上看见、和拉伊哈一起剪下、挂在连襟店墙上的那幅画，简直一模一样。这让麦夫鲁特恍惚觉得似曾经历过眼前这一刻。麦夫鲁特夜晚叫卖钵扎时，有时也会陷入这种错觉，他认为那是脑子在和自己玩的一个游戏，他喜欢这种错觉。

麦夫鲁特的脑子对拉伊哈的去世表现出三个基本反应，这些反应有时是错觉，有时则是他真切体会到的。

第一个也是持续时间最长的反应，就是不接受拉伊哈去世的事实。尽管妻子死在他怀里，可他的脑子时常产生幻觉，好像根本不曾发生这样的事情：拉伊哈就在里面的房间里，她刚才说了一句话，可麦夫鲁特没听见；过一会儿她就会出来；生活还会像往常那样继续。

第二个反应，麦夫鲁特愤恨所有人、所有事。没有及时把拉伊哈送到医院的出租车司机、怎么也办不好新身份证的公务员、区长、医生、把他一人留下的人、让物价高涨的人、恐怖分子、政客。可最让他生气的人则是拉伊哈，因为她让自己孤苦伶仃；因为她没生下男孩麦夫利德汗，逃避了做母亲的责任。

他脑子的第三个反应，则是帮助在死后旅途中的拉伊哈。他想至少在另外一个世界里为她做点什么。现在拉伊哈躺在墓穴里很孤独。如果带上两个女儿去墓地，给她念《古兰经》开端章，拉伊哈的痛苦就会减轻些。麦夫鲁特在墓前开始念开端章后不久，原本他就不全懂的词汇相互混淆起来，一些则被他跳过了。他想重要的是祈祷的心意，以此来安慰自己。

头几个月，麦夫鲁特和两个女儿去工业园区墓地给拉伊哈扫墓后，就去杜特泰佩阿克塔什家。萨菲耶姨妈和维蒂哈给两个没妈的孩子拿出零食，给她们吃那些日子家里一直准备的巧克力和饼干，打开电视，四个人一起看电影。

扫墓后的这些拜访中，他们遇到了萨米哈两次。因为不再惧怕苏莱曼，萨米哈重新回到了这个多年前为了和费尔哈特私奔而舍弃的家，麦夫鲁特看出了其中的意义：萨米哈是为了见她的外甥女，安慰她们，和她们一起得到安慰，才忍受这种难堪的。

在他们的一次拜访中，维蒂哈说，如果夏天麦夫鲁特和两个女儿回村去贝伊谢希尔，她也跟着一起去。她说，杰奈特普纳尔的旧学校被改造成了一个招待所，考尔库特为村协会提供了资助，日后协会将扩大。麦夫鲁特还是第一次听说村协会的事情。他还想到在村里不会花太多的钱。

麦夫鲁特和法特玛、菲夫齐耶坐上开往贝伊谢希尔的大巴时，他想自己也许此生再也不回伊斯坦布尔了。然而仅仅过了三天，他就发现，留在村里是带着失去拉伊哈的痛苦构建的一个虚空幻想。因为这里没有面包，最多他们也就是暂住的客人。他要回伊斯坦布尔。他生活的引力中心、愤怒、幸福、拉伊哈，一切的一切都在伊斯坦布尔。

奶奶和两个姑妈一开始的关怀，让两个女孩稍微忘却了一些失去母亲的悲伤，然而她们很快就耗尽了乡村生活的乐趣。村庄依然贫穷，法特玛和菲夫齐耶也不喜欢同龄男孩的关注和玩笑。夜晚，她们和奶奶睡一屋，跟她聊天，听她讲乡村神话故事、过去的争斗、谁跟谁打官司、谁跟谁是敌人，从中她们获得一些乐趣，又有点恐惧地想起失去妈妈的凄苦。麦夫鲁特在村里时清楚地意识到，自己对妈妈怨气满腹，因为她没去伊斯坦布尔，让爸爸和自己孤独地在伊斯坦布尔打拼。如果妈妈和两个姐姐也移居去了伊斯坦布尔，或许拉伊哈就不会落入自己堕胎的绝望境地。

对于妈妈说着"啊，我的麦夫鲁特"，像对孩子那样亲吻爱抚自己，麦夫鲁特还是享受其中的。但在这样的柔情时刻之后，他又想远远地跑开，找个角落躲起来，可最后他还是会找出一个借口重新回到妈妈身边。仿佛在妈妈的怜爱里，还有一种悲伤，这种悲伤不仅和拉伊哈的离世有关，还和麦夫鲁特在伊斯坦布尔的失败，依然求于堂兄弟们的帮助有关。麦夫鲁特跟父亲相反，在过去的二十五年里，从未给村里的妈妈寄过钱，他为此感到愧疚。

在村里的日子里，麦夫鲁特和两个女儿每周三天步行去居米什代莱的歪脖子岳父家。相对于妈妈和两个姐姐，他倒是从歪脖子岳父的友情里得到了更多乐趣。每次他们去，阿卜杜拉赫曼都在午饭时，趁法特玛和菲夫齐耶还在外面玩的工夫，往防碎玻璃杯里倒上拉克酒，讲些一语双关的讽喻故事：他俩的妻子都是年纪轻轻就因为生孩子（男孩）去世了；他俩都将把余生交给女儿们；他俩无论看到哪个女儿，都会伤心地想起她们的妈妈。

在村里的最后几天，麦夫鲁特带着两个女儿更多去了她们妈妈的村子。他们仨都喜欢一边走在满是树丛的山路上，一边不时停下脚步看看山下的景致、远处小村庄的影子以及清真寺纤细的宣礼塔。他们久久地望着岩土层上的片片绿地、穿透云层的阳光映照下的黄澄澄田野、远远地看似一条直线的湖泊、柏树丛中的墓地，谁也不说话。远处传来狗吠声。在回伊斯坦布尔的大巴上，麦夫鲁特想明白了，乡村的景致总会让他想起拉伊哈。

7

用电消费的记忆

苏莱曼遇到麻烦事

费尔哈特：1995年的夏天，我一直忙于从街道和耶迪泰佩电力公司档案里搜寻我的电表情人塞尔维罕的踪迹。码放在架子上的文件，被金属丝装订在硬纸板封面里，还都上了铁锁。另外还有塞满一沓沓纸张的黄色信封以及笔记本，全都布满了七八十年的灰尘。面对这些档案，我和公司的两个退休档案书记员，抽了无数烟，喝了无数茶。尽管更换过几次名字，但耶迪泰佩电力公司那湮没在灰尘里的档案，是伊斯坦布尔自1914年开始的电力生产和销售的全部记忆，当年还是从武器制造厂转型电力生产的。两个年老的书记员认为，在没有掌握这份记忆、没有弄清楚伊斯坦布尔人为了欺骗国家在过去八十年里发明的偷电伎俩、没有明白公民的用电消费和支付电费的逻辑之前，试图在城里收缴电费，完全就是一种徒劳。

夏季过半，我们得知，来自安纳托利亚的耶迪泰佩电力公司的新老板们，可能与我们意见相左。他们要论公斤按纸张的价钱把档案卖给收废品的，甚至还要烧毁它们。对于这样的传言，年长的一个书记员说"那样的话，把我们也一起烧了吧！"以此表示抗议；另一个则在一个愤怒的瞬间说，最恐怖的不是资本主义，而是那些离开安纳托利亚，来到伊斯坦布尔发了财的农民暴发户。随后他们改变了方式：如果我告诉开塞利老板，档案对于收缴电费是何等重要和必不可少，兴许这份巨大的人性和技术财富就有救了。

于是，我们首先从最老的笔记本开始工作，笔记本的白色厚纸散发出一种好闻的纸香，里面的内容是共和国建立和文字改革之前，用奥斯曼土耳其语或法语手写的。就像一个历史学家那样，它们向我展示了20世纪30年代伊斯坦布尔的哪些街区通了电，哪些地方用电消费最多，以及那时的伊斯坦布尔还是一个满是非穆斯林的城市。书记员说，由于50年代实行的一个收费系统，每个收费员就像奥斯曼时期的收税员那样，被派去负责一个明确划定的区域，包含一系列街区。于是收费员就像片区警察一样，认识那里的所有居民，详细记录下居民的偷电把戏，并制作了相关的卡片目录。书记员把笔记本上做有一百个、五百个和九百个卡片目录的泛黄页面——翻给我看。

布满污渍的破损卡片目录中，白色的属于居民类用户，紫色的属于店铺类用户，红色的则属于工业类用户。他们说，真正耍大鬼把戏的是紫色和红色用户，但是"年轻的收费员费尔哈特先生"，如果认真阅读"备注"部分，关注收费员们的英勇努力，就会发现20世纪70年代后，那些一夜屋街区，宰廷布尔努、塔什勒塔尔拉、杜特泰佩和周围地区也都成了非法用电的天堂。在随后制作的卡片目录上，电力公司的职员们在名为"点评"的"备注"部分，使用圆珠笔和用口水蘸湿才能书写的紫色笔，用大大小小、歪歪斜斜的手写体，写下了他们关于用户、电表和偷电鬼把戏的看法。我觉得，所有这些信息都在让我一步一步靠近塞尔维罕。

"他们买了冰箱"、"他们有第二个电暖炉"，类似这样的笔记，是为了帮助读电表的收费员想起并计算住家的预估用电量而写的。两个老书记员认为，档案可以十分清晰地告诉我们，冰箱、熨斗、洗衣机、电暖炉以及其他很多电器，是在什么时候进入哪个家庭的。"他们回村去了……"、

"参加婚礼，家里两个月没人……"、"他们去了别墅……"、"老家来了两位客人……"，类似这样的笔记，则从用电的视角，确认了城市里的动态生活。有时，不期而遇的卡片目录来自叙尔梅内人·萨米经营的夜总会、烤肉店，以及唱民歌的酒吧，我就集中精力看它们，忘了那些"备注"。那时两个老书记员，就拿给我看更有趣也更有帮助的笔记："收费通知挂在门把手的钉子上面。""沿着街区饮水池旁边的墙壁走到无花果树下，电表就在树后面。""戴眼镜的高个子是个疯子，别跟他说话。""院子里有狗，名字叫伯爵，叫它名字，它就不会攻击你。""夜总会楼上的电灯线，既来自里面也来自外面。"

老书记员们认为，做最后这条笔记的收费员是一个勇敢敬业的英雄，因为在夜总会和地下赌场（我也听说叙尔梅内人·萨米有很多地下赌场）那样的地方，当发现一个很艺术的大鬼把戏时，多数收费员不会把这条信息记录下来，这样他们也不必和其他人分享为掩盖偷电行为而收受的贿赂。当我面对这样一条信息时，我就幻想自己将给奴役塞尔维罕的叙尔梅内人·萨米一个打击，重新找到我爱的人，并去搜查那些我已经得到号码的电表、快餐店、餐馆、夜总会。

玛希努尔·玛丽亚：快四十了，我怀上了苏莱曼的孩子。我这年纪的一个单身女人，不得不自己规划人生和未来。我俩在一起十年了，尽管我单纯地被苏莱曼的谎言和敷衍欺骗着，但我的身体比我更清楚应该做什么。

苏莱曼不会欢迎这个消息，对此我毫不怀疑。一开始，他以为我为了和他结婚，依然在用谎言威胁他。随后，在吉汗吉尔的家里，随着不断喝酒和相互提高嗓门，他慢慢明白我真的怀上了他的宝宝，他害怕了。他喝得酩酊大醉，伤了我的心。但我也看见他高兴了。每次他来，我们之间都会发生争吵，不过我不跟他计较，而他却加大威胁和酒量，还说要放弃赞助我唱土耳其流行歌曲。

"苏莱曼，放弃音乐我不会死，但放弃我的宝宝我会死。"有时我说。

那时他就会动情、服软。但即便他不服软，每次争吵后我们都会做爱。

"和一个女人这么做爱，然后扔下她不管，哪有这么便宜的事情？"我说。

苏莱曼羞愧地低下头。有时他临走时说，如果我还是老样子，那将是我最后一次见到他。

"那就再见苏莱曼。"我说道，流着眼泪关上门。现在他每天都来，我肚子里的宝宝也在慢慢长大。有几次，他竟然想打我。

"打啊，苏莱曼，打啊，"我说，"也许像拉伊哈那样，你们也就可以轻松地摆脱我。"

有时，苏莱曼很绝望，我可怜他。就像船只在黑海沉没的商人，他痛苦不堪，**但静静地、绅士般**坐在那里像喝水一样灌拉克酒，那时我就跟他说，我们在一起会很幸福，我看到了他内在的珍宝，我们之间的这种亲近和友情，是可遇不可求的。

"你哥把你压扁了，如果远离他，相信我，你就会变成完全不同的一个人，苏莱曼。咱们没必要怕任何人。"

于是，我们也开始慢慢谈到了我戴头巾的事情。"在这个问题上，我会尽力的。"我说，"但既然有我能够做的事情，也有我不能做的事情。"

"我也是。"可怜的苏莱曼说，"你说你能做的。"

"一些女人，完全为了不让娶她们的善良男人烦恼，除了市政府婚礼，还会去办宗教婚礼……我也可以这么做。但首先你的家人要去于斯屈达尔，在我家向我爸妈正式提亲。"

1995 年秋天，麦夫鲁特和两个女儿回到伊斯坦布尔，继续在"新郎官"的广告公司停车场做管理员。对于老同学因为妻子去世回村，"新郎官"没说什么，他把麦夫鲁特不在时让看门人代管的任务重新交还给了他。麦夫鲁特发现，在过去三个月里，宗古尔达克人凯末尔扩大了团伙的停车场地盘，他用两个花盆和几块人行道砖就改变了原来的分界线。更糟糕的是，凯末尔对自己采用了一种更粗鲁的说话方式，（不是跟你说了嘛，把那辆宝马车弄走！）但他没当回事。拉伊哈去世后，他会因为任何缘由对任何人或任何事恼怒，现在却不知为什么，面对身着一件藏蓝色新西服的宗古尔达克人，他就是生不起气来。

夜晚，他还是出去叫卖钵扎，剩下的时间就全都给了两个女儿。但他的关心只停留在一类肤浅的问题上，"你做作业了吗？""你吃饱了吗？""你好吗？"他很清楚，自从她们的妈妈去世后，两个女儿更多地去找她们的萨米哈姨妈，不过她们不愿意告诉自己去了那里。因此一天早上，法特玛和菲夫齐耶上学后，他听见敲门声，看到费尔哈特出现在面前时，还以为话题是两个女儿。

"现在不带枪，简直没法走进这些街区。"费尔哈特说，"吸毒的、妓女、变性人、各种团伙……咱们去别处给你和你女儿看看房子吧……"

"我们住在这里很满意。这里是拉伊哈的家。"

费尔哈特说他要谈的话题很严肃。他把麦夫鲁特带去了一家面对塔克西姆广场的新咖啡馆。看着贝伊奥卢熙熙攘攘的人群，他们谈了很久。麦夫鲁特听懂了，他的朋友在建议自己去做某种收费员学徒工的差事。

"关于这差事你的个人观点是什么？"

"在这个问题上，我的个人观点和官方观点是一致的。"费尔哈特说，"这个差事不仅可以让你和两个女儿，也可以让在另一边为你们担心的拉伊哈高兴。你会挣很多钱。"

其实，麦夫鲁特从耶迪泰佩电力公司正式得到的钱并不多。但如果他以费尔哈特助手的身份去追讨欠费，那就要比在"新郎官"的停车场做管理员挣得多。但他感觉，费尔哈特所说的"很多钱"，除非把用户支付的一部分钱，作为小费装进自己腰包才可能得到。

"开塞利人老板们也知道，采蜜的人会舔手指。"费尔哈特说，"你拿着初中文凭、居住证、身份证和六张证件照片过来，三天后开始工作。一开始，咱们一起出去收电费，我会把一切都告诉你。麦夫鲁特，我们特别需要你来干这份工作，因为你诚实、不会对不住任何人。"

"真主保佑你。"麦夫鲁特走向停车场时说道，他想费尔哈特甚至没发现这句话里的嘲讽。三天后，他拨通了费尔哈特给的电话号码。

"你第一次做出了一个非常正确的决定。"费尔哈特说。

两天后，他们在库尔图鲁什公交站碰头。麦夫鲁特身着一件好西装，一条没有渍迹的裤子。费尔哈特拿着一个老书记员们年轻时用过的包。"我也去给你弄一个老收费员的包，"他说，"可以吓唬用户。"

他们走进库尔图鲁什后面的一条小巷。有时麦夫鲁特晚上卖钵扎也来这个街区，在霓虹灯和电视光线的映照下，夜晚的街道显得更加现代。但这个早上，街道就像二十五年前，麦夫鲁特在初中时那样，露出一副谦逊的模样。直到中午，他们在那个街区察看了记录在同一个笔记本上的近两百五十块电表。

走进公寓楼，他们先下楼去看门人的单元，抄那里的电表。"7单元有积攒的很多欠费，最近五个月里发了两次警告，还是没付，但你看他们的电表在嗡嗡转。"费尔哈特带着一种老师的口吻说道。他从包里拿出带目录的笔记本，翻到白色目录页面，眯起眼睛念一些数字。"6单元也对去年这个时候留下的两笔大账单提出了异议，我们也就没有切断他们的用电。但你看电表一动也不动。咱们去看看。"

走上弥漫着霉味、洋葱和油烟味的楼梯，他们首先按响了三层7单元的门铃。紧接着，没等开门，费尔哈特就用解释性的声音，但就像一个自信的检察长，带着责备的语气对着里面叫道："收电费！"

门口站着收电费的人，会让屋里的人惊慌。另外说"收电费！"时，费尔哈特使用的现代和权威的语气里，还有超越和警告家庭隐私的一面。挨家挨户卖酸奶的日子里，麦夫鲁特也经历过很多需要细腻讲究的类似时刻，也学会了该怎么做。他想，和诚实一样，由于自己拥有这种关于居民隐私方面的经验，即不成为骚扰者又能得体地和女人交谈的经验，费尔哈特也希望得到自己的帮助。

欠费人家的门有时会打开，有时则不开。门不开的话，麦夫鲁特也学着费尔哈特的样子，侧耳倾听门里的动静。敲门后传来的脚步声，一旦听到"收电费！"就立刻停止的话，这自然意味着里面有人，但知道自己有欠费，因此不来开门。但多数时候门会打开，但出现在门口的往往是一个家庭主妇、一个母亲或者一个戴着头巾的阿姨，或是一个怀里抱着孩子的女人、一个幽灵般年迈的老人、一个愤怒的懒汉、一个戴着粉红色洗碗手套的女人，或者一个视力模糊的奶奶。

"收电费！"费尔哈特再次冲着门里喊道，带着一种国家公务员的语气，"你们有拖欠的账单！"

"收电费的，你明天来吧，我没零钱。""今天我们身边没钱！"一些人立刻说一些诸如此类的话。一些人则说："我的孩子，什么账单啊，我们每个月都去银行缴费的。"或者，"我们昨天刚去缴过费。"还有很多人说："每月月初，我们都把钱和账单一起交给看门人了。"

"可这个本子上写着你们有没有缴付的账单。"费尔哈特说，"现在一切都是自动的，账单是电脑打印出来的。我们的工作就是来断电，因为你们欠费。"

费尔哈特带着诲人不倦和让人感觉事情有无限可能的乐趣，以及展示权力的骄傲，瞟了麦夫鲁特一眼。如果他啥也不说，摆出一副神秘的样子走开，门口的人就会转向跟在后面的麦夫鲁特，露出惊慌的眼神，好似在问，"现在怎么办？他要去切断我们的供电吗？"对于这种眼神，麦夫鲁特在头几个小时里就已经明白了。

多数时候，费尔哈特把一个正面的决定亲口告诉站在门口的用户："这次就算了，但是你看，电力公司私有化了，不能有第三次啊！"或者，"如果我去断电，之后你还要支付重开的费用，好好想想吧。"或者回答道，"既然家里有孕妇，这次就算了，但这是最后一次！"抑或他说："既然你付不起电费，那就仔细点用电！"听到这话就意味着他们的电不会被切断，用户马上便说："真主保佑你！"有时他指着门口流着鼻涕的孩子说："看在他的分上我不断你的电，但下次对孩子我也不会网开一面。"

有几次开门的男孩说，家里没有大人。一些孩子说这话时显得异常紧张，一些则带着一种认为说谎也是一种智慧的大人语气。因为敲门前听了里面的动静，费尔哈特知道孩子在说谎，但他不去道破天机而伤孩子的心。

"好吧，孩子。"他用一个慈爱的叔叔的语气说道，"晚上告诉你的爸爸和妈妈，你们有欠费账单，好吗？你叫什么名字？"

"塔拉特！"

"真棒，塔拉特！把门关上，别让狼来把你吃了。"

但这是费尔哈特在第一天，为了向麦夫鲁特展示工作的容易和轻松才摆出的姿态。而对于一些蛮横无理的人，费尔哈特则从不反驳。比如，醉鬼说："收电费的，除了真主，我们不欠任何人的！"愤怒的人嚷道："国家成高利贷者了，我们都来不及给你们送钱了，无耻之徒！"当着他们的面摔门的老爷爷说："因为受贿，你们在地狱里会被活活烧死。"无所事事、自以为是的人说："我怎么知道你是不是电力公司的人？"一开始，费尔哈特也不去戳穿那些睁眼说瞎话的人。比如，"我妈妈在里面快要死了"、"我们的爸爸在服兵役"、"我们刚搬来，欠费的是老房客"。走出楼门时，费尔哈特认真地告诉麦夫鲁特这些信息的真实含义：那个说，"我们都来不及给你们送钱了"的人，每次都谎称，他贿赂了另外一个收电费团队；戴假牙的老爷爷其实不是什么教徒，费尔哈特在库尔图鲁什广场的酒馆里经常看见他，等等。

"咱们的目的不是欺压这些人，而是收取他们的电费。"他们在一家咖啡馆坐下后费尔哈特说，"如果他付不起电费，就切断他的用电，以此来惩罚一贫如洗的男女老少，那是没道理的。谁真的付不起，谁有点付不起，谁其实能付得起但说谎，谁是骗子，谁是真诚的，搞清楚这些，就是你的事了。老板授权是因为你说，'让我像一个法官那样来做这些评判'，因此评判就是我的事。也就是你的事……明白吗？"

"明白。"麦夫鲁特说。

"亲爱的麦夫鲁特，干这事有两大忌讳：没有查看的电表，你决不能凭想象写出一个读数，如果他们知道了，你就完了；另外一个，其实没必要跟你说，但还是告诉你，那就是不要去挑逗或者多看女人，我不希望一个哪怕是最小的投诉。这是公司的荣誉，他们不会可怜你的……为了咱们今天开工，晚上我带你去春天夜总会怎么样？"

"今晚我要去卖钵扎。"

"今晚也要去吗？你马上就挣大钱了。"

"每天晚上我都去卖钵扎。"麦夫鲁特说。

费尔哈特笑着向前弯了一下身子，做了一个表示我理解的动作。

8

麦夫鲁特在最远的街区

狗只对异己号叫

哈桑伯父： 听说苏莱曼让一个比自己大的歌女怀了孕，还要和她结婚，我什么话也没说。我们也为麦夫鲁特感到很伤心。面对这些灾难，我对萨菲耶说，幸亏除了杂货店我没太难为自己，即使每天在店里用报纸折纸袋我也乐意。

维蒂哈： 我想，也许这对于苏莱曼来说是一件好事。因为再耗下去他就没法结婚了。只有我、考尔库特和苏莱曼一起去于斯屈达尔，向梅拉哈特女士的父亲提亲。苏莱曼穿上西装套服，系了领带。之前他没有为我们去相亲的任何一个姑娘这么用心过，这让我感动。他还满怀敬意地亲吻了他那个退休的公务员岳父的手。很显然，苏莱曼爱这个梅拉哈特，我不知道其中的原因，很好奇。最后她也来到客厅。她稳重、时髦、保养得当。一个四十岁的女人，就像见媒人的十五岁女孩那样，给我们端来了咖啡。我喜欢她的认真、得体和礼貌。随后，她也去给自己端了一杯咖啡。她拿出一包萨姆松香烟，递了一支给她爸爸，她跟她爸爸刚和解。随后，她自己也点燃一支香烟，噗的一声把烟雾吹向小客厅的中央。那时我们全都沉默了。我感觉，那一刻，苏莱曼非但没有因为不得不娶这个为他怀孕的女人而害臊，反而还因为要娶这个女人而感到某种自豪。我还觉得，当梅拉哈特女士吐出的烟雾犹如蓝色薄雾在客厅里飘散时，苏莱曼就像自己把烟雾吹到考尔库特脸上那样骄傲。我困惑了。

考尔库特：当然，他们没提什么特殊要求，也没有能力开口要这要那。他们是谦逊、善良、贫穷的人。很显然，他们也没有接受过任何宗教教育。杜特泰佩的人们可是喜欢嚼舌的。我们决定不在梅吉迪耶柯伊举办婚礼，而是选择了一个远离所有人的地方，我和苏莱曼在阿克萨赖安排了一家不大但考究的婚礼礼堂。随后，"走，让咱兄弟俩男人对男人地喝一杯中午的拉克酒。"我对苏莱曼说。我们去了库姆卡普的一家酒馆。"苏莱曼，"喝下两杯后我说，"作为你的哥哥，我要问你一个非常严肃的问题：我们很喜欢这位女士，但一个男人的尊严比什么都重要。现在梅拉哈特女士能适应咱们的生活方式吗？对此你确信吗？"

"别担心，哥。"他说，随后他又问，"你说的尊严是什么意思？"

费尔哈特：他们让苏莱曼结婚时，我假装一个普通顾客，去太阳夜总会做了一次实地调查。做收费员有一个好处，你既可以去喝两杯酒，又可以去窥探四周，稍微了解一下偷电可能采用的方法，以及近期你将去教训的那些自以为是的老板。女人们也在角落里落座了，那晚我们在夜总会坐了很久。在我们桌上，还有德西姆人·德米尔大哥、两个承包商、一个老左派，另外一个像我这样勤奋的年轻收费员。

这样的夜总会，每家都有属于自己的独特气味。由油炸肉、拉克酒、霉味、香水和呼吸味组成的这种气味，由于长年也不开一扇窗，变得就像葡萄酒那样醇厚，并吸附在地毯和窗帘上。过一段时间后，你就习惯了这个气味，不时会觉得缺少了什么。很久以后，当你闻着它的气味去念那晚的节目单时，你就会心跳加速，就像恋爱了一般。那晚，我们满怀敬意欣赏了穆赫泰雷姆·马维演唱的土耳其艺术音乐的歌曲，她的嗓音如天鹅绒般柔滑；看了有趣的脱口秀演员阿里和维里的最新广告和他们对政客的模仿秀；还欣赏了扬名欧洲的著名肚皮舞舞娘梅斯鲁雷的表演。在太阳夜总会里，有很多土耳其艺术音乐的歌曲，很多忧伤，但所有歌词和音乐的背后，全都是塞尔维罕。

为了继续培训麦夫鲁特，两天后的中午我们在贝希克塔什的后面碰了头。"今天咱们的第一节课是理论。"我说，"这家餐馆我只来过一次，走，咱们进去坐坐。别担心，咱们不喝酒，咱们在工作。这样你那些《告诫报》的朋友也不会对你生气。"

我们在半空的餐馆坐下后，麦夫鲁特说："我不看《告诫报》，我只剪下了关于连襟店的文章，还有那幅画。"

"现在听我说，麦夫鲁特。"我说，不知为什么，我对我朋友的单纯很恼火。"要做这个职业，首要条件就是做人性的行家……任何时候你都要机警、精明。那些在门口一看见我说'天啊，收电费的！'而哀求的人……全都在演戏，试探我……你要明白这点。必要时，你克制自己去扮演一个温和的人；必要时，你要火冒三丈，咔嚓咔嚓去剪断一个穷寡妇的电线……必要时，你也可以像一个不接受贿赂的可敬的国家公务员。你别看我这么说……我不是公务员，你也不会是。你拿到的钱也不是贿赂，是你和耶迪泰佩电力公司应得的。我会告诉你这个差事的更多要点。一个人在银行里存了上百万，枕头底下还藏着美元，可一看见可怜的收费员就立刻哭起来。过一阵子连他自己都相信真的没钱了，于是便发自内心地痛哭。相信我，拉伊哈去世你都没哭得像他那么伤心。最终他们就让收费员相信了，厌烦了。你在试图从他们的眉眼之间、从他们的孩子脸上看出真相的时候，他们也在从你的状态和态度上琢磨你的灵魂，算计他们是否该立刻付钱、付多少，不付的话编一个什么谎话。

"这些后街上的两三层小公寓楼里，住着小公务员、小贩、服务员、售货员、大学生，不像大公寓楼里那样一直有看门人。在柴油或是燃煤的费用、暖气该烧多热问题上，多数房东和房客是谈不拢的。因此在这些公寓楼里，多数时候集中供暖会被取消。为了取暖，大家各显神通。多数人为了用电暖炉或者类似的取暖设备，就会试图偷电。首先你要掌握这些情况，明白问题的本质，然后不要让你对面的人钻空子。如果让他们从你幼稚的脸上，看出你是个心慈手软的人，认为你决不会切断他们的用电，那么他们就不会给你任何东西。或者，他们会想，这么高的通货膨胀，还是让我把钱存银行吃点利息吧，我越晚还债就越赚。如果他们把你当成一个不把老奶奶塞给你的五个库鲁什当钱看的傲慢富人，也不好；把你想成渴望三个库鲁什、接受任何贿赂的机会主义分子，也不好。明白了吗？你说说看，这家餐馆怎么取暖？"

"烧得很暖和。"麦夫鲁特回答道。

"这咱们都知道。但用什么取暖？电暖炉，还是暖气？"

"暖气！"

"那咱们来看看是这样的吗？"我说。

麦夫鲁特立刻把手伸到旁边的暖气片上，发现并不很热。"也就是说还有一个暖炉……"他说。

"暖炉在哪里？你能看见吗？你看不见。因为他们有好些电暖炉。他们私接电线，所以不把电暖炉放在外面。他们同时稍微烧点暖气，这样就不会被立刻发现。进来时我瞄了一眼，他们的电表走得很慢。我确信，里面别的房间、炉灶、冰箱也在用这偷来的电。"

"那咱们怎么办？"麦夫鲁特慌张地问道，像一个目睹了抢劫的孩子。

我在紫色页面上找到了餐馆电表的号码，拿给麦夫鲁特看。"念一下点评。"

"电表在门旁边……"麦夫鲁特念道，"冰激凌机的电线……"

"也就是说，这里夏天还卖冰激凌。在伊斯坦布尔，一大半夏天做冰激凌的机器都非法用电。你看，诚实的职员也怀疑了，但技术团队却没找到偷电线路。或许他们找到了，但坐在款台上的大块头往他们的口袋里各塞了一张一万里拉。在一些地方，他们从一个完全出乎意料、隐密的地方偷电，以至于他们以为绝对不会被逮到，因此一毛不拔，就连一个欢迎的小费也不给。服务员，小伙子，你过来看一下好吗？你看暖气烧得不好，我们觉得冷。"

"我去问一下老板。"服务员说。

"服务员可能知道，也可能不知道偷电的鬼把戏。"我对麦夫鲁特说，"你假设自己是老板，你想一想，如果服务员知道偷电，就可能去报案，你就没法轻易开除他，也不能指责他偷懒和私吞别人的小费。最好的办法就是，在一个没人的夜晚，把餐馆和工厂的整个供电系统，交给一个偷电专家。他们有时用一种极其巧妙的办法来隐藏偷电的手段，让你不得不佩服。咱们的工作有点像和他们下国际象棋，他们躲起来，你要去把他们找出来。"

"请你们放心，我让他们把加热器打开了。"从里面走出来的胖老板说。

"你看见了吗？"麦夫鲁特轻声说道，"他竟然没说暖气。咱们怎么办？要切断他的电吗？"

"不，我的兄弟。第二节课：确定偷电，记在脑子里，但要拿钱，你还得等最合适的时机。今天咱们不着急。"

"费尔哈特，你都变成狼了。"

"但我需要像你这样的一头小绵羊，需要你的分寸和诚实。"我鼓励了一下麦夫鲁特，"你的真诚和单纯，对于公司和世界来说都是最大的财富。"

"是的，但我对付不了这些大老板、大骗子。"麦夫鲁特说，"还是让我更多地去一夜屋、贫穷的街区吧。"

麦夫鲁特在1996年的冬天和春天，一边看着一本本笔记本，行走在一个个街区，跟着费尔哈特学习如何做收费员，一边拿着电表本，一周两到三天，独自一人去老旧的一夜屋街区或市中心的贫困街道，追查偷电行为。城市的中心在慢慢腐烂：二十年前，他在贝伊奥卢做

408

服务员时住过的那些无主老屋，全都成了非法用电的天堂。为了保护他，也明知麦夫鲁特无法从这些地方收到钱，费尔哈特告诫麦夫鲁特远离这些地方。于是，麦夫鲁特就去库尔图鲁什、费里柯伊、贝希克塔什、希什利、梅吉迪耶柯伊，有时去金角湾对岸，先生阁下住的街区，恰尔相姆巴、卡拉居姆里克、埃迪尔内卡普街，像彬彬有礼的老派公务员那样，从住家和家庭主妇那里收取电费。

卖钵扎时，对于一份额外的礼物，比如一双毛袜子或者小费，甚至"不用找零！"的零钱，麦夫鲁特本就养成了欣然接受的习惯。对于用户因为没断他们的电而给的小费，他也坦然接受，把它看作对于他服务的一种回报。他也熟悉这些街区和街区里的人们。（可是他们却不认识麦夫鲁特，他们没能发现在冬天的夜晚，每隔一周或十五天经过他们街道一次的钵扎小贩，和那个如果你没交电费就会来敲门的收费员，是同一个人。也许因为夜晚买钵扎的好人，和非法用电的坏人，是一些完全不同的人。）麦夫鲁特还感到，在靠近市中心的这些街区，野狗们朝自己号叫。夜晚他缩短了卖钵扎的时间。

因为彼此认识，他自然不会去库尔泰佩和杜特泰佩收电费。但他拿着电表本，去了其他山头，比如库什泰佩、哈尔曼泰佩、居尔泰佩、奥克泰佩，以及一些显示出类似发展迹象的老旧一夜屋街区。这些地方也不能再称为一夜屋街区了，二十五年里，第一批建起的单层煤渣砖一夜屋，全都被拆掉了，这些地方就像宰廷布尔努、加齐奥斯曼帕夏、于姆拉尼耶，早已成为城市的一部分。二十五年前第一批进城的正规公交车的起始站，也和周边建起的一座清真寺、竖立的一座阿塔图尔克雕像、一个泥泞的公园一起，摇身一变成为街区的中心。那里也是通向无尽世界的主街起点。大街两侧排列着五六层高的暗灰色混凝土公寓楼，底层开着转烤肉店、杂货店和银行。在这些地方企图偷电的人家（麦夫鲁特没找到太多）、母亲、孩子、老爷爷和杂货店老板的行为，和市中心的人们没什么区别。类似的鬼把戏、类似的谎言、类似的单纯……也许这里的人们更惧怕麦夫鲁特，但也更多、更真诚地关注他。

这些地方，没有老街区里那样的墓地，也没有造型各异的墓碑头，或者透着诡秘的破损墓碑。就像大工厂、军营、医院那样，现代的新墓地建在所有这些街区的外面，被高高的混凝土围墙包围着，里面没有柏树或其他树木。在没有墓地的这些街区，那些一早在街上心怀叵测地跟着收费员麦夫鲁特的野狗，夜晚就栖身在阿塔图尔克雕像对面的泥泞公园里。

麦夫鲁特满怀善意造访的那些新建的一夜屋街区里，野狗们尤其具有攻击性。麦夫鲁特在那些新近安装、备案了电表的街道上，度过了不愉快的时光。造访这些地方，要乘坐公交车经过市中心，穿过环城公路下面，花两小时才能到达。而这些地方的多数地名，麦夫鲁特还都是刚听说。一下公交车，麦夫鲁特就看见了明目张胆接在城际电缆上的偷电线，以及公交车站对面转烤肉店的私拉电线。对于这些，麦夫鲁特都"善意"地视而不见。他感觉在这些街区里有一些大哥、一些老大，自己在被监视。果断、正直、有原则的麦夫鲁特想告诉他们："我只看正规的电表，你们无需怕我。"但野狗们的攻击让麦夫鲁特感到了恐惧。

位于城市边缘的这些带院子的新房子，比麦夫鲁特儿时的一夜屋采用了更好、更新的建材。砖块取代了煤渣砖，塑料代替了白口铁，雨水槽和管道也都使用了新材料。这些房子，就像老旧的一夜屋那样，随着加盖的房间不断扩大，电表也就渐渐地被留在了里面的一个房间，因此查电表或是断电都必须敲门。愤怒的家犬就在这些地方驯服收费员。在一些新街区，电线被拉到小广场的一根柱子、一个混凝土盒子、一面墙壁，甚至一棵伟岸的枫树上，电表也就被装在了这些地方，而不是家里。这些配电中心让人想起奥斯曼时期给街区输水的饮水池，也都处在两三只狗组成的狗群的管控之下。

有一次，在一家院子的石头地面上，一只黑狗攻击了麦夫鲁特。尽管麦夫鲁特看了之前的收费员写在目录上的笔记，喊了狗的名字，但这只名叫卡拉巴什的黑狗根本不予理会，号叫着吓退了他。一个月之后，他在最后一刻逃脱了另一只护院疯狗的攻击，幸亏狗链不够长。每每遇袭，他都会想起拉伊哈，他认为发生的这一切，全都因为拉伊哈不在了。

还是在那些街区里，上公交车前，他抱着包在公园里寻找一个地方坐坐时，一只狗"汪汪汪"地叫着逼近了麦夫鲁特。在它身后还跟着第二只、第三只狗，全都是泥土色。犹如一个记忆，麦夫鲁特还在远处隐约看见了一只黑狗。它们同时冲着他狂吠起来。他能够用收费员的包击退它们吗？他还从未如此惧怕过一群狗。

一个周二的晚上，麦夫鲁特去了恰尔相姆巴的先生阁下家。他把钵扎放在了厨房里。先生阁下一反常态，精神矍铄，身边也没有那群黏着他的人。麦夫鲁特见他在休息，就简短地跟他说了自己二十七年前如何第一次对野狗产生恐惧的事情。1969 年他刚开始小贩生涯的日子里，因为害怕狗，他爸爸带他去了卡瑟姆帕夏后面的一栋木房里见了一个教长。大腹便便的白胡子教长是个农民，比先生阁下还要老派。他给了麦夫鲁特一颗硬糖，说狗是一群又聋又哑又瞎的动物。随后，在那间有暖炉的小房间里，教长像祈祷那样打开了双手，并让麦夫鲁特也打开双手，把他说的话重复了九遍：**苏姆穆恩，布克穆恩，乌姆韵，费胡姆拉耶尔基乌恩**[1]。

如果遭遇野狗攻击，麦夫鲁特应该立刻忘记恐惧，重复念三遍这段经文。惧怕狗的人，就像惧怕妖魔鬼怪的人一样，首先必须忘掉它。一起卖钵扎的那些日子里，每当他爸爸发现儿子在黑暗的街道上一看见狗的影子就害怕，首先就会说，"别怕，别怕，你就装作没看见，别怕。"随后轻声说道，"念经文，快念！"麦夫鲁特努力想去做爸爸让他做的事，但由于过分紧张，他竟然想不起经文，惹得爸爸生气，责骂他。

麦夫鲁特说完这些记忆后，小心翼翼地问先生阁下：人是否可以凭借意志忘记一个恐惧、一个想法？凭经验，麦夫鲁特知道，他越想忘记一

---

[1] 出自《古兰经》经文，意思是它们是聋子、哑巴、瞎子，不会信奉真主。

样东西，那样东西就会越牢固地占据着自己的脑子。（比如，年轻时他越想忘记奈丽曼，他就越想去尾随她。当然他从未跟先生阁下提起她。）那样的话，想要忘记一样东西，**意欲忘记**，并不是忘记的好办法。甚至人们往往会更多地想起意欲忘记的东西。麦夫鲁特很高兴，因为没能向卡瑟姆帕夏那位教长询问的这些问题，二十七年后，他能够勇敢地请教一个更现代的教长，这位恰尔相姆巴的托钵僧修道院的先生阁下。

"遗忘，**跟穆斯林内心的洁净、意愿的纯粹以及他的意志相关。**"先生阁下说。他喜欢麦夫鲁特的这个问题，给了一个与"交谈"相宜的重要回答。

麦夫鲁特勇气倍增，满怀愧疚，又说了一件儿时的故事。他说，在一个雪后的月夜，街道犹如银幕发出熠熠白光，一群野狗瞬间把一只野猫围堵在了一辆车的下面。麦夫鲁特和他去世的爸爸装作没看见，默默地走过，对于野猫最后的惨叫声也充耳不闻。在过去的那么多年里，城市可能扩大了十倍。尽管他忘记了对付野狗的祷词和经文，但在过去的二十五年里，野狗没再让麦夫鲁特感到恐惧。但最近两年，麦夫鲁特开始重新惧怕它们。野狗也发现了这点，冲麦夫鲁特号叫，围堵他。他该怎么办？

"**问题的关键不是祈祷、经文，而是意愿。**"先生阁下说，"卖钵扎的，你最近是否做了让老百姓不安的事情？"

"没有。"麦夫鲁特说。他没说自己干起了收电费的差事。

"也许你做了，但没意识到。"先生阁下说，"狗能够察觉和分辨异己，它们的这种才能是天生的。因此想要仿效西方的人惧怕狗。马哈茂德二世，杀害了奥斯曼帝国的中流砥柱土耳其新军，让西方人奴役我们。随后他又屠杀了伊斯坦布尔的野狗，还把没能杀死的野狗流放到了斯维里亚达岛。伊斯坦布尔民众纷纷签名请愿，要求让他们的狗重新回到街道。停战的那些年里，伊斯坦布尔被占领了，为了不惊扰英国人和法国人，野狗们又被屠杀了。而伊斯坦布尔民众再次要回了野狗。经历了所有这一切之后，野狗们认清了，谁是它们的朋友，谁是它们的敌人。"

9

整垮夜总会

难道对吗？

费尔哈特：六个月后，1997 年冬天，麦夫鲁特已经熟悉了收费员的差事。你们不用为他操心，他也在挣钱。挣多少？连他自己都不知道。但就像儿时卖酸奶，每晚向他爸爸交账那样，他也有规律地向我交账。晚上他就去卖钵扎，不做任何不体面的事情。

倒是我在接近不体面的事情。我道听途说的消息，证实了塞尔维罕确实还跟叙尔梅内人·萨米在一起。对此我难以置信，这种无法接受的事实，使塞尔维罕的幻影变得愈加遥不可及。我不仅在档案里，还在城市里寻找她。夜里我很晚才回家，但即便晚到天亮，终究我还是每天回家的。

一天晚上，我和朋友们在月光夜总会，夜总会的一个老板来到我们桌旁。有伴歌的夜总会耗电量很大，因此老板喜欢和收费员交朋友。夜总会给我们特殊优惠，让厨房给我们送来一盘盘免费的凉菜、水果和大虾。在每个浮华的夜总会里，时常可以看见这种食客——官僚——团伙的饭局。夜总会希望他们做的就是坐在那里，不引起"客人"注意，不给左右送花点歌。但那晚，我们那桌却格外引人注目，据说是老板左臂右膀的小胡子先生（在他宽宽的上嘴唇上有一条细细的小胡子），邀请歌手来到我

413

们桌旁，让我们点歌。

一天上午，我和小胡子先生在塔克西姆的一家咖啡馆见了面。我以为他只希望我做一件平常的事情，比如掩饰月光夜总会的偷电线路和几件私办业务。而事实上，他向我摊牌了一个老谋深算的计划：他要"整垮"太阳夜总会。

利用电力公司私有化后出现的新状况、居高不下的通货膨胀率和翻番的欠费罚款，来"整垮"夜总会甚至豪华餐厅，成为流氓团伙的一个新手段。而此前的八十年里，伊斯坦布尔人已经养成了偷电的习惯。比如，两家竞争的夜总会，其中一家的老板和私营电力公司的收费员联手，在同一时间里，让收费员切断竞争对手的用电并开具巨额欠费单和偷电罚单。关门两周、无力偿还巨额欠费和罚款的夜总会就此破产，退出市场。我听说，最近六个月里，贝伊奥卢的一些酒吧和夜总会、阿克萨赖和塔克西姆的两家酒店（小酒店是非法用电的天堂）、独立大街上的一家销售转烤肉的大快餐店，都被整垮了。

我知道，大的营业场所与警察、检察官和黑社会团伙关系密切，因此只用罚款来整垮他们是不可能的。如果收费员作为个人，即便光明正大地一一指出所有偷电线路和欠费，切断用电，查封电表，有黑社会撑腰的老板们也毫不在乎，他们自己动手接上电，继续营业。当然，随后的一个夜晚，老板们也可能会让人去把勇敢的收费员狠揍一顿。因此组织整垮行动的人，为了不让夜总会事后东山再起，通常会和检察院、警察（至少一个部分）以及一个黑社会团伙协同行动。小胡子先生明确地告诉我，监管月光夜总会的吉兹雷的库尔德人意欲整垮太阳夜总会，也就是意味着向叙尔梅内人·萨米宣战。

我问他，为什么他们觉得我适合去做这么一件危险的事情。

"朋友们从吃饭聊天里得知你讨厌叙尔梅内人·萨米。"小胡子先生说，"另外他们还看见你去太阳夜总会，想方设法搞清楚设备的机关……"

"真了不起，吉兹雷人·杰兹米到处都有耳目。"我说，"但这是一件危险的事情，容我去调查一下，想一想。"

"最近这十年，不仅政客，贝伊奥卢的团伙也变文明了。没人会像以前那样因为谈不拢就在大街上开枪把人打死，你放心吧。"

萨米哈："再也没法这样过下去了。"几天前我对费尔哈特说，"每天夜里你都快天亮才回来，躺沙发上昏睡。这样下去我要抛弃你了。"

"千万别啊！没你我就死定了！我只为你活着。"他说，"我和你吃了那么多苦，终于熬出了头。我正在干最后一件大事。等我把这件事也干成，咱们就去南方买两个庄园，不是一个。"

我还是相信了他一回，做出相信一点儿的样子。拉伊哈去世已经两年了，时间过得好快。我现在比她去世的时候还大一岁，既没有一个孩子，也没有一个正经的丈夫。有一天我实在忍不住就跟维蒂哈说了这事。

"费尔哈特是个好丈夫，萨米哈，这是我首先要说的！"她说，"多数男人都脾气暴躁，喜怒无常，说一不二，可费尔哈特不这样；多数男人，对他们的妻子尤其小气，但我在你这套漂亮房子的每个角落里都看见了大把大把的钱；多数男人打老婆，你可从来没说费尔哈特打过你。我知道，他是爱你的。千万别做错事。费尔哈特其实是个好人。谁也不能轻易地就抛弃家，抛弃丈夫。走，咱们一起去看电影。再说了，你抛弃了费尔哈特要去哪里？"

我姐什么都知道，就是不懂人为什么会桀骜不驯。

一天夜里我又威胁了费尔哈特，我说我真的要走了。"我们正在终结叙尔梅内人·萨米的皇朝，你在说什么呢！"他对我不屑一顾。

但真正让我伤心、让我对楚库尔主麻的家感到寒心的事情，是麦夫鲁特对法特玛和菲夫齐耶的强求，他说，"你们为什么总是去姨妈家？"我不说是哪个姑娘向我告的密，但我知道，对于两个女儿在她们的姨妈家学会化妆、抹口红、穿衣打扮，麦夫鲁特感到惴惴不安。

"唉，这个麦夫鲁特真丢脸！"维蒂哈大姐说，"他还在纠结信是写给谁的一类事情。你也去费尔哈特那里抱怨他，费尔哈特现在不是麦夫鲁特的老板吗？"

我什么也没对费尔哈特说。做出决定后，我把所有的事情仔仔细细地想了四十遍，开始等待最合适的日子。

费尔哈特：要整垮一家大夜总会、一家豪华餐馆、一家小酒店，有两条路：1.和这些经营场所搞好关系，弄清楚他们的偷电线路布在哪里，教他们私接更聪明的新线路。随后和他的死对头达成协议，实施突袭。2.找到和经营场所合作、帮他们私接偷电线路的专家，赢得他们的信任。他们就会告诉你一切，包括哪根线穿过哪面墙，哪条是真的偷电线路，哪条线路是为了欺骗国家而接的，哪条是官方的正式线路。当然，这是一步险棋，因为这个教会营业场所私拉所有偷电线路的人（多数其实是国家公务员），不会轻易把这些秘密告诉你。恰恰相反，他会立刻跑去向老板们报告，一个老鼠对某家工厂、某家夜总会的偷电线路很感兴趣。你们知道瓷器和水泥是靠电生产的吗？钱多的地方，血流得也会多。

耶迪泰佩电力公司档案室的两个老书记员也这样警告过我。我告诉他们，电力公司私有化后，太阳夜总会依然沿袭着偷电的老习惯。抄录夜总会和周围一些房屋、快餐店和工作场所电表的记录本，在一个因为他的强硬而被叫做"军人"的前辈手里。新的惩戒法律颁布后，变得更加勤奋的"军人"，立刻引起了老书记员们的注意。一个周末，我和老书记员们在档案室碰头，在收费员的房间里，找到了"军人"做的关于太阳夜总会的最新记录。两个年迈的书记员，利用档案里的老文件，努力揣摩有四十年历史的太阳夜总会的偷电线路。哪个部分可能有秘密线路，总线上接了几根支线。在他们看着笔记，说起老收费员可靠性一类话题时，我就侧耳细听。

"真主保佑，这里会被整得很惨。"其中一个书记员说。他们不是在试探我，而是忘记了我的存在。夜总会的竞争是最激烈的：以前，夜总会老板和团伙间一旦宣战，他们就去劫持、扣留对方的歌手和肚皮舞舞娘，找借口惩罚她、开枪打伤她的腿。有时，一个团伙突袭对手的夜总会，寻衅找碴儿，保镖们进去一通打砸。或者假装普通顾客点一首歌，质问为什么不唱，挑起争斗，也是普遍的一种方法。如果找一个朋友，帮忙把打架、凶杀的消息登上报纸，那些地方的顾客就会立刻作鸟兽散。为了报复，这个夜总会的人就去突袭对方夜总会，他们用枪说话，依然会流血。我喜欢听老书记员们讲故事。

又调查了一周后，我和月光夜总会的几个老板再次见面。我告诉他们，我可以提供必要的技术图纸、推断的偷接点和线路。

"和我们谈的这些东西你不要告诉任何人。"小胡子先生说，"我们也制订了一个计划。你住在哪里？让我们的孩子们去你家一趟，让他们告诉你。尽管什么事也不会发生，但在家里见面更好。"

说到在家里，我想到的是萨米哈，而不是塞尔维罕。那天夜里，我想跑回家告诉她，我们终于要熬出头了。我要跑回家跟她说，"我们这就要去整垮太阳夜总会了。"萨米哈会高兴的，因为最终我们将成为富人，也因为我们将好好教训一下这些狗屎大亨。我很晚才回到家，但倒在客厅的沙发上就睡着了。早上醒来，我发现萨米哈离家出走了。

先生阁下没有教麦夫鲁特一段一念就能赶走野狗的神奇经文，犹如对苍蝇喷毒药……野狗们因为讨厌而冲着他们号叫的人不属于这个地方、不属于这个国家，这个说法正确吗？如果野狗号叫的确出于这个原因，那它们就不会冲着麦夫鲁特号叫，因为即便在最偏远的新街区里，麦夫鲁特在混凝土公寓楼、杂货店、晾晒在外面的衣物、私人教育机构和银行布告、公交车站、拖欠债务的爷爷和流鼻涕的顽童之间，一点也没觉得自己是个陌生人。更何况，1997年2月最后一次拜访先生阁下后，野狗们更少冲他号叫了。麦夫鲁特觉得，这个可喜的变化有两个原因。

第一，在这些偏远街区，野狗团伙的势力减弱了。因为在这些地方，没有他从《告诫报》上剪下的那幅画上的老式墓地。尤其在白天，野狗们找不到可以安心栖身等待夜晚的地方，因此无法成群。另外区政府在这些街区安放了笨重的垃圾桶，它们看似带轮子的矿车，个个像城堡一样结实。野狗们无法弄翻这些大金属桶从中觅食果腹。

麦夫鲁特更少惧怕野狗的另外一个原因则是，他在贫民区对无力偿债的可怜人所表现的宽容。在偏远街区里，麦夫鲁特不像一个野心勃勃、张牙舞爪的收费员那样不放过任何偷电行为。在城外的一个住家，如果发现一根直接连到附近高压线上的私接电线，麦夫鲁特会用眼神（甚至有时用提问的方式），明白地告诉这家的退休爷爷、逃避战火的库尔德阿姨、无业的暴躁爸爸、愤怒的母亲，他看见了这根电线。但随后，对于他们否认私接电线的冠冕堂皇的说辞，他也会做出一副赞同的样子。见此情景，这些人便觉得自己很聪明，进而否认麦夫鲁特看见的另外一些私接电线。对于另外一些狡辩，麦夫鲁特则明确表示不相信。比如，电表和住家之间没有直通线路；没有往电表里塞胶片来偷电；试图使电表读数差额归零或玩弄减少电表读数的人，并不是现在的住户。用这个办法，他既能够不去惹恼街区里的人和能够感知陌生人敌意的狗，走进最偏远、最糟糕的街道，确认最肆无忌惮的偷电行为并记录下来，还能够在和费尔哈特见面交账时，交付更多的钱。

"你跨越了个人观点和官方观点之间的差异，麦夫鲁特。"有一次当麦夫鲁特说到自己和野狗之间的关系得到改善时，费尔哈特说，"你已经知道怎么和这些人打交道了。现在我要请你帮个忙，但不是公事，跟我的个人生活有关。"

费尔哈特说，他的妻子离家出走，去了杜特泰佩的阿克塔什家，维蒂哈身边。而麦夫鲁特还知道别的事情：他俩的丈人歪脖子·阿卜杜拉赫曼，一听说萨米哈抛弃了丈夫，抑制不住内心的喜悦，立刻坐上大巴来到女儿身边，在杜特泰佩安顿下来，为萨米哈声援。但麦夫鲁特没把这事告诉费尔哈特。

"我也有很多错。"费尔哈特说，"我再也不犯错，要带她去看电影。让她回家去。但你不要直接去跟萨米哈说，让维蒂哈跟她说。"

麦夫鲁特在后来的日子里，一直在想为什么自己不能直接去跟萨米哈说。但他没表示任何异议。

"维蒂哈是个聪明女人。"费尔哈特说，"无论在阿克塔什家，还是在卡拉塔什家，最聪明的人都是维蒂哈。她能够说服萨米哈。你去跟她说……"

费尔哈特跟麦夫鲁特说自己在干一件大事。尽管他谨慎地没说出地点、团伙和人的名字，但他希望麦夫鲁特把他说的这些话转告维蒂哈，再让维蒂哈告诉萨米哈。没错，他是因为工作才忽略了妻子。

"另外萨米哈还抱怨了这个，不知道对不对？"费尔哈特说，"据说，你不让法特玛和菲夫齐耶下午去我们家，和她们的萨米哈姨妈做伴。"

"完全是谎言。"麦夫鲁特说了谎。

"不管怎样，你们告诉她，我不能没有萨米哈。"费尔哈特说，带着一种高高在上的语气。

麦夫鲁特也没觉得他朋友的这句话有多可信，他悲哀地想到，那天的交谈过程中他们都只向对方说出了各自的官方观点。而二十六年前兜售"运气"时，使他俩成为朋友的东西，正是他们对能够互相倾诉个人观点所感到的乐观信念。

两个朋友，就像两个谈了一件普通工作的收费员那样分了手。这是他们最后一次会面。

维蒂哈：二十年前，我作为儿媳嫁进了这个家，为了平息家里的争吵、掩饰它的缺点、修补它的裂痕，我做了无数努力，但他们还是因为所有缺憾和不快单单指责我，难道对吗？我那么努力地去说合萨米哈和费尔哈特，给了她那么多忠告，跟她说，"萨米哈，别抛弃你的家和丈夫。"可我妹妹还是拿着行李箱跑来杜特泰佩，和我们住在一起，为此他们指责我，难道对吗？伊斯坦布尔是锅，我是锅里的勺，为了给苏莱曼找到一个周正的好姑娘，我忙活了四年，可他却娶了一个老歌女，他们要我为此负责，难道对吗？我那可怜的爸爸为了见女儿来到伊斯坦布尔，和萨米哈在三楼住了一个多月，为此我的公公和考尔库特总是对我板着脸，难道对吗？苏莱曼不回杜特泰佩，甚至不来见他爹妈，理由是"萨米哈在那里"，他这么让我和我可怜的妹妹难堪，难道对吗？"咱们有钱了，搬去希什利吧。"这句话我说了很多年，考尔库特却从来听不进去，可就像跟我过不去一样，苏莱曼和新媳妇却在希什利安了家，难道对吗？苏莱曼和他妻子竟然一次都没有邀请我和考尔库特去他们家，难道对吗？好像杜特泰佩的路不是柏油路是土路，我们街区里连理发店也没有，梅拉哈特总是用一种鄙视的语气说话，难道对吗？算命时，梅拉哈特说，"当然，这些男人压迫你，让你受累了……"她这么装模作样含沙射影地说我，难道对吗？因为有用人，一个新当妈妈的人和客人聊天三小时，喝得酩酊大醉还想唱歌，完全忘记了里面的宝宝，难道对吗？他们竟然不允许我和可怜的妹妹萨米哈去希什利看电影，难道对吗？考尔库特严禁我上街，就算上街，也严禁我走出杜特泰佩，难道对吗？二十年来，每天中午只有我去杂货店给公公送饭，难道对吗？我要么送去他爱吃的四季豆炖肉，要么送去我精心烹饪的热乎乎的秋葵什锦菜为他换花样，可是每次我的公公只会说"怎么又是这个？"或者"这是什么呀？"。难道对吗？仅仅因为跟我们生活在一起，考尔库特就像对老婆那样，也对萨米哈发号施令，难道对吗？考尔库特当着他爹妈的面责骂我，难道对吗？他当着孩子们的面，用轻蔑的语气对我说话，难道对吗？他们什么事都来问我，却又说，"你还是没明白！"难道对吗？晚上一起看电视时，他们从来不让我拿遥控器，难道对吗？博兹库尔特和图兰学他们爸爸的样，对我一点礼貌也没有，难道对吗？他们当着妈妈的面，说最难听的脏话，难道对吗？他们的爸爸那么溺爱他们，难道对吗？看电视时，他们看都不看我一眼，不断地说，"妈妈，茶呢！"难道对吗？对于把他们从头伺候到脚的妈妈，他们连一声谢谢也不说，难道对吗？不管你问什么，他们要么说，"行了，妈妈！"要么说，"你疯了吗？"难道对吗？他们把那些无耻的杂志放在自己的房间里，难道对吗？他们的爸爸每隔一天就很晚才回家，难道对吗？他们的爸爸说着，"她对销售很重要！"招进一个染头发、皮包骨头、丑陋的金发女人，还那么看重她，难道对吗？孩子们对我做的饭菜总是不屑一顾，难道对吗？长了那么多青春痘，他们每天还要吃炸薯条，难道对吗？他们一边看电视，一边做作业，难道对吗？因为我那么爱他们，才精心为他们包饺子，可他们一边把饺子一扫而光，一边却说，"肉放少了。"难道对吗？他们往看电视时打瞌睡的外公耳朵里灌可乐，难道对吗？对他们不喜欢的人，就像他们的爸爸那样要么说"同性恋"，要么说"犹太人"，难道对吗？"去你们爷爷的杂货店里买一个面包。"每次我这么说，博兹库尔特和图兰都要推脱吵架，难道对吗？在他们不做功课的时候，只要我让他们干活，他们就说，"我要做功课。"难道对吗？对于我的每个警告，他们都回答说，"怎么了，这是我的房间！"难道对吗？四十年一次，当我们准备一家人开车去一个地方时，他们却说"街区里有比赛"，难道对吗？说起他们的麦夫鲁特姨夫，他们鄙视地叫他"卖钵扎的"，难道对吗？尽管他们对麦夫鲁特的两个女儿非常仰慕，却总对她们恶言恶语，难道对吗？"你一边从早到晚节食，一边又不停地吃这些松饼。"孩子们用他们爸爸的口气跟我说话，难道对吗？像他们的爸爸那样，他们也鄙视我下午看的那些女人连续剧，难道对吗？他们说着，"我们去上高考补习课。"却去看电影，难道对吗？留级了，他们不找自身的缺点，却说老师是"疯子"，难道对吗？他们还没有驾照，却要买车，难道对吗？如果他们在希什利看见了萨米哈姨妈，晚上立刻就告诉他们的爸爸，难道对吗？考尔库特当着他们的面对我说，"你不愿意就拉倒！"难道对吗？考尔库特把我的手腕捏得生疼发紫，难道对吗？他们用气枪打鸽子和海燕，难道对吗？他们一次也不帮我收拾餐桌，难道对吗？我让他们好好学习时，他们的爸爸却把自己当着全班同学的面打那个驴脸化学老师的故事又说一遍，难道对吗？考试前，他们不好好复习，却忙着准备作弊，难道对吗？所有这些事，只要我稍微抱怨一下，我的婆婆萨菲耶每次都会说，"维蒂哈，你也有错！"难道对吗？ 他们嘴上整天挂着真主、国家、道德，却一心只想赚钱，难道对吗？

10

麦夫鲁特在警察局

我的一生都是在这些街道上度过的

费尔哈特：像许多偷电的餐馆、快餐店和酒店一样，太阳夜总会也有"官方的偷电线路"。这些不花钱的小偷电线路，是为了在突袭检查中（多数是预知的突袭）故意让收费员发现而设置的。可有了它们，真正的大偷电线路就被掩盖了。为了找到"真的"偷电线路，我萌生了去检查歌手、女人们待的后台和楼下走廊的想法。小胡子先生发现后警告我：即便整垮行动在检察官和警察的协助下取得成功，也不难想象叙尔梅内人·萨米为了挽回面子，一定会发起极为猛烈的反击，那时就可能有人被杀，可能发生流血事件。我不该太多出现在那里，让人认识我。我还应该格外注意经验丰富的收费员"军人"，太阳夜总会的记录本在他手上，而他当然是脚踏两只船。

　　于是，我就不去太阳夜总会了。可是家里不再有萨米哈等我，我也无法放弃夜总会的气味，于是我去了别的夜总会。一天夜晚，我和"军人"就是这样在黎明夜总会不期而遇的。他们给了我们一张雅桌。诡异的装潢、发出怪声的厕所、眼神凶煞的保镖，使这个地方着实令人恐怖。但老练的收费员"军人"，对我这个年轻的同事十分友好。出乎我的意料，他谈起了叙尔梅内人·萨米，说他其实是一个非常侠义的好人。

"如果你认识叙尔梅内人，了解他的家庭生活、他为贝伊奥卢和国家的所思所想，你就不会被诋毁他的传闻所蒙骗，不会去想任何对他不利的事情。""军人"说。

"我既没想对萨米先生，也没想对任何人不利的事情。"我说。

我觉得，我说的这些话会以某种形式传到塞尔维罕的耳朵里。我喝了很多酒，因为"叙尔梅内人的家庭生活"这句话让我心烦意乱。萨米哈为什么失去了对我们家庭生活的信念？萨米哈是否收到了我让麦夫鲁特转达的"回家"口信？"让人觉察你对什么怀有图谋是**错误的**。""军人"说，**千万不要插手夜总会和团伙之间的争斗以及整垮行动**。不知怎么的，我想到，麦夫鲁特也不会去插手任何事情。我对自己说，麦夫鲁特是我的好朋友，萨米哈为什么不回家……我一看，收费员"军人"跟黎明夜总会的服务员们还真熟络，他们在说悄悄话。请你们别对我隐瞒什么，那样的话，我也不会对你们隐瞒什么。**城市生活的深奥，来自我们所隐瞒的东西的深奥**。我在这个城市出生，我的一生都是在这些街道上度过的。

过了一会儿我再一看，收费员"军人"也走掉了。难道我跟他争论了为什么今年费内巴切球队不能夺冠吗？到了某个钟点，夜总会就空了；他们就在后面的一个地方放磁带里的音乐。在这个拥有一千万人口的城市里，只有区区几个人彻夜不眠并为自己的孤独感到骄傲，而你会觉得自己就是其中的一个。出门时，你会黏上一个类似的人，你说咱们再聊一会儿吧，我有很多话要说。兄弟，你有火吗？给，你也抽一支吧。你为什么不抽萨姆松？我不抽美国烟，让我咳嗽，致癌的。我和这个到了天明就不再认识的人走在空无一人的街上。早上，这些店铺、快餐店、餐馆的门前就会堆满我们打碎的瓶子、扔的垃圾和其他脏东西，营业员们一边清扫人行道一边骂我们。我的兄弟，我唯一想要的就是一次带点诚意的交谈，明白吗？一个我能够真诚地和他无所不谈的朋友。你能明白吗？我其实一直在很努力地拼搏，但遗憾的是，我忽略了家庭。你说什么？我说家庭，是重要的。先让我来说……你说得有道理，我的兄弟，可是到了这个时间，连这里也没有地方可以喝酒了。那里关门了，可难道我们要让你伤心吗？行，咱们去看看。你知道吗，夜晚的城市更漂亮，因为熬夜的人不说假话。什么？别怕，野狗不会怎么着的。你不是伊斯坦布尔人吗？你说塞尔维罕了吗？没有，我从没听说过那个地方，那里应该也是晨祷之前最后一个唱民歌的酒吧。你要是想进去，咱们就进去，咱们去唱家乡的民歌。你是哪里人？你看见了吧，这里也关门了。我在这些街道上过了一辈子。过了这个时间，即便在吉汗吉尔你也买不到酒了。他们还会继续把所有妓院、人妖从这些地方赶出去。不，那里也关门了。有时这个家伙非常邪恶地看着我，要是朋友们看见，一定会问，费尔哈特，你是在哪里找到这种人的。对不起，你结婚了吗？别误会，我的兄弟……每个人的私生活是自己的……你说你是黑海人，那你有船吗？过了一小时，无论说什么，他们都会先说，对不起，请您别误会。那样的话，你为什么总说错话呢？你为什么不抽咱们的萨姆松，而抽美国烟呢？到我们的寒舍了，在二楼。我的老婆抛弃了我，我就睡沙发，直到她回家。冰箱里还有最后一瓶拉克酒，我们再喝一杯，然后就睡觉。你知道吗，明天一早，我依然要和老书记员们一起去看我们所有人的过去。别误会，最终我是幸福的。我在这个城市过了一辈子，可我依然放不下它。

仅靠他的收入就足够过到月底，因此麦夫鲁特晚上看完新闻后很久才出门，不到十一点就回家。做了收费员，口袋里有了余钱，他第一次稍许摆脱了二十五年来的窘迫。每周两到三天，他规律地去送钵扎的老顾客也减少了。麦夫鲁特和女儿们一起吃她们做的晚饭，一边说笑着看电视。有些夜晚，他赶在女儿们睡觉前回家，陪她们一起继续看电视。

麦夫鲁特把收来的钱全部如数交给费尔哈特。最近开始对他冷嘲热讽的费尔哈特有一次问了他这么一个问题：

"麦夫鲁特，如果你中了彩票的头奖，你会做什么？"

"我会在家里和女儿们坐着看电视，别的我还能做什么！"麦夫鲁特笑着答道。

费尔哈特用又惊讶又鄙视的眼神看了他一眼，仿佛在说，"麦夫鲁特，你可真单纯啊！"在麦夫鲁特的一生中，那些精明的人、骗子、自作聪明的人都用这种眼神看过他。可费尔哈特不是他们，他是懂麦夫鲁特的。麦夫鲁特一直敬仰费尔哈特的正直，现在他却用这样的眼神看自己，麦夫鲁特很伤心。

一些夜晚，在偏远的街道上卖钵扎时，麦夫鲁特会想到费尔哈特，他感觉就像很多人那样，费尔哈特也认为他依然卖钵扎是"脑子有问题"。说不定萨米哈也这么认为。但最终她抛弃了费尔哈特，而没有一个女人抛弃麦夫鲁特。

11月初的一天夜晚，麦夫鲁特在家附近的街上看见一辆警车，想到了费尔哈特。他怎么也不会想到警察是为他而来的。走进楼门，看见楼梯上的警察、洞开的房门和女儿们满脸惊恐的表情，他立刻意识到问题不是自己，是和费尔哈特的收费鬼把戏有关的一件事。法特玛和菲夫齐耶惊慌失措。

"今晚我们要录你们爸爸的口供，仅此而已。"警察安慰站在门口泪眼婆娑目送爸爸的两个女孩说。

麦夫鲁特知道，不管是什么问题，毒品、政治，还是普通的凶杀，警察的话总具有误导性。有时抓去录口供的一个人，很多年都回不了家。原本为了一个口供，他们也不必从五分钟路程的警察局开车过来。

警车在夜色中行进时，麦夫鲁特告诉自己无数遍，自己没罪。可是当然，费尔哈特可能犯了什么罪，而自己跟他合作了，这可能让自己陷入有罪的境地，至少有意愿。一种负罪感，就像腹痛一样，在他的体内升腾起来。

到了警察局他明白了，他们不会马上录口供。尽管他猜到了这点，但还是感到大失所望。他们把麦夫鲁特关进了一间宽敞的拘留室。尽管外面昏暗的灯光可以照进来，但拘留室的后面是漆黑的。麦夫鲁特猜测里面有两个人，第一个人在睡觉，第二个人喝醉了，轻轻地抱怨着什么人。麦夫鲁特像第一个人那样，在拘留室的一个角落里，蜷身躺在冰冷的地面上。为了不听第二个人的梦话，他用胳膊抵住了耳朵。

想到离开家时法特玛和菲夫齐耶看着自己的惊恐眼神和她们的哭泣，他伤心了。最好的办法就是像儿时那样，暗自伤心然后慢慢睡去。现在要是拉伊哈看见丈夫这个样子会说什么？她一定会说，"我不是让你离费尔哈特远点吗？"拉伊哈像个小女孩那样整理头发的样子、她生气的模样、她在厨房里能干地搞些方便的小发明后带着调皮的眼神微笑的样子，一一闪现在他眼前。有时他们开玩笑，笑得多开心。如果拉伊哈还活着，麦夫鲁特就不会对即将发生的事情感到如此恐惧。早上审讯时，他们一定会打他，也许会打脚板，说不定还会动用电刑。费尔哈特跟麦夫鲁特说过很多警察的歹毒行为。这不，他现在落到了警察的手里。"不会有事的！"他安抚自己说。服兵役前他也很害怕挨打，但最终不也扛过去了。他彻夜未眠。听到晨祷声，他意识到能够上街、能够参与城市生活是多大的幸事。

被带进审讯室时，因为失眠和焦虑，他肚子疼了。如果他们打他，为了让他招供打他的脚板，他该怎么办？麦夫鲁特从左派朋友那里听到过很多可敬之人的故事，他们无畏地忍受酷刑折磨直到死亡。他也想跟他们一样，可他要保密的事情又是什么呢？他确信费尔哈特用他的名字干了一些他不知道的坏事。他做收费员大错特错。

一个穿便服的人说："这里是你的家吗？没让你坐你就别坐下。"

"对不起……请您别误会。"

"咱们在这里会搞清楚一切的，让我们来看看你会不会说实话。"

"我说。"麦夫鲁特勇敢、真诚地答道。他看见他们被自己的这句话打动了。

他们问他，前天夜里做了什么。麦夫鲁特说，那天夜里他跟往常一样去卖钵扎了，他交代了自己去了哪些街区，哪些街道，大概在几点去了哪些公寓楼。

有一阵，审讯慢了下来。麦夫鲁特看见一个警察拽着苏莱曼的胳膊从门前走廊经过。他为什么在这里？没等麦夫鲁特想明白，警察告诉他，费尔哈特前天夜里在家里被杀了。警察仔细端详了麦夫鲁特脸上的表情，询问了费尔哈特的收费员工作。麦夫鲁特像喝醉酒一样把知道的一切全盘托出。但他没说任何指责费尔哈特和苏莱曼的话。他的朋友死了。

"苏莱曼和费尔哈特之间有什么怨仇吗？"他们执意问道。麦夫鲁特说，那都是些陈年旧账，苏莱曼刚结婚，有了孩子，过得很幸福，他绝不会去杀人。他们说，费尔哈特的妻子，抛弃他躲到了苏莱曼的家里。麦夫鲁特说，在这件事上苏莱曼没有过错，他根本不回那个家。这些都是他听维蒂哈说的。麦夫鲁特没有放弃替自己的朋友辩护。谁可能会去杀费尔哈特？他怀疑什么人吗？没有。麦夫鲁特和费尔哈特之间有任何怨仇吗？他们之间有关于钱、女人、姑娘的问题吗？没有。他希望费尔哈特被杀吗？不希望。

有时，警察们忘记了他的存在，说一些别的事情，忙着跟一个开门的人说话，还开起了足球的玩笑。麦夫鲁特从中察觉，自己的情况并不太糟糕。

有一会儿，他以为听到了这样一句话："据说，他们仨都爱上了同一个姑娘。"随后，他们哈哈大笑起来，好像跟案子无关一样。苏莱曼是否可能跟警察说了情书的故事？麦夫鲁特感到郁闷。

审讯后他又被送去了拘留室，这下他内心的负罪感变成了惶恐不安：现在他们会打他要他说出情书的故事，还有苏莱曼是如何欺骗自己的。这个想法瞬间让麦夫鲁特感到无比丢脸，以至于他想去死。但随后，他觉得自己夸大了这些恐惧。是的，他们仨都爱上了萨米哈，一点没错。麦夫鲁特明白，即便自己说，"其实那些情书我是写给拉伊哈的"，警察也只会付之一笑。

正当他盘算着这么交代时，下午他们释放了麦夫鲁特。走上街，他为费尔哈特感到悲伤，犹如他自己的人生和记忆中的重要一部分被抹去了。然而跑回家拥抱女儿的渴望是如此强烈，他激动地坐上了开往塔克西姆的公交车。

女儿们不在家，家里空无一人的样子异常悲凉。法特玛和菲夫齐耶没洗碗就出门了。用了三十年的钵扎器具、拉伊哈放在窗前的紫苏花盆、才两天就放开胆子肆无忌惮到处游逛的大个蟑螂，让麦夫鲁特感到一种悲凉，甚至是一种怪异的恐惧。仿佛在短短的一天里，房间变成了另外一个地方，家具也都有点变了样。

他跑上街道，因为他确信女儿们和她们的姨妈一起在杜特泰佩。现在杜特泰佩的所有人都会因为他和费尔哈特的亲近而指责他。为了表示对费尔哈特的哀悼，他该对萨米哈说什么？坐在开往梅吉迪耶柯伊的公交车上，他看着窗外思忖着这些问题。

在杜特泰佩的阿克塔什家，麦夫鲁特看见了节日礼拜后的人群。苏莱曼是和他同时被释放的。有一会儿，麦夫鲁特发现自己正和苏莱曼的妻子梅拉哈特面对面地坐着。他们一言不发地看电视。麦夫鲁特觉得，所有人都对不住这个与世无争的女人。现在他也想不被指责、责骂，尽早带着女儿回到塔尔拉巴什的家里。他甚至把苏莱曼获释的喜悦也看作是针对自己的一种指责。感谢真主，这个家有四层，还有三台一直开着的电视。麦夫鲁特一直待在一楼，这样也就没能见到萨米哈向她表示哀悼。现在萨米哈成了寡妇。也许她预见到这样的事情可能会发生在费尔哈特身上，才明智地离开了他。

费尔哈特的阿拉维派亲戚、收费员同事和几个贝伊奥卢的老朋友，出席了他的葬礼，萨米哈没去。离开墓地时，麦夫鲁特和莫希尼不知道他们要做什么。伊斯坦布尔的上空灰蒙蒙的。他俩不爱喝酒，就一起去看了电影，随后麦夫鲁特回家等两个女儿。

麦夫鲁特甚至没和女儿们说起她们姨父的葬礼。法特玛和菲夫齐耶做出一副相信她们有趣的费尔哈特姨父干了坏事而被杀的样子，不问这方面的问题。不知道萨米哈对他的两个女儿说了什么，灌输了什么？麦夫鲁特越看女儿，越为她们的未来感到担忧，阿克塔什一家人是怎么想费尔哈特的，他希望女儿们也这么想。他知道去世的费尔哈特不会喜欢自己的这个愿望，他为此感到羞愧。但他在这个问题上的个人观点，相对于女儿们的未来，无足轻重。他明白，费尔哈特死后，在城市的生存角逐中，除了考尔库特和苏莱曼，他不再有别的依靠。

从第一天起，麦夫鲁特就对考尔库特说了他对警察说的话：他真的不知道费尔哈特在耍什么花招。更何况，那份差事也不适合他，他立刻就去辞职。他也积攒了一点钱。为了通报自己的这个决定，他去了耶迪泰佩电力公司在塔克西姆的大楼，发现他们已经给自己结了账。由于私有化之后出现的掠夺，公司的新老板们都在提防批评以及有关腐败的传闻。麦夫鲁特痛苦地听到认识的收费员对费尔哈特的议论，他们说起他就像说起一个给这个职业抹黑的人。可同样的一些人，有时说起一个在查处偷电行为时因为相似的原因被杀或被打的收费员时，却把他看作一个给这个职业带来荣耀的英雄。

费尔哈特为什么以及如何被杀的，好几个月都没有定论。一开始警察怀疑是一起同性恋凶杀案。对于这个说法，考尔库特和苏莱曼都愤怒了。之所以这么怀疑，是因为凶手并没有破门而入，显而易见他是费尔哈特认识的一个人，甚至还在家里和他一起喝了拉克酒。他们也录了萨米哈的口供，接受了她和丈夫吵架后搬去姐姐和姐夫家的事实，一点也没怀疑她，他们让她回家指认了被偷的物品。警察拘捕了两个楚库尔主麻和吉汗吉尔的惯偷，打了他们一顿。这些每天都在变化的细节，麦夫鲁特都是从靠政治关系得到消息的考尔库特那里听来的。

伊斯坦布尔的人口已经达到了九百万，如果没有一张半裸或是著名女人的照片，由于嫉妒、醉酒、愤怒引发的一般凶杀案，报纸就不再会报道。费尔哈特的被杀竟然也没有成为报纸的新闻。从电力公司私有化中大获不义之财的大报社老板，也不允许刊登这些方面的负面消息。六个月后，费尔哈特的老朋友们出的一份左派反对党月刊，在一篇有关电力腐败、谁也不会看的文章里，在众多名字当中也提到了费尔哈特·耶尔马兹。作者认为，费尔哈特·耶尔马兹，是一个善意的收费员，他不幸成为了黑社会团伙之间利益分配角斗的牺牲品。

这份麦夫鲁特连名字都没听说过的报纸，是苏莱曼在出版后两个月拿来给他的。苏莱曼看见了麦夫鲁特读报时的样子，但对此什么也没说。苏莱曼有了第二个儿子，建筑生意也很好，他对自己的人生很满意。

"你知道我们有多爱你，是吧？"苏莱曼说，"从法特玛和菲夫齐耶那里，我们得知你没能找到一份合适的工作。"

"感谢真主，我们过得很好。"麦夫鲁特说，"我不明白，我的女儿为什么抱怨。"

在费尔哈特去世后的八个月里，他的遗产被瓜分了。萨米哈在阿克塔什他们找来的律师的帮助下，分到了丈夫做收费员那些年里挣的钱，还有费尔哈特在楚库尔主麻和托普哈内附近急急忙忙低价买下的两套小单元房。又小又歪斜的老旧单元房，经乌拉尔的建筑公司粉刷一新，随后出租了。麦夫鲁特从法特玛和菲夫齐耶那里，听说了有关杜特泰佩生活的所有细节，从他们吃的饭到他们去看的电影，从她们和姨妈玩的游戏到考尔库特和维蒂哈之间的争吵。法特玛和菲夫齐耶去她们的姨妈家里度周末，周六晚上还在姨妈家里留宿。两个孩子带着新毛衣、牛仔裤、背包和别的礼物回到塔尔拉巴什的家里，兴奋地把这些新物件展示给她们的爸爸看。她们的萨米哈姨妈，现在就为法特玛交了高考补习班的钱，还给了她们很多零用钱。法特玛想学旅游专业。看到女儿的这种决心，麦夫鲁特两眼潮湿。

"你知道考尔库特对政治感兴趣。"苏莱曼说，"我真心相信我哥为国家的效力，有一天终将得到回报。尽管我们离开了农村，但为了生活在伊斯坦布尔的贝伊谢希尔人，我们成立了一个新的同乡会，好让他们得到我们这些同乡的资助。在杜特泰佩、库尔泰佩、努乎特和约然，还有许多别的有钱人。"

"我对政治一窍不通。"麦夫鲁特说。

"麦夫鲁特，咱们都四十岁了，该知道一切了。"苏莱曼说，"这件事里没有任何政治成分。我们将举办晚会，郊游和聚餐原本就有，现在再开一家会所。就像经营快餐店那样，你煮茶和同乡们交朋友就行了。我们收了钱，在梅吉迪耶柯伊租了一套单元房。你去管理那里，挣的钱至少是你可怜巴巴做街头小贩的三倍。考尔库特是保人。晚上你六点下班，夜里去卖你的钵扎，这个我们也想到了。"

"让我想两天。"

"不，你现在就决定。"苏莱曼说，但看见麦夫鲁特沉思的样子，他没再坚持。

其实麦夫鲁特想找一份更接近街道、人群和贝伊奥卢的差事。和顾客们开玩笑、敲他们的门、行走在上上下下无尽的人行道上，是他熟悉、喜欢的事情，而不是待在办公室里。但他也更加清楚地意识到，自己的一生离不开考尔库特和苏莱曼的资助。他也自知做收费员时挣的小费已经用完了，况且在做收费员那些日子里，夜晚干得少因而失去了很多钵扎顾客。有些夜晚，他感觉仿佛没有一扇窗帘会拉开，没有一个顾客会叫他。夜晚，他感到了城市的混凝土、冷酷和恐怖。野狗们不再那么具有威胁性了。边远街区的那些带轮子的金属垃圾桶，也进入了市中心，进入了麦夫鲁特喜爱的所有地方，贝伊奥卢、希什利、吉汗吉尔。一个翻找垃圾桶的新的贫困阶层也应运而生。麦夫鲁特走了二十九年的街道，早已成为他灵魂的一部分，正在经历着快速的变化。街上充斥了太多的文字、太多的人、太多的噪音。麦夫鲁特发现人们对于过去的好奇在增加，但他感觉钵扎并不会从中获益。街上出现了更强硬、更愤怒的新一代小贩，他们是一些一心想宰客、动不动就叫嚷、不断折卖的人……他们损人利

432

己，却都是些愚笨的人。老一代小贩在城市的纷乱中慢慢消失……

麦夫鲁特就这样喜欢上了和同乡交朋友的主意，夜晚他还能够随心所欲地卖钵扎。他接受了这份工作。小单元房在一层，门前有一个卖烤栗子的小贩。头几个月里，麦夫鲁特看着窗外学会了卖栗子小贩的经营之道，还发现了小贩的不足之处。有时他走出去找个借口（"看门人在这里吗？""最近的玻璃店在哪里？"）和他聊天。有几次，他还允许小贩把卖栗子用的茶几搬进楼里（他们不允许这么做的），然后和他一起去做了主麻日的礼拜。

11

内心的意愿和口头的意愿

法特玛还在上学

麦夫鲁特在轻松的协会管理员和钵扎小贩之间找到了一个让他满意的平衡。多数时候，晚上六点以前，他把"会所"交给那夜要举办活动的人。另外七八个人也有协会的钥匙。有时，类似戈屈克、努乎特村的所有人把协会包下一夜，麦夫鲁特就索性回家去（第二天早上，他发现房子和厨房里一片狼藉），在家早早地和女儿们吃完晚饭，看到上高二的法特玛为考大学确实十分用功地学习（是的，她绝没在做样子），他就满意地上街去卖钵扎。

1998年秋天，麦夫鲁特顺路去了先生阁下家很多次。他家里来了一群新的渴求、执着的人。他不喜欢这些人，感觉他们也不喜欢自己，视他为多余的人。由于大胡子教徒、边远街区不戴领带的人、崇拜者和门徒越来越多，总也轮不上麦夫鲁特和先生阁下交谈。由于先生阁下久病不愈和疲惫，书法课也不上了，那些嚼舌但至少活泼快乐的学生也不来了。先生阁下坐在窗前的沙发上，多数等待者总像对某件事感到悲伤那样（对先生阁下的疾病？对最新的政治动态？还是对麦夫鲁特不知道的一件事？），苦恼地摇头。麦夫鲁特每次去也都带着同样忧郁的表情，像大

434

家那样轻声细语。而他刚开始来这里时，大家会说"啊，卖钵扎的孩子脸来了。"或者叫道"麦夫鲁特经理！"和他开玩笑，至少有人会说，他的叫卖声很感人。而现在，甚至有人喝了麦夫鲁特赠送的钵扎，却没发现他是一个卖钵扎的人。

最终一天晚上，麦夫鲁特成功地引起了先生阁下的注意，得到了能够和他交谈十分钟的幸福。其实一走出先生阁下家，麦夫鲁特就明白了，那并不是一次愉快的交谈。然而和先生阁下交谈时，他强烈地感到了大家对他的羡慕和嫉妒，因此内心充满了幸福。那夜的谈话，是麦夫鲁特和先生阁下之间最深刻的一次"交谈"，也是最让他伤心的一次。

正当他觉得那夜的拜访也不会有什么结果时，不断轻声和周围人说话的先生阁下突然转向等候在宽敞房间里的人群，像老师在教室里提问那样，问了大家一个问题，"谁戴的手表链是皮的，谁的是塑料的？"先生阁下喜欢向大家提问、问一些宗教问题和谜语。所有人遵守纪律地依次回答时，最后他发现了麦夫鲁特：

"啊，我们那位取了个神圣名字的卖钵扎的人来了！"

先生阁下恭维着麦夫鲁特，把他叫到身边。麦夫鲁特亲吻先生阁下布满黑痣的手时，坐他身旁的人起身让了座，麦夫鲁特每次亲手时都发现，他手上的黑痣越来越多、个头也越变越大。先生阁下出乎意料地挨近他，盯着他的眼睛，用老词询问了他的近况。他的话语也像墙上的书法牌匾一样美好。

麦夫鲁特马上想到萨米哈，可话到嘴边，他对众目睽睽之下把自己脑袋搅乱的魔鬼恼怒不已。其实麦夫鲁特想过很多次要用一种恰当的语言告诉先生阁下，自己其实是想着萨米哈却给拉伊哈写了信。就在那时，他想起了多年来细细揣摩的所有逻辑细节，他发现这个问题自己已经想了很久。麦夫鲁特首先要问先生阁下，意愿在我们宗教里的概念是什么。随后要问，个人意愿和官方意愿之间的微妙差异是什么。这样，他也就可以通过这个圣人的眼睛，看清自己人生中的基本怪异。说不定，听了先生阁下的话，他将摆脱内心的烦恼。

然而交谈一下子就进入了一种完全不同的形式。不等麦夫鲁特开口，先生阁下就问了他第二个问题。

"您做礼拜吗？"

先生阁下通常向那些爱炫耀的粗俗、喋喋不休、不谙世事的人提出这个问题。他从未问过麦夫鲁特，也许是因为他知道麦夫鲁特是个贫穷的钵扎小贩。

麦夫鲁特多次见证了人们如何正确地回答这个问题：来此的客人，必须诚实地说明自己那些日子里做了多少礼拜，做了多少义捐；必须愧疚地承认，很遗憾，在做礼拜的问题上还有很多不足之处。先生阁下不会小题大做，说"只要您的意愿真诚就好"，来安慰面前的人。或许是魔鬼作祟，或是担心完全真诚的一个回答会不受欢迎，麦夫鲁特支吾起来。随后，他说在真主的眼里，重要的是内心的意愿。这是先生阁下常说的一句话。麦夫鲁特瞬间发现，现在自己这么说出来很鲁莽。

"重要的是，做礼拜本身，而不是心里想要做礼拜。"先生阁下说。尽管他说这句话的语气很温和，但了解他的人马上就明白这是一种斥责。

麦夫鲁特俊美的脸涨得通红。

"当然，判断一件事的好坏，依据的是做这件事的动机。"先生阁下接着说道。**契约的根本是动机和诚意。**

麦夫鲁特一动不动地低下了头。**心是根本，不是形式，**先生阁下说。他是在**嘲讽**麦夫鲁特一动不动地站着吗？有一两个人笑了。

麦夫鲁特说，这周他每天都去做晌礼。但这不是实话，他感到大家都明白了这一点。

先生阁下也许看到了麦夫鲁特的难堪，他转换话题，提到了一个更高层次。"有两种意愿。"他说。这句话麦夫鲁特听得很真切，马上铭记在心：**内心的意愿和口头的意愿。**内心的意愿是根本，这也是整个伊斯兰教的基础。先生阁下也总这么说。（也就是说，如果内心的意愿是根本，那么麦夫鲁特的信本意是写给萨米哈的，这也是根本吗？）但口头的意愿也是一种实践。也就是说，我们的先知也用语言表达了意愿。哈乃斐学派认为，内心有意愿就足够了；但在城市生活中，就像伊卜尼·泽尔哈尼阁下（这个名字麦夫鲁特有可能记错了）也说过的那样，**内心和口头的意愿是一致的**。

或者伊卜尼·泽尔哈尼阁下说的是"必须是一致的"？麦夫鲁特没搞懂的正是这一点。可就在同时，街上一辆车执着地响起喇叭，先生阁下也停止了谈话。随后他看了麦夫鲁特一眼，洞察了他灵魂深处的一切：麦夫鲁特很尊重他，害羞了想尽早离开这里。先生阁下说，**心里没有礼拜，就听不到宣礼**。这话他是对大家说的，说话时也没皱眉头，但还是有几个人笑了。

在以后的日子里，麦夫鲁特经常伤心地想起这句话：先生阁下说心里没有礼拜的人，指的是谁？是没有做够礼拜还说谎的麦夫鲁特吗？半夜按喇叭制造噪音的富人是谁？还是一般而言，指那些人生中违心行事的懦弱坏人吗？房间里的那些人笑谁呢？

内心的意愿和口头的意愿，让麦夫鲁特苦思冥想。两者的区别跟费尔哈特说的个人观点和官方观点之间的区别是一样的，只是"意愿"这个词更加人性化。麦夫鲁特觉得内心和口头的二元比个人与官方的二元更有意义，也可能是更加严肃。

一天中午，一个曾经卖酸奶而如今已拥有财产的老者前来造访协会，他和麦夫鲁特一起看着窗外的栗子小贩，东扯西拉地聊天时说到了"运气"。于是这个词就像墙上的某句广告词那样，在接下来的一段时间里久久地飘浮在麦夫鲁特的脑海里。

运气，伴随着对费尔哈特的记忆，被麦夫鲁特推进了记忆深处的某个角落。现在，运气陪伴着麦夫鲁特在夜晚行走。树叶摇曳中复述着这个词。运气，当然就是内心意愿和口头意愿之间的桥梁：人能够对一个事物产生意愿，却可能用语言表达出另外一个事物，他的**运气**则能够将两者结合起来。就连现在试图栖息在垃圾上的这只海燕，也是先对一个事物产生意愿，它嘎嘎叫着，将此意愿告诉自己，而它内心的意愿和口头的意愿，却要凭借风、巧合和时间一类与运气有关的因素才能得以实现。和拉伊哈在一起的幸福，是麦夫鲁特此生最大的运气，他必须尊重它。尽管他对先生阁下有点生气，但幸好去了那里。

随后的两年，麦夫鲁特为大女儿高中毕业和考大学而烦恼。他既无力辅导法特玛，也无从检查她是否在好好学习。但他用心去关注女儿，他从法特玛的一举一动中，看见了自己高中时的状态和焦虑。她时而静默、无精打采地打开笔记本阴沉着脸做功课；时而表现出愤怒的状态、沉默地看着窗外。但女儿的脚更多地踩在城市里。麦夫鲁特觉得女儿又聪慧又漂亮。

妹妹不在的时候，他喜欢陪法特玛买书本，和她一起在希什利著名的宅邸牛奶布丁店吃鸡胸脯泥牛奶布丁，一起聊天。法特玛不像别的女孩那样对父亲无礼、暴躁或者没有责任心。麦夫鲁特不会轻易责骂她，她也不做任何该被责骂的事情。有时，他从法特玛的坚定和自信中，看到一种愤怒。麦夫鲁特和她开玩笑，戏谑她眯缝着眼睛看书，动不动就去洗手，把所有东西乱七八糟地扔进包里。但他从不过分干预，麦夫鲁特真诚地尊重女儿。

女儿杂乱的书包告诉他，相对于自己来说，女儿已经和城市、人们、机构建立起一种更加深刻和得体的关系；她能够和自己仅仅作为小贩所认识的很多人交流很多的东西。她的书包里怎么会有那么多的身份证、纸张、发卡、小包、书籍、本子、进门卡、袋子、口香糖和巧克力。有时包里散发出一种麦夫鲁特之前从未闻到过的香味。麦夫鲁特当着女儿的面，半玩笑半认真地闻过她的书，这种香味并不来自书本，但和书籍有关。这种香味类似饼干或者爸爸不在时女儿嚼的口香糖，反正是一种他不知来源的人造香草的气味，在麦夫鲁特的心里，唤醒了一种女儿将轻易走进另外一种生活的感觉。麦夫鲁特非常希望法特玛读完高中去上大学，但有时他发现自己却在想日后她会嫁给谁。他不喜欢这个问题，他预感女儿即将远走高飞，她希望遗忘这里的生活。

1999 年初，他对女儿说了几次"我去你上补习课的地方接你吧"。法特玛在希什利上高考补习班，有时她下课的时间和麦夫鲁特离开协会回家的时间很接近，但法特玛不让他去接。不，她回家并不晚，麦夫鲁特也知道她上什么课、几点下课。每天晚上法特玛和菲夫齐耶，用妈妈使了多年的陶罐和锅子，为麦夫鲁特做晚饭。

那年，法特玛和菲夫齐耶执意要爸爸给家里装电话。费用便宜了，大家都往家里拉了电话线，申请三个月后，电话就可接通。麦夫鲁特惧怕额外的费用，也害怕女儿们从早到晚不停地到处打电话，他没有同意。他最怕萨米哈从早到晚给家里打电话来管他的女儿。麦夫鲁特知道，虽然法特玛和菲夫齐耶嘴上说"我们去杜特泰佩"，但有些日子却只去希什利，和她们的萨米哈姨妈一起在影院、蛋糕店、购物中心消磨时间。有时，她们的维蒂哈姨妈也不告诉考尔库特加入其中。

1999 年的夏天，麦夫鲁特没卖冰激凌。推着三轮小车的一个老派冰激凌小贩，在市中心、希什利都无法转悠，更别说做生意了。那类冰激凌小贩，只能下午在老街区卖点冰激凌给街上踢球的孩子们。但麦夫鲁特在协会里的事情慢慢多起来，那个钟点是走不开的。

6 月初，法特玛读完了高二。一天晚上苏莱曼独自去了协会。他带麦夫鲁特去了在奥斯曼贝伊新开的一家餐馆，向他提了一件让我们的主人公很不安的事情。

苏莱曼：博兹库尔特到了十九岁才好不容易念完高中，而这还是考尔库特花钱让他上了一家私立高中才拿到的毕业文凭。他去年和今年都没考上大学，人也变得越来越浪荡。他撞了两次车，还因为参与醉酒斗殴进了一趟警察局。他爸爸决定让他在二十岁时去服兵役。对此，孩子一边开始反抗，一边心情沮丧地不吃不喝。博兹库尔特自己跑去跟他妈妈说，他爱上了法特玛，但他并没说"你们去为我提亲"一类的话。春天，法特玛和菲夫齐耶造访杜特泰佩时，跟博兹库尔特和图兰之间又发生了争吵。两个女孩一生气，就再也没去杜特泰佩。（麦夫鲁特对此一无所知。）见不到法特玛，博兹库尔特就只好苦恋了。考尔库特说："我们让他订婚后去服兵役，否则他会在伊斯坦布尔消失的。"但考尔库特只说服了维蒂哈，没把这事告诉萨米哈。我和他爸爸都跟博兹库尔特谈了话。"我要跟她结婚。"博兹库尔特回避着我的目光说。于是，这个调解的任务就落我头上了。

"法特玛还在上学呢。"麦夫鲁特说，"再说，还要看我女儿是否愿意。她会听我的话吗？"

"麦夫鲁特，我在警察局，挨了这辈子第一记耳光。"我说，"那也是因为你。"别的我什么也没说。

苏莱曼对阿克塔什一家多年来给麦夫鲁特的帮助只字未提，让麦夫鲁特深受感动。苏莱曼只提了费尔哈特死后审讯时挨的那记耳光。不知为什么，警察在那次审讯中打了苏莱曼，却没碰麦夫鲁特。每每想起此事，麦夫鲁特都会发笑。考尔库特的后门关系，也没能阻止苏莱曼挨打。

他欠阿克塔什家多少人情？他还想到了过去的地皮——地契的事情。很长时间他都没跟法特玛提这件事。但他想了很久：他惊讶于女儿已经到了出嫁的年龄，还惊讶于考尔库特和苏莱曼竟然能够来求婚。他的爸爸和伯父娶了姐妹俩，他和堂兄又娶了两姐妹。现在如果第三代人继续通婚，那他们的孩子要么是对眼，要么是口吃，或是痴呆儿。

更大的问题，是正在逼近的孤独。夏天的夜晚，麦夫鲁特和女儿们看好几个小时电视，等她们睡着后，他有时上街走很长时间。路灯下树叶的影子、无尽的墙壁、亮着霓虹灯的橱窗以及广告牌上的文字，全都会和麦夫鲁特说话。

一天傍晚，菲夫齐耶去了杂货店，麦夫鲁特和法特玛一起看电视时，他们自然而然地说到了杜特泰佩的阿克塔什家。"你们为什么不去姨妈家了？"麦夫鲁特问道。

"两个姨妈我们都在见啊。"法特玛说，"但我们很少去杜特泰佩。博兹库尔特和图兰不在家的时候去。我受不了他们。"

"他们对你说了什么？"

"一些幼稚的话……愚蠢的博兹库尔特。"

"据说你们吵架了，博兹库尔特很伤心。不吃不喝的，他说……"

"爸爸，他是疯子。"法特玛说，为了不让爸爸继续往下说，她认真地打断了爸爸的话。

麦夫鲁特看见了女儿脸上的愤怒，"那你们就别去杜特泰佩。"他带着为女儿撑腰的幸福说道。

这个话题没再提起。麦夫鲁特不知道如何才能不让任何人伤心地给出这个正式的否定答复，因此他一直没找苏莱曼。8月中旬一个非常炎热的傍晚，三个从伊姆然莱尔村来的人在协会讨论组织游海峡，麦夫鲁特去杂货店为他们买来冰激凌，正要给他们时，苏莱曼来了。

"法特玛一点心意也没有，她不愿意。"当他们单独待在一起时，麦夫鲁特说。麦夫鲁特闪念想到要教训一下苏莱曼和考尔库特。"再说，她还在上学，难道我要让她退学吗？她可比博兹库尔特学得好。"

"我们不是说了嘛，本来博兹库尔特也还要去服兵役……"苏莱曼说，"不说这些了……你倒是早给答复啊。要不是我来问，你是不会说的。"

"也许法特玛会改变主意，所以我耐心地等。"

麦夫鲁特看出，苏莱曼并没有对这个否定的答复生气，甚至还觉得有道理。苏莱曼烦恼的是，不知道考尔库特会说什么。麦夫鲁特自己也为这事烦恼了一阵，但他不希望法特玛没读完大学就结婚。父女俩至少还有五六年的美好时光可以在家里做伴。麦夫鲁特和法特玛聊天时，就像他和拉伊哈做伴时那样，感到一种和聪明人交谈才有的信赖。

五天后的夜里，麦夫鲁特在床铺、房间、所有东西的摇晃中惊醒过来。

他听到地底下传来的可怕轰鸣，杯子、烟灰缸掉落摔碎的声音，邻居家窗户玻璃的震落声和尖叫声，两个女儿也瞬间跑到他的床边。地震持续的时间比麦夫鲁特估计的还要长。摇晃停止时电断了，菲夫齐耶在哭泣。

"拿上衣服，咱们出去。"麦夫鲁特说。

大家全都惊醒了，跑到黑暗的街道上。所有塔尔拉巴什人都在黑暗中异口同声地说话，醉鬼们自言自语地嘟囔，一些人在哭泣，愤怒的人在叫嚷。麦夫鲁特和女儿们穿好了衣服，但地动山摇时很多人只穿着内裤、衬衫，光着脚、穿着拖鞋就跑上街了。他们中的一些人，为了去穿衣服、拿钱、锁门，跑回楼里，余震开始时，又都尖叫着重新飞奔出来。

嘈杂拥挤的人群聚集在人行道和街上，麦夫鲁特和两个女儿发现，原来在塔尔拉巴什的两三层楼的一些家里，竟然住着那么多人。他们在街区里，在身着睡衣的爷爷、套着长裙的阿姨、穿着内裤拖鞋的孩子中间，转悠了一个小时，感受了震后的紧张。直到凌晨，确信一波弱似一波的余震不会震垮他们的房子，他们便回家睡觉了。一周后，所有的电视频道和小道消息都在说，一轮新的地震将摧毁整座城市，于是又有很多人在塔克西姆广场、街道、公园里过夜了。麦夫鲁特和女儿们上街去看了这些犹如惊弓之鸟却又热衷冒险的人，但夜深后他们就回家呼呼大睡了。

苏莱曼：地震时，我们在希什利，在我们居住的新公寓楼的七层单元房里。我们感到了剧烈的摇晃，厨房里的橱柜整个从墙上摔了下来。我立刻领着梅拉哈特、两个孩子，在黑暗中划着火柴跑下楼。在拥挤的人群里，我们抱着孩子，走了一个小时，走到了我们在杜特泰佩的家。

考尔库特：房子像橡胶那样扭曲了。地震过后，博兹库尔特摸黑进入房子，把所有人的床和床垫拖了出来。大家各自在院子里找地方放好床，正要睡觉时……苏莱曼带着老婆孩子跑来了。"希什利的新混凝土公寓楼，比我们这个三十年前一夜屋地基的老房子结实得多，你们为什么跑到这里来？"我问道。"我也不知道。"苏莱曼说。早上我们一看，房子歪斜了，三层和四层扭向街道，就像老式木房子的飘窗那样，倾斜了出去。

维蒂哈： 地震过后两天，正当我要叫他们吃晚饭时，桌子又开始摇晃起来，孩子们尖叫："地震了！"我跟跄着下了楼梯，好不容易跑到院子里。随后我一看，不是什么地震，而是博兹库尔特和图兰的恶作剧，是他们在摇晃桌子。他们站在窗前笑我，我也忍不住笑起来，回到楼上。"听我说，如果你们再开这样的玩笑，我不管你们多大，就像你们的爸爸那样揍你们。"我说。三天后，博兹库尔特又搞了同样的恶作剧，我还是被骗了，但随后我打了他耳光。现在他不和他妈妈说话。我的孩子失恋了，还要去服兵役，我为他苦恼。

萨米哈： 地震那夜凌晨，苏莱曼带着老婆孩子跑回家时，我明白自己恨死他了。我去了歪斜的三层，我自己的房间，直到苏莱曼和他吵吵闹闹的一家人回到希什利他们自己家，我才下楼。苏莱曼一家人制造了很多噪音，在院子里睡了两夜后，回希什利去了。随后，9月的几天夜里，他们说"今晚还会有地震！"，又全家跑来睡在院子里，我也没下楼。

我对苏莱曼最后一次生气，是因为我得知他被考尔库特蒙骗，为了博兹库尔特去向法特玛求婚。他们怕我阻止，所以没告诉我。愚蠢不能成为作恶的借口。法特玛和菲夫齐耶只在博兹库尔特和图兰不在家时才来杜特泰佩，从中我明白他们做了这么一件蠢事。过了一段时间，维蒂哈也不隐瞒了。法特玛说不，当然让我感到骄傲。每周六和周日，我先送两个女孩去补习班，傍晚和维蒂哈一起带她们去看电影。

那年冬天，为了让法特玛考上大学，我竭尽全力了。因为法特玛拒绝了去服兵役的儿子，维蒂哈不可避免地对她恼怒。维蒂哈越试图不被察觉，却越明显地被察觉了。于是我就和两个女孩在布丁店、蛋糕店、麦当劳见面。我带她们去购物中心：一段时间，我们什么也不买，静静地观赏一家家橱窗，漫步在灯光下，感觉似乎会有什么新鲜的事情发生在我们的人生中。走累了，我们说，"再逛一层，然后去楼下吃转烤肉。"

2000年的新年除夕，法特玛和菲夫齐耶在家里看电视，等待爸爸卖完钵扎回来。麦夫鲁特十一点回到家，和她们一起看电视，吃烤鸡和土豆。尽管她们从不跟我说起她们的爸爸，但法特玛告诉了我那夜的事情。

6月初，法特玛在塔什克什拉参加高考，我在学校门口等她。老楼的入口处有高高的石柱，对面向两边延伸的矮墙上坐满了等待考生的妈妈、爸爸和兄长们。看着多尔玛巴赫切宫时，我还抽了支烟。法特玛和所有考生一起疲惫地走出考场，但她比所有人都乐观。

女儿无需任何补考念完了高中，又在高考中考取了旅游学院，为此麦夫鲁特很自豪。一些父亲，把他们孩子的毕业照挂在协会的公告板上，麦夫鲁特也这么幻想过。然而没有一个父亲把女子高中的毕业照放到公告板上。但麦夫鲁特还是把女儿的成功告诉了来协会的同乡和老一代卖酸奶人。苏莱曼特意跑来向麦夫鲁特表示祝贺。他说，在城里最大的财富就是拥有一个受过教育的孩子。

9月末，开学第一天，麦夫鲁特把女儿一直送到了大学门口。这里是国家在伊斯坦布尔开办的第一所高级旅游学校。除了服务员职业，学校还教授旅游管理和经济。这座位于拉雷利的旧客栈楼，被改造成隶属于伊斯坦布尔大学的一所院校。麦夫鲁特想象了一下今后来这些可爱的老旧街区卖钵扎的情景。一天夜里，他离开先生阁下住所之后，走了一个小时，从恰尔相姆巴一直走到了女儿的学校。那里依旧很安静。

开学四个月后，2001年1月，法特玛和爸爸谈起了一个跟她谈恋爱的年轻人。他们是校友，比法特玛高两届。他很认真，是伊兹密尔人。（听到此话，麦夫鲁特的心哆嗦了一下。）他俩的人生目标都是读完大学，从事旅游业。

麦夫鲁特对女儿这么快就发展到这个阶段大吃一惊。可是从另一个角度看，法特玛将是这个家里最晚结婚的女孩。"你的妈妈和姨妈在你这个年龄都已经有两个孩子了。你太落后了！"麦夫鲁特痛苦地和女儿开玩笑说。

"所以我要马上结婚。"法特玛说。麦夫鲁特从她的机敏应答里，读到了一种女儿希望能够尽早离开这个家的决心。

2月，他们从伊兹密尔过来提亲。麦夫鲁特安排了一个空闲的夜晚在协会举办订婚仪式，从对面的咖啡馆借来了椅子。除了考尔库特和他的两个儿子，杜特泰佩的熟人全都参加了订婚仪式。麦夫鲁特知道，包括萨米哈在内，谁也不会在夏初去伊兹密尔参加婚礼。这是麦夫鲁特第一次在协会里见到萨米哈：她的头巾和风衣不像其他女人的那样显得褪色或灰蒙蒙的，而是崭新的、藏蓝色的、宽松的。麦夫鲁特想，也许她不想再戴头巾了。法特玛有时戴、有时不戴头巾，进入大学校门时是一定要摘掉的。麦夫鲁特无法知道，女儿对此感到高兴，还是不高兴。这更多的是法特玛和她的大学同学面对的一个问题。

新郎家没人戴头巾。订婚的那些日子里，麦夫鲁特看出女儿十分迫切希望进入那个家庭。法特玛有时在家里拥抱爸爸，亲吻他，因为要离开家而流泪。但没过五分钟，麦夫鲁特发现她在兴奋地幻想不久的未来将和丈夫一起共享的人生细节，麦夫鲁特于是获悉了女儿和女婿正在申请转学去伊兹密尔的事情。两个月后，传来了他们被伊兹密尔的大学录取的消息。于是在三个月里就确定了法特玛将和布尔罕（这就是他那个直挺挺高个子、面无表情的女婿的难听的名字），夏初举办婚礼后将留在伊兹密尔，住进新郎家的一套房子，成为伊兹密尔人。

只有麦夫鲁特和菲夫齐耶去伊兹密尔参加了法特玛的婚礼。麦夫鲁特喜爱伊兹密尔，把它看成是一个缩小的、更炎热、长着棕榈树的伊斯坦布尔。一夜屋也都在两岸之间和城市的正当中。婚礼上，法特玛搂着丈夫，像电影里那样跳舞时，麦夫鲁特既感到害羞，又满含热泪。返回伊斯坦布尔的路上，麦夫鲁特和菲夫齐耶在大巴上一句话也没说。夜晚，小女儿在大巴的座椅上睡着了，她把头靠在他的肩上，从她散落的头发里飘散出来的芬芳，让麦夫鲁特感到幸福。他疼爱了那么多年、恨不能终生陪伴在她身边的大女儿，就这么，在六个月里完全地离开了她的爸爸。

12

菲夫齐耶私奔

让他俩都来亲吻我的手

9月11日，两架飞机撞击美国的双子楼以及摩天大楼在火焰和烟雾中像电影里那样轰然坍塌的画面，麦夫鲁特和菲夫齐耶在电视里看了无数遍。除了麦夫鲁特轻声说了一句"现在美国就会去报复"，他们没再谈论这件事。

而事实上，法特玛嫁人离家后，这父女俩成了好朋友。菲夫齐耶喜欢说话、开玩笑、模仿、编造荒唐的故事逗乐爸爸。她从母亲那里遗传了发现所有事物怪异、有趣、快活一面的才能。菲夫齐耶会惟妙惟肖地模仿一个邻居说话时从门牙缝里发出的哟哟声、嘎吱作响的开门声、爸爸上楼时呼哧呼哧摇晃的样子。睡觉时，她也像妈妈那样，蜷曲在床上像个S字母。

双子塔坍塌后五天的晚上，麦夫鲁特从协会回到家，发现电视关着，餐桌空着，菲夫齐耶不在家。一开始他根本想不到女儿可能会私奔，因此他对十七岁的菲夫齐耶天黑后还在街上闲逛很生气。菲夫齐耶高二数学和英语的期终考试都需要补考，但整个夏天麦夫鲁特都没见她复习过一次功课。站在窗前看着黑暗的街道等待女儿时，麦夫鲁特的

447

恼怒逐渐变成了恐慌。

他还痛苦地发现，菲夫齐耶的背包、很多衣服和用品也都不见了。正当他准备去杜特泰佩阿克塔什家时，他听到了敲门声，满心以为是菲夫齐耶回来了。

然而敲门的却是苏莱曼。苏莱曼劈头盖脸地告诉他，菲夫齐耶和一个男孩私奔了，男孩"不错"，有一个好家庭，男孩的爸爸经营着三辆出租车。下午，男孩的爸爸打来电话，苏莱曼就过去了。如果麦夫鲁特有电话，也许他们会首先找他。菲夫齐耶也很好。

"既然很好，她为什么要私奔？"麦夫鲁特问，"难道是为了让她的爸爸难堪，让自己丢脸吗？"

"那你为什么要和拉伊哈私奔？"苏莱曼问，"如果你去提亲，歪脖子·阿卜杜拉赫曼会把女儿嫁给你的。"

从这句话里，麦夫鲁特感觉菲夫齐耶的私奔是一次效仿，是女儿在效仿她的父母。"歪脖子·阿卜杜拉赫曼不会把女儿嫁给我的。"他说着自豪地想起了自己和拉伊哈私奔时的情景，"我也对这个抢走我女儿的出租车司机不满，菲夫齐耶也向我保证过要读完高中上大学的。"

"两门补考她都没通过。"苏莱曼说，"菲夫齐耶留级了。大概害怕，她没敢告诉你。但连维蒂哈都知道，你一直都在对菲夫齐耶说，如果你不读完高中，我就不会祝福你，你还一定要像你姐姐那样考上大学。"

麦夫鲁特很生气，因为他觉得，父女之间的隐私，不仅成了阿克塔什家餐桌上的话题，还成了一个素不相识的出租车司机和他们家的话题。更有甚者，他变成了一个不通人情的暴戾父亲。

"我没有叫菲夫齐耶的女儿。"他武断地说，但他随即又后悔这么说了。因为不等苏莱曼离开，他就已经开始体会到了每个私奔女孩的父亲的绝望：如果他不马上原谅女儿，不做出喜欢和接受女婿（竟然是个司机？这样的结果他根本没想过！）的样子，女儿私奔、婚前和男人同居的消息就会立刻传开，麦夫鲁特的名誉就会受损。不，如果他立刻原谅那个抢走他漂亮女儿的不负责任的畜生，大家就会认为麦夫鲁特参与了此事，或者认为他为此收取了一大笔钱。麦夫鲁特明白，如果不想沦为爸爸那样的孤独和喜怒无常的人，他应该尽早选择走第二条路。

"苏莱曼，离开了女儿我没法活。我原谅菲夫齐耶，但她要带着将成为她丈夫的人来见我，让他俩都来亲吻我的手。我和拉伊哈私奔后，至少回到村里，满怀敬意地去歪脖子·阿卜杜拉赫曼的家，亲吻了他的手。"

"我确信，你对歪脖子有多尊敬，你那个司机女婿也会同样对你的。"苏莱曼咧嘴笑着说道。

麦夫鲁特没听出苏莱曼这话里夹带的嘲讽。他的脑子一片混乱，他害怕孤独，需要安慰。"以前是尊敬他的！"他脱口冒出这么一句，苏莱曼也忍不住笑了。

第二个女婿名叫埃尔汗。第二天看见他，麦夫鲁特根本无法理解，自己疼爱多年、对她的未来抱有很多幻想的如花般的女儿，怎么会看上这么一个相貌平平的人。（矮个子，窄额头。）他想这个女婿大概是一个非常狡猾和精明的人，他为女儿的愚蠢而生气。

然而，埃尔汗满怀歉意，深深地弯腰亲吻他的手，又让他很满意。

"让菲夫齐耶读完高中，千万别让她弃学。"麦夫鲁特说，"否则我不会祝福你们。"

"我们也是这么想的。"埃尔汗说。但一番谈话之后，大家都明白菲夫齐耶不可能隐瞒结婚继续上学。

麦夫鲁特意识到，自己的不安不是因为菲夫齐耶不能读完高中，或者上不了大学，而是自己将独自生活。他灵魂里真正的痛苦，来自被遗弃，而不是没能把女儿培养好。

有一会儿只剩下父女俩时，"你为什么私奔？"麦夫鲁特责备道，"难道他们客客气气地来提亲，我会说不吗？"

菲夫齐耶躲开了父亲的目光，麦夫鲁特明白她一定在想，"是的，你当然不会同意！"

"咱们父女俩待着多好，"麦夫鲁特说，"现在就剩下我一个人了。"

菲夫齐耶拥抱了他，麦夫鲁特艰难地克制着自己不要哭出来。夜晚卖完钵扎回家时，将不再有人在家等他；梦见在黑暗的柏树林里被野狗追赶，一身冷汗惊醒时，也将不再听见女儿熟睡中的呼吸声聊以慰藉。

麦夫鲁特带着孤独的恐惧，好好地做了一番讨价还价。在一个激动的瞬间，他让女婿发誓，不仅要让菲夫齐耶读完高中，还要读完大学。菲夫齐耶那晚也答应留在家里。对于女儿的理智而没使事态扩大，麦夫鲁特感到欣慰，但那晚还是跟女儿说了很多遍，因为她私奔，自己很伤心。

"你不也是和我妈妈私奔结婚的吗？"菲夫齐耶说。

"你妈妈绝对不会做出你今天做的事情。"麦夫鲁特说。

"不，她会的。"菲夫齐耶争辩道。

麦夫鲁特既为女儿的这个桀骜不驯、充满个性的回答感到骄傲，又再一次从这个回答里得出女儿仿效她母亲私奔的结论。过节的时候，他和菲夫齐耶，或者从伊兹密尔回来的法特玛和她那走路一摇一摆的丈夫一起去墓地给拉伊哈扫墓。如果扫墓时很伤心，回家的路上，他就会夸大其词、不厌其详地告诉女儿，自己是怎么去抢亲的，他们是如何周密计划私奔的，第一次是怎么在婚礼上四目相遇的，以及他为何难以忘怀拉伊哈看自己的眼神。

第二天，司机·埃尔汗和他退休的司机爸爸一起把菲夫齐耶的箱子送了回来。一看见那个比自己大十岁的男人，麦夫鲁特立刻明白了，他会更喜欢新郎的爸爸萨杜拉赫先生。他也是一个鳏夫，妻子三年前因为心肌梗塞突然去世了。（为了更好、逼真地跟麦夫鲁特描述那个死亡瞬间，萨杜拉赫先生坐到家里唯一的桌旁，模仿妻子喝汤时怎么突然丢下手里的勺子，一头栽到桌上的。）

萨杜拉赫先生是迪兹杰人，他的父亲在"二战"期间来到伊斯坦布尔，先跟一个在盖迪克帕夏·尤库什的亚美尼亚人鞋匠当学徒，随后成了他的合伙人。1955 年 9 月 6—7 日事件中，店铺遭到洗劫，亚美尼亚人老板随后把店铺交给合伙人，自己离开了伊斯坦布尔，他的父亲就独自继续经营鞋店。然而他那个"游手好闲的顽皮"儿子，抵抗父亲的坚持和拳头，没成为鞋匠，却当上了"伊斯坦布尔最好的司机"。那时，伊斯坦布尔的出租车和小公共还都是美国车，司机则是一个极为时髦炫耀的职业。说到这里，萨杜拉赫先生做作地眨了一下眼睛，麦夫鲁特也因此明白了他那个抢走了自己女儿、笨头笨脑、矮个狡猾的儿子的玩乐个性，源自他的父亲。

为了讨论婚礼的细节，麦夫鲁特去了他们在卡德尔加的三层砖石房。麦夫鲁特在婚礼后不久便和萨杜拉赫先生建立起了日益深厚的友情。四十岁后，尽管喝得不多，他也学会了如何从酒桌上的交谈里获得乐趣。

萨杜拉赫先生有三辆出租车，把它们交给了每天工作十二个小时的六个司机。相对于车龄和牌子（一辆 96 款、一辆 98 款的穆拉特，一辆 58 道奇。萨杜拉赫先生不时会兴致勃勃地开一下精心保养的道奇），他更喜欢说起在伊斯坦布尔价格不断上涨的为数不多的出租车牌照。他的儿子埃尔汗也在开其中一辆车，另外还以父亲的名义，查看其他司机的里程表和计价器来记账。萨杜拉赫先生笑着说，他把出租车托付给儿子，可由于儿子管理不严，这些司机有的是小偷（隐瞒一部分收入），有的不吉利（不断出事故），有的厚颜无耻（迟到、恶言恶语），有的是不折不扣的笨蛋。但为了挣更多的钱，他不会跟他们吵架让自己扫兴，把一切交给儿子打理。麦夫鲁特去看了埃尔汗和菲夫齐耶婚后将要居住的在阁楼上的单元房，看见了里面的新柜子、结婚用品和大床，（"你女儿来我们家做客的那晚，埃尔汗没到这里来。"萨杜拉赫先生说，打消了麦夫鲁特的疑虑。）他表示很满意。

萨杜拉赫先生一一展示他度过一生的那些角落，滔滔不绝地用愈加甜美的语言叙述回忆和故事。陶醉其中的麦夫鲁特很快就认识了这些地方：位于江库尔塔兰的楚库尔学校（校舍是一栋远比杜特泰佩阿塔图尔克男子高中更古老的奥斯曼建筑），那里的恶霸住校生抽打像自己一样的走读生；被他父亲在十年里弄倒闭的鞋店（现在是一家类似宾博的快餐店）；还有公园对面可爱的茶馆。让麦夫鲁特难以置信的是，公园的所在地三百年前竟是一片汪洋，上百艘奥斯曼战船在那里备战。（茶馆的墙上悬挂着这些战船的图片。）在金角湾对岸的伊斯坦布尔老城区里，有奥斯曼皇帝和戴着圆顶高帽、蓄着大胡子的人建造的老旧破损的饮水池；废弃的浴室；满是灰尘、垃圾、幽灵和蜘蛛的托钵僧修道院。麦夫鲁特幻想如果自己在这些地方度过童年和青年时期，也就是说，他爸爸从杰奈特普纳尔来伊斯坦布尔时，不是去了库尔泰佩，而像其他很多从安纳托利亚迁徙到城里的幸运儿那样，直接来了这些街区，他感觉不仅是自己，他的两个女儿也会变成完全不同的人。他甚至感到了悔恨，仿佛在库尔泰佩安家是他自己的决定。然而在这些地方，他没遇见过一个 20 世纪六七十年代从杰奈特普纳尔村过来定居的熟人。麦夫鲁特第一次认识到，伊斯坦布尔变得富足了，他在这些老旧街区的后街上可以卖更多钵扎。

还是在那些日子里，萨杜拉赫先生又邀请他吃了一次晚饭。为了让麦夫鲁特在同乡协会和夜晚卖钵扎之间有限的间隙里找到和他共进晚餐的时间，萨杜拉赫先生提议开道奇去协会接他，把扁担和钵扎罐放在后备厢，晚饭后送他去卖钵扎的街区。于是，新娘和新郎的父亲们就这样结成了好友，细细地讨论婚礼的各项准备。

婚礼的费用当然由男方承担。因此，当麦夫鲁特得知婚礼不在婚礼礼堂，而在阿克萨赖一家酒店的地下礼堂举办时，没表示任何异议。可当他得知将给来宾备酒时，他不安了。他不希望这是一场让杜特泰佩的熟人，尤其是阿克塔什一家人感觉他们是外人的婚礼。

萨杜拉赫先生安抚了他：他们从家里带来的拉克酒将放在厨房里，服务员将在楼上准备好放了冰块的拉克酒，悄悄地为那些需要的客人送去。他儿子的司机朋友、街坊邻居、卡德尔加足球队和管理者，所有这些人当然不会因为婚宴上没有拉克酒而造反，但如果有，他们就会喝，会更开心。他们中的大多数人是人民党。

"我也是这么想的。"麦夫鲁特带着一种休戚与共的口吻说道，但他并不十分相信自己所说的话。

阿克萨赖的那家酒店是一栋新楼。挖地基时，发现了一个拜占庭小教堂的遗迹，这就意味着停工，于是承包商封锁消息，好好地贿赂了区政府一番，并以往地下多挖一层来泄愤。婚礼当晚，礼堂一下子就人满为患了，里面充满了蓝色的香烟浓雾。麦夫鲁特数出了二十二张桌子，其中六张桌上坐着清一色的男宾。礼堂的那一头全是新郎的街坊邻居和司机朋友，大多数年轻司机是单身汉。但是成了家的那些人，觉得单身汉的桌子更加有趣，一来便把老婆和孩子们留在"家庭"桌一边，自己跑去了单身男人的桌上。这些桌上的人一开始就没少喝，麦夫鲁特看见很多端着托盘的服务员，快速穿梭其中，忙不迭地送酒杯和冰块。然而男女混坐的家庭桌上也不乏公开喝酒的人，甚至还有人像一个愤怒的年迈客人那样，因为酒一直没送来而对服务员发火，随后迫不及待地跑去楼上的厨房，给自己斟满酒。

麦夫鲁特和菲夫齐耶细细盘算了阿克塔什一家人会怎么来参加婚礼。博兹库尔特在服兵役，因此谁也不会在婚礼上喝醉闹事。但因为儿子被拒绝，考尔库特可能会找个借口不来，或者说"他们喝酒太多让我不舒服"，扫大家的兴。但从萨米哈姨妈那里打听阿克塔什家消息的菲夫齐耶认为，杜特泰佩对婚礼并没有表示太多负面情绪。甚至，真正的危险并不在博兹库尔特和考尔库特，而恰恰是对考尔库特和苏莱曼生气的萨米哈。

感谢真主，歪脖子·阿卜杜拉赫曼从村里赶来参加婚礼，法特玛和她那高个子丈夫也从伊兹密尔过来了。菲夫齐耶安排他们和萨米哈坐同一辆出租车去婚礼礼堂。婚礼前，麦夫鲁特因为那辆出租车和阿克塔什一家人怎么也不来而十分担心。杜特泰佩的所有熟人全都带着礼物来了。为女方安排的五张桌子（雷伊罕大姐和丈夫穿着十分时髦），除了一张，全都坐满了。麦夫鲁特去了楼上的厨房，偷偷喝了一杯拉克酒。他又去酒店门口等了一会儿，很好奇他们怎么还没到。

等他回到婚礼礼堂，却发现第五张桌子也坐满了。他们是什么时候进来的？麦夫鲁特来到新郎那桌，坐到萨杜拉赫先生身旁，还朝着阿克塔什那桌看了很久。苏莱曼还带来了两个儿子，一个五岁，一个三岁；梅拉哈特很时尚；歪脖子·阿卜杜拉赫曼系着领带，远远看似一个儒雅、整洁的退休公务员。当麦夫鲁特的目光停留在桌子中间的紫色身影上时，他的心不禁哆嗦了一下，立刻移开了视线。

萨米哈：我亲爱的菲夫齐耶穿着漂亮的婚纱，和丈夫坐在礼堂中央，我在心里感受着她的激动和幸福，目不转睛地看着他们。年轻和幸福，是多么美好的事情。另外，听我身边的法特玛说，她和丈夫在伊兹密尔很幸福，丈夫家在资助他们，他俩在旅游学校成绩优异，暑假一起在鸟岛的一家酒店实习，英语有很大长进。再看见他俩一直在笑，我很开心。亲爱的拉伊哈去世时，我哭了好几天，不仅是因为我失去了亲爱的姐姐，还因为这两个年幼可爱的女孩没有了妈妈。随后，就像我的亲闺女一样，从饮食到功课，从穿衣到交朋友，我全心关注了她们的成长；我在远处成了这对不幸姐妹的母亲。怯懦的麦夫鲁特，害怕闲话，害怕费尔哈特误解，不愿意在家里见到我，为此我伤心也失去了热情，但我没被吓倒。我从菲夫齐耶那里收回目光转向身边的法特玛，她说，"亲爱的姨妈，你的紫裙子真漂亮！"听到这话，我差点哭出来。我站起来，当然不是朝着麦夫鲁特的那桌，而是完全相反的方向，走上楼，站在厨房门口对一个服务员说，"我爸爸要的酒你们怎么还没送去。"他们立刻递给我一杯加了冰块的拉克酒。我走到窗前，将酒一饮而尽，然后迅速下楼，坐到爸爸身边，我自己的座位上。

阿卜杜拉赫曼：有一会儿，维蒂哈来到我们这桌，对着她那个没开口说过一句话的公公杂货店老板·哈桑说："亲爱的爸爸，您闷了吧。"说完挽着他的胳膊，把他送到了他儿子那桌。你们别误会，唯一让我伤心的是，完全因为嫁给了他那个灵魂恶毒的儿子，我亲爱的维蒂哈就当着她亲爹的面，动不动就称呼这个呆板沉默的人"我亲爱的爸爸"。随后，我去了婚礼主人那桌。"萨杜拉赫先生，麦夫鲁特先生，还有鄙人我，我们有个共同点，请问是什么？"我问了大家一个猜谜题。他们回答说都卖过酸奶，都显得年轻，都喜欢喝酒……"我们仨的妻子都年纪轻轻就去世了，留下我们孤苦伶仃。"说完我就忍不住哭了起来。

萨米哈：维蒂哈和苏莱曼一人一边挽着我爸爸的胳膊，把他送回我们这桌时，麦夫鲁特只是看着。他为什么不去搀扶去世妻子的爸爸，为什么没说两句好听的话？他一定是在担心，如果来到我的这桌，人们可能会说闲话，会说其实那些信是写给我的……唉，怯懦的麦夫鲁特，唉！他又要看我，又要装出一副没看的样子。那么就让我像二十三年前在考尔库特的婚礼上我们相遇时那样看他，像他在信里写的那样，用我那带魔力的眼睛看他，"像要俘获他那样"。为了"像强盗那样拦路抢走他的心"，为了"让他从邪恶之眼得到灵感"，我看了他。随后，为了让他在我那心灵的窗户上看见自己，我又看了他。

"我亲爱的萨米哈，你白费工夫看那边。"喝得酩酊大醉的爸爸说，"给一个女孩写信，却娶另外一个女孩的男人，对谁都不会好。"

"我本来也没朝那边看。"我说，但我还是固执地继续看了。我发现直到婚礼结束，麦夫鲁特也在不时地看我。

13

麦夫鲁特孑然一身

两人彼此这么合适

那么多年和妻子及两个女儿挤在一起生活，现在却孑然一身留在这个家里，麦夫鲁特变得像个病人似的无精打采，连早上起床都很困难。麦夫鲁特有时想，即便在最艰难的日子，单凭被一些人看作"单纯"的乐观态度，以及能够抓住事物轻松、容易一面的能力，就足以支撑自己渡过难关。因此他把自己的萎靡不振解读成一个不祥之兆，尽管他才四十五岁，就开始惧怕死亡了。

上午在协会，或者在街区的咖啡馆和一两个人闲聊时，他不会陷入孤独的恐惧中。（自从独自在家生活，他和遇见的任何人都用更加谦和的态度和更加甜蜜的言语说话。）但夜晚行走在街上时，他会感到害怕。

自从拉伊哈去世和女儿们出嫁，伊斯坦布尔的街道就仿佛更长了，变成了一口口无底的黑暗深井。有时，深夜他摇响铃铛叫着"钵扎"，行走在一个偏僻的街区时，他恍惚觉得从未来过这条街道、这个街区，于是，这种恍惚就把他带入一个怪异而可怕的回忆和另外一种感觉里，那就是儿时和年轻时，但凡走入一处禁地（狗号叫时），那种自己马上会被抓住、被惩罚、被认为是坏人的感觉。一些夜晚，城市变得更加诡秘而且具有威胁性，麦夫鲁特不知道，他该把这种感觉和家里没人等待自己联系起来，还是该解释为这些新街道确实和一些他一无所知的标记融合在了一起：沉默的混凝土新墙，无数不断执着变幻的奇怪海报，他以为已到尽头的一条街道却稍微一转、跟他开玩笑似的仿佛永无止境地向前延伸，全都在增加他的恐惧。有时，他走进一条所有窗帘都纹丝不动、所有窗户都紧闭不开的寂静街道，尽管理智告诉他，自己头一次经过这里，而他却恍惚觉得在一个神话般久远的过去，曾经走过这些街道，犹如重温回忆，他陶醉其中。当他喊着"钵——扎"时，他感觉其实是在对自己的回忆呼喊。有时，受到想象力的推动，或者因为清真寺墙边真的有只狗在号叫，他对狗的恐惧被再度激活，他一下子意识到，在这世上自己孤苦伶仃。（这种时候，幻想一下萨米哈和她的紫裙子，就会缓解他的恐惧。）有时，在空荡荡的街上，他感觉从身边走过的两个瘦高个男人说出的单词（锁、钥匙、负责的），似乎在向他暗示着什么。两天后，他惊恐地发现两个从另外一个街区的窄巷里走过的人（两个身着黑衣服、又胖又矮的男人），竟然也说出了同样的单词。

长满青苔的老城墙、雕刻有漂亮字母的老饮水池、饱经侵蚀而彼此斜倚的老木屋，仿佛全都被摧毁殆尽，取而代之的是新街道、混凝土房子、霓虹灯商店、公寓楼，而它们的出现也仿佛是为了把这些地方变得更加陈旧、可怕和费解。城市仿佛不再是一个他熟悉的地方、一个宽敞的家，而变成了一个没有神灵的地方，不管什么人都可以随意在此无限添加混凝土、街道、天井、墙壁、人行道和商店。

当城市日渐变大远离自己，当黑暗的街道尽头不再有人在家等待自己，麦夫鲁特便更需要真主了。不仅在周五，在他想做礼拜的其他日子里，去协会前，他会去希什利清真寺，或绕道去杜特泰佩清真寺，甚至去任意一个清真寺做晌礼。清真寺的静谧、犹如穹顶边折射出的光线花边勉强渗透进来的城市噪音、在半小时里和避世隐居的老人以及跟自己一样孤独的男人分享同一处静谧空间，让他感到愉悦，他觉得自己找到了排解孤独的途径。夜晚,他带着同样的情感,走进空无一人的清真寺天井,造访街区深处的墓地,坐在墓碑旁抽烟。而在以前那些幸福的日子里,他是不会愿意踏入这些地方的。他读那些离世人的墓碑,对写着阿拉伯字母、带帽顶的老墓碑心存敬畏。他更多自言自语地嘟囔真主这个单词,有时也祈祷真主将自己从孤独的人生中拯救出来。

有时他想,像自己一样独自生活的其他一些四十五岁鳏夫,在亲朋好友的帮助下再婚了:他在协会结识的瓦哈普,来自伊姆然莱尔村,在希什利有一家采暖设备店,他的妻子和唯一的儿子回村参加婚礼时,遭遇车祸去世了,他的亲戚随即让他娶了同村的另外一个女人。居米什代莱人·哈姆迪,他的妻子生第一个孩子时难产去世,他也痛不欲生,但他的叔叔和其他亲戚让他娶了一个给他生活勇气的乐观、健谈的女人。

但是没有人暗示麦夫鲁特要给予他这样一种帮助,即便在闲聊中也没有人向他提及一个像他那样年纪轻轻就丧偶(还必须没有孩子)的合适女人。因为整个家族都认为,对于麦夫鲁特来说,萨米哈是一个合适的伴侣。"她也像你一样孤独。"有一次考尔库特说。或者有时像他发现的那样,麦夫鲁特自己觉得所有人都在这么想。他自己也承认,萨米哈是最合适的人选,他也时常想起在菲夫齐耶的婚礼上,穿着紫色裙子的萨米哈故意远远地直视自己的样子,陷入幻想。但有段时间他甚至禁止自己去考虑再婚的问题:对于麦夫鲁特来说,别说和萨米哈结婚,即便只是和她接近,甚至就像在女儿婚礼上那样,试图四目相对,都仿佛是对拉伊哈的一种大不敬。有时他发现,大家也认为这是一种不敬,因为每当跟自己提起萨米哈,他们都会尴尬和为难。

有段时间,他觉得最好是忘记萨米哈,("原本我也不常想到她。"他对自己说。)去幻想另外一个女人。为了避免协会最终像其他很多同乡会那样,变成即便有自己丈夫陪同的女人都不去光顾的普通咖啡馆,协会的创始人和管理者以及考尔库特禁止在协会打麻将、玩纸牌。吸引女人和家庭去协会的一个办法就是举办饺子之夜。在家以团队形式准备饺子的女人们，在这些夜晚会和她们的丈夫、兄长、孩子一起去协会。一些聚餐的夜晚，麦夫鲁特打理的茶室比任何时候都要忙碌：伊姆然莱尔村的一个寡妇，饺子之夜和她姐姐、姐夫一起来了，她高高的个子、挺直的身板，很健康。麦夫鲁特在茶室仔细地端详了她几次。同村的另外一个人家有个三十多岁的女儿，她和在德国的丈夫离婚回到了伊斯坦布尔，她也引起了麦夫鲁特的注意：浓密的黑发从她的头巾下面涌泻而出。取茶时，她用乌黑的眼睛直勾勾地看了麦夫鲁特一眼。难道她是在德国学会这么看人的吗？女人们全都直直地看着麦夫鲁特孩子气俊美的脸，比萨米哈多年前在考尔库特的婚礼上，或者前一阵在菲夫齐耶的婚礼上看他时更加轻松自如：居米什代莱村有个胖胖的、快乐的寡妇，不仅在饺子之夜，在野餐上取茶时也和麦夫鲁特说了很多话。麦夫鲁特喜欢她的独立自主，喜欢她在野餐会上最后大家一起跳肚皮舞时笑着站在一边的样子。

即便没人喝藏在桌下的酒，在饺子之夜结束前、野餐时，人们都会表现出某种醉意，每当大家喜爱的贝伊谢希尔民歌声响起时，男男女女都会跳起肚皮舞。苏莱曼认为，考尔库特就是因此才不让维蒂哈来参加此类聚会的。维蒂哈不来，和她在杜特泰佩做伴的萨米哈当然也就来不了。

更多的女人和家庭光顾协会、播放哪个歌手演唱的民歌、无所事事的男人玩纸牌、举办《古兰经》诵读之夜、给周围村庄考上大学的前途光明的学生发放奖学金，诸如此类的问题，在人民党会员和保守分子之间逐渐出现了分歧。政治摩擦和玩笑，有时在会后、足球赛和郊游之后也会继续，一些喜欢争论的男人便经常去协会附近的一家酒馆喝酒。一天晚上，苏莱曼也出现在协会散去的人群中，他拍了一下麦夫鲁特的肩膀说："走，咱们也一起去。"

麦夫鲁特知道，梅吉迪耶柯伊的那家酒馆，是多年前被爱情痛苦煎熬的苏莱曼和歪脖子·阿卜杜拉赫曼一起喝过酒的地方。吃着白奶酪、哈密瓜、油炸羊肝，喝着拉克酒，大家先聊了一会儿协会的事情和村里的熟人。（谁一直待在家里；谁沉溺于赌博；谁因为残疾的儿子在医院里苦不堪言。）

随后，大家谈起了政治。这个话题可能会引起喝酒的人指责麦夫鲁特是一个隐秘的教徒，或者说不定恰好相反，他们可能会含沙射影地说，"没有人在主麻日的礼拜上看见过你。"因此麦夫鲁特不介入政治话题。苏莱曼说："议员和议员候选人要去协会。"对于这个喜讯，尽管麦夫鲁特也很激动，但他没像其他人那样询问谁要去，是哪个政党的议员。不知怎么的，他们谈到了选票日益增加的教徒将获得对国家的统治，或是其实也没什么可担心的事情。也有人说，军人会发动一次军事政变来推翻这个政府。这些都是电视里一直争论的话题。

晚饭结束时，麦夫鲁特早已心不在焉。对面的苏莱曼，移到了麦夫鲁特身边空出的座位上，用旁人听不到的声音低声跟他说起两个儿子。六岁的大儿子哈桑今年开始上学了；四岁的卡泽姆在哥哥的帮助下，在家里学会了认字，在读《幸运的路克》。但苏莱曼排斥他人、吐露秘密般的耳语是令人不安的。是的，苏莱曼因为要保护家庭幸福的隐私，才跟他那样窃窃私语的；然而在很多人的脑海里，还留存着到底是谁杀了费尔哈特的疑问。尽管已经过去了五年，但麦夫鲁特自己也知道，这个疑问并未解除。众目睽睽之下，两个亲戚窃窃私语，麦夫鲁特也可能被认为是苏莱曼的帮凶。

"我要跟你说一件重要的事情，不要打断我。"苏莱曼说。

"行。"

"我见过很多女人由于丈夫年纪轻轻就死于打架或车祸而再婚。如果这些女人没有孩子，还依然年轻漂亮，就会有很多追求者。我就认识这样一个漂亮、聪明的年轻女人，不必说她的名字。她还是一个桀骜不驯、有个性的女人。她心里原本就有一个人，因此看不上任何追求者。"

麦夫鲁特对萨米哈在等自己——至少对苏莱曼讲的这个故事——感到高兴。桌上就剩下他俩了，麦夫鲁特又要了一杯拉克酒。

"这个女人心里的男人，妻子不幸去世后，也年纪轻轻就成了鳏夫。"苏莱曼接着说道，"这个男人是一个诚实、可靠、心地干净、性情温和的人。

（麦夫鲁特喜欢这些赞扬。）第一次婚姻给他留下两个女儿，但她们都嫁人远走高飞了，因此这个男人现在独自生活。"

麦夫鲁特说："我明白了，你在说我和萨米哈！"他不知道该在哪里打断苏莱曼，苏莱曼也借此继续说道："更何况，这个男人也爱这个女人，其实给她写过很多年情书……"

"那他们为什么没结婚呢？"麦夫鲁特问道。

"那个不重要……有个误会。但现在二十年后，他们彼此合适。"

"那他们为什么**现在**不结婚呢？"麦夫鲁特固执地问道。

"是的，大家也都这么想……既然他们彼此认识了那么多年；既然男人满怀爱恋地给女孩写了那么多情书……"

"让我来告诉你事情的真相，你就明白他们为什么没结婚了……"麦夫鲁特说，"男人的情书不是写给你说的那个女人，而是她的姐姐。随后他又去抢了那个姐姐，他们结了婚，过得很幸福。"

"你为什么要这样，麦夫鲁特？"

"我怎么了？"

"家里、杜特泰佩的所有人都知道你的那些信不是写给拉伊哈，而是写给萨米哈的。"

"呸。"麦夫鲁特像是真的吐口水那样，"那么多年，你为了破坏我和费尔哈特的关系，散布了这个谎言。这谎言也让拉伊哈痛苦万分，可怜的拉伊哈她相信了……"

"那事实是什么？"

"事实……"麦夫鲁特瞬间想到了1978年考尔库特的婚礼。"事实就是：我在婚礼上看见了这个姑娘，我被她的眼睛迷住了，我给她写了三年情书，每次我在信的开头都写上了她的名字。"

"没错，你看见了眼睛漂亮的那个女孩……可你连她的名字都不知道……"苏莱曼气恼地说，"我也就告诉了你一个错误的名字。"

"你是我的堂兄弟，我亲爱的朋友……你为什么要对我做这么一件伤天害理的事情？"

"我根本没想要使坏。年轻时，咱们不是都彼此恶作剧的吗……"

"也就是说，你只是恶作剧……"

"不，"苏莱曼说，"让我诚实地告诉你：另外我相信拉伊哈对你来说会是一个更合适的伴侣，她会让你更幸福。"

"原本如果老二没嫁人，他们是不会嫁老三的。"麦夫鲁特说，"你看上了萨米哈。"

"是的，我欺骗了你。"苏莱曼说，"对不起。但你听我说，亲爱的麦夫鲁特，已经过去二十年了，现在我来改正错误。"

"让我还怎么相信你？"

"不。"苏莱曼看似委屈地说，"这次没有恶作剧，没有谎言。"

"我为什么要相信你？"

"为什么吗？因为为了求我去给你安排那个姑娘，你要把区长开具的相当于库尔泰佩房子地契的纸送给我，而我没要。你记得吗？"

"记得。"麦夫鲁特说。

"也许你会因为费尔哈特的遭遇指责我（他没能说'死亡'），但你错了……我确实对费尔哈特生气，非常生气……但仅此而已。希望一个人死，那只是一件心里想想而已的事情；要真的杀死他，雇凶杀死他，则是另外一回事。"

"你认为哪个罪过更大？"麦夫鲁特问道，"大审判日，真主是因为我们的所思所想，还是我们的所作所为来审判我们？"

"两个都看……"苏莱曼先是敷衍道，但当他看见麦夫鲁特脸上严肃的表情时，"我可能想过不好的事情，但最终我这一辈子没做过任何一件坏事。"他说，"确实也有很多人好心办坏事，但我希望你能懂得我今晚的善意。我和梅拉哈特很幸福，我也希望你和萨米哈幸福。如果你幸福，你也会希望别人幸福。另外这个问题还有另外一面，你们两个人彼此这么合适，一个旁人如果知道你和萨米哈的情况，一定会说，'真可惜，得有一个人来撮合他们！'……你想啊，两个人你都认识，如果你撮合，他们就可以永远幸福地在一起。不撮合是罪过。这就是我的回答。"

"那些信我是写给拉伊哈的。"麦夫鲁特坚定地说。

"随你怎么说。"苏莱曼说。

14

新街区，旧相识

这是一样的东西吗？

　　自从菲夫齐耶结婚后，萨杜拉赫先生每周一次开着道奇出租车，带麦夫鲁特去一个两人都感兴趣、发展中的边远新区。到那里后，麦夫鲁特从后备厢里拿出扁担和钵扎罐，去自己之前从未卖过钵扎的街道叫卖，萨杜拉赫先生就稍微在街区里转一下，随后去一家咖啡馆抽烟打发时间，等待麦夫鲁特。有时他去塔尔拉巴什的家里或是梅吉迪耶柯伊的协会接麦夫鲁特，然后一起回卡德尔加的家里，和他儿子一起吃菲夫齐耶做的晚饭。（麦夫鲁特也开始不时喝上一杯拉克酒。）晚间新闻快结束时，麦夫鲁特就去卡德尔加、苏丹阿赫迈特、库姆卡普、阿克萨赖一带——伊斯坦布尔的老城区——叫卖钵扎。萨杜拉赫先生不仅带他去了城墙外，有几次还带他去了像埃迪尔内卡普、巴拉特、法提赫、卡拉居姆里克那样的伊斯坦布尔老街区。其中的三个夜晚，麦夫鲁特去了恰尔相姆巴的先生阁下家，免费留下钵扎，确认无法接近先生阁下后，便匆忙离开，去咖啡馆找萨杜拉赫先生。但对于先生阁下和托钵僧修道院，他对萨杜拉赫先生只字未提。

　　萨杜拉赫先生是个喜欢小酌的人，每周至少要让人做两三次下酒菜；

他对于古老、神圣的事物以及宗教不抱任何敌意；但如果麦夫鲁特告诉他，自己有规律地去一个托钵僧修道院见一个教长，他就有可能会因为麦夫鲁特是"教徒"而对他避而远之，甚至感到害怕。再者，尽管他们之间的友情在快速加深，逐渐成了无话不谈的朋友，但如果萨杜拉赫先生发现麦夫鲁特需要向另外一个人打开心扉，倾诉精神上的烦恼，那么就像费尔哈特一样，萨杜拉赫先生也可能会伤心。

麦夫鲁特发现，他和萨杜拉赫先生之间的友谊，类似年轻时和费尔哈特之间的关系。他喜欢和萨杜拉赫先生谈论自己在协会的所见所闻，以及电视上看来的东西。麦夫鲁特知道，在萨杜拉赫先生家吃完晚饭后，他开着道奇车带自己去边远街区，除了友情、好奇和帮助，没有任何其他目的。

麦夫鲁特刚来伊斯坦布尔时，所有这些位于城墙之外的街区都被称为"城外"。然而三十三年后的今天，这些地方全都变得彼此相似：窗户硕大的八到十层劣质高层公寓楼彼此挨着；街道歪歪扭扭；建筑工地四处可见；巨幅广告牌比城里的还要大；咖啡馆里坐满了看电视的男人；类似火车车厢的铁质垃圾桶不仅让城市的每个角落彼此相似，也让野狗们无法触及里面的垃圾；装有铁栏杆的过街天桥随处可见；广场和墓地里光秃秃的没有一棵绿树；每个街区里的主街都彼此雷同，在这样的主街上也没人买钵扎。每个街区，都有一座面对广场的阿塔图尔克塑像，一座清真寺；主街上则总会有一家阿克银行、实业银行、一两家成衣店、一个阿尔切利克家用电器店、一家干果店、一家米格罗斯小超市、一家家具店、一家蛋糕店、一家药店、一个报亭、一家餐馆；还有一个综合市场，里面有金器店、玻璃店、文具店、袜子店、文胸店、外汇兑换店、复印店。麦夫鲁特喜欢跟随萨杜拉赫先生的目光来发现这些新街区的个性。"这里清一色全是锡瓦斯人和埃拉泽人。"萨杜拉赫先生在回去的路上说，"环城路把这个可怜的地方全毁了，以后咱们不来了。"或者，"你看见后街上的大枫树和它对面的茶馆了吗，太美了。""年轻人拦下我，问我'你是谁'，咱们再也别来这里了。""他们把以前的农舍改成转烤肉店了。""这里全是车，人都没法走路了。""这里落入了一个宗教社团的手里，但我不知道是哪一个。他们买钵扎了吗？"

他们不会买很多钵扎。在城外的这些新街区里，人们即便买钵扎，也是出于对从未听说过的钵扎，或只是远远地听到叫卖这个东西的小贩感到惊讶，孩子们好奇，想尝尝味道，才会叫住他。一周后，当他再经过这些街道时，人们就不会再叫住他了。然而城市如此迅速地膨胀，如此坚定地向外扩张并富裕起来，即便只卖这么一点钵扎，对于一人吃饱全家不愁的麦夫鲁特来说也已足够了。

一天晚上，应麦夫鲁特的提议，萨杜拉赫先生把车开到了加齐街区。麦夫鲁特去了费尔哈特和萨米哈度过婚后第一个十年的家，八年前他和拉伊哈带着两个女儿去过一次。屋后，费尔哈特用发出磷光的石头圈下的那块地皮还空着。费尔哈特死后，这块地皮成了萨米哈的财产。四周一片寂静。麦夫鲁特没有喊"钵——扎"，因为在这些地方没人会买钵扎。

他们去另外一个边远街区的一个夜晚，有人在很高的一栋公寓楼（十四层！）的低层叫住了他，喊他上楼去。麦夫鲁特在厨房为他们倒出四杯钵扎时，夫妻俩和两个戴眼镜的男孩，仔细地打量他，看着他往杯里撒入肉桂粉和鹰嘴豆。孩子们立刻品尝了钵扎。

麦夫鲁特正要离开时，这家的女主人打开冰箱，拿出一个塑料瓶。"这是一样的东西吗？"她问道。

于是，麦夫鲁特有生以来第一次看到被一家公司灌装在塑料瓶里出售的钵扎。六个月前，一个自己宣布退休的老年小贩告诉麦夫鲁特，一家饼干厂买下了一家即将破产的钵扎作坊，打算把钵扎罐装在塑料瓶里配送给杂货店销售。但麦夫鲁特认为这不可能。"没人会从杂货店买钵扎。"他说，就像他爸爸三十年前不以为然地笑着说，"没人会从杂货店买酸奶。"可没过多久爸爸就失业了。他很好奇，忍不住问道："我能尝一尝吗？"

孩子的母亲往杯里倒了两指高的泛白的钵扎。在他们全家人的注视下，麦夫鲁特尝了一口瓶装的钵扎，立刻皱起眉头，"完全不对。"随后他笑着说道，"现在就发酸了，坏了。您千万别再买了。"

"但这是未经人手、由机器生产出来的。"戴着眼镜、年长的孩子说，"你的钵扎是你在家里亲手做出来的吗？"

麦夫鲁特没有回答。但他感到很悲哀，甚至在回去的路上没跟萨杜拉赫先生说起这件事。

"怎么了，大师？"萨杜拉赫先生问道。他叫麦夫鲁特大师，有时带着嘲讽（麦夫鲁特会发现），有时是因为敬重他在钵扎小贩营生上的执着和技艺（麦夫鲁特装作没发现）。

"没什么，都是些粗俗的人。据说明天要下雨。"麦夫鲁特说着转换了话题。即便是气象问题，萨杜拉赫先生也会用甜美、具有启发性的言语来谈论。麦夫鲁特坐在道奇的副驾驶座上，喜欢看着夜晚成百上千的车灯和窗灯、伊斯坦布尔天鹅绒般深邃的夜空、霓虹灯光下的宣礼塔，一边听他侃侃而谈，一边幻想。他曾经在泥泞的雨天艰难走过的街道，现在却流水般一晃而过。人的一生也在时间的长路上流水般一晃而过。

麦夫鲁特深知，在萨杜拉赫先生家度过的时间是一周里最幸福的时光。他不想把自己生活中的不足和瑕疵带到卡德尔加的这个家里。他一周周地见证了婚礼后菲夫齐耶肚子里的孩子渐渐长大，就像他曾经见证两个宝宝在拉伊哈肚子里慢慢长大一样。他对出生的宝宝是个男孩感到万分诧异：尽管事先通过 B 超已经知道了这个结果，但他依然坚信自己将会有一个外孙女，他还思忖过如果给她取名叫拉伊哈是否合适。孩子出生后，2002 年 5 月和整个夏天，他陪易卜拉欣玩耍（他们给孩子取了鞋匠太爷爷的名字），在菲夫齐耶给孩子换尿布（麦夫鲁特会骄傲地去看外孙的小鸡鸡）或准备奶糕时为她打下手。

有时，他想更多地见证女儿的幸福，他觉得女儿很像拉伊哈。他们让刚生下一个男孩的女儿准备丰盛的喝酒晚餐，她也二话不说，一边留意着里面的宝宝，一边欣然为他们服务，这让麦夫鲁特感到不安。但拉伊哈在家里也是这么干活、照料一切的。结果就是，菲夫齐耶离开了麦夫鲁特的家，住进了萨杜拉赫先生的家，在那里做同样的事情。但这里也是麦夫鲁特的家，萨杜拉赫先生总这么说。

一天父女俩独处时，菲夫齐耶若有所思地看着邻居家后院的李子树。"他们都是好人……我的女儿，你幸福吗？"麦夫鲁特问道。

老旧的挂钟嘀嗒地走着。好像这不是一句问话，而是一种肯定，菲夫齐耶只是笑了笑。

随后一次去卡德尔加看女儿时，麦夫鲁特有一会儿又感到了同样真诚的亲近。正当他想就幸福再问一个问题，嘴里却冒出了完全不同的一句话。

"我非常孤独，非常。"麦夫鲁特说。

"萨米哈姨妈也很孤独。"菲夫齐耶说。

麦夫鲁特跟女儿说了苏莱曼的那次拜访，以及他们之间的长谈。尽管他从未跟菲夫齐耶坦白地谈过信的事情（信是写给她妈妈的，还是姨妈的？），但他确信萨米哈已经跟两个女儿说过这个故事。（当得知爸爸其实对姨妈有意，女儿们会怎么想？）菲夫齐耶没有过多在意苏莱曼多年前对爸爸的欺骗，这让麦夫鲁特轻松了许多。菲夫齐耶不时去旁边的房间照看宝宝，因此麦夫鲁特花了很长时间才把事情讲完。

"你最后是怎么跟苏莱曼说的？"菲夫齐耶问道。

"我说了，那些信是写给拉伊哈的。"麦夫鲁特答道，"但后来我又一想，因为这句话，我会不会伤了你萨米哈姨妈的心？"

"不会的，爸爸。姨妈不会因为你说了实话而生气。她理解你。"

"你如果看见她，依然跟她这样说，"麦夫鲁特说，"你说，我爸爸向你道歉。"

"好的……"菲夫齐耶说，带着一种表示问题不仅仅是一个道歉的眼神。

萨米哈原谅了菲夫齐耶没征求自己的意见就贸然跟人私奔，麦夫鲁特知道萨米哈不时去卡德尔加看宝宝。这个问题那天他们没再说起，三天后麦夫鲁特再次过去时也没再提起。麦夫鲁特对菲夫齐耶善于斡旋的温和个性寄予厚望，他不想过多坚持而做一件错事。

他对协会里的生活也很满意。为举办海娜花之夜、小型订婚仪式（单元房对于婚礼来说太小了）、饺子之夜、《古兰经》诵读之夜、开斋饭之类活动，希望使用会所、预定日子和钟点的人多了起来。由于戈屈克村的富人带头，县里所有村庄的人便更多地光顾协会，缴纳会员费。杰奈特普纳尔村八到十公里开外的村庄里的人们也开始造访协会，过去麦夫鲁特对这些更加贫困的村庄鲜有所闻。（努乎特、约然、奇夫泰卡瓦克拉尔。）他们满腔热情地让人做一块属于自己村庄的通告牌，经麦夫鲁特允许后找个合适的地方挂起来。麦夫鲁特整理这些通告牌上的大巴公司的布告、割礼和婚礼的通知、乡村照片，他喜欢在协会里招待和自己同辈的卖酸奶的人、小贩和同学。

他们中最富有的是来自伊姆然村的拥有传奇色彩的混凝土·阿卜杜拉赫和努鲁拉赫两兄弟：尽管他们很少来协会，但捐给协会很多钱。考尔库特说，他们的儿子们在美国读书。据说，作为当时贝伊奥卢所有大餐馆和快餐店的唯一酸奶供应小贩，他们用大多数挣来的钱买了地皮，因此现在他们很有钱。

用卖酸奶挣来的钱投资地皮的还有奇夫泰卡瓦克拉尔的两个人家，他们自己盖房子，一层层加高，并学会了建筑。他们在杜特泰佩、库尔泰佩和其他山头圈下的地皮上，为从村里来的熟人盖房子，变得富裕起来。从周围村庄来伊斯坦布尔的许多人，一开始就在这些工地上打工，随后便成了泥瓦匠、监工、看门人和保安。麦夫鲁特上学时，一些因为开始当学徒而突然从教室里消失的人，之后成了修理师、汽车车身修理师、铁匠。尽管都不富裕，但他们的情况都好于麦夫鲁特。他们的烦恼是让孩子们接受良好教育。

大多数儿时离开杜特泰佩搬去其他边远街区的人，基本不来协会，但有时他们会搭个熟人的车，去看足球比赛或是参加野餐：麦夫鲁特儿时在街上看见的那个和爸爸一起赶着马车收废品的同龄孩子，是赫于克村的，依然很贫穷，麦夫鲁特也还是不知道他叫什么名字。在过去的三十五年里，一些人早早地就衰老了，他们大腹便便、驼背弯腰、头发稀疏、面目全非（面部松弛下垂变成梨形、眼睛变小、鼻子和耳朵变大），以至于麦夫鲁特认不出他们了，他们只好谦逊地自我介绍。麦夫鲁特发现，这些人大多数也不比自己富裕，可他们的妻子都还健在，因此他感觉所有人都比自己幸福。如果再婚，麦夫鲁特甚至会比他们还要幸福。

麦夫鲁特随后一次去卡德尔加时，立刻从女儿的神情里看出，她有新消息要告诉他。菲夫齐耶见到了她的姨妈。萨米哈对苏莱曼三周前对麦夫鲁特的拜访一无所知。因此当菲夫齐耶向她转告爸爸的道歉时，她的姨妈竟然一头雾水。但得知事情的原委后，她不仅对麦夫鲁特，还对菲夫齐耶生气了。萨米哈说，就像她不希望得到苏莱曼的任何帮助那样，这个问题她也一次都没想过。

麦夫鲁特看见了去调解的女儿那严肃、苦恼的眼神。"我们做错了。"他忧伤地说。

"是的。"女儿说。

这个问题父女俩很长一段时间没再谈起。麦夫鲁特在厘清此后该何去何从的时候，他也向自己承认了还有一个"家"的问题。就像他在塔尔拉巴什的家里感到孤独一样，他感觉自己在街区里也像个陌生人。他看见，这些自己生活了二十四年的街道不久将无一幸免地变成另外一个国度，他知道未来自己在塔尔拉巴什将无立足之处。

早在20世纪80年代，修建塔尔拉巴什大街时，麦夫鲁特第一次听说，由蜿蜒窄小的街道和将被拆除的百年砖房组成的塔尔拉巴什，可能是一处珍贵的历史古迹，他没有相信。那时，只有几个反对开通六车道大街的左派建筑师和学生说过此话，但随后政客、建筑商也开始这么说了：塔尔拉巴什是一颗弥足珍贵的宝石，必须加以保护。因为有很多传言说要在那里建酒店、购物中心、娱乐场所，许多摩天大楼将拔地而起。

其实麦夫鲁特任何时候也没有完全觉得这里是自己的地盘，但近年来街道发生了巨变，这种情感也与日俱增。女儿们出嫁后，麦夫鲁特也远离了街区里女人世界的消息。亚美尼亚人和希腊人培养起来的老一代木匠、铁匠和修理匠、店主、为在城里站住脚什么营生都做的勤劳的人家、亚述人，他们全都离开了街区。取而代之的是毒品小贩、住进遗弃房屋的移民、无家可归的人、流氓、皮条客。对于住在城市另外一个地方、询问他怎么还能生活在那里的人，麦夫鲁特则辩解道："他们在上面的街区，在贝伊奥卢方向。"一天夜里，一个穿着整洁的年轻人慌张地拦下麦夫鲁特，执意地问道："大叔，有糖吗？"糖，是人所皆知的大麻的别名。即便在夜色里，麦夫鲁特也能一眼就认出从上面跑来自己街道、逃避警察突袭的毒贩，以及往停在路边的汽车轮毂罩里藏匿毒品的小贩，就像识别贝伊奥卢附近妓院里那些人高马大、戴假发的变性人一样容易。

在塔尔拉巴什和贝伊奥卢，任何时候都存在为这类黑暗暴利生意提供保护的团伙，现在马尔丁和迪亚巴克尔人团伙为了市场份额，开始在街道里发生械斗。麦夫鲁特认为，费尔哈特也可能是一个团伙争斗的牺牲品。这些流氓恶霸中最有名的是吉兹雷人·杰兹米，麦夫鲁特有一次看见他和打手们，被一群聒噪、羡慕的孩子尾随着，像喜庆的游行队伍那样招摇过市的场面。

那些新近搬进街区的人，把内裤、衬衫晾晒在室外，把街道变成了一个大洗衣房，这些人也让麦夫鲁特觉得自己不再属于这里。以前塔尔拉巴什也没有那么多小贩车，麦夫鲁特也不喜欢这些新小贩。他还觉得，被自己称作"房东"的那些半野蛮人（这些人每五到六年换一次），就像在最近这两年里一样，可能会突然抽身离开，把房子交给房地产商人、投机商、意欲造酒店的承包商或者别的团伙。他还明白自己将无力支付日益上涨的房租。多年来无人注意的街区，忽然变成了城市里一个聚集了不安定因素和强烈破坏欲的地方。往下隔两栋楼，在楼房的二层，住着一家伊朗人。他们租下这个房子，作为移民去美国前在伊斯坦布尔的一个临时落脚点，他们在那里等待领事馆发放签证。三年前地震的那夜，当所有人胆战心惊地跑上街时，麦夫鲁特惊讶地发现，在伊朗人居住的那套小房子里竟然住着将近二十个人。把塔尔拉巴什当作一个临时落脚点的想法，他也早已习惯了。

以后他要去哪里？这个问题他想了很久，有时清晰、理智，有时带着画面和幻想。如果他去卡德尔加，在萨杜拉赫先生家的街区租下一套房子，既可以靠近菲夫齐耶，也不会觉得自己孤单。但萨米哈是否愿意住在那样的一个地方？更何况，那里的房租也很高。再说，也没人邀请他去，另外离他打理的位于梅吉迪耶柯伊的协会也很远。

要靠近协会，就必须在梅吉迪耶柯伊附近找个房子。当然最好的地方就是库尔泰佩他跟着爸爸度过童年的那个家。他第一次这么想到，请苏莱曼帮忙，让房客搬走，他就能够住进自己的家里。他幻想了几次自己和萨米哈在库尔泰佩家里时的情景。

那些日子里，他在一场协会组织的村际足球赛上经历的事情，让麦夫鲁特万分欣喜，也为他再次去找萨米哈鼓足了勇气。

在村里时，因为不喜欢也不擅长，麦夫鲁特几乎没踢过足球。他踢的球很少能到位，所以没人带他玩。到伊斯坦布尔的头几年里，因为没有时间、热情和第二双鞋，他也没和在街道之间的空地上踢球的孩子们一起踢过球。因为大家都看电视里的球赛，所以他也跟着看。为把各村的人联合起来，考尔库特很重视协会组织的竞赛。由于大家全在那里，麦夫鲁特也去看了最近的几场比赛。

看见人群时，他发现了四周围着铁丝网的球场两边的看台。就像在最后赶上一场全是熟人出席的婚礼一样，他兴奋不已，但他悄悄地找个角落坐下了。

这是一场居米什代莱村和奇夫泰卡瓦克拉尔村之间的比赛。奇夫泰卡瓦克拉尔村的年轻人很认真，尽管一些人穿着长裤，但他们上身全都穿着同色的球衣。居米什代莱村的球员则大多是成年人，他们身着家居服就来了。麦夫鲁特看到一个和他父亲同辈的退了休、驼背、大腹便便的酸奶小贩（每当他踢到球，看台上一半的人都笑着给他鼓掌），还有他那个正好于表现的儿子。麦夫鲁特不仅在他们卖酸奶的街道上，还在杜特泰佩和婚礼上（考尔库特和苏莱曼的婚礼，还有很多其他人以及他们孙子的婚礼上）见过他们。他的儿子和自己一样，三十五年前来到伊斯坦布尔做酸奶小贩和读书。（他念完了高中。）现在他有两辆给杂货店送橄榄和奶酪的小卡车、两个给他鼓掌的儿子、两个女儿、一个妻子。（还有一辆麦夫鲁特随后在外面看见的、把他一家六口全装下的最新款穆拉特牌小轿车。）他的妻子戴着头巾，头发染成金色，比赛间歇为了让丈夫擦汗，起身给他递了纸巾。

麦夫鲁特明白了，那些铺着塑料仿真草坪、夜晚有灯光照明的球场，为什么在短时间里吞噬了所有空地、停车场、无主地皮，并在城里迅速扩散：因为尽管大家都有点在强迫自己笑，但成年人的街区足球赛也确实很有趣。观众们在模仿电视里的球赛时最开心。人群不断地对裁判叫喊"罚，罚"，希望裁判像电视里那样，惩罚球员或者判罚点球。进球时，球员们像电视里那样，尖叫呐喊，互相亲吻，久久拥抱进球的球员；观众则不断高喊口号，不时还有一部分人大声叫喊"过来，过来……"，把他们喜爱的一个球员喊到看台边。

有一会儿，正当他沉浸在比赛里时，麦夫鲁特听到了自己的名字，他难以相信：所有人都发现了协会的煮茶人和管理者，他们边拍手、边异口同声地叫道："麦夫鲁特过来……麦夫鲁特……麦夫鲁特……"麦夫鲁特起身，做了一两个笨拙的致敬动作后，突然像电视里真正的球员那样，微微弯腰向他们致了敬。"万岁！"人群叫道。"麦夫鲁特"的欢呼声又持续了一会儿，随后是一阵雷鸣般的掌声。麦夫鲁特受宠若惊，坐了下来，差点热泪盈眶。

15

麦夫鲁特和萨米哈

那些信是写给你的

在协会的球赛上发现自己深受喜爱，麦夫鲁特倍感幸福和乐观。再去看菲夫齐耶时，他给女儿施压，向她表明了自己的决心。

"我要去杜特泰佩，和你姨妈谈谈。因为苏莱曼的胡说八道，我伤了她的心，我要去道歉。但不能在你伯父家。难道你萨米哈姨妈从不出门吗？"

菲夫齐耶说，萨米哈姨妈有些日子会在中午去杜特泰佩市场。

"咱们这么做对不对？"麦夫鲁特问道，"你愿意我去找你姨妈谈谈吗？"

"去吧，谈谈好。"

"咱们没有对你去世的妈妈不敬吧？"

"爸爸，你一个人没法生活。"菲夫齐耶说。

麦夫鲁特开始去杜特泰佩，在哈吉·哈米特·乌拉尔清真寺做晌礼。除了主麻日，清真寺里很少有年轻人。和父亲同辈的退休小贩、建筑工匠、修理匠早早就去清真寺，做完礼拜后他们交谈着、慢慢走去清真寺下面市场里的咖啡馆。他们中的一些人蓄着络腮胡，戴着绿色无檐小帽，挂着拐杖。麦夫鲁特无法向自己隐瞒，其实是为了在市场里遇见萨米哈才去做礼拜的，所以他似乎也无法真心虔诚地做礼拜，他注意到了这些老人的轻声低语、清真寺的静谧和变旧的地毯。一个穆斯林，尽管坚信真主的力量和慈悲，想要得到他的庇佑，在清真寺做礼拜时却不能真心虔诚，这意味着什么？人的内心是纯净的，意愿是真诚的，但在向真主祈祷时却心不在焉，该怎么办？他希望能向先生阁下请教这些问题，他甚至想象了先生阁下会如何作答。

"真主知道你们心里的想法。"先生阁下一定会说，当大家侧耳倾听时，"你们也清楚真主知道，因此希望自己表里如一。"

走出清真寺，他去公交站对面的广场打发时间，广场面对着三十年前开张的杜特泰佩第一家咖啡馆、旧货店和杂货店。这里和伊斯坦布尔的其他地方已别无二致，到处都是混凝土、广告、银行和烤肉店。麦夫鲁特去了三次杜特泰佩，却一次也没遇见过萨米哈。正当他琢磨着不能把这事告诉菲夫齐耶时，一天却在乌拉尔的面包坊前面看见了萨米哈。

他愣了一下，随即扭头走进了清真寺下面的市场。不，他错了。那个女人不适合自己。

麦夫鲁特走进市场最里面的咖啡馆，大家都在看电视，他又以同样的速度退了出去。如果他上楼，穿过后门和清真寺天井，就能够不被萨米哈看见并回到协会。

他感到一种深切的懊悔迅速在灵魂里扩散。难道他要孤独地度过余生吗？但他又不想折回去。为了回协会，他爬楼梯上了二楼。

走进哈吉·哈米特·乌拉尔清真寺的天井时，他跟萨米哈几乎撞了个正着。霎时，就像在考尔库特婚礼上那样，他们在两步之遥对视了一眼。当然，那时麦夫鲁特看见的正是这双眼睛。他的信就是为这双乌黑的眼睛写的，为了这双眼睛，他翻看了很多书籍和字典。因此在精神上他对萨米哈是熟悉的，但作为人却是陌生的。

"麦夫鲁特大哥，你来这里，既不顺路去看我们，也不告诉我们一声。"萨米哈勇敢地说道。

"好，我会去的。"麦夫鲁特说，"但现在有另外一件事。明天中午十二点你去一趟宅邸牛奶布丁店吧。"

"为什么？"

"如果现在咱们在这里当着众人说话……会有闲话的。你懂吗？"

"我懂。"

他们笨拙、远远地互致问候就分开了，但两人的脸上都带着约好下次见面的满意神情。如果麦夫鲁特不说不该说的话，不做任何难为情的事，那么在布丁店的见面会很轻松。麦夫鲁特在宅邸布丁店看见很多边吃饭边聊天的夫妻。人们也会以为他们是夫妻，也就是说没什么可担心的。

然而麦夫鲁特彻夜未眠。是的，尽管三十六岁了，萨米哈依然十分漂亮，但麦夫鲁特觉得自己并不了解她。除了几次做客、开连襟店时镜子里的几次对视（麦夫鲁特总背对着她）、婚礼上和节日里的碰面，麦夫鲁特很少看见萨米哈。他也知道，这辈子他无法如同和拉伊哈那样跟别人亲近。他和拉伊哈形影相随生活了十五年，即便他们不在一起，心也是在一起的。只有因为年轻和爱情才可能产生这样一种亲近。那么，明天他为什么还要去赴约？

早上他仔细刮了胡子，穿上最新的白衬衫和最好的西服。十二点差一刻，他走进了布丁店。宅邸牛奶布丁店，就在希什利广场的公交站和小公共车站前面，和清真寺、希什利区政府以及法院在同一侧，是一家大布丁店。除了鸡胸脯肉泥牛奶布丁、甜食、早餐、煎鸡蛋一类的东西，还有小豆汤、奶酪馅饼、西红柿米饭，最重要的是还有转烤肉。库尔泰佩、杜特泰佩和其他山头的人们，换乘公交和小公共或是去希什利办事时，不管是男人，还是女人、孩子，都喜欢顺路去那里，看着墙上的阿塔图尔克画像和镜子聊天。因为还没到午饭时间，麦夫鲁特如愿地找到了一个远离众人目光和噪音的角落。他坐在那里饶有兴致地看着布丁店里的服务员来回忙碌地跑动，以及记账员的麻利动作，想到待会儿就可以看着萨米哈跨入大门向自己走来，他激动不已。

他突然看到了面前的萨米哈。他满脸通红，有点惊慌失措，打翻了一个塑料水瓶，还好只溅出一点水，他扶正了水瓶。他们相视一笑。两人各点了一份转烤肉配米饭。

他们从未这样严肃地面对面坐在一起。麦夫鲁特第一次那么近地、久久地看了一眼萨米哈乌黑的双眸。萨米哈从包里拿出一支烟，用打火机点燃，冲着麦夫鲁特的右边吐出烟雾。麦夫鲁特能够想象她在自己房间里独自抽烟，甚至喝酒的样子，但在一家拥挤的餐馆，和一个男人坐在一起时这么做，是另一回事。麦夫鲁特有点晕眩，突然闪过一个可能毒害两人关系的念头：拉伊哈绝对不会这么做。

麦夫鲁特说起苏莱曼的造访和菲夫齐耶转达的话，为误解道歉。他说，苏莱曼把胡言乱语当作自己的本分，而他又把一切都搞乱了……

"不，不完全这样。"萨米哈说。她说了一些苏莱曼的不良用心和愚蠢的行为，还说了别的事情，甚至谈到了费尔哈特被杀。麦夫鲁特说，自己在萨米哈身上看见了一种针对苏莱曼的早该遗忘的仇恨。

对于麦夫鲁特的这个观点，萨米哈很是恼火。吃转烤肉米饭时，她不时放下叉子，重又点燃一支烟。麦夫鲁特根本没想到她会那么焦躁不安。他知道，如果他们把在一起的打算当成一件针对苏莱曼的事情来做，那么萨米哈将会更加幸福。

"在你和拉伊哈的婚礼快结束时，你是真没认出我来，还是在装模作样？"萨米哈问道。

"为了不让拉伊哈伤心，我装作没认出来。"麦夫鲁特说，他想起了二十年前的婚礼。他无法确认，萨米哈是否相信了他的谎话。有一阵，他俩都沉默了，伴随着布丁店里的嘈杂，吃了饭。随后，"那些信你是写给我的，还是写给我姐姐的？"萨米哈问道。

"信是写给你的。"麦夫鲁特说。

他似乎看见萨米哈的脸上划过了一道满意的神情。他们又沉默了好一阵。萨米哈依然很紧张，但麦夫鲁特觉得，对于这第一次约会，这些就足够了，该说的都说了：他用一种模棱两可的语言，谈到了变老、孤独、人生伴侣的重要性。

一直认真听着的萨米哈，突然打断了麦夫鲁特："信是写给我的，但那么多年你却对大家说，'我是写给拉伊哈的'。尽管他们全都知道信是写给我的，却都做出信以为真的样子。现在，你又说信是写给我的，他们还会做出信以为真的样子。"

"不错，我是写给你的。"麦夫鲁特说，"在考尔库特的婚礼上，咱俩四目相对。因为你的眼睛，我给你写了三年信。苏莱曼欺骗了我，所以信上写的不是你的而是拉伊哈的名字。后来我和拉伊哈过得很幸福，你知道的。现在我和你，咱们也能够幸福。"

"我不管别人说什么……但我希望你最后再真诚地说一遍，信是写给我的。"萨米哈说，"否则我不跟你结婚。"

"信是我满怀爱恋写给你的。"麦夫鲁特说。说此话时，他发现，做人又要说实话，又要真诚，好难。

16

家

我们谨言慎行

萨米哈：家是一间老旧的一夜屋。从麦夫鲁特和他爸爸在其中生活的那些年到现在，一夜屋里没有添置任何东西。我们第二次在宅邸布丁店见面时，麦夫鲁特讲了很多关于这房子的事情。提到这个我还没见过的家，他像他爸爸那样亲切地用了"家"这个字眼。

第二次在宅邸布丁店见面时，我们决定结婚并居住在杜特泰佩的家里。我在楚库尔主麻街上的两套房子在出租，我们需要那里的房租，况且让房客搬家也不容易。仿佛一切看似只是一个房子的问题。麦夫鲁特不时对我说些甜言蜜语，但你们没必要知道这些。我们也很爱拉伊哈。我们谨言慎行，一切都在慢慢地推进。

如果不付房租，用费尔哈特留给我的那两套在楚库尔主麻房子的租金，我们能够过得很舒坦，另外还有麦夫鲁特的收入。这也都是在我们第二次见面时谈妥的，那次我们吃了鸡肉米饭。麦夫鲁特轻松、直接，可不时还会羞怯。对于他的羞怯，我非但没有看轻他，反而很喜欢。

菲夫齐耶事先就知道我们要见面。她的丈夫还有萨杜拉赫先生比阿克塔什一家人更早得知了我们见面的事情。麦夫鲁特、我、菲夫齐耶还有她怀里的易卜拉欣，坐着萨杜拉赫先生驾驶的车一起去游玩了海峡。回家的路上，路边有行人以为我们是一辆揽活的出租车，他们在人行道上打手势，还有人仿佛要跳到我们面前。坐在前排的麦夫鲁特，开心地对他们叫道："你没看见吗？出租车里有人！"

麦夫鲁特本想立刻找苏莱曼，请他让库尔泰佩的房客搬家，但我让他等一等，因为我想首先由我来把这个消息告诉杜特泰佩家里的人。维蒂哈对此非常赞成，我亲爱的大姐拥抱亲吻了我。但随后，她说大家都希望这样，让我很恼火。不是因为大家希望，而是因为大家不希望，我才想嫁给麦夫鲁特的。

其实麦夫鲁特想去阿克塔什家，亲口把这个消息告诉考尔库特和苏莱曼。但我警告了他：如果夸大这次拜访，把它变成一种仪式，那么苏莱曼和考尔库特可能会以为我们结婚要征得他们的同意，而这会让我伤心。

"那怎么办？"麦夫鲁特听到我的这些担忧后问道，"随便他们怎么以为，咱们只管做自己的事情。"

麦夫鲁特打电话把消息告诉了苏莱曼，可他早就从维蒂哈那里听说了一切。麦夫鲁特家里的那个里泽人老房客，拒绝马上搬走。苏莱曼咨询的律师说，通过法院判决，把一个没签合同的房客从没地契的房子里轰出去，可能需要很多年。乌拉尔的大儿子派了一个以强硬无情出名的恶霸，他和里泽人房客谈判，成功地让房客开出了一份三个月后搬家的保证书。结婚被推迟三个月，麦夫鲁特既有点迫不及待，又觉得松了一口气。一切全都发展得太快了。麦夫鲁特感觉婚事到最后可能会变成一件丢人现眼的事，有时他想象那些得知自己要迎娶萨米哈的人都在说，"唉，可怜的拉伊哈，"并指责自己。当然嚼舌的人不会仅停留于指责，还会把一个原本随着拉伊哈的离世而被渐渐淡忘的故事，添油加醋地重新翻出来，"男人的情书其实是写给妹妹的，可后来却娶了姐姐。"

从萨米哈立刻打开结婚话题，以及她表现出的理智和坚决的态度上，麦夫鲁特当下就明白了，婚前自己将无望和她一起去咖啡店、电影院，甚至合适的餐馆吃午饭。他感到失望时，才发现原来自己在憧憬这些事。另外，关于婚事的争论、努力避免闲话的见面、无从把握的繁文缛节、将要花费的钱的数目、无法完全知道该说什么合适的谎话，全都让麦夫鲁特心力憔悴，他不禁想到还是媒妁之言结婚更轻松。

他和萨米哈两周只有一次下午去萨杜拉赫先生家时才能见面。他们也不过多说话。尽管菲夫齐耶努力为爸爸和姨妈创造彼此接近的氛围，但麦夫鲁特发现，婚前他无法和萨米哈成为朋友。

2002年9月，库尔泰佩的房客搬走了，麦夫鲁特很开心，因为他找到一件可以创造条件推进自己和萨米哈之间友情的事情。萨米哈从杜特泰佩蜿蜒狭窄的街道走到库尔泰佩，和麦夫鲁特一起去看了他度过童年的房子。

麦夫鲁特度过儿时的房子，就是他在宅邸牛奶布丁店和萨米哈见面时激动地说了很久的那个单开间一夜屋，可眼前几乎就是一座破败的茅舍。地面是泥土，跟三十三年前一模一样；和房间相连的是一个中间有个茅坑的茅厕；从茅厕的小窗外传来夜间经过环城路的卡车的噪音。以前烧木柴的暖炉旁边，还放着一个电暖炉。尽管麦夫鲁特没发现私拉的电线，但凭经验他知道，在一个像库尔泰佩这样的街区里，如果没有私接电线，谁也不会去买电暖炉。儿时的夜晚，他一边惧怕着鬼怪一边在上面做功课的那张摇晃的瘸腿桌子还在那里，弹簧床也在那里。麦夫鲁特甚至看见了三十三年前他用过的煮汤锅和咖啡壶。就像爸爸和他自己一样，那么多年来房客们也没给这个家添置任何东西。

而事实上，周围却发生了巨变。半秃的土山上，满是三四层的混凝土楼房。一些在1969年开通的土路，现在全变成了柏油路。周围的一些老一夜屋，变成了三四层楼的律师、建筑师、会计师事务所。所有房顶上的卫星电视天线和广告牌，完全改变了麦夫鲁特中学年代做功课时抬头看见的窗外景致。但哈吉·哈米特清真寺的宣礼塔和杨树依然如故。

麦夫鲁特用他的全部积蓄，请人翻新了一夜屋（他也开始用这个词了）的地面，修理了房顶，改造了茅厕、粉刷了墙壁。有一两次，苏莱曼建筑公司的卡车也来了，但对于苏莱曼的帮助，麦夫鲁特对萨米哈只字未提。他在竭尽全力和所有人友好相处，他不希望有人对自己的婚事说三道四。

伊兹密尔的大女儿整个夏天杳无音讯，一次也没回伊斯坦布尔，麦夫鲁特对此心生疑虑，但他不愿意多想。然而谈论婚礼细节时，菲夫齐耶不得不告诉了爸爸实情：法特玛，反对爸爸在妈妈去世后和姨妈结婚。她不会来伊斯坦布尔参加婚礼，甚至拒绝打电话给爸爸和姨妈。

炎炎夏日，歪脖子·阿卜杜拉赫曼来到伊斯坦布尔。麦夫鲁特去杜特泰佩，在地震中歪斜的三楼，正式为萨米哈向他提亲，就像二十年前去村里为拉伊哈提亲那样，麦夫鲁特还亲吻了他的手。如果歪脖子·阿卜杜拉赫曼和萨米哈父女二人去伊兹密尔，是否能够说服法特玛来参加婚礼？但法特玛连这个造访也不接受，因此麦夫鲁特想对她生气、忘记她，因为法特玛背弃了家庭。

但麦夫鲁特没有对女儿生气，因为他觉得女儿在理。他发现萨米哈也感到了同样的歉疚。萨米哈为了法特玛上大学费尽了心思，在她母亲去世后更是对她关怀备至，因此萨米哈像麦夫鲁特一样好不容易才接受了法特玛的这个态度。然而，当麦夫鲁特说"咱们在远离人们视线的地方举办婚礼"时，萨米哈提出了一个完全相反的建议。

"咱们要在杜特泰佩附近办婚礼，让所有人都来，都看见……让他们去说闲话……"萨米哈说，"这样问题就会更快结束。"

对于萨米哈的这个决定，以及她在三十六岁穿上白色婚纱来强调新娘身份的勇气，麦夫鲁特敬佩不已。因为靠近杜特泰佩和无需花钱，他们选择在协会举办婚礼。协会的房子不很宽敞，参加婚礼的客人喝了柠檬水（还有麦夫鲁特在桌下准备的拉克酒），送了礼物，没在闷热、拥挤、潮湿的协会多坐就离开了。

萨米哈用自己的钱，和维蒂哈一起在希什利的一个店家租了一件婚纱。整个婚礼，麦夫鲁特都觉得萨米哈异常漂亮：和这样一个美人四目相对的任何一个男人，自然会给她写三年情书。

　　苏莱曼意识到，自己的存在让萨米哈不安，因此不论是苏莱曼，还是阿克塔什家的其他人都没在婚礼上过多地让人感觉到他们的存在。离开婚礼时，苏莱曼喝醉了。他把麦夫鲁特拽到一边。

　　"别忘记，我的兄弟，你的两次婚姻都是我安排的。"他说，"但我不知道是否做对了。"

　　"你做的很对。"麦夫鲁特说。

　　新郎和新娘、菲夫齐耶和她丈夫、歪脖子·阿卜杜拉赫曼，婚礼后坐上萨杜拉赫先生开的道奇，一起去了比于克代莱的一家供酒的餐馆。麦夫鲁特和喜欢穿婚纱的萨米哈都滴酒未沾。一回到家，他们就关掉所有灯，上床做爱了。麦夫鲁特一开始就觉得，和萨米哈做爱不会是一件麻烦、苦恼的事情。他俩都比他们想象的还要幸福。

　　在随后的几个月里，当妻子在里面熟睡时，麦夫鲁特若有所思地望着窗外的杜特泰佩、哈吉·哈米特清真寺、被公寓楼覆盖的其他山头，他强迫自己不去想闯进脑海的拉伊哈。在结婚的头几个月里，有几次他陷入了一切似曾相识的错觉。他不知道，陷入这种错觉是因为多年后自己再婚，还是因为又回到了儿时的家里。

第六章

（2009 年 4 月 15 日，星期三）

家庭内部的讨价还价，在雨天得不到积极的结果。

——庇隆帕夏《借口和嘲弄》

十二层的公寓楼

城市的外快是你应得的

"你可发了誓，绝不低于百分之六十二。"萨米哈在门口送丈夫时说，"别因为怕他们而屈服。"

"我怕什么啊。"麦夫鲁特说。

"别听信苏莱曼的胡言乱语，别发火。地契拿了吗？"

"我拿了区长的纸。"麦夫鲁特下坡时说。天空布满了灰蒙蒙的雨云。他们约好在杜特泰佩哈桑伯父的杂货店见面，最后一次讨价还价。乌拉尔他们的大建筑公司乌拉尔建筑公司，得益于旧城改造法，要在杜特泰佩和库尔泰佩建造十六栋高层公寓楼。按照规划，麦夫鲁特和萨米哈生活了七年、他爸爸留下的单开间一夜屋的地皮上，也将建起一栋十二层的公寓楼。因此，和很多人一样，麦夫鲁特也必须和乌拉尔他们谈判。然而由于他拖拖拉拉、延长了讨价还价，考尔库特和苏莱曼对麦夫鲁特很恼火。

麦夫鲁特还没有签合同。他和萨米哈在儿时的家里继续生活着，可某一天将在那里建起的十二层公寓楼的一些单元已经售出了。麦夫鲁特有时走进自家的院子，指着头顶的一片天空，对现在就付钱给乌拉尔的有钱人感到诧异，他们有一天将成为那里的某个地方的房主，他嘲笑他们。但萨米哈从没觉得这些调侃好笑。麦夫鲁特敬重第二任妻子的现实主义态度。

在杜特泰佩和库尔泰佩之间的市场大街上，乌拉尔建筑公司的售楼处里展示着尚未开工的公寓楼模型。一个脚踩高跟鞋的金发女职员，向来宾们展示各种户型、将用在厕所和厨房里的材料样本。突然她停顿了一下说，六层以上朝南的房间可以远眺海峡。从自家院子往上爬六层楼，便可以远眺海峡，即便想想都让麦夫鲁特觉得晕眩。麦夫鲁特在和阿克塔什他们最后谈判之前，想再去看一眼模型，于是他绕了一点路。

2006年，国家宣布杜特泰佩和库尔泰佩也和伊斯坦布尔的其他许多街区一起，被划入特别旧城改造区，鼓励建造高层公寓楼。消息一出，街区里的人们全都欣喜若狂。以前在这些山头上最多只允许建造三四层的楼房，现在则允许在杜特泰佩和库尔泰佩建造十二层的高楼，这简直就像是在往大家的口袋里装钱。众所周知，经安卡拉批准出台的这个决定的背后，是与执政的正义与发展党极为亲近的哈吉·哈米特·乌拉尔家族，他们在杜特泰佩和库尔泰佩拥有很多地皮。因此在上个月举行的地区选举中，正义与发展党原本就居高的得票率，在杜特泰佩和库尔泰佩周围更是直线飙升。对此，就连抱怨一切的闹事者一开始竟然也一声没吭。

接下来，首先抱怨的是房客。建造十二层楼的许可颁布后，地皮的价格和房租瞬间暴涨，像麦夫鲁特的老房客里泽人那样艰难度日的人，开始逐渐离弃山头。这些老房客也体会到了麦夫鲁特离开塔尔拉巴什时的心情：这里对于他们来说没有未来，其他更加富裕的人们将生活在从这里拔地而起的浮华高楼里。

依据新法律，要想建造一栋十二层的高楼，必须把近六十个一夜屋房主的地皮集中成为一个"岛屿"。区政府在一年里确定并宣布了这些把杜特泰佩和库尔泰佩分成不同区域的"岛屿"。于是，得知有一天将生活在同一栋高层公寓楼的一夜屋邻居们，晚上开始聚集在彼此的家里，喝茶抽烟，选举和国家及承包商谈判的能干代表（有特别热心的人），并为一些小事争执。在萨米哈的坚持下，麦夫鲁特去了三次这样的聚会。他和所有男人一起，马上学会了外快这个词的含义，并使用起来。有一次他还举手发言说，他去世的父亲为了盖这个房子费了多少力，吃了多少苦。然而相比那些他没能持续关注的关于份额比例的争论，夜晚在空旷的街上叫卖钵扎，让他觉得更加快乐。

依据新法律，小块地皮的主人要想成为高层公寓楼的业主，必须首先将他们的份额卖给盖楼的承包商。土耳其的其他著名建筑公司也想承揽这些工程，但其中最强的还是哈吉·哈米特·乌拉尔的公司，因为他们不仅和安卡拉，还和街区都有极好的关系。于是，杜特泰佩和库尔泰佩的老旧一夜屋房主，全都去造访了市场大街上乌拉尔建筑公司的办公室，一来可以看看橱窗里的房子模型，搞清楚自己将拥有怎样的单元房，再者去和乌拉尔的小儿子讨价还价。

在伊斯坦布尔很多地方建起的其他高楼里，承包商和老旧一夜屋房主之间的房屋分配大体是各占一半。一些为自己找到一个好的谈判代表并且愿意共进退的房主，有时通过讨价还价，还能够将这个比例抬高到百分之五十五，甚至百分之六十。但多数时候这是办不到的，因为一夜屋的邻居，一旦要成为公寓楼的邻居，他们之间就会因为份额比例、房屋交付时间等等问题产生分歧和争执。麦夫鲁特还知道一些街区的代表接受了承包商的贿赂，这些事情都是苏莱曼笑着告诉他的。考尔库特和苏莱曼，既作为杜特泰佩的旧地皮主人，又作为哈吉·哈米特·乌拉尔建筑公司的合伙人，身陷所有这些内幕新闻、争执和讨价还价之中。

多数已将老旧的一夜屋改造成三四层小楼的房主，如果拥有正式的地契，就能够和国家以及承包商讨个好价钱。但像麦夫鲁特那样，仅仅拥有四十年前区长开具的一张纸和单开间的人（这样的人在库尔泰佩更多），面对承包商威胁说，"别让国家找个法子没收了你的地皮"，他们就惧怕退缩了。

另外一个争论的话题就是临时性房租：根据专门法律，建造高层公寓楼的承包商，在施工期间，要向被拆迁的地皮主人，支付租房的租金。在一些地方，尽管合同上标明这个施工期限为两年，但事实上承包商没能按时完工，从而导致一些业主流落街头。这类小道消息在伊斯坦布尔迅速传播，因此多数即将搬进高楼的地皮主人觉得，拖到最后和承包商签订合同会更加安全。一些地皮主人则知道，拖到承包商跟所有人签完合同之后再去讨价还价会更有利可图，于是就不断拖延，导致工程延期。

考尔库特对于这些被他称为"钉子户"的业主极为恼怒。他说他们是可耻的讨价还价者，因为他们不仅坏了别人的好事，还妄想得到更多的份额和房子。麦夫鲁特还听说，一些钉子户在大家只能得到两套小房子的十六七层的楼房里，竟然拿到了六套甚至七套房子。这样成功的讨价还价者，主要出自一些打算卖掉昂贵的新单元房、搬去别的城市或街区的人。因为对于这些使高楼工程延期的人，不仅国家和承包商，迟迟不能乔迁新居的老邻居、老朋友也会很生气、会逼迫他们。麦夫鲁特听说，在奥克泰佩、宰廷布尔努、费基尔泰佩的一些高楼里，钉子户和老街坊邻居之间发生了挥拳动刀、登上报纸的打斗事件。也有人说，其实是承包商意欲分裂地皮主人而私下煽动了这些打斗。麦夫鲁特对所有这些钉子户的故事了如指掌，因为最近一次讨价还价时，考尔库特对他说："麦夫鲁特，你跟那些钉子户也没啥区别！"

乌拉尔建筑公司在市场大街上的办公室空无一人。麦夫鲁特在这里参加了很多次由业主和承包商分别举办的介绍会，和萨米哈一起欣赏了那些带有招摇、怪异阳台的白色模型，试图明白分给自己的朝北小单元是什么样子。办公室里悬挂着乌拉尔家族在伊斯坦布尔建造的其他高楼照片，以及年轻的杂货店老板哈吉·哈米特手拿铁锹建造第一批房屋时拍下的照片。周末从城里上流街区驾车过来的买主都把车停在人行道上，可在这个中午时分，人行道也是空荡荡的。麦夫鲁特在市场里转了转，看了看哈吉·哈米特·乌拉尔清真寺下面的商店橱窗，为赶去杂货店里的谈判，他走上了通向杜特泰佩的蜿蜒小道。

儿时，在这坡口建起的第一批房子后面的平地上，便是哈吉·哈米特让工人们居住的气味难闻的木质工棚。透过敞开的大门，麦夫鲁特有时看见在那些阴暗潮湿的房间里，像死人一样躺在木头双人床上睡觉的精疲力竭的年轻工人。最近三年，随着房客的离开，空置房的数量也在不断上升。最终整个街区都将被拆除，因此已不再有人愿意在这里租房了。这些废弃的房屋，让杜特泰佩显得老旧和破败。面前是黑压压的一片天空，麦夫鲁特愁肠百结。爬坡时他感觉自己仿佛在走向天空。

对于萨米哈执意要求的百分之六十二的份额，他为什么没能说不！要和阿克塔什他们谈成这个份额，太难了。和考尔库特最近一次谈判时，麦夫鲁特要求的是百分之五十五，考尔库特连这个份额都觉得高了，但他们还是决定再谈一次。为了那次谈判，考尔库特和苏莱曼去了协会，但随后很长一段时间他们没再找他。麦夫鲁特既焦虑不安，又因为考尔库特将自己看作钉子户而沾沾自喜，他感觉自己会因此拿到最高的份额。

然而一个月前，杜特泰佩和库尔泰佩被宣布为地震敏感区域，就像多数库尔泰佩人一样，麦夫鲁特也认为这是乌拉尔他们的一个新举措。这项法律是 1999 年地震后颁布的，目的是在获得三分之二绝对多数房主的同意后，拆除一栋老旧危房。但是，国家和承包商利用这个法律来排挤那些阻碍建造高层大公寓楼的小房主。这项法律颁布后，当钉子户就更难了，所以麦夫鲁特暗自思忖，怎么跟考尔库特谈出门时萨米哈坚持的百分之六十二。

他们已经结婚七年了，麦夫鲁特和萨米哈过得很幸福。他们成了好朋友。但这并不是一种具有创造性、聚焦于生活多姿多彩方面的友情，而是一种基于一起做事、共同克服困难、接受平凡日常生活的友情。渐渐熟悉后，麦夫鲁特发现，萨米哈是个固执、坚决、渴望美好生活的女人，他喜欢萨米哈的这个优点。可尽管有这个优点，萨米哈却不知道该做什么，也许因此她才过多地处处干涉麦夫鲁特，甚至还支配他。

麦夫鲁特现在很愿意以百分之五十五的份额和乌拉尔他们达成协议：用这个份额，他可以在十二层公寓楼的低层获得三套没有海景的单元房。村里的母亲和两个姐姐也是父亲的遗产继承人，因此麦夫鲁特名下得不到一整套房子。为了获得整套房子，萨米哈需要在五年时间里，用费尔哈特留下的楚库尔主麻街上两套房子的租金来支付其中的差额。（如果百分之六十二的份额能够被接受，那么就只需三年时间。）他俩将共同拥有那套房子。这笔账是他和萨米哈在家里讨论了好几个月才算出来的。麦夫鲁特不想失去来到伊斯坦布尔四十年后拥有一套单元房（其实是半套）的希望，他几乎胆战心惊地走进了哈桑伯父的杂货店。

杂货店里五颜六色，橱窗里满是盒子、报纸和瓶子。店里的光线黑黢黢的，麦夫鲁特瞬间什么也看不见。

"麦夫鲁特，你来跟我爸说，"苏莱曼说，"他快把我们逼疯了，也许他听你的。"

哈桑伯父坐在柜台后面，最近三十五年他一直这样。尽管他老了很多，但还是挺直地坐着。麦夫鲁特想到，其实伯父和爸爸是多么相似，只是儿时他没能发现这点。麦夫鲁特拥抱了他，亲吻了他长满老年斑、胡子拉碴的脸颊。

让苏莱曼取笑、让考尔库特发笑的事情，是他们的爸爸还在用旧报纸折的袋子（哈桑伯父叫它们"纸袋"）给顾客装东西。哈桑伯父在20世纪五六十年代，跟所有伊斯坦布尔的杂货店主一样，自己在空闲时间用家里带来的或是别处收集来的旧报纸折纸袋，为了维护这个习惯，他对儿子们说："我对谁都无害。"麦夫鲁特就像每次去杂货店时那样，坐在哈桑伯父对面的椅子上，开始折纸袋。

苏莱曼对他爸爸说，街区在迅速变化，顾客们不会再去光顾一家用又脏又旧的报纸折出的纸袋装东西的商店。

"不来拉倒。"哈桑伯父说，"本来这里就不是商店，是杂货店。"说着他朝麦夫鲁特眨了眨眼。

苏莱曼其实在说，他爸爸在做一件无用，甚至亏本的事情：一公斤塑料袋远比一公斤旧报纸便宜。麦夫鲁特对争论的延续暗自窃喜，因为他害怕有关公寓楼份额的争论，还因为他看到了阿克塔什战线上自动出现了一条裂痕。因此，当哈桑伯父说："我的儿子，人活着不是一切为了钱！"麦夫鲁特立刻表示赞同，并说赚钱的事情不全都是好事。

"爸爸，你看麦夫鲁特还在卖钵扎。"苏莱曼说，"我们很敬重麦夫鲁特，但不用他的脑子来做生意。"

"麦夫鲁特对他的伯父比你们对爸爸更尊敬。"哈桑伯父说，"你们看看，他不像你们那样闲坐着，他在折纸袋。"

"麦夫鲁特是否尊敬咱们，等他把最后的决定告诉咱们时才能见分晓。"考尔库特说，"麦夫鲁特，你想好了吗？"

麦夫鲁特慌乱了，但此时一个男孩走进杂货店，他说："哈桑伯伯，面包。"于是他们全都沉默了。八十多岁的哈桑伯父从木制面包柜里拿出一个长面包放到柜台上。十岁的孩子觉得不脆，对这个面包不屑一顾。"别用你的手，用眼睛来选，我的孩子。"哈桑伯父说着拿了一个烤得更焦黄的面包。

麦夫鲁特走出杂货店，他想到一个主意。他的口袋里放着六个月前萨米哈送给他的手机。用这个手机，麦夫鲁特只接萨米哈的电话，他自己从不打电话。现在他要给妻子打电话，告诉她百分之六十二太高了，他们必须往下降，否则就会出现争执。

但萨米哈没接电话。天上飘下了雨滴，麦夫鲁特看见孩子最终拿着一个面包离开了杂货店。他走进去，坐在哈桑伯父身边继续认真地折纸袋。苏莱曼和考尔库特正在用一种贬损的语言，抱怨那些谈妥了却在最后一刻制造麻烦的钉子户、想要重新讨价还价的精明之人、说服邻居签下合同后意欲偷偷从承包商那里拿钱的卑鄙小人，他们把一切全都详细地告诉了他们的爸爸。麦夫鲁特觉得，日后他们也会用同样的语言在背后谈论自己。从他询问儿子的问题上，麦夫鲁特惊讶地发现，哈桑伯父在密切关注着所有这些讨价还价和工地上的事情，他依然在杂货店里试图操控两个儿子。而麦夫鲁特本以为，哈桑伯父除了当个乐趣经营杂货店，对别的一切都不闻不问了。

麦夫鲁特折旧报纸时，目光定格在报上一张熟悉的面孔上。旁边的标题上写着**书法大师离世**。得知先生阁下去世，麦夫鲁特扼腕痛惜：他的心头掠过一阵悲痛，伤心欲绝。在先生阁下的一张年轻时的照片下面，写着"我们最后一位书法大师的一些作品收藏在众多欧洲博物馆里"。麦夫鲁特最后一次去先生阁下家是在六个月前。那次，先生阁下被仰慕者团团围住，麦夫鲁特离他很远，根本无法靠近，也完全不可能听清楚先生阁下说什么。最近十年，他家周围，恰尔相姆巴街道上全是些来自不同宗教派别、身着各色老式宗教服装的人，就跟在伊朗和沙特阿拉伯一样。麦夫鲁特惧怕他们的政治宗教信仰，没有再去那些街区。眼下，他因为没能最后见先生阁下一面而懊悔不已。为了想他，麦夫鲁特藏在了手上的旧报纸后面。

"麦夫鲁特，你待会儿再和我爸爸折纸袋。"考尔库特说，"咱们先来把合同签了，就像咱们说好的那样。我们还有别的事情。大家都在说，'你们的堂兄弟为什么还没有签？'你和萨米哈要的我们都给了。"

"我们的房子拆掉以后，我们不要住在哈吉·哈米特的宿舍里。"

"可以。咱们在合同里写上每月初支付1250里拉租金，付三年。你们可以随便租房住。"

这是一个很不错的数目。麦夫鲁特勇气倍增，脱口而出："另外，我们要百分之六十二的份额。"

"哪里冒出个百分之六十二？"（麦夫鲁特那时特想说，"是萨米哈不依不饶要的！"）"最后咱们说的是百分之五十五，太多了！"

"我们认为这样合适。"麦夫鲁特以一种自己都惊讶的自信说道。

"那可不行。"考尔库特说，"我们也有尊严，你不能眼睁睁地来诓骗我们。真丢脸！麦夫鲁特，你知道自己做了什么吗？爸爸，你看见了吧，咱们的麦夫鲁特是个什么样的人。"

"冷静点，我的儿子。"哈桑伯父说，"麦夫鲁特是讲道理的。"

"那就降到百分之五十五以下，立刻在这里了结这件事。当然，如果麦夫鲁特不签合同，周围的人就会说，阿克塔什他们连自己堂兄弟都说服不了。他们每晚就会聚在一起嚼舌，讨论如何讨价还价。现在精明的麦夫鲁特先生正是利用这个顾虑来要挟我们。麦夫鲁特，这是你最后的决定吗？"

"这是我最后的决定！"麦夫鲁特回答道。

"行。苏莱曼咱们走。"

"哥，等一下。"苏莱曼说，"亲爱的麦夫鲁特，你不如再想一下这个问题：地震敏感区域法律颁布后，承包商一旦征集到三分之二的份额，就不会同情任何人了，他们会把你从家里赶出去。他们根据地契和税务局的记录，给你的地皮一点补偿就完事了。其实你连地契也没有，只有一张区长给的纸。你给拉伊哈写情书时，一天晚上喝多了还要把那张纸送给我，那张纸的下面除了穆斯塔法叔叔的名字，还有我爸的名字，这你是知道的。这事如果闹上法院，十年后，你得到的钱连我们现在建议的一半都不到。你还坚持吗？"

"我的儿子，不能这么和人家说话。"哈桑伯父说。

"我坚持。"麦夫鲁特回答道。

"走，咱们走，苏莱曼。"考尔库特说。哥哥在前，弟弟在后，他们气呼呼地走出杂货店，在雨中一下就跑远了。

"他们都五十出头了，可我们的孩子还那么雄心勃勃、暴躁。"哈桑伯父说，"但这样的争吵跟咱们不相称。过一会儿他们就会回来，你也往下降一点……"

麦夫鲁特没能说"我会降的"。其实如果考尔库特和苏莱曼稍微迁就一点，他就准备立刻和他们在百分之五十五上和解的。萨米哈只是因为固执才坚持要百分之六十二的。现在，即便只是想一想打十年官司后可能一无所获，都让麦夫鲁特陷入恐慌。他重新去看手上的报纸。

先生阁下的死讯登在四个月前的一张旧报纸上。麦夫鲁特又看了一遍那条短消息。报上除了他的书法，对于和他的书法同样重要的托钵僧修道院以及教长身份只字未提。

眼下麦夫鲁特该怎么办？如果一走了之，事情谈崩，以后再想回来和解就更难了。也许这就是考尔库特所希望的：在法庭上他们会说，"区长开具的纸上也有我们爸爸的名字，地皮也有他的份。"（当然，他们也会隐瞒多年前侵吞的杜特泰佩的地皮，还有被他们私自卖掉的库尔泰佩的地皮。）这样他们最终就将拿走麦夫鲁特手里的一切。麦夫鲁特不知道回家后该怎么把这些事告诉萨米哈，他默默地折着纸袋。几个买大米、肥皂、饼干的女人，还有几个选口香糖和巧克力的孩子，在杂货店里进进出出。

哈桑伯父还在为一些顾客赊账。因为老眼昏花，他让顾客自己把买的东西写在赊账本上。一个顾客走后，他转向麦夫鲁特，让他看一下本子上写的东西对不对。深知儿子们不会回来讲和，他用一种安慰的语气对麦夫鲁特说："我和你去世的父亲曾经是多好的兄弟和朋友啊。"他说，"我们一起圈下了库尔泰佩和杜特泰佩的地皮，一起动手盖起了房子，还让区长在那些纸的下面写上了我俩的名字，为的是不让我们彼此疏远。那时我和你父亲一起去卖酸奶，一起吃饭，一起去做主麻日礼拜，一起坐在公园里，一起抽烟……区长的纸你带来了吗？"

麦夫鲁特把那张潮湿、皱巴巴、有四十年历史的纸放到了柜台上。

"但最后我们还是疏远了。为什么？因为他没把你母亲和两个姐姐带来伊斯坦布尔。你和你去世的父亲血汗劳作，因此你比任何人都更有权拥有那些房子。你的两个姐姐没来伊斯坦布尔像你那样工作过，按道理讲，承包商要给的那三套房子全都应该是你的。区长以前用的这纸，我有空白的。区长是我的朋友，他的图章我也有，是我在三十五年前藏下的。

来，咱们把这张旧的纸撕掉，用相似的纸做张新的，写上你的名字，再好好地盖上一个章。你和萨米哈甚至没必要给乌拉尔他们多交钱，就可以成为房子的主人。"

麦夫鲁特知道，这意味着减少村里的母亲和两个姐姐的份额，扩大自己的份额。他说"不"。

"别马上就说不。在伊斯坦布尔流汗的是你。城市的外快是你应得的。"

口袋里的手机响了，麦夫鲁特一下子跑到外面的雨里。"你打电话给我了，怎么样啊？"萨米哈问。"谈得不好。"麦夫鲁特回答道。"千万别向他们低头。"萨米哈说。

麦夫鲁特恼怒地挂了电话，走进杂货店。"哈桑伯父，我要走了！"他说。

"随你便，我的孩子。"哈桑伯父折着纸袋说，"一切最终都会到达真主指定的地方。"

而事实上，麦夫鲁特希望伯父说："再坐一会儿，孩子们一会儿就会温和下来。"他因此怨恨伯父，也怨恨让自己陷入这种窘境的萨米哈。他对考尔库特、苏莱曼和乌拉尔他们也恼怒，但他最恼怒自己。如果刚才对哈桑伯父说"好的"，那么他最终就能拿到应得的单元房。现在他对一切都毫无把握。

在雨中他走上一条蜿蜒向下的柏油路（以前是泥土路），经过食品店（以前是旧货店），走下台阶（以前没有的）。走在通向库尔泰佩的宽阔街道上时，他想起了拉伊哈，每天他都会想起很多次。最近这段时间，他也会更多地梦见拉伊哈，可全都是些艰难、令人痛苦的梦境。拉伊哈和麦夫鲁特之间总隔着泛滥的河流、火焰和黑暗。随后这些黑暗的东西就像高耸在他右边的丑陋公寓楼那样，变成一片荒芜的森林。麦夫鲁特知道，这片丛林里有众多野狗，但也有拉伊哈的坟墓。尽管惧怕野狗，但他依然径直朝拉伊哈走去，可他的爱人却在相反的方向，注视着他的背影，他欣喜地发现她还活着，随后带着满满的幸福和一种无以言表的痛苦醒来。

如果拉伊哈在家里，会做什么，她会说一句好听的话，安抚焦虑的麦夫鲁特。而萨米哈一旦惦记上什么东西，她的眼里就只有那样东西，而这只会增加麦夫鲁特的焦虑。麦夫鲁特只有在夜晚叫卖钵扎时，才能成为他自己。

　　在一些空置房屋的院落里，贴着"本地块归乌拉尔建筑公司所有"的告示。麦夫鲁特刚来这里时，通向库尔泰佩主坡的这些山坡，还全都空着。爸爸让他去这些地方捡拾暖炉烧的纸张、木柴和干树枝。现在路两边则矗立着六七层的劣质一夜屋公寓楼。这些房子一开始只有两三层，之后在这些地基脆弱的房子上又加盖了多层违章建筑，将它们全部拆除再盖新的高楼就不划算了。因此，这些楼里的房主便无意利用十二层楼的许可，建筑公司也同样不试图去和这些房主谈判。有一次，考尔库特说，每层都以不同方式建起的这些可怕楼房，不仅让杜特泰佩和库尔泰佩看起来很丑陋，还拉低了新楼的房价，破坏了街区的形象。考尔库特还说，唯一的解决办法就是日后的一次大地震将这些地方夷为平地。

　　1999 年地震后，科学家们说，不久将会发生一次真正的大地震，足以摧毁整座城市。跟所有伊斯坦布尔人一样，麦夫鲁特有时发现自己也在想这件事。那种时候他觉得，自己生活了四十年、走进千家万户而熟知其内部的城市，他在那里度过的人生和记忆中的经历，全都如此短暂。他知道，在自己那代人盖的一夜屋的地皮上建起的高楼，有一天会和在这些高楼里生活的人们一起消失。所有的人和楼房消失的那一天，有时梦境般浮现在麦夫鲁特的眼前。那种时候，他就什么事也不想做，对人生也不再抱有任何期盼。

　　而他和拉伊哈婚后幸福生活的那些年里，他以为城市永远不会改变，以为通过自己在街上努力打拼，总会在那里找到立足之处，并融入其中。事实上也确实如此。然而在最近四十年里，和自己一起又有一千万人口涌进城市，当人们和自己一样从一个角落入侵城市时，城市也就变成了一个迥然不同的地方。麦夫鲁特刚来时，伊斯坦布尔的人口是三百万，而现在据说有一千三百万。

雨滴顺着他的后颈钻进衣服。五十二岁的麦夫鲁特不想让自己的心脏跳得更快，他要寻找一个避雨的地方。他的心脏没有问题，只是这段时间香烟抽多了。右前方，曾经是戴尔雅影院放过几次露天电影、举办过婚礼和割礼的一片空地，后来则变成了一个围着铁丝网、铺上绿色塑料草皮的小足球场。麦夫鲁特在那里举办过协会的球赛。他躲到行政楼的遮篷下面，看着飘落在草坪上的雨滴，抽了一支烟。

他在一种与日俱增的焦虑中度过每一天。而麦夫鲁特到了这个年纪很想能够伸伸腿休息一下，但他的心里并没有这种舒坦。他刚进城时所感到的缺失和不足，在拉伊哈去世后，特别是最近五年里显得更加强烈了。现在他该对萨米哈说什么？他想要的是一个可以舒舒服服住到老死、确信自己不会被扔出去的家。他将无法拥有这样的一个家，其实萨米哈应该来安慰他，但麦夫鲁特知道，在家里真正需要安慰的人却是自己的妻子。他决定只告诉萨米哈讨价还价中积极的一面，至少他必须这么来进入话题。

库尔泰佩没有足够的排水管道来消纳从陡坡上倾泻而下的雨水。麦夫鲁特从交通堵塞时传来的汽车喇叭声中明白，坡下的市场大街积水了。

回到家时他已全身淋透。萨米哈的眼神让他感到了不安，于是他夸大其词地说："一切都很顺利。为了让咱们随意租房，他们每月给咱们1250里拉的租金。"

"麦夫鲁特，你为什么要撒谎。根本没谈成。"萨米哈说。

维蒂哈用手机打来电话说，考尔库特不仅很伤心还很气愤，这事就此终结，他们把麦夫鲁特删除了。

"你说什么了？有没有说为了不低于百分之六十二，出门时你让我发了誓？"

"你后悔了吗？"萨米哈嘲讽般地挑起一根眉毛说道，"你是不是在想，如果我迁就一下，考尔库特和苏莱曼就会对我更友好一些？"

"我这一辈子都在迁就他们。"麦夫鲁特说。看见萨米哈沉默了，他勇气倍增。"如果现在我还固执坚持，那么这套房子也可能都没有了，你会为此负责吗？你打电话给你姐，要求和解，我怕他们了，后悔了。"

"我不会这么做的。"

"那我来给维蒂哈打电话。"麦夫鲁特说，但他没去拿口袋里的手机。他感到自己很孤独。他也清楚，没有萨米哈的支持，那天他无法做出任何重大的决定。他望着中学做作业时看的窗外风景，换掉了身上的湿衣裤。阿塔图尔克男子高中老旧的橙色大楼旁，以前麦夫鲁特喜欢在里面奔跑和上体育课的大操场上，盖起了一栋巨大的新楼，麦夫鲁特每次看都以为母校变成了一座医院。

电话铃声响起，萨米哈接了电话，"我们在家里。"说完她就挂了。她对麦夫鲁特说："维蒂哈要过来。她让你也在家里等着，不要出去。"

萨米哈相信，维蒂哈过来是为了说，"麦夫鲁特做错了，让他往下降一点。"她告诫麦夫鲁特不要屈服。

"维蒂哈是个大好人。她不会带着一个可能对我们不利的提议过来的。"麦夫鲁特说。

"你也别太信任我姐。"萨米哈说，"你和苏莱曼，她会首先护着苏莱曼。她不都是这么做的吗？"

这难道是关于那些情书的一个讥讽吗？如果是，那么这是麦夫鲁特在他们七年婚姻里第一次见证萨米哈带着沮丧提到情书这件事。他们听着淅沥沥的雨声沉默了。

有人像用拳头砸门那样敲门。"我被淋透了，淋透了。"维蒂哈自言自语地走进来，可是她拿着一把紫色的大雨伞，只有脚被淋湿了。萨米哈去给她姐拿自己的干净袜子和拖鞋时，维蒂哈把一张纸放到了桌上。

"麦夫鲁特，来把这个签了了事。你要的超出了你应得的，为了和解我费了很大劲……"

麦夫鲁特在别人那里也看到过同样格式的合同，他知道该往哪里看：

当他看见百分之六十二时，欣喜万分，但他克制着自己说："如果不是我应得的权益，我就不签。"

"城市里不讲权益，讲赢利。麦夫鲁特，你还没学会吗。"维蒂哈笑着说，"你挣到的东西，十年后就成了你的权益。把这签了吧。你得到了你想要的一切，别再假装不情愿了。"

"没看之前不能签。"萨米哈说，但当她看见麦夫鲁特示意的百分之六十二时，也松了一口气。"怎么会这样？"她问她姐。

麦夫鲁特拿起笔，在合同上签了字。维蒂哈用手机打电话把这个消息告诉了考尔库特。随后她把带来的一包馅饼递给了萨米哈，一边喝着萨米哈端来的茶，一边等待雨停，她兴致勃勃地讲道：其实考尔库特和苏莱曼对麦夫鲁特非常生气。尽管维蒂哈不断哀求，但他们还是决定要去打官司，正当麦夫鲁特最终将失去一切时，听说了此事的年迈的哈吉·哈米特，亲自给考尔库特打了电话。

"哈吉·哈米特梦想在杜特泰佩，我们家那个方向建造一座更高的楼，一座高塔楼。"维蒂哈说，"因此他说，'你们的堂兄弟要什么，你们就给他什么。'因为不把这十二层楼的事办妥，就没法签那座塔楼的协议。"

"不会有什么猫腻吧。"萨米哈说。

之后，萨米哈又把合同拿去给律师看了一下，确信其中没有诈。他们在麦夫鲁特打理的协会附近租了套公寓房，搬了进去。但麦夫鲁特的脑子却留在了库尔泰佩和腾空的家里。有几次他回去看是否有居无定所的人或小偷住进了空荡荡的家里，但家里并没有什么可偷的东西。从门把手到水龙头，值点钱的东西全被他卖了。

夏末，乌拉尔建筑公司的铲车开始拆除库尔泰佩的房子，麦夫鲁特每天都过去看。第一天，还举行了一个邀请了记者的亲政府开工仪式，区长在仪式上发表了长篇大论。在随后炎热的日子里，当自己的家在尘土中被摧毁时，谁（即便是和乌拉尔建筑公司签了最盈利的合同的人们）都没有像在仪式上那样鼓掌。房屋被摧毁时，麦夫鲁特看见有人哭有人笑、有的人不敢看，还有人找喳儿吵架。当轮到自家的单开间时，麦夫鲁特的心碎了。铲车的一记重击，瞬间击碎了一切，他的童年、吃过的饭菜、做过的功课、闻过的气味、爸爸的呼噜声、无数的记忆，泪水浸湿了他的双眼。

第七章

可惜，一个城市的外形和面貌

比人心变得更快。

——波德莱尔《天鹅》

只有行走时我才能思考，停下时我的思维也
会停止；

我的头脑跟随我的双腿行动。

——让－雅克·卢梭《忏悔录》

一座城市的外形和面貌

只有行走时，我才能思考

　　现在他们全都住在库尔泰佩的一栋十二层公寓楼里。楼里共有六十八个单元，麦夫鲁特和萨米哈住在二楼，只有他们的房子朝北看不到风景。哈桑伯父和萨菲耶姨妈住在一楼；考尔库特和维蒂哈在九楼；苏莱曼和梅拉哈特则在顶层。有时他们在一楼遇到，看到不停抽烟的看门人责骂踢球的孩子；有时他们在电梯里碰到，便互相开开玩笑，仿佛大家全都住在十二层的一栋公寓楼是件极其自然的事情，其实他们都不自在。

　　最不自在的是苏莱曼，尽管他很幸福。在对面的杜特泰佩，哈吉·哈米特·乌拉尔在人生的最后几年里精心建造了一座三十层塔楼，苏莱曼想在那幢楼的最高几层，拥有一套鸟瞰伊斯坦布尔的房子，而不是在这十二层的 D 幢里。九十来岁的哈吉·哈米特，也觉得这个要求合情合理，他说"让你的哥哥和爸爸也来住我的塔楼！"，可两年前他突然去世（公共工程和安置部部长都去参加了他的葬礼），乌拉尔建筑公司的高管改变了态度，把考尔库特和苏莱曼排挤出了那栋塔楼。苏莱曼因此很伤心，2010 年他和考尔库特就这个问题争论了一整年，终于找出两个原因：第一，在一次年终会议上，考尔库特抱怨为获得施工许可而过多行贿，他说，

"难道他们真的要拿这么多贿赂？"哈吉·哈米特的儿子们个人对此很介意，他们觉得此话在暗示，"其实你们并没有去贿赂部长，而是把钱装进了自己的腰包。"而事实上，考尔库特并无此暗示。第二个原因——这是后来才想起来的——因为在巴库的失败图谋，考尔库特被赋予了"军事政变者"的身份。这个身份受到民族主义保守派执政党的广泛欢迎，却惹恼了新的执政党。

但随后他们获悉的真正原因却是，他们的爸爸对乌拉尔建筑公司宣称："如果我们不住在同一栋楼，我就不签字。"考尔库特和苏莱曼费了九牛二虎之力，才说服他们的父母离开住了四十年的四层老楼，搬进一套公寓楼的单元房。在此问题上，地震导致楼上两层歪斜起到了关键作用。

2012年古尔邦节的早上，麦夫鲁特在哈吉·哈米特·乌拉尔清真寺做礼拜的人群里，既没看见苏莱曼和考尔库特，也没看见他们的儿子。而过去他们居住在不同山头、不同街区时，节日礼拜之前他们都一定会首先找到彼此，一起做礼拜，随后在人群中推搡着在地毯上一起往前走，去亲吻哈吉·哈米特的手。

现在每人都有一部手机，但没人给他打电话。做礼拜的男人从清真寺的天井挤到了广场和街道上，就像最近几年那样，在如此拥挤的人群里做礼拜，麦夫鲁特却感到异常孤独。他和初、高中年代认识的几个杜特泰佩和库尔泰佩的熟人、在D幢做邻居的几个有车的店主，用眼神互致了问候，但人们表现出的匆忙、粗俗和浮躁，在他的内心里唤醒了一种自己在一个别的街区做礼拜的感觉。伊玛目历数"为了我们的美好家园和生活而奋斗的人们"时，提到了阿塔图尔克和另外四五个人，随后便是过世的哈吉·哈米特·乌拉尔。在这里的年轻人当中，有几个人知道多年前哈吉·哈米特·乌拉尔出席了麦夫鲁特和拉伊哈的婚礼，还送了一块手表给他。

麦夫鲁特从清真寺回来时，萨米哈不在家。麦夫鲁特知道她去了9单元的维蒂哈家。歪脖子·阿卜杜拉赫曼来库尔泰佩过节，他已经在9单元住了一个星期。那套房子有很多朝北的房间，考尔库特和老丈人避开对方相安无事，维蒂哈和萨米哈的多数时间则是陪着爸爸看电视。苏莱曼必定是一大早开车带一家人去了于斯屈达尔的老丈人家。麦夫鲁特没在停车场里看见苏莱曼的福特蒙迪欧轿车，于是得出了这个结论。

麦夫鲁特在二楼的单元，面向十二层公寓楼的停车场。麦夫鲁特从这里可以获取楼里很多人的信息，比如退休的夫妻、大嗓门的年轻中产阶级、不知道从事何种职业的夫妻、老一辈酸奶小贩的大学毕业生孙子、一直在停车场里踢球的每个年龄段的孩子。苏莱曼的两个儿子是踢球孩子中最吵闹的，他们一个十六岁（哈桑）、一个十四岁（卡泽姆）。球一旦被踢出停车场滚下坡，这些偷懒的少年球员从不去追球，而是异口同声地大声叫道"球，球，球"，让正要上坡的人把球带上来，而这让一辈子靠走街谋生的麦夫鲁特很生气。

麦夫鲁特在这个单元房里已经生活了八个月，但一次也没开窗责骂踢球的孩子叫他们安静。他通常十点半出门去梅吉迪耶柯伊的同乡会，10月中旬到第二年的4月中旬，则每晚去希什利、尼相塔什和居米什苏尤叫卖钵扎，那些街区尚存有四五层的老旧富裕人家的公寓楼。麦夫鲁特彻底远离了塔尔拉巴什，那个他曾经居住的、多数早已人去楼空的百年希腊人老屋所在的街区，那里被划入了旧城改造的范围，将建起精巧的小酒店、庞大的购物中心和旅游景观建筑。

麦夫鲁特为自己准备茶水时，先看了一会儿在停车场里宰牲的人（他也没看见苏莱曼买的公羊），随后翻看了先生阁下写的《交谈》。六个月前他从一家杂货店的橱窗里挂着的《告诫报》上，看到了这本书出版的消息，于是他从报上仔细地剪下二十张赠券，换来了这本封底印有先生阁下年轻时一张可爱照片的《交谈》。麦夫鲁特认为，标题为"内心和口头的意愿"的章节被收入书中，也有自己的一份功劳。他时常翻到那个章节认真阅读。

从前，节日礼拜后，他会和爸爸、伯父还有堂兄弟们一起说笑着去杜特泰佩吃早饭，他们边喝茶边吃萨菲耶姨妈为一大家人做的馅饼。现在大家分开住着，也就没了一个习惯性的聚会地点。萨菲耶姨妈为了让这个老传统持续下去，招呼全家人去吃午饭，可苏莱曼一家去了梅拉哈特的娘家，孩子们拿完节日赏钱，厌烦爷爷奶奶也都走了。

这个节日的上午，因为考尔库特也没马上过去，萨菲耶姨妈便滔滔不绝地指责见钱眼开的承包商和政客，她将这些欺骗了她儿子的承包商和政客看作万恶之源。"我说了无数遍，我的儿子，等我们死了你们再拆我们的房子，那时你们可以随心所欲地盖高塔楼，可没人听我的。他们说，妈妈，反正再地震这个房子就会塌，住进公寓楼你们可以更舒坦。他们把我说烦了，我才不会被他们骗呢，可没人愿意扫儿子的兴。他们发誓说，我们家的前面会有院子、树木。他们还说，妈妈，你伸手到窗外就可以摘到李子和桑葚。可现在哪里有李子和桑葚，哪里有小鸡和母鸡，哪里又有泥土和院子。我的孩子，没了青草和虫子，我们没法活。你的哈桑伯父就这么病倒了。造了那么多楼，猫和狗也都不来了。大过节的，除了讨赏钱的孩子，没人来敲门，也没人来吃饭。对面山头我住了四十年的家被拆了，盖起了那座大塔楼，我就只好坐在这里哭着张望，我亲爱的麦夫鲁特。这只鸡是我为你烤的，再拿一块土豆，你爱吃的。"

萨米哈也趁此机会，讲了在一夜屋上建起的一些丑陋高楼让生活在其中的人们如何不开心的故事。这其中自然也有当着他们母亲的面，诋毁考尔库特和苏莱曼的乐趣，因为兄弟俩跟着乌拉尔他们，积极参与了土耳其住房开发管理局的高楼开发。她讲述了像阿克塔什他们那样，在亲手盖起的花园小房里生活了三四十年的人家，因为钱、没有地契或处在地震敏感区，被迫搬进高层新公寓楼后经历的烦恼。她也讲了抑郁成病的家庭主妇；因房子拖延完工而流落街头的人；无力向承包商偿还债务的人；抽签没抽到好房子而后悔的人；怀念树木和院子的人。对于拆除大坡背面的老利口酒厂、足球场、曾经是马厩的区政府大楼，以及全被砍光的桑葚树，萨米哈也都一一抱怨了。（但她没告诉任何人，三十年前她和费尔哈特偷偷在桑葚树下约会的事情。）

维蒂哈则维护着自己的丈夫和苏莱曼，她说："但是亲爱的萨米哈，穷人也想住进一个干净、现代、舒适的地方，而不是泥土地面、靠烧暖炉取暖的冰冷的一夜屋里！"麦夫鲁特对此并不惊讶：姐妹俩每天至少要串门两次闲聊，维蒂哈常跟妹妹说，搬进 D 幢后她有多满意。自从她和丈夫搬进一套独门独户的单元房，维蒂哈就从给一大家人做饭、端茶送药、缝缝补补中解脱了出来。有时她愤愤不平地称自己是"全家人的用人"。（麦夫鲁特认为，维蒂哈也因此在最近几年里迅速发福了。）两个儿子都成家了，考尔库特晚上很晚才回家，因此她有时感到孤独，但从不埋怨公寓楼的生活。如果不和萨米哈闲聊，她就去希什利看孙子孙女们。经过漫长的努力、调查和失败，她终于让博兹库尔特娶了一个初中毕业生，她是一个来自居米什代莱的水暖工的女儿。儿媳喜欢交朋友聊天，她上街时就把两个紧挨着出生的女儿交给她们的奶奶照看。有时他们一起去希什利图兰的家里聚会，图兰的第一个孩子是一年前出生的。萨米哈有时也跟着维蒂哈去希什利看她的孙子孙女们。

麦夫鲁特忌恨歪脖子老丈人和两个女儿之间的友情。是因为他嫉妒他们的友情和亲密吗？还是萨米哈笑着告诉了丈夫，歪脖子·阿卜杜拉赫曼喝醉时脱口说出的尖刻话语？（有一次他说："我很困惑，为什么我的两个女儿在伊斯坦布尔偏偏都喜欢麦夫鲁特。"）或者是他那个午饭就开始喝拉克酒、始终不变的八旬老丈人，继萨米哈之后，让维蒂哈也慢慢染上了酒瘾？

作为节日午餐，萨菲耶姨妈除了每次都做的馅饼，还为孙子们炸了薯条，可他们没来，维蒂哈就独自全都吃了。麦夫鲁特几乎可以确信，阿卜杜拉赫曼下来吃午饭前，已经在楼上的 9 单元喝了中午的拉克酒，萨米哈也陪着喝了一杯，现在他觉得维蒂哈可能也喝了。下午去协会团拜时，麦夫鲁特还想象了萨米哈在 9 单元和她爸爸继续喝酒的画面。在协会和老乡们团拜时，麦夫鲁特打发了敲门来讨节日赏钱的孩子们，他一边说"这里是协会！"，一边想象着萨米哈正在家里喝着拉克酒等自己。

从结婚第二年开始，麦夫鲁特和萨米哈为他们自己开发了一个游戏。这同时也是夫妻俩就决定了他们一生的一个疑问展开的对质 ——"情书到底是写给谁的？"。原本结婚前，他们就通过交谈很快就这个问题达成了一致：从在宅邸牛奶布丁店的第一次约会开始，麦夫鲁特就承认，情书其实是写给萨米哈的。在这个问题上，他的官方和个人观点是简单明了的：在考尔库特的婚礼上，他遇见了萨米哈，迷上了她的双眼。但后来有人欺骗了麦夫鲁特，于是他娶了拉伊哈。对此麦夫鲁特毫不后悔，因为他和拉伊哈过得很幸福。麦夫鲁特不能亵渎他和拉伊哈度过的幸福时光以及对拉伊哈的追忆。萨米哈也接受这些。

可是每当萨米哈喝下一杯拉克酒，打开一封信，问麦夫鲁特，把她的眼睛比作"拦路抢劫的强盗"时，他想表达什么，那时他们之间就会出现分歧。萨米哈认为，这类问题并不违背他们之间达成的协议精神，因为那些话麦夫鲁特是写给自己的，应该能够解释。麦夫鲁特承认这点，但他如今拒绝回到写信时的那种灵魂状态里去。

"不用进入那种灵魂状态，但你要告诉我，给我写这些话时你的感受。"萨米哈说。

喝着拉克酒时，麦夫鲁特尝试着诚实地告诉妻子，二十三岁时他写那些情书时的感受，但过了一段时间后，他就无法继续这么做了。"如今你不再怀有曾经对我的情感。"有一次她对麦夫鲁特的支吾极为恼火时说道。

"因为我不再是写那些情书的人了。"麦夫鲁特说。

一阵沉默。那么，是什么让麦夫鲁特变成了另外一个人？不是过往的岁月、变白的头发，而是他对拉伊哈的爱恋便不言而喻了。于是，萨米哈也就明白了，即便强迫麦夫鲁特，也将无法从他那里听到什么柔情蜜意的话语。麦夫鲁特也看到妻子接受了她所明白的事情，为此他感到愧疚。随后，便开始了这个玩笑，这个在他们之间转变成某种友善仪式的游戏。不仅是萨米哈，他俩中的一个，在一个合适的时间，拿出早已泛黄的三十多年前的情书，念上几句，随后麦夫鲁特就开始解释那一行行字为何以及如何写就的。

而其中的诀窍，就是麦夫鲁特在做这些解释时，不陷入过度柔情，能够像个旁人那样解读那个写情书的小伙子。这样，既没有对拉伊哈不敬，也可以就麦夫鲁特年轻时是怎么爱上萨米哈的，稍微说上两句以取悦于她。因为在他们共同的过去问题上获悉了一些新东西，也因为信件在他人生最忙碌多彩的日子里占有一席之地，所以带着一种玩笑者、争论者的姿态去读旧信件，麦夫鲁特便不会感到不安。

天黑时麦夫鲁特回到家，看见萨米哈坐在餐桌旁喝茶。她的面前放着一封麦夫鲁特服兵役时写的信。麦夫鲁特知道，萨米哈因为喝酒太多才喝茶的，对此他很满意。

麦夫鲁特在从卡尔斯卫戍区发出的一封信里，为什么把萨米哈的眼睛比作了水仙花？麦夫鲁特向萨米哈坦白，在受到图尔古特帕夏庇护的那段时间里，他从一个服兵役的高中语文老师那里学了关于眼睛的许多知识。水仙花在古代文学里用来形容眼睛：那时的女人全身裹着罩袍，男人只能看到她们的眼睛，因此整个宫廷和民间文学都建立在对眼睛的描写上。麦夫鲁特一时兴起，一口气跟妻子讲了很多从老师那里学来的知识，还有那会儿的其他美好的突发奇想。他说，被这样的眼睛和美丽的脸庞深深吸引时，人就不能自已，甚至连做了什么都不知道。"那时的我，不是我。"麦夫鲁特说。

"但你说的这些信里都没有。"萨米哈说。

麦夫鲁特沉浸在对年轻时代的激情回忆中，想起服兵役时写的那些信是何等重要。现在他不仅想起了自己，那个写信的羞怯年轻人，越说眼前还越多地闪现出那个为之写信的美丽女孩。当兵写信时，眼前闪现的萨米哈的脸庞是模糊不清的。而现在，回忆过去时，麦夫鲁特眼前闪现的却是一张清晰的年轻女孩的可爱脸庞。然而就连她的影像都让麦夫鲁特心跳加快的女孩，不是萨米哈，而是拉伊哈。

想到妻子会发现自己在回忆拉伊哈，麦夫鲁特惊慌失措，于是他随便说起了内心的语言、意愿和运气。有时，当萨米哈念到信里的"神秘的眼神"、"俘获人心的眼睛"时，麦夫鲁特的脑海里就会出现拉伊哈从中获得灵感、绣在嫁妆窗帘上的图案。萨米哈得知了麦夫鲁特和过世的先生阁下的交谈，有时也试图去说自己和麦夫鲁特的相遇不仅是缘分，也是一件有所意愿的事情。这是情书游戏中萨米哈经常讲述的一个故事。在这节日的傍晚，天慢慢变黑时，萨米哈又为这个故事加上了一个可信的新结局。

萨米哈认为，她和麦夫鲁特的第一次相遇并不是在 1978 年考尔库特的婚礼上，而是在六年前的 1972 年的夏天，也就是麦夫鲁特初三毕业前英语需要补考的时候。（麦夫鲁特从没说起过娜兹勒老师。）那年夏天麦夫鲁特为了让一个德国籍土耳其人的儿子给他补习英语，每天从杰奈特普纳尔走去居米什代莱。两个男孩，麦夫鲁特和那个德国籍土耳其人的儿子，夏日坐在枫树下看英语书时，拉伊哈和萨米哈却在远处看他们，因为村里出现一个看书的人很奇怪。从那时起，萨米哈就发现姐姐对坐在枫树下看书的麦夫鲁特有好感。多年后，当她从维蒂哈那里得知麦夫鲁特给姐姐写情书时，她没告诉拉伊哈，其实那些信是为她的眼睛而写的。

"你为什么没把实情告诉拉伊哈？"麦夫鲁特小心翼翼地问道。

萨米哈从一开始就知道其实麦夫鲁特的情书是写给自己的，这是一个每次听到都让麦夫鲁特闷闷不乐的故事。由于相信可能确实如此，麦夫鲁特才会对这个故事感到如此不快。因为这个故事意味着，如果麦夫鲁特的信真是写给她的（更准确地说，如果麦夫鲁特在信的开头写上了她的名字），那么萨米哈甚至不会理会麦夫鲁特，因为她对他没有一点心意。萨米哈会在感觉丈夫更爱拉伊哈时，跟他提起这个让他伤心的故事。用这个提醒，萨米哈也就等于告诉了麦夫鲁特，"如果你现在更少地爱我，那我那时也是更少地爱你。"夫妻俩陷入了长久的沉默。

"我为什么没告诉她？"萨米哈最终说道，"因为像大家一样，我也真心希望我的姐姐嫁给你，得到幸福。"

"那你就做对了。"麦夫鲁特说，"拉伊哈也确实和我拥有过美满的婚姻。"

谈话触及一个令人不快的话题，夫妻俩全都沉默了，但没有起身离开桌子。在他们坐着的地方，可以看见、听见天黑时进出停车场的汽车、在铁质垃圾桶旁边的空角落里踢球的孩子们。

"搬去楚库尔主麻会更好。"萨米哈说。

"但愿吧。"麦夫鲁特说。

夫妻俩决定离开 D 幢和库尔泰佩，搬去费尔哈特留给萨米哈的位于楚库尔主麻的其中一套房子，但他们还没把这个决定告诉任何人。这些年，他们用那两套房子的租金偿还了现在居住的这套房子的贷款。房贷还清、他俩成为那里的主人后，萨米哈就想搬出 D 幢。麦夫鲁特知道，萨米哈这么想是因为房子的氛围和沉闷，更因为她想远离阿克塔什一家人。

麦夫鲁特估摸着搬去楚库尔主麻不会有什么难处。从塔克西姆坐新开通的地铁去梅吉迪耶柯伊很方便。更何况，晚上在吉汗吉尔的街道上依然可以卖钵扎，住在那里老公寓楼里的人们能够听到钵扎小贩的叫卖声，喊他上去。

天黑后，麦夫鲁特从车灯上分辨出苏莱曼的车开进了停车场。夫妻俩默默地看着梅拉哈特、她的两个儿子还有苏莱曼争论着下车，拿着大包小包走进楼里。

"麦夫鲁特他们不在家。"苏莱曼进楼时看着他们漆黑的窗户说道。

"他们会来的，别担心。"梅拉哈特说。

苏莱曼招呼了全家人去楼上他家吃晚饭。萨米哈一开始不想去，但麦夫鲁特说服了妻子，他说："反正咱们就要离开这里了，就别让大家扫兴了。"麦夫鲁特越来越注意不让萨米哈破坏他们和阿克塔什一家人、菲夫齐耶以及萨杜拉赫先生之间的关系。因为年纪越大，他越害怕孤独地生活在城市里。

麦夫鲁特已经在伊斯坦布尔生活了四十三年。在头三十五年里，他感觉在城市里度过的每一年都让自己跟这里更紧密地联系在了一起。而在最近几年里，他觉得随着时间的流逝，自己反而对伊斯坦布尔越来越陌生了。难道是因为洪水猛兽般涌入城市的上百万新人口，以及随之而来的无数新房子、高楼和购物中心吗？麦夫鲁特看见，1969 年他刚来城市那会儿盖的房子，不仅是一夜屋，塔克西姆和希什利那里四十多年的老公寓楼也全被拆除了。在那些老楼里生活的人们，仿佛用完了他们在城里的期限。当那些老人和他们建造的楼房一起消逝时，新来的人便住进了在那里盖起的更高、更恐怖的混凝土楼房。麦夫鲁特越看这些三四十层高的新楼，就越觉得自己与这些新人口格格不入。

另外，麦夫鲁特喜欢看这些从远处的山头以及伊斯坦布尔各处蘑菇般快速蹿起的高楼。他赞叹、好奇，不像那些抱怨所有新生事物的有钱顾客那样，每每看见一座新塔楼就像看见发霉的水果那样嗤之以鼻。在高楼顶上鸟瞰世界会是什么样子？为了能够再多看一下他家的奇妙景致，麦夫鲁特也想尽早去萨莱曼家赴约。

但由于萨米哈的磨蹭，他们最后才到顶层。麦夫鲁特在餐桌上的座位，面对梅拉哈特三个月前用卡车运回的带镜子的餐柜，而不是窗外的风景。孩子们早就吃完饭跑开了，坐在桌旁的除了考尔库特、维蒂哈、苏莱曼、梅拉哈特，还有一声不响的阿卜杜拉赫曼。萨菲耶姨妈，以哈桑伯父不适为由没来。考尔库特和苏莱曼带着他们不知得了什么病的爸爸去看了很多医生，不断让他做各种检查。哈桑伯父厌烦了医生，不想再看见他们，也不想起床走出房间。一旦走出他厌恶、反对建造的十二层高楼，他想去的就是一直牵挂放心不下的杂货店，而不是医院。麦夫鲁特估摸，四十年没变样的杂货店后面的那块大空地上，能够盖起一栋每层五个单元的八层公寓楼。（那块地皮是哈桑伯父四十五年前独自圈下的。）

他们看着电视上的新闻（总统在伊斯坦布尔的苏莱曼尼耶清真寺做

了节日礼拜），默默地吃着晚饭。尽管哈桑伯父住在楼下，拉克酒瓶还是没被放在餐桌上。考尔库特和苏莱曼不时起身去厨房倒酒。

麦夫鲁特也要了拉克酒。不像那些年纪越老就越多去清真寺、越多喝酒的人，麦夫鲁特很少喝酒。但刚才在下面，坐在黑暗中萨米哈说的那些话伤了他的心，他知道喝点酒可以缓解一下。

总是很细心的梅拉哈特跟着麦夫鲁特走进了厨房。"拉克酒在冰箱里。"她说。随后萨米哈有点难为情地也跟进了厨房。"给我也倒点……"她笑着说。

"不，那个杯子不行，您拿这个。您还要加一块冰吗？"梅拉哈特说。像往常一样，麦夫鲁特钦佩梅拉哈特的礼貌和细心。麦夫鲁特在打开的冰箱里，看见了放在一个绿色塑料盆里的血红色肉块。

"感谢苏莱曼，今天让人宰了两头公羊。"梅拉哈特说，"我们把肉分给了穷人，但没分完。我们的冰箱也放不下了。我们往维蒂哈和我婆婆的冰箱里各放了一盆肉，可还有剩下的。阳台上还有满满一大盆，能不能在你们家的冰箱里放一放？"

苏莱曼三周前买来两头公羊，把它们拴在了停车场里靠近麦夫鲁特那套单元的角落里。头几天他还想着给羊送些干草，可最近几天他跟麦夫鲁特一样把它们遗忘了。有时孩子踢出的球会弹到其中一头，被绳子拴着的愚蠢公羊就惶恐地四处乱撞，弄得尘土飞扬，孩子们则在一旁哈哈大笑。麦夫鲁特有一次下楼去停车场，盯着其中一头公羊的眼睛看了看，悲伤地想起了那沉没在海峡深处的两万头羊。现在这两头羊的肉已经被分送给了穷人，剩下的放在塑料盆里放进了四个冰箱。

"当然，您可以放在我们的冰箱里。"萨米哈说。因为喝了酒她显得温和了，但麦夫鲁特从她的表情里看出，她讨厌这个主意。

"新鲜的肉很难闻。"梅拉哈特说，"苏莱曼要让公司的人把这些肉分送出去，但是……你们认识别的穷人吗？"

麦夫鲁特认真地想了想：库尔泰佩另外一面山坡上、另外一些山头

515

上，一些房主带着搬进高层公寓楼的兴奋憧憬，却因为区长的纸或相互间或跟国家打起了官司，所以一些奇怪的新住户搬进了空置的一夜屋。然而新增的贫穷人口目前更多地生活在城市最外面的、二环以外的最偏远街区里。用背后的布带拉着手推车、在城里四处转悠翻弄垃圾桶的人，也来自麦夫鲁特从未踏入过的那些街区。城市变得庞大无比，别说步行去这些街区，即便开车，一天都不能跑一个来回。让麦夫鲁特更为惊讶的是，在那些地方也矗起了幽灵般奇怪的高楼，即便在海峡对岸都能够看见。麦夫鲁特也非常喜欢远眺这些高楼。

麦夫鲁特在餐厅里一直没能尽兴饱览窗外的风景，因为他还不得不去关注苏莱曼讲的故事：两个月前，麦夫鲁特的两个姐姐和母亲名下的两套单元房卖掉后，他那很少出村的两个六旬姐夫来了伊斯坦布尔，在萨菲耶姨妈的一楼单元房里住了五天。萨菲耶姨妈既是他们妻子的姨妈，又是伯母。苏莱曼开着福特车带他们游览了市容，背后却讲了很多挖苦他们的故事，嘲笑他们对伊斯坦布尔的摩天楼、桥梁、清真寺和购物中心的羡慕。这些故事的高潮则是，两个年迈的姐夫像大家一样，为了逃税，不从银行汇钱，而把兑换来的美元全装在包里，一刻也不离身。苏莱曼起身离开餐桌，模仿他们拎着沉甸甸的装满钱的提包、弯腰驼背走向回程大巴的样子。随后他说："啊！麦夫鲁特，你真是个怪人！"听到此话，大家全转身冲着麦夫鲁特笑了，却让他感觉很郁闷。

在他们的笑声里，有觉得麦夫鲁特单纯和幼稚的一面，就像他那两个年迈的姐夫一样。但其中的原因并不是他们还把他看作乡下人，而是麦夫鲁特的诚实，因为其实只要换一张纸，他就能够拥有那几套单元房，而他却拒绝了。他的两个姐夫都很认真（他们带来了麦夫鲁特爸爸留下的、村里那块小地皮份额的地契）；他们不会轻易让自己吃亏的。现在麦夫鲁特想，三年前，如果像哈桑伯父认为合适的那样，更换一下区长的纸，那么他将拥有更多的份额，五十岁后，他甚至无需劳作就可以轻松度日。想到这些他烦躁不安。

有一会儿，麦夫鲁特陷入了沉思。他试图说服自己不去介意让他伤心的萨米哈：跟别人的那些又老又胖、身心疲惫的老婆相比，他的妻子依旧漂亮、充满活力、非常聪明，更何况明天他们要一起去卡德尔加看外孙。麦夫鲁特和法特玛也和解了。他拥有一个比所有人都好的人生，他必须幸福才对。原本也是这样的，不是吗？梅拉哈特端来蜜糖开心果仁千层酥时，麦夫鲁特突然站了起来，"也让我来看看这里的风景吧。"说着他转动了椅子。

"当然，除了塔楼你还能看见别的什么。"考尔库特说。

"啊呀，真主，我们让你坐错了地方。"苏莱曼说。

麦夫鲁特拿着椅子走到阳台坐了下来。恐高加上尽收眼底的景致，让他瞬间头晕目眩。考尔库特提到的塔楼，是哈吉·哈米特·乌拉尔在人生的最后五年里，就像他建造杜特泰佩清真寺那样，为了造得更高，全身心投入并不惜血本建起的三十层高楼。遗憾的是，塔楼没能如他所愿成为伊斯坦布尔的最高建筑之一。但就像伊斯坦布尔的多数摩天楼那样（虽然里面没有住着一个英国人或美国人），楼身上写着巨大的"Tower"。

这是麦夫鲁特第三次来苏莱曼家看风景。前两次，麦夫鲁特没发现哈吉·哈米特·乌拉尔TOWER，竟然那么遮挡苏莱曼的视野。乌拉尔建筑公司先卖掉了库尔泰佩的十二层公寓楼，随后在杜特泰佩建起了这座遮挡他们视野的哈吉·哈米特的塔楼。

麦夫鲁特想起，他现在看城市的角度，正好就是刚来库尔泰佩时爸爸带他爬上去的山顶上的视角。四十年前，从这里看见的是自下而上快速被一夜屋覆盖的其他山头和工厂，而现在麦夫鲁特只看见了一片错落的楼宇海洋。之前顶着巨大电塔而清晰可辨的山头，现在却被压在成百上千的公寓楼和塔楼之下，踪影难觅，就像曾经流过城市的溪流一样，被混凝土和道路覆盖，连同名字一起被人们遗忘了。"那里一定是奥克泰佩，这些是哈耳曼泰佩的清真寺宣礼塔。"麦夫鲁特只能揣摩着感觉到它们的存在。

现在麦夫鲁特的对面，是数以万计的窗户构成的一面面高墙。城市的力量和恐怖残酷的现实，对于麦夫鲁特来说，依然冷酷得犹如坚硬的高墙。墙面上无尽的窗眼如同一只只眼睛注视着麦夫鲁特。上午还黑洞洞的窗眼，全天都变幻着色彩；夜晚，就像麦夫鲁特现在见证的那样，无数的窗眼带着将城市的夜空变成白昼的光亮，熠熠生辉。麦夫鲁特儿时就喜欢远眺城市的灯光，其中有魔幻的元素。但他还从未在这么高的地方鸟瞰伊斯坦布尔。这既美轮美奂，又令人恐惧。麦夫鲁特一方面对城市犯怵，却又在眼下五十五岁时，还会产生纵身跃入这由无尽窗眼组成的楼宇森林的冲动。

然而远眺城市风景的人，过一会儿就会发现楼宇下的动静以及山头上的某种躁动。四十年前的药厂和灯泡厂以及其他作坊全被拆除了，建起了下面是购物中心的各式各样令人恐惧的塔楼。在所有这些新建高楼所构成的混凝土屏障后面，麦夫鲁特第一次来这里时就存在的老伊斯坦布尔的影子还依稀可辨，只是从影子的这里那里也都冒出了白色的塔楼。但让麦夫鲁特最为震撼的是，这些楼房的后面也是一片由快速蹿高的摩天楼和塔楼组成的楼宇汪洋。它们中的一些遥不可及，麦夫鲁特分辨不清它们是在城市的亚洲部分，还是在这边的欧洲部分。

每座高楼都像苏莱曼尼耶清真寺那样被灯光照亮，它们向四周反射的光线，让城市的上空，时而变成蜂蜜色，时而变成霉黄色。低矮的云层聚集在城市上空的一些夜晚，当自下而上散射出的柠檬黄的光亮照到云层时，云层便看似无数从上而下照亮城市的怪异灯泡。在整个这个光团里，仅仅在极远处的一艘轮船的剪影（如同经常从天边划过的飞机的亮光）一闪而过时，海峡才能依稀可辨。麦夫鲁特觉得，自己脑海里的光亮和黑暗犹如城市的夜景。也许正是因为如此，无论挣多少钱，四十年来他是为了走进夜晚的城市才去卖钵扎的。

麦夫鲁特现在恍然大悟了，四十年来自己知其然却不知所以然的事实：夜晚游走在城市的街道，让麦夫鲁特觉得畅游在自己的脑海里。因此当他和墙壁、广告、影子，还有黑暗中无法看清的稀奇古怪的东西交谈时，就仿佛是在和自己交谈。

"怎么了，看什么呢那么出神？"苏莱曼走出阳台问道，"你在找什么东西吗？"

"没有，随便看看。"

"很美，是吧？但听说你要离开我们去楚库尔主麻。"

走进屋里，麦夫鲁特看见萨米哈挽着她爸爸正朝房门走去。最近几年，他那个愈发衰老的丈人不太说话，喝下两杯拉克酒后就像一个乖巧的孩子一声不响地坐在女儿身边。麦夫鲁特很诧异，他自己是怎么从村里坐大巴来伊斯坦布尔的。

"我爸爸有点不舒服，我们回家。"萨米哈说。

"我也回去。"麦夫鲁特说。

他的妻子和歪脖子老丈人已经走出了房门。

"怎么回事麦夫鲁特，你这就要离开我们啊？"考尔库特说。

"寒冷的节日夜晚，大家都想买钵扎。"麦夫鲁特说。

"不，我说的不是今晚。听说你们要离开这里搬去楚库尔主麻。"见麦夫鲁特没吱声，"你不能离开我们去别的地方。"考尔库特说。

"我就是要走。"麦夫鲁特答道。

在一直放着音乐的电梯里，老丈人一言不发的疲惫样子让麦夫鲁特心疼。但他还在对萨米哈生气，他回到楼下自家的单元，拿起钵扎罐，没跟妻子打招呼就急切、幸福地走上了街道。

半小时后他来到了费里柯伊的后面，他乐观地觉得今晚街道将和自己有一次很好的交谈。他很伤心，因为萨米哈告诉他曾经并不爱他。在这样伤心的时刻，在缺憾和不足犹如愧疚在内心升腾的时候，麦夫鲁特不由自主地想起了拉伊哈。

"钵——扎。"麦夫鲁特冲着空荡荡的街道喊道。

最近梦见拉伊哈时总会遇到同样一个问题：拉伊哈在类似皇宫的一

座老旧木宅邸里等待麦夫鲁特，但尽管麦夫鲁特穿过了很多条街道、打开了很多扇门，可就是无法走进拉伊哈生活的宅邸大门，他只好在同样的街道上不停地转悠。就在那会儿，他意识到刚才走过的街道也变了，要想穿过门还必须走过这些新出现的街道，于是他继续无休止地行走。有些夜晚，在偏僻的街上叫卖钵扎时，麦夫鲁特无法完全明白，自己是在梦里，还是真的走在那条街道上。

"钵——扎。"

麦夫鲁特在童年和青年时代也相信，他在街上注意到的那些神秘东西出自自己的头脑。但那时他会故意去想象这些东西。随后的岁月里，他觉得这些想法和幻想是被另外一个力量植入他的头脑的。可最近几年，麦夫鲁特说不出头脑里的幻想和夜晚在街上看见的事物之间有什么区别：仿佛一切出自相同的素材。在苏莱曼家喝下的一杯拉克酒也有助于产生这种甜美的感觉。

也就是说，拉伊哈在这些街道上的一座木宅邸里等待麦夫鲁特，可能是他头脑里的一个虚构幻想，也可能是真实的。或者说四十年来，他夜晚行走在僻静的街道上时，可能真的有一只眼睛在上面注视着他，也可能是麦夫鲁特瞬间臆想出来的却多年来信以为真的一个幻觉。他在苏莱曼的阳台上远眺的摩天高楼，看似《告诫报》上那张画里的墓碑，也可能是他自己的想象。就像十八年前，手表被父子俩强盗抢走后，他以为时间流逝得更快一样……

麦夫鲁特知道，当自己叫卖"钵——扎"时，他内心的情感会传递给那些坐在家里的人们，这既是真实的，也是一个美好的幻想。这个世界的里面隐藏着另一个世界，只有将隐藏在自身里的另一个自己释放出来，他才能够边走边想地抵达幻想中的另一个世界，这也可能是对的。麦夫鲁特现在拒绝在这两个世界之间做出选择。个人观点是对的，官方观点也是对的；内心的意愿是正当的，口头的意愿也是正当的……这就意味着，那些出自广告、海报、挂在杂货店橱窗里的报纸以及墙上的文字，多年来告诉麦夫鲁特的那些话，可能是真实的。城市在过去的四十年里一直在向他传递这些符号和文字。麦夫鲁特就像儿时那样，在心里感到了一种要对城市说些什么的冲动，仿佛现在轮到他说话了，麦夫鲁特想对城市说什么呢？

像写政治标语那样，麦夫鲁特还没想好自己将告诉城市的观点应该是什么。也许这应该是他的个人观点，而不是年轻时写在墙上的官方观点。或者这句话必须是证实两个观点的最深刻的陈述。

"钵——扎……"

"卖钵扎的，卖钵扎的你等一下……"

一扇窗打开了，麦夫鲁特惊讶地笑了：一个从前留下的购物篮在黑暗中快速降到了他的面前。

"卖钵扎的，你知道往篮里放钵扎吗？"

"当然。"

麦夫鲁特很快就往篮里的玻璃碗里倒满钵扎，拿了钱，心满意足地继续往前走，试图想清楚自己要告诉城市的观点应该是什么。

最近几年，麦夫鲁特开始惧怕年老、死亡、被遗忘。他不曾对任何人做过坏事，始终努力做一个好人；他相信，假如直至人生终点都不发生任何过失，自己便可进入天堂。但年轻时从未有过的虚度一生和被遗忘的恐惧——尽管他还要和萨米哈一起生活很多年——最近却开始啃噬他的灵魂。在这个问题上，麦夫鲁特还没能想出要对城市说什么。

他沿着费里柯伊墓地的围墙走了一圈。以前尽管他十分惧怕死人和墓地，但脑海里那些怪异的想法会带他走进墓地。现在他更少惧怕墓地和骷髅，可是想到了自己的死亡，他甚至避讳走进那些老旧的漂亮墓地。依然带着一种幼稚的冲动，他从围墙的一个低矮角落朝黑漆漆的墓地张望了一眼，看见一个东西窸窣作响地动了一下，他吓了一跳。

那是一只黑狗，嗖地第二只也跟它一起蹿起，消失在墓地深处。麦夫鲁特也转身快速朝相反方向走去。没什么可怕的，节日的夜晚，街上有向自己微笑、穿戴齐整、善意的人们。有人打开窗叫住了他，下来的是一个和他同龄的男人，麦夫鲁特往他递过来的水壶里倒了两公斤钵扎，高兴得忘了野狗。

然而十分钟后野狗们在两条街下面堵住了他。麦夫鲁特发现它们时，狗群里的两只已经绕到他的身后，他明白自己已无路可逃。他的心狂跳起来，忘记了爸爸带他去见的教长教的经文，也忘记了先生阁下的教诲。

可当麦夫鲁特胆战心惊地从它们面前经过时，野狗们既没张牙舞爪地冲他号叫，也没表现出威胁的姿态。一只狗也没过来嗅他，多数甚至都没理会他。麦夫鲁特深深地舒了一口气，他知道这是一个祥兆。他产生了与人说话、交朋友的欲望。原来野狗们喜欢他。

走过三条街一个街区，遇到很多渴求、乐观、好心的顾客后，他惊讶地发现罐中的钵扎早早地就快卖完了。正在此时，一栋公寓楼三层的窗户打开了，传来了一个男人的声音，"卖钵扎的，你上来。"

两分钟后，麦夫鲁特挑着钵扎罐爬上了这栋没有电梯的老楼的三层，他们让他进了门。麦夫鲁特在很潮湿的空气里闻到一股浓重的拉克酒味，显然这家人很少开窗也很少烧暖炉或暖气。但屋里不是一个争论不休的醉鬼聚会，而是一次充满欢乐的亲朋好友的节日聚会。他看见了慈祥的阿姨、通情达理的爸爸、喋喋不休的妈妈、爷爷、奶奶和众多孩子。爸爸妈妈们围坐在桌旁聊天时，孩子们叫喊着在四周奔跑、躲在桌子底下。从他们的幸福中，麦夫鲁特感受到了喜悦。人们是为了幸福、诚实、开放而被创造出来的。麦夫鲁特从客厅漫射出来的橙色灯光里感受到了这种温暖。在孩子们好奇的目光注视下，麦夫鲁特往杯子里倒出了最好的五公斤钵扎。正在那时，一个和他同龄的彬彬有礼的女士从客厅走进厨房。她涂了口红，没戴头巾，有一双大大的黑眼睛。

"卖钵扎的，幸好你上来了。"她说，"听到你的叫卖声，让我高兴，你的声音打动了我。幸好你还在卖钵扎，幸好你不说'谁会买？'"

麦夫鲁特走到门口，正准备出门却稍稍放慢了脚步，"哪能那么说。"

他说，"因为我就想卖钵扎。"

"别放弃，卖钵扎的。别说在这些塔楼、混凝土当中有谁会买。你要一直卖下去。"

"我会永远卖下去的。"麦夫鲁特说。

女人给了他远多于五公斤的钱，她做了一个手势表示不需要找零，是节日的小费。麦夫鲁特默默地走出门，走下楼梯，在楼门口挂上钵扎罐，挑起扁担。

"钵——扎。"走上街他喊道。他朝着金角湾，沿着一条仿佛通向永恒的街道往下走时，眼前浮现出在苏莱曼的阳台上看见的景色。现在他想清楚了要对城市说、要往墙上写的话。这既是他官方的，也是个人的观点；既是他内心的，也是口头的意愿：

"在这世界上，我最爱拉伊哈。"麦夫鲁特自言自语道。

2008—2014

人物索引

混凝土·阿卜杜拉赫和努鲁拉赫兄弟。*87，291*

阿卜杜拉赫曼：退休酸奶和钵扎小贩。维蒂哈、拉伊哈和萨米哈的父亲，麦夫鲁特的丈人。*38—39* 他去伊斯坦布尔以及回村；*84* 他的妻子、儿子和女儿们；*128* 为维蒂哈物色丈夫；*129* 和考尔库特在一起；*178*；*182*；*230* 和苏莱曼在一起；*232—233*；*297—298* 在加齐街区；*453* 在菲夫齐耶的婚礼上

阿卜杜瓦哈普。*81*

安卡拉人·阿赫迈特。*167—170* 服兵役时

萨菲耶·阿克塔什：麦夫鲁特的伯母兼姨妈。哈桑·阿克塔什的妻子。*41*；*53—54*；*58*；*93*；*95*；*111*；*128—129*；*182—184*；*365*；*389—392*；*422*

阿里。*106*

阿瑟姆叔叔。*272*

阿提耶：麦夫鲁特留在村里的母亲。*40* 写信；*393* 在村里

女馆长·阿伊塞（在高中图书馆）。*82—83*

埃尔汗。*449*；*450*

看门人·埃尔江。*367*；*368*；*370*

安塔利亚人·埃姆雷（埃姆雷·夏希玛兹）。*167—170* 服兵役时

易卜拉欣：菲夫齐耶和埃尔汗的儿子，麦夫鲁特的外孙。*78；467；480*

瞎子·杂货店主（村里的）。*40—41*

泽丽哈：萨米哈的朋友，女佣。*262—265 在纳兰夫人家*

大事记

1954 年	为了打工和做酸奶小贩，从贝伊谢希尔地区的农村到伊斯坦布尔的第一次重要迁徙。
1955 年 9 月 6—7 日	针对伊斯坦布尔非穆斯林的攻击、店铺遭洗劫、教堂被毁坏。
1957 年	麦夫鲁特·卡拉塔什，以麦夫鲁特·阿克塔什的姓名出生在隶属于科尼亚市的贝伊谢希尔县杰奈特普纳尔村。
1960 年 5 月 27 日	军事政变。
1961 年 9 月 17 日	前总理阿德南·曼德列斯被绞死。
1963 年	哈桑和穆斯塔法·阿克塔什两兄弟离开村庄去伊斯坦布尔打工。
1964 年	由于塞浦路斯事件，生活在伊斯坦布尔的几千希腊族人被驱逐出境。塔尔拉巴什的房屋撤空了。
1965 年	哈桑和穆斯塔法两兄弟搬进了他们在库尔泰佩建造的单开间一夜屋。哈桑的大儿子考尔库特来到伊斯坦布尔，他的父亲和叔叔身边。哈桑和穆斯塔法，在考尔库特的协助下，在杜特泰佩和库尔泰佩各圈下一块地皮。
1965 年	开始动工建造杜特泰佩清真寺。

1965 年	有关建筑赦免令的传言以及非法建筑和私建一夜屋的热潮。苏莱曼·德米雷尔领导的正义党赢得了大选。
1966 年	歪脖子·阿卜杜拉赫曼放弃酸奶小贩营生，彻底回到了他的村庄居米什代莱。
1968 年	哈桑·阿克塔什的小儿子苏莱曼来到伊斯坦布尔，他的父亲、哥哥和叔叔身边。
1968 年 12 月	哈桑带着考尔库特和苏莱曼，离开了和穆斯塔法一起生活的房子，搬去他们在 1965 年在杜特泰佩圈下的地皮上盖好的一夜屋生活。哈桑·阿克塔什的妻子萨菲耶也来到伊斯坦布尔和家人团聚。
1969 年夏天	穆斯塔法·阿克塔什去贝伊谢希尔，将自己和家人的姓氏改为卡拉塔什。
1969 年夏天	杜特泰佩的第一家露天影院戴尔雅开放。
1969 年夏末	麦夫鲁特·卡拉塔什为了打工、念书，和爸爸一起去了伊斯坦布尔。
1971 年 3 月 12 日	因为军方向杰夫代特·苏奈总统递交的备忘录，政府被迫辞职。
1971 年 4 月	麦夫鲁特结识了费尔哈特。
1972 年	麦夫鲁特在贝伊奥卢的埃雅扎尔电影院第一次看了色情片。
1973 年 10 月 30 日	被称为第一桥的海峡大桥开放。
1974 年 1 月	杜特泰佩清真寺在古尔邦节正式对外开放。
1974 年 3 月	麦夫鲁特第一次尾随了被他称为奈丽曼的女人。
1974 年 7 月 20 日	土耳其军队登陆塞浦路斯并占领岛屿。
20 世纪 70 年代中期	酸奶公司推出的玻璃和塑料罐开始流行。
1977 年 3 月	麦夫鲁特在墙上张贴政治标语。

1977 年 4 月	库尔泰佩和杜特泰佩之间的左—右派战争。
1977 年 5 月 1 日	导致塔克西姆广场上 35 人死亡的"五一事件"。
1978 年 5 月	哈桑·阿克塔什，把 1965 年和弟弟穆斯塔法一起在库尔泰佩圈下的地皮卖给了哈吉·哈米特·乌拉尔。
1978 年夏天	麦夫鲁特蓄起了小胡子。
1978 年 8 月	考尔库特和维蒂哈的婚礼。
1978 年 10 月	麦夫鲁特离开和爸爸一起生活的家，开始和费尔哈特一起在卡尔勒奥瓦餐馆当服务员并生活在同一套房子里。
1978 年 12 月 19—26 日	导致 150 名阿拉维派人死亡的"马拉什屠杀"。
1979 年	《国民报》专栏作家杰拉尔·萨利克被杀。阿亚图拉·霍梅尼领导实现了伊朗伊斯兰革命。
1979 年末	考尔库特和维蒂哈的大儿子博兹库尔特降生。
1980 年春天	麦夫鲁特去服兵役。
1980 年 9 月 12 日	麦夫鲁特在卡尔斯的坦克旅服兵役时，军队发动了军事政变。
1980 年末	考尔库特和维蒂哈的小儿子图兰降生。
1981 年 1 月	麦夫鲁特的父亲穆斯塔法去世。回伊斯坦布尔参加葬礼的麦夫鲁特把爸爸在库尔泰佩的房子出租了。
1982 年 3 月 17 日	麦夫鲁特服完兵役回到伊斯坦布尔，搬进了在塔尔拉巴什的一套出租房。
1982 年 4 月 2—6 月 14 日	英国和阿根廷之间爆发了马尔维纳斯群岛之战。
1982 年 6 月 17 日	麦夫鲁特从居米什代莱村抢走了歪脖子·阿卜杜拉赫曼的女儿拉伊哈。
1982 年夏天	麦夫鲁特第一次当冰激凌小贩。

1982 年 9 月	麦夫鲁特和拉伊哈的婚礼。
1982 年 10 月	麦夫鲁特开始卖鹰嘴豆鸡肉米饭。
1982 年 11 月	全民公决通过《1982 年宪法》，军事政变家凯南·埃夫伦当选总统。
1983 年 4 月	麦夫鲁特和拉伊哈的大女儿法特玛降生。
1983 年 4 月	土耳其取缔了孕期 10 周内禁止人工流产的法律。已婚妇女实施人工流产需征得丈夫的同意。
1984 年初	萨米哈和费尔哈特私奔。
1984 年 8 月	麦夫鲁特和拉伊哈的二女儿菲夫齐耶降生。
1986 年 4 月 26 日	切尔诺贝利核电站爆炸。
1986—1988 年	塔尔拉巴什大街开通。
1987 年 2 月	荣耀剧院失火。
1988 年 6 月 18 日	针对图尔古特·厄扎尔总理的暗杀图谋。
1988 年 7 月 3 日	法提赫·苏丹·穆罕默德大桥开通。
1989 年初	麦夫鲁特卖饭的手推车被区政府的城管没收。他结识了先生阁下。费尔哈特开始电费收缴员工作。
1989 年 9 月	麦夫鲁特作为经理开始在塔克西姆的宾博快餐店工作。
1989 年 11 月 9 日	柏林墙被推倒。
1990—1995 年	南斯拉夫解体引发内战。
1991 年	土耳其国家电力生产和配送机构私有化。
1991 年 1 月 17—2 月 28 日	第一次海湾战争。
1991 年 11 月 14 日	一艘载有两万头羊的黎巴嫩货船在海峡与一艘菲律宾货船相撞、沉没。
1991 年 12 月 25 日	苏维埃社会主义共和国联盟解体。

1993 年 1 月 24 日	《共和国报》专栏作家乌乌尔·穆姆居遭汽车炸弹袭击身亡。
1993 年 7 月 2 日	锡瓦斯的马德马克酒店被伊斯兰激进分子纵火焚烧，导致 35 人死亡。
1994 年—1995 年	库尔德工人党和土耳其军队发生武装冲突。村庄被烧毁，库尔德人向伊斯坦布尔迁徙。
1994 年初	费尔哈特结识塞尔维罕。
1994 年 2 月	麦夫鲁特失去了在宾博快餐店的工作。
1994 年 3 月 27 日	雷杰普·塔伊普·埃尔多安在地区选举中，当选为伊斯坦布尔市市长。
1994 年 3 月 30 日	麦夫鲁特夜晚叫卖钵扎时被父子俩抢劫。
1994 年 4 月	麦夫鲁特和费尔哈特的"连襟钵扎店"开张。
1995 年 2 月	拉伊哈怀上了第三个孩子。
1995 年 3 月	为了推翻阿塞拜疆总统盖达尔·阿利耶夫的政权，考尔库特参与了政变图谋。
1995 年 3 月 12—16 日	伊斯坦布尔加齐街区发生的事件中 12 人丧生；于姆拉尼耶发生的事件中 5 人丧生。
1995 年 4 月初	"连襟钵扎店"关门。
1995 年 4 月中	麦夫鲁特开始做停车场管理员。
1995 年 5 月	拉伊哈死于私自堕胎。
1995 年末	麦夫鲁特经费尔哈特推荐开始电费收缴员工作。
1996 年初	苏莱曼和玛希努尔·玛丽亚结婚。他们的大儿子哈桑降生。
1997 年 11 月	费尔哈特被杀。
1998 年	苏莱曼的小儿子卡泽姆降生。

1998 年 6 月	麦夫鲁特开始在贝伊谢希尔人同乡会工作。
1999 年 2 月	与土耳其政府武装冲突十五年、长期藏匿在叙利亚的库尔德工人党领导人厄贾兰被捕。
1999 年夏天	苏莱曼为了博兹库尔特向麦夫鲁特提亲要法特玛。
1999 年 8 月 17 日	马尔马拉海地区地震，导致 17480 人丧生。
2000 年 9 月底	麦夫鲁特的大女儿法特玛开始上大学。
2001 年 6 月	法特玛和在大学里结识的同学布尔罕结婚并去伊兹密尔安家。
2001 年 9 月 11 日	纽约的双子楼遭到"基地"组织袭击坍塌。
2001 年 9 月	麦夫鲁特的小女儿菲夫齐耶和卡德尔加的一个出租车司机埃尔汗私奔。
2001 年底	菲夫齐耶和埃尔汗在阿克萨赖的一家酒店举行婚礼。
2002 年	麦夫鲁特第一次见识了瓶装的钵扎。
2002 年 5 月	菲夫齐耶的儿子、麦夫鲁特的外孙易卜拉欣降生。
2002 年秋天	麦夫鲁特和萨米哈结婚。
2002 年 11 月 3 日	正义与发展党赢得议会选举并单独组阁。
2003 年 3 月	从政禁令解除，雷杰普·塔伊普·埃尔多安出任土耳其总理。
2003 年 3 月 20 日	攻打伊拉克。
2004 年 3 月 28 日	土耳其地方选举中正义与发展党获胜。
2005 年 7 月 7 日	"基地"组织在伦敦实施多起针对地铁和公共汽车的爆炸袭击，造成 56 人遇难。
2007 年 1 月 19 日	土耳其的亚美尼亚裔作家、记者赫兰特·丁克遇袭身亡。
2007 年 7 月 22 日	正义与发展党赢得议会选举并单独组阁。

2009 年 3 月 29 日	正义与发展党（库尔泰佩和杜特泰佩周围地区的得票率也得到飙升）再次赢得地方选举。
2009 年 4 月	麦夫鲁特卖掉爸爸的房子以换取公寓楼单元房。
2010 年 12 月 17 日	突尼斯一个街头小贩的自焚，引发了被称为"阿拉伯之春"的暴动和革命。
2011 年 3 月和之后	十余万叙利亚难民涌入土耳其避难。
2011 年 6 月 12 日	正义与发展党赢得议会选举并单独组阁。
2012 年 3 月	卡拉塔什一家人和阿克塔什一家人搬进了新单元房。

文景
社 科 新 知　文 艺 新 潮
Horizon

我脑袋里的怪东西

[土耳其] 奥尔罕·帕慕克 著

陈竹冰 译

出 品 人：姚映然
责任编辑：杨　沁
装帧设计：陆智昌

出　　　品：北京世纪文景文化传播有限责任公司
　　　　　　（北京朝阳区东土城路8号林达大厦A座4A　100013）
出版发行：上海人民出版社
印　　　刷：山东临沂新华印刷物流集团有限责任公司
制　　　版：北京大观世纪文化传媒有限公司

开 本：680mm×980mm　1/16
印 张：34.75　　字 数：420,000　　插 页：2
2016年1月第1版　　2024年10月第11次印刷
定 价：89.00元
ISBN：978-7-208-13550-5/I·1483

图书在版编目（CIP）数据

我脑袋里的怪东西 / (土) 帕慕克（Pamuk, O.）著；
陈竹冰译. 一上海：上海人民出版社，2015
书名原文：Kafamda Bir Tuhaflik
ISBN 978-7-208-13550-5

I.① 我… II.① 帕… ② 陈… III.① 长篇小说-土
耳其-现代 IV.① I374.45

中国版本图书馆CIP数据核字（2016）第001329号

本书如有印装错误，请致电本社更换　010-52187586